314

OEUVRES

DE MAITRE

FRANÇOIS RABELAIS.

TOME TROISIEME.

oeuvres
de Maitre
François
Rabelais

B.Picart de'in fecit direx. 1

OEUVRES

DE MAITRE

FRANÇOIS RABELAIS,

AVEC DES

REMARQUES HISTORIQUES

ET

CRITIQUES

De *Mr. LE DUCHAT.*

NOUVELLE EDITION,

Ornée de Figures de B. PICART &c.

Augmentée de quantité de nouvelles Remarques de M. le Duchat, *de celles de l'Edition Angloise des Oeuvres de Rabelais, de ses Lettres, & de plusieurs Piéces curieuses & intéressantes.*

TOME TROISIEME.

B. Picart direx.

A AMSTERDAM,

Chez JEAN FREDERIC BERNARD.

M. DCC. XLI.

AVERTISSEMENT
DU
LIBRAIRE

Sur cette nouvelle Edition des *Lettres de Rabelais*.

LEs Lettres Françoises de Rabelais, dont je donne ici une nouvelle Edition, font estimées par raport aux particularités qu'elles contiennent : & c'est à cause de cela fans doute, que Mrs. de Sainte Marthe, fi connus parmi les Savans, n'ont pas dédaigné de les illustrer d'Observations Historiques & Genealogiques également utiles & curieuses, par l'éclaircissement qu'elles donnent à l'Histoire de plusieurs Maisons illustres de France.

Les Editions précédentes ont été trop bien reçues pour ne pas attendre un pareil accueil de la part du public pour celle-ci, qui a fur les autres l'avantage de la beauté. Je réimprime ces Lettres fur l'Edition qui en a été publiée à Bruxelles en 1710. fous le

nom

nom de Paris. *L'Editeur nous aprend dans l'Avertiſſement qui eſt à la tête de cette Edition, qu'elle eſt
augmentée de pluſieurs Obſervations Hiſtoriques &
Critiques que l'on a diſtinguées par des.*

*J'ai conſervé cette diſtinction, j'ai auſſi conſervé la
Vie de Rabelais telle qu'on la trouve dans l'Edition de
Bruxelles, quoique peu différente de celle qu'on voit au
Tome Premier de la mienne. Une page ou deux de plus
ou de moins ne font pas un objet fort eſſentiel; & cet-
te ſcrupuleuſe exactitude fait ſouvent plaiſir aux
Lecteurs.*

L A

LA VIE

DE

FRANÇOIS RABELAIS.

CE n'eſt pas pour entreprendre l'Apologie, ni le Panegyrique de la vie de cet Autheur que l'on publie * ſes Lettres, & l'on n'appréhende pas qu'en lui faiſant un Eloge, quelques ſeveres Critiques reprochent, que pluſieurs Sçavans du Siecle dernier ont eu tort de le mettre au rang des hommes de lettres. Il ſe peut dire, que ſi l'intempérance de ſa langue, & ſon humeur folatre & comique euſſent pû être moderées par l'étude des bonnes lettres & par la connoiſſance qu'il avoit des Langues, principalement de la Grecque, dont, au rapport du celebre Budée, il étoit liberalement pourvû, c'eut été peut être un des plus excellens hommes de ſon temps.

FRANÇOIS RABELAIS naquit en la ville de Chinon au pays de Touraine. Etant jeune il ſe fit Religieux au Couvent des Cordeliers de la ville de Fontenay-le-Comte en bas Poiĉtou, & dans peu ſe rendit fort doĉte, comme on l'apprend

* C'eſt l'éditeur des Lettres imprimées à Bruxelles qui parle ici.

Tome III. **

prend des Epîtres Grecques du même Budée qui le loüe de
ce qu'il poſſedoit en excellence cette Langue , & néanmoins deplore ſon infortune ; puis qu'il ſe trouva atteint de
l'envie de ſes confreres , dont il fut long-temps mal voulu,
à cauſe de la nouveauté de cette Langue étrangere , qui leur
ſembloit barbare , & principalement à ceux qui n'en ſçavoient
pas gouter les delices.

Un pareil accident arriva au ſçavant Eraſme , & avant lui au
fameux Rabanus Magnentius Maurus , Abbé de Fulde & Archevêque de Mayence , lequel étant en ſon Abbaye , y compoſa d'excellens ouvrages de poëſie *, qui le mirent en la
mauvaiſe grace de ſes Religieux , l'accuſant de ce qu'il s'ap-
pliquoit avec trop peu d'ardeur aux études ſacrées , & négligeoit
de faire augmenter le bien temporel. † Deſorte qu'il fut contraint de ſe retirer vers Louis Roy de Germanie ſon Protecteur , où ſes Moines recognoiſſant leur faute , & la perte qu'ils
faiſoient d'un ſi excellent homme lui vinrent faire ſatisfaction,
avec priere de reprendre l'adminiſtration du Monaſtere ; ce
qu'il ne voulut pas accepter.

Pour continuer la ſuite de la vie de *Rabelais* , comme il
avoit l'humeur fort divertiſſante , pluſieurs Grands de la Cour
ſe plaiſoient à ſes bouffonneries ; ainſi à leur inſtigation il quitta ſon Cloître , & obtint permiſſion du Pape Clement VII,
de pouvoir paſſer de l'Ordre de S. François à celui de S. Be-
noiſt au Monaſtere de Maillezais en Poictou. Enſuite dequoi , au grand ſcandale de l'Egliſe , ayant depoſé l'habit regulier , & pris celui de Prêtre ſeculier , il courut long-temps
vagabond parmi le monde , s'en alla en la ville de Montpellier en Languedoc , prit tous ſes Degrez en l'Univerſité,
&

* *Chronicon Hirſaugienſe.*
† *Trithemius Lib. de ſcriptor. Eccleſiaſt.*

& fe mit à exercer la profeffion de Medecin avec reputation. Ce fut en cette ville qu'il enfeigna cette fcience en public dans un celebre Auditoire, comme il l'écrit à l'Evêque de Maillezais fon Mecene, & qu'il compofa fes œuvres fur Hippocrate, eftimées par les plus fçavans Medecins.

Depuis quittant ce féjour, il vint à Paris, François I regnant le Pere & le Reftaurateur des Sciences: & comme *Rabelais* étoit doué de bon efprit, il s'acquit incontinent la cognoiffance & l'amitié de plufieurs perfonnes doctes & de haute condition. Entre autres Jean Cardinal du Bellay ayant recognu fa capacité, le voulut avoir à fon fervice & en fa compagnie, lors qu'il fut envoyé Ambaffadeur du Roi Très-Chrétien au Pape Paul III. Ce fut en ce voyage d'Italie qu'allant avec fon Maiftre à l'Audience de fa Sainteté, il ne pût s'empêcher de donner une atteinte au Pape par un traict facetieux que l'on raconte de lui. Il demeura long-temps à la Cour Romaine, & y contracta l'amitié de plufieurs Prelats & Cardinaux, comme il fe recueille de fes Lettres. Et ce fut en ce temps là qu'il obtint fon abfolution du même Souverain Pontife, ayant encouru les cenfures Ecclefiaftiques, tant par fa vie libertine & diffoluë, que par fon humeur libre & fa picquante raillerie, s'addonnant, à l'imitation de Lucien, à fe gauffer des mœurs des perfonnes de toute forte de conditions.

Peu après ce genereux Cardinal le tira de la profeffion de Medecin, pour fe fervir de luy en fes plus fecretes negociations, & luy donna une Prébende en l'Eglife Collegiale de St. Maur des Foffez, avec la Cure du Village de Meudon prés Paris. *Dans ce lieu* † il ne compofa pas comme aucuns ont

** 2　　　　　　　　　　cru

† Gui Patin dit dans fa lettre du 3. Janvier 1659. que ce fut *dans ce lieu* que Rabelais fit les deux premiers livres de fon *Pantagruelifme* environ l'an 1532.

cru fon *Pantagruelifme*, mais plus vray-femblablement, ce
fut dans une maifon nommée la Doüiniere, du Bourg de
l'Abbaye de Notre Dame de Sevillé près Chinon, qui a fourni de matiere à cette fameufe Satyre *. Le commerce que
Rabelais avoit avec les Religieux de ce Monaftere, qui en ce
tems-là ne vivoient pas dans l'aufterité de leur Regle, lui fait
emprunter fouvent dans fa narration le perfonnage du Sacrif-
tain, ceux du baton de la Croix, du clos de vigne de Sevillé,
de Lerné, de Bafché, de la Sybille de Panfoult, qui font
lieux voifins de cette Abbaye dont il fait mention.

Cet Ouvrage ne parut pas plutôt en public, que de toutes parts il encourut le blame des envieux; ce qui donna fujet à *Rabelais* l'an 1552. d'écrire une lettre de condoleance à
fon amy Odet Cardinal de Chaftillon, en lui rendant raifon du
motif qui l'avoit porté à le compofer, qui étoit pour ôter les
ennuis à plufieurs perfonnes malades & langoureufes, qui recevoient de l'allegreffe & de la confolation par ce divertiffement
innocent; deplorant la calomnie de certains Cannibales (dit-il)
fi animez contre luy, que de dire que ce livre eftoit plein
d'héréfies, dont le Roy François I. étant averty, & ayant eu
la curiofité d'en avoir la lecture, il n'y trouva aucun fujet de
blâme.

Ce travail Satyrique, † où le feul témoignage de Monfieur
le Prefident de Thou fuffit pour n'être pas une piece à méprif-
fer, n'empécha point *Rabelais* de vaquer à d'autres ouvrages
plus férieux & plus doctes; comme par exemple, aux Aphorif-
mes d'Hipocrate qu'il mit fidèlement & purement en Latin,
&

---

* *Memoires de l'Abbaye de Sevillé.*

† Le P. Garaffe Jéfuite a fait un Livre intitulé *le Rabelais reformé*; mais il ne
contient rien de ce que le titre promet, étant fait pour un autre deffein que celui de reformer le Livre du Pantagruelifme. *Diction. Crit. de Bayle* au mot *Garaffe.*

& à la compofition de quelques Epîtres Françoifes & Latines, qu'il écrivit d'un beau ftyle au Cardinal de Chaftillon,
à l'Evêque de Maillezais, à André Tiraqueau, & autres perfonnes de grand fçavoir.   Il publia auffi la Schiomachie &
feftins faits à Rome au Palais du Cardinal du Bellay, pour
la naiffance du Duc d'Orleans: & l'on remarque par la lecture de fes Lettres Françoifes qu'il étoit homme de negotiation, s'étant acquis à Rome l'amitié de plufieurs grands Prelats & Cardinaux.

Le temps du deceds de *François Rabelais* eft incertain,
néantmoins quelques-uns affeurent, que ce fut l'an 1553. comme raporte le Reverend Pere Pierre de S. Romuald Religieux de l'Ordre des Feüillans, en la troifiéme partie de fon
Threfor Chronologique, où il traicte plufieurs particularitez
de fa Vie *.

Joachim du Bellay, Jean Anthoine de Baif, Pierre Bou-
langer, & autres fçavans Poëtes compoferent à fa memoire
des Epitaphes.   Etienne Pafquier rapporte celuy-cy dans fon
livre des Tombeaux.

Sive tibi fit Lucianus alter,
Sive fit Cynicus, quid Hofpes ad te?
Hac, unus Rabelæfius facetus,
Nugarum pater, artifexque mirus,
Quidquid is fuerit, recumbit urnâ.

Et en un autre lieu de fon Recueil de Portraicts,

** 3   *Ille*

---

* Gui Patin dit auffi qu'il eft mort à Paris en 1553. dans la rue des Jardins
Paroiffe St. Paul, & enterré dans le Cimetierre de cette Eglife au pied d'un
grand arbre. *Patin lettre du 22. Juin* 1660. Le P. de St. Romuald met fa mort
au 9. Avril.

LA VIE DE RABELAIS.

Ille ego Gallorum Gallus Democritus, illo
Gratius aut ſi quid Gallia progenuit,
Sic homines, ſic & cœleſtia numina luſi,
Vix homines, vix ut Numina læſa putes.

Pluſieurs perſonnes doctes ont fait mention de lui dans leurs Ouvrages. Guillaume Budée Maître des Requêtes en ſon Livre d'Epîtres Grecques, Jacques Aug. *de Thou* Preſident en la Cour de Parlement au XXXVIII. liv. de ſon Hiſtoire, & au Traité qu'il a compoſé de ſa vie, *Pierre de Ronſard le Prince des Poëtes*, Theodore de Beze en ſes Poëſies, Etienne Paſquier dans ſes Recherches, Clement Marot, Etienne Dolet, François Bacon Chancelier d'Angleterre en ſon Livre de l'Augmentation des Sciences, André du Cheſne au Traitté des Antiquitez de France, Gabriel Michel de la Rochemaillet en la vie des illuſtres perſonnages, le Seigneur de la Croix-du-Maine en ſa Bibliotheque, Anthoine du Verdier en ſa Proſopographie, François Ranchin Medecin du Montpelier, & autres Hiſtoriens qui ſont raportez dans l'Ouvrage intitulé *Floretum Philoſophicum*, où eſt decrite une ample narration de ſa vie, & de ceux qui en ont juſques ici parlé.

LES
LETTRES
DE MAISTRE
FRANÇOIS RABELAIS.

IN AURIBUS INSIPIENTIUM NE
LOQUARIS, QUIA DESPICIENT
DOCTRINAM ELOQUII
TUI.

Proverb. Cap. 23.

LES
LETTRES
DE MAITRE
FRANÇOIS RABELAIS.
Escrites à Monseigneur l'Evesque de Maillezais. *

† LETTRE I.

ONSEIGNEUR,

Je vous escrivis du vingt-neufiesme jour de Novembre bien amplement, & vous envoyay des graines de Naples, pour vos salades, de toutes les sortes que l'on mange de pardeçà,

ex-

---

* Godefroy d'Estissac. Voyez sa Genealogie & tout ce qui le concerne parmi les remarques. Il portoit en ses Armes pallé d'argent & d'azur de six pieces.
† 1536.

Tome III.   **A**

excepté de pimpernelle, de laquelle pour lors je ne pûs recouvrir. Je vous en envoye prefentement, non en grande
quantité: car pour une fois, je n'en peus d'avantage charger
le courrier; mais fi plus largement en voulez, ou pour vos
jardins, ou pour donner ailleurs, me l'efcrivant je vous l'envoiray. Je vous avois paravant efcrit, & envoyé les quatre
Signatures, concernantes les benefices de (a) Frere Dom Philippes, impetrez au nom de ceux que couchiez par voftre memoire. Depuis n'ay receu de vos lettres, qui fiffent mention d'avoir receu lefdites Signatures. J'en ay bien receu une
dattée de (b) l'Ermenaud, lors que Madame d'*Eftiffac* y paffa,
par laquelle m'efcriviez de la reception de deux pacquets que
vous avois envoyé; l'un de Ferrare, l'autre de cette ville, avec
le chiffre que vous efcrivois: Mais à ce que j'entends, vous n'a-
viez encore receu le pacquet, auquel eftoient lefdites Signatures.

Pour le prefent, je vous puis avertir, que mon affaire a
efté concedé, & expedié, beaucoup mieux & plus feurement
que je ne l'euffe fouhaité; & y ay eu ayde & confeil de gens
de bien. Mefmement du Cardinal de *Genutiis*, qui eft Juge du Palais; & du Cardinal *Simonetta*, qui eftoit Auditeur
de la Chambre, & bien fçavant & entendant telles matieres.
Le Pape eftoit d'advis, que je paffaffe mondit affaire *Per Cameram:* Les fufdits ont efté d'opinion que ce fuft par la Cour
des Contredits. Pource que; *In foro contentiofo*, elle eft ir-
refragable en France, & *Quæ per concradictoria tranfiguntur,
tranfeunt in rem judicatam; Quæ autem per Cameram, & im-
pugnari poffunt, & in judicium veniunt.* En tout cas il ne
me refte, qu'à lever les Bulles *fub plumbo.*

Monfieur le Cardinal du *Bellay*, enfemble Monfieur de
Mafcon, m'ont affeuré que la compofition me fera faite *gratis.* Combien que le Pape, par ufance ordinaire, ne donne

gratis,

(a) Religieux de Maillezais. (b) Château.

gratis, fors ce qui eſt expedié *per Cameram*. Reſtera feulement à payer les Referendaires, Procureurs, & autres tels barboüilleurs de parchemin. Si mon argent eſt court, je me recommanderay à vos aumoſnes; car je crois que je ne partiray point d'icy, que l'Empereur ne s'en aille.

Il eſt de preſent à Naples, & en partira ſelon qu'il a eſcrit au Pape, le ſixieſme de Janvier. Ja toute cette ville eſt pleine d'Eſpagnols; & a envoyé pardevers le Pape un Ambaſſadeur exprès outre le ſien ordinaire, pour l'advertir de ſa venuë. Le Pape luy cede la moitié du Palais, & tout le bourg de ſainct Pierre pour ſes gens, & fait appreſter trois mille licts, à la mode Romaine, ſçavoir eſt des matelats. Car la ville en eſt deſpourveuë, depuis le ſac des Lanskenets. Et a fait proviſion de foing, de paille, d'avoine, ſpelte & orge, tant qu'il en a pû recouvrir, & de vin, tout ce qu'en eſt arrivé en Ripe. *Je penſe qu'il luy couſtera bon, dont il ſe paſſaſt bien en la pauvreté où il eſt, qui eſt grande, & apparente, plus qu'en Pape qui fuſt depuis trois cens ans en ça.* Les Romains n'ont encore conclud, comment ils s'y doivent gouverner, & ſouvent a eſté faite aſſemblée de par les Senateurs, Conſervateurs & Gouverneur: mais ils ne peuvent accorder en opinions. *L'Empereur par ſondit Ambaſſadeur, leur a denoncé, qu'il n'entend point, que ſes gens vivent à diſcretion, c'eſt à dire ſans payer, mais à diſcretion du Pape, qui eſt ce que plus griefve le Pape: Car il entend bien, que par cette parole, l'Empereur veut voir, comment, & de quelle affection il le traittera luy & ſes gens.*

Le ſainct Pere par élection du Conſiſtoire, a envoyé par devers luy deux Legats, ſçavoir eſt le Cardinal de *Sienes*, & le Cardinal *Ceſarin*. Depuis y ſont d'abondant allez, les *Salviati* & *Rodolphe*, & Monſieur de *Saintes* avec eux. J'entends que c'eſt pour l'affaire de Florence, & pour le differend

A 2   qui

qui eſt entre le Duc *Alexandre de Medicis*, & *Philippes Strozzi*, duquel vouloit ledit Duc confiſquer les biens qui ne ſont petits : car apres les *Fourques de Auxbourg* en Allemagne, il eſt eſtimé le plus riche Marchand de la Chreſtienté ; & avoit mis gens en cette ville pour l'empoiſonner ou tuër, quoy que ce fuſt.   De laquelle entrepriſe adverti, impetra du Pape, de porter armes.   Et alloit ordinairement accompagné de trente ſoldats bien armez à point.   Ledit Duc de Florence, comme je penſe adverti, que ledit Strozzy avec les ſuſdits Cardinaux s'eſtoit retiré pardevers l'Empereur, & qu'il offroit audit Empereur quatre cens mille ducats, pour ſeulement commettre gens, qui informaſſent ſur la tyrannie, & meſchanceté dudit Duc, partit de Florence, conſtitua le Cardinal *Cibo* ſon Gouverneur, & arriva en ceſte ville, le lendemain de Noël ſur les vingt & trois heures, entra par la porte S. Pierre, accompagné de cinquante chevaux legers, armez en blanc, & la lance au poing, & environ de cent arquebuſiers.   Le reſte de ſon train eſtoit petit, & mal en ordre.   Et ne luy fut faite entrée quelconque, excepté que l'Ambaſſadeur de l'Empereur alla au devant juſques à ladite porte.   Entré qu'il fut, ſe tranſporta au Palais, & eut audience du Pape qui peu dura.   Et fut logé au Palais S. Georges.   Le lendemain matin, partit accompagné comme avant.

Depuis huiĉt jours en çà, ſont venuës nouvelles en ceſte ville, & en a le ſainĉt Pere receu lettres de divers lieux, comment le Sophy Roy des Perſes, a deffait l'armée du Turc. Hier au ſoir arriva icy le neveu de Monſieur de *Vely*, Ambaſſadeur pour le Roy pardevers l'Empereur, qui conta à Monſieur le Cardinal du *Bellay*, que la choſe eſt veritable, & que ç'a eſté la plus grande tuërie qui fut faite depuis quatre cens ans en çà : Car du coſté du Turc, ont eſté occis plus de quarante mille chevaux.

Con-

Confiderez quel nombre de gens de pied y eſt demeuré? Pareillement du côſté dudit Sophy. Car entre gens qui ne fuyent pas volontiers, non ſolet eſſe incruenta victoria.

La deffaite principale fut prés d'une petite ville nommée (a) Coni, peu diſtante de la grande ville de Tauris, pour laquelle font en differend le Sophy & le Turc, le demeurant fut fait prés d'une place nommée (b) Betelis. La maniere fut, que ledit Turc avoit party ſon armée, & part d'icelle envoyé pour prendre Coni. Le Sophy de ce adverty, avec toute ſon armée rua ſur cette partie, ſans qu'ils ſe donnaſſent garde. *Voilà que fait mauvais avis, de partir ſon oſt devant la Victoire. Les François en ſçauroient bien que dire, quand de devant Pavie, Monſieur d'Albanie emmena la fleur & la force du camp.* Ceſte desroute & deffaite entenduë, *Barberouſſe* s'eſt retiré à Conſtantinople, pour donner ſeureté au païs, & dit par ſes bons Dieux, que ce n'eſt rien en conſideration de la grande puiſſance du Turc. Mais l'Empereur eſt hors belle peur, qu'il avoit que ledit Turc ne vint en Sicile, comme il avoit deliberé à la prime vere. *Et ſe peut tenir la Chreſtienté en bon repos d'icy à long-temps, & ceux qui mettent les Decimes ſur l'Egliſe,* eo prætextu, *qu'ils ſe veulent fortifier pour la venuë du Turc, ſont mal garnis d'argumens demonſtratifs.*

LETTRE II.

Monseigneur,

J'ay receu lettres de Monſieur de Sainct Cerdos, dattées de Dijon, par leſquelles il me advertiſt, du procez qu'il a pendant en cette Cour de Rome. Je ne luy oſerois faire reſponce,

A 3

(a) Ou plutôt *Kom.*   (b) *Teflis.*

fponce, fans me hazarder d'encourir grande fafcherie. Mais j'entends qu'il a le meilleur droiɛt du monde, & qu'on luy fait tort manifefte. Et y devroit venir en perfonne. *Car il n'y a procez tant équitable, qui ne fe perde, quand on ne le follicite; mefmément ayant fortes parties, avec authorité de menacer les folliciteurs, s'ils en parlent.* Faute de chifre m'engarde vous en efcrire d'avantage. Mais il me déplaift voir ce que je vois, attendu la bonne amour que luy portez, principalement & auffi qu'il m'a de tout temps favorifé & aymé. En mon advis, Monfieur de Bafilac Confeiller de Thouloufe, y eft bien venu cet hyver, pour moindre cas, & eft plus vieil & caffé que luy, & a eu l'expedition bien-toft à fon profit.

LETTTRE III.

MONSEIGNEUR,

Aujourd'huy matin eft retourné icy le Duc de *Ferrare*, qui eftoit allé pardevers l'Empereur à Naples. Je n'ay encore fceu, comment il a appointé touchant l'inveftiture, & recognoiffance de fes Terres. Mais j'entends qu'il n'eft pas retourné fort content dudit Empereur. Je me doubte, qu'il fera contraint mettre au vent les efcus que fon feu pere luy laiffa, & le Pape & l'Empereur, le plumeront à leur vouloir, mefmement qu'il a refufé le party du Roy, apres avoir dilayé d'entrer en la Ligue de l'Empereur plus de fix mois, quelques remonftrances ou menaces qu'on luy ait fait de la part dudit Empereur. De fait Monfieur de *Limoges*, qui eftoit à Ferrare Ambaffadeur pour le Roi, voyant que ledit Duc, fans l'advertir de fon entreprife, s'eftoit retiré vers l'Empereur, eft

re-

retourné en France. Il y a danger que Madame (a) *Renée* en souffre fascherie. Ledit Duc luy a osté Madame de *Soubise* sa Gouvernante, & la fait servir par Italiennes, *Qui n'est pas bon signe.*

LETTRE IV.

MONSEIGNEUR,

Il y a trois jours, qu'un des gens de *Crissé* est icy arrivé en poste, & porte advertissement que la bande du Seigneur *Rance*, qui estoit allé au secours de Geneve, a esté deffaite par les gens du Duc de *Savoye*. Avec luy venoit un courier de Savoye, qui en porte les nouvelles à l'Empereur. *Ce pourroit bien estre* Seminarium futuri Belli: *Car volontiers ces petites noises tirent apres soy grandes batailles, comme est facile à voir par les Antiques Histoires, tant Grecques que Romaines, & Françoises aussi; Ainsi que appert en la bataille qui fut à Vireton.*

LETTRE V.

MONSEIGNEUR,

Depuis quinze jours en ça, *André Doria* qui estoit allé pour avitailler ceux qui de par l'Empereur tiennent la Goulete prés Tunis, mesmement les fournir d'eaux. (*Car les Arabes du pays leur font guerre continuellement, & ne ozent*

sortir

(a) Renée de France Duchesse de *Ferrare.*

sortir de leur fort,) est arrivé à Naples, & n'a demeuré que trois jours avec l'Empereur, puis est party avec vingt & neuf Galeres. On dit que c'est pour rencontrer le Judeo, & Cacciadiavolo qui ont bruslé grand païs en Sardaigne, & Minorque. Le Grand Maistre de Rhodes Piedmontois est mort ces jours derniers ; en son lieu a esté éleu le Commandeur de Forton entre Montauban & Thoulouse.

LETTRE VI.

MONSEIGNEUR,

Je vous envoye un livre de prognostics, duquel toute ceste ville est embesoignée, intitulé, *De eversione Europæ.* De ma part, je ny adjouste foy aucune. *Mais on ne veid oncques Rome tant addonnée à ces Vanitez & Divinations, comme elle est de present. Je crois que la cause est, Car*

> *Mobile mutatur semper cum Principe vulgus.*

Je vous envoye aussi un Almanach, pour l'an qui vient M. D. XXXVI. * D'avantage, je vous envoye le double d'un Bref que le Sainct Pere a decreté n'agueres pour la venuë de l'Empereur. Je vous envoye aussi l'entrée de l'Empereur en Messine, & Naples, & l'Oraison Funebre, qui fut faite à l'enterrement du feu Duc de Milan.

Monseigneur, tant humblement que faire je puis, à vostre bonne grace me recommande, priant nostre Seigneur, vous donner en santé bonne & longue vie.

A Rome, ce **xxx**. jour de Decembre 1536.

LET-

* Ou 1537.

LETTRE VII.

MONSEIGNEUR,

J'ay receu les lettres, que vous a plû m'efcrire dattées du fecond jour de Decembre. Par lefquelles ay cognu que avez receu mes deux paquets; l'un du dix-huictiefme, l'autre du vingt & deuxiefme d'Octobre, avec les quatre fignatures que vous envoyois. Depuis vous ay efcrit bien amplement, du vingt & neuf de Novembre, & du trentiefme de Decembre. Je crois que à cefte heure ayez eu lefdits pacquets. Car le fire Michel Parmentier Libraire, demeurant à l'Efcu de Bafle, m'a efcrit du cinquiefme de ce mois prefent, qu'il les avoit receus & envoyé à Poitiers. Vous pouvez eftre affeuré, que les pacquets que je vous envoyray, feront fidelement tenus d'icy à Lyon. Car je les mets dedans le grand pacquet ciré, qui eft pour les affaires du Roy, & quand le courrier arrive à Lyon, il eft defployé par Monfieur le Gouverneur. Lors fon Secretaire qui eft bien de mes amis, prend le pacquet que j'addreffe au deffus de la premiere couverture audit Michel Parmentier. Pourtant n'y a difficulté, finon depuis Lyon jufques à Poitiers: c'eft la caufe pourquoy je me fuis avifé de le taxer, pour plus feurement eftre tenu à Poitiers par les Meffagers, fous l'efpoir d'y gaigner quelque Tefton. De ma part j'entretiens tousjours ledit Parmentier par petits dons, que luy envoye des nouvelettes de pardeçà, ou à fa femme, afin qu'il foit plus diligent à chercher Marchands ou Meffagers de Poitiers qui vous rendent les pacquets. Et fuis bien de cet avis que m'efcriviez, qui eft de ne les livrer entre les mains des Banquiers, de peur que ne fuſſent crochetez & ouverts. Je ſerois d'opinion que la première fois que m'eſcrirez, meſmement ſi c'eſt affaire d'importance, que vous eſcriviez un mot audit Parmentier, & dedans voſtre lettre mettre un eſcu pour luy, en conſideration des diligences qu'il fait de m'envoyer vos pacquets, & vous envoyer les miens. *Peu de choſe oblige aucunefois beaucoup les gens de bien, les rend plus fervents à l'advenir, quand le cas importeroit urgente depeſche.*

L E T T R E   VIII.

M O N S E I G N E U R,

Je n'ay encore baillé vos lettres à Monſieur de *Saintes*, car il n'eſt retourné de Naples où il eſtoit allé avec les (*a*) Cardinaux *Salviati* & *Rodolfe*. Dedans deux jours il doit icy arriver: je luy bailleray voſdites lettres, & ſolliciteray pour la reſponſe. Puis vous l'envoiray par le premier courrier qui ſera depeſché. J'entends que leurs affaires n'ont eu expedition de l'Empereur, telle comme ils eſperoient: *Et que l'Empereur leur a dit peremptoirement qu'à leur requeſte & inſtance, enſemble du feu Pape Clement, il avoit conſtitué* Alexandre de Medicis, *Duc ſur les Terres de Florence & Piſe; Ce que jamais n'avoit penſé faire, & ne l'euſt fait. Maintenant le depoſer, ce ſeroit acte de baſtelleurs, qui font le fait & le deffait: Pourtant qu'ils ſe deliberaſſent le recognoiſtre comme leur Duc & Seigneur, & luy obeiſſent comme vaſſaux & ſujets, &* qu'ils

(*a*) Envoyez du Pape pour la dépoſition d'Alexandre Duc de Florence.

qu'ils n'y fiffent faute. Au regard des plaintes qu'ils faifoient contre ledit Duc, qu'il en recognoiftroit fur le lieu.

Car il delibere aprés avoir quelque temps fejourné à Rome, paffer par Sienes, & delà à Florence, à Bologne, à Milan, & Gennes. Ainfi s'en retournent lefdits Cardinaux, enfemble Monfieur de Saintes, Strozzy, & quelques autres, *re infectâ.*

Le 13. de ce mois, furent icy de retour les Cardinaux de *Sienes,* & *Cefarin,* lefquels avoient efté eflus par le Pape, & tout le College pour Legats pardevers l'Empereur. Ils ont tant fait que ledit Empereur a remis fa venuë en Rome jufques à la fin de Fevrier. *Si j'avois autant d'efcus comme le Pape voudroit donner de jours de pardon,* proprio motu, *de* plenitudine poteftatis; *& autres telles circonftances favorables, à quiconque la remetteroit jufques à cinq ou fix ans d'icy, je ferois plus riche que* Jacques Cœur *ne fut oncques.* On a commencé en cefte ville gros apparat, pour le recevoir: Et l'on a fait par le commandement du Pape un chemin nouveau, par lequel il doit entrer. Sçavoir eft, de la porte Sainct Sebaftien, tirant au Champ-doly, *Templum pacis,* & l'Amphi-Theatre; Et le fait on paffer, fous les Antiques Arcs Triomphaux de Conftantin, de Vefpafian & Titus, de Numerianus, & autres. Puis à cofté du Palais S. Marc, & de là par camp de Flour, & devant le Palais Farnefe, où fouloit demeurer le Pape; puis par les Banques, & deffous le chafteau S. Ange. Pour lequel chemin dreffer & égafler, on a démoly & abbatu plus de deux cens Maifons, & trois ou quatre Eglifes rras terre. *Ce que plufieurs interprétent en mauvais prefage.* Le jour de la Converfion S. Paul, noftre Sainct Pere alla oüir Meffe à Sainct Paul, & fit banquet à tous les Cardinaux. Aprés difner retourna paffant par le chemin fufdit, & logea au Palais fainct Georges. *Mais c'eft pitié de voir la*

ruine des maiſons qui ont eſté demolies, & n'eſt fait payement,
ny recompenſe aucune és Seigneurs d'icelles.

Aujourd'huy ſont icy arrivez les Ambaſſadeurs de Veniſe,
quatre bons vieillards tous griſons, qui ſont pardevers l'Empereur à Naples. Le Pape a envoyé toute ſa famille au devant d'eux: Cubiculaires, Chambriers, Janiſſaires, Lanskenets: & les Cardinaux ont envoyé leurs Mules en pontifical.

Au ſeptieſme de ce mois furent pareillement receus les
Ambaſſadeurs de Sienes bien en ordre, & aprés avoir fait leur
Harangue en Conſiſtoire ouvert, & que le Pape leur euſt
reſpondu en beau Latin & briefvement, ſont departis pour
aller à Naples. *Je crois bien que de toutes les Itales iront Am-*
baſſadeurs pardevers ledit Empereur, & ſçait bien joüer ſon
rolle, pour en tirer denarés, comme il a eſté deſcouvert depuis
dix jours en çà. Mais je ne ſuis encore bien à point adverty
de la fineſſe qu'on dit qu'il a uſé à Naples. Par cy apres je vous
en eſcriray.

Le Prince de *Piedmont*, fils aiſné du Duc de Savoye, eſt
mort à Naples depuis quinze jours en çà. L'Empereur luy a
fait faire Exéques foit honorables, & y a perſonnellement
aſſiſté.

Le Roy de *Portugal* depuis ſix jours en çà, a mandé à ſon
Ambaſſadeur qu'il avoit en Rome, que ſubitement ſes lettres
receuës il ſe retiraſt pardevers luy en Portugal, ce qu'il fiſt
ſur l'heure, & tout botté & eſperonné vint dire Adieu à Monſieur le Reverendiſſime Cardinal du Bellay. Deux jours aprés
a eſté tué en plein jour prés le pont ſainct Ange un Gentilhomme Portugalois qui ſollicitoit en ceſte ville pour la Com-
munité des Juifs, qui furent baptiſez ſous le Roy *Emmanuel*,
& depuis eſtoient moleſtez par le Roy de Portugal moderne,
pour ſucceder à leurs biens, quand ils mouroient, & quelques
autres exactions qu'il faiſoit ſur eux, outre l'Edit & Ordonnance

nance dudit feu Roy *Emmanuel. Je me doute que en Portugal*
y ait quelque sedition.

LETTRE IX.

MONSEIGNEUR,

Par le dernier pacquet que vous avois envoyé, je vous ad-
vertiſſois comment quelque partie de l'armée du Turc avoit
eſté deffaite par le Sophy auprés de *Betelis.* Ledit Turc n'a
gueres tardé d'avoir ſa revanche. Car deux mois aprés il a cou-
ru ſus ledit Sophy, en la plus extréme furie qu'on veit oncques: Et aprés avoir mis à feu & à ſang un grand païs de Me-
ſopotamie, a rechaſſé ledit Sophy par delà la Montagne de
Taurus. Maintenant fait faire force galeres ſur le fleuve de
Tanais, par lequel pourront deſcendre en Conſtantinople.
Barberouſſe n'eſt encore party dudit Conſtantinople pour tenir le païs en ſeureté, & a laiſſé quelques garniſons à Bona
& Algiery, ſi d'aventure l'Empereur le vouloit aſſaillir. Je
vous envoye ſon portraict tiré ſur le vif, & auſſi l'aſſiette de
Tunis, & des villes maritimes d'environ.

Les Lanskenets que l'Empereur mandoit en la Duché de
Milan pour tenir les places fortes, ſont tous noyés & peris par
mer, juſques au nombre de quinze cens, en une des plus grandes & belles navires des Genevois; & ce fut pres d'un port
des Lucquois, nommé Lerzé. L'occaſion fut, par ce qu'ils
s'ennuyoient ſur la mer, & voulans prendre terre, & ne pou-
vans à cauſe des tempeſtes, & difficulté du temps, penſerent
que le pilote de la Nave les vouluſt touſiours dilayer ſans abor-
der. Pour ceſte cauſe le tuërent, & quelques autres des prin-

cipaux

cipaux de ladite nef, lesquels occis, la nef demeura sans Gouverneur, & en lieu de caller la voile, les Lanskenets la haussoient, comme gens non pratics en la marine, & en tel desarroy, perirent à un jet de pierre près ledit port.

MONSEIGNEUR, J'ay entendu que Monsieur de *Lavaur* qui estoit Ambassadeur pour le Roy à Venise, a eu son congé, & s'en retourne en France. En son lieu va Monsieur de *Rhodez*, & jà tient à Lyon son train prest, quand le Roy luy aura baillé ses advertissemens.

Monseigneur, Tant comme je puis, humblement à vostre bonne grace me recommande, priant nostre Seigneur, vous donner en santé bonne vie & longue. A Rome ce XXViij. de Janvier 1536.

✽✽✽✽✽✽✽✽✽✽✽✽✽✽✽✽✽✽✽✽✽✽✽✽✽✽✽✽

LETTRE X.

MONSEIGNEUR,

Je vous escrivis du vingt & huictiesme du mois de Janvier dernier passé bien amplement de tout ce que je sçavois de nouveau, par un Gentilhomme serviteur de Monsieur de Montreüil, nommé Tremeliere lequel retournoit de Naples, où avoit achepté quelques Coursiers du Royaume pour sondit Maistre, & s'en retournoit à Lyon vers luy en diligence. Ledit jour, je receus le pacquet que vous a pleu m'envoyer de (a) Legugé, datté du dixiesme dudit mois. En quoy pouvez cognoistre l'ordre que j'ay donné à Lyon touchant le bail de vos lettres, comment elles me sont icy renduës seurement,

(a) En bas Poitou.

ment, & foudain. Vofdites lettres & pacquet furent baillés
à l'Efcu de Bafle, au vingt & uniefme dudit mois, le xxviij.
ont efté icy renduës. Et pour entretenir à Lyon, (car
c'eft le poinct & lieu principal,) la diligence que fait le Libraire dudit Efcu de Bafle en ceft affaire, je vous reïtere ce que
je vous efcrivois, par mon fufdit pacquet, fi d'adventure fur-
venoient cas d'importance pour cy-apres. C'eft que je fuis
d'avis que à la prime fois que m'efcrirez, vous luy efcriviez
quelque mot de lettre & dedans icelle mettiez quelque efcu
Sol, ou quelque autre piece de viel Or, comme Royau, An-
gelot ou Saluz, pour & en confideration de la peine & diligence qu'il y prend. Ce peu de chofe luy accroiftra l'affection de
mieux en mieux vous fervir.

Pour refpondre à vos lettres de poincten poinct. J'ay fait di-
ligemment chercher ez Regiftres du Palais depuis le temps que
me mandiez, fçavoir eft l'an 1529. 1530. & 1531. pour entendre fi on trouveroit l'acte de la refignation que fit frere Dom
Philippes à fon neveu. Et ay baillé aux Clercs du Regiftre deux
Efcus fols, qui eft bien peu, attendu le grand & fafcheux labeur qu'ils y ont mis. En fomme ils n'en ont rien trouvé, &
n'ay oncques fceu entendre nouvelles de fes procurations.
Pourquoy me doubte qu'il y a de la fourbe en fon cas; ou
les memoires que m'efcriviez n'eftoient fuffifans à les trouver
Et faudra pour plus en eftre acertainé que me mandiez, *Cujus
Diœcefis* eftoit ledit frere Dom Philippes : & fi rien avez entendu, pour plus efclaircir le cas & la matiere, comme fi c'eftoit *purè & fimpliciter*, ou *caufâ permutationis.*

✖✖✖✖✖✖✖✖✖✖✖✖✖✖✖✖✖✖✖✖✖✖✖✖✖✖✖✖✖✖✖✖✖✖

LETTTRE XI.

MONSEIGNEUR,

Touchant l'article auquel vous eſcrivois la reſponce de Monſieur le Cardinal du Bellay, laquelle il me fiſt lors que je luy preſentay vos lettres, il n'eſt beſoin que vous en faſchiez. Monſieur de Maſcon vous en a eſcrit ce que en eſt. Et ne ſommes pas preſts d'avoir Legat en France. Bien vray eſt-il que le Roy a preſenté au Pape le Cardinal *de Lorraine*. Mais je crois que le Cardinal du Bellay taſchera par tous moyens de l'avoir pour ſoy. Le proverbe eſt vieux qui dit:

Nemo ſibi ſecundus.

Et vois certaines menées qu'on y fait, par leſquelles ledit Cardinal du Bellay pour ſoy emploira le Pape, & le féra trouver bon au Roy. Pourtant ne vous faſchez ſi ſa reſponce a eſté quelque peu ambiguë en voſtre endroit.

✦✦✦✦✦✦✦✦✦✦✦✦✦✦✦✦✦✦✦✦✦✦✦✦✦✦✦✦✦✦

LETTRE XII.

MONSEIGNEUR,

Touchant les graines que vous ay envoyées, je vous puis bien aſſeurer que ce ſont des meilleures de Naples, & deſquelles le S. Pere fait ſemer en ſon jardin ſecret de Belveder.

D'au-

D'autres fortes de falades ne ont ils par deçà, fors de *Nafidord* & *d'Arrouffe*; mais celles de Legugé me femblent bien auffi bonnes, & quelque peu plus douces & amiables à l'eftomach, mefmement de voftre perfonne, car celles de Naples me femblent trop ardentes & trop dures.

Au regard de la faifon & femailles, il faudra advertir vos jardiniers, qu'ils ne les fement du tout fi toft comme on fait de pardeçà, car le climat ne y eft pas tant avancé en chaleur comme icy. Ils ne pourront faillir de femer vos falades deux fois l'an, fçavoir eft en Carefme, & en Novembre, & les cardes ils pourront femer en Aouft & Septembre : les melons, citroüilles & autres en Mars, & les armer certains jours de joncs, & fumier leger & non du tout pourry, quand ils fe doubteroient de gelée. On vend bien icy encores d'autres graines, comme des oeillets d'*Alexandrie*, des *Violes matronales*, d'une herbe dont ils tiennent en Efté leurs chambres fraifches qu'ils appellent *Belvedere*, & autres de Medecine. Mais ce feroit plus pour Madame d'Eftiffac. S'il vous plaift de tout, je vous en envoiray, & n'y feray faute.

Mais je fuis contraint de recourir encores à vos aumofnes : Car les trente efcus qu'il vous plût me faire icy livrer, font quafi venus à leur fin. *Et fi n'en ay rien defpendu en mefchanceté,* ny pour ma bouche, car je bois & mange chez Monfieur le Cardinal du Bellay, ou chez Monfieur de Mafcon. Mais en ces petites barboüilleries de depefches & loüage de meubles de chambre, & entretenement de habillemens s'en va beaucoup d'argent, encores que je m'y gouverne tant chichement qu'il m'eft poffible. Si voftre plaifir eft de me envoyer quelque lettre de Change, j'efpere n'en ufer que à voftre fervice, & n'en eftre ingrat au refte. Je vois en cefte ville mille petites Mirolifiques à bon marché qu'on apporte de Chypre, de Candie, & Conftantinople. Si bon vous femble je vous

Tome III. C

vous en envoiray ce que mieux verray duisible, tant à vous que à madite Dame d'Estissac. Le port d'icy à Lyon n'en coustera rien.

J'ay Dieu mercy expedié tout mon affaire, & ne m'a cousté que l'expedition des Bulles: le sainct Pere m'a donné de son propre gré la composition. Et crois que trouverrez le moyen assez bon, & n'ay rien par icelles impétré, qui ne soit civil & juridique. Mais il y a fallu bien user de bon conseil pour la formalité. Et vous oze bien dire que je n'y ay quasi en rien employé Monsieur le Cardinal du Bellay, ny Monsieur l'Ambassadeur; combien que de leurs graces se y fussent offerts à y employer non seulemeut leurs paroles & faveur, mais entierement le nom du Roy.

LETTRE XIII.

MONSEIGNEUR,

Je n'ay encores baillé vos premieres lettres à Monsieur de *Saintes*, Car il n'est encores retourné de Naples où il estoit allé comme je vous ay escrit. Il doit estre icy dedans trois jours; lors je luy bailleray vos secondes, & solliciteray pour la response. J'entends que ny luy ny les Cardinaux *Salviati* & *Rodolphe*, ny Philippe *Strozzy* avec ses escus, n'ont rien fait envers l'Empereur de leur entreprise, combien qu'ils luy ayent voulu livrer, au nom de tous les forestiers & bannis de Florence, un million d'or du comptant, parachever *la Rocqua* commencée en Florence, & l'entretenir à perpetuité aux garnisons compétentes au nom dudit Empereur, & par chascun an luy payer cent mil ducats, pourveu & en condition

qu'il

qu'il les remift en leurs biens , terres & liberté premiere.

Au contraire, a efté de luy receu tres-honnorablement & à fa prime venuë, l'Empereur fortit au devant de luy, & *poft manus ofcula*, le fit conduire au chafteau Capoüan en ladite ville, auquel eft logée fa Baftarde & fiancée audit Duc de *Florence* par le Prince de *Salerne* Viceroy de Naples, Marquis de *Vaft*, Duc d'*Albe*, & autres principaux de fa Court, & là parlamenta tant qu'il fut avec elle, la baifa & fouppa avec elle. Depuis les fufdits Cardinaux, Evefque de Saintes & Strozzy n'ont ceffé de folliciter. L'Empereur les a remis pour refolution finale à fa venuë en cefte ville en la Rocqua, qui eft une place forte à merveilles que ledit Duc de Florence a bafty en Florence. Au devant du portail il a fait peindre une Aigle qui a les aifles auffi grandes *que les Moulins à vent de Mirebalais*, comme proteftant & donnant à entendre, qu'il ne tient que de l'Empereur. Et a tant finement procedé en fa Tyrannie, que les Florentins ont attefté *nomine Communitatis* pardevant l'Empereur, qu'ils ne veulent autre Seigneur que luy. Vray eft-il qu'il a bien chaftié les Foreftiers & Bannis. Pafquil a fait depuis nagueres un Chanfonet auquel il dit.

A STROZZY
Pugna pro Patria.

A ALEXANDRE, Duc de FLORENCE
Datum ferva.

A L'EMPEREUR
Quæ nocitura tenes, quamvis fint chara, relinque.

AU ROY
Quod potes id tenta.

Aux deux Cardinaux
SALVIATI & RODOLPHE
Hos brevitas fenfus fecit conjungere binos.

LET-

LETTRE XIV.

MONSEIGNEUR,

Au regard du Duc de Ferrare je vous ay efcrit, comment il eftoit retourné de Naples, & retiré à Ferrare. Madame *Renée* eft accouchée d'une fille, elle avoit ja une autre belle fille âgée de fix à fept ans, & un petit fils âgé de trois ans. Il n'a pû accorder avec le Pape, parce qu'il luy demandoit exceffive fomme d'argent pour l'inveftiture de fes terres. Nonobftant qu'il avoit rabatu cinquante mil efcus, pour l'amour de ladite Dame: & ce par la pourfuite de Meffieurs les Cardinaux du Bellay & de Mafcon, pour tousjours accroiftre l'affection conjugal dudit Duc de Ferrare envers elle. Et ce eftoit la caufe pourquoy Lyon Jamet eftoit venu en cefte ville. Et ne reftoit plus que quinze mil efcus. Mais ils ne purent accorder parce que le Pape vouloit qu'il recognuft entierement tenir & poffeder toutes fes Terres en Feode du Siege Apoftolique: ce que l'autre ne voulut. Et n'en vouloit recognoiftre, finon celles que fon feu pere avoit recognu, & ce que l'Empereur en avoit adjugé à Boloigne par arreft du temps du feu Pape *Clement.*

Ainfi departit *re infecta.* Et s'en alla vers l'Empereur, lequel luy promift qu'à fa venuë il féroit bien confentir le Pape, & venir au point contenu en fondit Arreft, & qu'il fe retiraft en fa maifon, luy laiffant Ambaffade pour folliciter l'affaire quand il feroit de pardeçà, & qu'il ne payaft la fomme ja convenuë, fans qu'il fuft de luy entierement averty. La fineffe eft en ce que l'Empereur à faute d'argent, & en cherche de

tous

tous coftez, & taille tout le monde qu'il peut, & en emprunte de tous endroicts. Luy eftant icy arrivé en demandera au
Pape. C'eft chofe bien évidente, car il luy remonftrera, *Qu'il
a fait toutes ces guerres contre le Turc & Barberouffe, pour
mettre en feureté l'Italie & le Pape, & que force eft qu'il y con-
tribuë. Ledit Pape refpondra qu'il n'a point d'argent, & luy
féra preuve manifefte de fa pauvreté.* Lors l'Empereur fans
qu'il desbourfe rien, *Luy demandera celuy du Duc de Ferrare,
lequel ne tient qu'à un Fiat. Et voylà comment les chofes fe
joüent par myfteres.* Toutesfois ce n'eft chofe affeurée.

LETTRE XV.

MONSEIGNEUR,

Vous demandez fi le Seigneur *Pierre-Louys* eft legitime
fils ou baftard du Pape? Sçachez que le Pape jamais ne fuft
marié. C'eft à dire que le fufdit eft véritablement Baftard. Et
avoit le Pape une fœur belle à merveille. On monftre encore
de prefent au Palais, en ce corps de maifon, auquel font les
Sommiftes, lequel fit faire le Pape *Alexandre*, une Image de
Noftre Dame, laquelle on dit avoir efté faite à fon portraict
& reffemblance. Elle fut mariée à un Gentilhomme, coufin
du Seigneur *Rance*, lequel eftant en la guerre pour l'Expedition de Naples, ledit Pape Alexandre****, & ledit Seigneur
Rance du cas acertainé, en advertit fondit coufin: *Luy remon-
ftrant, qu'il ne devoit permettre telle injure eftre faite en leur
famille par un Efpagnol Pape. Et en cas qu'il l'enduraft que
luy-mefme ne l'endureroit point.* Somme toute il la tua. Duquel forfait le Pape fift fes doleances: Lequel pour appaifer

ſon grief & deüil, le fiſt Cardinal eſtant encores bien jeune, & luy fiſt quelques autres biens.

Auquel temps entretint le Pape une Dame Romaine de la Caſe Ruffine, de laquelle il eut une fille qui fut mariée au Seigneur *Bauge*, Comte de *Sancta Fiore*, qui eſt mort en cette ville depuis que je y fuis. De laquelle il a eu l'un des deux petits Cardinaux (qu'on appelle le Cardinal de Saincte Flour.) Item, eut un fils qui eſt ledit *Pierre Louys* que demandiez, qui a eſpouſé la fille du Comte de *Ceruelle*, dont il a tout plein foyer d'enfans, & entre autres le petit Cardinalicule *Farneſe*, qui a eſté fait Vice-Chancelier par la mort du feu Cardinal de Medicis. Par ces propos ſuſdits pouvez enrendre la cauſe, pourquoy le Pape n'aymoit gueres le Seigneur Rance, & *Vicé verſa*, ledit Rance ne ſe fioit en luy. Pourquoy auſſi eſt groſſe querelle entre le Seigneur *Jean-Paule de Cere*, fils dudit Seigneur Rance, & le ſuſdit Pierre-Louis, car il veut vanger la mort de ſa tante.

Mais quant à la part dudit Seigneur Rance il en eſt quitte, car il mourut le unzieſme jour de ce mois, eſtant allé à la chaſſe, en laquelle il s'esbatoit volontiers tout vieillard qu'il eſtoit. L'occaſion fuſt, qu'il avoit recouvert quelques Chevaux Turcs des Foires de Racana, deſquels en mena un à la chaſſe, qui avoit la bouche tendre, de ſorte qu'il ſe renverſa ſur luy, & de l'arçon de la ſelle l'eſtouffa, en maniere que depuis le cas ne veſquit point plus de demie heure. *Ce a eſté une grande perte pour les François, & y a le Roy perdu un bon Serviteur pour l'Italie.* Bien dit-on, que le Seigneur *Jean-Paule* ſon fils ne le ſera pas moins à l'avenir. *Mais de long-temps ne aura telles experiences en fait d'armes, ny telle reputation entre les Capitaines & Soldats, comme avoit le feu bon homme.* Je voudrois de bon cœur que Monſieur d'Eſtiſſac de ſes deſpouilles euſt la Comté de Pontoiſe: car on dit qu'elle eſt de beau revenu.   Pour

Pour affifter és Exeques, & confoler la Marquife fa femme, Monfieur le Cardinal a envoyé jufques à Ceres, qui eft diftant de cefte ville prez vingt milles, Monfieur de Rambouillet & l'Abbé de Sainct Nicaife, qui eftoit proche parent du deffunt, (Je crois que l'ayez veu en Cour, c'eft un petit homme tout efveillé, qu'on appelloit l'Archidiacre des Urfins) & quelques autres de fes Protonotaires. Auffi a fait Monfieur de Mafcon.

***

L E T T R E   XVI.

MONSEIGNEUR,

Je me remets à l'autre fois que vous efcriray, pour vous advertir des nouvelles de l'Empereur plus au long; car fon entreprife n'eft encores bien defcouverte. Il eft encores à Naples, on l'attend icy pour la fin de ce mois. Et fait on gros appreft pour fa venuë, & force Arcs Triomphaux. Les quatre Marefchaux de fes logis font jà pieça en cette ville. Deux Efpagnols, un Bourguignon & un Flamand.

C'eft pitié de voir les ruines des Eglifes, Palais & Maifons que le Pape a fait defmolir & abbattre, pour luy dreffer & complaner le chemin. Et pour les frais du refte, a taxé pour leur argent, fur le College de Meffieurs les Cardinaux, officiers, Courtifans, artifans de la ville jufques aux Aquarols. Ja toute cefte ville eft pleine de gens eftrangers.

Le cinquiefme de ce mois arriva ici par le mandement de l'Empereur le Cardinal de Trente (*Tridentinus*) en Allemagne en gros train & plus fomptueux que n'eft celuy du Pape. En fa compagnie eftoient plus de cent Allemans veftus

d'une

d'une mesme parure, sçavoir est de robes rouges avec une bande jaune, & avoient en la manche droite en broderie figu-
rée une gerbe de bled liée, à l'entour de laquelle estoit
escrit UNITAS.

J'entends qu'il cherche fort la paix & appointement pour
toute la Chrestienté & le Concile en tous cas. J'estois present quand il dit à Monsieur le Cardinal du Bellay. *Le Sainct
Pere, les Cardinaux, Evesques & Prelats de l'Eglise reculent
au Concile, & n'en veulent oüir parler quoy que ils en soient se-
mons du bras seculier. Mais je vois le temps prés & prochain,
que les Prelats d'Eglise seront contraints le demander, & les seculiers ny voudront entendre. Ce sera quand ils auront tollu de
l'Eglise tout le bien & patrimoine, lequel ils avoient donné du
temps que par frequens Conciles les Ecclesiastiques entrete-
noient paix & union entre les seculiers.*

André Doria arriva en ceste ville le troisiesme de cedit mois,
assez mal en point. Il ne luy fut fait honneur quiconque à
son arrivée, sinon que le Seigneur *Pierre-Louys* le conduisit
jusques au Palais du Cardinal Camerlin, qui est Genefvois de
la famille & Maison de *Spinola*. Au lendemain il salüa le Pape, & partit le jour suivant, & s'en alloit à Gennes de par
l'Empereur, pour sentir du vent qui court en France touchant
la guerre. On a eu icy certain advertissement de la mort de
la vieille Reyne d'*Angleterre:* & dit-on d'avantage que sa
fille est fort malade.

Quoy que ce soit, la Bulle qu'on forgeoit contre le Roy
d'Angleterre pour l'excommunier, interdire & proscrire son
Royaume, comme je vous escrivois, n'a esté passée par le
Consistoire, à cause des articles *de commeatibus externo-
rum, & commerciis mutuis*, ausquels se sont opposez Monsieur
le Cardinal du Bellay & Monsieur de Mascon de la part du Roy,
pour les interests qu'il y prétendoit. On l'a remise à la venuë
de l'Empereur.   de

Monſieur, tres-humblement à voſtre bonne grace me recommande, priant noſtre Seigneur vous donner en ſanté bonne vie & longue. A Rome ce quinzieſme de Fevrier M. D.
XXXVI.

Voſtre tres-humble Serviteur,

FRANÇOIS RABELAIS.

B. Picart in.

OBSERVATIONS
SUR LES
LETTRES
DE RABELAIS.

OBSERVATION
SUR LA
LETTRE I.

MONSEIGNEUR DE MAILLEZAIS] *Geof-froy d'Estissac*, Evesque & Seigneur de Maille-zais en Poictou, estoit fils de *Jean* Baron *d'Es-tissac* en Aunis, lequel eut bonne part aux fa-veurs de Charles de France, Duc de Berry, de Guyenne &
de

de Normandie, Comté de Saintonge, Seigneur de la Rochelle, frere puisné du Roy Louys XI. & dont Philippes de
Commines, Seigneur d'Argenton, fait honorable mention
dans ses Memoires. *Philippes* Cardinal de *Luxembourg*, se
démit de l'Evesché de Maillezais en faveur de ce Prelat, qui
fut nommé par le Roy François I. l'an 1518. le 24. jour de
Mars : Et gouverna cette Eglise long-temps, puisque Jean
Bouchet Annaliste de Poictou raporte qu'il estoit encore E-
vesque l'an 1544. Son successeur fut *Jacques d'Escoubleau*,
fils d'Estienne, Seigneur de Sourdis, & de Jeanne de Tus-
seau. Il estoit aussi Abbé de la Saincte Trinité de Mauleon
& de S. Pierre d'Oirvau en Poictou, & eut pour petits ne-
veux François Cardinal de Sourdis, Archevesque de Bordeaux,
Primat d'Aquitaine, & Henry d'Escoubleau, Commandeur
des Ordres du Roy, successeur de son frere dans cette dignité.

L'Evesque de Maillezais, dont est cy dessus parlé, tiroit son
extraction de l'ancienne Maison d'Estissac au pays d'Aunis ; de
laquelle a hérité l'Illustre Famille de la *Rochefoucaud*, par le
moyen de l'Alliance du Comte de la *Rochefoucaud*, Prince
de Marcillac, avec *Charlotte Dame d'Estissac*. L'un de ses Ancestres *Amaury* Seigneur d'*Estissac*, espousa l'an 1444. Marguerite de Harcourt, sortie de la branche des Comtes de Harcourt en Normandie. Et de ceste alliance estoit issu vray-sem-
blablement,

Bertrand Baron d'*Estissac*, Conseiller du Roy en ses Conseils, Chambellan ordinaire, Lieutenant general pour sa Majesté en ses Pays & Duché de Guyenne, Maire & Gouverneur de la ville de Bordeaux. Lequel espousa *Catherine Chabot*,
sœur de Philippes Chabot, Admiral de France, & fille de Jacques Baron de Jarnac, & de Magdelaine de Luxembourg.

Louys Seigneur & Baron d'*Estissac* leur fils, fut Chevalier
de l'Ordre du Roy, Capitaine de cinquante hommes d'armes

de

de ſes Ordonnances, Gouverneur du pays d'Aunis & de la Rochelle, Seigneur de Monclars, Montaud, la Barde en Perigord, de Cahuzac, Saulſignac & Monteton en Agenois, de la Broſſe, de Colonges & de Benets en Poiĉtou. Il contraĉta mariage en premieres nopces avec *Anne de Daillon*, fille de Jacques, Seigneur du Lude, Chambellan du Roy, Seneſchal d'Anjou, & de Jeanne d'Illiers, dont naſquirent trois filles.

La premiere, *Jeanne d'Eſtiſſac*, mariée à François de *Vendoſme*, Chevalier de l'Ordre, Capitaine de cinquante hommes d'armes, Vidame de Chartres, Prince de Chabanois, qui n'en laiſſa enfans.

La deuxieſme, nommée *Suſanne d'Eſtiſſac*, fut conjointe avec *Jacques de Ballaquier*, Seigneur de Monſſalez, Chevalier de l'Ordre du Roy, qui en eut *Marguerite* de Ballaquier, Dame de Monſſalez, femme en premier liĉt de Bertrand d'Ebrard Seigneur de ſainĉt Sulpice, dont eſt venuë Claude d'Ebrard, alliée avec Emmanuel de Cruſſol, Duc d'Uſez & d'Acier, Pair de France, Comte de Cruſſol, Baron de Levis & de Florenſac, qui en a eu des enfans.

En deuxieſme mariage, la Dame de Monſſalez ſus-mentionée eſpouſa *Charles*, Seigneur *de Monluc*, petit fils de Blaiſe de Monluc, Mareſchal de France, Lieutenant general du Roy en Guyenne: duquel elle a eu Suſanne de Monluc, femme d'Anthoine de Lauzieres, Marquis de Themines, fils aiſné de Pons, Marquis de Themines, Mareſchal de France, pere de Suſanne, héritiere de Themines & de Monluc, mariée avec *Charles de Levis*, Duc *de Ventadour*. Le troiſieſme mary de *Marguerite* a eſté *Bertrand*, Seigneur de *Vignoles*, la fille duquel, Suſanne de *Vignoles*, a eſpouſé *Heĉtor de Gelas* & de Voiſins, Marquis de Leberon & d'Ambres, Vicomte de Lautrec, l'un des Lieutenans Generaux du Roy Louys

Louys XIII. en Languedoc, & Chevalier de ſes Ordres, qui perdit la vie à la bataille de Leucate, l'an 1637.

Suſanne d'Eſtiſſac eſtant veufve du Seigneur de Monſſalez, paſſa en ſecondes nopces avec Anthoine de Levis, Comte de Quelus, forty d'une branche puiſnée de la Maiſon de Levis, qui a produit les Seigneurs Marquis de Mirepoix, Mareſchaux de la Foy, les Ducs de Ventadour, les Comtes de Charlus, les Barons de Couſan & autres. De cette alliance naſquirent Jacques de Levis, Comte de Quelus, mort ſans lignée, Marguerite de Levis, femme d'Hector de Cardaillac, Seigneur de Bioulé, Jeanne de Levis, mariée avec Claude, Baron de Peſtels, Anne de Levis, qui eſpouſa Jean de Caſtelpers, Vicomte de Panat.

La troiſieſme fille de Louys, Baron d'Eſtiſſac & d'Anne de Daillon, Charlotte d'Eſtiſſac, eſpouſa Gabriel Nonpar de Caumont, Comte de Lauzun, allié à Catherine de Grammont. Il en eut Gabriel II. Comte de Lauzun, Marquis de Peguilhem, & Charlotte de Caumont, femme de Frederic de Foix, Comte de Gurſon, Vicomte de Meille, qui en a eu pluſieurs enfans, à ſçavoir, Gaſton de Foix, Comte de Flaix, qui fut tué au ſiege de Mardik l'an 1646. delaiſſant des enfans de Marie-Claire de Baufremont, fille de Henry Marquis de Senecey, & de Marie Catherine de la Rochefoucaud, Comteſſe de Randan, dont l'aiſné s'appelle Jean-Baptiſte Gaſton de Foix, Comte de Flaix.

Du ſecond mariage de Louys, Baron d'Eſtiſſac, & de Louiſe de la Beraudiere, furent procréez Charles, Baron d'Eſtiſſac mort ſans enfans l'an 1586. Ainſi Claude d'Eſtiſſac héritiere de ſon frere, & Comteſſe de la Rochefoucaud, porta pluſieurs belles Terres & Seigneuries en la Maiſon de la Rochefoucaud par le mariage qui fut fait entre elle & FRANÇOIS IV. Comte DE LA ROCHEFOUCAUD, Prince de

D 3

Mar-

Marcillac, &c. fils aiſné de François III. Comte de la Rochefoucaud, & de Silvie Pic de la Mirande, fille de Galeas, Prince de la Mirande & de Concorde. Ce *François* IV. rendit de
ſignalez ſervices au Roy Henry IV. tant devant que depuis
ſon avenement à la Couronne de France : & pour ſon ſervice fut tué à S. Yrier-la-Perche, le 15. de Mars 1591. délaiſſant deux fils, à ſavoir, François V. Duc de la Rochefoucaud,
& *Benjamin Baron d'Eſtiſſac*, qui a pour fils François de la
Rochefoucaud, Marquis de Magné.

Quant à *François V.* nommé *Duc de la Rochefoucaud*, &
Pair de France par le Roy Louis XIII. l'an 1622. Il fut auſſi
Prince de Marcillac, Baron de Vertueil, Chevalier des Ordres du Roy, Conſeiller en tous ſes Conſeils, Capitaine de
cent hommes d'armes des Ordonnances, Gouverneur & Lieutenant general pour ſa Majeſté au pays de Poiĉtou. Sa mort
advint en la ville de Poiĉtiers l'an 1650. le 8. de Fevrier, aiant
eſpouſé dés l'an 1611. au mois de Juillet, *Gabrielle du Pleſſis*,
fille de Charles, Seigneur de Liancourt, Chevalier des Ordres du Roy, Conſeiller en ſes Conſeils, premier Eſcuyer de
ſon Eſcurie, Lieutenant general pour ſa Majeſté en la Ville,
Prevoſté & Vicomté de Paris, & d'Antoinette de Pons, Mar-
quiſe de Guercheville, Dame d'honneur de la Reyne Mere
du Roy, Marie de Medicis.

De ce mariage ſortirent pluſieurs enfans, *François VI.* Duc
de la *Rochefoucaud*, *Louys* de la Rochefoucaud, *Eveſque de
Leĉtoure* en Guyenne, Abbé de Noſtre Dame-la-Celle, de
la Reau, & de S. Jean d'Angely, nommé par le Roy Louys
XIV. l'an 1646. & conſacré l'an 1649, N. de la Rochefoucaud, *Chevalier de Malthe*, cy-devant Gouverneur de
la ville de Damvilliers en Luxembourg. *Marie Iſabeau* de
la Rochefoucaud, leur ſœur a eſpouſé *Louys Brulart*, Marquis de Sillery en Champagne, Vicomte de Puiſieux, qui
en

en a des enfans. Les autres filles sont Religieuses.

François VI. Duc de la *Rochefoucaud*, Prince de Marcillac, Baron de Vertueil, &c. Gouverneur & Lieutenant general pour sa Majesté en la Province de Poiêtou, a pris alliance avec *Andrée de Vivonne*, héritiere de la Maison de la Chastaigneraie, fille d'André de Vivonne, Seigneur de la Chastaigneraie, Grand Fauconnier de France, & de Marie-Antoinette de Lomenie son espouse, dont il a des enfans. L'aisné *François VII. de la Rochefoucaud* est Prince de Marcillac.

Par l'inscription de ces lettres, il est aisé à cognoistre, qu'elles sont addressées à l'Evesque de Maillezais mentionné auparavant par Rabelais. Il avoit acquis son amitié pendant qu'il estoit Religieux Regulier de l'Ordre de S. Benoist dans son Chapitre de Maillezais, avant qu'il fust secularisé : & estoit employé par luy dans plusieurs importantes affaires. Au commencement de cette Lettre, il rend raison à ce *Geoffroy d'Estissac* son Mœcene, qui estoit tres-curieux de fleurs & de nouvelles plantes, d'une Commission qu'il avoit euë de sa part, accompagnant le Cardinal du Bellay en son Ambassade de Rome, de rechercher les graines les plus rares de toute l'Italie, principalement celles qui croissoient au Royaume de Naples, lesquelles en ce temps-là estoient beaucoup estimées, & de les envoyer en son pays de Poiêtou.

L'ERMENAUD] C'est un Chasteau qui appartient aux Evesques de Maillezais, prés la ville de Fontenay-le-Comte en Poiêtou. *Geoffroy d'Estissac* s'y plaisoit, ce lieu estant agreable pour l'agriculture. Dans la Charte de la Fondation du Monastere de sainct Pierre de Maillezais, qui fut faite par Guillaume IV. Comte de Poiêtou, Duc de Guyenne, il donne entre autres biens qui luy appartenoient de son héritage, la ville de S. Marie de *l'Ermenaud*, avec autres biens qui composent à present le Domaine de *l'Evesché de la Rochelle*, dit

au-

autrefois de Maillezais. Dans ce lieu eftoit fondé un Prieuré qui dépendoit de l'Abbaye de Maillezais, dans laquelle
Pierre Religieux de ce Monaftere, compofa fa *Chronique Ma-*
nufcripte, contenant plufieurs remarques notables & hiftoriques de fon temps, dont l'original fe trouve dans l'excellente
Bibliotheque des Manufcrits de Meffieurs du Puy.

Ce Prieuré de l'*Ermenaud* fut réuny depuis à la Menfe Epif-
copale, lors que cefte Abbaye de Maillezais fut érigée en E-
vefché l'an 1317. par le Pape Jean XXII. & fut feparé de celuy
de Poictiers auparavant fon Diocefain. Il dépend encore à prefent du nouveau *Evefché de la Rochelle*, qui a efté transféré de
Maillezais en cette ville-là, par permiffion du Roy Louys XIV
& par une Bulle du Pape Innocent X. Meffire *Jacques Raoul*
ayant efté nommé premier Evefque de ce lieu, quitta l'adminiftration de l'Evefché de Sainctes à Monfeigneur Louys de
Baffompierre.

MADAME D'ESTISSAC] Elle s'appelloit *Catherine Chabot*,
& eftoit fœur de l'Admiral Chabot, & de Charles, Baron de
Jarnac, Gouverneur de la Rochelle, & du pays d'Aunis: duquel font iffus les Barons de Jarnac, aifnez de la Maifon de
Chabot. De la deuxiefme branche eft forty Henry Duc de
Rohan, Prince de Leon, Comte de Porhouet, Gouverneur
d'Anjou, qui a efpoufé Marguerite Ducheffe de Rohan.

Philippes Chabot, Comte de Buzancois & de Charny, Gouverneur de Bourgogne & de Normandie, Admiral de France, & frere de Catherine Chabot, eut bonne part aux faveurs
du Roy François I. fon oncle maternel, du cofté de fa femme
Françoife de Longuy qu'il efpoufa l'an 1525. Elle eftoit fille de Jean Baron de Paigny & de Mirebeau, & de Jeanne d'Orleans, Comteffe de Bar-fur-Seine, fœur naturelle du mefme
Roy. De cefte Alliance font fortis les Comtes de Charny,
& Marquis de Mirebeau en Bourgogne; dont il ne refte aucuns

cuns mafles, que ceux qui font iffus du mariage de Leonard Chabot Seigneur de Charoux, & d'Anne de Monteffus.

Cette famille *de Chabot* en Poiƈtou, qui porte *d'or à trois Chabots de gueulle en pal*, eft de tres-ancienne Nobleffe & illuftre, dont les premiers Seigneurs furent puiffans auprés des Ducs de Guyenne, & poffèderent la Seigneurie de Vouvent : à raifon dequoy ils difputerent long-tems l'Avouerie, Garde & Proteƈtion fur l'Abbaye de Maillezais, comme il fe recueille par le celebre jugement qu'en rendit le Roy de France, feant en fon Confeil, où affiftoient plufieurs Barons & grands Seigneurs. Il eft plus au long defcrit dans les Titres de cefte Abbaye, & dans la Genealogie de cefte Maifon de Chabot, amplement traiƈtée en l'Hiftoire de Chaftillon fur Marne compofée par André du Chefne Hiftoriographe du Roy, l'un des celebres Hiftoriens de ce temps.

LE CARDINAL DE GENUTIIS JUGE DU PALAIS.] *Hierofme Ghinucci* noble Sienois, exerça la charge de Nonce Apoftolique pour le Pape Leon X. à la Cour de l'Empereur Charles V. du Roy François I. & de Henry VIII. Roy d'Angleterre. Il fut creé par Jules II. l'an 1512. *Evefque Prince d'Afcoli* áprés Laurent de Fiefque, & Cardinal du S. Siege par le Pape Paul III. l'an 1535.

Enfin il paffa de cette vie en une meilleure à Rome, le 3. de Juin l'an 1541. eftant en grande reputation pour fa vertu, & l'experience qu'il s'eftoit acquife en la Cour Romaine. C'eft de ce Cardinal que fe loüe beaucoup *Rabelais* en cefte Lettre, ayant eu fa proteƈtion & fon affiftance, pour l'expedition d'une affaire importante qu'il avoit au Confiftoire. Julien, Cardinal de Medicis lui fucceda.

LE CARDINAL SIMONETTA] *Jacques Cardinal Simonetta*, noble Milanois, fut *Evefque de Pefaro* en Italie, & Auditeur du facré Palais l'an 1528. Le doƈte Sadolet parle avec

Tome III. E beau-

beaucoup d'éloge de fa perfonne, & le loüe pour la cognoiffance qu'il avoit des bonnes lettres & difciplines, eftant l'ornement du facré College.   Il eut d'honnorables emplois fous
le Pontificat de Jules II. Leon X. & Clement VII.   Le Pape
Paul III. pour fes recommandables fervices le nomma Cardinal l'an 1536. Bref, aprés avoir beaucoup mérité de l'Eglife,
il trefpaffa dans Rome l'an 1539. ayant efté encore Evefque
de Perugia & de Lodi. Sa fepulture eft en l'Eglife de la Trinité du Mont.

LE PAPE ESTOIT D'AVIS] *Paul III.* du nom, dit
le Cardinal Farnefe. Il eftoit Romain de nation, fils de *Pierre Louys Farnefe*, Gentilhomme Romain, & de *Joanelle de
Cajetan*, iffuë de la Maifon de Boniface VIII. La Tofcane le
vit naiftre l'an 1468. *Pomponius Lætus*, l'un des fçavans hommes de fon temps, luy enfeigna les lettres humaines, & enfuite il eut de tres-excellens Profeffeurs aux Lettres Grecques
& Latines, aux Mathematiques, & en la Poëfie.

Alexandre VI. le créa Cardinal l'an 1493. Eftant Prince du
facré College que Guichardin nomme *le plus ancien Cardinal
de la Cour*, il fut efleu Pape le 3. Novembre 1534. aprés Clement VII. conformement à l'inftance que Clement en avoit
faite au Sacré College.   Car il eftoit homme docte & de bonne vie, d'un profond jugement, prudent & moderé en fes
actions, & orné des bonnes lettres, qu'il favorifa grandement
durant fon Pontificat.   Il procura la paix entre l'Empereur
Charles V. & le Roy François I. affembla premierement le
Concile à Trente l'an 1537. fit ligue avec ledit Empereur contre ler Proteftans d'Allemagne, & mourut le 10. Novembre
1549. eftant âgé de quatre vingt & un an, aprés avoir tenu
le Siege quinze ans & dix-huit jours, & remporté la gloire
d'avoir efté un des plus grands Papes. Jacques Sadolet a defcrit
les plus infignes actions de fon Pontificat.

LE

LE CARDINAL DU BELLAY] *Jean Cardinal du Bel-lay*, l'un des fils de Louys du Bellay Seigneur de Langey, & de Marguerite de la Tourlon, eſtoit iſſu d'une des plus illuſ-tres & anciennes Maiſons du pays d'Anjou. Il poſſeda en divers temps les Eveſchez de Bayone, du Mans, de Limoges, de Paris, & l'Archeveſché de Bordeaux. Le Pape Paul III. le nomma *Cardinal l'an* 1535. à la recommandation du Roy François I. qui luy portoit une grande affection, *pour ſa rare doctrine, ſa vigueur d'eſprit & capacité au maniement des grands & importans affaires de ſon Eſtat.* Toutes leſquelles parties eſtoient accompagnées d'un ſi magnanime courage, que lors des guerres contre l'Empereur Charles V. & en un temps fort troublé, le Roy luy commit le Gouvernement de la ville de Paris qu'il fit fortifier de remparts.

Quant aux affaires d'Eſtat il y eſtoit conſommé, & ſervit utilement dans l'Ambaſſade d'Angleterre avec Anne Seigneur de Montmorancy, ayant eſté occupé continuellement pour le ſervice du Roy François I. Il ſacra le Pape Paul IV. fut Legat de ſa Saincteté en Italie & en Angleterre, où le grand changement de la Religion ne fuſt advenu, ſi l'on euſt deféré à ſes prudens & ſages conſeils. Il rendit encore un teſmoignage de ſon ſçavoir exquis, tant au Concile de Trente, qu'à Marſeille devant le Pape Clement VII. & le Roy François I. en la Harangue qu'il fit lors des nopces du Daufin Henry Fils de France avec Catherine de Medicis.

Eſtant Doyen des Cardinaux, Eveſque d'Oſtia & Velletri, il mourut à Rome l'an 1560. âgé de ſoixante-huict ans: Et fut inhumé en l'Egliſe de la Trinité du Mont. *Ce Cardinal fut des plus illuſtres de ſon temps; pour la doctrine & rare co-gnoiſſance qu'il avoit de toutes Langues, meſmement de la Latine.* Paul Jove & pluſieurs grands hommes de ſon temps l'ont loüé en leurs Ouvrages; auſquels le Lecteur aura recours.

Louys

Louys Trincant, Procureur du Roy à Loudun, en l'Hiſtoire Genealogique de la Maiſon du Bellay, non encore imprimée, & qu'il a dreſſée avec beaucoup de ſoin & de recherches curieuſes ſur les Titres de ceſte Famille, deſcrit amplement la vie de ce grand Cardinal, & de ſes freres heroïques, *Guillaume Seigneur de Langey*, Lieutenant General du Roy en Piedmont, ſi recommandable pour ſa vaillance & ſes Commentaires, auſſi bien que *Martin du Bellay Prince d'Ivetot* en Normandie, qui eut pour fille Marie femme de René II. Seigneur du Bellay, Baron de Thoüarcé ſon couſin, qui fut Prince d'Ivetot, & héritier de pluſieurs grandes Seigneuries, à cauſe de ceſte alliance. Leur petit fils *Charles Marquis du Bellay Prince d'Ivetot*, Baron de Thoüarcé & de Commequiers, Seigneur de Cizeux, eſt à preſent Chef du nom & Armes de ceſte Maiſon.

Rabelais parle ſouvent avec éloge du Cardinal du Bellay en ſes Lettres, & c'eſt avec raiſon, puis qu'il faiſoit gloire de l'avoir pour ſon Patron & ſon Mecene; ce genereux Cardinal l'ayant appellé de l'Egliſe de Maillezais où il eſtoit Religieux, pour le gratifier d'une Prebende dans l'Egliſe Collegiale de St. Maur des Foſſez prés Paris, & de la Cure de Meudon, qui n'eſt eſloignée de la meſme ville que de deux lieuës.

☞ MR. DE MASCON.] Il ſe nommoit Charles Hemard & a été créé Cardinal en 1536. par le Pape Paul III. & enſuite Evêque d'Amiens; ce qui a fait qu'il ſe nommoit quelquefois le Cardinal de Maſcon & d'autres fois le Cardinal d'Amiens. *Ciaconius* avoit dit dans ſon Hiſtoire des Papes & des Cardinaux, que ce Cardinal étoit de baſſe naiſſance, mais cette faute a été corrigée dans la ſeconde edition de l'an 1677. On ne ſçait pourquoi on a dit de ce Cardinal qu'il avoit fait l'oraiſon funebre du Roy François I. ce qui ne peut pas eſtre, ce Prince ayant ſurvecu de ſept ans ce Cardinal qui eſt mort en 1540.

Mr.

Mr. de la Croix du Maine dit fans fa Bibliotheque qu'il avoit un manufcrit des Memoires que ce Prelat a écrits pendant fes Ambaffades. Ce feroit rendre un grand fervice au public que de luy donner les Memoires de ce grand homme, duquel on peut voir quelques lettres & l'Eloge dans les Memoires de Mr. Ribier. T. 1. p. 43. Il en fera encore parlé cy-apres fur la lettre XI.

REFERENDAIRES] Ce font ceux qui diftribuent les caufes d'appel, que le Juge du Palais a pouvoir de commet-tre aux Auditeurs de Rote en Cour de Rome.

L'EMPEREUR] *Charles V. de ce nom Empereur & Roy d'Efpagne*, fils aifné de Philippes d'Auftriche I. du nom, Roi de Caftille, & de la Reyne de Caftille & d'Arragon Jeanne fa femme. Il nafquit à Gand le 24. Fevrier fefte S. Mathias, l'an 1500. & fut efleu Empereur l'an 1520. *Il a obtenu la loüange d'avoir efté l'un des plus grands & vertueux Monar-ques qui ait commandé depuis Charles le Grand.* Auffi empor-ta-t'il plufieurs victoires, mefmement fur les Turcs & autres Infidelles, ayant repouffé Solyman, & affeuré la Chreftienté en deffendant fon Patrimoine, & les Eftats du Prince Ferdi-nand fon frere contre la puiffance de cet ennemy commun. En Affrique il fubjugua les places de la Goulette, de Tunes &c. vainquit en Allemagne les Princes Proteftans, qui favorifoient les herefies de Luther.

Mais il eft difficile d'excufer la prife de Rome faite par fon armée, le rude traictement fait au Pape Clement VII. & au Roy François I. que Charles eut en fa puiffance aprés la bataille de Pavie, l'entretenement de l'Interim pour la Religion, & la Paix de Paffaw en Allemagne. — D'ailleurs il monftra la gran-deur de fon courage en ce que luy, qui tant de fois avoit vaincu les autres, demeura victorieux fur foy-mefme, en quit-tant l'Empire à fon frere Ferdinand I. (dont eft encore en pof-

E 3   fecton

sec̈ton sa posterité,) avec ses autres Royaumes & les pompes mondaines pour se retirer en un lieu solitaire, qui fut le Monastere de S. Just de l'Ordre de S. Hierosme, & y passer le reste de ses jours, afin de mieux vaquer au service de Dieu, comme il fit apres avoir tenu l'Empire trente-six ans, & ses Royaumes heréditaires XL. estant passé d'une Couronne mortelle à la possession d'une autre qui fut plus perdurable, le 21. Septembre l'an 1558.

Il délaissa pour fils d'Elisabeth de Portugal fille du grand Emmanuel Roy de Portugal & de Marie de Castille, le Roy d'Espagne *Philippes II.* surnommé le Prudent, lequel d'Anne d'Austriche la quatriesme des femmes qu'il espousa, a esté Pere du Roy *Philippes III.* & cestuy-cy de *Philippes IV.* à present Roy d'Espagne, lequel après la mort d'Elisabeth de France fille du Roy Henry le Grand, dont il luy reste une fille unique *Marie Therese* Infante d'*Espagne*, presomptive heritiere de ces Estats & Royaumes, s'est allié avec Marie Anne d'Austriche fille de l'Empereur Ferdinand III. & de Marie d'Austriche d'Espagne.

LE PAPE LUY CEDE LA MOITIE' DU PALAIS] Le Vatican ce celebre Palais où les Papes demeurent. Il est composé de plusieurs bastimens, remply d'excellentes peintures & d'Antiques. Nicolas V. le commença, les Papes Jules II. & Leon X. l'acheverent. Mais Sixte V. & Clement VIII. l'ont de beaucoup enrichy: Et c'est en ce lieu où est consérvée la fameuse Bibliotheque du Vatican.

Le jugement & l'estime que fit le Roy de France Charles VIII. de ce superbe Palais, où il logea dans Rome, allant à la conqueste du Royaume de Naples méritent bien d'estre icy descrits. On les recueille d'une lettre que ce Prince escrivit à Monseigneur le Duc de Bourbon. Elle est tirée d'un ancien Manuscrit, en ces termes.

Lettre

Lettre du Roy Charles VIII. au Seigneur de Beaujeu son Frere, Regent du Royaume.

MON FRERE. Hier au soir qui fut quinziesme jour de ce mois, furent concluds & accordez entre nostre S. Pere & moy, les Articles dont je vous envoye le double cy enclos : Et par iceux pourrez voir bien au long, comme je suis demeuré envers sa Saincteté, & ce qu'il a fait pour moy, & aussi ce que je dois faire pour luy, & comme tous differends sont entre nous pacifiez. Et pour ce que encores je n'avoye veu nostre dit Sainct Pere, je suis aujourd'huy party du *Palais S. Marc* où j'estois logé, & m'en suis venu oüir la Messe à l'Eglise S. Pierre, & disner & loger *au Palais de nostre S. Pere, lequel il m'avoit fait preparer : & est un tres-bel Logis & aussi bien accoustré de toutes choses que Palais, ne Chastel que vis jamais.* Nostre S. Pere, qui estoit en son Chastel S. Ange, est venu audit Palais, où nous sommes entre-rencontrez & veus en un jardin qui est à l'entour de la Gallerie, par laquelle on va audit *Chastel Sainct Ange.* Il m'a fait grand recueil, de l'honneur largement, & monstré avoir tres-bonne affection envers moy, dont je vous ay bien voulu advertir, & pareillement de la Promotion à la *Dignité de Cardinal de Monsieur de S. Malo,* laquelle ce jourd'huy par nostre dit S. Pere à ma presence & d'une grande partie des Cardinaux, a faite à ma priere & requeste. *Mon Frere,* incontinent que je auray mis fin à mon affaire d'icy, & que auray advisé & concluds le chemin que tiendray pour partir de ceste ville, je le vous feray sçavoir, & pareillement toutes autres choses que seront survenuës. Faictes moy savoir de vostre part de vos nouvelles, & de ce que sera survenu par delà. Adieu mon Frere, que Dieu vous ait en sa saincte garde.

de. Escrit à Rome le xvij. jour de Janvier. Signé, CHAR-
LES & *Robertet.*

Dans ceste Lettre est faite mention des Articles accordez
entre le Pape & le Roy de France: Pour contenter la curiosité du Lecteur, l'on a jugé à propos d'en faire part au public.
Tous les Historiens du temps, mesme le judicieux Polybe
François en ses Memoires, & le celebre Guichardin en l'Histoire de son temps, ne les rapportent qu'en sommaire, au lieu
qu'ils sont ici d'escrits plus au long, ayans esté extraicts du
precedent Manuscrit, contenant plusieurs remarques particu-
lieres de l'Histoire du Regne de ce Monarque.

ARTICLES

*ACCORDEZ ENTRE LE ROY CHARLES
VIII. allant à la Conqueste du Royaume de Naples, & le
Pape Alexandre VI. dans la ville de Rome* 1494. †

I.

NOstre Sainct Pere apres ce qu'il a requis, & veu la devotion que le Roy a envers sa Saincteté, & que les choses
qui devant ont esté faictes, n'ont point esté pour porter prejudice ne nuire à sadite Saincteté, mais à l'exaltation de sa Saincteté, & de l'Eglise: Et aussi considerant le Roy, que les choses que par nostre dit S. Pere ont esté faictes par cy-devant
pour aucunes considerations, n'ont point esté pour nuire ne
pour prejudice à sa Majesté, ont fait & accordé les Articles qui
ensuivent.

II.

† Ce Traitté se trouve en Latin dans l'Histoire du Roy Charles VIII édition
de 1584. p. 286. Voyez les Mem. de Comines T. 3. pag. 403. edition de 1706.

I I.

Et premierement que noftre S. Pere demeurera bon Pere, que le Roy demeurera bon Fils de noftre S. Pere, & fi aucunes chofes avoient efté faictes, par chacunes des parties à l'encontre de l'autre, ils revoquent & quittent, fans que l'un ne l'autre en puiffe aucune chofe demander.

I I I.

Item, Eft content noftre dit S. Pere, que Monfieur le *Cardinal de Valence* aille avec le Roy pour l'accompagner, avec decent & honorable eftat, ainfi qu'il a tousjours accouftumé: & le Roy pour l'honneur de noftre dit S. Pere, le recevra hounorablement, & le traictera humainement, comme il appartient à fon eftat & Dignité; & demeurera mondit fieur le Cardinal avec le Roy le terme de quatre mois plus ou moins, ainfi que par noftre S. Pere fera conclud & advifé.

I V.

Item, Et confignera noftre dit S. Pere, du confeil de Meffieurs les Cardinaux, *Zinzime frere du Turc*, qui fera mis és mains du Roy, pour par lui eftre gardé en la place & Rocque de Terracine, ou telle autre place ou Rocque, qu'il fera advifé entre noftre dit S. Pere & le Roy pour la feureté dudit Sieur, & empefcher que les Turcs n'entrent en Italie. † Et promet le Roy, & s'oblige de le ne faire tranfporter hors ladite place, finon qu'il en fut befoing pour empefcher la defcente defdits Turcs, ou pour quelque bonne raifon que fuft, pour la feureté de la perfonne dudit Turc par pefte ou autre caufe raifonnable, pour laquelle l'on le euft tranfporter en une des places de l'Eglife qui fera entre les mains du Roy, felon
qu'il

---

† Le Pape livra au Roy le Sultan Gem, mais aprés l'avoir fait empoifonner. Voyez les Mem. de Comines T. 3. p. 390. & l'Hiftoire de Charles VIII. p. 715. & 716.

qu'il fera advifé entre la Sainéteté de noftre dit S. Pere le Pape & le Roy.

V.

Item, avant que le Roi departe d'Italie, pour s'en retourner à fon Royaume de France, il reftituëra ledit *Zinzime* à noftre S. Pere, fans aucune exception ; pour eftre gardé felon le contenu de la Bulle faiéte par le Pape *Innocent.*

V I.

Item, & en cas que ledit Turc frere de *Zinzime* fift, ou euft guerre à noftre dit S. Pere, le Roy par effet & à fon pouvoir, il aidera & deffendera fa Sainéteté & fon Eftat à l'encontre dudit Turc.

V I I.

Item, promettra le Roy que le Cardinal *Grand Maiftre de Roddes*, ratifiera dedans fix mois l'article cy-deffus efcrit faifant mention dudit Turc.

V I I I.

Item, Et pour la feureté dudit Turc, le Roy baillera pleiges les premiers Barons & Prelats, eftants de prefent en fa compagnie, lefquels s'obligeront en la fomme de cinq cens mille ducats, payables pour une fois à noftre S. Pere, & à la Chambre Apoftolique.

I X.

Item, Et au regard du Tribut que le Turc a accouftumé de payer à noftre dit S. Pere, à l'occafion dudit *Zinzime*, qui eft de *quarante mille ducats*, comme l'on dit ; le Roy entend que ledit Tribut vienne és mains de noftre dit S. Pere, comme il a accouftumé, & baillera ledit Sieur Banques, pleges, & refpondans à Rome, de bailler lefdits deniers qui viendront dudit Tribut de quarante mille ducats, à noftre dit S. Pere, ainfi que l'on a accouftumé.

X.

X.

Item, Notre dit S. Pere baillera la ville & Rocque de *Civitavechia* au Roy, pour la tenir durant son voyage, pour y recueillir ses vivres, gens, & choses qui luy sont necessaires: Laquelle ville & Roque, le Roy promettra rendre & restituer, au retour de son voyage, à nostre dit S. Pere ou à son Successeur, & luy en bailler lettres signées de sa main, & seellées de son Séel: & de present ordonnera au Capitaine qu'il commettra à la garde de ladite place, faire serment à nostre dit Sainct Pere, & aussi le faire faire; & le deschargera de la garde de ladite place, & n'entend pas le Roy aucune chose prendre du Domaine & revenus desdites villes & Roques, ne toucher à la Justice, mais tout demeurera à nostre dit S. Pere.

X I.

Item, Et entend le Roy, que tous Marchands, Victuailles, & Marchandises, de quelque lieu qu'elles viennent, puissent venir, sejourner, passer & repasser, tant par ledit Civitavechia, *Ostie*, & autres lieux de l'Eglise, sans que aucun empeschement leur soit fait ou donné. Toutesfois les Marchands du Royaume seront tenus de prendre Sauf-conduit de nostre S. Pere, pour eux & leurs victuailles, pour icelles porter en ceste Cité de Rome, & autres Terres de l'Eglise, pourveu qu'ils ne seront point en armes, & qu'ils n'offenderont, ne porteront dommage aux gens du Roy, ne à son armée, ne qu'ils ne feront, ne pourchasseront chose contraire & prejudiciable à luy ne à sadite armée.

X I I.

Item, Et baillera nostre dit S. Pere au Roy son armée & serviteurs, passages & vivres par toutes les villes, places, ports & termes de l'Eglise, tant en allant, séjournant, passant & retournant par icelles, franchement & seurement, en payant toutesfois raisonnablement lesdits vivres.

XIII.

XIII.

Item, Sera content noſtre dit S. Pere, que en la ville & Caſtel *de Suzenne*, ſoit mis un Gouverneur aultre que celuy qui y eſtoit, pour y reſider durant l'entrepriſe du Roy, & y mettra noſtre dit S. Pere tel Prelat que le Roy nommera agreable à noſtre dit Sainct Pere.

XIV.

Item, Et au regard de la Legation de la Marque d'Ancone, noſtre dit S. Pere ſera pareillement content de mettre un Prelat Lieutenant tel qu'il plaira au Roy nommer.

XV.

Item, Et pareillement noſtre dit S. Pere ſera content, de commettre un Prelat Lieutenant à la Legation *de Patrimonio*, tel que le Roy nommera.

XVI.

Item, Sera content noſtre dit S. Pere, de mettre Legat en Campagne, & Maritime, un Cardinal amy du Roy durant ſon entrepriſe. Et pour complaire au Roy, noſtre dit S. Pere députera le Cardinal de la *Colomne*.

XVII.

Item, Pour ce que le Roy a receu en ſa protection & gaiges *le Seigneur Prefect de Rome*, Que par noſtre dit S. Pere il ne lny ſoit, ne contre ſon eſtat, ne à ſes biens quelconques, rien innoué, ne attenté pour quelques cauſes faictes le temps paſſé par ledit Sieur, tant contre noſtre dit S. Pere, & tant contre ſes parens: Et pareillement ne fera noſtre dit S. Pere, & tant contre ſes parents. Et pareillement ne féra noſtre dit S. Pere contre nulles gens, tant Eccleſiaſtiques que Seculiers, ne à privées Communautez, ne à quelques perſonnes quelconques, de quelque eſtat ou condition qu'ils ſoient, leſquels auroient gaiges dudit Sieur ou aultrement, ou qu'ils euſſent fait ſervice au Roy, contre le commandement de uoſtre dict S. Pere, re, ne à iceux auroient donné faveur, ayde, & victuailles; Que à tous ceux foit faicte remiffion fpeciale & univerfale, lefquels de prefent le Roy reçoit en & foubz fa protection & fauve-garde.

XVIII.

Item, Et au regard des quarante mille ducats que noftre dict S. Pere dit avoir audict Sieur parfait, & pareillement quelques aultres biens & prifonniers, qui difent avoir prins ; le Roy prend le differend entre fes mains, pour en appointer dedans quatre mois.

XIX.

Item, Que Monfieur le Cardinal *Sainct Pierre ad Vincula*, foit entierement reftitué en fa Legation d'Avignon, & à toutes & chacunes fes chofes, comme caftels, lieux, places, terres, Seigneuries, que pardevant luy auroient efté concedées, tant par noftre dict S. Pere, que par fes predeceffeurs; Et tout ainfi que paravant il en joüiffoit, & que tout, en cas que befoin feroit de nouvel, luy foit gardé & confirmé; Et qu'il ne fe puiffe dés ores mais, en quelque maniere que ce foit irriter ne revoquer.

X X.

Item, Et que touchant le faict du *Cardinal de Gerfe*, noftre dict S. Pere priera Meffieurs du College, à ce qu'il foit payé de fon Chappeau, abfent comme prefent: Et luy confirmera en Confiftoire la refervation & provifion qui luy eft faicte de l'Evefché de Mets, & pareillement de Befançon.

XXI.

Item, Et quand le Roy y fera en perfonne, toutes les Roques luy feront ouvertes, pour loger ce que bon luy femblera, excepté le Caftel fainct Ange.

XXII.

Item, Et par tous les lieux deffufdicts, le Roy, fefdicts gens

& armées feront affeurez, comme és propres lieux & portes de fon Royaume de France, & promet ledit Sieur, faire traitter les fujets de noftre dict S. Pere benignement & doucement.

XXIII.

Item, Que toutes les terres & places qui font au territoire de l'Eglife feront renduës & reftituées dedans douze jours: c'eft à favoir à noftre dict S. Pere, celles qui font à fa Saincteté, & les aultres, à ceux qui les poffedoient, excepté toutesfois les places & Roques, qui appartiennent aux ennemis du Roy., & qui de prefent tiennent party à luy conrraires, & qui donnent confort & ayde au *Roy Alphonfe.*

XXIV.

Item, Au regard de *Civita-Vechia*, & aultres places que noftre dict S. Pere baillera au Roy pour fa feureté, elles demoureront entre les mains du Roy felon les articles qui en font mention.

XXV.

Item, Et pardonnera noftre dict S. Pere à tous ceux qui ont baillé aucunes defdites terres, & qui ont fervy le Roy, c'eft à favoir, ceux d'*Aiguependante*, *Monfiafcon* & *Befaine*, *Viterbe*, & aultres lieux fans les inquieter ne molefter en leur eftas, ne offices en quelque maniere que ce foit.

XXVI.

Item, Noftre dict S. Pere fera content de reftituer tous Meffieurs les Cardinaux, amis & ferviteurs du Roy, en tous leurs privileges, libertez, eftats & dignitez, offices, benefices, terres, graces & droicts, fans ce que à l'occafion des chofes qui ont efté faictes le temps paffé, que l'on ne les puiffe inquieter; ne aucune chofe leur demander parmy ce qu'ils promettent à noftre dict S. Pere, eftre bons & loyaux, & obeiffans à fadicte Saincteté, comme bons Cardinaux doivent faire

par

par droiĉt & raiſon, ſans defroger aux choſes cy-deſſus eſcrites.

XXVII.

Item, Noſtre diĉt S. Pere ſera content de remettre & par-donner toutes les offences qui luy pourroient avoir eſté faic-tes par les Barons & Seigneurs *Coulonnois*, leurs villes & vic-tuailles, *Geronime Deſtoutes-villes*, & aultres ſujets de ſa Sainĉ-teté, & les remettre par noſtre diĉt S. Pere en leurs eſtats, biens & offices.   Et pareillement le Roy de ſa part ſera content de pardonner aux Seigneurs *Urſins*, *Jacobo Conte*, & aultres Com-tes & Barons, les offences paſſées par eux faiĉtes contre luy, reſervé les deniers qu'il a prins du Roy, & non compris en ce preſent traiĉté la queſtion que les Seigneurs *Coulonnois* ont contre ledit *Jacobo Comte*.

XXVIII.

Item, Conſtituera le Cardinal de *Savelle* en la Legation de Ducato de Spoleto ainſi qu'il eſtoit cy-devant.

XXIX.

Item, Autant que touche les Sieurs Coulonnois, Savelles, Vitelles, Geronimo d'Eſtouteville, les Comtes & aultres Ba-rons & amis du Roy, noſtre S. Pere, les reſtituera en tous leurs eſtats, offices & biens quelconques, tout ainſi qu'ils eſ-toient par cy-devant.

XXX.

Item, Sera content noſtre dit S. Pere, de deſlier & quitter les Cardinaux qui le demanderont & féront demander, de l'o-bligation par eux faiĉte, par laquelle ils eſtoient obligez, d'eux non abſenter, ne partir de Rome, ſans le congé de noſtre diĉt S. Pere, & auſſi par l'obligation de le ſuivre s'ils partoit de Rome, & de tout le contenu en ladite Bulle: & pourront de-mourer, ou eux en aller où bon leur ſemblera, ſans ce que noſ-tre diĉt S. Pere les revocque, & conrraigne de venir contre leur volonté.

XXXI.

XXXI.

Item, Que le Roy à son departement baillera à nostre dict S. Pere la Cité de Rome, & pareillement les clefs, portaux & ponts d'icelle laquelle sa Saincteté lui avoit baillé.

XXXII.

Item, Le Roy ne demandera point ledict Castel S. Ange à nostre dict S. Pere, ne luy en féra aucune requeste ne poursuitte.

XXXIII.

Item, Le Roy féra obeissance en personne à nostre dict S. Pere avant son departement à Rome, toutes les choses dessusdites accordées.

XXXIV.

Item, Et promettra le Roy de non offendre nostre dict S. Pere en temporel ne spirituel, & si aucuns à l'occasion des choses qu'il luy a octroyé, luy vouloient courir sus, de luy ayder, & deffendre envers tous & contre tous.

XXXV.

Item, Et pareillement, nostre dict S. Pere, Messieurs les Cardinaux & peuple Romain, prometteront de leur pouvoir, & garderont deffendre le Roy & toute sa compagnie; qu'ils ne permettront, ne souffriront que aucun outrage ne soit fait ne procuré directement ou indirectement; qu'ils ne donneront ayde ne faveur à ses ennemis, en gens d'armes, ne argent en quelque façon que ce soit. *

XXXVI.

Item, Et entant que touche l'entretenement des articles du Con-

---

* Pendant que le Pape faisoit ce Traitté il travailloit à prendre des engagemens contraires. Il se ligua avec les Venitiens: & ses intrigues ayant été découvertes, il eut si peur que le Roy Charles VIII. ne luy fit ressentir les effects de sa juste colere, qu'il prit le party de sortir de Rome, lorsque le Roy y repassa en revenant de Naples.

Conclave, noſtre dit S. Pere ſera content de remettre cette matiere à l'entrevuë de ſa Sainĉteté & du Roy, pour par eux en eſtre ordonné. Fait le quinzieſme jour de Janvier 1494. Signé, ROBERTET.

LA VILLE EST DEPOURVEUE] ROME, cette ville celebre qui eſt capitale de l'Eſtat Ecclefiaſtique, & qui a commandé à une grande partie de la Terre. On peut voir ſa deſcription tres-exaĉte chez les Auteurs qui ont traiĉté de la Geographie. Un de ceux qui ait mieux reüſſi a eſté François Albertin Florentin, en ſon œuvre *des Merveilles de la nouvelle & veille Rome*, qu'il dédia au Pape Jules II. l'an 1509. & qu'il compoſa dans la ville de Rome eſtant au ſervice du Cardinal de S. Sabine.

LE SAC DES LANSKENETS.] Rome a eſté ruinée & priſe pluſieurs fois. Neron commanda qu'on y miſt le feu, & la vit bruſler durant ſix jours, afin d'avoir l'honneur de baſtir la nouvelle Rome. Sous Athalaric Roy des Gots, elle fut ſaccagée l'an de grace 410. Et ſous Genſeric Roy des Vandales l'an 455. Les particularités de ſa derniere priſe ſont amplement traiĉtées dans un diſcours intitulé, *Hiſtoria expugnatæ & direpta urbis Romæ per exercitum Caroli V. Imperatoris, die 6. Maii 1527. Cæſaris Grollierii*. Le valeureux, mais infortuné Prince Charles Duc de Bourbon Conneſtable de France l'emporta par aſſaut, & y perdit la vie. S'eſtant rangé du party de l'Empereur, il le declara ſon Lieutenant General en ſes armées d'Italie, & ayant attaqué inutilement les villes de Plaiſance & de Florence aſſociées en la Ligue dite Sainĉte, * faiĉte contre l'Empereur entre le Pape Clement VII. & les Rois de France & d'Angleterre, pouſſant ſon deſſein plus

* Le Traitté de cette Ligue eſt imprimé dans le Recueil des Traittés de Paix To. 2. des deux editions de Paris & de Hollande, & dans celle qui a pour titre *Corps Diplomatique* &c.

plus outre, & estant assisté des trouppes Allemandes, donna jusques à Rome, assiegea le Pape dans le Chasteau S. Ange, & allant inconsiderément à l'assaut, il fut frappé d'une mousquetade, dont il tomba mort. Les Imperiaux entrerent pesle mesle dans la ville au nombre de quarante mille hommes, la saccagerent miserablement, firent un grand carnage du peuple Romain, & assiégerent le Pape au Chasteau S. Ange avec quelques Cardinaux, qui furent reduits à une telle necessité, qu'il ne s'en est point veu guéres de pareille ; jusques-là que si l'on veut croire la vie de ce Pape ; *Vetula lactucas Pontifici expetitas deferens crudeliter suspenditur. Quarè cùm nullus esset in arce commeatus, paucis diebus tantâ fame Pontifex urgeri cœpit, ut Asininâ Carne, Cardinalibus qui aderant quasi ad epulas invitatis, vesceretur.* Mais enfin il fut delivré par le moyen du Traicté de Paix qui fut conclu entre l'Empereur & le Roy François I. principal Médiateur de sa liberté.

Guichardin dans son Histoire represente sommairement la prise & le sac de la ville de Rome, dont voicy la narration.

Monsieur de Bourbon se logea le 5. de May auprés de Rome, & avec une insolence militaire, il envoya un Trompette demander passage au Pape par la Cité de Rome pour aller avec l'armée au Royaume de Naples. Et la matinée suivante estant deliberé ou de mourir ou de vaincre, parce qu'il n'avoit guéres d'autre esperance que celle-là en ses affaires, & s'estant avancé du fauxbourg, il commença à y donner un furieux assaut, & s'avança devant toutes les compagnies par un dernier desespoir, non seulement pour ce que s'il ne demeuroit victorieux, il ne luy restoit plus aucun refuge, mais aussi pour ce qu'il luy sembloit que les Lanskenets alloient froidement à l'assaut. Il fut frappé d'une arquebusade, duquel coup il tomba mort en terre: Et neantmoins sa mort ne refroidit, ains alluma l'ardeur des soldats, lesquels combattans avec une tres-grande de vigueur par l'efpace de deux heures, entrerent finalement dans le fauxbourg, à quoy leur ayda bien non feulement la foibleffe des remparts qui eftoit tres-grande, mais auffi la mauvaife refiftance que firent ceux de dedans, &c.

Chacun fe mit en fuitte, & plufieurs coururent à la foule vers le Chafteau, en forte que les fauxbourgs entierement abandonnez demeurerent en proye aux victorieux : Et le Pape, qui attendoit au Palais du Vatican quel feroit le fuccez, entendant que les ennemis eftoient dedans, s'enfuit incontinent avec plufieurs Cardinaux dans le Chafteau, où confultant s'il devoit arrefter là ou fe retirer en lieu feur, par la voye de Rome, (*luy qui eftoit deftiné pour eftre exemple des calamitez qui peuvent furvenir aux Papes*) ayant nouvelle de la mort de Monfieur de Bourbon, * & que toute l'armée abaiffée de courage defiroit s'accorder avec luy, il laiffa mal-heureufement le confeil de s'en aller. Partant le jour même, les Efpagnols ne voyant ny ordre ny confeil, pour deffendre le quartier delà le Tybre, entrerent dedans fans aune refiftance, & de là ne trouvans plus d'empefchement, le foir mefme à vingt & trois heures, ils entrerent par la porte de Xifte en la Cité de Rome, où, horfmis ceux qui fe confioient au nom de la faction, & quelques Cardinaux, lefquels, pour avoir le bruit d'avoir fuivy le parti de l'Empereur, croioyent eftre plus à feureté que les autres, tout le refte de la Cour & de la Cité, comme il fe fait en cas fi efpouvantable, eftoit en fuitte & en confufion.

Entrez qu'ils furent dedans, chacun commença à courir à la foule au pillage, *fans avoir aucun égard, non feulement au nom des amis, & à l'autorité & dignité des Prelats, mais auffi aux Temples, aux Monafteres, aux Reliques honnorées de l'ap-*

port

---

* Ce fut Berard de Padoue qui lui apprit cette nouvelle, ayant pour ce fujet deferté de l'armée de l'Empereur. Guichardin l. 18.

port de tout le monde, & aux choses sacrées: Tellement qu'il
seroit impossible non seulement de raconter, mais presque d'i-
maginer les calamitez d'icelle Cité, destinée par l'ordonnance
du Ciel à une merveilleuse grandeur, mais aussi à plusieurs infor-
tunes, parce qu'il y avoit neuf cens quatre vingts ans qu'elle
avoit esté saccagée par les Gots. Il est impossible de raconter la grandeur de la proye, pour les richesses qu'il y avoit à
monceaux, & tant de choses rares & precieuses des Courtisans
& des Marchands. Mais ce qui la fit encore plus grande ce fut
la qualité & le grand nombre des prisonniers, qui se devoient
rachepter avec de tres-grosses rançons. Et pour comble de mi-
sere & d'infamie, plusieurs Prelats pris par les soldats, mesmement par les Lanskenets, (lesquels pour la haine qu'ils portoient au nom de l'Eglise Romaine se monstroient cruels &
insolents) estoient menez à reculons, avec un tres-grand mépris par toute la ville de Rome, sur des aspes & méchantes
mules, revestus des habits, & avec les enseignes de leur Dignité. Et il y en eut plusieurs tres-cruellement tourmentez,
lesquels ou moururent és tourmens, ou furent traictez de sorte, qu'ils finirent leur vie peu de jours apres qu'ils eurent payé leur rançon.

Il mourut tant à l'assaut qu'à la furie environ quatre mille
hommes. Les Palais de tous les Cardinaux furent saccagez,
horsmis ces Palais-là, lesquels pour sauver, les Marchands qui
s'y estoient retirez avec leurs biens, promirent une tres-gros-
se somme de deniers. Et quelques-uns de ceux qui compose-
rent avec les Espagnols, furent aprés ou saccagez par les Lanskenets, ou contraints de se rachepter encore une fois. La
Marquise de Mantouë composa pour son Palais à cinquante mille ducats, qui furent payez par les marchands & autres qui s'y
estoient retirez; & le bruit courut que Ferrand son fils en eut
dix mille pour sa part. Le Cardinal de Siene, dédié de pere en
fils

fils au nom Imperial, * aprés qu'il eut compofé avec les Efpagnols, tant pour luy que pour fon Palais, fut fait prifonnier des Lanskenets, qui faccagerent fon Palais, & puis l'ayat
mené à coups de poing, & la tefte nuë dans Borgo, il falut
qu'il fe rachetaft de leurs mains avec promeffe de cinq mille
ducats. Les Cardinaux de la Minerve & Ponfette, † fouffri-
rent prefque une femblable calamité; lefquels eftans faits prifonniers des Lanskenets, payerent rançon, aprés qu'on eut
vilainement mené en pourceffion l'un & l'autre d'entr'eux
par toute la ville de Rome. Les Prélats & Cardinaux Efpagnols & ‡ Lanskenets, qui fe tenoient pour affeurez que ceux
de leur nation ne leur feroient point de tort, furent pris, &
auffi mal traittez que les aurres. On entendoit les cris & hur-
lements miferables des femmes Romaines, & des Religieufes, que les foldats menoient par trouppes pour faouler leur luxure : *fe pouvant dire que les jugemens de Dieu font cachez aux
mortels, attendu qu'il fouffroit que la renommée chafteté des
femmes Romaines fuft ainfi vilainement & miferablement for-
cée.* On entendoit par tout infinies plaintes de ceux qui eftoient inhumainement tourmentez, partie pour les contraindre
de faire leur rançon, partie pour manifefter les biens qu'ils a-
voient cachez. Toutes les chofes facrées, les Sacremens,
& les Reliques des Sainéts, dont les Eglifes fe trouvoient pleines, eftans dépoüillées de leurs ornemens, gifoient par terre, à quoy s'adjoufterent infinies vilénies que faifoient les
barbares Lanskenets. La renommée fut que le fac, tant en
déniers, qu'or, qu'argent & joyaux, monta à plus d'un million de Ducats, mais que des rançons on en tira encore bien
plus grande quantité, &c.

Ce

* Il étoit de la maifon de Picolomini ; il en eft parlé cy-après.
† Le Cardinal Ponfette en monrut de deplaifir la même année.
‡ Lifes Allemans. **G 3**

Ce font jufques icy les mefmes termes de Guichardin, lequel pourfuit les evenemens de cefte memorable prife, & comme le Pape fe voyant abandonné de toute efperance, fut contraint de convenir avec les Imperiaux par un accord fait le 6. jour de Juin; * n'ayant pû flefchir l'Empereur Charles V. (Ce grand Catholique & Protecteur du S. Siege) que par une fomme de quatre cent mille ducats, qui feroit levée fur l'Eftat de l'Eglife, dont les principales places feroient mifes en fa puiffance : le Pape mefme demeurant prifonnier avec treize Cardinaux, qui eftoient avec luy, jufques à l'entiere exécution du Traicté.

La pauvrete' ou il est, est grande plus qu'en Pape qui fut depuis ccc. ans.] C'eftoit un tefmoignage de la perte que Rome avoit foufferte en fa prife; puis que dix ans aprés elle ne s'eftoit pû encore remettre.   Quoi que le Pape Clement VII. pour fatisfaire aucunement à fa captivité, euft fait fondre tous les ornemens d'or & d'argent pour fatisfaire à fa rançon, & qu'il fuft venu à cefte extremité mefme, que d'expofer en vente trois chapeaux de Cardinal, qui ne furent pas fuffifans pour affouvir l'avarice du foldat.

☞ Senateur.] C'eft la feule Dignité de l'ancienne Rome qui fubfifte encore à prefent. Elle eft à la nomination du Pape qui n'en doit pourveoir qu'une perfonne née en la ville de Rome. Le pourveu en jouit ordinairement toute fa vie, à moins qu'il ne foit élevé à une dignité plus éminente.

Gouverneur & Conservateurs.] Ce font trois Gentilshommes Romains, qui demeurent au Capitole, & ont foin de la confervation de la ville.   Cette Charge eft

à

* Cet accord fe trouve à la fin du Difcours, dont le titre Latin eft rapporté cy-devant.

à prefent exercée par *les Marquis de Sainćté Croix & Orfino.*
Quant au Gouverneur principal de l'Eftat Ecclefiaftique, c'eft
le Gouverneur de Rome, par la mort du Seigneur Vitricé. Le
Pape Innocent X. a pourveu de cefte charge l'an 1650. le Seigneur Farnefe Archevefque de Patras, Secretaire de la Congregation des Evefques, de la Maifon de Paul III. frere du
Duc de Lateri.

LE CARDINAL DE SIENE LEGAT.] L'illuftre Fa-
mille de *Piccolimini* a produit fept Prelats qui ont avec honneur gouverné l'Eglife de Sienne. Le premier de ce nombre
fut le celebre Pape Pie II. auquel ont fuccedé Antoine, François, Jean, Alexandre & Afcagne Piccolomini, dont le neveu portant ce mefme nom, qui eft fils de Silve Piccolomini Grand Maiftre de la Maifon de Cofme II. grand Duc de Tofcane, & petit fils d'Enée & de Victoire Piccolomini, eft Archevefque de Sienne en Tofcane l'an 1651. & a pour frere le
brave Octave Piccolomini Duc d'Amalphi, Chevalier de la
Toifon d'or, Lieutenant General des Armées du Roy Catholique Philippes IV. dans les Pays-bas, & de l'Empereur Ferdinand III. en Allemagne, qui le créa Prince de l'Empire aprés
le Traićté de Paix de Nuremberg l'an 1650.

Le Cardinrl *de Siene Jean Piccolomini* eftoit proche parent
des deux Papes Pie II. & Pie III. Ses mérites le firent eflever
à l'Archevefché de Sienne en Tofcane l'an 1503. Il fut honoré de la pourpre romaine par Leon X. l'an 1517. & parvint
aux premieres dignitez de l'Eglife, fut Evefque d'Albano, de
Prenefte, de Porto, & enfin d'Oftie, Doyen du Sacré College l'an 1535. Le Pape Paul III. l'envoya Legat avec le Cardinal Cefarin vers l'Empereur, puis il mourut l'an 1537. & fut
inhumé en l'Eglife de S. François au Tombeau de fes Anceftres.
Son fuccefleur en l'Archevefché de Siene a efté *François Bandini*, fils de Montanine Piccolomini fa fœur, & de Salufte Bandini noble Sienois.

II

☞ Il semble que la Dignité d'Archevesque de Sienne soit en quelque façon affectée à cette Maison; car outre ceux qui sont ici marqués il y a eu encore Coelio Picolomini Archevesque de cette ville, fait Cardinal en 1664. par le Pape Alexandre VII.

Le Cardinal Salviati, Legat du Pape.] Jean Cardinal *Salviaty* nasquit à Florence l'an 1490. le 24. jour de Mars, du mariage de Jacques Salviaty, & de Lucrece de Medicis sœur du Pape Leon X. qui le nomma Evesque de Fearare l'an 1520. Et comme il estoit doüé de grand courage, & d'un excellent naturel, aussi ne dégenera-t'il point de la reputation d'Hippolite Cardinal d'Este son prédecesseur. Clement VII. le députa Legat du S. Siege à la Cour du Roy François I. & de l'Empereur, comme il fut depuis à Parme & à Plaisance. Il eut encore l'Administration de plusieurs Eveschez en Italie avec celuy de Parme, de Fermo, & de Trani. Et le mesme Roy François I. qui luy portoit de l'affection, luy fit conférer les Prélatures de S. Papoul, & d'Oleron avec plusieurs Abbayes dans son Royaume.

Sous Paul III. il fut Evesque de Sabine & de Porto, & aprés la mort du Souverain Chef de l'Eglise ayant eu grande part aux suffrages de l'Election, elle fut traversée par les brigues de l'Empereur Charles V. à cause de l'alliance & proche parenté qui estoit entre ce Cardinal Salviaty, & le Roy de France Henry II. Enfin il mourut l'un des plus riches & plus opulens Prélats qui fust de son temps dans le sacré College: ce qui ne luy a pas acquis tant de reputation, comme l'estime particuliere qu'il faisoit des gens doctes, qu'il chérissoit & obligeoit avec une grande liberalité. L'éloquent Sadolet a fait le Panegyrique de ses eminentes vertus. Il receut les honneurs de la sepulture en Eglise Cathedrale de Ferrare, estant décedé l'an 1553.

Il eut pour freres *Bernard* Cardinal Salviaty Evesque de

Cler-

Clermont en Auvergne & de S. Papoul, grand Aumofnier de la Reyne Catherine de Medicis, & le Grand *Antoine Marie Salviaty* Cardinal, defquels Ciaconio, Ughelli, & les autres Hiftoriens qui traictent de la vie des Cardinaux parlent plus amplement.

C'eft un grand honneur & avantage à cefte Maifon *de Salviaty*, que la Royale de France en foit defcenduë, celle d'Angleterre, de Savoye, de Tofcane, & autres grands Princes & Princeffes qui vivent aujourd'huy dans l'Europe ; à caufe de la Reyne Marie de Medicis, efpoufe du Roy de France & de Navarre Henry le Grand, laquelle avoit pour Bis-ayeulle paternelle *Marie Salviaty*, femme de Jean de Medicis, pere de Cofme I. du nom, Grand Duc de Tofcane.

Jacques Salviaty & Lucrece de Medicis pere & mere de ce Cardinal eurent un autre fils Laurent Salviaty, lequel de Conftance de *Comitibus* fut pere de Laurent II. du nom Marquis de Julian, qui a eu pour fils Jacques Salviaty Duc de Julian, Chef de cefte Maifon celebre en Tofcane, qui a efpoufé *Veronica Cybo* Princeffe de Maffe.

LE DUC ALEXANDRE DE MEDICIS.] Cet Alexandre, frere naturel de la Reyne Catherine de Medicis, femme du Roy Henry II. eut pour pere Laurent de Medicis Gouverneur de la Republique de Florence & du Duché d'Urbin. L'Empereur Charles V. le créa premier Duc de Florence l'an 1531. luy ayant depuis fait efpoufer fa fille naturelle *Marguerite d'Auftriche* l'an 1536. Quelques Citoiens trouverent fon Gouvernement fâcheux à fupporter à caufe de fa tyrannie, (ce qui a du rapport avec l'affaire que Philippe Strozzy avoit a demefler avec ce Prince, & dont parle fouvent Rabelais en fes lettres) & mefme Laurent de Medicis fon coufin, l'ayant attiré en fon logis fous l'efpoir de le faire joüir d'une noble Florentine, il le fit maffacrer l'an 1537. penfant avoir mis par

Tome III.   H   ce

ce tragique coup sa patrie en liberté, mais il fut déceu de son esperance, parce que le Duc Alexandre n'ayant laissé aucuns enfans legitimes, & seulement un fils bastard Jules de Medicis, le mesme Empereur Charles V. nomma Duc de Florence *Cosme de Medicis I. du nom*, qui fut honoré depuis du titre de Grand Duc de Toscane par le Pape Pie V. l'an 1570. & se rendit celebre parmy les Princes d'Italie.

Du mariage de Leonor de Tolede sa premiere femme sortit entre autres enfans, *François* Grand Duc de Toscane pere de la Reyne de France Marie de Medicis. *Ferdinand I.* Grand Duc de Toscane frere de François, s'allia par mariage avec Chrestienne de Lorraine dont il délaissa le Duc *Cosme II.* lequel de Marie-Madelaine d'Austriche a procréé *Ferdinand* de Medicis II. du nom, à present Grand Duc de Toscane, marié à Victoire de la Roüere Mont-Feltre fille & héritiere du Prince Frederic Ubalde Duc d'Urbin & de Claude de Medicis dont il a des enfans. Ses freres sont Jean Charles Cardinal de Medicis créé par le Pape Innocent X. & les Princes François & Mattias de Medicis, qui ont eu pour sœurs Marguerite femme d'Edouard Farnese Duc de Parme, Marie Chrestienne & Anne de Medicis.

Ceste Maison Ducale porte *d'or à cinq Tourteaux de gueulle 2. 2. 1. le sixiesme en chef chargé de trois fleurs de Lys d'or*; Pietre de Medicis Gouverneur de la Republique de Florence ayant receu à faveur particuliere du Roy Louis XI. qui luy envoya le Tourteau de France semé de fleurs de lys; ce qu'a retenu ceste Famille jusques à present.

PHILIPPES STROZZY, LE PLUS RICHE MARCHAND DE LA CHRETIENTE'.] Rabelais est mal instruit faisant paralelle de la Famille des Fourquets d'Ausbourg avec celle de *Srozzy*, Maison illustre de Florence, lors qu'il rapporte que ce Philippe Strozzy, duquel le Duc Alexandre de

Medi-

Medicis vouloit confifquer les grands biens, eftoit eftimé le plus riche Marchand de la Chreftienté. Il n'y a pas lieu de croire qu'il fuft de cefte Tige de Strozzy, laquelle eftoit fi confiderable par ces celebres Capitaines Pierre & Philippe Strozzy, & par les Alliances qu'elle prenoit en la Maifon de Medicis.

Philippe Strozzy I. du nom Chevalier Florentin, eut à femme Clarice de Medicis, tante de la Reyne de France Catherine de Medicis & d'Alexandre Duc de Florence. Elle eftoit auffi petite niepce du Pape Leon X. De cefte Alliance fortirent *Pierre Strozzy*, furnommé le Grand, Marefchal de Franee, Lieutenant General du Roy Henry II. en Italie, mort au fiege de Thionville en 1557. & *Laurent Strozzy* creé Cardinal par le Pape Paul III. Evefque de Beziers, d'Alby, & enfin Archevefque d'Aix. Auquel temps vivoit auffi *Philippe Srozzy* Colonel General de l'Infanterie de France, qui mourut au fervice du Roy de France Henry III. l'an 1583. eftant General d'une armée navale contre les Efpagnols en la guerre de Portugal. *Alfonfme Strozzy* fa coufine, proche parente de la Reyne Catherine, fut alliée avec Scipion de Fiefque Comte de Lavagne, Chevalier d'honneur de la mefme Princeffe. Et de cefte alliance font iffus les Comtes de Fiefque en France, Barons de Bréffuire en Poiĉtou.

La Maifon de *Strozzy* paroift encore aujourd'huy dans la Tofcane où elle poffede les premieres charges de l'Eftat, comme elle a fait dans l'Eglife. Car outre le Cardinal Strozzy, Alexandre a efté Evefque de Volterra en 1565. Robert Strozzy Evefque de Fiefole, Alexandre neveu du Cardinal Bandini Archevefque de Fermo, un autre de mefme nom Evefque de Sainĉt Miniato, & Robert Strozzy frere d'Alexandre Evefque de Colle l'an 1638.

Cefte famille porte en fes armes, *d'or à la faffe de Sable, chargée de trois croiffans tournés d'argent.*

Lors

☞ Lors que Rabelais a appelé Philippe Strozzy le plus riche Marchand de la Chreftienté, il n'a pas pour cela fait tort à fa Noblefſe. On ſcait aſſés que par toute l'Italie le commerce ne déroge point à la Nobleſſe. Au reſte Philippe Strozzy n'étoit pas autrement bien dans l'eſprit de l'Empereur Charles V. car Laurent de Medicis ayant été tué en 1537. l'Empereur accuſa Philippe Strozzy d'avoir été un des complices de ce meurtre, & il fit informer contre luy après l'avoir fait empriſonner fous ce prétexte. On peut voir à ce ſujet une lettre de l'Eveſque de Tarbe au Coneſtable de Mont-Morency en datte du 20. Novembre 1538. rapportée au T. 1. des Mem. de Ribier. p. 263.

LES FOURQUES D'AUSBOURG EN ALLEMAGNE.] La Famille des Fourques, ou plutôt Fuggers, *Fuggerana*, eſt maintenant aſſez conſiderable en Allemagne au Dioceſe de Conſtance, où elle poſſede les Baronnies de Kirchberg & de Weiſſenhorn. Leur premiere reſidence eſtoit en la ville d'Ausbourg, & il y a environ cent cinquante ans que c'eſtoient les plus riches Marchands d'Allemagne. Par la gratification de l'Empereur, ils furent honorez de la dignité de Barons l'an M. D. X. és perſonnes de Raymond Fougger Baron de Kirchberg & de Weiſſenhorn, & d'Anthoine Fougger, qui eut pour petit fils Jacques Eveſque & Prince de Conſtance l'an 1604.

Ce qui apporte plus d'eſclat à ceſte Maiſon, c'eſt qu'elle a pris Alliance avec les meilleures Maiſons d'Allemagne, à ſçavoir celles des Comtes de Zollern, de Schvartzemberg, d'Eberſteyn, de Koningſeck, de Montfort, d'Ottingen, de Trucſes, des Barons de Madruce, des Comtes de Lodron, & autres qui ſont des plus qualifiées de la Baviere.

LE CARDINAL CIBO SON GOUVERNEUR.] Innocent Cibo Cardinal du S. Siege, Eveſque de Marſeille, Legat de Bologne & de la Romagne receut la pourpre de ſon
oncle

oncle le Pape Leon X. en la promotion qu'il fit l'an 1513. luy donnant le mefme chappeau qu'il avoit eu lors qu'il fut fait Cardinal, avec ces paroles. *Innocentio Cibo mi diede quefto Capello, proprio; ed'jo, ad Innocentio Cibo lo reftituifco.* Ce Cardinal fe monftra contraire à la refolution que fes Confreres affemblez à Parme avoient prife de tranfporter le S. Siege en Avignon à la priere du Roy François I. pendant la prifon du Pape Clement VII. Il conferva l'Eftat de Florence aprés la mort du Duc Alexandre fon Coufin germain; le gouvernement de cefte Republique luy ayant efté offert fa vie durant, il le refufa avec grande modeftie. S'eftant fignalé dans les Legatures de Bologne, Parme & Plaifance, ayant eu bonne part en l'amitié du Roy François I. & de l'Empereur Charles V. & apres avoir negotié l'élection de Jules III il mourut à Rome le 13. Avril 1550. Il gift au milieu de l'Eglife de la Minerve, ayant efté en fon temps le premier d'Italie en reputation d'efprit & de courage.

Ce Cardinal Cibo poffeda les Archevefchez de Gennes & de Turin, celuy de S. André en Efcoffe, les Evefchez de Marfeille, d'Albenga & autres, avec les Abbayes de S. Victor de Marfeille & de S. Oüen de Roüen par la gratification de nos Roys. Il avoit pour pere *François Cibo* Comte de l'Anguillare & de Ferentillo, General de l'Eglife Romaine fouz le Pape Innocent VIII. & pour mere Magdelaine de Medicis fœur de Leon X.

Laurent Cibo Comte de Ferentillo General de l'Eftat Ecclefiaftique, frere d'Innocent Cardinal Cibo, efpoufa *Richarde Malefpine* Marquife de Maffe & de Carrare, dont il procréa *Alberic Cibo* Malefpina, Prince du S. Empire & de Maffe, Duc d'Ayello, Marquis & fouverain Seigneur de Carrare, de Ferentillo, qui efpoufa deux femmes. *Elifabet de la Roüere* fut la premiere : elle eftoit fille de François Marie Duc d'Urbin, de laquelle defcendit le Prince Alderamo Cibo;

H 3

bo;

bo; de la feconde, Ifabelle de Capoüe fœur de Ferrant Duc de Termoli fortirent aufli des enfans.

Alderamo Cibo Marquis de Carrare fut un tres-genereux Prince, & qui poffeda tous les Arts nobles dignes des occupations d'une perfonne de fa naiffance. Il mourut l'an 1606. ayant efté marié avec *Marfife d'Eft* fille de François Marquis de la Maffa en Romagne, coufine du Duc Alfonfe de Ferrare. Il laiffa d'elle cinq enfans, dont l'aifné fut,

Charles Cibo Prince de Maffe, Marquis & Souverain de Carrare, lequel de *Brigida Spinola* fœur de la Ducheffe de Turfis, & coufine du Duc d'Oria a eu douze enfans. Les aifnez font Alberic Cibo, & Aldèramo Cibo Cardinal Legat du Duché d'Urbin.

Alberic Cibo Marquis de Carrare, s'eft allié avec la Princeffe *Fulvie Pic de la Mirande*, fille du Duc Alexandre & de Laure d'Eft de Modene, dont il en a le Prince Charles Cibo II. du nom, Alexandre Jean Baptifte, Ferdinand & autres jeunes Princes.

LE SOPHY ROY DES PERSES.] *Thaamas* Roy de Perfe fils d'Ifmaël Sophy I. du nom, dit le Grand, defcendu par la ligne des femmes du renommé *Ufum Caffan*. Il nafquit l'an 1508. & fucceda aux Eftats de fon pere en 1525. aufli bien qu'à la haine mortelle qu'il avoit eu pendant fa vie contre l'Empereur des Turcs. Ayant dénoncé la guerre à Solyman fils de Selim, celui-ci entra dans la Perfe, & faccagea la ville de Tauris, dont le Sophy eut bien-toft la revanche, ayant deffait toute l'armée du Turc prés la ville de Betelis l'an 1536. C'eft de cefte fameufe bataille (dont fait mention *Rabelais* en cefte lettre) dans laquelle, felon qu'il efcrit à l'Evefque de Maillezais, quarante mille Turcs à cheval, & foixante mille fantaffins perdirent la vie: ce qui revient à cent mille hommes. Efchec qui fut caufe de la Paix arreftée entre Solyman

&

& le Sophy. Depuis il donna retraitte en fes Eſtats au Prince Bajazeth, ce qui attira les forces du Turc dans la Meſopo-
tamie, où elles furent defaictes avec advantage en pluſieurs autres rencontres. De tout cecy eſt faicte mention dans l'Anna-
liſte Jean de Perfe. Après avoir regné cinquante-un an il
mourut le 11. de May 1576. au 68. de fon âge, délaiſſant des
quatre femmes qu'il eſpouſa une grande poſterité, qui a hérité & poſſede encore le Royaume de Perfe; *Kaa Sophi Mi-
rifes* aiant le Souverain gouvernement de cet Eſtat l'an 1642.

MONSIEUR DE VELY AMBASSADEUR POUR LE
ROY VERS L'EMPEREUR.] *Claude Dodieu* Lyonnois
fieur de Vely, Abbé de S. Riquier en Picardie, fut Maiſtre
des Requeſtes de l'Hoſtel du Roy François I. qui l'envoya ſon
Ambaſſadeur vers le Pape Paul IV. Par la faveur de ce Prince
il fut pourveu de l'Eveſché de Rennes en Bretagne l'an 1541.
après le deceds d'Yves Mahyeuc. Sa mort advint l'an 1558.
à Paris, & il fut inhumé aux Celeſtins. Guillaume de Bellay
Seigneur de Langey au Livre 5. de fes Memoires raporte amplement les negotiations du meſme Seigneur de Vely, lors
qu'il eſtoit Ambaſſadeur du Roy François I. vers l'Empereur
Charles V. Il portoit pour armes *a'azur à la bande d'argent
accompagnée de deux Lyons de meſme.* Il eut pour ſucceſſeur
Bertrand de Marillac, frere de Charles Archeveſque & Comte
de Vienne.

☞ Cet Evêque étoit chargé par le Roy François premier
de preſſer l'Empereur Charles V. de luy reſtituer le Duché de
Milan; & ce Prince l'avoit fait entretenir de belles promeſſes,
afin feulement de gagner du temps pour ſe préparer à la guerre de Provence: dequoi Mr. de Vely s'étant apperçeu, il en
parla fort courageuſement à l'Empereur en luy reprochant fon
manquement de paroles & fes rodomontades ordinaires. Mem.
du Bellay p. 184. & de Ribier. T. 1. p. 63.

LA

LA GRANDE VILLE DE TAURIS.] Elle eſt capita-
le de la grande Medie, nommée diverſement par les auteurs
Tauris, & par les Turcs *Tebris*. C'eſt l'ancienne Ecbatané
ſuivant l'avis d'Ortelius, & de pluſieurs autres. Sa ſituation
eſt au pied du mont Oronte, qu'elle a du coſté du Nord, &
eſt eſloignée de la mer Caſpie de huiĉt journées, a la Perſe au
Midy, & les Monts Caſpies au couchant. Elle eſt peuplée
d'environ deux cens mille ames, ſelon l'opinion de Minado, &
l'an 1607. elle contenoit de tour vingt-quatre milles, ou huiĉt
de nos lieues, mais à preſent ſon ancienne deſcription ſe trouveroit ici fauſſe. Ceſte ville eſt fort riche à cauſe du trafic des
ſoies, du drap d'or, & des pierreries.

IL FAIT MAUVAIS PARTIR SON OST DEVANT
VICTOIRE, &c.] Ce fut contre l'avis & le conſeil des plus
experimentez Capitaines & Generaux de l'armée Françoiſe,
(meſme de cet Heros incomparable Louis II. Sire de la Tre-
moille, Vicomte de Thoüars, Prince de Talmont, auquel
Guichardin donne ce digne Eloge, qu'il eſtoit *le premier Capitaine du monde*) que le Roy François I. eſtant campé devant
Pavie, qu'il attaquoit vivement, ſe confiant au nombre de ſes
trouppes, & aiant deliberé d'aſſaillir le Royaume de Naples,
partagea ſon armée, dont il donna partie à commander au
Duc d'Albanie. Ceſte diverſion ayant diminué de beaucoup
ſes forces, cela donna occaſion à l'armée Imperiale de ſe fortifier, pour tenter de jetter du ſecours dans Pavie, qui étoit
reduite aux extremitez. Ce fut en ce rencontre que ſa Majeſté eſtant obſtinée à ce ſiege, ſe repoſoit du gouvernement
de l'armée ſur l'Admiral, & prenoit ordinairement conſeil
d'Anne de Montmorency, & de Philippe Chabot Seigneur
de Brion, perſonnes qui lui eſtoient agreables, mais de petite experience au fait de la guerre: en ſorte qu'il ſe laiſſa perſuader à donner la Bataille de Pavie le XXV. de Fevrier feſte
de

de S. Mathias, journée mal-heureuse, où sa plus genereuse Noblesse perdit la vie, & ce grand Prince la liberté; comme remarque excellemment François Guichardin en son Histoire, où il represente les conseils & resolutions qui furent prises avant le combat.

MONSIEUR D'ALBANIE.] Jean *Stuart* Duc d'Albanie, Regent d'Escosse, Comte de la Marche en Angleterre, Chevalier de l'Ordre de S. Michel, estoit fils d'Alexandre *Stuart* Duc d'Albanie, Prince de l'Isle de Man & issu du sang Royal d'Ecosse, Comte de la Marche, Grand Admiral d'Escosse, & d'Anne de la Tour dicte de Boulogne. Cet Alexandre avoit pour pere Jacques II. Roy d'Escosse, & pour frere Jacques III. aussi Roy d'Escosse, avec lequel il disputa la Couronne; chacun d'eux prétendant estre l'aisné, d'autant qu'ils estoient gemeaux, & qu'on doutoit lequel estoit né le premier.

Ce Duc d'Albanie servit le Roy François I. en Italie avec beaucoup de valeur, & mourut l'an 1536. sans enfans d'Anne de la Tour, dicte de Boulogne, Comtesse d'Auvergne & de Lauraguais, fille de Jean III Comte d'Auvergne, & de Jeanne de Bourbon. Il eut pour niepce du costé maternel Catherine de Medicis Reyne de France, fille de sa belle sœur Magdelaine de la Tour Duchesse d'Urbin.

La Branche aisnée masculine de la Royale Maison d'Escosse du nom de Stuart ayant finy en la personne de Marie Reyne d'Escosse, depuis Douairiere de France, *Henry Stuart* Duc d'Albanie Seigneur d'Arneley, issu de la mesme Tige fut appellé à la Couronne d'Escosse, par le mariage qu'il contracta avec la Reyne Marie, & fut pere de *Jacques* Stuart I. du nom, Roy de la Grande Bretagne, qui eut pour fils *Charles I.* Roy d'Angleterre, d'Escosse & d'Irlande, espoux de Henriette Marie de France, fille du Roy Henry le Grand : aux Estats duquel a succedé l'an 1648. Charles II. du nom Roy de la

Tome III.   I   Grande

Grande Bretagne que Dieu reſtablira quelque jour dans le Throne de ſes Anceſtres, * qui eſt occupé maintenant ſous le tiltre d'une Republique naiſſante par des Sujets rebelles.

Reſte une autre Branche de la Maiſon de Stuart, qui a donné origine aux Ducs de Lenox en Angleterre, & aux Seigneurs d'Aubigny en France.

BARBEROUSSE S'EST RETIRE' A CONSTANTINOPLE.] Hariaden Barberouſſe Roy d'Algier & Admiral des Mers du Turc, a eſté l'un des plus fameux Capitaines qui ait ſervi le Grand Seigneur dans ſes armées. Son nom Hariaden ſignifie en langue Turqueſque vaillant. Les autres l'appellent communément *Barberouſſe*. Il prit naiſſance dans l'Iſle de Metelin, & dès ſa premiere jeuneſſe s'adonna à pirater ſur la mer, combatit pluſieurs fois avec avantage contre les Chrétiens, & enfin s'empara de la forte place d'Algier. Selim pere de Soliman Empereur des Turcs l'avoit cognu pendant ſa vie, & avoit accouſtumé de s'entretenir avec lui par des preſens qu'il luy envoyoit.

S'eſtant donc acquis une haute reputation de valeur; Soliman le convia par ſes Ambaſſadeurs environ l'an 1533. de venir à Conſtantinople, où il fut receu avec grand appareil, & honoré par ce Prince du commandement des armées de Mer, avec une penſion annuelle revenant à la ſomme de quatre-vingt mille florins : & encore fut gratifié de la Charge de Vizir fort conſiderable parmy ceux de ceſte nation. Puis ayant la Dignité d'Admiral des mers de l'Empire Ottoman, il parvint enfin à la Pourpre, ayant ſuccedé à ſon frere aiſné au Royaume d'Algier ſelon le ſentiment de l'Eveſque de Nocera.

Tant y a que ſortant du port de Conſtantinople avec cent voiles, il porta une telle terreur de ſon nom par toutes les

Iſles

* Cela eſt arrivé en 1660.

Isles de la Mer Egée, & dans les places que tenoient les Chrestiens, qu'il les asseura au service de Soliman, & donna telle peur à la ville de Naples, que s'il l'eust attaquée dans sa consternation, il s'en fust rendu facilement le Maistre ; ayant saccagé en ce Royaume les villes de Fundi & de Terracine, & l'Isle de Prochida. Rome capitale de l'Italie trembla à ses approches, mais il ne sceut pas profiter d'une si belle occasion, puisque par un conseil peu advisé, il aborda en Affrique, chassa Mulei Roy de Tunis qui disputoit avec son frere pour ceste Couronne, occupa le Royaume au nom de Soliman, qui n'en jouist pas long-temps, Mulei ayant esté restably par l'Empereur Charles V.

Il ne fust pas si heureux à l'expedition de la prise de la Goulette par cet Empereur, qui le contraignit de se retirer honteusement, & de se sauver à Algier. Mais ayant restably sa flotte il prend la ville d'Hippone, traverse la mer, en faisant de grandes cruautez sur les Chrestiens par tous les lieux où il s'arresta : & enfin il se rendit à Constantinople, d'où il partit quelques années après, & ayant fait une descente à Brindisi au Royaume de Naples, ceste partie de l'Italie ressentit encore de funestes marques de sa fureur. Depuis avec une grande hardiesse il attaqua l'armée navale des Chrestiens conduite par le renommé Capitaine Doria, & luy donna la chasse.

Enfin pour dernier exploict militaire de sa vie, la guerre ayant esté renouvellée entre le Roy François I. & Charles V, Soliman envoya au secours du premier le mesme *Barberousse* Roy d'Algier, sous la conduite d'Anthoine Iscalin Adheimar Baron de la Garde, Ambassadeur de sa Majesté à la Porte du grand Seigneur. Ce fut en ceste expedition qu'ayant consommé beaucoup de temps devant la forte Citadelle de Nice en Savoie, qu'il ne put prendre, enfin à la priere du Roy, qui fut sollicité par le Pape d'entendre à la paix, il se retira avec

l'escorl'efcorte du Baron de la Garde, & vint enfin terminer le cours de fa vie le 4. jour de Juillet à Conftantinople l'an 1547. en âge prefque octogenaire, ayant acquis la reputation de vaillant Capitaine. Son fils Afanes luy fucceda au Royaume d'Algier, lequel affifta au Siege de Malthe avec trente galeres en 1565. pour le fervice du grand Seigneur. Paul Jove, Leunclavius & Henry de Sponde Evefque de Pamiez en fes Annales, qui font la fuite de Baronius qu'il a continué, font fouvent mention de Barberouffe, & raportent plufieurs particularitez de fa vie.

☞ Quoy qu'il ait été dit au commencement de cet article de Remarques que, Barberouffe avoit pris naiffance dans l'Ifle de Metelin; il y a pourtant une tradition qu'il étoit François de la maifon d'Authon au païs de Xaintonge. Mr. de Brantôme rapporte cette tradition, & parle de luy avec éloge tome 2. & tome 4. des Memoires des hommes illuftres François, & tome 2. des hommes illuftres étrangers, où il le fait mourir l'an 2. du regne du Roy Henry II. ce qui revient à l'an 1548.

OBSERVATIONS
SUR LA
LETTRE II.

MONSIEUR DE BASILLAC.] Ce pourroit eftre Jean de Bafilhac Confeiller au Parlement de Thouloufe, lequel fut efleu Evefque de Carcaffone aprés Hugues de Voifins: mais cefte élection n'eut pas lieu, ayant efté rejettée environ l'an 1522. que Martin de S. André fut appellé pour gouverner ce Diocéfe; qui a pour Evefque à prefent Meffire Vital

tal de l'Eſtang Conſeiller du Roy en ſes Conſeils, ſucceſſeur de ſon Oncle Criſtophle de l'Eſtang en 1621.

OBSERVATIONS
SUR LA
LETTRE III.

LES ESCUS QUE SON PERE LUY LAISSA.] Alfonſe I. Duc de Ferrare, Modene & Rege, Marquis d'Eſt, Comte de Carpi, fils d'Hercules I. Duc de Ferrare & de Leonor d'Arragon, fut un Prince de grand courage, qui vainquit ſur mer les Venitiens l'an 1509. & eut de grandes guerres contre les Papes Jules II. & Leon X. ſur leſquels il demeura touſiours victorieux, eſtant aſſiſté de la faveur de Louis XII. Roy de France. Il tranſigea avec le Pape Clement VII. & luy promit qu'à faute d'hoirs maſles legitimes, Ferrare retourneroit à l'Egliſe: ce qui eſt advenu après le deceds d'Alfonſe II. Duc de Ferrare ſon petit fils, & ſous le Pontificat de Clement VIII.

Il mourut l'an 1534. ne laiſſant aucune lignée d'Anne Sforce ſa premiere femme. De la ſeconde *Lucrece Borgia* naſquirent le Duc Hercules II. duquel eſt parlé cy-après, Hippolite Cardinal d'Eſt & de Ferrare, Archeveſque Princes d'Arles & de Milan, Protecteur de France à la Cour Romaine ſous le Regne du Roy Henry II. lequel fut amateur des hommes doctes, & mourut en 1572. De la troiſiefme femme qu'aucuns ont voulu dire avoir eſté ſeulement ſa concubine, *Laura Euſtochia* iſſuë de Ferrare, le Duc Alfonſe procréa un fils naturel portant le nom du pere, qui fut Marquis de Montechio, & prit

allian-

alliance avec Marie de la *Roüere* fille du Duc d'Urbin. Son fils aifné Cefar d'Eft confirmé Duc de Modene & de Rege par l'Empereur Rodolphe, & fait Prince de l'Empire, ayant le droict de fon coufin le Duc Alfonfe II. qui l'inftitua fon héritier en la Duché de Ferrare, fut contraint de quitter fes pretenfions au Pape Clement VIII. De Virginie *de Medicis* fon efpoufe, il procréa entre autres enfans Alfonfe d'Eft Duc de Modene, lequel d'Elifabeth *de Savoye* fille du Duc Charles Emmanuel, a eu une féconde pofterité de Princes & Princeffes. François fon fils qui eft à prefent Duc de Modene & de Rege a pris alliance dans la Maifon de *Farnefe* Aldobrandin. Son frere Renaud Cardinal d'Eft eft Protecteur de France fous le Roy Louis XIV. ayant comme hérité de cefte charge, qu'a fi dignement poffedée fon arriere-grand Oncle Hippolite Cardinal de Ferrare.

LE PARTY DU ROY.] François I. furnommé le Grand, pour les vertus heroiques de valeur joinctes à la clemence, à la magnificence & à la liberalité qui fe faifoient admirer en fa preftance & en la beauté du corps, eftant Duc de Valois & de Bretagne, & prefomptif héritier de la Couronne, fucceda au Roy Louis XII. l'an 1515. Il fignala fon advenement par la memorable bataille de Marignan, qu'il gaigna en perfonne, & où fa Majefté combatit avec une valeur nompareille; ce qui luy ouvrit facilement le chemin à la conquefte du Milanez, & des principales places de la Lombardie. Depuis il arrefta la paix avec le Pape Leon X. l'Empereur, Roy d'Efpagne & celui d'Angleterre, qui fut bientoft rompuë; le Duc de Bourbon s'eftant revolté contre fon Souverain. Tout le Milanez luy ayant efté enlevé, François I. s'achemine en Italie, où ayant donné la funefte bataille de Pavie, le Monarque y fut pris prifonnier, & mené en Efpagne, après avoir efté liberé au moyen d'une exceffive rançon par le Traicté de Madrid.

drid. La guerre fe renouvella depuis contre l'Empereur dans la Picardie, le Rouffillon & l'Italie, où pour comble des trophées de ce Prince François, le magnanime Comte d'Anguyen gaigna la bataille de Cerifolles en Piedmont.

Plufieurs excellens Hiftoriens ont décrit le regne de ce grand Prince qui mourut l'an 1547. dont les plus celebres font Guichardin, Paul-Jove, Sleidan, & du Bellay. Le Roy Henry II. fon fils qu'il eut du mariage de Claude de France, fut pere des derniers Rois de la branche de Valois, finis en la perfonne d'Henry III. Roy de France & de Pologne. Mais de nos jours cefte genereufe Tige s'eft renouvellée en la naiffance du jeune Duc de Valois, * fils de fon Alteffe Royale Gafton Jean-Baptifte de France Duc d'Orleans.

MONSIEUR DE LIMOGES AMBASSADEUR POUR LE ROY A FERRARE.] C'eftoit Jean de Langeac Evefque de Limoges, iffu d'une tres-noble Famille en Auvergne, qui eft à prefent éteinte, Françoife héritiere de Langeac ayant porté les biens de cette Maifon dans celle de la Rochefoucaud par fon mariage contracté avec Jacques de la Rochefoucaud, Sieur de Chaumont, & Baron de Langeac.

Ce Prelat eut pour pere & mere Triftan Seigneur de Langeac, & Anne d'Alegre. Il fut premierement Maiftre des Requeftes fous le regne de François I. puis Abbé de Pebrac en Auvergne, Prevoft de l'Eglife de Brive, & enfin pourveu de l'Evefché d'Avranches. Pour fes fervices il fut gratifié de la Prelature de Limoges, après Antoine de Tende de Lafcaris. Sa capacité luy fit exercer pour fon Roy plufieurs Ambaffades vers les Princes Eftrangers, defquelles il s'acquitta avec reputation; & laiffa dans fon Eglife des marques de fa liberalité par les dons & par divers embeliffemens qu'il y fit, où

* Ce Prince eft mort jeune.

où fe voyent reprefentées fes Armes : *qui font d'or à trois pals de vair.* Son Corps repofe au Chœur de fa Cathedrale, eftant paffé dé cefte vie en une meilleure le 23. jour de Juillet 1541. où en cet endroit fe voit fon Epitaphe.

Exemplo tibi fatis fum : quifquis es, fi fapis, præfentibus necte futura. Natus quidem vixi ; at herclé mori præftiti ut plus magifque viverem.

MADAME RENE'E.] Renée de France Ducheffe de Ferrare, feconde fille du Roy Louis XII. & d'Anne Ducheffe de Bretagne fa premiere femme. Elle nafquit le 15. Octobre 1509. Par Traitté paffé à Blois, elle fut promife en mariage à Charles Prince de Caftille, depuis Empereur V. du nom; ce qui ne s'accomplit pas, auffi bien que l'Alliance projettée avec Joachim Marquis de Brandebourg. Mais enfin elle eut pour Efpoux l'an 1527. *Hercules* d'Eft II. du nom Duc de *Ferrare & Modene*, Prince qui fuivit & favorifa le party de France en Italie, où il fut Lieutenant General de l'Armée du Roy Henry II. pour deffendre le Pape Paul IV. contre le Roy d'Efpagne Philippe II. En cette confideration le Souverain Chef de l'Eglife donna à ce Duc le tiltre de Deffenfeur de l'Eglife, qu'il ne poffeda pas long-temps, eftant mort l'an 1559. & délaiffant de la Princeffe Renée qui le furvefquit jufques en 1575. *Alfonfe* II. Duc de *Ferrare*, mort fans enfans de Barbe d'Auftriche, & de Marguerite de Gonzague de Mantouë: & en fa perfonne fut éteinte la branche aifnée de cefte ancienne & illuftre Famille. Il eut pour frere Louis Cardinal d'Eft & de Ferrare, Archevefque d'Auch, & pour fœurs Anne d'Eft mariée à François de *Lorraine* Duc de Guife, puis à Jacques de *Savoye* Duc de Nemours; d'où font iffus les Ducs de ce nom, Lucrece qui efpoufa François II. Duc d'Urbin, & Leonor qui déceda fans alliance.

☞ M. Bayle dans fon Dictionaire a remarqué fur le mot de
Fer-

Ferrare que M. de Sainte-Marthe, qui a fait la remarque precedente, s'eſt mépris ſur la naiſſance de Madame Renée de France qu'il met au 15. Octobre 1509. au lieu qu'elle eſt née le 25. Octobre 1510. mais cette mépriſe eſt legere en comparaiſon de celle que M. Varillas a faite dans ſon livre de la *Pratique de l'Education des Princes* pag. 177. de l'Edition de Paris, où en parlant du mariage arreſté par le traitté de Blois du 1. Decembre 1513. entre cette Princeſſe & Charles Archiduc d'Autriche depuis Empereur V. de ce nom, il dit qu'ils étoient de même age, quoy que ce Prince fut dans ſa quatorzieme année & que la Princeſſe n'eut pas encore ſept ans, comme il eſt dit au premier article de ce traitté imprimé dans les Recueils de Leonard & de Hollande. Ce n'eſt pas la ſeule choſe en quoy M. Varillas s'eſt trompé à l'égard de cette Princeſſe, & M. Bayle a fait voir au même endroit que preſque tout ce qu'il en dit eſt inventé ou fort outré. Cela ne ſurprendra pas ceux qui ont examiné les ouvrages de M. Varillas, n'y ayant pas d'Hiſtorien contre lequel on doive être plus en garde, ſur tout à l'égard de ſes citations qui ſont la pluſpart ſuppoſées & imaginaires. On peut voir l'éloge de cette Princeſſe dans les vies des Dames illuſtres de M. de Brantome.

MADAME DE SOUBISE SA GOUVERNANTE.] Elle s'appelloit Michelle de Saubonne & étoit Damoiſelle originaire du Pays de Bretagne, l'une des Dames d'honneur de la Reyne Anne de Bretagne, laquelle pour marque de l'affection qu'elle lui portoit, la choiſit pour être Gouvernante de Renée de France ſa fille, Ducheſſe de Ferrare. Par ſa faveur elle avoit eſpouſé dés l'an 1507. *Jean l'Archeveſque* V. du nom, Seigneur de Soubiſe, Chef de l'ancienne & illuſtre Maiſon de Parthenay en Poictou, pere de Jean l'Archeveſque Seigneur de Soubiſe, Lieutenant du Roy Henry II. en Toſcane & en la ville de Sienne en Italie, lequel d'*Antoinette Bouchard*

chard d'Aubeterre fut pere de Catherine de Parthenay, Heritiere de Soubise, mariée l'an 1575. avec *René* Vicomte de *Rohan*, Prince de Leon, Comte de Porhoët, Baron de Frontenay, Lieutenant General du Roy Henry le Grand son Cousin dans ses Armées, estant Roy de Navarre, qui en a délaissé entre autres enfans *Henry* I. Duc de Rohan, Pair de France, Prince de Leon, Gouverneur de Poictou, & Lieutenant General des Armées du Roy Louis le Juste en la Valteline & en Allemagne, où il perdit la vie d'une blessure à la bataille de Rhinfeld, ayant remporté la gloire d'avoir esté l'un des grands Capitaines de son siecle. Sa fille unique Marguerite son héritiere, Duchesse de Rohan, Princesse de Leon, Comtesse de Porhoët, qu'il eut du mariage de Marguerite de Bethune de Sully, a espousé Henry Chabot Duc de Rohan, auparavant Marquis de saincte Aulaye, Gouverneur d'Anjou, dont il a des enfans.

OBSERVATIONS

SUR LA

LETTRE IV.

MONSIEUR DE CRISSE'] Jacques Turpin II. Seigneur Baron de Crissé, de Vihers & de Montreveau, estoit issu d'une des anciennes Maisons d'Anjou, de laquelle est à present chef du nom & des Armes Charles IV. Comte de Crissé. Le premier estoit proche parent du Cardinal du Bellay, qui demeuroit alors à Rome à cause de Catherine du Bellay, sa premiere femme, fille de Renée du Bellay, Seigneur Baron de la Forest & de Comequiers, & de la Marquise de Laval.

LA

LA BANDE DU SEIGNEUR RANCE A ESTE' DEF-
FAITE.] Ce Seigneur Italien, qui eſtoit à la ſolde du Roy de
France, & duquel ſera parlé cy-apres plus amplement, fut
deffait par les trouppes du Duc de Savoye, qui eſtoit lors en differend avec le Roy François I. Guillaume du Bellay, Sieur de
Langey, en rapporte les motifs: *Premierement, de ce qu'il
avoit engagé ſes joyaux pour fomenter le party du Duc de Bourbon rebelle. Il avoit eſcrit des lettres congratulatoires de la
priſon du Roy, faiſoit des praticques pour aliéner les Suiſſes de
ceſte Couronne, avoit refuſé de preſter Nice pour l'entreveuë
du Pape Clement & de luy, & le paſſage de ſes trouppes.* Le
Roy pour cette cauſe avoit donné quelque empeſchement à
l'entrepriſe du Duc contre Geneve, & ne pouvoit ignorer ce
Duc (*dit du Bellay*) que ne ſe fuſt ingerée ſi avant la compagnie du Seigneur Rance, que de favoriſer ſans le ſceu, ou
par avanture ſans le ſecret commandement du Roy, les habitans de la ville de Geneve contre luy.

LE DUC DE SAVOYE.] Charles III. du nom Duc de
Savoye, de Chablais, d'Aoſte, & de Genevois, Prince de
Piedmont, Roy de Cypre, Succeſſeur de ſon frere Philibert,
l'un & l'autre enfans du Duc Philippe II. Quoi qu'il fuſt ſorty du ſecond lit de Claude de Broſſe de Bretagne, la Princeſſe Louiſe de Savoye ſa ſoeur, iſſuë du premier, & de l'Alliance de Marguerite de Bourbon, fut excluë de la ſucceſſion
de l'Eſtat de Savoye par l'ancienne Couſtume; ce qui donna
ſujet en partie aux guerres que le Roy François I. nepveu du
Duc Charles luy fit depuis.

Ce Prince dès ſon premier advenement, avoit accompagné
le Roy Louis XII. aux guerres de Milan & de Gennes. Il fut
compris dans la Ligue arreſtée à Cambray, pour le recouvrement du Royaume de Cypre, (héritage de ſes Anceſtres,) &
aſſiſta le Monarque François à ſon premier voyage en Italie,

le receut magnifiquement à Turin, & fit la Ligue du Pape Leon X. & des Suisses avec la France après la journée de Marignan. Depuis sa Majesté luy fit la guerre, & le despoüilla de la pluspart de ses Estats de Piedmont. En mesme temps Geneve se retira de son obéïssance, & les Bernois ses voisins se saisirent du Païs de Vaux, le Duc Charles ayant suporté toutes ses traverses d'un courage genereux.

Il mourut à Verceil l'an 1553. ayant esté marié avec *Beatrix de Portugal*, fille du Roy Emmanuel, laquelle estoit estimée la plus belle Princesse de son temps, dont il délaissa *Emmanuel Philibert* Duc de Savoye, allié avec une Princesse de France *Marguerite* fille du Roy François I. Elle fut mere de *Charles-Emmanuel* I. du nom Duc de Savoye, qui hérita de la valeur du pere. Le Roy d'Espagne Philippe le Prudent II. du nom reconnoissant son mérite, luy fit espouser sa fille *Catherine d'Austriche*, dont il délaissa plusieurs enfans.

L'aisné *Victor-Amedée* Duc de Savoye, Prince de Piedmont, Roy de Cypre, fut un tres-genereux Prince, & qui donna des preuves de sa valeur en la journée du Tesin. Il mourut l'an 1637. ayant espousé une vertueuse Princesse, Madame Royale *Chrestienne de France*, fille du Roy Henry le Grand, qui a esté long-temps Regente des Estats de Savoye pendant la minorité de ses enfans. François Hiacynthe nommé *Louis-Amedée* au Baptesme, mourut au septiéme de son âge, ayant esté Duc de Savoye prés d'un an. *Charles-Emmanuel II.* à present Duc de Savoye, Roy de Cypre, est un Prince de tres-grande esperance pour les graces d'esprit & de corps dont il est avantagé. L'aisnée de ses sœurs *Marie Anne Louise* est femme de Maurice de Savoye son oncle, Prince d'Oneille & de Barcelonette. *Adelaïde* la puisnée a esté mariée l'an 1650. avec *Ferdinand-François* Prince de *Baviere*, fils aisné du Duc Maximilien, Duc de Baviere Electeur, Comte Palatin du Rhin.

O B-

OBSERVATIONS
SUR LA
LETTRE V.

ANDRE' DORIA EST ARRIVE' A NAPLES.] André Doria Prince de Melfe, Chevalier de la Toifon d'or, General des Galeres de l'Empereur Charles V. & Gouverneur de la ville de Gennes, tiroit fon origine d'une des premieres Maifons de cefte ville, qui tient le fecond rang après celle de Spinola. Comme il eftoit experimenté Capitaine en la conduite des Armées de mer (qui le firent furnommer un autre Neptune) auffi fut-il appellé à la Cour du Roy François I. qui l'efleva à de grandes Charges, mefmement à la Dignité d'Admiral des mers de Levant, avec affeurance de xxxvj. mille efcus d'or de penfion annuelle, & outre cela luy confia le Gouvernement & la garde de la ville de Gennes & des places maritimes. L'an 1528 le mefme Prince luy ayant donné le commandement de l'Armée navale de France pour s'oppofer contre celle de l'Empereur, qui eftoit commandée par Alfonfe d'Avalos, & Camille Colomne, les plus vaillans de l'Armée, les ayant pris prifonniers, il deffit leur flotte entierement.

Mais depuis quelques années après, bien que le Roy eut obligé le Prince Doria par tant d'effets d'amitié, en l'employant aux plus importantes affaires de la guerre, il ufa d'une grande infidelité au préjudice de fa foy, pour embraffer le party d'Efpagne, eftant perfuadé par Antoine de Leve & fes autres prifonniers, fous couleur de mécontentement de ce qu'on luy donnoit pour adjoint à commander fur mer le Seigneur de

K 3

Bar-

Barbezieux, de la Maiſon de la Rochefoucaud; & que le Roy
ne luy payoit point ſes appointemens, & avoit refuſé à ſa priê-
re de reſtituer aux Genois la ville de Savonne. Il ſe revolta
contre François I. quittant le ſervice, & emmena douze Galeres, avec une partie des meilleurs ſoldats de l'armée du Roy,
delivra Antoine de Leve, Alfonſe du Guaſt, & Alfonſe Colomne, trois Chefs des plus valureux de l'Armée Imperiale.
Ainſi chargé des deſpoüilles de la France il ſécourut la ville de
Naples, qui eſtoit aux extremitez, eſtant aſſiegée par les François. Et continuant le deſſein de ſa trahiſon, il ſe refugia dans
Gennes ſa patrie, dont il ſe rendit maiſtre, l'ayant fait revol-
ter contre le ſervice du Roy: ce qui luy acquit une grande
eſtime parmy les ſiens, & cauſa aux François la ruine generale de leurs affaires en Italie.

L'Empereur Charles V. dont il eſtoit fort familier & chéry,
au lieu de l'Ordre de S. Michel dont le Roy l'avoit honoré,
luy fit prendre celuy de la Toiſon d'or, & l'inveſtit du Duché & Principauté de Melphe appartenant à Jean Carraciol Duc
de Venouſe & d'Aſcoli, grand Capitaine qui rendit de notables
ſervices au Roy François I. ayant eſté Mareſchal de France.

Le meſme Empereur voulant paſſer d'Eſpagne en Italie par
mer, commanda au Prince Doria d'eſtre ſon Conducteur. Les
actions militaires qu'il fit contre les Turcs ſont remarquables.
Il prit de force les villes de Coron, de Patras & autres dans
l'Achaye. Charles V. l'eſtablit ſon Lieutenant General de
l'armée navale qui reduiſit en ſon obéïſſance le fort de la Goulette, & la ville de Tunis. Il receut depuis cet Empereur paſſant
à Gennes dans ſon Palais en 1536. avec grande magnificence.

Pendant la Trefve arreſtée entre les Rois de France & d'Eſpagne, François I. eut la bonté de recevoir André Doria à
pardon de ſon infidelité paſſée. Enſuitte avec les galeres de
Naples & de Sicile il battit & chaſſa les Turcs de la pluſpart
des

des places qu'ils tenoient dans la mer Egée & vers l'Afrique, & les reduifit à recognoiftre Muley ou Mule-affes Roy de Tunis qu'il reftablit en fon Throne. Ce renommé Capitaine mourut l'an 1560. agé de 90. ans.

Les Genois, pour l'eftime particuliere de fa valeur & de la haute reputation qu'il avoit acquife dans les armes, érigerent à ce Heros leur compatriote une ftatuë publique de marbre, fur la bafe de laquelle fut gravé cet efcrit:

Andreæ Auriæ civi optimo, feliciffimoque, vindici atque auctori publicæ Libertatis Senatus populufque Genuenfis pofuerunt.

Il mourut fans enfans, & laiffa héritier de fa renommée pluftoft que de fes grands biens, *Jean André Doria*, fils de Jannetin qui fut General de l'armée navale en Afrique. De luy peuvent eftre defcendus les Ducs de Turfis du nom de Doria, qui font encore aujourd'huy au fervice du Roy d'Efpagne Philippe IV. & ont le commandement des armées navales de mer. Les Marquis de Cirié en Savoye font chefs de cefte Maifon de Doria.

LA GOULETA PRÈS TUNIS.] Le Fort de la Goulette fut bafty à l'embouchure de la ville de Tunis par Charles Quint en 1535. Quelques années après les Turcs ayant affiegé cefte place, l'enleverent & ruinerent à la referve d'un feul baftion qu'ils fortifierent pour la deffenfe du port & de l'embouchure du Lac. Ceux de Tunis y ont pour l'ordinaire une garnifon de leur milice & un grand magafin.

Quant à la ville de Tunis capitale d'un Royaume de mefme nom en Afrique, elle eft efloignée de douze milles de la mer, & fameufe en noftre Hiftoire par le memorable fiege qu'y mit le Roy S. Louis, où il fut pris prifonnier, & au fecond voyage d'outremer mourut devant cefte place. Dès le temps de ce Prince il y avoit des Rois dont la lignée a duré

juf-

jufques au temps de Muley-Aſſes Roy de Tunis, & de ſon fils le Tyran Amides, ſur lequel Sultan Selim s'empara du Royaume, & en oſta la jouïſſance à ceux de ſa poſterité.

LES ARABES.] Ce ſont ces peuples vagabonds, & ſi adonnez au larcin que du temps de S. Hieroſme ils eſtoient blaſmez de ce vice. Ils ſont diſperſez en pluſieurs endroits de l'Empire Ottoman, & principalement dans les campagnes de Barbarie. C'eſt par l'appuy de leurs armes, que l'infide-le Mahometh ſema ſes erreurs, & eſtablit ſa maudite Secte. De là ils paſſerent en Afrique l'an 637 ſous le Caliphe Omar III. & envahirent ce pays. Les Afriquains ennuyez de ceſte race d'Arabes qui furent depuis appellez Sarrazins, les chaſſe-rent de leurs pais, & en retinrent la fauſſe Religion. Leur fa-çon de vivre eſt fort differente de celle des Turcs, comme l'on peut voir chez l'Auteur de l'Hiſtoire de Barbarie plus amplement.

SARDAIGNE ET MINORQUE.] Iſles de la mer Me-diterranée. La premiere eſt voiſine de celle de Corſe, & a pour capitale la ville de Cagliari, reſidence du Vice-Roy que le Roy d'Eſpagne y envoye. Celle de Minorque a pour prin-cipale ville Civita d'ella, laquelle faiſoit anciennement partie du Royaume de Majorque poſſedé par les Roys d'Arragon, & à preſent par le Roy Catholique.

LE GRAND MAISTRE DE RHODES PIEDMON-TOIS.] Didier de Tolon Saincte Jaille Dauphinois, lequel de Grand Prieur de Tholoſe fut eſleu Grand Maiſtre après Pier-re du Pont en 1535. & déceda à Montpelier le 26. Septembre 1536. ayant eſté inhumé à Sainct Gilles. Jean d'Hommedez Eſpagnol luy ſucceda en la meſme année. L'Iſle de Rhodes qui eſtoit la reſidence des Chevaliers de S. Jean de Hieruſa-lem, ayant eſté priſe par Soliman l'an 1522. après la reſiſtan-ce genereuſe du vaillant Philippe de Villiers l'Iſle-Adam, le
Siege

Siege de la Religion fut eftably dans l'Ifle de Malthe. *Jean Paul Lafcaris* que l'on dit eftre de mefme race que celle des anciens Lafcaris Empereurs de Conftantinople, forty d'une branche des Comtes de Tende au Comté de Nice, eft à prefent Grand Maiftre de l'Ordre de S. Jean de Hierufalem, dit de Malthe, & Prince de Goze.

OBSERVATIONS
SUR LA
LETTRE VI.

ON NE VIT ONCQUES ROME TANT ADON-NE'E AUX DIVINATIONS QU'ELLE EST DE PRESENT.

C'eftoit au tems que le Pape Paul III. ayant efté inftruit dans toutes les plus belles fciences, & particulierement en l'Aftrologie, avoit pour familier auprès de luy *Lucas Gauric* celebre Mathematicien d'Italie, qui depuis, au raport du premier Hiftorien de ce fiecle, prédit à la Reyne Catherine de Medicis le defaftre qui arriva à fon Efpoux le Roy Henry II. lors que par un funefte accident il fut bleffé fi griefvement d'un efclat de lance par le Comte de Montgommery, qu'il en mourut en fon Palais des Tournelles à Paris, l'an 1559.

Le docte Evefque de Chartres Jean de Sarisbery, Anglois de Nation *, en fon livre intitulé *Policraticus de Nugis Curialium & veftigiis Philofophorum*, raporte les diverfes efpeces de preftiges & de divinations, aufquelles l'on
ren-

---

* *Livre* 1. *&* 2.

Tome III.   L

renvoye le Lecteur s'il defire en eftre informé plus particulie-rement.

☞ On ne peut guéres parler plus modeftement que Rabelais fait de l'inclination que le Pape Paul III. avoit pour l'Aftrologie. L'Autheur du Libelle adreffé à Afcagne Colomne contre ce Pape en a parlé plus hardiment dans le reproche qu'il luy fait en la maniere fuivante. *An non turpiffimum eft, te pendere totum ab Aftrologis & Necromanticis? negari factum non poteft, nam & honoribus illos, & facultatibus atque donis amplificafti. Cecium, Marcellum, Gauricum, Luzitanum & alios, quæ fané res impietatis te manifeftè redarguit, & fatis eft gravis quam ob rem à Pontificatu debeas removeri.* C'eft le fentiment de cet autheur rapporté par *Hofpinianus in Hiftoria Jefuitica:* furquoi on doit remarquer que les hommes d'un génie fuperieur ont toujours été expofés aux calomnies: & le reproche le plus commun qu'on leur a fait eft de n'avoir point eu de Religion, & de s'être fervis de l'art magique pour parvenir à leurs fins. *Voyez* Naudé dans l'Apologie des grands hommes accufés de Magie.

MESSINE.] Cefte ville a long-temps débattu de la primauté avec celle de Palerme, Siege des Rois de Sicile & à prefent des Vicerois. Elle eft grande & bien fortifiée de baftions & de chafteaux, avec un Arcenal & un Palais Royal, qu'on tient eftre l'une des belles pieces de l'Europe. Pour ornemens publics elle a de belles fontaines, & une Eglife Metropolitaine. Prés du port l'on montre le goufre de Charybde, ayant de l'autre cofté prés de la Calabre le fafcheux paffage de Scylla tant décrié par les anciens. *Jean d'Auftriche*, fils naturel du Roy d'Efpagne étoit Gouverneur, Viceroy & Capitaine General de la Sicile en 1651.

LE FEU DUC DE MILAN.] *François Sforce II.* du nom, dernier Duc de Milan, fut le fecond des fils de Louis

Sforce

Sforce, furnommé le More, qui mourut prifonnier du Roy Louis XII. dans le chafteau de Loches, & de Beatrix d'Eſt de Ferrare. Charles V. & le Pape Leon X. le reſtablirent dans la Duché de Milan l'an 1521. après que les François en eurent eſté chaffez. Il fut quelque temps mal-voulu de l'Empereur, & trouva moien de fe remettre en grace avec luy, ayant fait exécuter à mort un Ambaffadeur du Roy François I. * lequel s'appreſtant pour vanger ceſte injure, *François Sforce* mourut l'an 1535. Il avoit efpoufé peu auparavant *Chreſtienne*, fille aifnée de *Chreſtien II. Roy de Dannemarck* & d'Iſabelle d'Auſtriche, dont il n'eut point d'enfans. Elle paffa en fecondes nopces avec François *Duc de Lorraine*, pere de Charles II. Après fon déceds & celuy de fon frere aifné *Maximilian Sforce*, l'Empereur Charles V. s'empara du Milanez. Il eut auſſi pour frere naturel *Jean Paul Sforce*, Marquis de Caravas, duquel font iffus les Marquis de *Caravagio*.

* *C'étoit un Gentilhomme Milanois, nommé Merveilles.*

OBSERVATIONS

SUR LA

LETTRE VII.

GOUVERNEUR DE LYON.] Jean d'Albon Seigneur de fainct André, Gouverneur du Lyonnois, iffu de l'illuſtre Maifon d'Albon Seigneurs de S. André & de S. Forgueul, lequel, de Charlotte de la Roche Baronne de Tornoëlles, fut pere de *Jacques d'Albon*, Seigneur de S. André, Marquis de Fronfac, Gouverneur du Lyonnois, Forefts &

Beau-

Beaujolois, d'Auvergne, Bourbonnois, haute & baſſe Marche, créé Mareſchal de France par le Roy Henry II. l'an 1547. & celebre dans l'Hiſtoire pour ſes actions militaires *. Il termina le cours de ſa vie pour le ſervice de ſon Prince l'an 1562. à la bataille de S.Denis ſans laiſſer enfans. Les Barons de S. Forgeul ſont aiſnez de ceſte Maiſon, & ont pour cadets les Seigneurs de Chazeul, dont l'aiſné porte la qualité de Comte d'Albon.

* M. S. de la Famille d'Albon.

OBSERVATIONS

SUR LA

LETTRE   VIII.

MONSIEUR DE SAINTES.] *Julian Soderin*, fils de Paul Anthoine, & petit fils de Thomas Soderin, & de Diane Tornaboni, eſtoit iſſu d'une des premieres familles de Florence †. Par la faveur de ſon oncle François Cardinal Soderin, Legat des Florentins auprès du Pape, il eut le meſme employ en France auprès de ſa Majeſté Tres-Chreſtienne, & fut fait Eveſque de *Volterra* en Italie l'an 1509. Il aſſiſta depuis au Concile de Latran l'an 1514. & de là fut transféré à l'Eveſché de Vicenze, & par la reſignation de ſon oncle il fut Eveſque de Saintes en France : Prelature qui penſa faire perdre le Cardinal, d'autant que le Pape Adrian VI. ayant appris par des lettres interceptées de l'Eveſque de Saintes ſon neveu, qu'il ſollicitoit le Roy de France pour envahir la Sicile ; il fut mis
pri-

† *Italiæ Sacræ T. 1. in Epiſcopis Velaterranis.*

prifonnier au Chafteau S. Ange, & y demeura, eftant privé de
la liberté des fuffrages, jufques à l'eflection de Jules de Medicis. Ce Cardinal acquit un grand renom pendant qu'il vefquit,
comme l'Hiftoire nous l'aprend. *Julien* fon neveu mourut l'an
1544. & gift en fon Eglife Cathedrale. Charles I. Cardinal de
Bourbon lui fucceda en l'Evefché de Saintes, qui eft à prefent
pofſedé par *Louis de Baſſompierre*, fils de François Marefchal
de France.

LE PEU PAPE CLEMENT.] *Jules de Medicis* fils naturel de Julian Gouverneur de la Republique de Florence, &
Coufin germain de Leon X. nafquit-poftume après le maffacre
de fon pere, fait par la conjuration des Pazzi alliez de la Maifon de Medicis. Il fut premierement Chevalier de Rhodes *,
puis créé Cardinal & Archevefque de Florence, l'an 1503. &
enfin eflevé au fouverain Pontificat l'an 1523. le 13. Decembre fous le nom de *Clement* VII. quoi qu'il euft pour conten-
dans Jules de Medicis de fa Maifon, & Pompée Colomne
.tous deux illuftres en extraction. L'Italie fut troublée par plufieurs guerres pendant qu'il vefquit. Rome fut prife, & luy
affiegé dans le Chafteau S. Ange, puis demeura prifonnier de
l'Empereur Charles V. qu'il couronna depuis à Bologne. Eftant paffionné pour la grandeur de la Maifon de Medicis, il
moyenna leur reftabliffement dans Florence, & décreta l'excommunication de l'interdit du Royaume d'Angleterre contre
le Roy Henry VIII. Sa mort arriva le 25. Septembre 1534.

Il laiffa, *dit Guichardin, qui finit fes guerres d'Italie en cet
endroit*, au chafteau S. Ange plufieurs bagues & joyaux, &
en la Chambre Pontificale une infinité d'Offices, mais contre
l'opinion d'un chacun une tres petite quantité de deniers. Il
fut exalté de bas † dégré au Papat avec une merveilleufe facilité

* *Du Chefne Hift. des Papes.*   † *Eftant Baftard.*

lité de fortune : & si l'on pese l'une & l'autre fortune, il l'eut bien plus grande mauvaise, que bonne. Car quel bon heur se peut comparer au malheur de sa prison ? à ce qu'il vit avec une si grande ruine & destruction saccager Rome ? & à ce qu'il fut cause d'une si grande desolation à sa patrie ? Il mourut hay de la Cour, suspect aux Princes, & avec une renommée plustost fascheuse & odieuse que plaisante; estant reputé avare, de petite foy, & naturellement estrangé de faire plaisir aux personnes. Neantmoins il estoit fort grave & fort avisé en ses actions, vainqueur de soy-mesme, & de tres-grand esprit, si la timidité ne luy eust souvent corrompu le jugement.

LE CARDINAL CESARIN LEGAT VERS L'EMPEREUR.] Alexandre Cardinal *Cesarin* Romain de naissance. Paul Jove fait grande estime de luy dans ses ouvrages pour la protection qu'il donnoit aux personnes de lettres. Le Pape Leon X. pour preuve de son affection le créa Cardinal en 1517. & le Sacré College le députa en Espagne après l'election d'Adrian VI. Paul III. l'envoya avec le Cardinal de Sienne complimenter l'Empereur Charles V. sur sa victoire de la prise de Tunis, & il eut beaucoup d'autres honorables emplois à la Cour Romaine, dont fait mention l'Histoire des Cardinaux. Mais l'on ne peut assez estimer l'Eloge que rend de sa personne Jacques Sadolet Evesque de Carpentras dans l'une de ses Epistres où il louë ses vertus, particulierement sa pieté, une prudence rare & une doctrine non commune. Ce Cardinal mourut * ayant esté Evesque d'Albano & de Pampelonne l'an 1542. le 13. du mois de Fevrier.

JE SEROIS PLUS RICHE QUE JACQUES COEUR.] Jacques Cœur natif de la ville de Bourges, de premier & du plus riche Marchand de son temps fut Conseiller & seul Thresorier

* *Italiæ Sacræ T. 1.*

sorier de l'Espargne du Roy Charles VII. sous lequel il fut en grande consideration : & comme il estoit homme de negotiation il fut employé dans les plus importantes affaires de l'Estat, mesme dans la Pacification du Schisme qui estoit pour lors en l'Eglise, & pour accorder le Pape Nicolas & Felix, auparavant Duc de Savoye, que ceux du Concile de Basle avoient nommé Pape, qui estoit la plus grande affaire qui fust lors en la Chrestienté. A cet effet le Roy * le choisit avec Tanneguy du Chastel pour les envoyer en une celebre Ambassade vers ledit Pape Nicolas à Rome, où l'Histoire dit, *qu'ils allerent dans les Galeres de ce Jacques Cœur.* De Rome ils retournerent vers le Pape Felix qui residoit pour lors à Lausane, d'où ils revinrent en France trouver le Roy avec les Ambassadeurs dudit Felix, où ces differends furent enfin terminez au contentement de tout le monde.

Ce grand crédit qu'il avoit prés de son Prince, la bonne & severe conduite qu'il apportoit au maniment des Finances, la splendeur de sa fortune, & ses biens, qui estoient considerables, luy susciterent l'envie de quelques grands Seigneurs du Royaume, qui, pour se revestir de si belles despoüilles se mirent à le persecuter outrageusement. Et pour authoriser plus facilement leurs calomnieuses accusations près du Roy, ils luy firent entendre que ce *Jacques Cœur* estoit trop familier avec le Dauphin son fils (depuis Roy Louis XI.) qu'il fomentoit sa desobeissance, & qu'il luy fournissoit trop librement de l'argent & du conseil; ce qui en effet fut la veritable cause de sa disgrace, estant contraint de ceder à la persecution, & d'obeir aux ordres du Roy. Mais le Parlement de Paris prit cognoissance de l'affaire, & donna Arrest, par lequel les calomnies avancées contre la bonne administration dudit *Jacques Cœur*,

---

* *Alain Chartier. Histoire de Charles VII.*

Cœur furent defcouvertes, & ordonna que le tort qui luy avoit efté fait feroit entierement reparé, & que tous fes biens luy feroient reftituez. Voicy en fommaire les principaux chefs de fon accufation, qui font rapportez plus au long dans un Regiftre de la Chambre des Comptes de Paris, cotté *Jacques Cœur* XI. & dans le Recueil des Antiquitez de la ville de Bourges.

CHARLES PAR LA GRACE DE DIEU, ROY DE FRANCE. Comme après le decés de A-gnes Sorelle Damoifelle, la renommée fut qu'elle avoit efté empoifonnée, & Jacques Cœur lors noftre Confeiller & Argentier en euft efté foupçonné, & d'avoir envoyé des harnois de guerre aux Sarazins, & que aucuns de nos fubjets nous euffent fait de grandes plaintes dudit Jacques, difans avoir fait plufieurs grandes concuffions en noftre Païs de Languedoc, & avoir tranfporté aux Sarazins fur fes galeres quantité d'argent, pourquoy euffions ordonné eftre faites informations par nos Officiers pour en ordonner ; lefquelles informations fur la mort & empoifonnement d'Agnes rapportées en l'Hoftel de Taillebourg, où nous eftions pour la conquefte du Duché de Guyenne, les avoir fait vifiter en noftre prefence par noftro grand Confeil, Icelles veuës, & la dépofition de Jeanne de Vendofine *Damoifelle, Dame de Mortagne, par la deliberation defquels euffions ordonné, que iceluy* Jacques Cœur *feroit arrefté, fes biens mis entre noftre main, & en garde des Commiffaires qui en fceuffent rendre compte.*

Depuis lequel appointement euft ledit Jacques Cœur *efté arrefté audit Chafteau de Taillebourg, puis à Lezignam, où il fut interrogé par plufieurs fois, & depuis mené au Chaftel des Montils les Tours, où furent apportées plufieurs informations, par lefquelles ledit* Jacques Cœur *fut trouvé chargé, que dés*
l'an

l'an 1429. *estant compagnon de la Ferme de nostre monnoye de Bourges, il avoit fait forger escus à moindre prix, &c. en commettant en ce crime de fausse monnoye, &c. Fut chargé d'avoir fait quantité de harnois aux Sarrazins, afin que ses galeres fussent mieux traittées, & qu'il pust tirer deux ou trois cens escortes de poivre d'Alexandrie, sans payer le droict du Souldan, &c. Estant renommé que par le moyen desdits harnois, iceux Sarrazins avoient gagné une bataille sur les Chrestiens.*

Fut chargé d'avoir fait fondre lingots, monnoyes, & quantité d'argent, &c. Fut aussi trouvé ledit Jacques, par les informations, chargé d'avoir fait faire de son authorité un petit scel de plomb ou cuivre pareil au petit scel de secret. Fut aussi trouvé par les informations, que, pendant qu'on traittoit le mariage de nostre Fille Jeanne avec nostre Cousin le Comte de Clermont, iceluy Jacques, meu de grande avarice, avoit dit aux Seigneurs de Camillac & la Fayette, & autres venus en la ville de Chinon par devers nous de par nostre Cousin le Duc de Bourbon pour la poursuite dudit mariage, qu'ils ne feroient rien vers nous touchant ledit traitté, que n'eussions deux mil escus pour faire nos presens és Festes de Noël, & que pour ce il avoit pris les obligations desdits Seigneurs.

En outre fut chargé d'avoir exigé grandes sommes de deniers des marques des Genevois, de Provence, & de Catalongne, & d'avoir annullé l'ancienne marque des Genois mises sus, pour recompenser la perte de la galere de Narbonne, &c. & d'avoir exigé sur lesdits Genevois six mil escus d'or, &c. Auroit aussi ledit Jacques receu de la composition de la marque de Florence douze mil florins; & combien qu'il fut lors notre Officier & eut le gouvernement de nos Finances, neantmoins en baillant nos fermes, avoit esté compagnon & parçonnier, mesme des foires de Pezenas & de Montignac, & autres affermées

Tome III.   M   neuf

neuf mil cinq cens livres. Outre fut trouvé chargé d'avoir fait mettre sans noftre fceu en Languedoc par-deffus nos Tailles, grandes fommes de deniers, & fait de grandes exactions, plufieurs contraintes & violences.

*De tout ce qu'en cette partie l'*Archevefque de Bourges *fils dudit* Jacques Cœur *& autres dépofans ont produit pardevers nos Commiffaires, & de par noftre Ordonnance, a efté ammené du Chaftel de Maillé en noftre Chaftel de* Tours, *&c. Et fur cette deliberation avons par noftre Arreft declaré ledit* Jacques Cœur *atteint d'avoir fait tranfporter quantité d'argent aux Sarrazins, & hors noftre Royaume, tranfgreffion d'Ordonnances Royaux, crime de leze Majefté, commis forfait envers nos corps & biens.*

Toutefois pour aucuns fervices à nous faits par ledit Jacques Cœur, *en faveur de noftre S. Pere le Pape, qui nous a pour luy refcrit, pour ces caufes remettons audit* Jacques *la peine de mort, l'avons declaré inhabile à tousjours d'Offices Royaux & publics, l'avons condamné à nous faire amende honorable en la perfonne de noftre Procureur, &c. Difant que mauvaifement il a envoyé armes au Souldan, avoir fait vendre aux Sarrazins des enfans, & le condamnons à les racheter & les faire ramener à* Montpelier, *declarons l'obligation de deux mil efcus des Seigneurs de Canillac & de la Fayette de nulle valeur; & en outre condamnons ledit* Jacques Cœur *à nous reftituer pour les fommes recelées trois cens mil efcus, & à tenir prifon jufques à la pleine fatisfaction. Et au regard des poifons, pource que le procez n'eft en eftat de jugement, pour le prefent nous n'en faifons aucun jugement, & pour caufe. Donné en noftre Chaftel de* Lezignam *le* 29. *de May* 1453. *de noftre regne le* 31.

Jacques Cœur *poffeda plufieurs grandes Terres, il fut Baron de S. Forgeau, Seigneur de Menetou, Salon, Maubranche & de Marmaigne, de la Bruyere de S. Germain, de Meaune,* ne, qu'il acquit du Seigneur de Culant de S. Aon, de Boify en Rouannois, à prefent Duché appartenant à Artus Gouffier, Duc de Roüanois, de la terre de S. Geran de Vaux, qui eft un Marquifat de la Maifon de la Guiche, Comte de la Pallice, & de plufieurs autres Seigneuries. Il s'allia par mariage avec *Macée de Leodepart*, dont on voit le tombeau en l'Eglife parrochiale de Saincte Ouftrille à Bourges; de laquelle il eut deux fils, *Jean* & *Geoffroy*. *Jean Cœur* Abbé de S. Sulpice, puis Archevefque de Bourges, Primat d'Aquitaine, fut un docte & vertueux Prelat. Sa mort arriva l'an 1483. & il gift en la Cathedrale de Bourges.

Son frere *Geoffroy Cœur* Chevalier, Sr. de la Chauffée, Efchanfon du Roy Louis XI. efpoufa *Ifabeau Bureau* fille de Jean Bureau, Baron de Monglat, Maiftre de l'Artillerie de France, Maire perpetuel de Bordeaux, & de Germaine Effelin, dont il eut *Jacques Cœur* II. du nom mort fans lignée, *Germaine Cœur*, femme de Louis de Harlay, Baron de Monglat, Seigneur de Beaumont, de laquelle alliance font iffus Meffieurs de Harlay Comtes de Beaumont, de Sancy, les Comtes de Cefy, & les Marquis de Chanvallon & de Breval.

Marie Cœur, fœur de Germaine, fut mariée avec Euftache l'Huilier, Seigneur de S. Memin & de Boulancourt, defquels eft défcendue une grande pofterité.

Ce fameux *Jacques Cœur* portoit en fes Armes, *d'azur à la face d'or, chargée de trois coquilles de fable que d'autres appellent vanets, accompagnée de trois cœurs au naturel aliàs de gueulle 2. 1.* Cet Efcuçon fe voit appofé en plufieurs lieux du fuperbe Hoftel portant fon nom, qu'il fit baftir dans la ville de Bourges.

☞ Les richeffes de *Jacques Cœur* eurent plus de part à fa condamnation, que les crimes defquels il fut accufé. *Antoine de Chabannes Comte de Dammartin*, qui étoit d'ailleurs un

très

très-grand homme, s'attacha à le perſecuter, tant pour ſe faire donner une partie de ſes biens, que pour rompre les liaiſons que Jaques Cœur avoit avec le Dauphin dont il entretenoit indirectement la révolte, en luy fourniſſant plus d'argent qu'il n'en avoit beſoin. Pour rompre cette liaiſon, il n'y avoit pas de moien plus ſeur que de ruiner les affaires de Jaques Cœur; ce qui donna envie de luy faire ſon procés.

Le Roy Louis XI. étant parvenu à la Couronne ſongea à ſe vanger de tous ceux de qui il croyoit avoir receu du déplaiſir. Il fit condamner *Antoine de Chabannes* à la mort en 1463. & ſuivant les apparences le jugement rendu contre luy ne fut pas plus juſte que celuy qui avoit été rendu contre *Jaques Cœur*. Le mérite de ce Comte porta le Roy à commuer ſa peine en celle de tenir priſon à la Baſtille, d'où s'étant ſauvé il ſe ligua avec les autheurs de la guerre du bien public, & fit ſon accommodement avec le Roy par le 18. article du traitté de St. Maur de l'an 1465. en vertu duquel il fut retabli dans ſes honneurs, biens, droits, & actions. *

Pour ce qui eſt de *Jaques Cœur*, après qu'il eut été condamné à ſortir du Royaume, il fut aſſés heureux pour trouver ſoixante de ſes Commis, qui, pleins de reconnoiſſance de la fortune qu'il leur avoit procurée, luy firent preſent, chacun de mille eſcus; ce qui luy donna le moyen de paſſer en l'Iſle de Cypre, où il ſe remaria & laiſſa deux filles extremement riches.

Les enfans de ſon premier Mariage ayans remontré au Roy Louis XI. que les pourſuittes faittes contre leur pere n'avoient d'autre fondement que la haine d'*Antoine de Chabannes* contre luy, demandèrent au Roy que *Geoffroy Cœur* ſon fils fut retabli dans les biens de ſon Pere; ce qui luy fut accordé par les lettres ſuivantes.

Lettres

* Voiez *Philippe de Comines*. T. 3. p. 53.

Lettres patentes du Roy Louis XI. *par lefquelles il rétablit* Geoffroy Cœur *dans les biens de* Jaques Cœur *fon* Pere. A Paris *au mois d'Aouſt* 1463. *

LOUIS PAR LA GRACE DE DIEU ROY DE FRAN-CE, ſçavoir faiſons à tous preſens & à venir, que comme il feroit venu à noſtre cognoiſſance que dés pieça & par les rapports qui furent faits à noſtre très-cher Seigneur & pere, que Dieu abſolue, de la perſonne de feu *Jacques Cœur* ſon Argentier par pluſieurs ſes hayneux & malveuillans tendans à le deſpouiller & eux enrichir de ſes biens, & entre les autres par *Antoine de Chabannes* † ledit feu *Jacques Cœur* fut conſtitué priſonnier. Leſquels hayneux & malveuillans pourchaſſerent & demanderent avoir don des biens dudit *Jacques Cœur*, ſous couleur de confiſcation paravant la fin du procés & declaration d'icelle confiſcation ; & ſi pourchaſſerent d'eſtre Commis & Juges à faire ledit procés d'icelui feu *Jacques Cœur*, & par ſpecial ledit *De Chabannes*, lequel fut un des principaux qui eut la charge de la garde dudit feu *Jacques Cœur*, & après certain Jugement donné contre ledit Argentier en la preſence de noſtre dit feu Seigneur & pere, ſur le rapport deſdits *de Chabannes* & autres Commiſſaires, par lequel Jugement entre autres choſes furent les biens dudit feu *Jacques Cœur* declarez confiſquez, & que ledit *de Chabannes*, ſous couleur dudit don paravant fait, prétendit & prétendoit avoir les terres & Seigneuries de *Saint Forgeau*, *de Lanau*, *de la Coudre*, *de la Perreuze*, *de Champignolles*, *de Merilles*, *de Villeneufve lez Genez*, & leurs appartenances, *Sainct Moriſe*, *la Frenoye*, Fon-

* Voyés *l'addition à l'Hiſtoire du Roy* Louis XI. *edition de* 1709. *p.* 173.
† *C'eſt le Comte de Dammertin duquel il eſt fait mention dans les Memoires de Comines Edition de* 1706. *T.* 1. *p.* 17. & 201. & *T.* 3. *p.* 18. 53. 125. & 127.

M 3

Fontenelles, *Mel-le Roy*, & leurs appartenances, la Baronnie *de Touffy* avec les appartenances, appendances & dépendances quelconques affifes au païs *de Puyfoye* & dont il jouiffoit à l'heure de fon arreft & empefchement, iceluy *de Chabannes* pour cuider avoir titre plus coloré & apparent, fit & pourchaffa certaines criées eftre faites defdites terres & icelles adjuger en fon nom & à fon profit pour le prix & fomme de vingt mil Efcus qui incontinent luy furent donnez & quittez par noftre dit feu Seigneur & pere, pour ce que ledit don defdites terres luy avoit été fait, & en avoit eu la jouiffance paravant icelles criées: & depuis fous ce titre & couleur ledit *de Chabannes* a tenu lefdites terres & y a fait faire plufieurs mifes & reparations comme l'on dit ; jufques à ce qu'icelles terres & Seigneuris ont efté regies & gouvernées fous noftre main, pour & à caufe de certains grands crimes & delicts par lefquels ledit *de Chabannes* & tous fes biens ont efté mis en arreft & empefchez, & après le procés deuement contre luy fait par arreft de noftre Cour de Parlement, prononcé le vingtiefme jour de ce prefent mois d'Aouft, a efté ledit *de Chabannes* declaré criminel de Leze Majefté & entre autres chofes fes biens à nous acquis & confifquez: & depuis noftre cher & bien amé Efchanfon *Geoffroy Cœur*, fils & héritier dudit feu *Jaques Cœur*, nous a fait remonftrer que ledit don ainfi fait defdites terres audit *de Chabannes* eftoit contre difpofition de droict & nos ordonnances, & de nos Predeceffeurs, & que parce ledit don eftoit nul, au moins n'eftoit valable, & que ledit *de Chabannes* au moyen d'iceluy n'avoit aucun droict ne titre valable efdites terres, en nous requerant, que ce attendu & que ledit *de Chabannes* a indeuement pourchaffé ledit don, & que par fon moyen ledit *Geoffroy* n'a pû recouvrer lefdites terres & Seigneuries, il nous pleuft le reftituer & reftablir en icelles, & entant que meftier eft, les luy donner avec tous les droicts que nous en pouvons

avoir

avoir, enfemble toutes reparations, meliorations, fruicts &
levées qui en pevent eftre deues, pour en jouir ainfi que fondit
feu pere en jouiffoit au temps de fa prife, & depuis ledit *de
Chabannes*. Pourquoy nous, ces chofes confiderées, informez
dudit don pourchaffé par ledit *de Chabannes* contre nos dites
ordonnances, ayans en memoire les bons & louables fervices à
nous faits par ledit feu *Jacques Cœur* vray Seigneur & jouif-
fant defdites terres & Seigneuries au temps dudit empefchement, & defirant le bien & accroiffement de noftre dit Echan-
fon; avons à iceluy pour ces caufes & autres à ce nous mou-
vans reftitué & reftably, reftituons & reftabliffons lefdites
terres & Seigneuries cy-deffus declarées, qui furent & appartindrent à fon dit feu pere, & lefquelles a depuis tenues & pof-
fedées ledit *de Chabannes* avec toutes leurs appartenances, &
dependances, & avec ce, d'abondant & entant que befoin eft,
avons de grace fpeciale, pleine puiffance & authorité Royale donné, tranfporté & delaiffé, donnons, tranfportons & de-
laiffons audit *Geoffroy Cœur* icelles terres & Seigneuries appartenances & dependances en tel eftat qu'elles font de prefent, & tout le droict & action que nous y avons & pouvons
avoir à quelque titre & en quelque maniere que ce foit, avec
toutes les reparations & meliorations faites en icelles, pour
en jouir dorefnavant par noftre dit Efchanfon, & les tenir &
poffeder à tousjours perpetuellement par luy, fes hoirs, fucceffeurs & ayans caufe & en faire difpofer, ordonner à leur
plaifir & volonté, comme de leur propre chofe & héritage. Si
donnons en mandement par cefdites prefentes à nos amez &
féaux Confeillers les gens tenans & qui tiendront noftre Cour
de Parlement, les gens de nos Comptes & Treforiers, &
tous nos autres Jufticiers & Officiers, ou à leurs Lieutenans, &
à chafcun d'eux, fi comme à luy appartiendra, que de noftre
prefente grace, reftitution, don, ceffion & tranfport ils faffent,

fent, fouffrent & laiffent ledit *Geoffroy Cœur*, fefdits hoirs, fucceffeurs & ayans caufe, jouir & ufer à tousjours, perpetuellement, pleinement & paifiblement, en mettant ou faifant mettre ledit *Geoffroy Cœur* en poffeffion defdites terres, villes, Chafteaux & fortreffes cy-deffus declarées & de leurs dites appartenances & dépendances, & auffi des meliorations, fruicts, proffits & levées qui dorefnavant en efcherront, pour en jouir & les tenir & poffeder par luy, fefdits hoirs, fucceffeurs & ayans caufe, & en faire & difpofer à leur plaifir & volonté comme de leur propre chofe & héritage, en payant les charges & faifant les hommages & devoirs anciens & accouftumez à ceux qu'il appartiendra, fans leur faire, mettre ou donner, ne fouffrir eftre fait, mis ou donné, ores ne pour les temps à venir, aucun deftourbier, ou empefchement au contraire. Et en rapport à ces prefentes fignées de noftre main, ou Vidimus d'icelles fait fous le feel Royal pour une fois feulemeut, & quittance ou recognoiffance dudit *Geoffroy Cœur* fur ce fuffifante, nous voulons & mandons tous nos officiers à qui ce pourroit toucher, en eftre tenus quittes & defchargez en leurs comptes par nofdits gens des Comptes & par tout ailleurs où il appartiendra fans aucune difficulté, nonobftant que la valeur defdites terres, villes, cheaux & fortereffes, de leurfdites appartenances & dependandances & defdites meliorations, fruicts, proffits & levées ne foit ici autrement exprimée ne declarée, & quelconques autres ordonnances, mandemens ou deffenfes à ce contraires. Et n'entendons pas que par ce prefent don & tranfport foit fait aucun prejudice audit *Geoffroy Cœur*, & autres héritiers dudit feu *Jacques Cœur*, aux droicts, actions, noms, raifons, & pourfuittes qu'ils avoient ou pouvoient avoir à caufe dudit feu *Jacques Cœur* ou autrement efdites terres & Seigneuries & autres qui appartindrent à leurdit feu pere. Ains voulons & declarons noftre intention & volonté avoir été & eftre, que ledit *Cœur* & fes

fes freres foient & demeurent entiers en leurs droicts & pourfuite d'iceux, & des procés par eux encommencez, conduits
& demeurez en noftre dite Cour ou ailleurs, tout ainfy & par
la forme & maniere qu'ils eftoient avant noftre dit don, & nonobftant icelui. Et afin que ce foit chofe ferme & ftable à tousjours, Nous avons fait mettre noftre feel à ces dites prefentes,
fauf en autre chofe noftre droict & l'autruy en toutes. *Donné
à Paris au mois d'Aouft l'an de grace mil quatre cent foixante
trois*, & de noftre regne *le troifiefme*. Signe LOUYS & fur
le ply *Par le Roy* les Sires de Precigny, & Du Lau, le Bailly
de Rouen & autre prefens. *J. Bourre.* Etau dos eft écrit *Lec-
ta, publicata & regiftrata Parifius in Parlamento feptima die
Septembris anno* 1463. Et Signé *Cheneteau.*

On peut juger par les lettres précedentes que la condamnation de *Jaques Cœur* avoit commencé par une intrigue de
Cour, & que quelques recherches que l'on eut faittes contre
luy, cela n'avoit pu operer qu'unn banniffement, quoyque
les crimes dont il étoit accufé, l'euffent rendu coupable de mort
s'il en avoit été convaincu. *Voyes* à ce fujet l'hiftoire du Roy
Charles VII. p. 859. & fuiv. & les Lettres de Pafquier T. 1. p. 158.

LE CAMP DE FLOUR.] Il y a plufieurs places publiques à Rome, mais les principales d'à prefent font la Vaticane,
la Navone, celle des Juifs, & celle de *Flore* ou de *Flour.*

LE PALAIS FARNESE.] Il fut bafty par le Pape Paul
III. Dans la court l'on voit deux admirables ftatuës d'Hercules &
de Jupiter, & dans les falles & galeries une infinité de belles peintures avec les ftatuës du Duc Alexandre Farnefe, de Dircé, de
l'Empereur Marc Aurele, & diverfes autres Antiques & Medailles.

LE CHASTEAU S. ANGE.] Dit autrefois *Moles A-
driani*, baftiment dreffé pour la confervation des cendres de
l'Empereur Adrian, & des Antonins; mais depuis fortifié par
les Papes Boniface IX. Alexandre VI. & autres. On donne à

Tome III.   N   ce

ce Chafteau le nom S. Ange, pour l'apparition que l'on dit qui s'y fit d'un Ange du tems du Pape Gregoire. Là fe voient encore quelques Antiques, & ce lieu eft la principale forterefse de la ville de Rome, où les Papes fe peuvent retirer fans eftre veus, par une galerie desrobée qui vient du Palais S. Pierre, ouvrage de l'invention du Pape Alexandre VI.

LE S. PERE ALLA OUIR MESSE A S: PAUL.] La premiere des trois Eglifes & la plus confiderable au dehors de la ville de Rome eft S. Paul à un mil de la ville fur le chemin d'Oftie. Elle eft d'une belle ftructure, enrichie de diverfes colonnes de marbre & de porphyre. On y voit diverfes reprefentations admirables en Mofaïque, & des reliques venerables. Les Moines de S. Benoift de la Congregation du Mont Caffin en ont l'adminiftration.

JANISSAIRES.] Ce n'eft pas qu'il y ait à Rome au fervice du Pape de cete forte de milice, qui eft à Conftantinople, & par tout l'Empire du Turc employée au fervice du grand Seigneur, & qui porte le nom de *Janniffaires*, eftant femblable à l'infanterie des autres Eftats des Princes Chretiens. Mais ceux dont parle *Rabelais* s'appellent *Giannizzeari*, & font les folliciteurs du Palais de Rome pour les affaires de la Juftice. *

LE PRINCE DE PIEDMONT.] Louis de Savoye Prince de Piedmond, fils aifné du Duc Charles III. & de Beatrix de Portugal, nafquit à Geneve l'an 1523. & fit le voyage d'Efpagne avec l'Empereur Charles V. fon oncle, où il fut eflevé avec fon fils, depuis Roy d'Efpagne Philippes II. Mais ayant efté furpris de fievre l'an 1536. à Madrid, il y finit fes jours en l'âge de treize ans, & fut inhumé en la ville de Grenade. Prince genereux, & qui donnoit de grandes efperances de fa perfonne.   LE

* Voyés *le Tableau de la Cour de Rome par Mr. Aimon* p. 203.

LE ROY DE PORTUGAL.] Jean III. Roy de Portugal
& des Algarbes, nafquit à Lisbonne l'an 1502. & continua les
hauts deffeins de fon pere pour les memorables conqueftes, &
pour l'avancement de la Religion en l'Afie Orientale, la haute E-
thiopie, les Ifles Moluques & le Japon. Il s'empara par fes Lieutenans de l'Ifle de Betlehem, des villes de Diu, de Baçin &
de Daman, tua le Sultan Badur, tres-puiffant Roy de Cam-
baye, & en Afrique conquift les places de Tanger, Mazagan
& Septe.

Ce Monarque fut encore orné de vertus Royales & dignes
d'un grand Prince, de la Clemence, de la Paix, & d'une affection particuliere pour les perfonnes de fçavoir. Il attira plufieurs eftrangers en fon Royaume, & rendit l'Univerfité de
Conimbre l'une des plus celebres de l'Europe. *Catherine d'Auf-*
triche fa femme eftoit fœur de l'Empereur Charles Quint, dont
il eut une féconde pofterité, entre-autres enfans *Jean Prince*
de Portugal, lequel de Jeanne d'Auftriche fut pere du jeune
Sebaftien Roy de Portugal, qui en la premiere fleur de fon à-
ge, fans experience aux armes, par une deliberation impru-
dente, s'embarqua dans une glorieufe entreprife contre les Infideles; mais qui lui fut funefte, ayant efté tué inhumainement
le 4. d'Aouft 1578. à la bataille d'Alcaçar fans avoir efté marié.

LE FEU ROY EMANUEL.] Le celebre *Emanuel Roy*
de Portugal & des Algarbes, furnommé le Grand, fils de Ferdinand Duc de Vifeo, nafquit l'an 1469. Par fes glorieufes en-
treprifes qu'il mit heureufement à chef, s'eftant rendu tributai-
re plufieurs Roys des parties Orientales, & ayant planté la Foy
Chreftienne dans les regions les plus efloignées, il mérita juftement d'eftre eftimé l'un des plus heureux Princes du monde.

Dès fon advenement à la Couronne il pourfuivit les genereux
deffeins du Roy fon predeceffeur pour la conquefte des Terres
eftrangeres, & avec beaucoup de bonne fortune il découvrit

N 2   par

par ſes Lieutenans Vaſco & Paul Gama Gentils-hommes Portugais toute la coſte Orientale d'Ethiopie, l'Iſle de Mozambique & autres, & partie du Breſil. Ce ne fut pas ſans avoir une cruelle guerre avec les Mores & Sarrazins; où les Portuguais firent de merveilleux exploits d'armes, comme auſſi en Affrique, & aux Indes. Les Rois infideles de Cochin, de Cananor, de Calicut, de Cambaie & d'Ethiopie, aprés avoir eſté vaincus, ſe rendirent ſes tributaires, & furent trop heureux d'etre ſous ſa protection, & de rechercher ſon alliance. Le fameux Albuquerque reduiſit en ſon obiſſance la ville de Goa, Siege des Vicerois, s'empara de celle de Malaca, d'Azamor, des Iſles Moluques, & de la plus part des villes de la Mauritanie, ayant eu pour but principal avec ſes conqueſtes l'avancement de la Religion Chreſtienne, qu'il eſtablit bien avant dans l'Ethiopie, les Indes & l'Afrique.

Ce Monarque, le Conquerant de l'Orient, mourut à Lisbonne l'an 1521. ayant épouſé *Iſabelle & Marie de Caſtille* ſœurs l'une apres l'autre, & *Leonor d'Auſtriche*, ſœur de l'Empereur Charles V. De Marie de Caſtille naſquirent Jean III. Roy de Portugal, duquel a eſté parlé cy-devant, & pluſieurs autres Princes & Princeſſes, ſavoir *Louis* Duc de Beja, *Alfonſe* Cardinal & Archeveſque de Lisbonne, *Henry* Cardinal, puis Roy de Portugal, Edoüard, *Iſabelle*, Emperiere & Reyne d'Eſpagne, *Beatrix* Ducheſſe de Savoye, & autres enfans. Entre ceux-là

Edoüard Prince de Portugal, Duc de Guimaraëns, eut pour fille *Catherine de Portugal* Ducheſſe de Bragance, femme de Jean Duc de Bragance & de Barcellos, laquelle eut de juſtes prétenſions pour la ſucceſſion de la Couronne de Portugal, qui furent empeſchées par la violence des armes du Roy d'Eſpagne Philippes II. *Theodoſe II.* Duc de Bragance leur fils *d'Anne de Velaſco*, a eſté pere de *Jean IV. Roy de Portu-*
gal

gal & des *Algarbes*, lequel, apres foixante ans d'ufurpation in-
jufte, eftant le vray héritier de cet Eftat, en a efté proclamé
Roy le premier Decembre 1640. & maintient contre les vains
efforts des Caftillans fon Royaume en paix.

De fon efpoufe *Louife de Guzman* de Medina Sidonia, fille
de Jean Emmanuel Perez, Duc de Medina Sidonia, & de
Jeanne de Sandoval, il a des enfans, à fçavoir, *Theodofe III.*
Prince de Portugal, Alfonfe Henry, Pierre, Jeanne, & Catherine, Infans & Infantes de Portugal.

OBSERVATIONS

SUR LA

LETTRE IX.

L'ARMEE DU TURC.] Solyman fils de Selim Empereur des Turcs, nafquit l'an 1500. & s'eft rendu l'un
des plus celebres Princes des Ottomans par fes hauts faits d'armes.

Il attaqua Belgrade en Hongrie, & reduifit en fon obeïf-
fance Rhodes, boulevart de la Chreftienté l'an 1523. avec toutes les forterefles de l'Archipelague, de la Grece, & d'une
partie de la Hongrie. Il conquit par fes Lieutenans les villes
de Tunis, d'Alger, de Tauris, de Bagdat, Albe-Royale,
& Strigonie. Il enleva aux Chevaliers de Malthe la ville de
Tripoly, & les Ifles de Chio & de Gerbes. Mais en vain a-
yant attaqué avec de puiffantes forces l'Ifle de Malthe l'an
1565. il fut contraint de fe retirer avec perte, puis mourut le
4. Septembre 1566.

Son fils *Sultam Selim* II. né de Roxolane, fut pere de *Sul-*
tan

tan Amurat III. & cetuy-cy de *Mahomet* III. du nom, lequel eut pour fils *Achmet* I. affez debonnaire pour ceux de fa nation. Mais fon fils *Sultan* Ofman Prince valureux eut une fin tragique caufée par la mutinerie des Janiffaires. *Amurat* IV. fon frere regna apres *Muftapha* leur oncle, ayant eu pour fucceffeur *Hibraihm*, dont le fils *Mahomet* IV. eft à prefent Empereur des Turcs. *.

LE FLEUVE TANAIS.] Cefte Riviere feparant l'Europe de l'Afie, court premierement l'efpace de quelques lieües entre Cazan & Aftrakan, du cofté du Nord, puis vient prendre fon cours vers le Sud, où finalement elle fe va rendre dans le lac Meotide, ayant près de fon embouchure la ville d'Afoph. Les bords de ce Fleuve font agréables à caufe des ferpentemens qu'il fait.

BONA.] Bonne jadis Hyppone, ville de Barbarie, recommandable pour avoir efté le Siege Epifcopal du grand S. Auguftin, où il mourut. Sa fituation eft fur le bord de la mer, & elle a une forterreffe affez bonne, où ceux d'Alger tiennent garnifon. A un quart de lieüe de là fe voyent encore les veftiges d'un Couvent qu'y fit baftir ce Sainct.

ALGIERY.] Alger, ville capitale de ce Royaume en Barbarie, qui a d'eftendue plus de foixante & dix lieües. Elle fut autrefois la principale ville de toute la Mauritanie. Ses abords font agréables pour les vergers qui l'environnent, & pour fes fontaines. Elle eft auffi bien fortifiée, a d'affez beaux baftimens, des mofquées & autres ornemens publics. Les Janiffaires ont en ce lieu un Aga ou General de leur Milice, & c'eft une des principales retraites pour les Corfaires de la Mer Mediterrannée qui font fous la protection du Turc.

MONSIEUR DE LAVAUR AMBASSADEUR POUR LE ROY A VENISE.   *Pierre*

---

* *C'eft à prefent Muftapha III.*

Pierre Danes Evefque de Lavaur, Parifien de naiffance, dés fa jeuneffe fut inftruit, & eut l'honneur d'avoir pour Maiftres deux grands hommes, Jean Lafcaris, & Guillaume Budée, fous lefquels il apprit les plus beaux fecrets des Langues Grecque & Latine. Sa fuffifance & haute capacité eftant recognuës, & le Roy François I. ayant eftably dans l'Univerfite de Paris des Profeffeurs en toutes fciences, il fut choifi pour tenir la place de Profeffeur Royal en Langue Grecque : puis eftant aymé & favorife de François Cardinal de Tournon, pour la beauté de fon Efprit, & la pureté de fes mœurs qui le rendoient recommandable, le Roy Henry II. le choifit pour Precepteur du jeune François Dauphin de France, depuis Roy II. du nom, & incontinent aprés le gratifia de l'Evefché de Lavaur en Languedoc, dignité qu'il fouftint avec efclat, eftant, envoyé Ambaffadeur de fa Majefté au Concile de Trente : & en prefence de tous les Peres de l'Eglife affemblez il y fit admirer fon éloquence à l'avantage de cefte Couronne.

Il eut encore divers autres emplois & Ambaffades extraordinaires, que les Rois de France l'obligerent d'entreprendre auprés des Souverains Pontifes, & des autres Princes d'Italie, pour les affaires de la Chreftienté. Eftant de retour, & ayant atteint un long âge, il fe retira à l'Abbaye de S. Germain des Prez à Paris, où il fut inhumé avec cefte infcription.

Cy gift Reverend Pere en Dieu, Meffire Pierre Danès, en fon vivant Evefque de Lavaur, inftitué premier Lecteur Royal és Lettres Grecques par le Roy François I. & envoyé pour fon Ambaffadeur au Concile de Trente, lequel deceda en la Maifon de céans le 23. Avril 1577.

Gilbert Genebrard Profeffeur en langue Hebraïque, depuis Archevefque d'Aix, fit fon Oraifon funebre; & Scevole de Sainte-Marthe Prefident des Threforiers de France en la Generalité de Poictou le met au rang des hommes Illuftres de fon fiecle.

cle dans le recueil des Eloges qu'il a fait ; ce grand Prelat
ayant fouftenu la dignité de fa charge par une haute reputation
qu'il s'eftoit acquife par fon éloquence, & la parfaite cognoiffance des Lettres Grecques & Latines.

☞ *Pierre Danes* a été Evefque de Lavaur, & cela excufe
l'application que Mr. de Sainte Marthe luy fait de ce qui eft
dit de cet Evefque dans la lettre de Rabelais du 27. Janvier
1536, & qui ne peut convenir à *Danes*, qui n'étoit pas encore parvenu à cette dignité.

Celuy qui étoit Evefque de Lavaur en 1536. étoit *George*
de Selve fils de l'Illuftre *Jean de Selve*, fucceffivement premier
Prefident des Parlemens de Bourdeaux, de Rouen & de Paris,
& de *Ciecile de Buxis*. Ce *George de Selve* a été Ambaffadeur
à Venife en 1534. 1535. & 1536. & enfuitte à Rome en
1537. On trouve dans le fixieme livre des lettres familiéres
de *Pierre Bembo* une lettre qu'il luy a écritte le fixieme des
Ides de Septembre. 1534., & une autre écrite le lendemain
à *Pierre Belin*, dans laquelle il eft parlé de cet Evefque lors
Ambaffadeur à Venife. *Mr. Ribier* a rapporté dans fes Memoires quelques lettres qu'il a écrittes au Roy François I. en 1537.
conjointement avec *Charles Hemard* dit le *Cardinal de Mafcon*,
lors qu'ils eftoient enfemble Ambaffadeurs à la Cour de Rome :
& il a fait fon éloge que l'on peut voir *page* 93. du premier
tome de ces Memoires.

Pour ce qui eft de *Pierre Danes*, il fe peut faire qu'il étoit à
Venife en 1536. non pas en qualité d'Ambaffadeur de France,
mais comme un particulier qui vouloit profiter de la fcience de
George de Selve auquel il s'étoit attaché, comme le dit *André*
Thevet. p. 585. de fon recuil des Portraits des Hommes Illuftres. Il y a dans les Epitres d'*Erafme* une du 5. Septembre
1528.

---

* Voyes *cy devant*.

1528. adreſſée à *Danes*, par laquelle il luy témoigne l'affection qu'il avoit conceue pour luy ſans l'avoir jamais veu, & ſeulement ſur le recit qu'on luy avoit fait de ſa perſonne & de ſon attachement aux ſciences. Les progrés qu'il y fit le firent parvenir à l'Eveſché de Lavaur en 1557 & la même année il alla au Concile de Trente, où il ſe fit fort diſtinguer, particulierement par la belle reponſe qu'il·fit à *Sebaſtien Vance Eveſque d'Orvietie*, lequel ne pouvant ſouffrir que *Nicolas Pſeaume Eveſque de Verdum* blaſmat la conduitte irreguliere de la pluſpart des Eccleſiaſtiques, dit d'un air mocqueur *Gallus cantat;* ce que *Danes* ayant entendu il repondit comme inſpiré du St. Eſprit *Utinam ad Galli cautum Petrus reſipiſcret.* Voyés *Gallia Chriſtiana*, les Eloges des Hommes illuſtres de Mr. de *Sainte Marthe* ſur les noms de *Pierre Danes* & de *Jean Brodeau;* les Eloges des hommes ſçavans de Mr. *de Thou* avec les additions de Mr. *Teiſſüer* ſur le nom de Pierre Danes, & l'Hiſtoire du Concile de Trente de *Fra Paole* traduitte par *Mr. Amelot.*

En son lieu va Monsieur de Rodez.] Un Eloge manuſcrit repreſente partie de la vie de ce fameux Cardinal en ces termes.

Georges d'Armagnac, tres-digne & tres-illuſtre Cardinal, fils de *Pierre d'Armagnac* Chevalier honorable, & Capitaine de cinquante hommes d'armes, eſt iſſu d'une des plus anciennes, des plus nobles, & des plus grandes Maiſons de France. Car les *Comtes d'Armagnac* ſes Anceſtres, tenans autrefois la pluſpart de la Guyenne eſtoient de tout temps alliez des Ducs *de Berry, d'Anjou, d'Orleans, d'Alançon, & de Bourbon*, & des plus grands Princes & Seigneurs de ce Royaume. Outre les Alliances eſtrangeres qu'ils avoient, des Maiſons Royalles *d'Eſpagne, de Caſtille, d'Arragon, & de Navarre.*

Tome III. O Ce

Ce Seigneur donc, unique, seul & dernier d'une Race tant illuftre & fameufe, s'adonna dès fon enfance à l'eftude des bonnes Lettres & Sciences liberales, fe rendit en peu de tems digne de tout honneur & loüange. Qui fut occafion que *Charles d'Alençon* Prince benin & vertueux, fils de René, Coufin germain de *Pierre d'Armagnac* fon pere, l'embraffant & chériffant comme fon proche parent & allié, le tint privément fort jeune en fa compagnie, & depuis en receut maints bons & profitables fervices; mais nommément un entr'autres qu'il n'eut fceu jamais affez recognoiftre. Car après la malheureufe bataille de Pavie, dont il s'eftoit honorablement & miraculeufement fauvé, ce jeune Prélat n'eut oncques ceffe ny repos, qu'il ne le trouvaft, comme il fit de bon-heur & de bonne heure, en une petite ville nommée *Monftier en Tarentaife*, où il s'arreftoit bleffé, las & fafché. Mais l'affeurant de la prife du Roy, & l'acertenant au vray des morts, bleffez, noyez, & prifonniers, il le preffa de desloger incontinent, & gaigner la Cité de Grenoble, pour ne tomber és mains *du Comte de Geneve*, qui fe haftoit avec quatre cens chevaux, & quelques bandes Efpagnoles, par l'authorité du Duc de Savoye fon frere, pour clore les chemins & attraper le Duc d'Alençon, comme ils euffent fait fans doute. Car ils arriverent en ce lieu mefme auffi-toft qu'il en fut party. Tellement que ce bon Prince n'euft pû efchapper fa mort, ou fa prifon à l'heure fans l'avis & diligence de fon Coufin.

Il avoit efté mandé auparavant par Madame *Louyfe* Mere du Roy François, lors Regente, vers le Roy fon fils, qui fe retrouvoit encore avec toutes fes forces en Avignon, pour l'induire & perfuader de ne paffer plus outre, ny pourfuivre plus avant fes ennemis qu'il avoit defia effrayez & chaffez heureufement. Mais la hardieffe & magnanimité du Roy ne pût oncques s'accorder à la raifon du bon confeil qu'il luy donnoit.

Il

Il estoit, pour sa discretion & modestie, uniquement aimé de tres-haute & tres-illustre Princesse, feuë de sainte memoire *Marguerite* sœur unique du Roy François, lors Duchesse d'Alençon, & depuis Reyne de Navarre, qui ne laissa tant qu'elle vesquit aucune occasion de le hausser & élever à grand honneur.

Sur le vingt & huictiesme an de son âge, il fut deux fois esleu Evesque tant de *Leytoure* premierement que de *Rhodez* aprés, sans brigue ny different aucun, pour l'odeur & renommée qui couroit de ses mérites. Peu de tems aprés le Roy l'envoya pour Ambassadeur à Venise, où il acquit autant de bruit & reputation qu'autre qui fut jamais en telle charge : Car (outre plusieurs actes memorables) lors que l'Empereur Charles V. vint en Provence, il fit tant par son crédit & d'exterité, que le Comte *Guy de Rangon*, le Seigneur *Canin de Gonzague*, le Seigneur *Cesar Fregose*, & autres grans Seigneurs & Capitaines Italiens, prirent les armes pour le Roy, & partans de la Mirandolle avec une grande masse de gens tirerent droict à Gennes. Qui fut cause que l'Empereur, qui se trouvoit desia avec grande puissance devant la Cité d'Aix, fut contraint l'abandonner, & départir ses forces pour renvoyer André Doria avec toute son armée, au secours & deffense de Gennes : quoy voyans les susdits Capitaines, rebrousserent leur chemin vers le Piedmont, où ils reprirent ce qui estoit perdu, jusques à la ville de Turin, & mirent plusieurs terres & places sous l'obeissance du Roy.

Il fut encore aprés mandé pour Ambassadeur à Rome auprés du S. Pere Paul III. qui ne voulut frauder ses graces & vertus du plus grand Ornement & Dignité qu'il pust départir en l'Eglise : & pour la Prudence, Religion & Sagesse qu'il reconnust en luy, le fit Cardinal à l'instance & priere du Roy ; & au gré & contentement de tout le monde. Or durant son Ambassade fut faite la journée de Cerisoles, dont le *Com-*

O 2

te

te d'*Anguien* tres-heureux & trer-hardy Prince emporta la
victoire. Et afin qu'en si favorable occasion il pût venir au-des-
sus de ses entreprises, ce Seigneur Ambassadeur usant de l'estime & crédit qu'il avoit acquis à Rome, luy encoya secours
de huict mil hommes, & d'un grand nombre de cavalerie,
qui fut rompu & defait à l'escrime és vallées de Gennes par
faute de l'arriére-garde, mais néantmoins pour la seconde fois
il trouva tant de faveur en Italie, qu'il remit encore sus une
grande masse d'infanterie Italiene sous la conduite du Seigneur
Pierre Strozzi, maintenant Mareschal de France, qui passa
malgré l'ennemy, & se vint joindre audit Seigneur d'Anguyen en Piedmont, prenant aussi-tost aprés la ville d'Albe: qui
fut occasion que le Roy François, comme à l'envy du Pape,
pourveut aussi lors ce grand Cardinal de grands biens, tesmoi-
gnant par ceste liberale recompense l'estime qu'il faisoit de
la singuliere vertu.

Il le rappella bien-tost aprés de Rome, & le retira prés de
sa personne, luy ayant fait entendre qu'il vouloit l'employer
en son Conseil privé & en ses affaires d'importance. Mais sur
ce poinct ce grand Roy trespassa à une meilleure vie. Le
Roy Henry son fils aprés, allant avec une forte & puissante
armée en Allemagne, le fit & laissa Lieutenant general au
Pays de Languedoc, lequel il gouverna durant sa charge soigneusement en bonne paix & seureté. Il l'envoya depuis encore à Rome, où durant ces guerres, en la grande diversité
des affaires qu'on a vus en Italie, il s'est tousiours monstré sa-
ge & prudent sur tout autre. Maintenant aprés une longue
instance de pouvoir visiter ses Eglises & Maisons, il joüist d'un
repos loüable & desiré qu'il employe continuellement en l'exercice & devoir d'un Pasteur veillant & soigneux, tel qu'il
est; au moyen dequoy, il est aymé, honoré & reveré de son
peuple, plus qu'on ne sçauroit croire.

Natu-

Nature l'a doüé de belles & rares partie autant qu'à perſonne de noſtre age : car outre la forme de corps belle & venerarable, il eſt accompagné d'une douceur & gracieuſeté ſinguliere, mais ſur tout de liberalité grande envers un chacun, & meſmement envers les gens doctes & ſçavans comme il eſt. Il eſt âgé de cinquante-ſept ans ou environ aujourd'huy, & pour ſa temperance & ſobrieté dont il uſe, il ſemble diſpoſé d'avoir une bien longue vie, en laquelle Dieu veille le conſerver & garder avec proſperité.

Georges Cardinal *d'Armagnac* fils de Pierre d'Armagnac Comte de l'Iſle en Jourdin & d'Iolande de la Haye ſortie des Seigneurs de Paſſavant, & de Marie d'Orleans de Longuevillele, naſquit l'an 1500. Il fut premierement Eveſque de Rhodez, puis employé par le Roy François I. dans l'Ambaſſade de Rome, dont s'eſtant acquité dignement, à la priere de ſa Majeſté, le Pape Paul III. le créa Cardinal l'an 1544.

Il fut depuis Archeveſque de Tholoſe, & enfin d'Avignon, où il commanda en qualité de Vice-Legat ſous Charles Cardinal de Bourbon, Legat du Comtat Venaiſſin ; laquelle ville & Province il deffendit pendant les guerres civiles de France ſous le Pontificat de Pie IV. Eſtant Eveſque d'Oſtie Doyen des Cardinaux, il mourut en la meſme ville d'Avignon l'an 1585. & fut inhumé en l'Egliſe Cathedrale, ditte Noſtre Dame des Dons. Entre pluſieurs vertus qui ont rendue recommandable la memoire de ce Cardinal, une des principales fut, *qu'il avança & favoriſa de tout ſon pouvoir ceux qui faiſoient profeſſion des bonnes lettres.*

En ſa perſonne fut eſteinte la race des ancens Comte *d'Armagnac* en Guyenne, qui ont autrefois tenu rang de Souverains en ce Royaume. Ils prenoient la qualité de Comtes par la grace de Dieu, ce qui leur fut deffendu ſous le regne du Roy Charles VII. & ils poſſedoient pluſieurs grands Eſtats & Seigneuries.

Ils

Ils fe font alliez fouvent à la Maifon de France; néantmoins les principaux Seigneurs de cefte Tige ont eu une fin funefte. *Bernard* Conneftable de France fut tué dans Paris par la faction de Bourgogne. *Jean V.* Comte d'Armagnac perdit la vie à l'affaut de Leytoure; & *Jacques* Duc de Nemours eut la tefte tranchée dans Paris pour defobéiffance à fon Prince.

OBSERVATIONS

SUR LA

LETTRE XI.

MONSIEUR DE MASCON.] *Charles de Hemard* de la Maifon de Denonville en Beauffe, Cardinal, Evefque de Mafcon & d'Amiens, Abbé de S. Pierre en Vallée. Ayant long-temps fervy le Roy François I. (qui l'affectionnoit) dans fon Confeil d'Eftat, il vint enfuitte à eftre employé dans les Ambaffades eftrangeres, & fucceda en celle de Rome à Jean Cardinal du Bellay. L'un & l'autre par la faveur de ce Prince furent honorez de la pourpre l'an 1536. fous le Pape Paul. III. Et comme le Roy luy départoit fes bonnes graces, il le gratifia de l'Evefche de Mafcon, & enfuitte de celuy d'Amiens, qu'il gouverna avec une approbation fi generale, qu'il en remporta le furnom de *Bon Pafteur*, ayant tenu cefte derniere Prelature jufques en 1540. le 23. Aouft qu'il paffa de cefte vie en une meilleure. Ceux qui defireront de voir de plus amples particularitez de fa vie doivent confulter les ouvrages des Autheurs qui ont efcrit des Cardinaux.

LE

LE ROY A PRESENTE' AU PAPE POUR ESTRE LEGAT LE CARDINAL DE LORRAINE.

Jean Cardinal de Lorraine du titre de S. Onufre, créé par Leon X. l'an 1518. nafquit du mariage de René II. Duc de Lorraine & de Bar, & de Philippe de Gueldres & d'Egmond l'an 1498. Il poffeda en fa vie, & eut l'adminiftration des plus belles Prelatures de France, à fçavoir les Archevefchez de Lyon, de Rheims, & de Narbonne, les Evefchez de Mets, Toul, Verdun, Theroüenne, Alby, Valence & Luçon. Il fut encore Abbé & Prince de Gorze, de Fefcamp, de Clugny, de Marmoutier, & Legat du S. Siege par toute la Lorraine. Ayant acquis auprés des Roys François I. & Henry II. le premier degré de faveur, fa capacité parut en beaucoup de negotiations qu'il fit en Italie pour la France, & en l'élection de plufieurs Papes où il affifta. Retournant du Conclave, auquel avoit efté efleu le Pape Jules III. il mourut le 18. May l'an 1550. Son corps fut porté à Joinville, Tombeau de la Maifon de Guife, & la defpoüille de fes Benefices fut donnée par le Roy à Louis de Lortaine Archevefque de Rheims premier Pair de France, *Cardinal de Guife* fon neveu, depuis appellé le Cardinal de Lorraine.

D'Anthoine Duc de Lorraine & de Bar frere aifné de ce Cardinal, font iffus les Ducs de Lorraine, defquels eft chef à prefent *Charles III.* Duc de Lorraine & de Bar, qui a efpoufé *Nicole* héritiere Ducheffe de Lorraine, dont il n'a enfans. *Nicilas François* Duc de Lorraine, frere de Charles a eu pour fils Leopold Charles de Lorraine de fon mariage avec Claude de Lorraine fœur de Nicole.

De Claude de Lorraine Duc de Guife eft fortie une ample pofterité des Ducs de Guife & de Joyeufe, de Mayenne, de Chevreufe, d'Aumale, d'Elbeuf, & les Comtes de Harcourt. L'aifné de cefte Branche & Maifon qui eft eftablie en France,

&

& la plus ancienne Ducale de l'Europe eſt *Henry de Lorraine II.* Duc de Guiſe, Prince de Joinville, Comte d'Eu, Pair de France.

OBSERVATIONS
SUR LA
LETTRE XII.

LE JARDIN SECRET DU S. PERE DE BELVE-DER.] En la ville de Rome ſont de beaux Jardins qu'ils appellent preſque tous vignes, & qui ſont accompagnez de Maiſons de plaiſance, ornés & de ſtatuës & de peintures; mais entre les plus renommez qui appartiennent au Pape ſont ceux de *Belveder* & de *Montecavallo.* Les autres conſiderables ſont ceux des Borgheſes, des Medicis, Mattei, Juſtiniani, Aldobrandin, Farneſe, Colonne, Montalto & autres.

L'Autheur du Livre des Merveilles de la nouvelle & vieille Rome deſcrit ce lieu de Belveder en ces termes:

Inter Palatiun Apoſtlicum & Palatium Innocentij VIII. tua ſanctitas (Julius II.) conſtruxit ædificium perpetuum, opere ſumptuoſo, variis lapidibus & æneis marmoreiſque ſtatuis exornatum. Omitto loca pulcherrimè depicta, in quibus civitates Italiæ celeberrimæ depicta viſuntur. Omitto loca ampliſſima & amoena, Dorico more conſtructa cum turribus, balneis, & aquæductibus. Sunt ibi nemora ferarum & avium. Omitto loca ſumptuoſiſſima, Thermarum more conſtructa: addo quod equeſter, per latum & altum parietem, tripliciter ab uno palatio ad aliud facilè pervenit, maxima Pontificum Cardinaliumque commoditate

ditate unà cum utilitate & pulchritudine. Omitto locum pro conclavi designatum à tua Beatitudine & montes ipsos adæquatos, & valles adimpletas & alia multa ibidem maximis sumptibus, brevique curriculo temporis constructa, quæ omnia aliam urbem demonstrant, &c.

CELLES DE LEGUGE'.] C'eſt un Prieuré en bas Poictou qui appartenoit à l'Eveſque de Maillezais d'Eſtiſſac, où il ſe divertiſſoit à cauſe de la beauté du lieu qui eſt tres-fertile & propre pour le jardinage. Maintenant les Jeſuites en ſon maiſtres.

J'AY DIEU MERCY EXPEDIE' MON AFFAIRE, ET LE S. PERE ME DONNE DE SON GRE' LA COMPOSITION DES BULLES.] C'eſtoit l'Abſolution que *Rabelais* impetra du Pape Paul III. à la faveur du Cardinal du Bellay, de l'Eveſque de Maſcon & de l'Ambaſſadeur de France, pour avoir quitté la Riligion des Cordeliers de la ville de Fontenay le Comte en Poictou. Par la ſignature qui en fut expediée en ſa faveur au Conſiſtoire eſt expoſé, qu'il s'eſtoit rendu Religieux en l'Abbaye de Maillezais par la permiſſion du Pape Clement VII. mais que depuis eſtant ſorty du Cloiſtre, & ayant pris l'habit de Preſtre ſeculier, il fut long-tems, au grand ſcandale de l'Egliſe, vagabond ça & là, juſques à ce qu'il ſe mit à faire profeſſion de la Medecine, & prit ſes dégrez de Docteur: ce qui donna lieu à ſa vie libertine, & aux cenſures Eccleſiaſtiques lancées contre luy, dont il eut abſolution de Paul III. le 17. jour de Janvier 1536. qui lui permit de retourner à Maillezais, & ſans faire tort à la profeſſion Eccleſiaſtique, de pouvoir par charité ſeulement & ſans aucun gain, exercer librement la Medecine en la Cour Romaine, & par tout ailleurs qu'il luy plairoit

OBSERVATIONS

SUR LA

LETTRE XIII.

LA ROQUA COMMENCE'E EN FLORENCE.] C'eſt
une Citadelle accompagnée de deux fortereſſes bien baſ-
tionnées, qui fut en ce temps là bâtie à Florence, vivant le Duc
Alexandre de Medicis, pour brider le peuple qui eſtoit aſſez
mutin.

LE CHASTEAU CAPOUAN EN LA VILLE DE
NAPLES.] Il y a trois Chaſteaux dans Naples, ceux de S.
Elme, de l'œuf, dit *Caſtel d'el ovo*, & le Capoüan, appellé
ainſi, parce qu'il eſtoit prés la porte Capoüane, lequel eſtoit
autrefois conſiderable pour ſa force. Il eſt deſtiné à preſent aux
aſſemblées de la ville & conſeils de la juſtice, pluſtoſt qu'à une
fortereſſe de guerre.

SA BASTARDE FIANCE'E AU DUC DE FLOREN-
CE.] *Marguerite d'Auſtriche*, fille naturelle de Charles Quint,
Ducheſſe de Florence, de Parme, & de Plaiſance, Gouvernante des Pays-Bas, l'une des Heroines du ſiecle paſſé, eut
pour mere Marguerite Vangeſtin. Comme elle eſtoit doüée
d'une grande beauté, l'Empereur ſon pere prit le ſoin de la faire
élever chez ſa tante Marguerite fille de Maximilian I. Empereur
juſques à l'age de huit ans, qu'elle fut envoyée à la Cour de
Marie Reyne de Hongrie pour y eſtre inſtruite en perſonne de
ſa naiſſance; & elle y réüſſit parfaitement, s'eſtant rendue en
peu de temps un vray exemple des vertus de cette grande
Princeſſe.

* Her-

* Hercules Prince de Ferrare rechercha *Marguerite* en mariage : puis elle fut espousée par Alexandre de Medicis seps ans aprés avoir esté fiancée ; ce qui servit à ceux de la Maison de Medicis pour establir leur Principauté de Florence. Les nopces se firent en la ville de Naples avec un superbe appareil, Alexandre ayant esté mandé de Toscane, & Marguerite d'Austriche des Païs-Bas où elle demeuroit. Charles V. revenant de l'expedition d'Afrique honora la ceremonie de sa presence.

Ce mariage ne fut pas long-temps heureux, le Duc Alexandre ayant esté tué au mesme an de ses nopces *. Cosme de Medicis son successeur la demanda en mariage, & l'Empereur, qui avoit desia assez obligé la Maison de Medicis en la rendant Souveraine, voulut gratifier celle de Farnese, faisant espouser l'an 1538. cette Princesse veufve à *Octavian Farnese* Duc de Parme & de Plaisance. L'an 1559. ayant esté designée Gouvernante des Païs-bas & du Comté de Bourgogne après Philippe Prince d'Espagne, elle y fut receuë avec grand applaudissement, & gouverna ces Provinces avec beaucoup de satisfaction des Flamans. Elle eut pour principal Ministre & Chef de son Conseil secret *Antoine Perrenot* Cardinal de Granvelle, nommé Cardinal à sa priere par le Pape Pie IV. & qu'elle fit éloigner depuis du Gouvernement par une secrete jalousie.

Sous son administration les Pays-bas furent en paix, & troublez seulement un peu de temps par la faction des Gueux & des Heretiques, laquelle s'éleva contre elle. L'ayant dissipée en peu de jours par sa vigilance & bonne conduite, elle maintint avec une haute reputation ces Provinces en l'obeïssance du Roy Catholique, jusques à ce qu'elle pria sa Majesté de la dispenser

---

* *Famian Strada de Bello Belgico. T. 1. l. 1.*

* *On peut voir dans le 3. tome des Lettres des Princes de Ruscelli une Lettre du 15. Mars 1537. adressée à* Paul de Tosso, *laquelle contient plusieurs particularités de la mort de ce Prince.*

P 2

penſer du Gouvernement, qui fut donné à ſon fils Alexandre Duc de Parme, Prince fameux en l'Art militaire.

Ceſte genereuſe Princeſſe eut de tres-loüables qualitez : elle fut doüée d'un courage martial & infatigable, d'un eſprit vif, penetrant, & capable de grandes choſes. Elle mourut l'an 1586.

Le celebre Hiſtorien Famien Strada, Religieux de la Compagnie de Jeſus, dans ſa Decade de la Guerre Belgique, en la premiere partie, décrit amplement la vie de cette grande Princeſſe & de ſon fils le Duc de Parme.

LE PRINCE DE SALERNE VICE ROY DE NA-PLES.]

Ferrant de S. Severin Prince de Salerne, Comte de Marſico, fils de Robert de S. Severin Prince de Salerne, & de Marine d'Arragon de Villahermoſa, naſquit l'an 1507. Eſtant parvenu en âge de porter les armes, il ſe trouva dans Naples lors qu'elle fut aſſiegée par les François ſous la conduite du Seigneur de Lautrec; puis il fut pris priſonnier par André Doria avec le Marquis du Guaſt, & Aſcagne Colomne, au combat naval donné devant ceſte ville pour ſon ſecours.

Il fut General de l'Infanterie Italienne lors que l'Empereur Charles V. fut à Tunis, & il l'accompagna aux expeditions de Provence & d'Alger. Enſuite il exerçea la meſme Charge en la celebre bataille de Cerizolles, gaignée par un Prince de la Maiſon de Bourbon, & vainquit Pierre Strozzy, aſſiſta au combat de S. Diſier, & fut député du peuple Napolitain vers l'Empereur en Eſpagne, afin que l'Inquiſition ne fut point eſtablie dans ce Royaume; ce qu'il ne pût obtenir à cauſe de la rebellion des Napolitains contre Pierre de Tolede leur Vice-Roy.

Ce Prince de Salerne eſtant retourné à Naples y fut magnifiquement receu; honneur qui donna jalouſie au Vice-Roy,

qui

qui luy fit tant de mauvais offices, qu'il fut contraint de se retirer de Naples, d'abandonner le party de l'Empereur, & de se refugier à la Cour du Roy Henry II. duquel il fut fort bien receu : & sous son authorité il fit le voyage de Constantinople vers Solyman, afin d'obtenir des forces pour recouvrer les Estats qui luy avoient esté ostez par les Espagnols. Mais il n'y gaigna rien; de sorte qu'autant qu'il avoit esté consideré & magnifique, autant fut-il miserable & abandonné sur la fin de ses jours, qu'il termina sans laisser de posterité. Et en luy finit la branche aisnée de la tres-ancienne & illustre Maison de *S. Severin* au Royaume de Naples.

LE MARQUIS DEL VAST.]

Alfonse d'Avalos & d'Aquin, Marquis du Guast & de Pescaire, Gouverneur de Milan, l'un des excellens Capitaines de son temps, dont Guichardin fait mention. Sa vie a esté particulierement décrite par Paul Jove Evesque de Nocera. Il nasquit du mariage d'Inigo d'Avalos Marquis du Guast, de Laure de San-Severin d'Arragon des Princes de Bisignan le 25. de May 1502. & servit l'Empereur Charles V. en toutes les plus belles Charges de la guerre en Italie & en la bataille de Pavie. Ce Prince, pour recompense de ses services, le gratifia de son Ordre de la Toison d'or, du Gouvernement du Duché de Milan, & de la Charge de Capitaine General en Italie, qu'il exerça aprés Antoine de Leve.

Le fameux Poëte Louis Arioste luy a dressé cet Epitaphe.

Quis jacet hoc gelido sub Marmore? Maximus ille
Piscator, belli gloria, pacis honos.
Numquid & hic pisces cepit? Non, ergo quid? urbes.
Magna-

* *Brantome a fait son eloge que l'on trouvera au I. Tome de ses hommes illustres étrangers. Voiés ce qui est dit de luy dans la Satyre Menippée T. 1. p. 250. de l'Edition de 1709.*

P 3

Magnanimos Reges, Oppida, Regna, Duces.
Dic, quibus hæc cepit Piscator Retibus. Alto
  Consilio, intrepido corde, alacrique manu.
Qui tantum rapure Ducem? Duo Numina, Mars Mors.
  Ut raperent, quid eos compulit? Invidia.
Nil nocuere ipsi; vivit nam fama superstes,
  Quae Martem & Mortem vincit & Invidiam.

LE DUC D'ALBE.] * *Ferdinand Aluarés de Tolede III.*
Duc d'Albe & de Huesca, Marquis de Coria, Comte de Sal-
vaterre, Chevalier de la Toison d'or, fils de Garcie Aluarez de
Tolede, Duc d'Albe, Capitaine General du Roy Catholique
en Afrique, & de Beatrix Pimentel. Cestuy-cy dont nous
parlons parvint, par son conseil, sa vigilance dans les armes, &
un courage relevé, à entreprendre des actions de haute reputation & à un si grand dégré de gloire, qu'il s'acquit dans son siécle, au recit des Autheurs Espagnols, le titre *de la gloire & la*
splendeur entre les grands Capitaines de la Nation Espagnole.
   L'Empereur Charles V. l'eut en particuliere estime, & il l'accompagna en tous ses exploicts militaires, en la guerre de Tunis, d'Alger, d'Allemagne, & au siege de Mets. Depuis il
eut la conduite de l'armée qui vainquit l'Electeur de Saxe Jean
Frederic. Aprés la mort de cet Empereur il servit non moins
utilement son fils & successeur Philippes II. Roy d'Espagne,
qui le destina Gouverneur de Milan, en la place de Ferdinand
de Gonzague, puis il exercea la charge de Viceroy & Capitaine
general du Royaume de Naples; auquel temps la guerre ayant
été declarée entre le Roy son Maistre & le Pape à raison de
Marc Anthoine Colomne, & pour d'autres considérations
d'Estat; il mit sur pied de grandes forces avec lesquelles il re-
                                                    duisit

* *Famianus Strana de Bello Belgico, Duc. 1. Nobiliario de Espagna l. 4.*

duifit Terracine, Anagni, Tivoly & plufieurs autres places de l'Eftat Ecclefiaftique, & garantit le Royaume de Naples contre les efforts du Duc de Guife General des troupes du Pape.

Enfuitte le Traicté de paix s'eftant terminé heureufement avec le Roy d'Efpagne Philippes II. ceftuy-cy envoya le Duc d'Albe, tant pour ratifier cefte paix, que pour demander par une magnifique Ambaffade la Princeffe Ifabelle en mariage.

Aprés que le Duc d'Albe fe fuft acquité de cefte Legation à la grande fatisfaction de fon Prince, il paffa aux Pays-bas l'an 1567. avec une puiffante armée pour fucceder au Gouvernement abfolu de ces grandes Provinces, poffedé par Marguerite d'Auftriche Ducheffe de Parme.   Mais il n'en ufa pas avec la mefme modération qu'avoit fait cefte Princeffe; puis que par une feverité & rigueur extreme il fut caufe du foulevement des Pays-bas, en faifant trancher la tefte à Lamoral Comte d'Egmond, & à Philippes de Montmorency Comte de Hornes, fous prétexte d'avoir entrepris quelques trames contre le fervice du Roy Catholique : & pour tenir en bride le peuple d'Anvers, il fit conftruire la forte Citadelle qui s'y voit encore. Il deffit en bataille Louis Comte de Naffau, & prit la ville de Mons-en-Hainaut.

Voyant qu'il s'eftoit acquis l'inimitié de la Nobleffe & du peuple, qu'il traitta indignement, il retourna en Efpagne, où le Roy Catholique l'honnora de la Charge de Lieutenant General de fon armée pour la conquefte du Portugal, qu'il reduifit & unit à la Couronne de Caftille, ayant deffait en bataille navalle le Roy Anthoine & pris Lisbonne Capitale du Royaume.

Ses exploicts militaires finirent en la derniere Conquefte qu'il fit des Ifles Açores, & apres avoir confommé fa vie dans les plus beaux emplois qu'ait eu General d'armée de fon temps,

ii

il vint finir fes jours à Lisbonne chargé de gloire & d'années l'an 1582. méritant le jufte Titre de l'un des grands Capitaines & Chefs de guerre de fon fiecle ; ayant rendu de grands fervices à la Couronne d'Efpagne en la guerre d'Allemagne contre les Proteftans, dont il abbatit la Ligue, & confervé les Royaumes de Naples & de Portugal. De fa femme *Marie Henriquez*, fille de Diego Comte d'Alva, font defcendus les Ducs d'Albe & de Huefca, qui font des plusconfidérables aujourd'hui entre les Grands d'Efpagne.

MIREBALAIS.] Pays de la Province de Poiſtou, dont la principale ville eft Mirebeau, efloignée de Poiſtiers environ fix lieuës. Foulques Nerre Comte d'Anjou Seigneur de ce lieu, fit baftir l'ancien chafteau qui s'y voit à prefent, dans l'enclos duquel a efté fondée l'Eglife Collegiale de Noftre Dame par Maurice de Blazon Evefque de Poiſtiers l'an 1200. Barthelemy de Vendofme Archevefque de Tours l'eut en don de Geofroy Comte d'Anjou, & aprés luy en fut Seigneur, par le bienfait du mefme Prince, Guillaume qui fe qualifie *Prince du Choteau de Mirebeau* au Cartulaire de Bourgeil. *Thibaut Seigneur de Blazon* luy fucceda, fur lequel Geoffroy Martel confifqua la Seigneurie pour caufe de rebellion, & la donna par teftament au Comte Geoffroy fon fils, avec les villes de Loudun & de Chinon; ce que Henry Roy d'Angleterre fon frere n'ayant pas agreable, il prit ces trois places aprés un long fiege, comme le raporte un celebre Hiftorien Anglois.

Depuis fut fait un accord, par lequel la terre de Mirebeau demeura au Roy Henry II. aprés la mort duquel eftant furvenu un grand débat pour la fucceffion entre Artus fils de Geoffroy & fon oncle Jean Sans-Terre fouftenu par le Roy Philippes Auguſte, il affiegea & prit Mirebeau, où eftant acouru le Roy d'Angleterre par la trahifon de Jean des Roches grand Senefchal d'Anjou, Artus fut fait prifonnier, & depuis

in-

inhumainement tué par fon oncle. Pour ce parricide Mirebeau fut confifqué par le Roy, & fon Domaine uny au Domaine de la Couronne aprés une forte guerre entre le Roy
Philippes & celuy d'Angleterre, jufques à ce qu'il fut donné
pour partie de l'Appanage de la Comté d'Anjou à Charles I.
Roy de Sicile & de Jerufalem, frere du Roy S. Louis, qui
laiffa en mariage cette Baronnie à Charles Comte de Valois,
fils du Roy Philippes le Hardy, efpoufant Marguerite de Sicile
fa petite fille; & le mefme depuis la ceda au Prince Philippes
fon fils comme Comte d'Anjou, & depuis Roy de France VI.
du nom, qui eftant parvenu à la Couronne y reünift enfin la
ville & Domaine de Marbeau en 1318.

Depuis cefte Baronnie paffa en la famille des *Comtes de
Rouffy*, dont elle fut retirée des mains d'Ifabelle Comteffe
d'Anjou par Louis fils de France Duc d'Anjou, peré du Duc
Louis II. qui l'an 1405. donna Mirebeau avec Saumur en doüaire à Yolande d'Arragon fa femme, laquelle engagea ce Patrimoine pour onze mil Royaux d'or au Seigneur de Bueil,
dont il fut retiré par Louis III. Duc d'Anjou en 1419.

Enfuitte *René Roy de Sicile*, pour reftitution de la dot de
Marie de Bourbon, femme du Duc de Calabre fon fils, l'engagea au Duc de Bourbon en 1478. Aprés la mort de René
Louis XI. la réumit au Duché d'Anjou par droiêt de reverfion,
& en gratifia l'an 1482. *Anne de France* fa fille, femme de
Pierre de Bourbon Seigneur de Beaujeu, laquelle la ceda encore à Jeanne fa fœur naturelle Comteffe de Rouffillon. Sa
fille Anne de Bourbon Dame de Mirebeau efpoufa Jean Baron d'Arpajou, qui ceda fon droiêt à Jean Cardinal Bertrand,
pendant que ceux de la Maifon de Bourbon ayans fait ceffion de
la mefme chofe, long-temps auparavant à l'Admiral de Culan,
fes héritiers remirent leur droiêt au Seigneur de Blanchefort,
& donnerent occafion à un grand procez terminé par un Ar-

Tome III.   Q   reft

reſt de l'an 1572. Depuis lequel les Ducs de Montpenſier de la
Maiſon de Bourbon ont poſſedé cette Baronnie juſques en l'an
1600. que *Catherine Henriette de Joyeuſe* Doüairiere de Montpenſier l'achepta pour remplacement de ſes propres alliénez par
les tuteurs de Marie de Bourbon Ducheſſe d'Orleans, laquelle
doüariere de Montpenſier l'a depuis venduë à Jeanne de Coſſé
Dame de la Rochepot. Louis Gouffier Duc de Rouannois l'a
poſſedée après elle; & à preſent ceſte Baronnie fait partie de
la Duché de Richelieu érigée en faveur d'Armand Jean du Pleſſis Cardinal de Richelieu par le Roy Louis XIII. l'an 1631.

PASQUIL A FAIT NAGUERES UN CHANTONET.
La ſtatuë de Paſquin à Rome prés le champ de Flore eſt ré-
nommée par tout le monde pour les Satyres qu'on y met preſque tous les jours. On a voulu perſuader aux Papes de l'oſter
de ce lieu, afin d'empeſcher tant d'affiches de raillerie & de
mediſance: mais un Pape * reſpondit à ceux qui lui conſeilloient
de la faire jetter dans le Tybre, qu'il avoit peur qu'elle ne s'y
convertiſt en grenoüille & ne criaſt deſormais jour & nuict, au
lieu qu'on ne l'oyoit que de jour.

LE CARDINAL RODOLPHE.] *Nicolas Cardinal Rodolphi* Archeveſque de Salerne poſſeda auſſi les Eveſchez de
Florence, de Vicenze, de Viterbe & la Legation du Patrimoine de l'Egliſe. Il paroiſt par les importans emplois qu'il
eut ſous les Papes, combien il eſtoit grand homme d'Eſtat, ce
qui le fit deſigner Souverain Pontife: mais les ſuffrages n'eurent
lieu à cauſe de ſa mort ſoudaine advenuë après celle de Paul III.

Rabelais en ceſte Epiſtre ſemble taxer ce Cardinal par raillerie de peu de capacité; quoy qu'il fuſt en ce temps là employé
dans la negotiation. Du moins il ſe reconnoiſt par l'Epiſtre

XII.

---

* *Ce fut Adrien VI. Voyés Paul Jove & Bayle à la fin de ſon Dictionaire dans ſa
Diſſertation ſur les Libelles diffamatoires.*

XII. du Seigneur Gabriel Simeon escrite à Donat Jannot Orateur & Poëte Grec & Latin, quel fut le regret de sa mort arrivée l'an 1550. lors qu'il dit, *Helas amy, est-il possible qu'on ait fait mourir si soudainement* (ainsi qu'on dit) *nostre pauvre Rodolphi, lequel entre les bons Cardinaux estoit nostre seule esperance.*

OBSERVATIONS

SUR LA

LETTRE XIV.

MADAME RENE'E EST ACCOUCHE'E D'UNE FILLE.] Lucrece d'Est, laquelle fut depuis mariée avec *François Marie de la Roüere II.* du nom Duc d'Urbin, de laquelle ce Prince ne laissa point d'enfans, estant décedée en 1598.

ELLE AVOIT JA UNE AUTRE BELLE FILLE AGE'E DE SIX ANS.] C'estoit Anne d'Est ou de Ferrare, Duchesse de Guise, de Nemours, de Genevois & de Chartres, tres-vertueuse Princesse, laquelle le Roy Henry II. desira estre mariée à François de Lorraine, alors Duc de Guise, l'honneur & la gloire de la tres-ancienne Maison de Lorraine: ce qui fut exécuté à Moulins l'an 1548. & de cet hymenée sortit une nombreuse & tres-illustre posterité de Princes, dont restent aujourd'huy des rejettons. Aprés la mort de son espoux tué au siege d'Orleans, elle passa en secondes nopces en 1566. avec Jacques de Savoye Duc de Nemours & de Genevois, puisné de la Royale Maison de Savoye, qui rendit de signalez services en France & en Italie à nos Monarques,

Q 2   lequel

lequel enfin déceda à Annecy l'an 1583. dont le petit fils Charles Amedée, Duc de Nemours, de Genevois, & autres Terres, par l'alliance qu'il a prise avec Isabelle de Vendosme, est Chef de ceste tres-illustre branche. Enfin ceste Duchesse, digne mere de tant de braves Princes, déceda à Paris l'an 1607. Plusieurs Escrivains luy ont justement donné les éloges de l'une des plus grandes & vertueuses Princesses de ce siecle; † & le sçavant President de Thou dans son Histoire l'appelle une véritable Heroïne. Le Docte & pieux Hilarion de Coste, Reli-Minime, en son Histoire des vies des Dames Illustres, au Tome premier, descrit fort amplement la vie de ceste Princesse.

Un Petit fils age' de trois ans.]
Il s'appeloit Alfonse II. Duc de Ferrare, de Regge & de Modene, Marquis d'Est, Prince de Carpy; lequel héritant de la valeur de ses Ancestres, secourut l'Empereur Maximilian II. contre le Turc, & le vint trouver en Hongrie l'an 1566. mais il eut le regret de ne laisser aucune posterité de ses trois femmes Lucrece de Medicis, Barbe d'Austriche, & Marguerite de Gonzague-Mantouë. Par sa mort advenuë l'an 1597. le Pape Clement VIII. reünit ce beau Duché de Ferrare au Domaine de l'Eglise; & Cesar d'Est, fils naturel d'Alfonse I. Duc de Ferrare, fut contraint de quitter ses prétentions, & de se contenter de ceux de Modene & de Regge, & de la Principauté de Carpy, dont est Chef aujourd'huy en Italie François III. d'Est Duc de Modene. *

O B-

---

† Voyés ce qui est dit de la vertu de cette Princesse dans la Satyre Menippée T. 2. p. 228. de l'Edition de 1709.

* C'est à present Alphonse d'Est IV. du nom.

OBSERVATIONS

SUR LA

LETTRE XV.

LE SEIGNEUR PIERRE LOUIS.] *Pierre Louis Farnese* fut inftitué par fon pere l'an 1545. premier Duc *de Parme & de Plaifance*, & Gonfalonier de l'Eglife; Charge qui eft demeurée comme héreditaire à fa pofterité. Ce Prince attira tellement la haine de fes fujets contre luy, à caufe de fa tyrannie & de fes mœurs déreglées, qu'avec l'intelligence de Ferdinand de Gonzague qui tenoit le party de l'Empereur, l'on dreffa une conjuration contre luy fi dextrement conduite, qu'il fut tué à Plaifance au mois de Septembre 1547 ayant procréé de *Hieronyme des Urfins* fille de Louis des Urfins Comte de Pitiliane *Octavian Farnefe* Duc de Parme & de Plaifance, Prefect de Rome, & Gonfalonier de l'Eglife : lequel de *Marguerite d'Auftriche*, fille naturelle de l'Empereur Charles V. engendra le vaillant Prince *Alexandre Farnefe* Duc de Parme, Gouverneur des Pays-bas, dont les glorieux faits d'armes ont rendu la memoire celebre. Celuycy, de *Marie de Portugal*, fut pere de *Rainuce I.* Duc de Parme & de Plaifance, qui de *Marguerite Aldobrandin*, petite niepce du Pape Clement VIII. a efté pere du Duc *Edouard* efpoux de *Marguerite de Medicis*, fille de Cofme II. Grand Duc de Tofcane, qui ont eu pour fils *Rainuce Farnefe II.* Duc de Parme, de Plaifance & de Caftro.

☞ Quoique *Rabelais* ait dit dans fa lettre cy-devant, que le Pape Paul III. n'avoit jamais été marié, & que Pierre

Louis

Louis Farneſe Duc de Parme étoit véritablement ſon bâtard,
cependant Mr. *l'Abbé Faydit*, dans ſes Remarques ſur Virgile
& ſur Homere. §. 134. p. 376. a dit que ce Duc étoit fils legitime d'Alexandre Farneſe, qui après la mort de ſa femme
fut fait Pape ſous le nom d'Onuphre III. & enſuite ſous le nom
de Paul. III.

Le fait du mariage du Pape Paul III. s'il étoit bien prouvé,
détruiroit ce que Rabelais dit à ce ſujet, & féroit honneur à ce
Pape, dont la memoire a été ternie par le reproche qui luy a
été fait d'avoir eu une jeuneſſe un peu trop libertine.

A l'égard du nom d'Onuphre III. que Mr. *Faydit*, prétend
que ce Pape prit d'abord, il s'eſt mépris en cela, n'y ayant
point eu de Pape du nom d'Onuphre : mais ce fut le nom
d'Honoré V. qu'il prit d'abord, & qu'il changea en celuy de
Paul III. dans la Ceremonie de ſon Couronnement. *Voyés* l'Hiſtoire du Concile de Trente de Fra Paolo. l. 1. p. 67.

ET AVOIT LE PAPE UNE SŒUR BELLE A MER-
VEILLES.] *Julie Farneſe* ſœur du Pape Paul III. fille de Pierre Louis Farneſe Gentil-homme Romain, & de Jeanne Cajetan de Sermonette, laquelle ſe laiſſa aller aux amours du Pape
Alexandre VI.

☞ *Julie Farneſe* ſe laiſſa non ſeulement aller aux amours du
Pape Alexandre VI. mais même on prétend, contre le ſentiment de *Rabelais* rapporté cy - devant; que le rebut qu'elle
eut pour luy dans le temps qu'il avoit le plus d'ardeur pour elle, le porta à élever à la pourpre en 1493 ſon frere *Alexandre Farneſe*, alors agé de 25. ans, & lequel a été depuis fait Pape en 1534. ſour le nom de Paul III. Au moins c'eſt le ſentiment
de l'autheur du libelle adreſſé à Aſcagne Colomne. *Voyés* la
Remarque ſubſequente ſur *Conſtance Farneſe* fille naturelle du
Pape Paul III.

UN ESPAGNOL PAPE.] *Roderic Borgia* natif de Valence

lence en Espagne, fils de Geofroy Lenzola Chevalier, & de la sœur de Calixte troisiéme son oncle, qui le désigna Archevesque de Valence, & l'an 1456. le créa Cardinal & Chancelier de l'Eglise Romaine. Par aprés il fut fait Evesque d'Albe & de Porto par le Pape Sixte IV. Enfin Innocent VIII. estant mort l'an 1492. les Cardinaux le declarerent Pape en son lieu. Il changea son nom, & se fit appeller *Alexandre VI*. Guichardin, Onuphre, & autres affirment que ce Pape achepta les voix de ses Cardinaux partie en deniers comptans, partie par promesse d'Offices & Benefices ; entre lesquels furent principalement les Cardinaux Ascagne, d'Ostie & de S. George, qui depuis estant suspects furent bannis de la Cour Romaine. Le mesme Guichardin adjoûte, *Qu'en la personne eleüe il n'y avoit point de sincerité, nulle foi, nulle religion, mais une avarice insatiable, une ambition immodérée, & un desir ardent d'élever en quelque façon que ce fut ses enfans naturels, qui étoient en grand nombre.* Bref sous lui l'Eglise & l'Italie souffrirent un grand & notable changement, & endurerent par son moyen beaucoup de miseres & de calamitez.

Or parmy tant de vices & de défauts il avoit de grands avantages de nature : car Guichardin confesse, *qu'il estoit doüé d'une diligence & vivacité singuliere, d'un conseil prompt, d'une efficace à persuader, & aux affaires d'importance d'un soin & dexterité presque incroyable.* Ce Pape donna le titre & surnom de Catholique à Ferdinand Roy d'Arragon, avec la nouvelle descouverte des Terres neufves. Il fut contraint de recevoir le Roy Charles VIII. triouphant dans Rome, allant à la conqueste du Royaume de Naples. A son retour il fit une ligue avec les autres Princes d'Italie, qui fut rompuë à la memorable bataille de Fournouë. Et sous son Pontificat se passerent plusieurs évenemens de guerre.

Res-

Reſte à contempler ſa miſerable fin, dont Guichardin entre-
autres, Autheur irreprochable, recite particulierement l'hiſtoire, & raconte l'accident eſtre arrivé de la ſorte.   Il remarque donc que cet *Alexandre* eſtant au comble de ſes plus grandes eſperances s'en alla ſouper en une vigne proche du Vatican, pour prendre le plaiſir de la fraiſcheur ; que de là tout
ſoudainement il fut aporté tout mourant au Palais Pontifical a-
vec ſon fils, & le jour enſuivant 18. Octobre 1503. porté mort
en l'Egliſe de S. Pierre, noir, enflé, & tres diforme : ſignes
tous manifeſtes de poiſon, lequel toutefois le Valentinois ſon
fils ſurmonta, tant par la vigueur de l'âge, que par les fortes
medecines & contrepoiſons dont il uſa, & en eut la vie ſauve,
bien qu'opprimé d'une longue maladie.   Ce qui ſelon le bruit
commun arriva de cette ſorte.

Ceſar avoit deliberé d'empoiſonner Hadrien Cardinal de
Cornette, en la vigne duquel ils devoient ſoupper : & pour ce
ſujet il envoya devant certains flacons de vin infecté de poiſon, leſquels il fit bailler à un ſerviteur qui ne ſavoit rien de
l'affaire, avec ordre précis que perſonne n'y touchaſt. Mais
d'avanture le Pape Alexandre ſurvint devant l'heure du ſouper, lequel preſſé de la ſoif & de la chaleur immodérée qu'il
faiſoit lors, demanda à boire. Et d'autant qu'on n'avoit encore apporté ſon ſouper du Palais, celui à qui l'on avoit baillé
le vin en garde eſtimant que l'on luy eut baillé à ſerrer comme
un vin fort excellent, luy en donna à boire ; & ſon fils arrivé
pendant qu'il beuvoit, ne ſe reſſouvenant plus de rien, ny de
ce que luy-meſme avoit préparé, ſe mit ſemblablement à boire du meſme vin empoiſonné.   Ainſi tomberent-ils eux-meſ-
mes dans la foſſe & dans les pieges qu'ils avoient préparez aux
autres.   Le meſme Guichardin adjoûte enſuite, que toute la
ville de Rome accourut avec une allegreſſe incroyable à ſainct
Pierre autour du corps mort d'Alexandre, les yeux ne ſe pouvant

vant raſſaſier de voir mort & éteint un ſerpent , lequel avec ſon immodérée ambition & peſtiferée déloyauté , & avec tous les exemples d'horrible cruauté , de luxure monſtrueuſe , & d'avarice non entenduë , vendant ſans diſtinction les choſes ſainctes & prophanes , avoit infecté tout le monde : & neantmoins avoit eſté accompagné d'une tres-rare & preſque perpetuelle proſperité dès ſon jeune âge juſques à la fin de ſa vie.

Le Pape Alexandre eut des enfans, *Ceſar Borgia* Duc de Valentinois & de Romandiole , Gonfalonier de l'Egliſe , qui eſpouſa Charlote d'Albret ſœur de Jean Roy de Navarre, dont il ne laiſſa lignée.   De ſon autre fils ſont deſcendus les *Ducs de Gaudie* , Seigneurs à preſent illuſtres en Eſpagne.

☞ La conduitte du Pape *Alexandre VI.* a été ſi irreguliere , ainſi que celle du *Duc de Valentinois* & de *Lucrece Borgia* ſes enfans , que l'on ne s'eſt point fait de ſcrupule de publier leurs infamies. *Burchard* maitre des Ceremonies de ce Pape en a fait une Chronique ſcandaleuſe; *Thomaſi* a fait en Italien la vie de ce Duc, laquelle a été traduitte en François. *Brantome* a auſſi écrit de luy dans ſon receuil des hommes illuſtres étrangers; & Mr. *Bayle* a parlé amplement de cette nouvelle Lucrece dans le Chapitre 8. du cinquieme volume de ſes Reponſes aux queſtions d'un Provincial , où il fait mention de ce que Mr. *l'Abbé Faydit* rapporte dans ſes remarques ſur Virgile & ſur Homere §. 143. p. 592. au ſujet d'une jeune fille maitrèſſe de ce Pape , laquelle ſe faiſoit appeller *Uranie* , & s'étoit faite peindre en Deeſſe, au grand ſcandale de la ville de Rome. Ce fait ne paroitra pas extraordinaire à ceux qui ſcavent juſques où ces ſortes de femmes portent leur impudence. Cependant Mr. *Bayle* ne ſe contente pas d'un ſimple recit ſans preuve, & il auroit voulu que Mr. *Faydit* eut marqué l'autheur de cette particularité ; mais peut-eſtre que cet Abbé ne s'eſt mépris que dans quelque circonſtance , & que le portrait de la maitreſſe du Pa-

Tome III.   R   pe

pe de laquelle il entend parler, *fans la nommer*, & que Mr. *Bayle* croit eftre *Catherine Vannofa*, eft la mefme image de N. Dame faitte fur le portrait de *Julie Farnefe*, laquelle on a montrée à Rabelais dans la maifon des Sommiftres à Rome, comme il eft dit cy-devant.

LE PAPE D'UNE DAME ROMAINE EUT UNE FILLE MARIE'E À BAUGE COMTE DE S. FIORE.] *Conftance Farnefe* eut pour mary Bofo II. du nom, *Comte de Sanĉta Fiore*, d'Arquaro, & d'autres Seigneuries dans le Plaifantin, fils ne Frederic Sforce Comte de Sainĉte Fleur & de Barthelemie des Urfins. De cette alliance fortirent plufieurs enfans, favoir Afcanio Comte de Sainĉte Fleur, dont la pofterité s'eft finie en baftards. *Mario* Sforce Comte de Valmonte, General des troupes du grand Duc, fut pere de *Frederic* Duc de Segny, & celuy-cy *d'Alexandre* Prince de Valmonte, Duc de Segny, Chevalier de l'Ordre du S. Efprit, pere de *Mario* Sforce II. du nom, Duc d'Onane & de *Frederic* Cardinal Sforce, qui a eu la Charge de Vice-Legat & de Gouverneur General en la Legation d'Avignon, creé Cardinal par le Pape Innocent X. Mario Sforce Duc d'Onane, Comte de fainĉte Fleur, a efté allié avec *Renée de Lorraine* fille de Charles Duc de Mayenne & d'Aiguillon, & de Henriette de Savoye. De cefte alliance eft forty le Duc Sforce, Duc d'Onane & de Segny, Prince de Valmonte, qui s'eft allié en la Maifon des Colomne.

☞ L'affeĉtion naturelle du Pape Paul III. pour fa fille *Conftance Farnefe* a donné lieu, comme on croit, au reproche qui luy a été fait, d'avoir eu un commerce criminel avec elle, & mefme d'avoir fait empoifonner *Bofe Sforce* fon mary pour la poffeder plus à fon aife, mais aprés avoir accufé ce Pape de Magie, ainfi qu'il a été dit cy-devant, doit on eftre furpris que le mefme autheur employe les calomnies les plus noires pour décrier ce Pontife ? Voicy de quelle maniere il en parle

dans

dans le Libelle adreſſé à Aſcagne Colomne... *Innocentio Pon-*
tifice conjectus in vincula fuiſti , Præſul iniquiſſime , propter
homicidia duo , & commiſſum parricidium ; matre nimirum &
nepote tuo quodam veneno ſublatis, ut omnis ad te conflueret hæ-
reditas. Cumque deinde liber factus , non dubitares ambire gale-
rum purpureum , & ter eſſes à Collegio repudiatus , germana
tua ſoror, Julia Farneſia, *tandem pervicit. Quum enim copiam*
ſui non ſe facturum eſſe deinceps minaretur, Alexander ſextus
Pontifex *offenſionem veritus & iram illius , in Cardinalium te*
cœtum allegit. Alterum deinde ſororem, pro familiaritatis tuæ
conſuetudine, parum pudicam, interemiſti quoque veneno. Per
Ancontianam provinciam cùm eſſes Legatus, Julio ſecundo Pontifice , *puellam ejus civitatis nefairé circumvoniſti , quando*
diſſimulans quis eſſes , teque pro nobili quopiam gerens ex Lega-
ti familiaribus illam vitiaſti. Quod quidem facinus puellæ pa-
truelis, Cardinalis Anconitanus * *urbe capta , coram* Clemente Pontifice captivo, *tibi graviſſimis verbis objecit.* Nicolaus
Quercæus *cum* Laura Farneſia , *tua nepte, conjuge ſua , te*
congredientem deprehendit , & pugione tibi vulnus incuſſit, cu-
jus etiamnum cicatrix apparet. De filia tua Conſtantia, *qua-*
cumque toties rem habuiſti, quid dicam? etenim ut eâ liberius
potiri poſſes , maritum ejus Boſium Sfortiam *ſuſtuliſti veneno,*
qui , cum nequitiam veſtram animadvertiſſet , incredibilem ani-
mo dolorem concepit, nec unquam poſtea viſus eſt hilaris. Li-
bidine porrò Commodum & Heliogabalum *longé ſuperas, id-*
que tot ſpuriis tuis doceri poteſt. Filias ſuas Lòth *vitiavit i-*
gnarus & ebrius, tu verò ſobrius, non modò cum nepte, ſed e-
tiam cum ſorore congreſſus es atque filia. Jam illud quod in
Fanenſem Epiſcopum *admiſit ſceleratus ille tuus filius* Petrus
. Aloi-

---

* C'étoit Pierre Accoltius Eveſque d'Ançone fait Cardinal en 1511. & mort
en 1532.

Aloifius † *quàm eft dictu fædum & horrendum facinus! Cùm in Adriani mole captivus detineretur* Clemens Pontifex, *teque legaret ad Cæfarem, libertatis recuperadæ caufâ, non prius iter volebas ingredi, quam ille Parmenfem Epifcopatum nepoti tuo* Farnefio, *tunc decem annorum adolefcenti pomitteret. Eo facto ludificafti nihilominus illum, & Genuam ubi perveniffes, morbo te detineri fimulabas. Quam verò nundinationem in facris bonis non exercuifti Cardinalis? & poftquam factus es Pontifex, Deum immortalem! quàm turpiter Ecclefiæ Romanæ facultates dilapidafti? Non te pudet fummam præfecturam, atque munus contuliffe nefario tuo filio, cum aureorum millibus annuis quadraginta, totidemque feré nepoti* Octavio? *ne quid interim dicam, quæ quantaque bona profuderis in tuæ familiæ fœminas omnes, &* Sanflorianas neptes. *Turcarum poftea mentionem andes inferre? qui miferé jam incumbunt Italiæ. Quod eò facis, ut expilandi populi caufam aliquam habeas & occafionem, qui fub te Domino graviffimum onus & intolerabile profectò fuftinet.* Duci Ferrarienfi Mutinam *atque* Rhegium *vendidifti :* Parmam & Placentiam, *quas Ecclefiæ Romanæ minimé acquifiveras, alienafti, quod* Clementum *certé Pontificem facere puduit. Ut familiam domumque tuam locupletares, præter fas & æquum alios exagitafti, & eos qui fervitutem illam ferre non poterant, aut ferre recufabant, bello es perfequutus. Id* Perufini *docent inter alios &* Afcanius Columna. *Qui fubfidii loco fuis imperat quotannis ordinem aureorum millia trecenta; qui novum fubinde vectigal imponit, modò falis, modò cæterarum rerum; qui nunc decumas, nunc dimidian fructuum partem exigit, ille fané pro Chriftiani fanguinis hofte meritò debet haberi. Turcica Claffis, te Pontifice, per Ecclefiæ Romanæ fines navigavit incolumis, idque non ita pridem, quando* Barbaroffa

---

† Il a été Duc de Parme en 1527.

baroſſa *mare noſtrum fuit ingreſſus. Occultum igitur illud, quod cum Barbaris habes commercium, anſam tibi præſcindit, que minus Turcici belli nomen in poſterum obducas. Atque interim tuman auſus es Galliæ Regem taxare, quod cun Proteſtantibus, Cæſarem verò, quod eum Angliæ Rege coleret amicitiam.*

Un ecrit auſſi injurieux ne pouvoit partir que d'un eſprit extrémement envenimé contre le Pape Paul III. On ne ſcait pas certainement qui en eſt l'autheur, mais on le fit paroître ſous le nom de Bernard Ochin, qui avoit quitté l'Ordre des Capucins, dont il avoit été l'un des Inſtituteurs & General.

Pendant qu'il étoit demeuré dans eet Ordre il avoit été d'une conduite ſi reglée & ſi exemplaire que cela luy avoit acquis la veneration d'un chacun † & même une reputation de Sainteté. A la fin il s'étoit fait connoître tel qu'il étoit, & en apoſtaſiant ſa regle il avoit quitté une vie pénitente, auſtere, & tres Chreſtienne, pour, ſous le manteau de la Religion Reformée, mener non ſeulement une vie criminelle, mais encore exciter par ſes écrits à un libertinage qui n'eſt toleré que parmy les Juifs, les Idolatres, & les Turcs *. Comme il avoit été Conſeſſeur du Pape Paul III. on croit aiſement qu'il s'étoit abandonné juſques à publier dans ce Libelle Saturique des ſecrets que la ſeule prudence humaine auroit dû luy faire cacher. Il y a quelque apparence que le Pape eut de grandes préventions à ce ſujet : & c'eſt peut-être le motif ſecret de ſa colere contre Ochin, qui luy fit concevoir le deſſein d'abolir l'Ordre des Capucins, ce qui auroit été executé s'il n'avoit depuis fait reflexion qu'il n'étoit pas juſte que la faute d'un particulier fut cauſe de
la

† Entre les qualités qui les rendoient venerable il avoit une barbe qui luy deſcendoit juſques à la Centure. *Vie de Commendon par Mr. Flachier.* p. 202.
* Il a écrit en faveur de la Poligamie.

la deſtruction d'un Ordre très-regulier qui pouvoit être de grande utilité à l'Egliſe. *Voyés* la Vie de Commendon par Mr. Flechier. l. 2. Chap. 9. l'Hiſtoire de Sleidan. l. 21. & le Dictionnaire critique de Bayle ſur le mot Ochin.

LES DEUX PETITS CARDINAUX DE S. FLEUR.] L'aiſné s'appelloit *Guy Aſcagne* Sforce, Cardinal & Legat de Bologne, dit le Cardinal de ſaincte Fleur, qui receut la Pourpre de ſon oncle maternel * l'an 1534. & poſſeda l'Eveſché de Parme & celuy de Lodève en France, fut auſſi Camerlingue de l'Egliſe Romaine, Legat de la Romagne & du S. Siege en Hongrie contre les Turcs. Il eut la protection des Affaires d'Eſpagne à Rome, & enfin mourut, aprés avoir eu divers emplois conſiderables, le 7. Octobre 1564.

Alexandre Sforce Cardinal de ſaincte Fleur ſon frere, pourveu de l'Eveſché de Parme, fut nommé Cardinal par le Pape Pie IV. l'an 1565. Gregoire XIII. ſucceſſeur de Pie, le deſtina Legat du Domaine Eccleſiaſtique & de la Romagne, où il ſe comporta dignement juſques au temps de ſa mort advenue à Macerata en la Marche d'Ancone le 16. May 1581. & fut inhumé à Saincte Marie Majeure. Le celebre Paul de Foix Archeveſque de Tholoſe, rapporte en ſes Lettres qu'il eſtoit frere du du Comte de S. Fleur qui amena en France le ſecours que le Pape Pie envoya au Roy Charles IX. contre les Religionnaires.

Mr. de Ste. Mathe applique cet endroit de la lettre 15. cy-devant aux deux Cardinaux de *Ste. Fleur*, quoy que pour lors il n'y eut que *Guy Aſcagne Sforce* l'un des deux qui fut Cardinal. *Alexandre Sforce* ſon frere ne pouvoit pas être de ce nombre en 1536. n'étant pour lors agé que de trois ans. *Mr. de Sté. Marthe* dit même dans ſa remarque qu'il n'a été Cardinal qu'en 1565. Les deux petits Cardinaux, deſquels Rabelais entend parler dans
cette

* *Le Pape étoit ſon grand Pere.*

cette lettre, étoient ce *Guy Afcagne Sforce* & *Alexandre Farnefe*, tous deux petits fils du Pape, qui les fit Cardinaux en 1534. étans lors agez chacun d'environ feize ans.

PIERRE LOUIS A ESPOUSE' LA FILLE DU COM-TE DE SERVELLE, ET EN A ENFANS. Entr'autres le petit Cardinalicule Farnefe Vice-Chancelier.]

La femme de Pierre Louis Farnefe Duc de Parme s'appelloit *Heronime des Urfins*, fille de Louis des Urfins Comte de Pitiliane. Leur fils le Cardinal *Alexandre Farnefe* fut nommé l'an 1534. par le Pape Paul III. fon ayeul, & eut grande authorité entre les Cardinaux. Il obtint fous divers Papes plufieurs grandes Prélatures, le Patriarchat de Hierufalem, les Archevefchez d'Avignon & de Monreal, ceux de Maffe, de Spolete & de Parme en Italie; en Efpagne celuy de Jaën, & enfin la charge de Vice-Chancelier après le Cardinal de Medicis. Il vint Legat en France l'an 1539. & fut particulierement aymé de l'Empereur Charles V. qui faifoit eftime de fa vertu. Sa mort advint en 1589. & il eft inhumé en la fuperbe & magnifique Eglife des Jefuites qu'il avoit fait baftir.

VICE-CHANCELIER.] Cette charge doit eftre poffedée par un Cardinal, le Pape eftant feul Chancelier de l'Eglife Romaine. Sa Jurifdiction s'eftend fur les expeditions des lettres Apoftoliques de toute matiere dont les lettres font féellées par le Pape, excepté celles qui s'expedient par forme de Bref fous l'Anneau du Pefcheur.

LE SEIGNEUR RANCE.] *Rance Baron de Cere* Gentil-homme Romain, Comte de Pontoife, General des troupes du Pape, du Roy de France, & des Venitiens, affifta dans toutes les plus belles actions militaires qui fe firent de fon temps en Italie.

Ses premieres armes parurent fous le regne du Roy Louis XII. en la guerre pour le recouvrement du Duché de Milan.

Depuis

Depuis il fe mit à la folde des Venitiens qui l'eftablirent Gouverneur de la ville de Creme, & il eut la charge de Barthelemy d'Alviane Capitaine General des Venitiens, d'affeurer au fervice de la Republique la Ville & Chafteau de Breffe contre les Allemans. Pendant qu'il eut le Gouvernement de la ville de Creme pour les Venitiens, entr'autres exploits memorables il furprit le fameux Capitaine Profper Colomne, qu'il mit en fuite. Et c'eft en ce rencontre que Guichardin dit, *qu'il remporta tant de loüange de fes heureux & induftrieux emploits, que du confentement univerfel, on le tenoit defia au nombre des principaux Capitaines de toute l'Italie.*

Ce fut en cette place qu'il fouftint un long fiege contre les forces du Duc de Milan, & que nonobftant une difette extréme, il battit les troupes de Silvio Savelle. Mais depuis ayant faccagé la Cité de Lodi prés de Milan, & pour quelque diferend qui furvint entre luy & l'Alviane, il obtint fon congé du Senat, & paffa à la folde du Pape avec deux cens hommes d'armes, & deux cens chevaux-legers, & le fervit en qualité de General de fes troupes en la Romagne, avec le Capitaine Vitelli, dans la guerre que ce mefme Pape entreprit contre François Marie de la Roüere; s'eftant emparé du Duché d'Urbin, & aiant garanty de prife la ville de Fano, que ce Duc affaillit vigoureufement.

Enfuite le *Baron de Cere* eut la conduite de l'Armée du Pape avec Laurent de Medicis, & commanda l'avant-garde; mais par une divifion fecrete ils ne fceurent pas profiter de l'occafion favorable qu'ils avoient de remporter une fignalée victoire contre le Duc d'Urbin : ce qui donna occafion aprés la compagne finie, au Baron de Cere de demeurer fans employ & de fe repofer à Rome, jufques à ce que le Roy de France, à la follicitation du Cardinal de Volterre, effaya par fes pratiques en Tofcane, de faire changer l'Eftat de Florence.

On luy donna la conduite de l'Armée, ayant en tefte Guy Rangon

Rangon celebre Capitaine ; avec lefquelles troupes il tenta inutilement plufieurs fieges, mefme d'attaquer la ville de Sienne;
& cefte expédition diminua beaucoup de la reputation qu'il s'eftoit acquife.

Aprés la mort du Pape changeant de Maiftre, il s'attacha
au fervice du Duc de Ferrare, & furprit la ville de Regge.
L'Admiral de Bonnivet le manda enfuite dans le Milanez avec
fes troupes, qui affiiegerent Cremone. De là il fervit utilement, lors qu'il amena au fecours du mefme Admiral proche
de Bergame un renfort de cinq mil Grifons.

Mais le feu de la guerre ayant efté porté en France par l'Empereur Charles V. qui vint en Provence avec de puiffantes forces, & une Armée de vingt-cinq mil hommes, ne fe promet-
tant rien moins que la conquefte de cefte belle Province, où
il laiffa des marques d'une fameufe déroute, *Rance* fut rappel-
lé d'Italie en France par le Roy François I. qui l'affectionnoit
à caufe de fa valeur. Et par fon commandement il fe jetta dans
Marfeille avec les vieilles troupes qui l'avoient fervi en Italie ;
& fut un de ceux qui fouftinrent genereufement le fiege, avec
Philippes Chabot Seigneur de Brion, contre Charles; Conneftable de Bourbon, jufques au dernier foûpir, dont il remporta une finguliere fatisfaction de ce Monarque, pour s'y eftre
comporté en brave Commandant l'efpace de quarante jours, a-
yant fait paroiftre durant les attaques, qu'il poffedoit toute les
parties d'un parfait Capitaine.

Aprés cefte difgrace que l'Empereur receut en France, le
Roy recouvrit le Milanez, & auparavant que d'affieger Pavie,
le Baron de Cere eut ordre avec les Seigneurs des Urfins, de
foudoyer à Rome quatre mil hommes de pied, pour fe joindre
au Duc d'Albanie. La prife du Roy François I. étant furve-
nue, cette Milice fut diffipée, & il demeura encore fans employ,
jufques à ce que ce Prince ayant recouvert la liberté, & en-

Tome III.   S   trepre-

treprenant la conqueſte du Royaume de Naples, il donna la conduite de ſon armée navale au *Seigneur Rance*, qui eſtoit au port de Savonne, où il s'acquita de cet employ avec grands progez. Il eut auſſi commandement dans l'armée des Confédérez avec les Venitiens & le Pape, dans le deſſein qu'on avoit pris d'aſſieger encore Naples. En ceſte expedition *Rance* eut le ſouverain pouvoir; puis qu'au rapport de Guichardin, *ſelon ſa deliberatiou l'argent du Roy de France ſe dépendoit*. Ainſi avec ſix mil hommes, il entra dans l'Abruzze, pendant que d'un autre coſté, Monſieur de Vaudemont Lieutenant des troupes du Pape, & l'armée de mer prenoient Salerne & les autres villes maritimes. Mais ils ne purent avancer d'avantage leurs conqueſtes à cauſe de la deliberation ſoudaine que Clement VII. prit de s'accorder avec l'Empereur.

S'eſtant retiré à Rome le Pape eut deſſein de l'employer comme il fit, pour reſiſter au Duc de Bourbon, qui venoit avec de puiſſantes forces & à grandes journées, pour aſſieger la ville de Rome, dont il eut la charge principale de ſa deffenſe; mais il ne peut la garantir d'eſtre priſe par aſſaut, ni du ſac qui ſuivit, comme eſcrit fort diſertement Guichardin. *Rance de Cere* ſe refugia avec les principaux Capitaines, Cardinaux & autres, dans le Chaſteau S. Ange où eſtoit le Pape. Auquel tems les galeres Françoiſes avec les Venitienes, & celles d'André Doria ſe mirent en mer avec le meſme Seigneur *Rance*, qui conduiſoit trois mil hommes pour aſſaillir la Sicile. Cette entrepriſe fut inutile par le diſcord qui ſurvint entre ce Capitaine & André Doria, qui quitta le party de France, comme il a eſté dit.

Depuis il ſervit ſous Monſieur de Lautrec en Italie, au ſiege de la ville de Naples, entrepriſe malheureuſe par la mort du Chef, qui déceda avec partie de ſon armée pour les fatigues qu'elle ſouffrit. Le ſiege ayant éſté levé, *Rance* ſe retira à

Bar-

Barlette en la Poüille, qu'il conferva long-temps avec quelques autres places maritimes au party de France, quoi qu'eftant hors de tout fecours, contre les efforts des Imperiaux, & la revolte de fes troupes qui le voulurent tuer: en laquelle occafion fut admirée fa conftance pour la deffenfe de cefte place.

Les Hiftoriens ont teu le refte des actions heroïques de fa vie, qu'il termina par un accident le 11. jour de Fevrier 1536. en allant à la chaffe fur un cheval Turc, qui ayant la bouche tendre fe renverfa fur lui & l'eftouffa. *Le Roy* (dit Rabelais) *ayant perdu un bon ferviteur pour l'Italie.*

JEAN PAULE DE CERE FILS DU SEIGNEUR RANCE.] *Jean Paule ae Cere* Gentil-homme Italien fut Marefchal de France fous le Roy Henry II. Ses premieres armes furent employées au fervice des Venitiens, en laquelle occafion il fut pris prifonnier par le Marquis du Guaft l'an 1529.

Les Florentins le prirent à leur folde l'an fuivant pour la garde de leur ville capitale. De là il vint en France à la Cour du Roi François I. & eut divers emplois honorables dans fes armées; ayant fervy utilement dans les troupes de Piedmont commandées par le Seigneur d'Annebaud, depuis Marefchal de France, contre le Duc de Savoye. Enfuitte eftant de retour, & l'Empereur Charles V. menaçant d'entrer en France, le Roy diftribua aux lieux dépourveus de fecours fa gendarmerie, & donna le commandement de deux cens chevaux legers & de deux mil hommes de pied à ce Baron de Cere. Comme auffi le Marquis de Saluces ayant quitté le party de France par une infigne trahifon, François I. depefcha promptement avec des deniers le même Seigneur *Jean Paul de Cere* pour s'emparer des places de Foffan & de Cony dans le Piedmont, & lever trois mil hommes Italiens.

Du Bellay rapporte qu'entre les Seigneurs du fang, & Chevaliers de l'Ordre que fa Majefté affembla à Lyon pour condamner

damner celuy qui avoit empoifonné le Dauphin, le Seigneur *de Cere* affiftoit à ce Confeil avec les Ducs de Wirtemberg, de Somme, d'Arriane, d'Atry, le Prince de Melphe & autres Seigneurs Italiens. Et enfuitte en l'armée dont eftoit General le Prince Dauphin pour la reprife des places de Piedmont, ce Seigneur Rance y conduifit fa compagnie de genfdarmes. Le refte de fes actions militaires eft inconnu.

LE COMTE' DE PONTOISE.] C'eft la ville principale du Vexin, ainfi nommée à caufe de fon pont fur la riviere d'Oyfe, où eft le Siege du grand Vicariat de tout le Vexin François, lequel eft fous la charge & dépoft de l'Archevefque de Roüen, à caufe de la contention des Evefques de Paris & de Beauvais.

Cefte ville a eu dès le temps de nos Rois de la troifiefme lignée des Comtes heréditaires, qui l'eftoient auffi de tout le Vexin. Le Comte Waleram I. vivoit fous les Roys Louis d'outremer & Lotharire l'an 960. & s'allia avec Edelgarde de Flandres. Leur fils Waultier I. fut pere de Waultier II. & ceftuy-cy de Dreux I. Comte de Vexin, marié avec Edite d'Angleterre, fœur de S. Edoüard. Leur fils Waultier III. Comte de Vexin & de Pontoife en 1057. mourut fans lignée, & fon frere Amaurry procréa Raoul dit le delicat (furnom qui fut long-temps heréditaire en cefte famille) Seigneur de Pontoife & de Meru, qui eut pour enfans Raoul II. Seigneur de Pontoife, pere d'une fille dite Ade, & d'Agnes de Pontoife femme de Bouchard IV. Seigneur de Montmorency, d'Amaurry, de Pontoife, & autres enfans.

La lignée de ces Seigneurs eftant finie, le Domaine de Pontoife fut uny à la Couronne; puifque l'on apprend par le Tréfor des Chartes de France, que la Reyne Blanche de Caftille mere du Roy S. Louis, fondatrice de l'Abbaye de Noftre Dame la Royale, dite de Maubuiffon, avoit en doüaire l'an

1240

1240. cette ville de Pontoife, qui eftoit un des lieux où elle faifoit le plus ordinairement fes retraittes.

Depuis ce temps Pontoife demeura toufiours à la Couronne, jufques à ce que, pour les notables fervices qu'avoit fait *Rance Baron de Cere*, fa Majefté tres-Chreftienne l'en gratifia pour recompenfe. Depuis *François Duc d'Alençon* & de Chafteau-Thierry l'eut auffi pour fon appanage; & de nos jours Armard Jean du Pleffis Cardinal de Richelieu acquift la proprieté du Domaine, qui eft à prefent poffedé par Marie de Vignerot Ducheffe d'Aiguillon fa niepce.

MONSIEUR DE RAMBOVILLET.] *Jacques d'Angennes* Seigneur de Ramboüillet, parent du Cardinal du Bellay, à caufe de fon ayeulle Philippes du Bellay mariée à fon grand pere *Jean d'Angennes* Seigneur de Ramboüillet. Ce Jacques ayant dignement fervi les Rois François I. & Henry II. aux guerres d'Italie, mourut fort âgé l'an 1562. De lui font iffus les Seigneurs du nom d'Angennes, qui fubfiftent en plufieurs branches dans ce Royaume: à fçavoir en la perfonne de *Charles d'Angennes*, *Marquis de Rambouillet* & de Pizany, Chef du nom & armes, des Seigneurs de *Maintenon*, *de Mont-Louet* des Marquis de *Poigny*, des Seigneurs de la *Lonppe*, & autres puifnez de cefte famille, qui porte *de fable au fautoir d'argent*.

L'ABBE' DE S. NICAISE ARCHIDIACRE DES URSINS.] *Charles Juvenel des Urfins*, Abbé de S. Nicaife, Prieur de S. Foy de Coulomiers, & Archidiacre en l'Eglife de Rheims. Il eftoit fils de Jean Juvenel des Urfins, Seigneur de la Chapelle-Gautier en Brie, & de Louife de Varie, & eut pour freres François Seigneur de la Chappelle, Jean Evefque de Treguier en Bretagne, Baptifte Grand Prieur d'Aquitaine & Abbé d'Aumale, Louis Seigneur d'Armentieres. Ses fœurs furent Jeanne Juvenel des Urfins, femme d'Alpin de Bethune, Baron de Baye, d'où font iffus les Ducs de Sully,

Cathe-

Catherine femme de Francifque de Renty, Seigneur de Ribe-
han, & autres.

A l'égard de cefte famille des Juvenels, quelques-uns la difent
eftre iffuë plutoft de la Province de Champagne que de la celé-
bre Maifon des Urfins d'Italie ; quoy que l'on rapporte par quelques titres, que Napollon des Urfins Evefque de Mets eut pour
frere Juvenel des Urfins Chevalier, duquel les Seigneurs de
Trainel en France font fortis. Il efpoufa la file du Vicemte de
Troies, & fut pere de Jean Juvenel des Urfins, Baron de Trainel, lequel eut entre-autres enfans Jean Juvenel des Urfins, E-
vefque & Comte de Beauvais, puis de Laon, & de là Archevefque & Duc de Rheims, Chancelier de France, Autheur
de l'Hiftoire du Roy Charles VI. Guillaume des Urfins, Gou-
veurneur de Sens, Michel grand Panetier de France, Jacques
Patriarche d'Anthioche, Evefque de Poictiers, & Archevefque de Rheims auparavant fon frere.

De Michel Seigneur de la Chapelle-Gautier & de Doué en
Brie, font iffus les Marquis de Trainel, dont la race finift en
la perfonne de François des Urfins, Marquis de Trainel, Chevalier des Ordres du Roy & Ambaffadeur du Roy Tres-Chref-
tien Louis XIII. vers le Pape Paul V. lequel déceda le 9. Octobre 1650. La famille de Harville-Paloifeau a fuccedé aux
biens de cefte Maifon des Urfins.

OB-

OBSERVATIONS

SUR LA

LETTRE XVI.

LE CARDINAL DE TRENTE EN ALLEMA-
GNE.] *Bernard de Glos*, dit *Clefius* noble Baron du
pays de Tyrol, Evefque & Prince de Trente, Adminiftra-
teur de l'Evefché de Brixen, & Cardinal du Titre de S. Eftien-
ne *in monte Cœlio*, nommé par le Pape Clement VII. en la cinquiefme promotion qu'il fit l'an 1530. Il fut Souverain Confeiller d'Eftat de l'Empereur Ferdinand I. & Grand Chancelier,
& employé par ce Prince en plufieurs Ambaffades. Il affifta au
Couronnement de Charles V. à Bologne: & enfin aprés avoir
gouverné l'Eglife de Trente vingt-cinq ans, il mourut en l'an
1539 qu'il fut efleu au mois de Janvier du même an Evefque
de Brixen où il repofe avec cet Epitaphe.

BERNARDO CLESIO S. R. E. *tituli S. Stephani in Cœlio Monte, Presbytero Cardinali, Epifcopo* TRIDENTINO,
& *Adminiftratori Brixienfi, ob multa magnaque in hanc Ec-
clefiam merita aternâ memoriâ digno, pofitum. Obiit 28. Julii
1539. Sedit 25. an. menfem unum, dies 24. Vixit annos 54.
menfes 4.*

Ce Cardinal bâtit en fa ville de Trente un magnifique Palais, reftablit en fa fplendeur le Chafteau & Citadelle de la mefme ville, qui alloit tomber en ruine, & y fit graver par toutes
les colomnes & murailles fa devife, qui eftoit UNITAS,
avec

avec fept dards, qu'il prenoit pour embleme. Ce qui fe raporte
à ce que *Rabelais* dit en cette Lettre, que fon train eftoit plus
fomptueux que celuy du Pape. Sa compagnie des gardes l'avoit
prife auffi en devife.

Il refta feul des huit freres qu'il avoit, & qui moururent tous
de mort violente dans les armées. *Chriftophle* Cardinal Madruce luy fucceda en l'Evefché de Trente. Ceux de cefte famille en ont la poffeffion depuis cent ans.

LE CARDINAL CAMERLIN GENEVOIS DE LA
FAMILLE DE SPINOLA.] *Auguftin Spinola*, iffu de la tres-
ancienne maifon de Spinola à Gennes, fut pourveu par Jules II.
fon Concitoyen des Evefchez de Savonne & de Peroufe, &
eut divers beaux emplois en la Cour de Rome. Enfin il fut
créé Cardinal par le Pape Clement VII. l'an 1527. qui le nomma enfuitte *Camerlingue* de l'Eglife : qualité qu'il exercea fi
dignement qu'il en mérita le titre de Pere du peuple Romain.
Il mourut en fon Palais à Rome le 17. Octobre 1537. fort re-
greté, & fut inhumé à Savonne au Tombeau de fes Anceftres.
De cefte famille eftoit iffu le renommé *Ambroife Marquis de
Spinola* & de Venafro, Chevalier de la Toifon d'or, Generaliffi-
me des armées du Roy d'Efpagne au Pays-bas, fils de Philippes Spinola, Marquis de Venafro, & de Polixenne Grimaldi de
la branche des Princes de Salerne. Il rendit de grands fervices au
Roy Philippes II. ayant maintenu en fon obéiffance la ville
d'Anvers, gaigné la bataille de l'Efcault, reduit le Brabant &
la Frife, aprés avoir pris plufieurs villes & eftre venu à bout
de celle d'Oftende aprés trois ans de Siege. *Gafton Spinola*
Comte de Broüay en Artois, Gouverneur de Limbourg &
des pays d'outre-Meufe, a donné origine à une branche qui fuit
le party de l'Empereur en Allemagne.

CAMERLIN.] Cefte charge du facré College, qui eft la
mefme que celle de Chambellan, prend cognoiffance de toutes
les

les caufes de la Chambre Apoſtolique. Entre ſes privileges il a droiĉt, le Siege vacant, de demeurer au Palais, en l'appartement du Pape. Il marche par Rome avec la Garde des Suiſſes, fait battre la monoye avec ſes armes, dreſſe le Conclave pour l'élection nouvelle, & garde une clef du Chaſteau S. Ange. Pierre Donato *Cardinal Ceſis* Legat de Perouſe, fut eſlu à cette charge le 9. Janvier 1651.

On a eu advertiſſement de la mort de la Reyne d'Angleterre, & que ſa fille eſt fort malade.]

C'eſtoit *Catherine d'Arragon*, fille de Ferdinand Roy d'Arragon, & d'Iſabelle Reyne de Caſtille, mariée en premieres nopces en 1499. avec *Artus Prince de Galles*, fils aiſné du Roy Henry VII. & en ſecondes, l'an 1509. aprés la diſpenſe du Pape Jules II. avec Henry VIII. Roy d'Angleterre, frere d'Artus, qui la repudia l'an 1533. pour eſpouſer Anne de Boulen, fille de Thomas, Vicomte de Rochefort.

Catherine fut Mere *de Marie d'Angleterre*, proclamée *Reyne d'Angleterre* & d'Irlande en 1553. laquelle l'an 1558, épouſa Philippes II. Prince, puis Roy d'Eſpagne, qui ſe qualifia Roy d'Angleterre à cauſe de ce mariage. Elle reſtablit la Religion Catholique en cet Eſtat, & mourut ſans enfans en Novembre 1558. Sa ſœur *Elizabeth*, celebre Princeſſe, luy ſucceda en ſes Royaumes.

On l'a remiſe à la venuë de l'Empereur.]

Quoyque les Lettres précedentes ne d'écrivent point l'entrée ſolemnelle de l'Empereur Charles V. à Rome, neantmoins on le recueille par tous les Hiſtoriens du temps. *Guillaume du Bellay* en ſes Memoires décrit ſes habits & enſeignes Imperiaux, lors qu'il fut en l'Egliſe de S. Pierre à Rome. Une lettre de l'Eveſque de Maſcon & du ſieur de Vely, Ambaſſadeur du Roy François I. vers le Pape, eſcrite à ce Monarque le 19. Avril 1536. de la ville de Rome, parle ainſi. *Hier nous*

Tome. III. T *fuſmes*

*fufmes au fervice dans l'Eglife de S. Pierre où l'Empereur, vef-
tu de fes habits Imperiaux, la Couronne en fa tefte, & accompagné
du Seigneur Pierre Louis de Farnefe qui portoit la pomme du
Monde, de l'un des Marquis de Brandebourg portant le Sceptre, &
de Jacques de Longueval Seigneur de Boffu Grand Efcuyer, qui
portoit l'efpée. Le demeurant de la ceremonie ne fut qu'ordinaire.*

   ⚬ *L'Empereur Charles V.* n'arriva à Rome qu'au mois
d'Avril 1536. ainfi qu'il eft rapporté dans la Relation fuivante
tirée du Receuil manufcrit des voyages de ce Prince, qui eft dans
la Bibliotheque du Chapitre de l'Eglife Cathedrale de Tournay.

   Le premier jour d'Avril paffant fa Majefté par *Veliftre* trouva les Cardinaux *Trivulce & Saint-Severin* venans de la part
du Pape au-devant de fa Majefté, laquelle vint coucher à *Piedpy-
non* village à un Gentilhomme Romain.

   Le 2. à *Salmonette* ville appartenant au Prince dudit *Salmonette*, lequel eft de la Maifon *des Urfins.*

   Le 4. à *St. Paul-lez Rome* où vindrent au-devant de fa Majefte douze Cardinaux.

   Le 5. à Rome & fortirent pour recevoir Sa ditte Majefté les
Confuls, Seigneurs, & Citadins Romains, toute la Clergie,
Maifon du Pape, & Cardinaux, refervés deux, lefquels demeurerent auprès du Pape, lequel attendoit Sa Majefté fur les
degrés devant l'Eglife de St. Pierre affis en fa chaire. Les Cardinaux *Campege* & *Capoue* * pour eftre goutteux, ne purent fortir au-devant de Sa Majefté.

   Et venant par le chemin de Naples à Rome, Sa Majefté eut
nouvelles que *le Roy d'Angleterre* avoit fait couper la tefte à
Damoifelle *Anne de Boulen* fa femme † pour fon Adultere,

pour

---

   * Il fe nommoit Nicolas de Scomberg, Archevefque de Capoue. Il avoit
été fait Cardinal en 1535. Ciaconius.

   † Il pouroit bien y avoir de la méprife en cela, car tous les auteurs mettent
la mort d'Anne de Boulen au mois de May.

pour laquelle il s'étoit feparé de la bonne Reyne fa vraye femme: & le même jour de l'exécution il époufa la fille du Seigneur *Seymour* Anglois, dont il eut un fils : laquelle mourut
bien-tôt après.

S'enfuit la Ceremonie qui fe tint le jour de Pafques de Refur-
rection que le Pape *Paul III.* dit la Meffe, prefent *l'Empereur
Charles V.* étant à Rome en Avril le 16. jour en l'an 1536. &
fut que le matin environ les huit heures Sa Sainteté partit de fa
chambre accompagnée de tous les Cardinaux accoutrés en
leurs habits de Mitres blanches & Chapes. Sa Sainteté en fon
habit pontifical, fa Couronne Papale fur fon Chef, fut porté jufques à l'Eglife St. Pierre dans la Chapelle St. Pierre St. Paul,
affis en fon Siege, reveftu & preft pour encommencer l'Introite
de fa Meffe, furent envoyés les Cardinaux *Trivulce* & *Salviati* Diacres devers Sa Majefté, lequel étoit en fa chambre attendant reveftu de tous fes habits Imperiaux, fauf fa Couronne &
fa Chappe, accompagné de tous Princes. Eux étans arrivés Sa
dite Majefté print fa Chappe & Couronne Imperialle, & com-
menca t'on à marcher vers ladite Eglife & Chapelle de St. Pierre, à favoir les Gentil-hommes, Barons, Comtes, Marquis
de la Maifon de Sa Majefté, auxquels fuivoient Roys d'Armes
& Maffiers, précedoient Sa Majefté les Princes portans le Sceptre, l'épée, & le Monde, & le Seigneur *Afcanio Colomne*
étoit pour porter la Couronne quand Sa Majefté l'ôtoit. Après
venoit Sa Majefté, lequel fuivoient les *Duc d'Alve, Princes de Salerne, de Befignan, & de Salmone* portans la queue
de la Chappe; fuivoient plufieurs Seigneurs du Confeil, les
Cent Archers de corps, & deux cens hallebardiers de fa Garde
faifoient ailes à ladite Compagnie, & en cet ordre fa ditte
Majefté entrant par l'Eglife vint à la Chapelle St. Pierre, trouva le Pape en fa Chaire preft à commencer la Meffe, ayant
Sa ditte Majefté fait la reverence à l'Autel & à Sa Sainteté le-

T 2   quel

quel le baifa, fut affis en fa Chaire à main droite du Pape &
plus bas à main feneftre le *Cardinal de Senes* * Doyen des Cardinaux.

La Meffe fut commencée procedant jufques à l'Evangile,
lors Sa ditte Majefté fe leva & luy fut apporté & prefenté par
le *Cardinal Cefarin* fervant de Diacre le livre pour chanter l'E-
vangile, après vint Sa ditte Majefté offrir pourfuivant la Meffe
jufques à la Paix. Sa Majefté vint baifer Sa Sainteté à l'Autel;
après la Confommation Sa Sainteté y vint affeoir en fa Chaire,
communiqua tous les Cardinaux non étans de Meffe & plu-
fieur feculiers; la Meffe achevée, Sa Sainteté donna la Benediction & vindrent par enfemble jufques au bout de l'Eglife fe
mettans à genoux devant la Ste. Veronique, laquelle fut montrée par les Chanoines dudit St. Pierre; après Sa Sainteté s'en
alla fur le Portail de l'Eglife donner la Benediction generalle &
Sa Majefté accompagnée comme au venir, fauf les Cardinaux,
car au retour vinrent l'accompagner les Cardinaux *Santa
Flour* † *Caracholy* * & vint Sadite Majefté en cet ordre jufques en fa Chambre.

Le 17. Avril Sa Majefté en prefence du Pape, du College
des Cardinaux, des Ambaffadeurs de France, Venife & plufieurs Seigneurs & Prelats fit en la Chambre du Confiftoire un
long Perlement † contre le Roy de France.

Le 18. Avril Sa Majefté print congé du Pape accompagné
de tous les Cardinaux jufques hors de la Cité, & de là des Cardinaux *Trivulce* & *Caracholy* jufques à la derniere terre de l'E-
glife, vint cedit jour coucher à *Monteroufe*.

                                         ❧ LE

---

* Jean Picolomini Archevêque de Sienne.
† Guy Afcagne Sforce. *Voyés* cy-devant
* Marin Caraccioli, il étoit le dernier des Cardinaux.
† Ce Difcours & la Reponfe du Roy François I. ont été imprimés à Anvers
en 1536.

✻ LE CARDINAL DE GURCE] duquel il a été parlé cy-devant, étoit Raimond Perauld natif de Surgeres en Xaintonge Evêque de Xaintes, puis de Gurce en Allemagne fait Cardinal en 1493. par le Pape Alexandre VI. Ce Prelat s'étoit élevé par son mérite, & étoit devenu célebre par ses differentes Ambassades auprès de l'Empereur Maximilien I. & des Princes de l'Empire. Le Roy Charles VIII. duquel il étoit sujet, sachant que le Pape faisoit difficulté de luy payer sa pension de Cardinal, le fit comprendre dans un article du Traitté fait entre eux en 1494. Ce Cardinal étoit si occupé de son zéle pour le bien de l'Eglise & la reforme du Clergé, qu'il negligeoit absolument ses propres affaires, en sorte qu'il se trouvoit souvent sans argent On raconte de luy, qu'ayant obtenu de donner les Cendres au Pape Jules II. le premier jour de Caresme, le Maître des Ceremonies l'avertit que le respect qu'on devoit au Pape faisoit retrancher à son égard les paroles *Memento homo*; ce qu'il avoit exécuté pour se conformer à la Rubrique marquées : mais qu'après la Ceremonie s'étant trouvé en conversation particuliere avec quelques Cardinaux, il leur avoit raconté la surprise où il avoit été en cette occasion & avoit adjouté gaillardement, que peu s'en étoit falu qu'au lieu de *Memento homo* il n'eut dit au Pape, pour le faire souvenir de luy dans le besoin d'argent où il étoit, *Memento Papa quia non habeo pecuniam.* Aubery en ses Vies des Cardinaux François. Il est aussi parlé de ses ouvrages dans *Ciaconius.*

F I N.

INDICE

DES

A U T E U R S

cités dans ces Observations.

Gio-

Giovanni Baptista Pigna, Hist. d'elli Principi d'Este.
Guichardin Histoire de son tems.
Guilielmi Britonis Philippida.
Genealogie de la Maison de la Rochefoucault par du Chesne.
Genealogie de la Maison de Stuart.
Hieronymi Henninges Theatrum Genealogicum.
Hieronymus Osorius de Rebus Portug. &c.
Histoire Genealogique de la Maison Royale de France.
Histoire de l'antiquité du Vicariat de Ponthoise.
Hist. des Antiq. & des Archevesques des Bourges.
Histoire des Presidens à Mortier.
Histoire d'Ecosse &c.
Histoire de la Maison d'Auvergne, par Justel.
Histora di Genoa.
Histoire de S. Louis par le Sire de Joinville.
Histoire des Païs-bas d'Emanuel van Meteren.
Histoire de Barbarie.
Histoire de Malthe.
Jean Bouchet Annales de Poiétou.
Jean Maffée Histoire des Indes.
Jean Nestor Histoire de la Maison de Medicis.
Jean Annaliste de Perse.
Jacobi Schenkii Imagines Imp. Regum, &c.
Johannis Burchardi Historia arcana Alexandri VI. Papæ.
Johannes Mariana de Rebus Hisp.
Johannes Majoris-Monasterij Monachus.
Johannis Saresberiensis Policraticus.
Leunclavii Annales &c.
Louis Trincant histoire du Bellay. M.S.
Marmol Histoire d'Afrique.
Matthæi Paris hist. Angl.
Memoires M. S. des Maisons d'Albon, de Langehac, des Ursins, de plusieurs familles d'Italie, des Eglises de Saintes & de Limoges &c.
Nangis.
Nobiliario Genealogico de Espagna.
Nonius.
Opusculum de Mirabil. Romæ Erancis. Albertini.
Paul Jove en ses Eloges.
Petramellarius.
Pingonij Arbor Gentilitia Sabaudiæ.
Procope.
Pieds-port.
Relation d'un voiage de Pologne.
Jac. Aug. Thuanus in Historia.

▨▨▨▨▨▨▨▨▨▨▨▨▨▨▨▨▨▨▨▨▨▨▨▨▨▨▨▨▨▨

J O A N N E S   S A R E S B E R I E N S I S

Epifcopus Carnotenfis, in Policratico de Nugis Curialum & veftigiis Philofophorum.

L I B.   V I I I.

SI hæc, quæ tibi fincerâ devotione curavi fcribere, legere non vacat, quia aut infipida funt fenfibus, verbis inculta non placent; fi probaveris intentionem, patrocinaberis operi. Multitudinis imperitæ non formido judicia, meis tamen rogo parcant opufculis. Quæ autem de Curialibus Nugis dicta funt, fortè in me, aut mei fimilibus deprehendi, & planè nimis arctâ lege conftringor, fi meipfum & amicos caftigare & emendare non licet. Profecto qui ad hœc rugabit nares, frontem contrahet, aut faciem rubore veftiet, aut pallore confundet, cujus labia contrahentur aut falient, toxicabitur lingua, feipfum nugis noftris convincet obnoxium. In quibus fuit propofiti femper à nugis, ad bona tranfire feriâ, & ad id quod decet & prodeft, inftituere vitam.

JUGEMENS

DE QUELQUES

SAVANS

SUR

RABELAIS

ET SES

OUVRAGES.

ELOGES

DE CET

AUTEUR

ET

PIECES DIVERSES. &c.

Tome III.   V

JUGEMENS
DE QUELQUES
SAVANS*
SUR
RABELAIS
ET SES
OUVRAGES.
ELOGES
DE CET
AUTEUR
ET PIECES DIVERSES &c.

Guilhelmus Budæus in Epistolis Græcis.

 Deum immortalem & Sodalitatis præsulem, nostræque amicitiæ Principem! quidnam est istud quod audivimus? Te etenim, ô caput mihi exoptatum, & *Rabelæsum* Theseum tuum intelligo ab istis elegantiæ & venustatis osoribus, Sodalibus vestris, obturbatos
pro-

* A l'occasion du petit Recueil qu'on donne ici, il ne sera pas inutile de remarquer en faveur de ceux qui l'ignorent, qu'il a paru en 1697. un petit Ouvrage intitulé *Jugement & nouvelles observations sur les Oeuvres Gréques, Latines, Toscanes & Françoises de Maitre François Rabelais D. M. ou le veritable*

propter vehemens circa Litteras Græcas studium, quàm plurimis gravibusque malis vexari. Papæ ô infaustam virorum delirationem! Qui usque adeò sunt animo ineleganti ac stupido, ut quibus cohonestari universum sodalitium vestrum convenerat multùmque sapere, quippe qui exiguo temporis spatio ad doctrinæ fastigium pervenerint, eosdem sanè calumniosè insimulando, in ipsosque conjurando finem imponere conati sunt ornatismæ exercitationi. *Et post alia.* Vale & saluta meo nomine quater *Rabelæsum* scitum & industrium, vel sermone si præstò sit, aut per Epistolas denuncians.

━━━━━━━━━━━━━━━━━━━━━━━━━━━━━

VIRI ILLUSTRISS.

JAC. AUG. THUANI,

IN SUPREMO REGNI

Senatu Præsidis.

Commentariorum de vita suâ.

LIB. VI.

CHinone hospitium habebat (*Thuanus*) in domo oppidi amplisima, quæ quondam *Francisci Rabelæsi fuit*, qui litteris Græcis, Latinisque instructissimus, & Medicinæ quam profitebatur peritissimus, postremò omni serio omisso, se totus vitæ solutæ ac gulæ mancipavit, & irridendi artem homines, sicut ipse

Rabelais reformé. Ce Livre, qui est un 8: ou 12. a été imprimé à Paris: du moins le titre le dit ainsi. J. Bernier de Blois est l'auteur de cet Ouvrage & d'une Histoire de Blois, imprimée *in quante* à Paris.

ipfe aiebat, propriam amplexus, Democritica libertate & fcur-
rili interdum dicacitate fcriptum ingeniofiffimum fecit, quo
vitæ regnique cunctos Ordines quafi in fcenam fub fictis nominibus produxit, & populo deridendos propinavit. Homi-
nis ridiculi, qui totâ vitâ ac fcriptis ridendi aliis materiam præ-
buit, memoria à Thuano & Caligono hîc renovata eft; cùm
bellè cum *Rabelæfi* Manibus actum uterque diceret, quod Domus ejus publico diverforio, in quo perpetuæ comeffationes
erant, hortus adiacens ad ludum oppidanis per dies feftos fe
exercentibus, projectum in hortum defpiciens, in quo cùm
littteris operam dabat, libros habere & ftudere folitus erat,
vinariæ cellæ inferviret. Ex eâque occafione Thuanus à Cali-
gnono invitatus, hoc Carmen extemporaneum fecit.

IPSE RABELÆSUS.

loquitur.

SIc vixi, ut vixiffe mihi jocus, atque legenti
   Quos vivus fcripfi, fit jocus ufque jocos.
Per rifum atque jocos homini data vita fruenda,
   Inter amarefcit feria felle magis.
Et nunc, ne placidos lædant quoque feria manes,
   Cavit Echionii provida cura Dei.
Nam quæ à patre domus fuerat Chinone relicta,
   Qua vitreo Lemovix amne Vigenna fluit.
Poftquam abii, communis in ufum verfa tabernæ,
   Lætifico ftrepitu nocte dieque fonat.
Ridet in hac hofpes pernox, ridetur in horto,
   Cum populus fefto ceffat in urbe die;

Tibia-

Tibiaque inflato faltantes incitat utre,
 Tibia Pictonicos docta ciere modos.
Et quæ Mufæum domino, quæ cella libellis,
 Nectareo fpumat nunc apotheca mero.
Sic mihi, poft minimum vitæ, tam fuaviter, actum,
 Dant hodie ad prifcos fata redire jocos.
Non alia patrias ædes mercede locare,
 Vendere non alia conditione velim.

THEODORUS BEZA

DE FRANCISCO RABELÆSIO.

Qui fic nugatur, tractantem ut feria vincat,
 Seria cùm faciet, dic rogo quantus erit?

EX
LIBRO PRIMO
ELOGIORUM
GALLORUM
Doctrinâ Illuftrium.

FRANCISCUS RABELESÆUS è Chinone (Tu-
ronum id eft oppidum propè Ligeris & Vigennæ con-
fluentem) inter Divi Francifci Cucullatos in Pictonibus pri-
mùm educatus eft. Sed impulfu quorumdam procerum, qui
urbana ejus dicacitate plurimùm oblectabantur, Monafterij
clauftra juvenis tranfilijt, demùmque in ridendis hominum a-
ctioni-

&tionibus totus fuit. Cùm enim pro ea, qua pollebat linguarum & Medicinæ scientia, multa graviter & eruditè posset scribere, quod & Hippocratis Aphorismi ab illo castà fide traducti, & aliquot epistolæ nitido Stylo conscriptæ satis indicant, Lucianum tamen æmulari maluit, ad cujus exemplum ea Sermone patrio finxit, quæ meræ quidem nugæ sunt, sed ejusmodi tamen sunt ut Lectorem quàmlibet eruditum capiant, & incredibili quadam voluptate perfundant. Neque solùm erat in scribendo salis & facetiarum plenus, verùm & eandem jocandi libertatem apud quemlibet & in omni sermone retinebat; adeò ut Romam cum Joanne Bellajo Cardinale profectus, & in Pauli III. conspectum venire jussus, ne ipsi quidem Pontifici Maximo pepercerit. Atque hanc imtemperantiæ suæ causam ingeniosè prætexebat, quòd cùm sanitati conservandæ nihil magis officiat quàm mœror & ægrimonia, prudentis Medici partes sint non minus in mentibus hominum exhilarandis, quàm in corporibus curandis laborare. * Mortuus est apud Meudonium vicum agri Parisiensis ad quartum ab urbe lapidem, ubi tenue Sacerdotium Cardinalis beneficio possidebat.

TRADUCTION

DU

PRECEDENT ELOGE

*Tire des Hommes Illustres de Scevole de Saincte-Marthe:
Par Monsieur Colletet.*

FRANCOIS RABELAIS nasquit à Chinon, ville de Touraine, située prés du lieu où s'assemblent ces

deux

* Il est mort à Paris, ainsi qu'il a été remarqué cy-devant

deux fameuses rivieres, Loire & Vienne. Il passa ses premiers ans à Poictiers parmy les Religieux de l'Ordre de sainct François, dont il estoit du nombre. Mais il advint qu'à la suscitation de quelques Grands de la Cour qui prenoient plaisir à ses bons mots & à ses railleries naturelles, il abandonna le Monastere & l'habit même de Religieux, & employa depuis tout le temps de sa vie à se rire des actions des hommes. Comme il avoit une connoissance parfaite des Langues & de la Science de Medecine, ainsi que les Aphorismes d'Hippocrate qu'il mit fidellement & purement en Latin, & quelques Epîtres de sa façon écrites d'un beau stile & avec beaucoup d'élegance en rendront toujours témoignage, il n'y a point de doute qu'avec ces advantages signalez il eut pû doctement traiter des matieres hautes & serieuses, & qu'il s'en fut aussi dignement acquitté que pas un autre de son siécle. Mais après avoir exactement consideré tous les Autheurs tant anciens que modernes, il les méprisa tous pour embrasser le seul Lucien, qu'il trouva le plus conforme à son humeur, & s'adonna tout-à-fait à l'imiter. Aussi fut ce à son exemple qu'il inventa des fables en François, lesquelles, sous des contes véritablement frivoles & ridicules, & des reveries toutes pures, ne laissent pas de faire avouer au Lecteur, que pour docte qu'il soit, cette lecture le rend plus sçavant encore, & le divertit agréablement. Mais si les Ecrits de cet homme facetieux étoient remplis de traits agreables & de picquantes railleries, son entretien ordinaire n'en avoit pas moins. En quelque lieu qu'il fut il conservoit toujours cette humeur gaye & libre, qui le portoit à se gausser du monde, jusques-là même qu'étant à Rome en la compagnie du Cardinal du Bellay, il ne pût s'empecher de donner une atteinte au Pape Paul III. lors qu'il receut le commandement d'aller baiser les pieds de sa Saincteté. Mais pour excuser ingenieusement l'intemperance de sa langue, & son

hu-

humeur folaftre & comique, il difoit que n'y aiant rien de plus
contraire à la fanté que la trifteffe & la melancholie, le prudent & fage Medecin ne devoit pas moins travailler à rejoüir
l'efprit abbatu de fes malades qu'à guerir les infirmitez de leur
corps. Il mourut dans le voifinage de Paris, au village de Meudon, où il poffedoit un petit Benefice, dont il étoit redevable
à la bonté de ce genereux Cardinal, qui faifoit gloire d'être fon
Protecteur & fon Mecene.

SORBIERE page 182. des

S O R B E R I A N A

Edit. de Paris (Amfterdam) 1694.

COmme nous confervons toute nôtre vie, & dans quelque reformation de mœurs que nous foions une certaine tendreffe pour les anciens amis qui ont été en nôtre jeuneffe compagnons de nos débauches, je ne me puis point dé-
faire de quelque complaifance pour Rabelais, que j'ai accompagné dans mes débauches fpirituelles avec Petrone, Martial
& Lucien, dont la licence n'a pas été moins éfrénée. Ceux
qui ne s'enfoncent pas fi avant dans les études fe fauvent de
cette irrégularité, & évitent les pas gliffans, fur lefquels il faut
marcher quand on veut trop entendre le Grec & le Latin.
Les Satyres que l'on a faites en ces langues-là excitent nôtre
curiofité, & il eft mal aifé de s'abftenir, aprés qu'on les a
lûës, de paffer à celles que nous pouvons entendre bien plus
aifément. Celle de Rabelais a été la prémiere qui a paru en
François, & elle eft fans doute la plus fçavante & la plus gé-
nerale qui ait été jamais faite. De forte qu'un jeune homme

Tome III. X qui

qui lit dans M. de Thou (le plus grave Hiftorien de fon tems)
que Rabelais *Ingeniofiffimum opus compofuit, in quo omnium
ordinum homines deridendos propinavit*, & qui trouve même
des vers qu'il prit la peine de faire fur fa maifon, laquelle il
voulut vifiter en paffant à Chinon, ne croit pas qu'il fe puiffe
difpenfer de jetter les yeux fur fon Ouvrage. A quoi il eft
d'autant plus excité s'il voit dés la premiere page de ce livre
qu'un docte Theologien l'a honoré de ce Diftiche,

* *Qui fic nugatur tractantem ut feria vincat,*
Seria cum faciet, dic mihi quantus erit?

Et s'il aprend de Sceyole de Sainte Marthe, que les badineries de
fon Roman, *ejufmodi funt ut lectorem quamlibet eruditum capiant, & incredibili quadam voluptate perfundant.* En effet
ce livre, tout badin qu'il eft tourne tellement l'efprit à la joie,
que prefque tous ceux que j'ai connus qui étoient rompus dans
fa lecture, en avoient contracté une maniere de penfer agréablement fur les matieres les plus profondes ou les plus mélan-
choliques. Et de ce côté-là, fans doute, il y a beaucoup à gagner, fi le dire de Salomon eft fuivi, qu'il n'y a rien tel, a-
prés avoir remarqué la vanité des chofes humaines, que de
bien faire & fe rejoüir. Outre que le plus fouvent on gagne
plus de les prendre galamment & de s'en donner la Comedie,
que de les attaquer directement & avec un chagrin qu'elles
font indignes de nous donner.

——————— *Ridiculum acri*
Fortius ac melius magnas plerumque fecat res.

II

___
* Je lui repondrai, *minimus* peut-être. N'en déplaife à Sorbiere & à fon
Théologien, la penfée eft fauffe. Ceux qui réuffiffent dans le ridicule & le plai-
fant, réuffiffent rarement dans le férieux.

Il eſt vrai que ceux qui ſe trouvent par temperament, ou par habitude, tournez vers une ſeverité Stoïque, n'auront pas ce goût, & que la raillerie ne ſied pas bien à toutes ſortes de gens. Mais auſſi je ne prétends pas que tous ceux qui veulent profiter de la lecture de ce plaiſant Auteur imitent ſa boufonnerie, & il ſuffit qu'en ce qui ſe paſſe chez nous & dans nôtre interieur, elle y repande les ſemences de joie, qui produiſent ſur toute ſorte de matieres une iuſinité de plaiſantes reflexions. Du reſte, là où il va un peu trop fort, une perſonne judicieuſe lui doit tenir la bride, & quand on a mis de l'eau en ſon vin, la boiſſon en eſt toûjours plus agréable, que celle des liqueurs inſipides qui n'affectent point le palais, & ne piquent point la langue. Les Dames Romaines voioient dans le Cirque des hommes tout nuds, & une d'elles a dit fort ſagement qu'une honnête femme n'en étoit pas plus ſcandaliſée que de voir une Statuë. L'on paſſe avec la même facilité qu'elles ſur les impuretez de cet Auteur; & comme l'on excuſe aux excellens Peintres les nuditez d'Adam & d'Eve, qu'ils repréſentent quelquefois un peu trop fidellement; on ne regarde que les autres parties de ſon Tableau. Il y a au portail de ſaint Jean à Lyon une plaiſante naïveté, où la conception de ſaint Jean eſt repréſentée en bas relief par le bon Zacharie & Elizabeth dans un lit qui couchent enſemble. L'expreſſion y eſt un peu forte, auſſi bien que dans Maître François Rabelais. La brutalité des paſſions & la ſotiſe des hommes y eſt quelquefois un peu trop rudement touchée; mais l'on en peut adoucir les rudeſſes, & il n'y a guére moins à les adoucir, qu'à faire avec le pinceau un pont là où il y a un précipice, & quand ce ſeroit le Pont du Gard il ne coûteroit pas tant à bâtir que s'il faloit refaire le frontiſpice du Louvre.

LE
CHANCELIER
BACON.

LE Chancelier Bacon dans ses * *Apophtegmes* & *bons mots* qualifie *Rabelais*, † *the great jester of France*, en citant la réponse qu'il fit à un de ses amis, aprés avoir reçu l'extrême Onction, qu'on lui avoit *graissé ses botes pour son voiage*. Mais avec la permission de ce savant Chancelier, cette repartie est trop plate pour mériter le nom de bon mot, & encore moins celui d'Apophtegme.

---

* Edition de Londres 1740. Tome. 4.
† Great jester signifie proprement grand Railleur, ou, si l'on veut, boufon agréable.

LA

LA
BRUIERE

DANS LES
CARACTERES DES MOEURS
DE CE SIECLE.

Tome prem. p. 155. Edit. d'Holl. de 1731.

Rabelais eſt incompréhenſible. Son Livre eſt une énigme, quoi qu'on veuille dire, inexplicable : c'eſt une chimere, c'eſt le viſage d'une belle femme avec des pieds & une queuë de ſerpent, ou de quelque autre bête plus difforme : c'eſt un monſtrueux aſſemblage d'une morale fine & ingenieuſe & d'une ſale corruption. Où il eſt mauvais, il paſſe bien loin au delà du pire, c'eſt le charme de la canaille : où il eſt bon, il va juſques à l'exquis & à l'excellent, il peut être le mets des plus délicats.

MONSIEUR
DE LA MONOYE
DANS SA
DISSERTATION
SUR LE
MOIEN DE PARVENIR.

Tome 4. des Menagana p. 442. Edit. d'Holl.

A Vant lui (Verville) Rabelais par sa maniere de conter, a eu l'adresse de s'aproprier nombre de bons contes tirés de l'obscurité. Tout deux par là se sont signalés dans le bas Comique & ont trouvé dequoi plaire, même aux Savans. A Rabelais & à Verville on peut joindre Moliére, la Fontaine & plusieurs autres ; & c'est dequoi M. de la Monoye lui-même donne des exemples dans les additions & suplemens qu'il a fait aux *Menagiana.*

PARAL-

PARALLELE

BURLESQUE,

O U

DISSERTATION,

O U

DISCOURS

qu'on nommera comme on voudra, fur

HOMERE ET RABELAIS.

IL paroît depuis peu une belle traduction de l'Iliade d'Homere par Madame Dacier ; on ne peut trop donner de loüanges à une Dame qui fait tant d'honneur à fon fexe.

On a achevé d'imprimer à Amfterdam * le nouveau Rabelais, avec des Remarques hiftoriques & critiques.

Ces deux livres, dont j'ai à parler en même temps, me font naître l'idée d'en promettre pour le † mois prochain une efpece de paralléle. Je dis, *une efpece ;* car fi je difois un paralléle véritable & ferieux, je m'attirerois d'abord quelques zélés Sectateurs du *divin Homere ;* je ferois felon eux, hérétique en litterature, fi j'ofois penfer que Rabelais fût digne d'entrer en paralléle avec *le Prince des Poëtes.* Commençons donc

---

* Ceci s'écrivoit en 1711.
† Du Freny Auteur de ce *paralléle* faifoit alors le *Mercure galand.*

donc par abjurer tous les ridicules qu'on pourroit me donner
là-deſſus. Je déclare premiérement que je mépriſe une moitié du Livre de Rabelais, & que je déteſte même dans l'autre le libertinage & les obſcénités qui rendent cet Auteur
odieux; je déclare de plus, que je reſpecte Homere, & les
vrais ſçavans; mais ce reſpect n'eſt point un reſpect de culte
& d'adoration. Je crois pouvoir, ſans profanation, comparer le ſublime du Poëte Grec avec l'excellent comique de
Maître François. Plus ces deux genres ſont oppoſés, & plus
ce parallèle tiendra du badinage : ce ſera, ſi l'on veut, l'article burleſque de mon Mercure; les gens graves pourront ſe
diſpenſer de le lire, & ceux qui ſe plaignent que depuis pluſieurs mois je deviens trop ſerieux, y trouveront à coup ſûr
leur compte; car ſi je ne ſuis pas en humeur d'écrire gaïe-
ment, ils auront du moins du Rabelais, qui porte toûjours
avec lui un caractere de gaïeté inimitable.

J'adreſſe donc ici par avance ce parallèle d'Homere & de
Rabelais à ceux qui ne veulent que badinage; je tâcherai de
contenter par quelques autres articles ceux qui ne veulent que
du ſerieux; pour ceux qui ne ſçavent ce qu'ils veulent, je
ne ſçai auſſi que leur donner.

PREFACE DE RABELAIS.

,, Croïez-vous en vôtre foi, qu'oncques Homere écrivant l'I-
,, liade & Odiſſée, penſât ès allegories, leſquelles de lui ont ca-
,, lefreté Plutarque, Heraclides, &c.? Si le croïés, pourquoi ne
,, croïrés-vous auſſi merveilles occultes dans ces miennes joïeu-
,, ſes & nouvelles chroniques? combien qu'en les dictant n'y
,, penſaſſe non plus que vous, qui par avanture beuvez comme
,, moi; car à la compoſition de ce livre, je ne perdis, n'em-
,, ploïai oncques plus ni autre temps que celui de ma refec-
               ,, tion,

„ tion, fçavoir eft, en buvant & mangeant ; auffi eft-ce la
„ jufte heure d'écrire ces hautes matiéres & fciences profon-
„ des, comme bien fçavoit faire Homere, dont le labeur fen-
„ toit plus le vin que l'huile. Autant en dira quelque Turlu-
„ pin de mes livres; ce que prendrai à gloire; car, ô com-
„ bien l'odeur du vin eft plus friant, riant, priant, plus celefte
„ & delicieux que l'huile.

C'eft à peu-près dans ces termes, que Rabelais, vers l'an
1550, commença lui-même pour moi, fans le fçavoir, le
Paralléle que je devois faire en 1711. d'Homere & de lui.

Ces deux Auteurs ont premierement cela de commun,
qu'ils étoient nez pour la Poëfie ; il ne manque à Rabelais,
pour être grand Poëte, que d'avoir écrit en vers : fon Livre
eft un Poëme en Profe, quoiqu'il n'ait point dit d'abord,
Déeffe chantés Gargantua, &c. Il prend fa Lire d'un air fimple comme Homere, ils promettent peu l'un & l'autre; mais
ils donnent beaucoup dans la fuite. En commençant ce paralléle je promets peu ainfi qu'Homere; il donne beaucoup,
& je ne donnerai prefque rien: il faut bien qu'il y ait quelque
différence entre lui & moi.

Avant que de comparer les ouvrages de nos deux Auteurs,
comparons la réputation de l'un à celle de l'autre : comparons-
les pourtant *fans comparaifon*, de peur d'offenfer quelqu'un;
refpectons-les, comme s'ils étoient encore en vie. En com-
parant deux Poëtes, deux Avocats, deux Médecins, même
deux Magiftrats, dirai-je auffi deux Heros, l'on offenfe au
moins l'un des deux. Tout paralléle offenfe l'homme, parce
que chaque homme fe croit unique en fon efpéce : appellons
donc ceci badinage plûtôt que paralléle.

Le ton ferieux gâteroit tout: Homere & confors fe fâche-
roient fi j'empruntois fa Lire divine pour chanter Rabelais;
Tome III. Y mais

mais Rabelais eſt bon compagnon: il me prêtera bien ſon ſtile pour mettre Homere au-deſſus de lui.

Revenons à nos moorons, diroit ici Maître François; pa-
rallelifons la haute & mirifique renommée Homerienne à la
renommée Rabelaiſienne, de ſon tems & du notre non moins
grande en dimenſion, domination & tyrannie, quoique pi-
choline au gré d'aucuns, eû égard aux païs & ſujets qu'elle domine & tyranniſe: car réputation homerienne regne & regne-
ra ès cerveaux heroïques, ſcientifiques, philoſophiques, mé-
taphifiques, alchimiques, & cabaliſtiques; & rabelaiſienne manie ne regne qu'ès cerveaux joïeux des *Pantagrueliſtes*, lequel
mot de *Pantagrueliſte* ſeroit pourtant, par avanture, mieux
& plus ſenſément ſignificatif que nul autre des grands mots
ci-deſſus, ſi l'on l'interprétoit à force d'érudition & de han,
han, comme aucuns ont fait mots grecs Homeriens, non intelligibles aux bonnes gens non érudits.

Mais je m'amuſe trop à lanterner & baguenauder en digreſſions; digreſſions *autem* ſont au lecteur ce que ſont au voïa-
geur, landes arides, ſabloneuſes, & alterantes; partant vîte,
alette..... de hait, de hait, doublons le pas, coutons au but,
allons au fait, *id eſt*, buvons frais.

Ariſtote n'a peut-être pas dit avant moi que la beauté de
l'ouvrage fait d'abord la réputation de l'Auteur, & qu'enſuite
la réputation de l'Auteur fait ſouvent la beauté de l'ouvrage.
Les beautés réelles qui ſont dans Rabelais, lui ont ſans doute
d'abord acquis ſa réputation; mais enſuite ſa réputation a fait
trouver dans ſes ouvrages bien des beautés qui n'y ſont pas:
je n'ai garde de croire qu'il en ſoit ainſi du Poëte Grec, chut....
laiſſons parler un homme plus hardi que moi, c'eſt Montagne,
Qu'un Auteur, dit-il, *puiſſe gogner cela d'attirer & embeſoi-*
gner après ſoi la poſterité? ce que non ſeulement l'habileté, &
ſuffiſance, mais autant, ou plus la faveur fortuite du ſujet, &
autres

nutres hazards peuvent gagner, qu'au demeurant un auteur se
présente, ou par bétise, ou par finesse, un peu obscurement &
diversement, ne lui chaille, nombre d'esprits le belutant & se-
coüant, en exprimeront quantité de formes, ou selon, ou a cô-
té, ou au-contraire de la sienne, & qui toutes lui féront hon-
neur; c'est ce qui a fait valoir plusieurs choses de neant, qui a
mis en crédit plusieurs anciens écrits, & les a chargés de tou-
tes sortes de beautés qu'on a voulu; une même chose recevant
mille & mille, & autant qu'il nous plait d'images & considera-
tions diverses, est-il possible qu'Homere ait dit tout ce qu'on lui
fait dire? &c.

Est-il possible aussi que Rabelais ait pensé tout ce qu'on lui
fait penser? Non sans doute, on a voulu justifier par des ap-
plications fines & détournées plusieurs tirades insipides où
tombent necessairement ceux qui veulent toûjours parler &
toûjours plaisanter. Quelque fond de gaïeté qu'on puisse avoir,
on n'est pas plaisant toutes les fois qu'on plaisante : il faut par-
donner au plus agréable convive deux turlupinades pour un
bon mot, & au plus grand Poëte deux pensées *simplement*
communes, pour une *sublimement simple*. Je ne parle pas d'Homere deà, diroit Rabelais, il est en ses moindres lanternages
sublimirifiquement entousiasmé. Je le vois tout embrasé, &
tout embrasant d'un feu Apollonien : mais après tout il n'y a
point de feu sans fumée, comme aussi n'y a-t'il point de fumée sans feu : fumée je nomme en ce dernier cas, réputation odorante, comme fumée de cassolette, ou comme va-
peur de musc & d'ambre gris delectant les bonnes & fortes têtes, mais entêtant par fois aucuns à tête foible, si aucunes y a.

Je voulois donc dire par ce dicton de fumée sans feu, que
réputation ne va point sans mérite; laquelle maxime les Fabu-
lateurs anciens eussent ainsi allegorisée.

Réputation mariée à mérite a engendré prévention, & par

après

après prévention, fille née de réputation, a engendré sa mere bien plus grande & plus belle que n'étoit naturellement, lorsque fut mariée à mérite.

Homere a environ deux mille six cens ans de réputation acquise; Rabelais n'en a qu'environ soixante. Corneille n'en a qu'environ cinquante : lequel des trois doit l'emporter ? à juger seulement par l'âge des réputations. C'est peut-être le plus jeune ; car plus une réputation vieillit, plus elle est absorbée dans le vaste sein de la prévention.

Vingt ou trente ans après la mort d'un Auteur, c'est à peu-près la vraïe distance, c'est le vrai point de vûë, d'où je voudrois juger de sa réputation.

En voïant Homere à travers vingt-six siécles, imaginez-vous voir de loin une femme à travers un broüillard épais. Quelqu'un qui en seroit devenu amoureux par oüi dire, auroit beau vous crier, voïez-vous la délicatesse de ces traits, la douce vivacité de ces yeux, la nuance imperceptible des lys & des roses de ce tein délicat ? mais sur-tout remarquez bien ce je ne sçai quoi, ces graces..... hé morbleu répondriez-vous à cet amant enthousiasmé, comment voulez-vous que j'en juge à travers d'un tel broüillard ? il faudroit que j'eusse les yeux d'un Linx, ou ceux de l'Amour.

Voïez au contraire un Auteur de trop près, c'est encore pis ; la réputation d'un Auteur vivant est offusquée par la jalousie de ses contemporains, par la cabale. On estime même ses ouvrages selon le crédit qu'il a, selon sa qualité, ses richesses, ses mœurs ; que sçai-je moi, mille autres sujets de prévention. Par exemple, nous ne sçaurions nous imaginer qu'un homme que nous voïons de si près soit si grand homme ; comment seroit-il divin ? nous le voïons boire & manger avec nous, & nous lui entendons souvent dire à table plus de sottises qu'à ce gros yvrogne simple & pesant, qui parlant & beuvant avec

une

une égalité merveilleuse, soutient beaucoup mieux l'idée qu'on nous avoit donnée de lui, que cet Auteur ne soutient celle que ses livres nous avoient donnée de l'élevation de son génie.

Revenons à notre point de vûe que je placerois encore vingt ou trente ans après la mort d'un Auteur, afin que degagé des préventions dont je viens de parler, on pût juger de toutes les beautez de l'ouvrage par raport au goût, aux mœurs, aux usages, aux propriétés de la langue, & à cent autres circonstances qu'il est essentiel de bien sçavoir, pour porter un jugement équitable & de l'ouvrage, & de l'Auteur, mais sur tout de l'Auteur; car on peut quelquefois juger d'un ouvrage par l'ouvrage seul, mais on ne sçauroit juger du mérite d'un Auteur que par raport au siécle où il a vêcu.

Mais le sujet que je traite me mene plus loin que je n'avois cru; je voulois parler seulement dans ce mois-ci de la réputation de nos deux Auteurs, & de la prévention qu'on a pour eux. Réputation, prévention, c'est où je m'étois borné. Quelles bornes, grand Dieu! Le chapitre de la prévention seul rempliroit mille volumes, à ne faire qu'un petit article sur chacun des préjugés qui entrent dans la composition des jugemens des hommes. Il pourra donc encore dans la suite m'échaper quelques traits non envenimés contre la prévention qu'on a pour les anciens; & comme cette prévention pourroit aller jusqu'à m'accuser d'être prévenu pour les modernes, il faut se déclarer. Je crois donc que tout considéré, tout compensé, homme pour homme, auteur pour auteur, tête pour tête, ancien, moderne, tout est à peu-près égal; parce que les cœurs & les cerveaux sont à peu-près fabriqués comme ils étoient jadis. A l'égard d'Homere & de Rabelais, je les crois chacun dans leur genre grands & excellens Auteurs; c'est assez dire pour Rabelais, mais je crains d'avoir trop peu dit en l'honneur d'Homere. Ceux qui le divinisent, & qui

Y 3 sont

font devoüés à fon culte, voudroient-ils me forcer à l'adorer comme ils font?

A ce propos il me fouvient de ce que dit Rabelais, non en fes livres connus, mais en quelque fien manufcrit. Croïés donc fi voulés, que c'eft baliverne pofthume du grand balivernier Maître François.

Un jour Panurge dans un Caveau du temple fi renommé *de la dive bouteille* bûvoit debout, & bûvant avaloit, & avalant fe délectoit, & fe delectant chantoit : *hé bon, bon, bon que le vin eft bon, par ma foi j'en veux boire.* Or comme il chantoit & bûvoit fur ce ton, un facrificateur zelé de l'antique & dive bouteille s'avança tout courroucé vers Panurge, fi qu'en fon courroux, il l'appella bûveur profane. Qu'eft-ce à dire? repliqua le buveur moderne: n'eft point profane qui bon vin boit, qui bon vin aime, & qui bon vin chante. Non certes, dit le facrificateur, mais tu bois debout, & c'eft mal fait, car il faut boire à genoux; tu chantes fimplement que le vin eft bon, il faut chanter qu'il eft divin, car c'eft un vin Grec. Hé que m'importe, dit Panurge, vin Grec ou Bourguignon; ni celui-ci, ni celui-là, ni aucun vin n'eft chofe divine. Ce n'eft que boiffon humaine, & pour ce j'en boirai tout ce qu'humain en peut boire humainement, & ne le boirai que debout, ou affis à table, où à cheval, car on boit auffi le vin à cheval; mais à genoux on ne but oncques, & n'y boirai mie.

Alors le facrificateur, homme gravement colerique, n'entendit point raillerie, & à grands coups de tirfe voulut faire agenoüiller le bon Panurge; mais lui s'obftinoit à boire debout, criant feulement: bon, bon, bon, vin pour moi bon, bon me fuffit, bon veut tout dire. O tu diras divin, difoit le facrificateur, tu en viendras à mon mot; divin, divin, crioit l'un en battant; bon, bon, bon, crioit l'autre en bûvant; enforte qu'entre ces deux obftinés ne pouvoit avenir,

non

non plus qu'aux Ecoles Ariftoteliciennes, aucune folution rai+
fonnable : devinez quelle fut celle-ci ?

A force de boire & d'avoir bû, le vin manqua à Panurge,
qui pour lors s'écria, comme c'étoit fa coutume dès que fa
bouteille étoit vuide, il cria dis-je, *du vin*, *du vin*, en forte que le facrificateur crut oüir *divin*, *divin*. Cette équivoque Panurgienne finit ainfi le debat au temple de la dive bouteille, fans quoi ces deux obftinés y feroient encore, l'un à
battre, & l'autre à boire.

Autant en pend à l'œil à quiconque voudra crier, en li>
fant Homere : beau, beau, beau, admirable, fublime; ce
n'eft rien dire, fi l'ou ne crie *divin*, *divin*.

Or après ce conte bon ou mauvais, felon le lecteur, adieu
vous difent Homere & Rabelais, jufqu'aux Calendes Mercu-
riales du prochain mois, fi defiriez revoir Mercure paralelli-
fant. Pour lors après avoir touffé un coup, en boirez trois ou
quatre, enfuite beficles prendrés, fi de beficles ufez, & puis
lirez peut-être merveilles, & peut-être billevezées.

Suite du Paralléle d'Homere & de Rabelais.

De même qu'un courfier agile, diroit Homere, s'échape
quelquefois de la main fçavante du chartier tirannique, qui
l'attelant à fon chat, l'affujettit aux regles pénibles de l'art
qu'inventa, pour dompter les chevaux, le Centaure Pelé-
ctroine.

De même un Auteur peut s'échaper des regles tiranniques
qui donnent toujours des entraves au génie, & quelquefois
des entorfes au bon fens.

De même encore que ce courfier échappé foulant d'un
pied libertin, l'herbe tendre des prez verdoïants, tantôt prendra fa courfe rapide & legere, comme la fleche qui part d'un
arc,

arc, pour voler droit au but où l'œil d'Apollon l'a guidé, & que tantôt ce courſier bondiſſant, voltige en l'air à droite & à gauche, comme la flâme errante d'une exhalaiſon vagabonde échapée du foudre de Jupiter.

De même en continuant ce paralléle j'irai droit au but, ou je m'en écarterai volontairement.

De même encore que ce courſier parcourant avec même legereté & les plaines unies, & les monts eſcarpés, s'égaye en bonds & ruades, & atteint du pied le Baudet attentif à ſon chardon ſauvage.

De même, j'attaquerai en ſtile Rabelaiſien quelqu'ânerie Homerienne, pour délaſſer le public d'une admiration continuelle & gênante, où l'on veut l'aſſujetir en faveur des anciens.

De même enfin que ce courſier tantôt élevera ſa tête ſuperbe juſqu'au chêne ſacré, pour en détacher de ſa dent téméraire quelque rameau verd, deſtiné à couronner le heros, & que tantôt il baiſſera humblement ſa tête aux crins épars pour brouter l'herbe rampante.

De même tantôt ſublime, & tantôt burleſque, tantôt Homere, & tantôt Rabelais, je parlerai leur langue, en leur donnant loüange ou blâme ſans fiel, & preſque ſans prévention. Je dis preſque, car tous les hommes ſont nez prévenus, ou du moins ils ſuccent la prévention avec le lait.

La prévention eſt un venin ſubtil, ou plutôt un animal venimeux qui empoiſonne tout ce qu'il mord, & qui mord ſur tout ce qu'il voit, & ſur tout ce qu'il ne voit pas. Donnons-lui encore à elle-même quelque coup de dent avant que de commencer notre paralléle. Rabelais diroit que la prévention eſt un animal augmentatif, diminutif, palliatif, deciſif, & rebarbatif. Or ſi de cet animal l'extrait genealogique ſçavoir voulez, ſçachez-le, ne tient qu'à vous, il eſt déduit en ces vers ci-deſſous inſcrits.

Chez

Chez Lucifer jadis eut accointance
Meffer orgueil avec Dame ignorance.
En ligne gauche, iffit de cette engeance
Fille perverfe en fa folle arrogance;
Prévention fut fon nom que je penfe;
Or Dieu vous gard de fa prédominance.

Mais, continueroit Rabelais, ventre-boëuf, voilà bien parler fans boire, je n'entends ici vocifonner à mes oreilles que
ce mot, prévention par-ci; prévention par-là, prévention pour
les Grecs, prévention pour les Latins. Holà, holà, prévention
eft héréfie, & ne veux croire perfonne hérétique en belles
lettres, que ne m'ayés démontré par où, comment, & pourquoi. Car quel motif mouvant peut démouvoir ces anciens
lettrez à préconifer & prôner à étripe gofier les écrivains antiques? qu'en revient-il à ces prôneurs?

A cela vais vous répondre en bref, mais avant parler, veux
obferver la premiere regle des éloquents parleurs & haran-
gueurs, touffir, cracher, & fe filentier un moment; *punctum
cum virgula*, pour reprendre haleine.

Je vais narrer veridiquement ce qu'en un mien voïage j'ai
vû, ou non vû; car c'eft tout un en fait de relations loin-
taines.

Au fond des Indes Orientales ou Occidentales, ou imaginaires; car bonnement avoüerai que ne fçai autre Geographie
que des pays à bons vignobles, où je voiage volontiers: aux
Indes donc deux peuples y a, dont l'un defire fans ceffe do-
miner & ravillir l'autre ; parce que l'autre donne jaloufie à
l'un, comme l'un en donne à l'autre, fi que ce l'autre & ce
l'un font en guerre l'un contre l'autre.

Or devinés ce qui excite noife entre ces deux peuples: ce

Tome III.   Z   font

font des riens, petits riens, motifs de rien, comme qui diroit d'interêt, de gloire, & de volupté. Ceux-ci se fâchent
que le terroir des autres fertilise abondamment par son propre
fond, & sans engrais, si qu'il produit soudainement, & au
moment que besoin est, fruits savoureux, & fleurs gentilles,
que ne produit mie le terroir des autres ; mais ceux dont le
terroir est sterile sont en récompense bons pourvoïeurs &
grands provisionneurs ; si que ne recüeillant rien de leur crû,
sçavent tirer des contrées étrangeres fruits & grains dont ils
remplissent granges & fruitiers, & par ainsi sont plus, quoique non mieux, approvisionnez que ceux dont le terroir
produit.

Notez illec, ô lecteur attentif, qu'en usant ici des mots de
fruits, grains, & termes pareils, c'est élocution allegorique
& simbolique, qui signifie belles productions d'esprit, & so-
lides œuvres de gens lettrés. Disons donc que le terroir, *id
est*, les cerveaux & caboches de l'un de ces peuples sont plus
fertiles en productions, & que l'autre peuple est opulent en
collections & magasins scientifiques.

Ce dernier peuple est plus puissant que l'autre, parce qu'il
est plus nombreux, & il est plus nombreux, pource que plus
de gens ont faculté collective, & moins de gens ont faculté
productive, selon la régle que plus de gens ont ce qu'est plus
facile d'avoir : sont toutesfois grandement loüables ces col-
lecteurs, quand doctement & largement sçavent user de leur
talent collectif, mais mieux loüangerai certes tel qui joindra
production à collection, comme aucuns y a.

Les deux peuples dont est question sont nommés par maints
Historiens, les *Produisans*, & les *Eruditionnés*. Voïons maintenant ce qui rend si commune parmi les éruditionnés la maladie qu'on appelle *Prévention Grecque*. C'est là mon texte,
j'ai long-temps tournoïé pour y venir ; abrégeons matiére, de
peur

peur que l'ennui ne vous gagne: s'il vous a déja atteint, bû-
vez un coup. Bon vin défennuïe le lecteur & l'Écrivain ; & de-
vroit-on, pour écrire joïeufement, boire par apoftille à chaque
page. Mais comme boire tant ne puis, au moins en parlerai
fouvent, car le refrain & l'énergie du langage Rabeleifien,
c'eft à boire, à boire, du vin, du vin, du vin.

Où en étions-nous ? j'ai perdu la tramontane, vîte, vîte,
ma bouffole, *Prévention*, voilà le mot : pourquoi en font-ils
fi embrelicoquez envers les anciens ? oh c'eft pour trois mille
quatre cens vingt-deux raifons & demie : ne vous en dirai
pour le préfent que les deux & demie, car l'horloge fonne,
& c'eft l'heure de boire.

Primò. Les éruditionnés font femblables aux taverniers,
lefquels, les ans paffez s'étans munis de vins, maintenant
antiques, crient aux biberons, plorez, & déplorez la perte
de ces vieux feps de vigne, qui jadis produifoient les mirifi-
ques vins, dont avons en cave les originaux : helas n'en vien-
dra plus de tels, car en l'an du grand hyver, font pétits par
gelée ces vieux fouchons & farments, & avec iceux a peri
tout efpoir de bonne vendange.

Ainfi les éruditionnés décrient toutes productions modernes
pour mieux s'acréditer, & avoir debit des vieilles provifions
& denrées antiques defquelles leurs magazins font furchargez.

Secundò. Pofons le cas que puiffe y avoit un *éruditionné* de
petite ftature, il toutefois fera ambitieufement defireux de paroître plus grand qu'un *produifant* de riche taille. Que fera
l'*éruditionné* baffet ? Il grimpera fur les épaules d'un ancien,
comme finge fur éléfant. Or ainfi grimpé fur un ancien, plus
cet ancien fera grand, plus le grimpé fus fera élevé, & plus
en dominera de haut en bas le produifant moderne.

Voïez par là qu'interêt eurent de prôner antiques œuvres,
tous les tems, païs & mœurs, les éruditionnés.

Ils

Ils font d'Homere
Un Dromodaire,
S'imaginant que fur fon dos montez
Hauts élevez, grimpez, juchez, guindez,
Ils prendront haute place
Au coupeau du Parnaffe.
S'affociant à cet Auteur fameux,
Difant de lui tout ce qu'ils penfent d'eux ;
Ils l'éternifent,
Le divinifent.
Puis par droit de focieté
Partagent fa divinité.
Ce fuppofant, tous bons écrits modernes
Sont près des leurs, humaines balivernes.

Parlons naturellement, on a pouffé trop loin l'entêtement pour Homere, on ne peut nier que puifqu'on l'a loüé dans tous les temps, il n'ait mérité d'être loüé. Auffi le loüerai-je & l'aimerai-je jufqu'a l'adoration exclufivement.

Homere eft le Gargantua des *eruditionnés*. Ils le font fi grand qu'en rendant fon mérite gigantefque, ils en ôtent la vraie reffemblance.

Rabelais a eû fes *eruditionnés* auffi bien qu'Homere ; & fi Alexandre avoit toûjours un Homere fous fon chevet, le Chancelier du Prat portoit toûjours un Rabelais dans fa poche.

Alcibiades queftionnant un jour un Profeffeur fur quelques vers d'Homere ; le Profeffeur répondit qu'il ne le lifoit point. Alcibiades lui donna un fouflet pour le punir d'ofer profeffer les fciences, fans avoir chez lui le livre des fçavans, le livre unique, le livre par excellence.

Le Cardinal du Belay, qu'on prioit d'admettre à fa table certain

tain homme de lettres, demanda, en parlant de Rabelais, qu'on appelloit aussi le livre unique, le livre par excellence ; cet homme que vous vouléz admettre à ma table *a-t'il lû le livre?* non lui répondit-on. Qu'on le fasse donc diner avec mes gens, reprit le Cardinal, ne croïant pas qu'on pût être sçavant sans avoir lû Rabelais.

Ces traits de préventions me paroissent encore plus forts pour Rabelais qui vivoit alors, que pour Homere qui du tems d'Alexandre avoit déja plusieurs siecles d'antiquité ; antiquité qui, comme nous avons déja dit, jette sur les ouvrages un voile obscur & favorable aux allegories: grande ressource à ceux qui veulent trouver du merveilleux & du grand dans les petitesses même qui échapent aux plus excellens Auteurs.

Rabelais a cela de commun avec Homere, qu'on a crû voir *allegoriquement* dans son livre des Siftêmes entiers d'Aftronomie, de Phisique, de la Pierre philofophale même, que quelques Alchimiftes ont trouvé dans notre Auteur comique, comme d'autres l'ont trouvé dans le Prince des Poëtes.

J'ai connu un Rabelaifien outré, qui dans une tirade de deux cent noms de jeux qu'on apprend à Pantagruel, croïoit voir fur chaque mot une explication hiftorique, allegorique & morale. Il eft pourtant vifible que Rabelais n'a eu aucun deffein, en nommant tous ces jeux, que de faire voir qu'il les fçavoit tous ; car dans ces tems où les fçavans étoient rares, ils fe faifoient honneur de détailler, de dénombrer, de citer à tous propos, & d'étendre, pour ainfi dire, leur érudition jufque dans les moindres arts. Il faut croire pour la juftification d'Homere, qu'il vivoit dans un tems à peu près pareil, car *il eft grand énumerateur, & grand détaillifte*, diroit Rabelais, *Homere & moi pouvons être à bon droit paralléfifez, en ce que fommes par nature tant foit peu beaucoup digreffionneurs & babillards.*

Z 3

Nous

Nous parlerons en tems & lieu, c'eſt-à-dire, quand l'occaſion s'en préſentera, des digreſſions & des énumerations
dont nos deux Auteurs ſont pleins. Il y en a quelques-unes
dans Rabelais dont chaque mot porte ſon application bonne
ou mauvaiſe.

Ces titres de livres par exemple, dont il compoſe une Bibliotheque critique.

        „ Les fariboles du droit,
        „ L'Amanach des gouteux,
        „ Le boutevent des Alchimiſtes,
        „ Le limaſſon des rimaſſeurs,
        „ Les pois au lard cum comento,
        „ Le tirepet des Apotiquaires,
        „ La muſeliere de Nobleſſe,
    „ De Moutarda poſt prandium ſervienda,
        „ Malogranatum vitiorum,
   „ Les houſeaux, alias les bôtes de patience,
        „ Decrotatorium ſcolarium;
        „ Barbouillamenta Scoti,
        „ L'Hiſtoire des farfadets.

On comprend bien qu'il peut y avoir par raport au tems de
Rabelais, plus de ſel que nous n'en ſentons dans ces critiques
badines; mais la fadeur & *la platitude* d'une infinité d'autres nous doivent faire conclure que ſi Rabelais étoit un excellent comique en quelques endroits, il étoit en quelques autres très-mauvais plaiſant.

Ces prévenus concluront au contraire, que le ſublime in-
conteſtable d'Homere nous eſt garant de l'excellence occulte de ce qui nous paroît mediocre; ils ajouteront que les endroits les plus obſcurs pour nous brillent pour eux des plus
                                 vives

vîves lumieres. Ne foutiendront-ils point auffi, diroit Rabelais, *qu'Homere ne laiffoit pas de voir clair quoiqu'il fut aveugle?*

Je viens de commencer mon paralléle par la premiere idée qui s'eft préfentée ; je l'avois bien promis : on ne me verra point prendre d'un air grave la balance en main , pour pefer fcrupuleufcment jufqu'aux moindres parties qui doivent entrer dans la compofition d'un Poëme. Je devois examiner d'abord le choix du fujet, l'ordonnance, les fituations, les caracteres, les penfées , le ftile , & tant d'autres chofes dont je ne fais pas même ici une énumeration par ordre, de peur de paroître trop arrangé dans un paralléle que j'ai entrepris par amufement, & qui ne mériteroit pas d'être placé dans mon article burlefque, s'il étoit ferieux & régulier.

Voici donc la methode que je vais fuivre dans cette compofition. J'ai fur ma table mon Rabelais & mon Homere: portons au hazard la main fur l'un ou fur l'autre : je tiens un volume, qu'y trouverai-je a l'ouverture du livre? Voïons, c'eft un pere qui parle à fon fils : devinés fi cette éloquence eft d'Homere ou de Rabelais.

,, Je te rappelle auprès de moi, j'interromps la ferveur de ,, tes études, je t'arrache au repos philofophique , mais j'ai ,, befoin de toi, & je fuis ton pere; j'avois efperé de voir ,, couler doucement en paix mes dernieres années, me con- ,, fiant en mes amis & anciens confederez: mais leur perfi- ,, die a fruftré la fureté de ma vieilleffe. Telle eft la fatale def- ,, tinée de l'homme, qu'il foit plus inquieté par ceux en qui ,, plus il fe repofoit : viens donc, quitte tes livres pour venir ,, me défendre, car ainfi comme débiles font les armes au ,, dehors, où le confeil n'eft dans la maifon, ainfi vaine eft ,, l'étude , & le confeil inutile , qui en tems oportum , par ,, vertu n'eft mis à exécution.

,, Ma déliberation n'eft de provoquer, mais d'apaifer ; non
,, non

„ non d'affaillir, mais de défendre; non de conquerir, mais
„ de garder mes féaux fujets , & terres hereditaires contre
„ mes ennemis.

„ J'ai envoyé vers eux amiablement pour leur offrir tout
„ ce que je puis , & plus que je ne dois , & n'ayant eu d'eux
„ autre réponfe que de volontaire & jaloufe défiance , par là
„ je vois que tout droit des gens eft en eux devenu droit de
„ force & de bienfeance fur mes terres. Donc je connois que
„ les Dieux les ont abandonnés à leur propre fens qui ne peut
„ produire que deffeins iniques, fi par infpiration divine n'eft
„ continuellement guidé.

Ne croïez-vous pas entendre parler ici le fage Neftor dans
le fublime Homere ? ce n'eft pourtant que le pere de Gargantua qui parle dans le comique Rabelais.

Je n'y ai changé que quelques mots du vieux ftile. On peut
juger par là que Rabelais eut été un bon Auteur ferieux. Homere eut-il été un bon Auteur burlefque ? pourquoi non s'il
l'eût voulu, il l'a bien été quelquefois fans le vouloir. Je pourrai dans la fuite citer en badinant quelqu'un de ces endroits
burlefques ; mais commençons par admirer ferieufement cet
excellent homme , qui a fçû concilier dans fon vafte génie
les faillies les plus vives de l'enthoufiafme poëtique avec le
bon fens & la fageffe de l'orateur le plus confommé.

Voici comme il fait parler Neftor pour appaifer Achile en
colere, & Agamemnon pouffé à bout au moment qu'ils alloient fe porter l'un contre l'autre à des extrémitez funeftes.

O quelle douleur pour la Grece, s'écrie tout à coup Neftor,
& quelle joïe pour les Troïens , s'ils viennent à apprendre les
diffentions de deux hommes qui font au-deffus de tous les autres
Grecs par la prudence & par le courage! mais croïez moi tous
deux, car vous étes plus jeunes, & j'ai frequenté autrefois des
hommes qui valoient mieux que vous , & qui ne méprifoient pas
                                                              mes

mes conseils ; non je n'ai jamais vû & ne verrai jamais de si grands personnages que Piritoüs, Polifeme, égal aux Dieux, Thefée fils d'Egée femblable aux immortels, &c. Voilà les plus vaillans hommes que la terre ait jamais porté ; mais s'ils étoient vaillants, ils combattoient aussi contre des ennemis très-vaillants, contre les Centaures des montagnes dont la défaite leur a acquis un nom immortel. C'est avec ces gens-là que j'ai vécû. Je tachois de les égaler felon mes forces, & parmi tous les hommes qui font aujourd'hui il n'y en a pas un qui eut osé leur rien disputer. Cependant quoique je fuffe fort jeune, ces grans hommes écoutoient mes conseils : suivez leur exemple, car c'est le meilleur parti. Vous Agamemnon, quoique le plus puissant, n'enlevez point à Achile la fille que les Grecs lui ont donnée ; & vous fils de Pelée, ne vous attaqués point au Roi, car de tous les Rois qui ont porté le Sceptre, & que Jupiter a élevés à cette gloire, il n'y en a jamais eu de si grand que lui. Si vous avez plus de valeur, & si vous êtes fils d'une Déeffe, il est plus puissant, parce qu'il commande à plus de peuples. Fils d'Arrée appaifez votre colere, & je prie Archile de furmonter la sienne, car il est le plus ferme rempart des Grecs dans les fanglants combats.

Le début de ce difcours de Neftor peut fervir de modéle pour le fimple vraïment fublime. Avec quel art enfuite Neftor impofe-t'il à ces deux Rois en leur infinuant que de plus grands hommes qu'eux ont cru fes conseils, lors même qu'il étoit encore très-jeune ? La critique ordinaire qui a si fort blâmé les invectives & les injures qu'Homere met si fouvent dans la bouche de fes Héros, trouvera Neftor imprudent d'offenfer lui-même ceux qu'il veut reconcilier, en leur difant en face qu'il y a eu de plus grands hommes qu'eux, & *à qui ils n'auroient ofé rien difputer :* mais fuppofons qu'en ce tems-là les hommes accoutûmés à dire & à s'entendre dire des véri-

Tome III. A a tés,

tés, euffent affez de bonne foi & de grandeur d'ame, pour ne fe point fâcher qu'on reduifit leur heroifme à fa jufte valeur.

Cela fuppofé, quelle force d'éloquence à Neftor, & quelle hauteur de fentiment d'humilier ainfi Agamemnon & Achile pour les foumettre à fes confeils?

Mais il n'eft pas vrai-femblable, dira-t'on, que des héros fouffriffent patiemment une offenfe. Mais, répondrai-je, la vérité ne les offençoit jamais: c'étoient les mœurs de ce tems là, ou du moins il étoit beau à Homere de les feindre telles. Les nôtres font bien plus polies, j'en conviens, mais qu'eft-ce que la politeffe?

La politeffe n'eft que l'art d'infinüer la flatterie & le menfonge; c'eft l'art d'avilir les ames, & d'énerver l'Héroifme gaulois, dont la grandeur confifte à ne vouloir jamais paroître plus grand qu'on n'eft, & à ne point induire les autres à vouloir paroître plus grands qu'ils ne font.

Voici l'occafion d'examiner fi Homere a bien connu en quoi doit confifter la grandeur d'un Héros; mais cela me meneroit plus loin que je ne veux. J'irai peut-être dans la fuite auffi loin que ce paralléle pourra me mener; mais je me fuis reftraint à n'en donner dans chaque Mercure qu'à peu près autant qu'il y en a dans celui-ci: ma tâche eft remplie.

SUITE DU PARALLELE
d'Homere & de Rabelais.

SAns interrompre le paralléle d'Homere & de Rabelais, je puis interrompre les reflexions comiques & férieufes que j'ai commencées fur ces deux Auteurs. Trop de reflexions de fuite féroient une Differtation ennuyeufe, fur-tout pour les Dames, dont j'ambitionne les fuffrages. Elles ont le goût plus délicat & plus vrai que les hommes, dont la plûpart fe

pi-

piquant de critique profonde, font toûjours en garde contre ce qui plaît ; qui ont pour ainfi-dire émouffé leur goût naturel à force de fcience & de préjugés; en un mot, qui jugent moins par ce qu'ils fentent, que par ce qu'ils fçavent.

Plufieurs Dames affez contentes de quelques endroits de mes Differtations fe font plaint que les autres n'étoient pas affez intelligibles pour elles, qui ne font pas obligées d'avoir lû Homere ni Rabelais. Il eft vrai que le Poëte grec eft à préfent traduit en bon françois : mais Rabelais eft encore du grec pour elles. Je vais dont tâcher d'éclaircir & de purifier quelques morceaux de Rabelais, pour les rendre moins ennuyeux aux Dames.

Ces extraits épurés féront plaifir à celles qui, curieufes de lire Rabelais, n'ont jamais voulu contenter leur curiofité aux dépens de leur modeftie.

En donnant ce qu'il y a de meilleur dans Rabelais, je fixerai la curiofité de celles qui, en faveur du bon, auroient rifqué de lire le mauvais.

Et s'il y en a quelqu'une qui n'ait pû refifter à la tentation de tout lire, elle pourra citer Maître François à l'abri de mes extraits, fans être foupçonnée d'avoir lû l'original.

Dans la derriére Differtation j'ai oppofé à une harangue du fage Neftor une lettre écrite à Gargantua par Grandgoufier fon pere. Vous avez vu que Rabelais s'eft mêlé du férieux, Homere fe mêle auffi quelquefois du burlefque : autre fujet de paralléle. Vous aurez ici un conte heroï-comique de l'Odiffée. Mais commençons par un conte de Rabelais ; je ne prétens qu'oppofer le premier coup d'œil de ces deux contes, & non pas les comparer exactement. J'en trouverai dans la fuite quelques uns plus propres à être comparés enfemble. Voici celui de Rabelais, dont j'ai feulement confervé le fond, en

ajoû-

ajoûtant & retranchant tout ce que j'ai crû pouvoir le rendre & plus agréable, & plus intelligible aux Dames.

LES MOUTONS DE DINDENAUT.

„ EN une nauf ou navire étoit le taciturnien, fonge-creux
„ & malignement intentionné Panurge: en ce même
„ Navire étoit un marchand de moutons, nommé Dindenaut,
„ homme gaillard, raillard, grand ribleur, & dégoifeur de
„ gaufferies, lequel voïoit Panurge tout debiffé de mine, &
„ mal en point d'acoutrement, déhoufillé de chevelure, vef-
„ te délabrée, éguillettes rompues, boutons intermittans,
„ chauffes pendantes, & lunettes pendues au bonnet. Le
„ marchand donc s'émancipa en gaufferies fur chaque piece
„ d'icelui accoutrement, mais fpecialement fur fes lunettes,
„ lui difant avoir fçu par tradition vulgaire, que tout homme
„ arborant lunettes fut toûjours onc mal voulu des femmes
„ étrangeres, & vilipendé de la fienne domeftique; fur les-
„ quels pronoftics, apoftrofant Panurge en fon honneur, l'ap-
„ pella je ne fçai comment, *id eft*, d'un nom qui reveilla
„ Panurge de fa lethargie rêveufe, car rêvoit jufte en ce mo-
„ ment aux inconveniens à venir de fon futur mariage. Holà,
„ holà, mon bon marchand, dit d'abord Panurge d'un air
„ niais & bonnaffe, holà, vous dis-je, car oncques ne fus,
„ ni ne puis maintenant être ce que n'eft nul que par maria-
„ ge. A quoi repart Dindenaut, que marié ou non marié,
„ c'eft tout un; car fruits de Cornoüaille font fruits préco-
„ ces; & m'eft avis que pour porter tels fruits êtes fait &
„ moulé comme de cire. Ouï cette, plante mordra fur votre
„ chef comme chiendent fur terre graffe.
„ Ho, ho, ho, reprit bonnement Panurge, quartier, quar-
„   tier;

„ tier; car, par la vertu bœuf ou âne que je fuis, ne puis
„ avoir efprit d'aigle perçant les nuës, parquoi gaudiffez vous
„ de moi? Si c'eft votre plaifir; mais rien ne repliquerai fau-
„ te de replique: prenons patience.

„ Patience vous duira, dit le marchand, comme à tant
„ d'autres. Patience eft vertu maritale. Patience foit, inter-
„ rompit Panurge; mais changeons de propos, vous avez là
„ force beaux moutons, m'en vendriez vous bien un par a-
„ vanture?

„ O le vaillant acheteur de moutons! dit le marchand. Fé-
„ riés volontiers plus convenablement vous acheter un bon
„ habit, pour quand vous ferez marié; habit de ménage, ha-
„ bit avenant, manteau profitable, chapeau commode, &
„ panache de cerf.

„ Patience, dit Panurge, & vendez-moi feulement un de
„ vos moutons.

„ Tubleu, dit le marchand, ce feroit fortune pour vous
„ qu'un de ces beliers; vendriez fa fine laine pour faire draps,
„ fa liffe peau pour faire cuirs, fa chair friande pour nourrir
„ Princes, & fa petite oyë, pieds & tête vous refteroient,
„ & cornes encore fur le marché.

„ Patience dit Panurge, tout ce que dites de corneries a
„ été corné aux oreilles tant & tant de fois. Laiffons ces vieil-
„ leries; fottifes nouvelles font plus de mife.

„ Ah qu'il dit bien, reprit le marchand! il mérite que mou-
„ ton je lui vende, il eft bon homme: çà parlons d'affaire.

„ Bon, dit Panurge en joye, vous venez au but, & n'au-
„ rai plus befoin de patience.

„ C'a dit le marchand, écoutez-moi; j'écoute dit Panurge.
„ *Le Marchand.* Approchez cette oreille droite.
„ *Panurge.* Qu'eft-ce?
„ *Le Marchand.* Et la gauche.

Aa 3   „ *Pa-*

„ *Panurge.* He bien.

„ *Le Marchand.* Et l'autre encore.

„ *Panurge.* N'en ai que ces deux.

„ *Le Marchand.* Ouvrez les donc toutes grandes.

„ *Panurge.* A votre commandement.

„ *Le Marchand.* Vous allés au pays des Lanternois?

„ *Panurge.* Ouï.

„ *Le Marchand.* Voir le monde?

„ *Panurge.* Certes.

„ *Le Marchand.* Joïeufement?

„ *Panurge.* Voire.

„ *Le Marchand.* Sans vous fâcher?

„ *Panurge.* N'en ai d'envie.

„ *Le Marchand.* Vous avez nom Robin?

„ *Panurge.* Si vous voulez.

„ *Le Marchand.* Voïés vous ce mouton?

„ *Panurge.* Vous me l'allés vendre?

„ *Le Marchand.* Il a nom Robin comme vous.

„ Ha, ha, ha...... vous allés au païs des Lanternois voir
„ le monde joïeufement, fans vous fâcher? Ne vous fâchés
„ donc guéres fi Robin mouton n'eft pas pour vous. Bez,
„ bez, bez, & continua ainfi bez, bez, aux oreilles du pau-
„ vre Panurge, en fe mocquant de fa lourderie.

„ Oh, patience, patience, reprit Panurge, baiffant épau-
„ les & tête en toute humilité: a bon befoin de patience,
„ qui moutons veut avoir de Dindenaut. Mais je vois que
„ vous me lanternifibolifés ainfi pour ce que me croïés pau-
„ vre hére, voulant acheter fans païer, ou païer fans argent:
„ & en ce vous trompés à la mine, car voici dequoi faire em-
„ plette. Difant cela Panurge tire ample & longue bourfe,
„ que par cas fortuit, contre fon naturel avoit pleine de duca-
„ tons, de laquelle opulence le marchand fut ébahy, & in-
„ con-

,, continent gaufferie ceffa à l'afpect d'objet tant refpectable
,, comme eft argent.

,, Par icelui alleché le marchand demanda quatre, cinq, fix
,, fois plus que ne valloit le mouton; à quoi Panurge fit com-
,, me riche enfant de Paris, le prit au mot, de peut que mou-
,, ton ne lui échapa, tirant de fa bourfe le prix exhorbitant,
,, fans autre mot dire que patience, parience, mit les deniers
,, ès-mains du marchand, & choifit à même le troupeau un
,, grand & beau maître mouton, qu'il emporta brandi fous
,, fon bras ; car de force autant que de malin vouloir avoit.
,, Cependant le mouton crioit, bêloit; & en conféquence na-
,, turelle, oyant celui-ci bêler, bêloient enfemblement les
,, autres moutons, comme difans en leur langage mouton-
,, nois, où menez-vous notre compagnon ? De même di-
,, foient, mais en langage plus articulé, les affiftans à Panur-
,, ge, où diantre menez-vous ce mouton, & qu'en allez-vous
,, faite ? A quoi répond Panurge, le mouton n'eft-il pas à moi ?
,, j'ai bien payé, & chacun de fon bien fait felon qu'il s'avife.
,, Ce mouton s'appelle Robin comme moi, Dindenaut l'a dit.
,, Robin mouton fçait bien nâger, je le vois à fa mine; &
,, ce difant fubitement jetta fon mouton en pleine mer, criant
,, nâge Robin, nâge mon mignon. Or Robin mouton allant
,, à l'eau, criant, bêlant, tous les autres moutons crians, bê-
,, lans en pareille intonnation commencérent foi jetter après
,, & fauter en mer à la file; fi que le débat entre eux étoit à
,, qui fuivroit le premier fon compagnon dans l'eau. Car na-
,, ture a fait de tous animaux mouton le plus fot, & à fuivre
,, mauvais exemple le plus enclin, fors l'homme.

,, Le Marchand tout ceci voïant, demeura ftupefait & tout
,, effrayé, s'éforçant à retenir fes moutons de tout fon pou-
,, voir; pendant quoi Panurge en fon fang froid rancunier
,, lui difoit, patience Dindenaut, patience, & ne vous bou-
gez,

„ gez, ni tourmentez. Robin mouton reviendra à nâge &
„ fes compagnons le refuivront ; venez Robin, venez mon
„ fils : & enfuite crioit aux oreilles de Dindenaut, comme
„ avoit par Dindenaut été crié aux fiennes en figne de mo-
„ querie, bez, bez. Finablement, Dindenaut voïant perir
„ tous fes moutons, en prit un grand & fort par la toifon,
„ cuidant ainfi, lui retenant, retenir le refte ; mais ce mou-
„ ton puiffant, entraîna Dindenaut lui-même en l'eau ; & ce
„ fut lors que Panurge redoubla de crier, nâge Robin, nâge
„ Dindenaut, bez, bez, bez ; tant que par noïement des
„ moutons & du marchand, fut cette avanture finie, dont
„ Panurge ne rioit que fous barbe, parce que jamais on le
„ vit rire en plein, que je fçache.

Je croirois bien que le caractere de Panurge a fervi de mo-
dele pour celui de * la Rancune. Moliére a pris de ce feul
conte-ci deux ou trois jeux de Theàtre, & la Fontaine plufieurs bons mots.

Enfin nos meilleurs Auteurs ont puifé dans Rabelais leur excellent comique, & les Poëtes du Pont-neuf en ont tiré leurs
plates boufonneries.

Les Euripides & les Seneques ont pris dans Homere le fublime de leur Poëfie ; & les nourices lui doivent leurs contes
de peau d'âne. Leurs Ogres qui mangent la chair fraîche, font
defcendus en ligne droite du Cyclope dont vous allez voir le
conte.

Voilà donc Homere & Rabelais grands modéles pour l'excellent ; & dangereux exemples pour le mauvais du plus bas
ordre. Homere & Rabelais occupent les beaux efprits, mais
ils amufent les petits enfans. Humiliés-vous grands Auteurs,
vous êtes hommes. L'homme a du petit & du grand, du haut
&

* Perfonnage du *Roman Comique* de Scarron.

& du bas, c'eſt ſon partage ; & ſi quelqu'un de nos ſçavans s'obſtine à trouver tout grand dans un ancien, c'eſt petiteſſe dans ce moderne. Quelque grand qu'il ſoit d'ailleurs, il prouve ce que j'avance, qu'il y a du petit & du grand dans tous les hommes.

Revenons à nos moutons, diroit Rabelais : m'avez parlé des moutons de Dindenaut; ſi faut-il trouver moutons en œuvres d'Homere, puiſque ès miens moutons y a, ou ne ſe point mêler ni ingerer de le mettre en paralléle à l'encontre de moi.

Oüi-dea, repliquerai-je, on trouvera prou de moutons dans l'œuvre grec, & hardiment les paralléliſerai avec les vôtres, Maître François; car avez dit, ou vous, ou quelqu'un de votre école, que chou pour chou Aubervilliers vaut bien Paris; & dirai de même, que moutons pour moutons Rabelais vaut bien Homere. Or a-t'on déja vû comme par malice Panurgienne, moutons de Dindenaut ſauterent en mer ; voïons donc comme par aſtuce Uliſſienne, moutons de Cyclope lui ſauterent ſous jambe, en ſortant de ſa caverne.

LES MOUTONS

du Cyclope.

DAns l'Iſle des Cyclopes où j'avois pris terre, je deſcendis avec les plus vaillans hommes de mon vaiſſeau, & je trouvai une caverne d'une largeur étonnante. Le Cyclope qui l'habitoit étoit aux champs, ou il avoit mené paître ſes troupeaux. Toute la Caverne étoit dans un ordre que nous admirions. Les agneaux ſeparés d'un coté, les chevreaux d'un autre &c......
On voïoit là de grands pots à conſerver le lait ; ici des paniers de jonc, dans leſquels il faiſoit des fromages, &c.

Tome III.   B b   Nous

Nous avions aporté du vin pris chez les Ciconiens, &c...
nous buvions de ce vin, & mangions les fromages du Cyclope,
lorsqu'il arriva.

Je fus effrayé en le voyant. C'étoit un vaste corps comme ce-
lui d'une montagne; il n'y eut jamais monstre plus épouvanta-
ble: il portoit sur ses épaules une charge de bois sec: le bruit
qu'il fit en le jettant à terre à l'entrée de la caverne, retentit
si fort, que tous mes compagnons saisis de crainte, se cacherent
en differens endroits de cette terrible demeure.

Il fait entrer toutes ses brebis, il ferme sa caverne, poussant
une roche si haute & si forte, qu'il auroit été impossible de la
mouvoir à force de bœufs ou de chevaux.

Je le voïois faire tout son ménage, tantôt tirer le lait de ses
brebis, &c..... enfin il allume son feu, & comme l'obscurité qui
nous avoit cachez fut dissipée par cette clarté, il nous apperçut.
Qui êtes-vous donc, nous dit-il d'un ton menaçant? des Pira-
tes, qui pour piller & faire perir les autres hommes, ne crai-
gnés pas vous-même de vous exposer sur la mer? Quoi? des
Marchands que l'avarice fait passer d'un bout de l'univers à
l'autre pour s'enrichir, entretenant le luxe de leur patrie? êtes-
vous des vagabons qui courés les mers par la vaine curiosité d'ap-
prendre ce qui se passe chez autrui.....?

Je pris la parole, & lui dis que nous étions de l'armée d'A-
gamemnon, que je le priois de nous traiter avec l'hospitalité que
Jupiter a commandée, & de se souvenir que les étrangers sont
sous la protection des Dieux, & que l'on doit craindre de les
offenser.

Tu es bien temeraire, me dit-il fierement, de venir de si loin
me discourir sur la crainte & sur l'obéissance que tu dis que je
dois aux Dieux. Apprens que les Cyclopes ne craignent ni votre
Jupiter ni vos Dieux. Pour n'avoir point été nourris d'une che-
vre, ils ne s'estiment pas moins heureux: je verrai ce que je

dois faire de toi: je n'irai point consulter l'oracle là-dessus; c'est mon affaire de sçavoir ce que je veux, &c.....

Je lui parlai encore pour tâcher de l'adoucir: mais dédaignant de me répondre, il nous regardoit avec son œil terrible; (car les Cyclopes n'en ont qu'un) enfin il se saisit tout d'un coup de deux de mes compagnons, & après les avoir élevés bien-haut, il les abattit avec violence, & leur écrasa la tête. Il les met bien-tôt en pieces, la terre est couverte de leur sang, il est ensanglanté lui-même. Ce monstre, ce cruel monstre les mange, les devore: jugés en quel état nous étions?

Après s'être rassasié de cette abominable maniere, il but plusieurs cruches de lait, & s'étendit pour dormir au milieu de ses troupeaux. Combien de fois eus-je dessein de plonger mon épée dans son corps? &c..... mais il auroit fallu perir dans cette caverne; car il étoit impossible d'ôter la pierre qui la fermoit: il falloit donc attendre ce que sa cruauté décideroit de notre vie.

A peine ce cruel fut-il éveillé, qu'il se prépara un déjeuner aussi funeste que le repas du soir précedent: deux de mes camarades furent devorés de même; après quoi il fit sortir au pâturage ses troupeaux, & nous laissa enfermez dans la caverne, en repoussant la pesante roche qui lui servoit de porte.

Je cherchois dans mon esprit quelque moïen de punir ce barbare, & de nous délivrer.... il y avoit à l'entrée de sa caverne une massuë aussi longue que le mats d'un navire; nous en coupâmes dequoi faire une autre massuë, que nous aiguisames pour executer mon projet quand l'occasion seroit venuë.

Le Cyclope rentra, & recommença un autre repas aussi funeste à deux autres de mes compagnons, que ceux que je vous ai racontés: je m'aprochai de lui, portant en main un vase de ce vin admirable que nous avions. Buvez, lui dis-je, peut-être me sçaurez-vous gré du présent que je vous offre &c...... Il

prit

prit la coupe, la but, & y ayant pris un extrême plaisir, il voulut sçavoir mon nom, & promit de me traiter avec hospitalité.

Je remplis sa coupe une autrefois, il l'avale avec plaisir, il ne paroissoit plus avoir cette cruauté qui nous effrayoit : je caressois ce monstre, & je tâchois de le gagner par la douceur de mes paroles ; il revenoit toujours à me demander mon nom.

Dans l'embarras où j'étois, je lui fis-accroire que je me nommois Personne ; alors pour récompense de mes caresses, & de mon vin, il me dit, eh bien, Personne, tous tes camarades passeront devant toi, je te réserve pour être le dernier que je mangerai.

Il s'étendit à terre en me prononçant ces terribles paroles : le vin & le sommeil l'accablerent..... & c'étoit ce que j'attendois. J'allai prendre ma massuë, j'allumai la pointe dans le feu que le Cyclope avoit couvert de cendres. Nous approchons du Cyclope ; pendant que quatre de mes compagnons enfoncent ce bois & ce feu dans son œil, j'aidois à le déraciner, &c.

Après l'avoir aveuglé de cette maniere, nous nous étions retirés loin de lui, & nous attendions quel seroit l'effet de sa rage & de ses cris. Un grand nombre de Cyclopes, qui avoient entendu ses heurlemens accoururent à sa porte & lui demandoient, qui est-ce qui peut vous avoir attaqué dans votre maison? Comme celui-ci s'étoit persuadé que je me nommois Personne, il ne pouvoit leur faire comprendre qu'il y avoit un ennemi en dedans qui l'avoit maltraité. Ils entendoient qu'il n'avoit été blessé de personne..... ainsi par cet équivoque, les Cyclopes se retirerent, en disant, c'est donc une affliction que Jupiter t'envoie, il faut plier sous les coups de sa colere....

Je fus ravi d'entendre que ces Cyclopes se retiroient : cependant celui-ci outré de rage, alloit de côté & d'autre dans sa caverne, étendant les bras pour nous prendre ; mais rien n'étoit
plus

plus aifé que de lui échaper, l'efpace etoit grand, & il ne vo-
ïoit goute, &c.

Il prit enfin le parti d'ouvrir à demi fa Caverne, de forte
qu'il n'y avoit de place que pour fortir trois ou quatre enfemble:
il crut qu'il nous arrêteroit au paffage, il fe met au milieu qu'il
occupoit, étendant les bras & les jambes, & faifoit fortir fes
moutons, qu'il tâtoit les uns après les autres; nous ne donnâ-
mes pas dans un piege fi groffier, cependant il falloit fortir ou
perir. Je repaffois en mon efprit une infinité de ftratagêmes:
enfin ayant choifi neuf des plus forts Beliers, je les attachai trois
à trois, je liai fous leur ventre mes neuf compagnons reftez,
qui pafferent de cette forte fans être reconnus. Je tentai le mê-
me hazard pour moi, il y avoit un Belier plus grand que tous
les autres, je me cache auffi fous fon ventre, le Cyclope le re-
connoît à l'épaiffeur de fa laine, le careffe & le retient; com-
ment, difoit-il, tu n'es pas aujourd'hui le premier au pâturage?
tu es touché de l'affliction de ton maître, tu ne vois plus cet œil
qui te conduifoit & que tu connoiffois; un traître me l'a arra-
ché, tu me montrerois ce traître fi tu pouvois m'exprimer ta
fidelité: fi je le tenois ce fcelérat! &c..... enfin ce monftre oc-
cupé de fa rage & de fa vengeance, laiffe paffer le Belier que je
tenois embraffé pnr la laine de fon col; & c'eft ainfi que nous
voïant en liberté, nous refpirâmes avec plaifir.

J'ai choifi de bonne foi, pour oppofer au conte de Rabelais,
un des meilleurs de l'Odiffée; car mon but principal eft d'orner mon paralléle, & non de dégrader Homere. Convenons
qu'il y a une Poëfie excellente dans les endroits même où il
manque de juftefle & de bon fens.... quel mot m'eft échappé! mais je me dédirai quand on voudra, & à force de raifonnemens & d'interprétations, je trouverai par-tout du bon
fens, n'en fut-il point.

On n'aura pas de peine à en trouver beaucoup dans les dif-

cours

cours que le Cyclope tïent à Uliſſe ; le premier contient une
morale admirable. *Qui êtes-vous ?* lui dit-il, des *Pirates*, &c.
Il joint dans le ſecond à une noble fierté contre Jupiter, une
raillerie fine & délicate. *Je n'irai point conſulter l'Oracle, &c.*
Ce Cyclope, ce monſtre eſt un Aigle pour l'eſprit: mais tout
à coup, avant même que d'avoir bû, il devient ſtupide comme un Bœuf, il ſe couche & s'endort tranquillement au milieu de ſes ennemis armez, après avoir devoré deux de leurs
compagnons.

Ce Cyclope établit d'abord que les Cyclopes ne reconnoiſ-
ſent, ni ne craignent point Jupiter, ni les autres Dieux ; &
ces mêmes Cyclopes un moment après, trompés par l'équivoque & mauvaiſe turlupinade du mot de *Perſonne*, croïent
pieuſement que les hurlemens du monſtre ſont une juſte punition des Dieux, & ſemblent même par une crédulité reſpe-
ctueuſe, n'oſer entrer dans la caverne du Cyclope, pour s'é-
claircir du fait. Mais j'ai promis d'éviter la diſſertation dans
ce paralléle-ci ; nous trouverons aſſez d'autres occaſions de
critique dans Homere, & beaucoup plus dans Rabelais. Fi-
niſſons par un petit conte de ce dernier.

LA FEMME MUETTE.

„ **D**Ans un certain pays barbare & non policé en mœurs,
„ y avoit aucuns maris bourus, & à chef mal timbré,
„ ce que ne voyons mie parmi nous Pariſiens, dont grande
„ partie, ou tons pour le moins ſont merveilleuſement rai-
„ ſonnans & raiſonnables : auſſi onque ne vit-on arriver à Pa-
„ ris grabuge ni malefice entre maris & femmes.

„ Or en ce païs là, tant different de celui-ci nôtre, y a-
„ voit un mari ſi pervers d'entendement, qu'ayant acquis en
„ mariage une femme muette, s'en ennuya ; & voulant ſoi
„ gue-

„ guerir de cet ennui, & elle de fa muetterie, le bon & in-
„ confideré mari voulut qu'elle parlât, & pour ce eut recours
„ à l'art des Medecins & Chirurgiens, qui pour la demuettir,
„ lui inciferent & biftouriferent un enciglote adherant au fi-
„ let ; bref elle recouvra fanté de langue , & icelle langue
„ voulant recuperer l'ofiveté paffée, elle parla tant, tant, &
„ tant, que c'étoit benediction: fi ne laiffa pourtant le mari
„ bouru de fe laffer de fi planteureufe parlerie : il recourut
„ au Medecin, le priant & conjurant, qu'autant il avoit mis
„ de fcience en œuvre pour faire caqueter fa femme muet-
„ te, autant il en employat pour la faire taire. Alors le Me-
„ decin confeffant que limité eft le fçavoir medicinal, lui dit
„ qu'il avoit bien pouvoir de faire parler femme, mais que
„ faudroit art bien plus puiffant pour la faire taire. Ce non-
„ obftant le mari fuplia, preffa, infifta, perfifta ; fi que le
„ fçavantiffime docteur découvrit en un coin des regiftres de
„ fon cerveau remede unique & fpecifique contre icelui in-
„ terminable parlement de femme, & ce remede c'eft furdi-
„ té du mari. Oui deà, fort bien, dit le mari; mais de ces
„ deux maux, voyons quel fera le pire, ou entendre fa fem-
„ me parler, ou ne rien entendre du tout. Le cas eft fuf-
„ penfif, & pendant que le mari là-deffus en fufpens étoit,
„ Medecin d'operer, Medecin de medicamenter par provi-
„ fion, fauf à confulter par après.

„ Bref, par certain charme de fortilege medicinal le pau-
„ vre mari fe trouva fourd, avant qu'il eut achevé de délibe-
„ rer s'il confentiroit à furdité. L'y voilà donc, & il s'y tient
„ faute de mieux; & c'eft comme il faudroit agir en operation
„ de medecine. Qu'arriva-t'il ? écoutez, & vousle fçaurez.

„ Le Medecin à fin de befogne demandoit force argent,
„ mais c'eft à quoi ce mari ne peut entendre, car il eft fourd
„ comme voyez. Le Medecin pourtant par beaux fignes &
„ geftes

„ geftes fignificatifs, argent demandoit & redemandoit, juf-
„ qu'à s'irriter & colerier; mais en pareil cas, geftes ne font
„ entendus, à peine entend-on paroles bien articulées, ou
„ écritures atteftées & réïterées par Sergens intelligibles. Le
„ Médecin donc fe vit contraint de rendre l'oüie au fourd, a-
„ fin qu'il entendit à payement, & le mari de rire, enten-
„ dant qu'il entendoit; puis de pleurer par prévoyance de ce
„ qu'il n'entendroit pas Dieu tonner, dès qu'il entendroit par-
„ ler fa femme. Or de tout ceci réfulte, conclufion mora-
„ lement morale, qui dit, qu'en cas de maladie & de fem-
„ mes époufées, le mieux eft de fe tenir comme on eft, de
„ peur de pis.

SUITE DU PARALLELE
d'Homere & de Rabelais.

J'Ai cru que rien ne rendroit ce Paralléle plus amufant que
d'y mêler de petits contes, dont le fond eft de Rabelais;
mais que j'ai accommodé de maniére à pouvoir être lûs des
Dames, & à moins ennuïer ceux qui ne font point affez érudits, & affeêtionnez Pentagrueliftes, pour favourer, mâcher
& remâcher jufqu'aux moindres rogarons, & avaler à longs
traits fades fuavitez Rabelaifiennes, en faveur de quelques
grains de gros fel femez par-ci par-là ès falmigondis, & pots-
pourris de Maître François.

Pour affortir, ou plutôt pour oppofer à ces contes, j'en
trouverai bien encore quelqu'un dans Homere, mais je ref-
peête trop fon grand nom, pour ofer rien mettre du mien
dans fes ouvrages; à peine ai-je ofé retrancher une bonne
moitié du conte du Cyclope, afin de rendre l'autre moins
ennuïeufe.

Pour oppofer au grand & au fublime du Poëte Grec, on
trou-

trouvera peut-être dans Maître François quelques endroits affez folides, pour faire avoüer que Rabelais eût mieux réüffi
dans le ferieux, qu'Homere n'a réüffi dans le comique; &
de-là je prendrai occafion d'avancer quelques propofitions qui
feroient hardies, témeraires, ridicules même, fi on les avan-
çoit férieufement, & dont je n'ofe prouver la vérité qu'en
plaifantant. Je les propoferai donc d'abord comme des paradoxes badins: le badinage a cela de bon, qu'il peut éclaircir
certaines veritez qu'une difpute férieufe ne féroit qu'obfcur-
cir. Le badinage a encore cet avantage fur la difpute, qu'au
lieu d'attirer la colere des difputeurs graves, il n'en attire qu'un
filence dédaigneux; & c'eft en être quitte à bon marché, car
la force des raifonnemens ne fait que les irriter au lieu de les
convaincre.

La prévention s'irrite par la réfiftance, c'eft un animal fe-
roce qu'Homere eût comparé à un Taureau furieux, qui parcourant les vaftes campagnes de la Lybie, n'a d'autre but dans
fa fureur, que de heurrer tête baiffée, & de renverfer les plus
forts animaux qui oferont l'attaquer de front.

C'eft ainfi que dans les vaftes ambiguitez de la difpute, les
plus fortes raifons ne tiennent point contre la prévention.

Comparons donc à préfent le badinage à l'abeille legere,
qui voltige en folâtrant autour de ce Taureau furieux. Elle
badine en fûreté entre fes cornes, le pique légerement: il ne
fait que fecouer l'oreille. Autre coup d'aiguillon qu'il méprife,
il ne voit point d'ennemi. Cependant la mouche le pique, fes
piquures font légeres, mais elles font réïterées. La mouche fe
porte avec agilité par tous les endroits fenfibles, les piquures
redoublent: il commence à s'irriter, & ne voïant à qui s'en
prendre, il tourne fa colere contre lui-même. Il s'agite, il fe
mord, il fe tourmente, & enfin il s'épuife, s'affoiblit, &
tombe, *procumbit humi bos*. Notre comparaifon nous a fort

Tome III. C c éloi-

éloigné de notre ſujet: tant mieux, elle n'en eſt que plus Homerienne; s'il y a a quelque choſe de faux dans l'application, tant mieux encore. Homere eſt un modéle qu'il faut imiter, ſes comparaiſons ſont longues, fauſſes & ſemblables les unes aux autres; il n'importe. C'eſt toûjours le ſécond & le parfait Homere.

Les comparaiſons de Rabelais ſont plus variées, plus juſtes, mais elles ne ſont pas moins allongées, & la plûpart ſont ſi baſſes, qu'à cet égard il faut bien, pour l'honneur du goût, donner la préference au Prince des Poëtes.

Avant cette digreſſion j'ai promis, à propos d'Homere & de Rabelais, d'avancer pour rire quelques propoſitions étonnantes. Le premier de ces paradoxes eſt, qu'il faut plus d'étenduë d'eſprit, & peut-être plus d'élevation pour exceller dans le beau comique, qu'il n'en faut pour réüſſir dans le ſérieux.

Cette propoſition va révolter d'abord ceux qui, prévenus par reſpeⅽt pour tout ce qui a l'air ſérieux,

Admirent en bâillant
Un ennuieux tragique,
Et riant, d'une Agnès
Mépriſent le comique.

Le ſecond paradoxe c'eſt, que les plus excellentes piéces ſérieuſes ſont mêlées d'excellent comique, & par conſéquent qu'un Auteur ne peut exceller dans le ſérieux, s'il n'a du talent pour le comique.

On trouveroit dans tous les ſiécles, & même dans le nôtre, que les plus grands génies ont mêlé du comique dans leurs ouvrages & dans leurs diſcours, & les génies médiocres dérogont même quelquefois aux prérogatives de leur gravité, pour
haſar-

hafarder d'être plaifans. J'en ai vû s'arrêter tout court par vanité, s'appercevant qu'ils plaifantoient de mauvaife grace, & fe déchaîner le moment d'après contre le meilleur genre de plaifanterie.

Sur l'Air de Joconde.

Toi qui débite gravement
Ta fade médifance,
Cauftique par temperamment,
Sérieux par prudence,
Tu méprifes d'un bon plaifant
La comique élegance,
Comme un gouteux foible & pefant
Meprifeoit la danfe.

Avant que d'avancer mon troifiéme paradoxe, il faudroit avoir bien défini le mot de comique, & celui de fublime; & après cela même il feroit peut-être encore ridicule de dire, que non feulement le fublime n'eft pas incompatible avec le comique, mais qu'il peut y avoir dans certain comique des traits fupérieurs au fublime férieux.

Voilà une propofition étonnante par raport à l'idée qu'on a du fublime, que je définirois volontiers *la perfeftion dans le grand*. Mais on peut en donner encore d'autres définitions, & c'eft ce qui nous meneroit trop loin. Il faudroit trop de tems, pour donner à ces trois paradoxes toutes les explications & modifications qui pourroient les rendre férieufement vraïes. C'eft ce que j'entreprendrai peut-être quelque jour, fi j'ai le loifir de mettre en œuvre les réflexions que j'ai faites fur les fauffes idées qu'on a du fublime, du férieux & du comique. Contentons-nous ici de badiner fur notre dernier pa-

radoxe,

radoxe, qui nous donnera occafion de comparer quelques morceaux des deux Auteurs, dont je continue le Paralléle.

Pour parler felen les idées communes, difons, que le comique n'eft point fublime par lui-même, mais qu'il peut renfermer des fens & des verités fublimes : & c'eft pour fçavoir renfermer ces grandes verités dans le Comique, qu'il faut un génie très-étendu.

Il en faut moins par exemple, pour foutenir une morale fublime par des expreffions fortes & nobles, qui lui font propres, que pour la traiter comiquement, fans l'affoiblir, & fans la dégrader.

Il eft vrai que le genre férieux eft plus grand par lui-même que le genre comique, il tient fans doute le premier rang; mais il n'y a point au Parnaffe de ceremonial qui donne le pas à un Auteur férieux fur un comique. Il eft plus grand, par exemple, de traiter la guerre de Troye caufée par l'enlevement d'une Princeffe, que la guerre caufée par l'enlevement d'un feau, *la fecchia rapita*. Mais cette grandeur eft dans le fujet, & non dans l'Auteur qui le traite; & celui qui dans le Poëme de l'enlevement d'un feau, féroit entrer les idées les plus heroïques, feroit fans doute un plus grand génie, que celui à qui la grandeur du fujet fournit naturellement de grandes idées.

On ne peut pas foutenir qu'il y ait quantité de hautes idées renfermées dans le comique de Rabelais ; mais on prouveroit peut-être qu'Homere doit une bonne partie de fon fublime à la grandeur de fon fujet.

La baffeffe des fujets que Rabelais a traité, auroit fait tomber fon Ouvrage, s'il n'avoit pas été foutenu par des parties excellentes.

L'élevation & l'importance du fujet de l'Iliade l'eût foutenuë, quand même il y auroit eu moins de beautez qu'on n'y en trouve.   Nous

Nous voïons clairement par la connoiſſance du ſiécle où Rabelais a vêcu, que la plûpart de ſes expreſſions fortes & naïves lui ſont propres à lui ſeul.

Mais les ſçavans ſans prévention avoüent qu'on ne connoît pas aſſez le ſiécle d'Homere pour ſçavoir en quoi il eſt original. Ceux qui connoiſſent le génie Oriental croiront plûtôt que ſes expreſſions nobles & figurées, que ſes comparaiſons magnifiques, & même la plûpart de ſes idées poëtiques pouvoient être auſſi communes aux Grecs de ſon tems, que les proverbes ſenſez le ſont à Paris parmi le peuple.

À l'égard du Sublime de Rabelais, il faut convenir qu'il eſt bien mal aiſé de l'apercevoir à travers le bas comique dont il eſt offuſqué. Il dit en parlant de la *loi commentée & embroüillée* par nos Juriſconſultes, que c'eſt *une belle robe à fond d'or brodée de crote.* J'en dirois autant de ſon Sublime ; qu'on me paſſe ce mot en attendant la définition : mais appellez comme il vous plaira l'idée qu'il donne de la vraïe & naturelle éloquence par la déciſion de Pentagruel ſur le verbiage du licentié. Il paroît qu'elle eſt excellente : en voici l'idée en abregé.

LA VRAIE ELOQUENCE.

„ UN jour Pantagruel rencontra certain Licentié, non
„ autrement ſçavant ès ſciences de ſon métier de Do-
„ éteur, mais en recompenſe ſçachant très-foncierement dan-
„ ſer, & joüer à la paume. Lequel donc rencontré par Pan-
„ tagruel, fut interrogé d'où il venoit, & lui répondit : *Je*
„ *viens de l'Urbe & Cité celebriſſime que vulgairement on vo-*
„ *cite Lutece.* Q'eſt-ce à dire, dit Pantagruel, à ſon tru-
„ chement ordinaire ? je ſuis tout ébahi de tel jargon. C'eſt
„ répondit le truchement, qu'il vient de Paris. Hé, reprit

,, Pantagruel, à quoi passez-vous le tems à Paris vous autres
,, Licentiez? *Nous*, répondit le Licentié, *en nos occupations*
,, *épurons & despumons la verbocination latine, & en nos*
,, *recreations captons la benevolence de l'omni-séduisant, &*
,, *omni-mouvant sexe feminin.* A quoi Pantagruel dit : quel
,, diable de langage est ceci? Ce n'est que Latin écorché, dit
,, le truchement ; & lui semble qu'il est éloquent Orateur,
,, pource qu'il dédaigne l'usance commune de parler. Or le
,, Licentié croïant que l'étonnement & ébahissement de Pan-
,, tagruel venoit pour admirer la haute beauté de cette élocu-
,, tion, se reguinda encore plus haut & plus obscur, si que
,, par longueur de périodes poussa patience à bout. Parbleu,
,, dit à part soi Pantagruel, je t'apprendrai quelle est vraie
,, & naturelle éloquence : puis demanda au Licentié de quel
,, païs il étoit, à quoi répond ainsi le Licentié. *L'Illustrissi-*
,, *me & honorifiante propagation de mes Aves & Ataves tire*
,, *son origine primordiale des Regions Limosiniennes.* J'en-
,, tens bien, dit Pantagruel, tu n'es qu'un Limosin de Li-
,, moges, & tu veux faire le Demosthenes de Grece. Or
,, viens-çà que je te donne un tour de peigne. Lors le
,, prit à la gorge, disant: tu écorches le Latin, moi j'é-
,, corcherai le Latiniseur : si fort lui serroit la gorge, que le
,, pauvre Limosin commence à crier en Limosin, *vée dicou Gen-*
,, *tillâtre : ho saint Marsau! secoura me, hau, hau, laissas à quo*
,, *au nom de Dious, & ne me toucas grou.* Ah dit Pantagruel en
,, le laissant, voilà comment je te voulois remettre en droit che-
,, min de vraie éloquence; car à cette heure viens-tu de parler
,, comme nature, & grand bien te fasse icelle correction.

Quoi que je trouve dans cette idée une espéce de sublime,
je ne le comparerai pas sans doute à ce sublime d'Homere
dans son vingtiéme Livre, où il fait parler ainsi Jupiter à Neptune dans l'assemblée des Dieux.

Je

Je vais donc m'aſſéoir ſur le ſommet de l'Olimpe, & regarder le combat : mais pour vous autres vous pouvez deſcendre, & prendre ouvertement le parti de ceux que vous favoriſez ; car ſi Achille attaque ſeul les Troyens, ils ne le ſoûtiendront pas un moment : comment le ſoûtiendroient-ils aujourd'hui qu'il eſt armé, & que ſa valeur eſt encore aiguiſée par la douleur qu'il a de la mort de ſon ami, qu'hier le voïant même ſans armes, ils furent remplis de terreur ? &c.

Enſuite Homere fait deſcendre les Dieux de l'Olimpe, qui animant les troupes des deux partis, engagent la bataille, & ſe mélent eux-mêmes dans le combat.

En cet endroit je quitte le badinage par reſpect, non pour la réputation ſeule d'Homere, mais pour la grandeur, la majeſté & l'élevation de ſa Poëſie. Quel génie ! & avec quel art intereſſe-t'il ici le ciel, la terre & toute la nature au grand ſpectacle qu'il va nous donner ? Il nous force à nous y intereſſer nous-mêmes ; & voilà l'effet du ſublime.

Pendant ce combat, continuë Homere, *le ſouverain maître des Dieux tonne du haut du Ciel, & Neptune élevant ſes flots ébranle la terre, les cimes du Mont Ida tremblent juſques dans leurs fondemens : Troye, le champ de bataille, & les vaiſſeaux ſont agités par des ſecouſſes violentes ; le Roi des Enfers épouvanté au fond de ſon Palais s'élance de ſon trône, & s'écrie de toute ſa force ; dans la frayeur où il eſt, que Neptune d'un coup de ſon trident n'entr'ouvre la terre qui couvre les ombres, & que cet affreux ſéjour, demeure éternelle des ténebres & de la mort, abhorré des hommes, & craint même des Dieux, ne reçoive pour la premiere fois la lumiére, & ne paroiſſe à découvert : ſi grand eſt le bruit que font ces Dieux, qui marchent les uns contre les autres.*

Apollon armé de tous ſes traits attaque Neptune. Minerve s'oppoſe à Mars ; Diane marche contre Junon, &c..... Mais
Achi-

Achile n'en veut qu'à Hector : il le cherche dans la mêlée , impatient de verfer le fang de ce Heros fous les yeux même du Dieu Mars qui le protege.....

Voilà du beau, du grand. Il fe fait fentir par lui-même, il n'a pas befoin de commentaire, comme mille autres endroits des anciens Auteurs, qui ne font beaux qu'à proportion de la crédulité de ceux qui veulent bien fe prêter aux décifions des Commentateurs.

Comparons à préfent deux tableaux de nos deux Auteurs fur le même fujet. Ils veulent l'un & l'autre repréfenter une tempête.

* Tout tableau fe compare en Peinture, en Mufique,
En Profe comme en Vers, férieux ou comique.
Tempête de Rubens, tempête de Rablais ;
  Même du Poëte tragique
L'on pourroit comparer la tempête heroique,
  A la tempête de Marais.

TEMPESTE DE RABELAIS.

„ EN notre nauf étions avec Pantagruel le bon, joïeufe-
„ ment tranquilles, & étoit la mer tranquillement trif-
„ te ; car Neptune en fon naturel eft mélancolique & fonge-
„ creux, pour ce qu'il eft plus flegmatique que fanguin.
„ Bonaffe traîtreufe nous invitoit à molle oifiveté, & oi-
„ fiveté nous invitoit à boire : or à boiffon vineufe meflions
„ fauciffes, poutargue & jambons outrement falés, pour plus
„ voluptueufement faite fentir, & contrafter fuavité nectari-
„ ne, douce, non comme, mais plus que lait.
„ Oh ! que fériez mieux, nous cria le pilote, au lieu d'i-
„ celles falines, manger viandes douces, pour ce qu'inconti-
             „ nent

* Cet Auteur, qui à mon gré a le défaut d'être un peu trop babillard, auroit pû reduire en profe paffable des vers affés mauvais & affés plats.

„ nent ne boirés peut-être que trop falé : ce que difoit le pilo-
„ te par pronoftication, car pilotes, ainfi que chats en goutie-
„ res, fleurent par inftinct pluyes & orages.

„ Et de fait le beau & clair jour qui luifoit perdant peu à
„ peu fa tranfparence lumineufe devint d'abord comme en-
„ tre chien & loup, puis brun obfcur, puis prefque noir, fi
„ noir, que fûmes faifis de male peur ; car autre lumiere n'é-
„ claira plus nos faces blêmes & effraïées, que lueurs d'éclairs
„ fulminans par crévemens de flambantes nuées, avec mil-
„ lions de tonnerres tonigrondans fur tous les fons & inton-
„ nations des orgues de Jupin ; les pedales, pou, dou, ici cro-
„ mornes, ton, ron, ron, ron, & cla, cla, cla, cla, cla. Mi-
„ fericorde, crioit Panurge ; détournez l'orage, fonnez les
„ cloches ; mais cloches ne fonnerent, car en pleine mer clo-
„ ches n'y avoit pour lors. Voilà tout en feu, voilà tout en
„ eau, bourafque de vents, fifflemens horrifiques ; cela fait
„ trois élemens, dont de chacun trop avions ; n'y avoit que
„ terre qui nous manquoit, finon pourtant que fondrieres ma-
„ rines furent fi profondes, qu'en fin fond d'abîmes ouverts
„ eut-on pu voir harangs fur fable, & moruës engravées. Or
„ du fond d'iceux abîmes vagues montoient aux nuës, & d'i-
„ celles nuës fe précipitoient comme torrens, montagnes
„ d'eau, foi difant vagues, defquelles aucunes tombant fur la
„ nauf, Panurge, qui de fraïeur extravaguoit, difoit, ho, ho,
„ ho, quelle pluye eft ceci ? vit-on jamais pleuvoir vagues
„ toutes brandies ? helas, helas, be, be, be, be, je nage, bou,
„ bou, bou, hà maudit cordonnier, mes fouliers prennent
„ l'eau par le colet de mon pourpoint ; ha que cette boiffon
„ eft amere ! hola, hola, je n'ai plus foif. Te tairas-tu, crioit
„ frere Jean, & viens plûtôt nous aider à manouvrer, où font
„ nos boulingues, notre trinquet eft à vau l'eau, amis à ces
„ rambades, enfans n'abandonnons le tirados, à moi, à moi,

Tome III.　　　　　　Dd　　　　　　„ par

„ par ici, par là-haut, par là-bas. Viens donc, Panurge, viens,
„ ventre de folles, viens donc. Hé! ne jurons point, difoit
„ piteufement Panurge, ne jurons aujourd'hui, mais demain
„ tant que tu voudras, il eft maintenant heure de faire des
„ vœux, & promettre pelerinages: ha, ha, ha, ha, ho, ho,
„ ho, ho, je nage, boubi, boubous, fommes-nous au fond?
„ ah je me meurs! mais viens donc ici nous aider, crioit frere
„ Jean, au lieu de moribonder, mets la main à l'eftaranfol, ga-
„ re la pane, hau amure, amure, bas, pefte foit du pleurard
„ qui nous eft nuifible au lieu de nous aider. Ha! oüi, oüi,
„ oüi, reprenoit Panurge, vous fuis nuifible? Mettez-moi donc
„ à terre afin que puiffiez à l'aife manœuvrer tout votre faoul.
„ Or icelle tempête, ou tourmente, comme voudrez,
„ commença à prendre fin à force de durer, comme toutes
„ chofes mondaines: terre, terre, cria le Pilote, & jugés
„ bien quelle jubilation s'enfuivit, à quoi prit la plus forte part
„ le craintif Panurge, qui defcendant le premier fur l'arêne,
„ difoit: ô trois & quatre fois heureux jardinier qui plante
„ choux, car au moins a-t'il un pied fur terre & l'autre n'en
„ eft éloigné que d'un fer de befche.

Or remettons tempête d'Homere à la prochaine Mercuria-
le, ainfi que plufieurs autres bribes des deux Auteurs que nous
paralléliferons par maniere de paffe-tems Rabelaifien & non
dogmatiquement: chofe que trop repeter ne puis; car pires
fourds n'y a que ceux qui ne veulent point entendre.

Lettre écrite de Paris au Libraire Editeur du préfent Recueil des Oeuvres de Rabelais.

Monsieur,

Voici quelques petites Piéces qui pourront être de prix, &
principalement pour ceux qui aiment à recueillir avec foin les

moin-

moindres productions d'un Auteur celebre, & tout ce qui le regarde.

La premiére de ces Piéces concerne un écrit de Rabelais, qui me paroit avoir été inconnu à tous ceux qui ont parlé de cet Ecrivain.

La feconde eft une Lettre de Rabelais, & la troifiéme une Lettre d'un Medecin nommé *Reneaume* fur quelques paffages de Rabelais.

La quatriéme eft l'Arrêt du Parlement contre le 4e. Livre de *Pantagruel.*

La cinquiéme enfin eft la Requête en cinq différentes Langues de *Panurge* à *Pantagruel,* telle qu'elle doit être luë &c.

Je fuis &c.　　　*De Paris le* 29. *Janvier* 1740.

Ex Reliquiis venerandæ Antiquitatis Lucii Cufpidii Teftamentum.

Item

Contractus Venditionis antiquis Romanorum Temporibus* in ufu.

Apud Griphium, Lugduni 1532. in 8. Folium unicum.

Rabelais eft l'Editeur de cette piéce, comme il paroît par fa Dédicace, dont voici quelques traits.

FRANCISCUS RABELÆSUS.

D. Almarico Buchardo, Confiliario Regio, Libellorumque in Regiâ Magiftro.

HAbes à nobis munus, Almarice clariffime, exiguum fanè, fi molem fpectes, quodque manum vix impleat: fed (meâ quidem fententiâ) non indignum in quo tum tui, tum doctiffimi cujufque tui fimilis oculi fefe fiftant. Idque eft, Lucii illius Cufpidii Teftamentum ex incendio, naufragio, ac rui-

* Ou *initus.*　　　Dd 2　　　na

na vetuſtatis, fato quodam meliore ſervatum, quod, hinc diſcedens ejuſcemodi eſſe cenſebas propter quod vadimonium deſeri vel ad Caſſiani Judicis Tribunal poſſet. Neque verò tibi id uni privatim manu deſcribendum putavi (qui tamen hoc ipſum optare potius videbare) ſed prima quaque occaſione excudendum in Exemplaria bis mille dedi,.... ne diutius neſciant qua priſci illi Romani, dum Diſciplinæ meliores florerent, in condendis Teſtamentis Formulâ uſi ſint ... Exſpecto indies novum Libellum tuum *de Architectura Orbis*, quem patet ex ſanctioribus Philoſophiæ ſcriniis depromptum eſſe.... Lugduni, pridie Nonas Septembr. 1532.

LETTRE DE RABELAIS.

He Pater Reverendiſſime, quomodò bruſlis, quæ nova?
Pariſius non ſunt ova?

CEs parolles propouſées d'avant vos reverences & translatées de Patelinois en notre vulgaire Orleanois valent autant à dire que ſi je diſois, Monſieur vous ſoiez le très bien revenu des noſtres, de la feſte de Paris. Si la vertu de Dieu vous inſpiroit de tranſporter voſtre paternité juſqu'en cettuy hermitage, vous nous en raconteriez de belles : auſſi vous donneroit le premier du lieu certaines eſpeces de poiſſons carpionnés, leſquels ſe tirent par les cheveux. Or vous le fairez non quand il vous plaira, mais quand le vouloir vous y apportera de celui grand, bon, piteux, lequel nous créa oncques le Quareſme, oui bien les Sallades, Arans, Merlas, Carpes, Brochets, Dars, Umbrines, Ablettes, Rippes. Item les bons Vins, ſingu-
lié-

---

* On n'a rien changé ni au jargon du préambule, ni à celui de la Lettre, qui, ſans cet Avertiſſement, pourroit paroître fautive.

liérement celui *de veteri jure emulcendo*, lequel on garde ici à votre venue, avec un fang gréal & feconde, voire quinte effence.

Ergo veni Domine, & *noli tardare*, j'entends *falvis falvandis*, *id eft hoc eft*, fans vous incommoder, ny diftraire de vos affaires plus urgentes.

Monfieur après m'eftre de tout mon cœur recommandé à voftre bonne grace, je priray noftre Seigneur vous garder en par faite fanté.   De St. Ayler premier jour de Mars.

Monfieur le Leu Pailleron trouvera icy mes très humbles recommandations à fa bonne grace, auffi à Madame le Leu, & à Mr. le Baillif Daniel, & à tous vos autres bons Amis, & à vous. Je priray Monfieur le Seleu de m'envoier le Platon lequel il m'avoit prêté, je le lui renverrai bientôt.

Votre très-humble Architiclin, convictor & *amy*

FRANÇ. RABELAIS.

Medecin.

     A Monfieur
Le Baillif des Baillifs des Baillifs Monfieur Maiftre Antoine Gullet, Seigneur de la Cour Compin en Chreftienté
             à Orleans.

LETTRE du Sr. RENEAUME Medecin.

MOnfieur je defire fort que mon fils vous voye fouvent pour fe rendre habile, *fi non fiat tuo incommodo*. Je cherche mon Rabelais, mais je ne l'ai encore pû trouver: ce neanmoins je vous en manderay un mot qui eft au commencement de fon Livre, où il parle de Gargamele, qui avoit tant pris d'andouilles qu'elle en mourut. Il entend la mere du Roi

Fran-

François premier de ce nom, laquelle étoit soupçonnée d'être trop lubrique. Le souflet que bailla le Roi François à Charles de Bourbon le tesmoigne, vû ce qu'il lui en dit, à ce que l'on en a escrit. Gargantua fut ainsi nommé, parce que son Pere dit car-grant-t-u as. C'est du nés (car le Roi François avoit un grand nés) qu'il parle, combien qu'il ne die autre chose : mais en Rabelais un même nom s'attribue à deux personnages, de peur que son Oeuvre Satirique ne fust découverte. Je n'ay pû trouver mon Rabelais dans ma Bibliotheque : je ne sçais si mon fils trop imbu des fantaisies Jesuitiques ne me l'a point bruslé ou fait brusler, ou jetter quelque part. Je m'en facherois : cependant je vous baiseray humblement les mains, & demeureray votre très-humble Serviteur   RENEAUME. *

* Ce Reneaume estoit de Blois, & Medecin. Il y a un Medecin de la Faculté de Paris, actuellement vivant, qui est de la même famille.

Extrait des Registres du Parlement du Mardi 1er Mars 1551.

SUr la Remonstrance, & Requeste faite ce jourdui à la Cour par le Procureur du Roi, à ce que pour le bien de la Foi & de la Religion, & attendu la censure faite par la Faculté de Theologie contre certain Livre mauvais exposé en vente soubs le tiltre de *quatriesme Livre de Pentagruel* avec Privilege du Roi ; la matiere mise en déliberation, & après avoir vû la ditte Censure, la ditte Cour a ordonné que le Libraire ayant mis en impression le dit Livre, sera promptement mandé en icelle, & lui seront faites defences de vendre & exposer le dit Livre dedans quinzaine ; pendant lequel temps ordonne la Cour au dit Procureur General du Roi d'avertir le dit Seigneur de la Censure faite sur le dit Livre par la dite Faculté de Theologie, & lui en envoier un double, pour suivre son bon plai-

plaifir: entendu eftre ordonné ce que de raifon, & le dit Libraire mandé, lui ont efté faites les dittes deffences fur peine de punition corporelle.

Requête en Langue Greque, de Panurge à Pantagruel, qui fe doit ainfi lire que s'enfuit, au IX Ch. du 2. Livre.

Δεσπότα τοίνυν, παναγαθε, διότι σὺ μοι ουκ αρτον διδως ὁρας γὰρ λιμῷ ἀναλισιόμενον ἐμὲ ἀθλιον, καὶ ἐν τῷ μεταχὺ ἐμὲ ουκ ἐλεεις ουδαμῶς· αιτεις δὲ παρ᾽ ἐμοῦ ἁ ου χρὴ, καὶ ὅμως φιλόλογοι παντες ὁμολόγησι, τότε λογυς τε καὶ ῥηματα περιττα ὑπαρχειν, ὁποτε πραγμὰ αὐτὸ πᾶσι δῆλον ετι, Ἔνθα γὰρ ἂν γείμενον λογίξειν ἵνα πράγματα ὧν περὶ ἀμφισβητουμεν, με προςφορῶς ἐπιφαινεται.

Latiné pené ad verbum.

DOmine igitur, perquam optime, quare tu mihi non das panem? vides enim me fame miferè confumptum, & interea mei non mifereris, requiris enim à me quæ non oportet. Et tamen omnes litterarum amatores & ftudiofi confitentur, tunc & fermones & verba fupervacanea effe, quando res ipfa omnibus manifefta apparet. Hic enim abjectum expendere quænam fint res de quibus difceptamus, me convenienter confpicitis.

En François.

SEigneur donc très bon, pourquoi ne me donnez vous du pain? car vous me voiez tout desfait, & miferablement langoureux de male rage de faim, & cependant vous n'avez aucune pitié ny mifericorde de moi. Et toutesfois tous les amateurs des Lettres confeffent unanimement, qu'alors les difcours font fuperflus & inutiles, quand la chofe paroît de foi-

mê-

même, & est connue d'un chacun. Car à point nommé vous me voiez ici abject, & malotru peser & examiner quelles, & où sont les choses de quoi nous sommes en desbat & question.

La Requeste en Langue Italienne au mesme Chapitre.

SIgnor mio, voi vedete per esempio, che la cornamusa non suona mai, se non ha il ventre pieno. Cosi jo parimente non vi sapeei contare le mie fortune, se prima il tribulato ventre non ha la solita refectione, al quale è aviso che le mani & gli denti habbiano perso il loro ordine naturale, & del tutto annichillato.

La Requeste en Langue Espagnole.

SEñor, de tanto hablar yo soy cunsado, porque suplico a vuestra reverencia que mire a los precettos Evangelicos, para que ellos mueven vuestra reverencia a loque es de conscientia: y si ellos non bastaren, para mover vuestra reverencia à piedad, supplico, que mire à la piedad natulal, la qual y o creo que le moura como es de razon. Y con esto non digo mas.

R E-

REMARQUES

SUR LES

OEUVRES

DE MAITRE

FRANÇOIS RABELAIS,

Publiées en Anglois

Par Mr. L E M O T T E U X,

Et traduites en François

Par C. D. M.

Avec de nouvelles Remarques de la façon du Traducteur.

PREFACE

DU

TRADUCTEUR.

CE N'EST POINT une chose nouvelle qu'une Préface qui commence par une dissertation sur les Préfaces, ou par tel autre Exorde qu'on pourroit appeller une Preface de la Préface même, moyennant quoi un Ecrivain vous donne deux Préfaces en une, comme si une seule n'étoit pas assez. Je ne prétends point condamner ceux qui ont inventé ou suivi cette methode: Je ne prétends point empêcher qu'ils ne reposent en paix à l'ombre des Lauriers qu'ils peuvent avoir trouvez au bout d'une si brillante carrière. J'avouerai même que j'ai été tenté d'imiter leur exemple: & ces réflexions qui m'échappent n'en sont peut-être que trop une bonne preuve: Mais comme je suis très persuadé que le Public me dispense volontiers de succomber à une tentation qu'il me dispenseroit même d'avoir éprouvée; & que s'il y a des Lecteurs qui exigent qu'on prenne de grands détours pour obtenir la permission de venir au fait, les Lecteurs de cette espèce sont au moins fort peu considérables par leur nombre; je donnerai ici tout simplement, sans autre préparatif que ce qu'on vient de lire, & en aussi peu de paroles qu'il me sera possible, les principaux éclarcissemens préliminaires auxquels on est en droit de s'attendre, ou dont le titre de cet Ouvrage peut avoir besoin.

§ I.

Le Chevalier Thomas URQUART, Gentilhomme Ecossois, & aussi-bien que Rabelais savant Médecin, avoit traduit en Anglois, & publié, les deux premiers Livres des FAITS ET DITS DE GARGANTUA ET DE PANTAGRUEL : On avoit trouvé parmi ses papiers, aprés sa mort, la traduction de troisième Livre: Les trois Livres avoient été revus & corrigez par un homme d'esprit. On préparoit là-dessus une nouvelle Edition & cette Edition étoit déja fort avancée: lorsque PIERRE LE MOTTEUX, François Réfugié en Angleterre, mais qui s'étoit rendu maître de la Langue du pays & qui a écrit plus d'une fois en Anglois, se chargea de fournir pour cette même Edition, une Traduction des deux derniers Livres une Préface, un Commentaire sur tout l'Ouvrage, & quelques autres accompagnemens dont l'énumération n'est pas ici fort nécessaire.

Les Remarques sur les trois Livres traduits par le Chevalier URQUART, forment un discours suivi. C'est une espèce de Dissertation qui fait partie de la Préface, où elle

[A] 2

com-

commence proprement par ces paroles, THE ingenious of our age, *& finit par celles-ci,* HAD not the following Translation of the three first books &c. *Elle s'étend depuis la page* XXXIX *jusqu'à la page.* XCIII, *dans l'Edition de* M. DCC. XXVII, *dont le Public est redevable à Mr.* OZELL, *& qui est la troisiéme, si je ne me trompe.*

Les Remarques sur les deux Livres traduits par Mr. Le Motteux, *ressemblent mieux à ce qu'on appelle communément un Commentaire: Chaque Livre est accompagné de celles qui lui appartiennent, & le Commentateur y suit pied-à-pied l'ordre des Chapitres de chaque Livre. Au moins ne s'en écarte-t-il que rarement, & d'une manière peu sensible.*

Si je n'avois voulu traduire que ce qui porte le titre de REMARQUES *dans l'Edition de Mr.* Le Motteux, *je me serois borné à ce qu'il a fait pour expliquer les deux derniers Livres, & qui n'est certainement pas la partie la plus intéressante de son Explication. Lorsque Mr.* Le Duchat *lui a donné les éloges qui ont excité la curiosité du Public, je suis bien sûr qu'il avoit moins en vûe les Remarques ainsi intitulées par le Commentateur lui-même, que celles qui composent la dissertation insérée dans la Préface. Quoi qu'il en soit, on trouvera ici la* TRADUCTION *des unes & des autres.*

§ II.

Mais ce sera, comme mon titre l'annonce, une Traduction LIBRE: *& cela par plus d'une raison.*

Premiérement: j'ai été obligé de prendre quelque liberté, non-seulement pour détacher de la Préface les Remarques qui y étoient incorporées, mais pour faire appercevoir dans ces Remarques un ordre relatif à celui des Livres & des Chapitres qu'elles expliquent, ou des matières dont elles traitent. Ainsi j'ai mis de mon chef, dans les endroits où cela m'a semblé convenable, des Titres qui indiquent la division générale & les subdivisions de l'Ouvrage. Ainsi encore j'ai tâché de distinguer le plus naturellement qu'il étoit possible, soit par des Alinea, soit par des Numero, les différentes parties de chaque Article. J'ai aussi inséré quelquefois un mot ou deux dans le texte, pour servir de transition, ou de renvoi d'un Article à l'autre.

En second lieu: Comme les raisonnemens de Mr. Le Motteux *sont quelquefois un peu diffus, & qu'il est assez sujet à laisser des superfluitez dans son discours, j'ai cru devoir faire dans divers passages l'office d'Abréviateur. Peut-être même trouvera-t-on que j'aurois dû en user ainsi plus fréquemment que je ne fais. Il copie plusieurs Remarques de l'Alphabet de l'Auteur François: & quand elles sont d'une certaine longueur, cela ne l'empêche pas de les copier tout entières, en faveur des Lecteurs Anglois à qui elles ne sont pas connues d'ailleurs. Je me suis quelquefois contenté d'en donner la substance, lorsque la suite du discours n'en demandoit pas davantage.*

En troisième lieu: Son stile en bien des endroits m'ayant paru équivoque, ou obscur, ou embarrassé; & sa pensée quelquefois n'étant exprimée qu'à demi, tellement qu'elle est inintelligible à ceux qui ne se donnent pas la peine d'en chercher tous les tenans & aboutissans; je me suis permis de changer le tour, de retrancher ou d'ajouter quelques paroles, d'abreger ou de paraphraser, selon l'exigence du cas.

En quatrième lieu: J'ai substitué à ses expressions celles de Rabelais, lorsque j'ai vu que les unes se rapportoient aux autres: Je les ai même souvent citées plus au long que

que lui, en considération d'une infinité de Lecteurs, qui ne sachant pas leur Rabelais sur le bout du doigt, ne sauroient se contenter de la simple indication d'un passage par un mot ou deux : Et soit pour ne point confondre les citations du Livre ou du Chapitre de Rabelais avec les Observations renvoyées au bas des pages, soit pour ne pas trop multiplier des renvois qui sont toujours plus ou moins desagréables, j'ai inséré dans le Texte de Mr. Le Motteux non-seulement les citations marginales qu'il avoit eu soin de marquer, mais encore celles qu'il avoit obmises. Cela ne regarde au reste que les citations de Rabelais : On verra que celles des autres Auteurs entroient naturellement dans les Observations qui devoient être sous le Texte.

En cinquième lieu : Vû que Mr. Le Motteux ne met pas toujours chaque chose à sa véritable place, j'ai osé faire par-ci par-là quelques légères transpositions. Ce qu'il dit, par exemple, du Contrat de mariage d'un Evêque de Valence, dans un paragraphe où il s'agit simplement de prouver le panchant de ce Prélat pour le Calvinisme, m'a semblé beaucoup mieux placé dans le paragraphe suivant, où il s'agit de prouver l'éloignement de ce même Evêque pour le Célibat, & où Mr. Le Motteux est obligé de renvoyer à ce qu'il en a dit avant qu'il fût tems d'en parler, au moins selon l'ordre dans lequel il avoit annoncé lui-même qu'il rangeroit ses Remarques touchant l'Evêque de Valence. Voyez les premiers paragraphes des Remarques générales. C'est ainsi que j'ai intitulé la première Partie de cet Ouvrage.

En sixième lieu : On rencontre quelquefois dans les meilleurs Livres certaines fautes si palpables, que s'il faut les mettre sur le compte de l'Auteur, au moins ne peut-on pas douter qu'il ne les eût corrigées au plus vîte sur le moindre avis qu'on lui en auroit donné. Lorsque les fautes que j'ai apperçues dans mon Original sont de cette nature, & que ce sont avec cela de ces fautes isolées, si j'ose ainsi dire, qui ne tiennent à rien, qui n'intéressent en rien les sentimens, les principes, les raisonnemens, le Système de Mr. Le Motteux, ni la critique qu'on en pourroit faire ; je les ai corrigées dans ma Traduction, sans me mettre en peine d'en avertir chaque fois dans une Note. ——— On verra que dans les Remarques générales, vers la fin du deuxième Article, il est parlé de l'Excommunication de Jean d'Albret Roi de Navarre. Cette excommunication, dans l'Anglois, est attribuée à Jules III. Peut-être n'est-ce qu'une faute d'impression : Peut-être même est-ce une faute particulière à l'Edition dont je me sers, & que je n'ai pas pu conférer avec les Editions précédentes : Mais quoi qu'il en soit c'est une faute, il faloit mettre Jules II, & c'est ainsi que j'ai mis dans la Traduction. ——— Mr. Le Motteux, à la fin des Remarques sur les Chapitres XXV & XXVI du Livre I, fait mention d'un Colloque de Reinburgh : & cependant, tout ce qu'il en dit prouve évidemment qu'il avoit en vûe un Colloque de Ratisbone. J'ai substitué ce nom à celui de Reinburgh, qui est une corruption de Reinsbourg, qu'il avoit apparemment trouvé dans le vieux François de Jean Crespin, Auteur qu'il cite quelquefois & qui francisoit de la sorte le nom Allemand de Ratisbone qui est Regensburg ——— Dans le même Article environ une page plus haut, au sujet de cette sentence de Rabelais, c'est manger de cette viande céleste, manger à desjeuner raisins avec foüace fraîche, Mr. Le Motteux s'exprime en ces termes : il fait allusion à la manière de recevoir la Communion parmi les Protestans, qui prennent ordinairement à jeun cette viande céleste, & toujours avec du jus de Raisins, selon l'institution évangélique. Cela ne dit pas bien expressément que la coutume de communier à jeun est particulière aux Protestans, mais certainement cela le donne à entendre ; c'est-

à-dire

à-dire que cela infinue une idée qui eft très-fauffe: car où trouvera-t-on que les Proteſtans, qui font beaucoup moins rigides fur cette obfervance que les Catholiques, le foient cependant davantage, ou le foient même de façon à pouvoir être diftinguez par-là comme par un caractère qui leur feroit propre? J'ai écarté cette fauffe idée dans ma Traduction, parce qu'elle m'a paru auffi inutile que fauffe. ———— Mr. LAVAL, qui a déja publié quelques Volumes de fon Hiftoire de la Réformation de France, en Anglois, & qui doit naturellement avoir préfens à l'efprit bien des détails relatifs à cette Hiftoire, m'a fait appercevoir que Mr. Le Motteux, dans fes Remarques fur le Chapitre XI du Livre I, parle de Henri II. de Navarre, comme d'un Vieillard, quoique par rapport à un tems où ce Prince ne pouvoit être âgé que de cinquante & quelques années. J'ai examiné fi cette idée de Vieillard, fervoit-là à quelque chofe: J'ai vu qu'elle y étoit parfaitement oifive: Je l'ai fupprimée. On jugera par ces exemples, de quelle nature font mes corrections.

Tels font, je penfe, les principaux chefs auxquels on peut rapporter les diverfes libertez que j'ai prifes: Et je ne craindrai jamais d'en prendre de femblables toutes les fois qu'il fera queftion de traduire quelque Ouvrage comme celui dont il s'agit. Ce n'eft point ici un de ces Monumens d'Hiftoire ou de Doctrine dont on rifque de manquer le véritable fens, & où il y a fouvent un fens important à manquer, dès-que l'on ceffe de fuivre religieufement l'ordre des penfées & le choix des expreffions de l'Auteur. Ce n'eft pas non plus une de ces Productions originales, dont le ftile & le tour ont une fingularité digne de l'attention des Curieux. Ce n'eft point encore un de ces Chef-d'œuvres d'Eloquence ou de Poëfie, dont on peut perdre de grandes beautez en s'éloignant de la lettre du Texte. Ce n'eft pas même, dans fon genre, un Ouvrage achevé, ni un Ouvrage où l'Auteur veuille être cenfé avoir mis toute l'élégance & toute la correction qu'il étoit capable d'y mettre. Au moins infinue-t-il affez clairement, en plus d'un endroit, que faute de tems il travailloit avec un peu de précipitation. Il me fuffit de pouvoir dire, qu'à confidérer Mr. Le Motteux, non fous l'idée d'Ecrivain prife dans toute fon étendue, mais fous l'idée propre de Commentateur, je ne lui ai ni rien prêté, ni rien ôté. Tout ce que j'ai vu qui portoit le caractère d'Explication ou d'Eclairciffement, a été facré pour moi. J'en ai rendu tout le fens, & me fuis borné à le rendre: ne prenant d'autre liberté que celle de le rendre à ma manière. Liberté autorifée lorfqu'il s'agit de chofes, & non pas de mots: liberté autorifée fur-tout lorfqu'elle ne va pas jufqu'à fubftituer au ftile de l'Original un ftile d'une différente efpèce: Liberté enfin qui eft néceffaire, lorfqu'on veut tranfporter fidèlement dans l'efprit des Lecteurs la teneur réelle des paroles, comme je me fuis propofé de le faire à l'égard de toutes les Remarques ou Interprétations proprement ainfi nommées. J'ai voulu que la Traduction fît connoître auffi-bien que l'Original, tous les fecours que notre Interprète nous fournit pour l'intelligence de fon Auteur. C'eft-là proprement, & au jufte, le deffein que j'ai du avoir: Et s'il ne faloit pas toujours fe méfier de fon propre ouvrage, je dirois du ton le plus pofitif que j'ai exécuté ce deffein avec une attention & une diligence fur lefquelles on peut faire fonds. J'ai même pouffé le fcrupule fur ce point jufqu'à traduire des Remarques qui me fembloient avoir quelque chofe de puérile, & dont la fuppreffion au refte n'auroit point intéreffé les Remarques principales.

§ III.

§ III.

Si j'avois prétendu *fupprimer* ou *rectifier* toutes celles où je me fuis imaginé trouver matière à critique, l'Original ne feroit prefque plus reconnoiffable dans la Traduction. J'ai confervé des chofes qui felon moi font reprehenfibles. J'y étois obligé. Mais comme rien ne m'obligeoit à paroître complice des fautes de mon Auteur, foit qu'elles fuffent réelles, ou que feulement par rapport à moi elles euffent l'apparence de fautes, j'ai penfé qu'il ne me feroit pas défendu d'en relever quelques-unes : Et c'eft ce que j'ai fait dans les *OBSERVATIONS* que l'on verra au bas des pages.

Ces Obfervations ne font pourtant pas toutes abfolument du même genre. Car fans parler de quelques-unes qui font plutôt de fimples Notes que des Obfervations, il y en a qui fervent à illuftrer ou à confirmer ce que dit Mr. Le Motteux.

J'ai fait les unes & les autres avec plaifir : & je les aurois peut-être multipliées ou pouf-fées plus loin, fi je m'étois trouvé au milieu d'une bonne Bibliothéque fournie de tous les Livres néceffaires pour l'exécution du deffein que j'avois formé. Mon idée étoit de me charger feul de certaines petites recherches, à l'aide desquelles je concevois que les Lec-teurs feroient en état d'aprécier au jufte le mérite du Commentaire dont je devois leur offrir la Traduction. Je n'ai pas pu leur épargner la peine toute entière : J'ai cru qu'il falloit au moins leur en épargner une partie.

Un Ami obligeant que j'ai déja nommé, & que j'avois prié de vérifier pour moi quel-ques citations, non-content de me rendre, autant qu'il le pouvoit actuellement, le fervi-ce que je fouhaitois, a bien voulu me communiquer de plus, dans une Lettre que je gar-de, un petit nombre d'Obfervations critiques fur mon Auteur, lesquelles il avoit faites en le parcourant. J'ai inféré dans les miennes divers extraits de cette Lettre. Ces ex-traits font diftinguez du refte. Je les ai renfermés entre des crochets, & en même tems je les ai guillemettez. Les crochets fans guillemets [tels qu'on les trouvera quel-quefois dans la Traduction auffi-bien que dans les Obfervations] ne doivent être regar-dez que comme de fimples marques de parenthèfe. Je fais qu'ils ont un autre ufage dans certains Livres, & que les parenthèfes fe marquent plus communément par des lignes courbes. Mais dans les Livres où ces lignes courbes font fréquemment employées, & doivent l'être, pour renfermer les lettres qui fervent de renvoi, foit du Texte à la mar-ge, ou d'un Article à l'autre; fi l'on vient encore à les employer pour les parenthèfes, cette quantité & cette confufion de lignes courbes font un effet choquant qui empêche que des Editions d'ailleurs affez belles ne fe lifent agréablement & ne plaifent à l'œil. Il y a plufieurs moyens d'éviter ce défaut, ou de le corriger au moins en partie. Supprimer les parenthèfes inutiles, c'eft un de ces moyens : Marquer autrement que les renvois cel-les que le bon-fens & le bon-goût veulent que l'on conferve, c'en eft un autre, & qui m'a femblé ici d'autant plus convenable que mes renvois au bas de la page, malgré mon attention à ne les pas multiplier fans quelque néceffité, font néanmoins en affez grand nombre. C'eft que je ne pouvois guère me difpenfer de faire un grand nombre d'Obfer-vations.

Mr. Le Motteux ne paroît pas avoir été un de ces Ecrivains qui fe piquent d'être rigoureufement exacts, foit dans leurs recherches, foit dans l'expofition de leurs décou-vertes. D'ailleurs il nous parle quelque part comme s'il s'étoit vu réduit à n'avoir que quelques femaines pour la compofition de fon Commentaire fur les trois premiers Livres :

& il

& il avoue lui-même, vers la fin des Remarques fur le troisième, que s'il eût été moins preffé il auroit pu nous donner un Commentaire plus exact. Un pareil aveu autorife à y foupçonner au moins un manque d'exactitude, à la faveur duquel il arrive tous les jours qu'un Auteur, après s'être trompé lui-même, trompe ceux qui le lifent, & jette dans leurs efprits une femence d'erreur, laquelle venant à germer pourra produire des erreurs à l'infini. Mes Obfervations, en un mot, font le fruit de mon amour [peut-être outré] pour l'exactitude: Amour que je regarde comme inféparable de celui de la Vérité. Je conviens que la Vérité dont il s'agit ici n'eft pas fort importante. Mais fans compter, ni qu'il eft toujours agréable d'éviter l'erreur quelque petite qu'elle foit, ni que les objets les moins confidérables en eux-mêmes le deviennent fouvent beaucoup par quelque liaifon im-prévue avec ceux qui le font; il me femble qu'il y a mille chofes dont le prix veut être é-valué par le plaifir qu'elles nous donnent, par le goût que nous y prenons, par l'attention que nous nous fentons capables d'y apporter, par les circonftances qui nous déterminent à y appliquer notre attention, par l'autorité du Caprice [fi l'on veut] à qui appartient na-turellement le droit de choifir entre les divers amufemens que la Raifon autorife. Les Lecteurs qui fe trouvent ou infenfibles en général au mérite de l'exactitude, ou infenfibles en particulier à la fatisfaction de juger exactement d'un Commentaire fur Rabelais, fe-ront fort bien de ne pas lire mes Obfervations: Elles les ennuiroient: & quoiqu'elles ne foient certainement pas de nature à exiger une forte contention d'efprit, je prévois qu'el-les pourroient exciter leur impatience, fur-tout s'ils font d'une humeur un peu brufque & décifive, prompte à condamner d'un ton pédantefque tout ce qui peut être traité de pédante-rie par un Bel-Efprit fuperficiel ou étourdi. Mais les Lecteurs ne font pas tous du mê-me caractère. Il y en a plufieurs pour qui l'examen d'un Commentaire fur Rabelais n'eft point une chofe abfolument indifférente, ni tout-à-fait indigne d'intéreffer un hom-me de Lettres, encore qu'il ait du goût: Et combien n'y en a-t-il pas, indépendemment de Rabelais, auxquels on eft fûr de plaire toutes les fois qu'on relève à propos, fans ai-greur & fans affectation, les inexactitudes des Ecrivains? Tels font au moins tous les Efprits qui ayant acquis une certaine expérience dans la République des Lettres, ou qui ayant fu mettre à profit les exemples & les leçons des gens expérimentez, ont appris à fentir ce que vaut une exactitude dont la négligence fait quelquefois pitié dans des Ou-vrages d'ailleurs excellens, & donne lieu à des raifonnemens chimériques, à des Syftê-mes en l'air, dont on fe divertit fur le compte de l'Auteur qui les a bâtis, dès qu'on vient à reconnoître l'illufion qui leur fervoit de fondement. Je fuis perfuadé enfin que quanti-té de perfonnes, & particulièrement ceux qui poffèdent l'Hiftoire du feizième Siècle, pourront paffer une heure fans ennui à lire les Obfervations que j'ai faites, foit fur les Remarques fondamentales du Syftême de Mr. Le Motteux, foit fur d'autres chofes pu-rement accidentelles. Mes petits détails de critique feront un jeu pour les Lecteurs de cet Ordre; & un jeu peut-être où leur habileté leur fera gagner quelque chofe. C'eft à eux que je les préfente: Et duffent-ils gagner à mes dépens, en découvrant que c'eft moi qui me fuis trompé, je ferai toujours content, fur-tout fi l'on m'en avertit, parce que je ne manquerai pas à me mettre de moitié avec eux pour le gain. Ils me feront perdre des idées fauffes ou incertaines, des doutes mal fondez: Perdre ainfi c'eft gagner. Mais mes Obfervations après-tout font fi peu de chofe, que quand même je me trouverois les avoir faites à pure perte, la perte ne feroit pas grande, & mériteroit peut-être moins d'être regrettée que celle du tems que j'employe à parler de ces minuties, pendant que je

devrois

devrois m'occuper d'un sujet grave sur lequel les loix de la Bienséance ordonnent absolu-
ment que je m'explique.

§. IV.

Je voudrois fort ne scandalifer perfonne: Et qui fait fi parmi les gens d'une piété
délicate, je n'en rencontrerai pas quelques-uns [tels qu'on dit qu'il s'en rencontre] qui fe-
ront difpofez à regarder comme fcandaleux tout ce qui a de la relation avec le Rabelais?
Je dois refpecter leur délicateffe, & je la refpecte: Il vaut mieux être trop délicat que
de ne l'être pas affez. Je les prierai donc de fe tenir pour avertis, que s'ils lifent ce
petit Ouvrage, ils n'y trouveront aucune prophanation, aucune indécence.

On peut faire fur un Texte très-folâtre une Glofe très-férieufe & très-fage. Les
Remarques de Mr. Le Motteux fur le Rabelais en font un exemple. Il eft vrai qu'elles
ne font point d'un férieux trifte & pefant. Il eft vrai encore que l'Auteur égaye quel-
quefois fa matière, & que généralement parlant elle eft affez amufante d'elle-même.
Mais après-tout un Mélange de Littérature, de Morale & d'Hiftoire, n'eft point une
Bouffonnerie: Et fi l'on difoit que le Commentaire dont il s'agit eft un Mélange de Litté-
rature, de Morale & d'Hiftoire, relatif aux vûes férieufes de Rabelais, il ne fe-
roit pas mal défini. On pourroit même dire, fi l'on s'en tenoit à l'idée dominante de
l'Ouvrage, que c'eft un Morceau d'Hiftoire Eccléfiaftique, deftiné à faire voir que Ra-
belais eft à fa manière, & comment il eft, un de ceux qui ont travaillé par leurs E-
crits, foit à la Réformation de l'Eglife foit à l'Hiftoire de cette Réformation. Il n'y
a là ni prophanation, ni indécence: & il y a dequoi occuper agréablement ceux qui ai-
ment affez l'Hiftoire de France du feizième Siècle pour en aimer tous les détails un peu
remarquables.

Il y a plus: Il y a dequoi plaire & aux Proteftans & aux Catholiques les plus zé-
lez. Les Proteftans s'aplaudiront fans-doute, à mefure qu'ils verront le favant & fpi-
rituel Curé de Meudon entrer dans leurs interêts: Et les Catholiques à leur tour juge-
ront avec plaifir, par cela même, que fi leurs Ancêtres accufèrent Rabelais d'héréfie, ce
ne fut pas fans fondement.

Mr. Le Motteux étoit Proteftant: & quand on ne le fauroit pas d'ailleurs, on s'en
appercevroit bien-tôt à la lecture de fon Commentaire; Mais qu'un Ecrivain Proteftant
parle en bon Proteftant, ce n'eft pas là ce qui fcandalife les Catholiques raifonnables, &
ce n'eft qu'à ceux qui le font qu'il appartient de lire un Commentaire fur un Auteur tel
que Rabelais, qui ne doit être lu lui-même que par des gens raifonnables, comme le dit
quelque part Mr. Le Motteux.

Il y a des Ecrivains qui ne devroient jamais toucher à rien qui eût quelque rapport a-
vec la Controverfe. Ils font trop fujets à le faire malheureufement. Suppofitions té-
méraires, définitions fophiftiques, peintures d'imagination, falfifications hardies de
l'Hiftoire, crédulité imbécille & impudente pour de mauvais Contes, calomnies & inju-
res groffières: tout cela caractérife tellement leurs Ouvrages, qu'ils femblent n'écrire que
pour fe décrier parmi tous les honnêtes gens qui ont quelque efprit & quelque intelligence des
matières. Ceux qui fentent leur Religion attaquée par un Ecrivain de cette trempe, le re-
gardent en pitié ou avec indignation: Et dans fon propre parti les bons Efprits rougiffant

Tome III. [B] *d'un*

*d'un tel Défenseur, ils le desavouent & vous l'abandonnent. Mais Mr. Le Motteux
n'est point dans le cas. Au moins puis-je dire que je ne me souviens pas de m'en être apperçu.*

   *Ce qui déplaît encore aux gens raisonnables de l'un & de l'autre parti, dans les Ecrits
d'un Auteur de différente Communion, supposé même qu'il soit exempt des défauts grossiers
dont je parlois tout-à-l'heure, c'est de voir que sans aucune nécessité, sans y être déterminé par l'enchaînûre du Discours, sans que par-là il explique ou prouve rien, sans que
cela serve seulement à dire un bon mot, sans autre vûe enfin que de marquer son mal-
talent contre une Communion dont il n'est pas, il affecte d'employer dans l'occasion certains termes peu obligeans, qui sentent le sobriquet, & qui pourroient être d'autant
mieux remplacez par des termes plus honnêtes, que cela lui feroit honneur à lui-même. Il
y a quelque lieu de s'étonner que dans un Siècle aussi poli que le nôtre, tous les gens qui
ont de l'Education, tant Catholiques que Protestans, ne soient pas encore une bonne
fois convenus de laisser certaines petites manières au petit Peuple. Mais dans le fond,
si même parmi les grands Seigneurs, si parmi des Personnes qui pendant plusieurs années
ont respiré l'air de la Cour, il s'en trouve toujours quelques-uns qui sont Peuple sur l'article de la Religion, & qui ne savent plus vivre dès-qu'ils parlent controverse; faudra-
t-il être extrêmement surpris que des Auteurs, qui en général ne sont pas d'une naissance ni d'une condition fort distinguée, donnent quelquefois dans un pareil défaut: Et en
cas que Mr. Le Motteux ne fût pas absolument irrépréhensible à cet égard, y auroit-il-
là dequoi se scandaliser sans miséricorde, dequoi se fâcher bien sérieusement? On verra que dans une de ses Remarques les Prêtres Catholiques, par allusion à la Messe, sont
désignez sous le nom burlesque de Messificateurs. Cela n'est certainement pas d'un grand
goût, ni fort édifiant. Mais oûtre qu'on doit équitablement avoir quelque indulgence pour
ces sortes de fautes, elles sont si rares dans l'Ouvrage de Mr. Le Motteux, que je ne
sais si au lieu de lui en faire des reproches, on ne devroit pas plutôt lui savoir gré de ce
qu'il n'y est pas tombé plus souvent. J'en ai cité un exemple, & c'étoit peut-être le seul
qu'il y eût à citer. C'est le seul, au moins, que ma mémoire me rappelle. Encore me res-
t-il quelque soupçon que le terme de Messificateurs est emprunté de Rabelais: Et si cela
est, voilà Mr. Le Motteux presque entièrement justifié: car je ne pense pas qu'on veuille
lui faire un crime d'avoir indiqué les expressions de son Auteur lorsqu'elles sont propres à
prouver qu'il étoit moins Catholique que Protestant. Cela appartenoit au dessein général de son Ouvrage. Or je présume qu'on ne se scandalisera, ni de ce qu'un Protestant a
conçu un semblable dessein, ni de ce qu'il l'a exécuté un peu différemment de ce qu'auroit
fait un Ecrivain Catholique.*

§ V.

   *J'ai donné une idée de ce dessein: & à la rigueur, ce que j'en ai dit pourroit suffire.
Il ne sera pourtant pas tout-à-fait inutile d'éclaircir & de confirmer ce que j'en ai dit,
par les propres paroles de Mr. Le Motteux. Voici ce qu'il dit lui-même vers la fin de sa
grande Préface aux pages CXI & CXII de l'Edition de Mr. Ozell.*

   ,, *Rabelais a voulu faire rire ses Lecteurs: Mais c'étoit moins son dernier but qu'un*
,, *moyen d'y parvenir. Il avoit considéré que les Savans aussi-bien que les Ignorans,*
,, *aiment les fictions; & que comme notre goût pour ce qui nous réjouït est un goût univer-*
                                                                                    ,, *sel,*

„ fel, fes fentimens s'infinueroient avec d'autant plus de fuccès s'ils étoient habillez [pour
„ ainfi dire] d'une manière réjouïffante. La tenue du Concile de Trente commença
„ dans cette Ville en M. D. XLV: & ce fut alors auffi que Rabelais commença
„ fon Ouvrage. L'heureufe révolution qu'avoit éprouvé la République des Lettres par
„ le rétabliffement de la bonne littérature, faifoit fouhaiter qu'il arrivât une révolu-
„ tion femblable dans l'Eglife par le rétabliffement du pur Chriftianifme des tems a-
„ poftoliques.... Toute l'Europe retentiffoit de plaintes fur le retranchement du Ca-
„ lice, fur le Célibat des Prêtres, fur les Indulgences &c.... Il s'agiffoit en un mot
„ de réformer l'Eglife. Les Proteftans y travailloient ouvertement, & ils étoient fe-
„ condez fous-main par quantité de grands Seigneurs extérieurement Catholiques. Ra-
„ belais conçut qu'il entreroit dans leurs vûes s'il pouvoit infpirer du mépris pour les
„ Momeries Romaines, foit au Clergé de France & aux Eccléfiaftiques employez dans
„ le Concile, foit aux Laïques qui auroient affez d'efprit pour pénétrer dans le fens ca-
„ ché de fes Symboles Pythagoriques: c'eft ainfi qu'il nomme les fictions de fon Ou-
„ vrage. On peut fe rappeller ce qu'il dit de Diogène dans le Prologue de fon troifième
„ Livre, & comment il y déclare à fes Lecteurs qu'à l'exemple de ce Philofophe il pré-
„ tendoit remuer fon Tonneau, afin de n'être pas fpectateur oifif de l'infigne Fable &
„ Tragique Comédie que jouoient alors tant de vaillants, DISERTS & chevaleureux
„ Perfonnaiges. Le feul terme de Diferts fait voir, que par l'infigne Tragi-Comédie
„ dont il parle, c'eft le Concile qu'il faut entendre. Tout le monde favoit que Calvin
„ ayant dédié fon Inftitution Chrétienne à François premier en M. D. XXXIV, les
„ Bigots qui environnoient ce Prince avoient artificieufement empêché qu'il ne la lût:
„ Rabelais avoit lieu de craindre que fon Ouvrage n'eût le même fort: & ce fut cette
„ confidération, au moins en partie, qui l'obligea à n'y produire fes fentimens que d'une
„ manière myftérieufe. Auffi l'Ouvrage fut-il lu au Roi, en dépit de tous ceux qui le
„ lui repréfentoient comme un Livre hérétique.... Les fentimens de l'Auteur n'y font
„ pourtant pas tellement envelopez fous l'Allégorie que les gens d'efprit ne compriffent
„ affez bien ce qu'il vouloit dire: Car il n'y a pas jufqu'à fes Fanfreluches antido-
„ tées, dans le deuxième Chapitre du premier Livre, qui ne faffent appercevoir qu'il
„ avoit en vûe les affaires de Religion, ainfi qu'il l'avoit dit lui-même dès le Prologue.
„ La première Stance de ces Fanfreluches eft un galimatias fait exprès pour donner le
„ change à certains Lecteurs: Mais on voit clairement dans la feconde qu'il s'agit de
„ CALVIN & du PAPE.

    „ Aulcuns difoient que leicher fa pantoufle
    „ Eftoit meilleur que gaigner les pardons:
    „ Mais il furvint ung affeté Marroufle
    „ Sorty du Creux où l'on pefche aux Gardons,
    „ Qui dit: Seigneurs, pour Dieu nous en gardons,
    „ L'Anguille y eft, &c.

„ Le Creux où l'on pefche aux Gardons, c'eft le Lac de Genève. Je n'ai pas le
„ tems d'examiner les Stances fuivantes. Il y en a cependant quelques-unes dont je
„ crois que je pourrois donner l'explication. Mais pour fe convaincre que les vûes de
„ Rabelais par rapport à la Religion n'échappoient pas à fes Contemporains, il fuffi-

                                                      „ roit

,, roit de faire attention aux vers de Hugues Salel, imprimez à la tête du Livre II.
,, Ce Hugues Salel étoit un homme d'esprit & un savant homme: On a de lui une Tra-
,, duction de l'Iliade: Or il reconnoissoit si bien l'importance du dessein de Rabelais,
,, que pour prix de l'avoir exécuté il ne lui promettoit pas moins que la gloire du Ciel.

,, Si pour mesler proffict avec doulceur
,, On met en prix un Autheur grandement,
,, Prisé seras, de cela tien toy seur:
,, Je le congnoy, car ton entendement
,, En ce Livret soubz plaisant fondement
,, L'utilité ha si tres-bien descripte,
,, Qu'il m'est advis que voy ung Democrite
,, Riant les faicts de nostre vie humaine.
,, Or persevere, & si n'en as merite
,, En ces bas lieux: l'auras on hault Domaine."

J'ai eu mes raisons pour mettre ici ce Morceau. Il ne contient rien qui naturellement
ne dût avoir place parmi les Remarqnes sur les trois premiers Livres: Il fait même partie de la Préface d'où j'ai dit que je tirerois ces Remarques: Mais il y est si éloigné de
l'endroit qu'elles occupent, & tellement séparé de la Dissertation dont elles font la matière, que je ne conçois pas comment j'aurois pu l'y enchasser avec quelque justesse sans
faire des dérangemens un peu trop considérables. Je ne voulois pourtant, ni ne devois
le supprimer. Il méritoit au moins, par les nouvelles Remarques qu'il renferme, de paroître à la suite des premières, en forme d'Addition ou de Supplément. Mais comme en
même tems il renferme des choses qui peuvent servir d'introduction à tout le reste, &
par lesquelles la bonne Méthode exigeroit que Mr. Le Motteux eût débuté, j'ai cru
qu'en me déterminant à le placer dans ce Discours préliminaire je prenois le parti le plus
convenable.

Mr. Le Motteux ne prétend pas simplement que le Roman de Rabelais a été écrit dans
des vûes relatives à la Réformation de l'Eglise, ou aux matières controversées entre les
Catholiques & les Protestans: Il prétend encore que le Roman est historique, & relatif
à quantité de choses arrivées du tems de Rabelais, ce qui ne peut certainement s'entendre que d'un Période antérieur au tems de la composition & de la publication du Roman
même où ces choses doivent avoir été décrites. Or ce tems quel est-il? C'est-là, ce me semble,
la première question sur laquelle il étoit à souhaiter que Mr. Le Motteux s'expliquât:
C'est une question cependant sur laquelle la lecture de son Commentaire jette les Lecteurs
dans un embarras dont il ne les tire par aucune déclaration formelle: au moins par rapport aux trois premiers Livres, lesquels tout le monde sait avoir été publiez l'un après
l'autre assez long-tems avant le quatrième, quoique tout le monde ne sache pas leurs différentes dates: Et bien loin que ceux qui les savent soient moins embarassez, ils le sont
doublement, dès que faisant attention à ces dates qu'ils croyent connoître, ils les compa-
rent avec celles que Mr. Le Motteux peut ou doit avoir supposées sans en avertir, sans
s'expliquer. Que son sentiment sur ces dates soit vrai ou faux, c'est une affaire à part.
Vrai ou faux, on voudroit qu'il le dît, on s'y attend de page en page, & cela ne vient
jamais: il y a dequoi s'impatienter. Mais ce qu'il ne fait nulle part dans tout le cours

de

de ſes Remarques, il le fait ſuffiſamment dans le paſſage dont je viens de donner la Tra-duction. Qu'on s'en ſouvienne quand on lira les Remarques. La tenue du Concile de Trente commença dans cette Ville en M. D. XLV, & ce fut alors, *ſelon Mr. Le Motteux*, que Rabelais commença ſon Ouvrage.

Pour ſentir l'importance de cette date, il n'eſt pas beſoin de ſortir du Paſſage même où elle eſt ainſi déterminée. Si elle eſt juſte, il n'y aura rien que de fort probable dans ce qui ſuit: qu'une des raiſons qui engagèrent Rabelais à écrire myſtérieuſement, ce fut u-ne prudente réflexion ſur le ſort qu'avoit eu le Livre de l'Inſtitution Chrétienne *dédié à François premier, ſoit en M. D. XXXIV, comme Mr. Le Motteux l'a cru; ſoit un an ou deux plus tard, comme on pourroit l'inférer d'une Remarque de Bayle ſous ſon Arti-cle de* Calvin. *Il n'y aura rien non plus que de fort probable dans ce qui vient quel-ques lignes plus bas: ſavoir, qu'il s'agit de ce même Réformateur en qualité d'habitant de Genève, dans une Stance des* Fanfreluches antidotées: *car en M. D. XLV, qui eſt la date en queſtion,* Calvin *avoit certainement déja fait aſſez de bruit dans cette Ville, & il y avoit déja aſſez long-tems qu'il avoit contribué avec diſtinction à la rendre fa-meuſe. On auroit beau objecter, comme on le pourroit, que le Lac de Genève n'eſt pas le ſeul* Creux *où l'on pêche aux Gardons, & que* Calvin *qui n'étoit point Génevois étoit encore moins un homme ſorty du Lac de Genève: cela n'empêcheroit pas que Ra-belais ne pût avoir eu intention de déſigner & Genève & Calvin, ſi nous étions bien aſ-ſûrez que Rabelais effectivement ne commença ſon Ouvrage qu'en M. D. XLV. Mais ſi malheureuſement cette date ſe trouvoit fauſſe, & que Rabelais eût publié ſes deux pre-miers Livres dès l'an M. D. XXVIII, les conjectures de Mr. Le Motteux que devien-droient-elles? Je ne ſais ſi Mr. Le Duchat a eu en vûe celle qui regarde les* Fanfrelu-ches antidotées. *Mais en cas que l'erreur de Mr. Le Motteux fût telle que je viens de la ſuppoſer, je ſoupçonnerois preſque que Mr. Le Duchat penſoit à lui lorſque dans ſa no-te générale ſur les* Fanfreluches *il dénonça* huée & dériſion perpétuelle *à quiconque entreprendroit d'en donner une explication hiſtorique. Il faudroit pourtant toujours con-venir que le Pape & quelcun des Réformateurs y ſont déſignez aſſez intelligiblement; & que ſi le Réformateur y eſt traité de* Marroufle, *c'eſt d'une manière ironique où l'on ne découvre rien moins que les ſentimens d'un Ennemi de la Réformation. Rabelais étoit pour elle: il écrivoit pour elle. Cela me paroit évident, & Mr. Le Motteux l'a ſi bien démontré, ſelon moi, que j'ai quelque peine à concevoir comment Mr. Le Duchat qui l'avoit lu & qui parle de ſon Commentaire ſi avantageuſement en plus d'un endroit, a pu ne pas juger comme lui des vers citez de* Hugues Salel. Le bon Salel, *dit-il,* eſt aſſez plaiſant lorſqu'ici dans ſon Dizain, il promet Paradis à Rabelais pour récompenſe de la peine qu'il a priſe de compoſer Gargantua & Pantagruel. *N'en déplaiſe à Mr. Le Duchat [ſi toutefois il a dit bien ſérieuſement ce qu'on vient de lire] le bon* Salel *n'étoit pas ſi plaiſant. Il ſuppoſoit que Rabelais avoit travaillé pour la Réformation de l'Egliſe; & il ſuppoſoit juſte. Ce n'eſt pas là ce qui embaraſſe. Ce n'eſt pas là-deſſus que l'on aura droit d'arrêter Mr. Le Motteux en lui diſant,* At-tendons, voyons préalablement en quel tems Rabelais écrivoit. *Mais autant que cette queſtion eſt indifférente lorſqu'il s'agit ſimplement du Proteſtantiſme de Rabelais, autant doit on la trouver importante lorſqu'il s'agit d'admettre ou de rejetter des Remar-ques hiſtoriques, dans leſquelles le Commentateur avance que ſon Auteur a voulu repré-ſenter, non-ſeulement les* Papes, *les* Cardinaux, *les* Evêques, *les* Réformateurs, *les*

[B] 3

Prin-

Princes Proteſtans ou Catholiques, & les Diſſenſions perpétuelles des deux Partis; mais tel ou tel Pape, Cardinal, Evêque, Réformateur ou Prince perſonnellement, & telle ou telle guerre, Diſpute ou Conférence arrivée en tel ou tel tems fixé par l'Hiſtoire.

Après avoir fait ſentir l'importance de la queſtion je devrois peut-être examiner ſi elle a été bien décidée par Mr. Le Motteux, & la diſcuter même indépendemment de ſa décifion. Mais dans le fond je puis me diſpenſer d'allonger par-là cette Préface. La diſcuſſion ſeroit preſque abſolument ſuperflue pour les Lecteurs qui connoiſſent les anciennes Editions du Rabelais: Et à l'égard de ceux qui ne les connoiſſent pas, ou qui pourroient douter ſi elles ſont autentiques, ils trouveront dans mes Obſervations, en tems & lieu, tout ce que je ſuis actuellement en état de dire ſur cette matière, que je n'ai peut-être traitée qu'avec trop de ſoin, trop en détail, & d'une manière trop prolixe. J'ajouterai toutefois que ſi c'eſt une faute, c'eſt une de celles dont on ne ſe repent pas aiſément, & dont notre Conſcience a de la peine à ſe faire des reproches lors même que leur mauvais ſuccès nous force à nous en repentir. J'avoue que pour des Obſervations deſtinées à occuper le bas des pages, les miennes ſont quelquefois plus longues que ne le permettent les règles d'une belle ſymmétrie, & les proportions élégantes de la bonne Architecture Typographique. J'avoue encore que j'aurois pu, phyſiquement parlant, racourcir aſſez les plus longs morceaux pour les ramener à ces proporttions. J'avourai même qu'en général je ne me ſuis point piqué de cette ſavante brièveté qui parle par Monoſyllabes & par ſignes, & à qui il ne manque plus que de compoſer des Hiſtoires, des Diſſertations, des Harangues & des Poëmes, en caractères Algébriques ou en notes de Droit & de Médecine. J'avourai enfin qu'en voulant donner du corps & de la conſiſtence à mes Obſervations, & en prétendant leur donner un juſte volume ou l'étendue la plus convenable, je puis avoir mal pris mes meſures dans plus d'une occaſion. Le meilleur deſſein n'eſt pas toujours le mieux executé. Mais pour ce qui eſt ici du deſſein même, je crois que s'il avoit beſoin d'apologie, il me ſeroit très-facile de le juſtifier. Il m'a ſemblé que dans un Livre comme celui-ci, traiter de la manière la plus ſèche certains Sujets déja fort ſecs, ce ſeroit me rendre d'une ſéchereſſe inſupportable. D'ailleurs il y a de petites particularitez touchant leſquelles le plûpart des Lecteurs ſont ſi peu au fait, ſoit par une ignorance très-excuſable, ſoit par oubli ou par diſtraction, que ſi un Ecrivain, qui en a l'eſprit tout rempli parce qu'il en a fait ſon affaire, ſe contente de leur en parler à demi-mot, il eſt pour pluſieurs entièrement inintelligible, & ne fait ſur les autres qu'une impreſſion legère qui s'efface d'abord. Parler peu, & dire beaucoup: cela eſt excellent: Mais qu'on diſe peu ou beaucoup, ſi c'eſt à pure perte ou d'une façon deſagréable il me ſemble que c'eſt toujours parler trop, au moins pour le grand nombre de ceux à qui l'on parle. On s'aplaudit quelquefois d'avoir retranché, ici un mot, là une phraſe, là une période, & d'avoir ainſi réduit dix pages [par exemple] à neuf. Mais ſi ſe trouve à la fin que tout le fruit de cette merveilleuſe opération, après le plaiſir de s'en féliciter, ce ſoit de faire tomber le Livre plus leger des mains d'un Lecteur qui s'ennuye de rencontrer des vuides, des obſcuritez, de l'embarras; aura-t-on droit de s'en applaudir? Pour moi, j'ai toujours cru qu'une lecture de deux pages où tout eſt clair, ſatisfaiſant, & facile à retenir, étoit une fois plas courte pour le moins que la lecture d'une ſeule page où il faut revenir quatre fois pour être bien frapé de ce que l'Auteur a dit, ou voulu dire. Qu'un Livre ait dix pages de plus ou de moins ſur deux cens, ce n'eſt point là-deſſus qu'on ſe règle pour décider que l'Ecrivain eſt prolixe ou ne l'eſt pas. *Il*

y

y a des Ouvrages très-courts qui font très-diffus - & il y en a d'assez longs qui font fort concis.   La précision & l'abondance ne font point du tout incompatibles.   C'est souvent la précision même qui produit l'abondance.   En décomposant les idées elle les multiplie: Et pourvû qu'elle ne le fasse pas mal-à-propos on doit toujours lui en savoir gré.   Une belle Préparation anatomique est plus belle que l'état naturel de la partie préparée.   Ce n'est point la quantité numérique des paroles qui fait le verbiage: ce n'est pas même proprement leur surabondance: c'est plutôt leur profusion: encore faut-il supposer que cette profusion se fasse sans goût, sans choix, sans lumière, sans raison.   Se faire lire avec aisance & avec plaisir, du moins avec aussi peu de difficulté & d'ennui que la matière le comporte, c'est-là l'essentiel: & quelque longue que soit la voye qui conduit à ce but, elle sera toujours moins longue pour le Lecteur que la voye la plus courte qui n'y conduiroit pas. Ni la longueur ni la brieveté ne font mauvaises en elles-mêmes. On dit tous les jours qu'il est plus difficile d'être court que d'être long. Mais que nous importe que cela soit le plus difficile, si en même tems ce n'est pas le mieux? Faudra-t-il se donner bien de la peine pour malfaire? Et est-il bien vrai après tout, que cela soit si difficile? Je répondrai Oui & Non, selon le cas.   Il y avoit autrefois à Rome [dans le quinzième Siècle, si je ne me trompe] deux Prédicateurs bien différens. On disoit de l'un, qu'il étoit fort long parce qu'il ne savoit pas être court.   On disoit de l'autre: Il est court parce qu'il ne sauroit être long. Tel voudroit nous faire accroire qu'il est court par habileté & par art, qui ne l'est que par ignorance, par incapacité, par paresse, & peut-être par vanité. Un homme qui ne fait que le quart de ce qu'il faut dire sur son sujet, l'a plutôt dit que celui qui fait tout: cela est bien naturel. Un autre, moins superficiel ou mieux instruit, parleroit volontiers plus long-tems: Mais les détails demandent de l'expression, du stile, de la méthode, du soin, de la patience: Et l'Auteur est paresseux ou ne possède que très médiocrement le grand art de bien parler ou de bien écrire.   Un troisième est maître de l'art, il ne lui manque rien de ce côté-là: & ce ne font pas non-plus les matériaux qui lui manquent.   Il dira tout ce qu'il faut dire, & le dira parfaitement bien, dès qu'il voudra. Mais il est trop vain pour le vouloir.   ,, Soyons laconiques : les Oracles le ,, font : Et si cela nous rend quelquefois incompréhensibles au grand nombre de nos Lecteurs, ,, à la bonne heure: Expédions en quatre mots ce qui en demanderoit peut-être quarante : ,, Cela nous donnera un air d'importance.   N'allongeons point notre discours par des ex- ,, plications qui véritablement feroient plaisir à quantité de personnes, mais que ces mê- ,, mes personnes pourront croire inutiles pour les Savans du premier ordre: Et bien loin ,, de condescendre aux besoins de la multitude en parlant pour elle, tenons-nous avec di- ,, gnité dans cette Sphère supérieure dont les habitans parlent & s'entendent à demi- ,, mot. Exprimons-nous sur les choses les plus nouvelles par rapport à nous, & qui nous ,, ont coûté le plus de peine, comme nous ferions sur des choses, triviales, que tout le monde ,, doit savoir, & avec lesquelles nous nous serions familiarisés depuis long-tems. Gardons- ,, nous sur-tout de nous étendre sur des matières qui ne méritent pas d'attirer extraordinai- ,, rement l'attention générale de la République des Lettres. Ressemblons à ces Génies vas- ,, tes & actifs qui, lorsqu'ils s'amusent à traiter de petits sujets pour montrer qu'aucune bran- ,, che de la Littérature ne leur échape, se contentent de les traiter comme en passant & d'une ,, façon cavalière, qui vous annonce que de plus grands objets les appellent ailleurs, & que ,, tous leurs momens font précieux: qu'ils n'ont le tems que de dire leur sentiment sur des ,, bagatelles qui pourront être traitées plus soigneusement par des Esprits subalternes."

Je

Je ne pousserai pas plus loin ma prosopopée, ni les réflexions qui l'ont fait naître. Si a-
près cette digression on m'allègue encore la maxime, Qu'il est plus facile d'être long
que d'être court, & d'autres maximes équivalentes à celle-là ; sans m'arrêter davan-
tage à contrebalancer des maximes par des raisons ; sans m'arrêter même à augmenter le
poids des raisons par celui de quelques exemples illustres, tels que celui de BAYLE, je
me bornerai à dire ce que j'ai dit plus d'une fois depuis que j'ai commencé à réfléchir :
Dieu nous garde des gens qui jugent & qui agissent par maximes. Les maxi-
mes ont leur usage : on ne sauroit le nier. Mais c'étoit un grand Maître en fait de
Maximes *que le Duc DE LA ROCHEFOUCAULT, & c'est lui, si je m'en souviens*
bien, qui dans le Livre même des Maximes a dit : Les Maximes sont à l'Esprit ce
qu'est le bâton à un Vieillard : elles ne servent que faute de mieux. *Voilà, se-*
lon moi, la Reine des Maximes .... Et voilà une Digression, dira-t-on peut-être, qui
ne finit point. Je passe condamnation là-dessus. Je dirai seulement qu'un Avocat qui est
un peu long en revendiquant le privilège de l'être, semble au moins ne par démentir ses
principes. On pourra trouver des gens qui feront pis. J'ai connu autrefois un homme
de qualité [un peu pédant, tranchant du Capable en tout, mais se croyant sincèrement
tel, & ayant au reste les meilleures intentions du monde] qui faisoit des sermons de
deux mortelles heures à tous les Prédicateurs de sa connoissance, pour leur persuader que
dans la briéveté consistoit la perfection, qu'il faloit toujours être court ; & que le Juge le
plus infaillible du mérite d'un Discours chrétien, c'étoit une bonne montre d'Angleterre
qui vous disoit au juste : Cela a duré tant de minutes. Quoi qu'il en soit, ma digression
est finie : & j'en dirois volontiers autant de toute cette Préface, s'il ne me restoit enco-
re un Article sur lequel il ne m'est guère permis de demeurer dans le silence.

§ VI.

Ceux qui savent qu'on a déja publié une Traduction des Remarques de Mr. Le Mot-
teux dans la Bibliothèque Britannique, *exigeront sans-doute que je n'en prétende pas*
cause d'ignorance, & que je ne finisse pas sans leur donner là-dessus quelques éclaircisse-
mens. Voici ceux que je crois ne pouvoir leur refuser.

Le premier morceau de la Traduction des Remarques de Mr. Le Motteux, inséré dans
le premier Volume de la Bibliothèque Britannique, vient d'un homme qui s'est acquis de-
puis long-tems une réputation distinguée par les services qu'il a rendus à la République
des Lettres. J'aurois du, ce semble, profiter de son travail : Je suis même antorisé
à croire que j'aurois pu me l'approprier impunément, ou sans craindre au moins que l'Au-
teur cherchât à m'en punir : Il est si galand homme que je suis bien sûr qu'il ne m'auroit
point fait de procès là-dessus : Mais oûtre que tout le monde n'auroit peut-être pas eu la
même indulgence, & que d'ailleurs il ne sied pas toujours de se permettre tout ce qu'on
peut faire impunément ; ceux qui voudront prendre la peine d'examiner ce commencement
de Traduction s'appercevront bien-tôt qu'il a été composé dans des vûes un peu différentes
des miennes. Le savant Traducteur se proposoit de donner une Traduction libre : Jus-
que-là nos vûes sont les mêmes : Mais il lui convenoit de faire entrer dans sa traduc-
tion certaines choses qui se trouvent aujourd'hui inutiles par rapport à mon dessein, &
il en a au contraire supprimé d'autres que mon dessein exigeoit qui fussent conservées :
de sorte qu'il ne m'auroit presque pas été possible de copier son Ouvrage sans y faire
des

des changemens affez confidérables. Cela eût été trop cavalier: Et-puis, je preffentois qu'il en réfulteroit une bigarrure de ftile qui ne plaît point. J'ai donc cru, tout bien compté, que quelque inférieure que pût être ma façon d'écrire, je devois hazarder une Traduction toute nouvelle de cette partie des Remarques de Mr. Le Motteux: & je l'ai hazardée.

La fuite de ces Remarques, telle qu'elle a paru à diverfes reprifes dans les Volumes fuivans de la Bibliothèque Britannique, eft d'une autre main que le commencement. Elle vient d'un homme auffi nouveau que moi dans la République des Lettres, & qui du refte m'eft auffi connu que moi même, qui eft mon Ami le plus intime, qui penfe comme moi, qui écrit comme moi, que je pouvois enfin, tantôt copier, tantôt corriger, avec non moins de liberté que fi fon Ouvrage eût été le mien. En dire davantage ce feroit prefque fe nommer, & tomber par-là dans l'inconvénient que l'on a voulu éviter en ne fe défignant, à la page du titre, que par des lettres initiales.

§ VII.

Après avoir annoncé, comme je l'ai fait tout-à-l'heure, que j'allois mettre fin à cette Préface, qui d'ailleurs eft déja affez longue, il femble que je devrois réellement ne la pas allonger encore davantage. J'avois réfolu de n'y parler de Mr. Le Motteux qu'en paffant: de n'y point faire entrer un Article exprès fur fon fujet. Ce qu'on en peut dire fe réduit à fi peu de chofe, qu'il vaudroit prefque autant n'en rien dire du tout: Et le peu qu'on en fait eft accompagné de quelques circonftances affez fcabreufes. Je concevois que la qualité d'Hiftorien ne me permettroit pas de les fupprimer: & je craignois qu'en les rapportant je ne choquaffe la délicateffe de ceux qui font fcrupuleux à un certain point fur les bienféances. Mais ceux qui ont fu à quel ouvrage je travaillois, m'ont averti bien férieufement que les gens de lettres s'attendroient à y trouver des particularitez hiftoriques touchant mon Auteur: que c'eft-là le grand goût: qu'il faut le fatisfaire autant qu'il eft poffible: Et il eft vrai après-tout qu'il y a long-tems que l'Hiftoire s'eft mife, & même avec dignité, au deffus des conféquences métaphyfiques que l'Efprit peut tirer de la Loi générale qui ordonne de refpecter les bienféances. Je conviendrai donc, fi l'on veut, que je fuis ici dans un de ces cas où la rigueur de la loi eft fufceptible de modification: Et cela pofé je confentirai à parler de Mr. Le Motteux: La queftion ne fera plus que de favoir fi c'eft la peine d'en parler lorfqu'on a fi peu de chofe à en dire. Car quand j'aurai couché fur le papier:

Que PIERRE MOTTEUX ou LE MOTTEUX étoit & avoit été élevé en Normandie dans la Ville de Rouen: Qu'il paffa en Angleterre étant encore affez jeune: Qu'il y devint très-habile dans la Langue du Payis: Qu'il avoit beaucoup d'efprit, & de ce que les Anglois appellent Humeur: Qu'outre les deux derniers Livres du Rabelais, on a de lui une Traduction Angloife du Don-Quichote, qui a été très-bien reçue du Public: Qu'on a encore de fa façon plufieurs Chanfons, plufieurs Prologues & Epilogues pour accompagner certaines Pièces de Théâtre: Qu'il a donné lui-même au Théâtre Anglois huit Pièces tant grandes que petites: Qu'avec cela il étoit Marchand: Qu'on a même une Lettre qu'il écrivit en cette qualité, & qui eft imprimée dans le Spectateur: Qu'il tenoit un Magazin de marchandifes des Indes dans la Cité de Londres: Que fon négoce fut confidérable & qu'il y gagna du bien: Qu'un jour, en M.DCC.XVIII, il fut trouvé mort dans une Maifon de la Paroiffe de St. Clément Danes: Que la Maifon où il mourut é-

Tome III. [C] *toit*

soit une Maiſon de débauche: Qu'il mourut dans la cinquante-huitième année de ſon âge: *Que ce fut ſon jour de naiſſance qui fut le jour de ſa mort: Que ſa mort parut a-voir été violente: Qu'on ſoupçonna qu'il avoit été tué: Que ſelon la tradition commune ce fut lui-même en quelque ſorte qui ſe tua: Et que le genre de ſa mort eſt en partie expri-mé dans cette Epitaphe:*

Cy gît qui par pure impuiſſance
Faiſant un trop puiſſant effort,
Mourut le jour de ſa naiſſance
En ſerrant ſon Col par trop fort.

Quand j'aurai, dis-je, régalé mes Lecteurs de toutes ces particularitez, eſt-il bien à croire qu'ils ſe payent d'une pareille Minute comme d'un Mémoire dans les formes, tel qu'il le faudroit pour répondre à leur attente? Voilà néanmoins tout ce que je puis leur of-frir, & plus même qu'ils ne trouveroient dans Gildon & Jacobs, *les deux ſeuls Au-teurs qui ayent écrit quelque choſe ſur la Vie de Mr.* Le Motteux. *J'ai conſulté des gens qui ſont infiniment plus au fait que moi de tout ce qui concerne la République des Lettres en général & les Ecrivains Anglois en particulier. Je pourrois nommer entr'autres un* Mr. DES-MAISEAUX, *un* Mr. LOCKMAN. *Mais il ſe trouve malheureuſement que ces Meſſieurs eux-mêmes, dont la politeſſe au reſte me mettoit en droit de compter ſur tous les ſecours qui dépendroient d'eux, ſe trouvent réduits ſur le ſujet de mon Auteur à m'indiquer les ſources publiques où j'ai puiſé tout ce qu'on vient de lire, & où je n'ai rien laiſſé de ce qui pouvoit entrer dans cette Préface: Car on ne voudroit pas, je penſe, que je donnaſſe ici les tîtres des Pièces de Théâtre dont je me ſuis contenté de dire un mot en général. Ce n'eſt pas qu'un Catalogue exact & raiſonné de tous les Ouvrages de* Mr. Le Motteux *ne pût avoir ſon mérite: Mais je n'ai ni le tems, ni le loiſir, ni les matériaux néceſſaires pour le dreſſer; d'ailleurs cela ne ſeroit pas à ſa place.*

Ce qui conviendroit mieux peut-être, ce ſeroit de dire quelque choſe d'une Pièce im-primée qui n'eſt point de Mr. Le Motteux, *mais où il s'agit de lui & de ſa mort. Les femmes de la Maiſon où il étoit mort furent pourſuivies en Juſtice ſur le ſoupçon qu'on avoit que c'étoient elles qui l'avoient étranglé pour le voler: & leur procès fut im-primé. Mais il faut que la Pièce ſoit devenue extrêmement rare: Car quelques perquiſitions que j'aye faites, il m'a été impoſſible de la déterrer. Tout ce que j'en puis dire ſur la foi publique, c'eſt que les Femmes furent déchargées: & que ce ſont leurs dépoſitions ap-paremment qui ont donné lieu à la tradition ſelon laquelle on prétend qu'il s'étrangla lui-même ſans le vouloir, mais par un accident qui ne lui ſeroit jamais arrivé s'il ne s'y fût expoſé par une imprudence beaucoup trop volontaire. Quoi qu'il en ſoit, ſa mort a pa-ru fort ſcandaleuſe aux honnêtes gens: Et il faut avouer qu'elle l'eſt, s'il eſt bien vrai en premier lieu qu'il ſoit entré dans une maiſon de débauche la connoiſſant pour telle, & en ſecond lieu, qu'il y ſoit mort par ſa faute comme on le dit. Ne le jugeons pourtant pas avec une ſévérité phariſaïque. On ſe pardonne tous les jours des crimes auſſi grands que le ſien, & des crimes peut-être plus crians devant Dieu, quoiqu'ils faſſent moins de bruit parmi les hommes. Toute la différence après cela, c'eſt que ce ſont des crimes auxquels on a le bonheur de ſurvivre, au lieu que le ſien précéda immédiatement ſa mort. Cela ne change rien à la nature du crime. Je ne vois pas non plus une grande différence entre*

mou-

mourir d'un accident qui fait d'abord son effet, & mourir de mort subite. Or je comp-te que les gens raisonnables ne me désavoûront pas si je dis que les dernières heures de ceux qui meurent subitement, sont presque toujours assez peu édifiantes.

De W. . . . . près de Londres,

le 23ᵉ. de Décembre M. DCC. XXXIX.

B. Picart direx.

B. Picart del.

REMARQUES
DE
Mᴿ. LE MOTTEUX,
SUR LES
OEUVRES
DE MAITRE
FRANÇOIS RABELAIS.

INTRODUCTION.

C E N'EST PAS d'aujourd'hui que les gens d'Esprit ont cherché dans le Rabelais des véritez cachées sous le voile de l'Allégorie. *Les Faits & Dits de Gargantua & de Pantagruel* ont mérité que l'illustre Préſident DE THOU en fît mention dans ſon Hiſtoire, comme d'une Satire très-ingénieuſe où il s'agiſſoit de quelques perſonnes des plus conſidérables,

soit

foit par leur naiſſance , foit par leurs emplois (*a*) : Et je ne doute pas que cet excellent Hiſtorien n'eût pu donner au Public les véritables noms des burleſques Perſonnages de notre Auteur : Mais comme c'étoit une choſe d'autant plus délicate que les affaires de la Religion s'y trouvoient fort intéreſſées , nous ne devons pas nous étonner ſi les Particuliers qui avoient réellement la Clef de cette Satire énigmatique , ont appréhendé de la mettre entre les mains de tout le monde.

On nous en a préſenté une dans la ſuite. On en a enrichi les dernières Editions du Rabelais. Mais ſi j'oſois pouſſer la figure, je dirois volontiers que c'eſt une Clef qui ſemble n'avoir point-du-tout été faite pour la Serrure qu'il falloit ouvrir. On a beau l'eſſayer: on n'en entre pas mieux qu'auparavant dans le ſens myſtérieux de ces fictions que Rabelais lui-même , dès le Prologue de ſon premier Livre, apelle des *Symboles Pythagoricques* , où les Lecteurs attentifs & pénétrans pourront trouver , comme dans une eſpèce d'*Os* qu'il leur auroit donné à rompre, la *ſubſtantificque mouëlle* de ſon Ouvrage, ou en autres termes, de *très-haultz Sacrements & des myſtères horrificques, tant en ce que concerne noſtre Religion que auſſi en l'Eſtat politicq & vie œconomicque.*

Pour nous initier dans ces Myſtères, la prétendue Clef nous dit que GRAND-GOUSIER eſt *Louïs* XII : que GARGANTUA eſt François I: que PANTAGRUEL eſt *Henri* II. Mais Louïs-douze reſſemble ſi peu à Grandgouſier qu'autant aimerois-je qu'on ſût nommé le Roi de Siam ou le Grand Kan des Tartares: Et ce que je dis de Louïs-douze par rapport à Grandgouſier, peut ſe dire également , ſoit de François-premier comparé avec Gargantua, ſoit de Henri-deux comparé avec Pantagruel (*b*).

Non-

(*a*) Je ne ſai où Mr. Le Motteux a pris cela. Je ne connois que deux endroits où Mr. De Thou faſſe mention de Rabelais : l'un qui eſt au ſixième Livre des Mémoires de ſa Vie, & l'autre vers la fin du Livre trente-huit de ſon Hiſtoire ; Mais je ne trouve ni dans l'un ni dans l'autre ce que Mr. Le Motteux lui fait dire. Le premier porte ſimplement que Rabelais a fait un Ouvrage très-ingénieux où il met en jeu, ſous des noms faits à plaiſir, tous les Ordres du Royaume: *Scriptum ingenioſiſſimum fecit , quo vita regnique cunctos ordines quaſi in Scenam ſub fictis nominibus produxit , & populo deridendos propinavit.* Il ne s'agit là d'aucune perſonnalité ; Et s'il y en a une dans le ſecond paſſage indiqué, elle n'eſt certainement pas aſſez conſidérable pour nous perſuader que Mr. De Thou regardât l'Ouvrage de Rabelais, pris en gros, comme une Satire qui intéreſſoit diverſes perſonnes de la première diſtinction. Tout ce que dit ici l'illuſtre Hiſtorien, ſe borne au Médecin *Rondelet*, qui ſous le nom burleſque de *Rondibilis*, n'eſt rien moins qu'un des principaux perſonnages du Rabelais. Voici les propres termes de l'Hiſtorien. *Idem hic annus & nobis Guilhelmum Rondeletium ... abſtulit, à Franciſco Rabelaſo ... contemptim appellatum in iis libris quos ingenioſa magis quam omnino irreprehenſibili jocandi libertate ſcripſit.*

(*b*) Mr. *Le Duchat* néanmoins a cru entrevoir quelque conformité entre GRANDGOUSIER & LOUÏS-DOUZE, ſoit dans ſon explication de *Li bouconi de Lombard* ſous le Chapitre trois du Livre premier, ſoit dans ſes Notes ſur le cinquantième Chapitre du même Livre: Et l'Imprimerie nouvellement inſtituée par GARGANTUA, dans le Chapitre cinquante & un du même Livre, me ſemble former un trait de reſſemblance aſſez remarquable entre lui & FRANÇOIS PREMIER. On peut au moins mettre ce trait de reſſemblance au même rang que deux autres indiquez par Mr. Le Duchat dans ſes Notes ſur les Chapitres trois & quatre du deuxième Livre: pour ne rien dire ici du ſentiment de ceux qui ont penſé reconnoître dans le dix-ſeptième Chapitre du Livre I, une alluſion manifeſte à l'hiſtoire des Amours de François-premier avec Madame d'*Eſtampes*: Sentiment dont

[C] 3

Non-feulement les Perfonnages du Rabelais ne reffemblent guères aux Princes que l'on indique: ils ont même certains traits qui les en diftinguent vifiblement. La *France* eft fi peu leur Patrie & leur Royaume, qu'ils n'y paroiffent qu'en qualité de Voyageurs: Leur Payïs porte le nom d'*Utopie*: Ils quittent la France pour retourner chez eux: Et François premier eft bien diftinctement reprefenté comme une Perfonne différente de Gargantua, lorfque Frere Jean des Entommures parle de l'un en préfence de l'autre. *Je hay* [dit-il, étant à table avec Gargantua.] *Je hay plus que poifon ung homme qui fuit quand il fault jouer des coufteaulx. Hon, que ne fuis-je Roy de France... je vous mettrois en chien courtault les fuyards de Pavie. Leur fiebvre quartaine. Pourquoi ne mouroient-ils là pluftoft que laiffer leur bon Prince en cefte neceffité* (c)?

Or fi François premier n'eft pas Gargantua, il eft clair que *Pantagruel* à fon tour n'eft pas *Henri deux*: Et je prouverois de même, s'il le faloit, que les Auteurs de la prétendue Clef fe font trompez à l'égard de tous les autres noms qu'ils ont entrepris de déchiffrer. Mais ce n'eft pas là l'effentiel. Ce qu'il y a de plus important, & qui n'eft pas fi facile, c'eft de rencontrer le Vrai qu'on a manqué jufqu'à préfent. Cela n'eft pourtant pas fi difficile, felon moi, qu'on doive defefpérer d'en venir à bout: Car fi nous pouvons feulement réuffir à démafquer PANURGE, nous découvrirons bien-tôt qui eft fon Maître PANTAGRUEL:

Et

dont Mr. Le Motteux a eu foin de parler, comme on le verra dans la fuite. Je ne prétens toutefois, ni examiner jufqu'où l'on pourroit pouffer ce parallèle, ni m'ériger en Défenfeur du Syftême combattu par Mr. Le Motteux. Je remarquerai, au contraire, que ce Syftême, du moins à l'égard de PANTAGRUEL pris pour HENRI-DEUX, eft fujet à une difficulté qui me paroit infoluble: C'eft que Rabelais parloit de *Pantagruel* comme d'un homme fait & comme d'un Guerrier connu par fes exploits, dans un tems où *Henri-deux* n'étoit qu'un Enfant: Car Mr. Le Duchat [dans fa Note fur *l'Antitus des Creffonnières* nommé au Chapitre onze du deuxième Livre] a prouvé que la première Edition du Pantagruel doit avoir été faite, pour le plus tard, en mil cinq cens vingt-neuf. Henri-deux ne pouvoit avoir alors que neuf ou dix ans. La preuve de Mr. Le Duchat, touchant la date de la première Edition du Pantagruel, eft en-un-mot que dans un Livre imprimé en M. D. XXIX, il a trouvé une citation de l'hiftoire de *l'Efcolier Limoufin*, ou quelque chofe d'équivalent à une citation. Si le fait eft exactement vrai, la preuve doit paroitre décifive. J'avoûrai cependant qu'il y a quelque chofe là-dedans qui m'embaraffe. Mais comme j'aurai occafion d'y revenir, je puis terminer ici cet Article, qui eft déja affez étendu. Voyez ci-deffous, parmi les *Obfervations relatives aux Remarques* l'Article (f) & l'Article (x).

(c) Ces paroles de Frere Jean font du Livre premier, où elles font partie du Chapitre trente-neuf. Mais pour ce qui précède le raifonnement de Mr. Le Motteux fur ces paroles en particulier, ce n'eft point dans le premier Livre qu'il en faut chercher la preuve. On n'y trouveroit rien [fi ma mémoire ne me trompe] d'où l'on pût tirer la moindre conféquence en faveur de fon fentiment: Et l'on y trouveroit au contraire de quoi s'imaginer, quoique peut-être fans raifon dans le fond, que comme la Scène eft toujours ou à Paris ou au Territoire de Chinon, la France ne doit pas plus être diftinguée du Payïs de Gargantua que du Chynonois ou de la Touraine. Mr. Le Motteux ne peut s'être fondé que fur le Livre fecond, où le Chapitre huit contient une Lettre de Gargantua à Pantagruel datée *de Utopie*; & où le Chapitre vingt-quatre repréfente Pantagruel partant d'un Port de France pour retourner dans fon Payïs. On verra dans la fuite que Mr. Le Motteux fe fondoit fur ce qui eft dit dans le Livre premier, à la fin du Chapitre quinze, & vers le milieu du quarante-cinquième. Mais ces paffages ne prouvent rien qu'autant que le fens en eft déterminé par les autres paffages que j'ai citez: fi toutefois on peut dire bien pofitivement qu'ils le déterminent. Voyez ci-deffous, parmi les Obfervations fur les *Remarques générales*, les Articles (t) & (u).

Et Pantagruel une fois connu, on reconnoîtra par cela même qui eſt GARGAN-
TUA ſon Pere, & qui eſt GRANDGOUSIER ſon Ayeul.   Ce ſera donc par *Panurge*
que je commencerai; quoiqu'il ne paroiſſe ſur la Scène que dans le Second Acte, & ne ſoit qu'un des Héros ſubalternes de la Pièce.

REMARQUES
SUR LES
FAITS ET DITS
DE
GARGANTUA
ET DE
PANTAGRUEL.
PREMIERE PARTIE,
OU
REMARQUES GENERALES,

*Qui embraſſent les divers endroits du Rabelais par lesquels le Commentateur en dé-
couvre les principaux Perſonnages.*

ARTICLE I.

PANURGE eſt remarquable par quatre endroits. *En premier
lieu*, il poſſéde pluſieurs Langues, tant anciennes que modernes.
En ſecond lieu, c'eſt un homme qui joint à beaucoup de ſavoir u-
ne grande habileté: qui eſt ſouple, fin, ruſé, & fourbe même,
autant qu'on peut l'être. *En troiſième lieu*, il eſt bon Catholique
extérieurement, & n'eſt rien moins que Catholique dans le fond.
En quatrième lieu, le mariage paroît être, après la bonne chére, lé principal
de

de fes foucis : & l'on voit aifément qu'il ne feroit rien plus volontiers que de prendre femme s'il n'avoit peur d'en rencontrer une qui le valût trop bien, c'eft-à-dire qui valût auffi peu que lui. J'ignore fi ceux qui ont pris Panurge pour le Cardinal d'Amboife ont fait attention à ces quatre caractères, parmi lefquels je n'en vois aucun qui lui foit applicable, fi ce n'eft peut-être celui d'homme habile, entant que ce caractère convient à tout Miniftre d'Etat d'une capacité reconnue ; Mais je les trouve tous quatre bien marquez dans la perfonne de *Jean* de *MONTLUC*, Evêque de Valence & frere aîné de ce Maréchal de Montluc qui fe fignala dans le feizième Siècle par fa haine violente contre le Parti de la Réforme (*d*).

(*d*) Mr. Le Motteux ne hous dit point fur quelle autorité il avance que JEAN de *Montluc*, qui ne fut Evêque qu'après avoir été Moine [comme on le verra dans la fuite] étoit frere *aîné* de BLAISE, qui fe pouffa dans les armes jufqu'au rang de Maréchal de France, & qui fe porta conftamment pour héritier du titre de la famille. Mais outre que cela doit paroître bien peu vraifemblable à ceux qui connoiffent les prérogatives des aînez & les qualitez perfonnelles de *Jean*, il faut que cela foit actuellement faux fi *Blaife* a dit vrai dans fes COMMENTAIRES, au revers du deuxième feuillet de mon Edition, vers le bas de la page : *j'ay efté le premier de fix freres, que nous avons efté* : ce font fes propres termes. Et le Dictionnaire de Moréri, fous l'Article de MONTESQUIOU, dans l'endroit qui traite de la Branche des Seigneurs de Montluc, dit en termes encore plus précis, parlant de François de Montluc, que de fon mariage avec Françoife d'Eftillac *il eut* 10. *Blaife* ... 20. *Jean* .. &c .. Remarquons au refte, que malgré tous les foins apportez à la compofition de cet Article du Moréri, il s'y eft gliffé quelque erreur, foit touchant la date du mariage dont Blaife & Jean naquirent, foit touchant l'âge de Blaife & par conféquent de fon Cadet, dont il importeroit cependant de connoître à-peu-près l'âge véritable pour bien juger du Syftême de Mr. Le Motteux. Le Moréri place le mariage de leur Pere avec Françoife d'Eftillac en mil cinq cens *neuf* : & parlant enfuite de Blaife, né de ce mariage, il dit en deux endroits qu'il mourut en mil cinq cens *foixante & dix-fept* âgé de *foixante & dix-fept ans*, comme s'il étoit venu au monde neuf ans avant le mariage de fes Pere & Mere. Mais ces dates étant marquées par chiffres Arabes dans le Moréri, je m'imagine que dans celle du mariage le Copifte ou l'Imprimeur, prenant un neuf pour un zéro, aura mis 1509. au lieu de 1500. Je ne fai fi cela fe trouvera changé dans

Tome III.

Premiè-les dernières Editions de ce Dictionnaire : car je n'ai que celle qui parut à Paris en M. DCC. XXXII. Ce qu'il y a de certain, c'eft que l'ufage des Chiffres Arabes donne lieu à de perpétuelles méprifes : & que ma correction eft fondée fur ce que Blaife de Montluc dit lui même de fon âge au feizième feuillet de fes Commentaires : *Monfieur de Lautrec*, dit-il, *me donna la Compagnie de mon Capitaine, encore que pour lors je n'euffe attaint que l'âge de vingt ans* : & là-deffus il parle de la prife de Fontarabie par les Efpagnols comme d'une chofe arrivée prefque immédiatement après fa promotion. Or il n'y a nulle difpute que je fache au fujet du tems de cette prife, que *Mezerai* rapporte très-milieu de l'an mil cinq cens *vingt-trois*. Blaife à ce compte devoit être né ou au commencement de mil cinq cens *trois*, ou vers la fin de mil cinq cens *deux* : ce qui met fa naiffance, felon le cours affez ordinaire de la Nature, à un an ou environ depuis le mariage, fi l'on fuppofe que le mariage fe foit fait vers la fin de *mil cinq cens*, qui eft l'année que ma correction fubftitue à *mil cinq cens neuf*. ―――――― Refte à favoir comment Blaife pouvoit, à ce même compte, avoir foixante & *dix-fept ans* en mil cinq cens foixante & *dix-fept*, qu'il mourut : & j'avoue que cette feconde difficulté me paroît plus embaraffante que la première. Répondre qu'on s'eft trompé, & qu'il n'avoit réellement alors que foixante & *quinze* ans, ce feroit être d'autant plus hardi qu'il s'attribue ce nombre d'années dès la deuxième ligne de fes Commentaires, pour la compofition defquels on ne fauroit lui refufer deux ans de plus. Faudra-t-il dire qu'il s'eft trompé lui-même fur l'âge qu'il avoit lorfqu'il fe mit à cet ouvrage ? Non : cela feroit trop fort : Mais ce qu'on pourroit très-bien fuppofer, ce me femble, c'eft qu'il ne fit l'exorde de fes Commentaires que la dernière année de fa vie : ou du moins, que l'ayant fait plutôt [à l'âge, par exemple, de foixante & dix ans, en mil cinq cens foixante & douze]

[D]

ii

Premièrement: les Hiftoriens nous affûrent que Jean de Montluc entendoit mieux qu'aucun homme de fon tems, non-feulement la Latin & le Grec, mais les Langues orientales: Et il y a bien apparence que dans fes diverfes Ambaffa-des

il y avoit changé dans la fuite ce qui regardoit le nombre de fes années: foit qu'il crût devoir en ufer ainfi, par exactitude & pour donner plus de poids à fes difcours, à mefure qu'il vieilliffoit d'un an pendant la compofition. ou la révifion de fon Livre: foit qu'une petite vanité gafconne [dont on fait qu'il étoit fort fufceptible & qui a même rendu fes Commentaires un peu fufpects] lui confeillât un changement à la faveur duquel, fe montrant âgé de foixante & quinze ans dès la première page du Livre, il pouvoit auffi dans la même page fe parer du tître de *Maréchal de France* qu'il n'avoit obtenu qu'en mil cinq cens foixante & *quatorze*, lors de l'avènement de Henri trois à la Couronne, ainfi que fon propre témoignage en fait foi dans le Mémoire qui fert de Continuation à fes Commentaires. Et ce qui me perfuade que ma conjecture eft folide, c'eft qu'on voit clairement par le début & par tout le contenu de ce Mémoire, que les Commentaires mêmes doivent être cenfez un ouvrage complet & achevé, non-feulement avant que l'Auteur reçût le bâton de Maréchal, mais avant le fiège de la Rochelle qui fe fit en mil cinq cens foixante & *treize*, & même avant le maffacre de la St. Barthelémi arrivé au mois d'Août en mil cinq cens foixante & *douze*. L'Auteur fût-il né, comme on le fuppofe, en *mil cinq cens*, on ne conçoit certainement pas que foixante & *douze* ans après il pût en avoir foixante & *quinze*. Il faut donc de toute néceffité, ou qu'il fe foit trompé lui-même quand il s'eft donné cet âge dans des Commentaires achevez en foixante & douze, ou qu'il s'y foit donné cet âge qu'après coup. Or cela prouvé, il eft clair qu'on lui fait un préfent bien gratuit de deux ans, dans le Moréri, en difant qu'il eft mort en M.D.LXXVII, âgé de LXXVII ans. On convient qu'il commença à porter les armes dans fa dix-feptième année: & l'on ne fauroit lui nier ce qu'il dit, que ce fut dans fa vingtième qu'il parvint au grade de Capitaine. C'eft la différence de dix-fept à vingt qui lui fait dire encore qu'il a *commandé* LII ans, & *fervi* LV. Il eft évident enfin que ces 55 ans ajoutez aux 17 qui les précédèrent ou les 52 de commandement ajoutez à 20 qu'il avoit lorfqu'il commanda pour la première fois, n'en font que foixante & douze au lieu de foixante & quinze. Or fa vingtième année, comme je l'ai fait voir, étoit accomplie & la vingt-&-unième couroit, en M.D.XXIII. Donc

il faut que fa foixante & quinzième tombe, ou fur le commencement de M.D.LXXVII, ou fur la fin M.D.LXXVII, qui eft l'année où l'on place fa mort. Je ne comprends point, par conféquent, fur quoi fondé l'on a pu dire qu'il avoit foixante & dix-fept ans lorfqu'il mourut: & je comprends encore moins comment *Brantôme* (p. m. 246.) a pu lui en donner *quatrevingt*. Mais cette diverfité de fentimens fur fon âge me perfuade qu'on n'en a parlé jufqu'ici que par conjecture: de forte que j'étois en plein droit d'en appeller. ——— Je doute qu'après cette efpèce de Differtation il faille s'arrêter à ce que dit P. DE BRACH dans les *Mannes de Meffire Blaife de Montluc*, Poëme imprimé à la fuite des Commentaires de ce vaillant homme, & où je trouve ces trois vers à la dernière page:

> *Montluc qui a laiffé cefte marque de foy,*
> *D'avoir fix fois dix ans faict fervice à fon Roy,*
> *Et cinquante & buit ans commandé pour fon Prince.*

Je ferai cependant, puifque j'y fuis, deux ou trois remarques en confidération de ceux à qui ces vers pourroient paroître de quelque autorité. I°. Il eft bien vrai que *fix fois dix ans* de fervice, avec les *dix-fept* qui s'étoient écoulez avant que de fervir, en font juftement foixante & dix-fept, qui eft le nombre reconnu par l'opinion commune: Mais cette même opinion ne fauroit s'ajufter aux cinquante & huit ans de commandement, fans démentir ce que le Maréchal lui-même a nettement décidé, qu'il avoit vingt ans lorfqu'il commença à commander. Ces vingt ans ajoutez à cinquante-huit lui feroient foixante & dix-huit ans au lieu de foixante & dix-fept qu'on lui donne communément. Il ne faut donc pas chercher dans ces vers une exactitude rigoureufe II°. *De-Brach* peut s'être trompé, comme d'aûtres, pour avoir crû trop legèrement fur la lecture des premières lignes, que les Commentaires feuls, diftinguez du Mémoire qui leur fert de Continuation, renfermoient l'hiftoire de foixante & quinze ans: & que les deux ou trois ans dont il s'agit dans le Mémoire devoient être ajoutez à ce nombre, avec lequel ils faifoient réellement foixante & dix-fept ou dix-huit ans. Or pour trouver cet âge à un homme qui avoit été Capitaine à vingt, il falloit néceffairement fuppofer qu'il en avoit commandé cin-quan-

des, jufques au nombre de feize en Allemagne, en Angleterre, en Ecoffe, en Pologne, en Turquie, il apprit plufieurs Langues vivantes (e).

Secon-

quante-huit ou environ. Mais le fondement de la fuppofition étant faux, la fuppofition tombe. IIIᵉ. Quoique le Maréchal, à l'entrée de fes Commentaires, diftingue fort bien fes années de fervice, lefquelles il fait monter à cinquante-cinq, d'avec fes années de commandement qui ne montoient qu'à cinquante-deux, il s'oublie à la fin dans le feptième Livre, au revers du feuillet fix-cens-fix, où il dit: *Voilà .. la fin des guerres où je me fuis trouvé depuis cinquante-cinq ans que j'ay commandé pour le fervice de nos Roys.* Peut-être que De-Brach aura a-dopté cette inexactitude: moyennant quoi il ne lui manquoit pour faire cinquante-huit ans de commandement que les trois ans qui s'offroient à lui dans le Mémoire déja cité. Les vers de ce Poëte ne doivent donc pas m'empêcher [fauf meilleur avis] de revenir à ma conclufion, qui eft que Blaife de Montluc n'avoit pas plus de foixante & quinze ans, ou n'étoit [pour mieux dire] que dans fa foixante & quinzième année, lors de fa mort arrivée en M. D. LXXVII: & que fa naiffance par conféquent ne pouvant être rangée plus haut que vers le commencement de mil cinq cens *trois,* ou la fin de mil cinq cens *deux,* fon Cadet JEAN, le Panurge prétendu de Mr. Le Motteux, ne fauroit être né que fur la fin de M. D. III. s'il n'eft pas né en M. D. IV, ou même plus tard. Je n'ai pu trouver nulle part le tems de fa naiffance. Mais mettons-la provifionnellement au premier de Janvier, *mil cinq cens trois.* C'eft-là à-peu-près la fuppofition la plus favorable qu'il foit poffible de faire pour le Syftême de Mr. Le Motteux. Quant à l'ufage de cette Suppofition il paroîtra ci-deffous dans l'Article (f).

(e) Les Hiftoriens auxquels Mr. Le Motteux nous renvoye, comme aux garands de ce qu'il dit du grand Savoir de Jean de Montluc dans les Langues, font BRANTOME & *Théodore de Bèze.* il le nomme au bas de la page. Mais il fe contente de nommer tout fimplement le premier, & cite *l'Hiftoire Eccléfiaftique* du fecond, fans marquer ni année, ni Livre, ni Tôme, ni page. Ces citations vagues me font prefque toujours fufpectes; & celles de Mr. Le Motteux, en particulier, m'ont paru fujettes à caution „ [Brantome parle „ de Jean de Montluc dans la Vie du Maré-„ chal fon frere. Voyez les *Additions aux Mé-*„ *moires de Caftelnau,* Livre II. Chap. 5. pp. 427. „ 428: & *Théodore de Bèze,* Livre III. pp. 343. „ 344. Edition d'Anvers 1580. Ces Auteurs ne

„ difent point que Montluc fut fi favant dans „ les Langues. Brantôme dit qu'il étoit *fin,* „ *délié, rinquant, rompu & corrompu, autant pour* „ *fon favoir que pour fa pratique.* Bèze dit de lui, „ qu'étant dans fon Evêché il s'étoit mis fur le „ pied de prêcher, & *faifoit comme un meflinge des* „ *deux Doctrines, blafmant publiquement plufieurs a-*„ *bus de la Papauté* &c. De Thou fait fon éloge, „ *Tome.* III. *Livre* LXVIII. An. 1579. *page* „ 325 de l'Edition de Genève, 1626. Mais il „ ne parle pas de fon favoir dans les Lan-„ gues.] " Le Dictionnaire de Moréri n'en dit rien non plus; au moins dans l'Edition de M.DCC.XXXII, qui eft celle dont je me fers. Il eft vraifemblable cependant que Montluc favoit diverfes Langues. Son frere parle de lui au feuillet quarante-fix des *Commentaires,* comme d'une homme qui avoit la réputation d'être favant. Et fa Harangue aux Vénitiens fur l'Alliance de François premier avec le Turc, en mil cinq cens quarante-quatre, peut faire juger non-feulement en général qu'il avoit beaucoup de littérature, mais en particulier qu'il poffedoit bien la Langue Italienne, puifque ce fut en Italien qu'il fit cette Harangue. Elle fe trouve en François dans les Commentaires de fon Frere, & commence au revers du feuillet quarante-fix. HENRI DE SPONDE, fous l'an 1544. cite la Harangue & donne à l'Orateur [felon la Traduction de Coppin] là qualification de *perfonnage très-docte.* BRANTOME le met de bonne heure au nombre des gens *fçavans & fpirituels.* On peut voir le paffage entier dans le Moréri. DE THOU le repréfente comme un homme diftingué par fon favoir dans les Saintes Lettres. & qui s'y étoit appliqué dès fa jeuneffe ... *Sacrarum litterarum fcientia clarus ... Virum doctrina præftantem... qui ab adolefcentia Sacris addictus.* Hift. Lib. XXV. & LXVIII. An. M. D. LX, & M. D. LXXX.

———— Pour ce qui eft du nombre des Ambaffades de Montluc, le Moréri porte que *l'on dit* qu'il fut employé dans *feize* Ambaffades. C'eft le nombre de Mr. Le Motteux. Mais le Poëte que j'ai cité dans l'Article précédent n'en compte que *douze.* Il introduit Blaife de Montluc difant à Pluton:

Garde mon frere encor, lequel Ambaffadeur
Nos Roys ont douze fois chargé de leur gran-
  deur :
Ont fait voir les Romains, ont fait voir l'Al-
  lemaigne,
Ont fait voir la Hongrie, & la Ville que baigne

La

Secondement : fes Ambaffades firent connoître & admirer fon efprit, fon a-dreffe, fa pénétration, & l'art qu'il avoit de fe conduire toujours de la manière la plus propre à contenter tout le monde. Il fe furpaffa lui-même dans l'Ambaffade dë Pologne. Ce fut lui qui détermina les Polonois à mettre la Couronne de ce Royaume fur la tête de Henri de Valois, Duc d'Anjou, malgré toutes les difficultez qui naiffoient de l'idée encore toute récente du Maffacre de la St. Barthelémi, dont on favoit que ce Prince avoit été un des principaux Inftigateurs. Les travaux & les fuccès de Montluc dans toutes ces importantes négociations, l'autorifèrent à prendre pour fa Devife ce vers latin :

Quæ Regio in terris noftri non plena laboris? (*f*)

La Mer de tous coftez, l'Anglois & l'Efcoffois,
Deux fois voir le Levant, deux fois le Poulon-
nois, &c.

Je ne voudrois pourtant pas décider que ce témoignage fût contraire à celui du Moréri. Il fe peut que le Poëte n'ait eu en vûe que les Ambaffades principales. Il paroît par Brantôme qu'elles ne furent pas toutes également importanes : *je penfe*, dit Brantôme, *qu'il n'y a gueres de Pays en Europe où il n'ait efté Ambaffadeur & en négociation, ou grande ou petite*, &c.

(*f*) Le Duc d'Anjou partit pour la Pologne, où l'affaire de fon élection venoit d'être conclue, vers la fin de M. D. LXXIII: c'eft-à-dire vingt ans après la mort de Rabelais, & quarante-trois ou quarante-quatre ans après la première Edition de fon Pantagruel, s'il eft vrai que l'*Ecolier Limoufin* du Pantagruel ait été cité dès l'an M. D. XXIX, comme on a vu ci-deffus qu'il y a lieu de le croire. Voyez l'Article (b) des Obfervations fur l'*Introduction* des Remarques de Mr. Le Motteux. Or fi le Livre fe trouve cité dès l'an XXIX du Siècle, & fi par conféquent il doit avoir été publié au commencement de cette même année, il faut naturellement qu'il ait été compofé au plus tard dans le cours de l'année précédente. Suppofons donc que Rabelais écrivoit en XXVIII. Quel âge avoit alors Jean de Montluc? Je ne le fai pas précifément; Mais en vertu de tout ce que j'ai établi ci-deffus dans l'Article (d) je puis dire qu'il n'avoit pour le plus que XXIV ans accomplis. De façon que pour bien juger fi c'eft lui que Panurge repréfente, il faudroit voir ce qu'il étoit à vingt-quatre ans, & fi à cet âge-là il avoit déja fait reconnoître en lui un homme d'un caractère auffi rare, auffi marqué & auffi compliqué que celui de Panurge. Brantôme affure, dans le paffage déja cité, *qu'il avoit été de fa première profeffion Jacobin*, & que ce fut *la Reyne Mar-*

guerite de Navarre qui le défroqua. Si elle le fit étant actuellement *Reine de Navarre* [ce que je ne voudrois pourtant pas décider] ce ne fut que depuis l'an mil cinq cens *vingt-fept*. Je crains bien qu'à ce compte nous ne fuffions réduits à aller chercher dans le Couvent & fous un froc le Panurge de Mr. Le Motteux; mais je ne doute pas que Mr. Le Motteux lui-même ne trouvât cela affez étrange. Brantôme ajoute que la Reyne *le mena avec elle à la Cour, le fit connoiftre, le pouffa, lui aida*: & après cela feulement, qu'elle *le fit employer en plufieurs Ambaffades*. Cette gradation dans le difcours de Brantôme nous fait voir, ce me femble, quelque lenteur dans les progrès de la réputation ou de la fortune de Montluc, & plus de lenteur qu'il n'en faudroit à Mr. Le Motteux pour trouver la grande réputation de ce prétendu Panurge toute formée en mil cinq cens vingt-huit, que Rabelais eft cenfé écrire l'Hiftoire du Panurge véritable : Hiftoire au refte tellement liée avec celle de fon Pantagruel, que le deffein lui en doit être venu dans l'efprit dès le tems même où il conçut le plan général de l'Ouvrage. Notez encore que Rabelais [Livre II. Ch. XVI.] donne à Panurge l'*eage de trente & cinq ans ou environ* : ce qui fait au moins dix ans de plus que n'en avoit Montluc. En un mot, je ne vois aucun jour à défendre la jufteffe du Commentaire de Mr. Le Motteux, à moins que de nier ce qui a été dit touchant la date de la compofition ou de la première Edition du Pantagruel. Mais Mr. Le Duchat étoit fi bon juge de ces fortes de chofes, qu'encore qu'il n'eût pas vu une Edition de mil cinq cens *vingt-huit* ou *vingt-neuf*, & qu'il n'ait pas parfaitement développé fon argument pour l'exiftence d'une Edition auffi ancienne, il y auroit de la témérité à lui contefter fon fentiment fur ce fujet. ———— D'ailleurs il avoit vu une Edition de mil cinq cens *trente-quatre*. Il en parle plus d'une fois : & il nous avertit dans fa Préface qu'il a confulté cette Edition pour le texte de la fienne. Or

Troifié-

la

Troifiémement: c'étoit une chofe très-connue qu'il panchoit fortement en faveur du Calvinifme. Il s'en cachoit même fi peu qu'il précha un jour devant la

la première Edition du Pantagruel fût elle feulement de l'an trente-quatre, je doute que Mr. Le Motteux, en y gagnant cinq ans pour fon jeune Panurge, y gagnât affez. J'avouerai cependant, comme je l'ai déja infinué dans une des Obfervations précédentes, qu'il pourroit y avoir quelque chofe à dire contre le fentiment de Mr. Le Duchat fur l'ancienneté des premières Editions. I°. Il ne s'eft pas expliqué avec la clarté néceffaire pour prévenir cette queftion: favoir fi l'*Ecolier Limoufin* dont il dit que parle un Livre imprimé en mil cinq cens *vingt-neuf* eft un perfonnage tiré du Rabelais, ou un perfonnage dont le Rabelais pourroit n'avoir donné qu'une copie: & n'ayant pas le Livre cité par Mr. Le Duchat, je n'oferois entreprendre de décider cette queftion. II°. On conçoit facilement que Rabelais, qui s'eft fervi de plus d'un Stratagême pour donner le change à certains Lecteurs malévoles, auroit pu par un nouveau Stratagême mettre une fauffe date aux premières Editions de fon Ouvrage, afin de fauver l'allufion à des faits contemporains par une date reculée qui diroit en quelque forte à fes Cenfeurs: *comment aurois-je eu deffein de repréfenter des faits tout nouveaux, dans un Ouvrage que vous voyez qui eft imprimé depuis tant d'années?* III°. On eft tenté de foupçonner une pareille rufe, dans l'Edition même datée de mil cinq cens *trente-quatre*, lorfqu'au feptième Chapitre, du deuxième Livre, dans le plaifant Catalogue de la Bibliothèque de St. Victor, on fait attention à ce titre; *Le Faguenat des Efpaignols fupercoquelicantiqué par Frai Inigo*: & à cet autre: *L'Entrée d'Antoine de Leive és Terres des Grecs.* Je n'infifterai pourtant pas fur l'Allufion du Faguenat de Frai Inigo à l'Inftitut des Jéfuites, qui ne fut proprement établi qu'en mil cinq cens *quarante*. L'embarras qui réfulteroit d'une pareille allufion, fi elle étoit réelle, dans un Ouvrage imprimé en *trente-quatre*, a été fenti & affez bien levé par Mr. Le Duchat. Mais il prétend lui-même que l'Entrée d'Antoine de Leive és Terres des Grecs fait allufion à une affaire de mil cinq cens *trente-fix*: & il ne dit point que cette allufion ne fe trouve pas dans l'Edition datée de *trente-quatre*. Il faut donc, ou que cette date foit fauffe, ou que fa Remarque ne foit pas telle qu'elle devoit être; ce que je laiffe à examiner. IV°. Si l'on me demande quelque exemple reconnu d'une date ainfi reculée, je répondrai que, fans fortir de l'Hiftoire des

Editions de Rabelais, je trouve un exemple reconnu au moins par Mr. Le Duchat & par tous ceux qui croient [comme il me femble qu'on l'a toujours cru] que les vers *à l'Efprit de la Royne de Navarre*, qui fe lifent à la tête du troifième Livre fuppofent la mort de cette Princeffe: Car Mr. Le Duchat dans fa Remarque fur ces mêmes vers, affûre les avoir vus dans une Edition datée de mil cinq cens *quarante-fept*, & ne manque pas d'obferver que cette date eft antérieure à celle de la mort de Marguerite, aux *Manes* de laquelle, felon lui, les vers font adreffez. —— Mais après-tout ce ne font là que des conjectures dont je fens l'incertitude; dont je découvrirois peut-être la fauffeté, fi j'étois mieux au fait; & qui dès-à-préfent me paroiffent fort ébranlées, pour ne pas dire renverfées, par la Note de Mr. Le Duchat fur le Titre de la *Pantagrueline Prognoftication*. Il dit dans cette Note *que par la première Epitre de Calvin datée de mil cinq cens trente trois, il paroît que le Pantagruel, c'eft-à-dire le deuxième Livre de Rabelais avoit déja paru.* A quoi vous pouvez ajouter ce que j'obferve ci-deffous dans l'Article (x) de mes Obfervations fur ces Remarques générales. Les Articles (p) & (r) pourront auffi avoir leur ufage. Suppofons toutefois que les conjectures en queftion foient folides: fuffent-elles la vérité même, elles ne prouveroient rien contre les trois Editions de M. D. XLII: de forte qu'il refteroit toujours à favoir fi dès l'année de ces trois Editions, le caractère de Jean de Montluc étoit auffi connu qu'il le faudroit pour l'honneur du Commentaire de Mr. Le Motteux. Encore l'exactitude voudroit-elle qu'on remontât un an ou deux plus haut pour donner à Rabelais le tems d'écrire & de fe faire imprimer. Or il eft bien vrai que Montluc en M. D. XL. pouvoit avoir à peu-près l'âge de Panurge; Mais je doute qu'il eut alors dès-lors tel qu'on le voit paroître depuis dans l'Hiftoire. Je ne fai point où Mr. Le Motteux a pris ce qu'il dit dans la fuite, que Marguerite Reine de Navarre, après avoir tiré Montluc du Couvent, *l'envoya à Rome: qu'il fe vit élevé par-là au rang d'Ambaffadeur: & que ce fut-là le premier pas de fon avancement.* Je ne fai pas non plus ce que c'eft que toutes les Ambaffades fpécifiées dans les vers que j'ai tranfcrits fur la fin de l'Obfervation précédente. Mais ce que je fai bien, c'eft que fi Brantôme ne s'eft pas trompé, ou ne s'eft pas fort

la Reine le chapeau fur la tête, & en manteau, comme s'il eût été un Prédicateur Calvinifte: fur quoi le Connêtable de Montmorenci, qui étoit préfent, dit tout haut: *Qu'on m'aille tirer de cette Chaire cet Evêque travefti en Miniftre.* Il fut même déclaré hérétique par *Pie IV.* Mais ce Pape ne lui ayant pas donné des Juges *in partibus*, fuivant les Loix du Royaume, il conferva fon Evêché, & fit punir le Doyen de Valence qui l'avoit accufé de Calvinifme (*g*). Il demeura.

fort mal exprimé, le *premier avancement de* Montluc, la première occafion où fon mérite ait fait un certain éclat & ait brillé dans les grandes affaires, c'eft fon Ambaffade de *Conftantinople*, la même fans-doute qui eft la première dont Mr. de Thou ait jugé à propos de faire mention, & la feule qu'il juge digne d'être mife en parallèle avec celle de Pologne. *Nam Scoticam & alias omitto.* Voyez *Thuani Hift. Lib. II. p. m.* 43. *& Lib. LXVIII. p. m.* 325. Or cette Ambaffade de Conftantinople eft rapportée par de Thou à l'an M. D. XLIV. La première Ambaffade de Montluc dont il foit parlé dans les *Commentaires* de fon frere le Maréchal, eft celle de *Venife*: c'eft la première auffi dans *Henri de Sponde*: & elle eft de la même année que celle de Conftantinople. ——— Voyez ci-deffous, Article (i) & Article (o). ——— Peut-être au refte ne fera-t-il pas mal-à-propos d'avertir les Lecteurs, que lorfque je cite le Rabelais de Mr. Le Duchat, c'eft toujours felon l'Edition d'*Amfterdam*, M.DCC.XI. ———NB que lorfque j'ai cité la note où il parle d'une Lettre de Calvin, j'ai oublié de citer en même tems une autre note qui pourra fervir à s'affurer de l'ancienneté des premières Editions. Je veux dire la dernière note fur le Livre II, dans laquelle le Lecteur eft renvoyé à une Lettre de *Patin*. Je n'ai point vu cette Lettre; mais j'ai vu celle de Calvin. Elle prouve inconteftablement que le *Pantagruel* étoit imprimé en M. D. XXXIII: Et Mr. Le Motteux s'imaginoit que Rabelais n'avoit commencé à écrire le *Gargantua* même qu'en M.D.XLV. comme on le peut voir dans un paffage dont je donne la traduction dans ma Préface: § V.

(*g*) Les mêmes faits font rapportez dans le Moréri, & y font rangez de même. Mais il y eft dit de plus que le Doyen fut obligé de faire amende honorable à l'Evêque en vertu d'un Arrêt du quatorze d'Octobre *mil cinq cens foixante*: ce qui eft encore marqué en chiffres Arabes: 1560. Et je fuis fort trompé fi ce n'eft pas là un nouvel exemple de l'inconvénient attaché à l'ufage de ces chiffres: car Henri de Sponde, qui eft entré dans quelque détail au fujet du Bref de Pie IV contre Mont-

luc, place cè Bref fous l'An mil cinq cens *foixante-trois.* Il faut donc, ou que l'affaire du Doyen n'ait pas été terminée en 1560, ou que comme antérieure au Bref du Pape elle en foit abfolument indépendante, bien loin d'en être une fuite ainfi qu'on le fuppofe & qu'on prétend même l'expliquer par un défaut de formalité de la part du Pape. L'avanture de Montluc avec le Connêtable arriva, felon le Moréri, *au commencement du règne de Charles IX*, en préfence de la Reine Catherine. Je conçois que ce peut être en foixante & un, vers le tems du Colloque de Poiffi, & après que le Connêtable eut rompu, ou lorfqu'il étoit prêt à rompre avec le Parti des Huguenots: fur quoi l'on peut voir Henri de Sponde: *An.* M. D. LXI. § XI. Voilà pour l'ordre des faits ou pour leurs dates. Voici deux mots pour les faits mêmes. ——— I°. Ce que Mr Le Motteux & le Moréri repréfentent fous l'idée d'un Acte où Montluc étoit *déclaré* hérétique ou *condamné* comme tel, n'étoit véritablement, felon Henri de Sponde, qu'un Bref pour le citer à Rome, lui Montluc, entre autres Prélats *foupçonnés* d'héréfie. La Sentence de condamnation ne fut publiée, au moins en France, que par le Pape Pie *cinquième* en l'an foixante-huit, felon le même Hiftorien. ——— II°. Pour ce qui eft du Sermon huguenot de l'Evêque de Valence, & de la catholique incartade du Connêtable de Montmorenci, Mr. Le Motteux cite d'une manière vague Brantôme, Bèze, Maimbourg, Sponde, & Dupleix. „ [Mais *Bèze* rapporte le fait différem-
„ ment, Livre IV. p. 456. *Maimbourg* rap-
„ porte, Livre II. p. 148, Edition de Hol-
„ lande, 1682: Mais il le tire *d'Agricola* qui
„ ne l'avoit rapporté que fur la foi de quelques
„ Mémoires du tems, fans donner le fait pour
„ bien certain, & fans nommer *Brantôme*. La
„ relation de Bèze eft plus naturelle & plus
„ vraifemblable. Il dit fimplement que le Con-
„ nêtable, pour obéïr à la Reine, ayant affif-
„ té une fois à un Sermon de l'Evêque de
„ Valence dans le Château, il en fut *merveil-*
„ *leufement offenfé*, & déclara *qu'il n'y retourne-*
„ *roit plus*] „ Je ne trouve point le fait dans Henri *de Sponde*: & je n'ai pas pu confulter Du-

rà cependant toujours extérieurement attaché à l'Eglife Romaine, & ne perdit fes revenus qu'avec la vie. Il auroit volontiers fait une abjuration folemnelle des erreurs de cette Eglife: mais il auroit voulu continuer à être Evêque, & Calvin lui avoit fignifié que cela étoit incompatible avec le plan de fa Réforme. Il avouoit même que fi en paffant d'une communion dans l'autre il avoit pu y faire paffer fa cuifine avec lui, la feule confidération de l'Epifcopat ne l'auroit pas arrêté (*b*). Et de là fans doute cette fentence de Panurge, que *Venter fame-licus auriculis carere dicitur*, auffi-bien que ces autres paroles qui viennent bien-tôt après la fentence vers la fin du neuvième Chapitre dans le Livre deux: *Pour cette heure, j'ay nécéſſité bien urgente de repaiſtre, dents aiguës, ventre vuide, gor-ge feiche, appetit ſtrident, tout y eſt deliberé. Si me voulez mettre en œuvre, ce fe-ra baſme de me veoir briber: Pour Dieu donnez y ordre.*

Quatrièmement: ce qui lui tenoit le plus au cœur, après la bonne chère, c'é-toit l'article du Célibat qu'il n'aimoit point du tout. On trouva après fa mort un Contrat de mariage qui fait foi qu'il avoit époufé une Demoifelle nommée *Anne Martin:* & tout le monde favoit long-tems auparavant qu'il avoit eu un fils. C'eſt le même qui eſt connu dans l'Hiftoire fous le nom de *Balagni*. Ce maria-ge, felon moi, eſt la véritable caufe des inquiétudes dont notre Evêque ou le Panurge de Rabelais paroît fi fort agité dans le troifième Livre, & qui occa-fionnent le voyage de Pantagruel vers la *Dive Bouteille* dans les deux Livres fuivans.

On eſt étonné quand on voit dans l'Eglife Romaine un Eccléfiaftique, & qui même avoit été Moine, feconder ouvertement les Calviniftes, vivre avec une Femme qu'il a époufée, jouïr avec cela d'un des meilleurs Evêchez de France, & fe foutenir à la Cour dans des Emplois très-confidérables, malgré tous les o-rages excitez contre lui & contre la Réformation par des Ennemis accréditez qui avoient entre les mains toutes les forces du Royaume. Mais on reconnoît par cela même à quel point il faut qu'il ait excellé dans ce caractère de pruden-ce, d'habileté, de foupleffe, dont Rabelais nous donne une idée fi vive, lorfque dans le Chapitre quatorze du deuxième Livre, il introduit Panurge racontant à Pantagruel comment les Turcs l'ayant *mis en broche tout lardé comme ung connil,* & ainfi le faifant *rouſtir tout vif*, [tourment qu'il enduroit *pour la maintenance* de la Loi de Dieu,] il fe tira de leurs mains avec autant d'adreffe que de bonheur. *Le rouſtiſſeur s'endormit*, dit-il, *par le vouloir divin, ou bien de quelque bon Mercure*, ajoute-t-il, *qui endormit cautement Argus. . . . Quand je vey qu'il ne tournoit plus en rouſ-*

Dupleix. Il y a tout un Article dans Brantô-me fur le Connêtable. Il l'appelle *un grand rabroüeur:* il conte quelques uns de fes *rabroüe-ments,* & dit qu'il n'en pourroit conter une *infi-nité d'autres.* Mais il n'en conte aucun où il foit queftion de Montluc. Il remarque même que le Connêtable *n'en ufoit guères à l'endroit des gens d'Eglife: ajoutant neanmoins qu'il leur re-monſtroit quelquefois aſſez rudement.*

(*b*) Mr. Le Motteux ne cite point de garands pour ces particularitez. Elles font apparemment

du nombre de celles que le Pere *Colomby* a exa-minées. Mais il fuffit au refte pour le Syftême de Mr. Le Motteux, que le caractère de Mont-luc, en fait de Religion, ait été équivoque & re-connu tel avant que Rabelais écrivît. Or tout ce que je puis dire là-deffus, c'eſt ce que dit Brantôme On le tenoit Lutbérien AU COMMENCE-MENT, & puis Calviniſte, *contre fa profeſſion épif-copale, mais il s'y comporta modeſtement, par bonne mine & beau femblant. La Reine de Navarre le defroqua* POUR L'AMOUR DE CELA &c.

rouftiffant, je le regarde, & voy qu'il s'endort, lors je prends avecq les dents ung ti-
fon par le bout où il n'eftoit point bruflé, & vous le jecte au giron de mon rouftiffeur,
& ung aultre je jecte le mieulx que je peux foubs ung lict de camp, qui eftoit auprés de
la cheminée, où eftoit la paillaffe de Monfieur mon rouftiffeur &c. Après les tifons
fi bien employez, viennent les *Lardons* qu'il jette de tous côtez pour donner le
change à une multitude de Chiens, alléchez par l'odeur de fa *paillarde chair de-*
mi rouftie (i). Les lardons qu'il fait ainfi valoir font ceux-là même dont il a-
voit été lardé. *Larder un homme* eft une expreffion commune en François, pour
marquer l'action de ceux qui le couvrent ou le percent en quelque forte de traits
injurieux & fatiriques. Or Montluc, en butte aux traits de fes Ennemis, avoit
été lardé en ce fens avant même qu'il fût Evêque (l). Le *tifon* que Panurge jette de fa bouche *au giron de fon Rouftiffeur*, peut défigner les difcours pleins de
feu par lefquels Montluc répondoit fi bien aux accufations ou aux reproches
de fes Ennemis, que leur malice retomboit fur eux-mêmes. Après avoir mis
la maifon de fon *Villain Bafhats* toute en feu, Panurge lui paffe fa broche *à tra-*
vers la gargamelle &c. C'eft un coup de partie, qui ne repréfente pas mal les fuccès victorieux de Montluc. Remarquez au refte ce que dit Panurge dans ce
même Chapitre: *Ces Diables de Turcqs font bien malheureux de ne faire goutte de vin.*
Si aultre mal n'eftoit en l'Alcoran de Mahumet, encore ne me mettrois-je mie de fa Loy.
Il fe pourroit fort bien que cela indiquât les fentimens de Montluc fur le retranchement du Calice dans l'Euchariftie (m). Les *Lunettes* que Panurge attache à
fon

(i) Si l'on ne favoit pas que la fameufe Ambaffade de Montluc à Conftantinople eft poftérieure aux deux premiers Livres de Rabelais, comme je l'ai fait voir ci-deffus dans l'Article (f), on feroit fort naturellement tenté de s'imaginer ici quelque rapport entre Panurge jouant au plus fin avec les Turcs, & Montluc fe tirant en habile homme d'une négociation politique à Conftantinople. Les vers citez dans l'Article (e) le font aller *deux fois* dans le *Levant*. Y auroit-il été une fois avant l'Ambaffade que je nomme la fameufe? Y en auroit-il une première qui fût antérieure au tems où Rabelais écrivoit? Et lui feroit-il arrivé dès cette Ambaffade que je fuppofe antérieure, quelque chofe qui approchât de l'avanture de Panurge? Je n'en crois rien. Je n'oferois pourtant le décider pofitivement. Ce que je dirai d'un ton plus décifif, c'eft que Rabelais dans cet endroit ne peut pas avoir eu en vûe le fuccès du Prélat dans fon démêlé avec le Doyen de Valence, puifque c'eft une affaire qui ne fût terminée, comme je l'ai obfervé dans l'Article (g), que l'an M. D. LX, quelques années après la mort de Rabelais. Il y a cependant, entre cette affaire & celle de Panurge avec le Rôtiffeur, [quoique Mr. Le Motteux ne le remarque pas] une apparence particulière de conformité, qui eft auffi

frapante qu'aucune autre qu'il ait voulu faire valoir. Or cela prouve bien, ce me femble, que dans l'explication des hiftoires allégoriques de même que dans celle des Prophéties, la feule reffemblance des événemens ne fuffit pas pour dire avec affûrance: Voila précifément ce que l'Auteur a prétendu défigner. Auffi Mr. Le Motteux déclare-t-il quelque part, en parlant de la partie hiftorique de fon Commentaire qu'il ne faut le regarder que comme un tiffu de conjectures.

(l) Selon le Dictionnaire de Moréri, Montluc ne fut fait Evêque de Valence qu'en M. D. LIII, après Jaques de Tournon. Je doute au refte que *Larder un homme* foit une expreffion commune. Mais puifqu'on dit communément *des lardons* pour dire des traits fatiriques; & qu'ainfi encore l'on dit tous les jours, *Chacun lui a donné fon lardon;* je conçois qu'on pourroit dire analogiquement, *Il a été bien lardé.* Je ne me fouviens pourtant pas de l'avoir jamais ouï dire.

(m) On verra dans la fuite que, felon Mr. Le Motteux, Rabelais femble avoir penfé plus d'une fois, dans le cours de fon Ouvrage, à ce retranchement du Calice. Il y a néanmoins quelque difficulté à concevoir que Rabelais y ait penfé dans le Chapitre dont il s'agit ici: Car quel rapport entre la Loi de Mahomet &
les

fon bonnet, dans le feptième Chapitre du Livre trois, feront un emblême de l'attention perpétuelle dont Montluc avoit befoin au milieu des pièges qu'on ne ceffoit de lui tendre: Et c'eft conformément à cette idée que le même Chapitre fait voir *Comment Panurge avoit la pulce en l'aureille.* On y voit encore comment il *print quatre aulnes de bureau, s'en accouftra comme d'une robbe longue à fimple coûfture, & defifta porter le hault de chauffès*, tellement qu'il ne paroiffoit plus avec *fa belle & magnifique braguette.* Cette dernière circonftance eft relative à la profeffion religieufe de Montluc, qui en qualité de Moine ne pouvoit pas porter une Braguette comme c'étoit la mode de fon tems pour les gens du monde. Peut-être auffi que la fimplicité nouvelle de l'habillement de Panurge marque l'affeétation de Montluc à imiter la fimplicité fi remarquable dans celui des Miniftres Calviniftes (*n*).

ARTICLE II.

EN VOILA ASSEZ pour prouver que *Jean de Montluc*, eft le vrai *Panurge* de notre Auteur. Je ne vois que lui en qui tous les traits de Panurge foient bien reconnoiffables. Or à préfent que nous favons qui eft ce Héros fubalterne du burlefque Roman de Rabelais, les principaux Perfonnages fe découvriront prefque d'eux-mêmes.

L'Hiftoire nous affûre que Jean de Montluc fut redevable de fa fortune à *Marguerite de Valois*, Reine de *Navarre* & Sœur de *François* I. Elle le tira d'un Couvent où il n'étoit que fimple Moine Jacobin, & l'envoya à Rome. Il fe vit élevé par-là au rang d'Ambaffadeur: & ce fut le premier pas de fon avancement (*o*). Ainfi ANTOINE DE BOURBON, Duc de Vendôme, qui par
fon

les ufages établis fur l'autorité des Papes ou des Conciles? entre des Bafhas & des Evêques Catholiques Romains? entre Conftantinople & Rome? Rabelais dit-il la moindre chofe qui infinue qu'il vouloit bien être cenfé confondre les Italiens avec les Turcs, & parler des uns fous le nom des aûtres à tout Leéteur capable de l'entendre à demi mot? Je ne répondrai point à cette queftion. J'obferverai feulement que Mr. Le Motteux ne feroit peut-être pas demeuré court. Au moins auroit-il pu répondre, tant bien que mal, en difant qu'il y a dans ce Chapitre même un paffage, où Panurge parle à fon *villain Bafbatz* tout comme fi c'étoit un Italien. J'ai en vûe l'endroit où Panurge lui donne certain titre à l'Italienne que Mr. Le Duchat appelle une injure *qui affoeie les Italiens & les Turcs.* Voyez la Note de Mr. Le Duchat fur *Livre* II, *Chap.* XIV, au mot *Miffaire b . . g . . no*: Et remarquez que le parallèe des Turcs & des Papiftes étoit à la mode dans le tems que Rabelais écrivoit. Au moins voyons-nous que ce parallèe faifoit partie d'un Livre de Luther publié en

M.D.XXVIII, & qui fit de l'éclat. On en trouve un Extrait dans *Sleidan*, fous l'An M. D. XLII. L. XIV. fol. m. 196.

(*n*) On l'a vu ci-deffus prêchant en manteau & le chapeau fur la tête; mais feulement en M D. LXI. Remarquez au refte qu'à la fin de ce Chapitre, parlant toujours de la Braguette, Panurge remet les Turcs fur le tapis & les blâme à l'égard de la Braguette comme à l'égard du vin: *veu que braguette porter*, dit-il, *eft chofe en leur Loy deffenduë.*

(*o*) „ Il avoit été de fa première profeffion Jacobin; & la feue Reyne de Navarre Marguerite, qui aymoit les gens fçavans & fpirituels; „ le connoiffant tel, le défroqua & le mena avec elle à la Cour, le fit connoiftre, le pouffa, lui ayda, le fit employer en plûfieurs Ambaffades, car je penfe qu'il n'y a gueres de país en l'Europe où il n'ait été Ambaffadeur & en négotiation ou grande ou petite jufques à Conftantinople, qui fut fon premier avancement, & à Venife, en Pologne, Angleterre, Ecoffe & autres lieux. „ Telles font les propres paroles de Brantôme: *Vies des*

fon mariage avec *Jeanne d'Albret*, fille unique de *Henri d'Albret* & de la Reine *Marguerite*, devint leur Fils & fut enfuite Roy de Navarre, fe préfente natu- rellement ici comme l'original de P A N T A G R U E L, le Maître de Panurge. *Hen- ri d'Albret*, à ce compte, pourra être *Gargantua* : & alors il faudra prendre fon Pe- re *Jean d'Albret* pour *Grandgoufier*. Rappelons-nous dans cet endroit les vers que Rabelais, à la tête de fon troifième Livre, adreffe *à l'Efprit de la Reine de Navarre.*

,, Efprit abftraiét, ravy & exftatic,
,, Qui frequentant les Cieulx, ton origine,
,, As delaiffé ton hofte & domeftic,
,, Ton corps concords, qui tant fe morigine
,, A tes Ediéts en vie peregrine
,, Sans fentement, & comme en apathie,
,, Vouldrois-tu poinét faire quelque fortie
,, De ton manoir divin, perpétuel :
,, Et ça bas veoir une tierce partie
,, Des faiéts joyeux du bon Pantagruel?

La Reine Marguerite de Navarre, Sœur de François premier, à l'*Efprit* de laquelle ces vers font addreffez, étoit morte en *Bretagne*, l'an mil cinq cens *quarante-neuf* (p). Elle avoit été amie déclarée de la Réformation. Elle avoit
fi

Hommes Illuftres, feconde Partie, p. m. 257. dans l'Article de *Mr. de Montluc*. Il eft à re- marquer cependant que l'Auteur des vers ci- tez ci-deffus dans l'Obfervation (*e*), femble parler de l'Ambaffade à *Rome* comme de la première : Mais il n'en parle point, ainfi que Mr. Le Motteux, comme d'une Ambaffade où Montluc auroit été envoyé par la Reine de Navarre.

(p) Faifons ici en paffant une petite obfer- vation qui ne fera point inutile, quoique par rapport à l'examen du Syftême de Mr. Le Mot- teux elle ne foit pas fort effentielle. Nous avons dans le Dictionnaire de *Bayle* trois Arti- cles fous le titre de NAVARRE.: Et dans la Re- marque (M) du premier de ces Articles, l'Au- teur, avec fon exactitude accoutumée, relè- ve la difcordance des Hiftoriens touchant le lieu & le tems de la mort de notre Marguerite, Sœur de François premier. Or il paroît par la Remarque de Bayle, que Pierre de St. Romuald, qui fait mourir cette Princeffe en *Bretagne*, s'eft trompé. Mr. Le Motteux s'eft donc trompé auffi, ou s'eft laiffé tromper fur ce point. Et ce qu'il y a de plaifant c'eft que dans la fuite il dit ce qu'il falloit dire, & ne s'apperçoit pas de la contradiction. Si vous lifez fes Remarques fur le Chapitre XXVI du Livre V, vous y trouverez en autant de ter-

mes, que Marguerite mourut dans le Château d'*Odos* en *Bigorre* : ce qui eft la vérité, à cela près peut-être qu'il auroit du écrire *Audos*, a- vec la Diphthongue *Au*, comme Bayle femble vouloir qu'on l'écrive ; ou plutôt fimplement *Dox*, comme le prétend avec plus de raifon l'Auteur des *Remarques critiques* qui font à la fin de chaque Volume dans l'Edition de Paris : Rem. 52. ——— Pour ce qui eft de l'année de la mort de Marguerite, Mr. Le Motteux l'a marquée exactement. Il s'accorde avec Bayle à cet égard, & je ne vois nulle apparence d'er- reur dans fa date. Voilà cependant Mr. Le *Duchat*, lui dont l'exactitude eft fi fcrupuleufe en ces fortes de chofes : Voilà Mr. Le Duchat qui dans fa première Note fur les vers en quef- tion, fait mourir Marguerite un an plutôt, fa- voir en mil cinq cens *quarante- huit*. Il eft vrai qu'il marque cette année en chiffres Arabes, & que l'ufage de ces chiffres eft commode. Mais l'erreur s'y gliffe fi facilement, par un *lapfus calami*, ou par l'inadvertence des Copif- tes & des Imprimeurs, que fi l'on pouvoit é- tablir une bonne police dans la République des Lettres, on devroit mettre à l'amende tout E- crivain habile qui ne marqueroit pas fes dates fans chiffres, ou au moins en chiffres Romains, toutes les fois que la valeur des chiffres Ara- bes ne feroit pas fixée par les circonftances
viii-

fi bien fait qu'en mil cinq cens trente-quatre on avoit à Paris trois Prédicateurs diftinguez qui prêchoient publiquement felon fes idées: ce qui excita même une violente perfécution: *Girard Ruffi*, qui fut enfuite Evêque d'Oleron en Navarre, étoit l'un des trois: Les deux autres étoient *Couraud* & *Berthaud* (*q*). Elle joignoit à beaucoup de piété, & à une vertu extraordinaire, un efprit fi orné & une humeur fi charmante, que l'on comptoit avec elle dix Mufes & quatre Graces. On a d'elle divers Ouvrages, tant en vers qu'en profe. Son *Hexameron* renferme des chofes qui écrites aujourd'hui paroîtroient trop libres pour une Dame. Néanmoins elle conferva toujours une grande réputation de fageffe. Le ftile étoit alors moins modefte: les mœurs n'en étoient pas plus relâchées. On dira qu'elle avoit en elle quelque chofe de divin, fi l'on veut en parler comme une de fes Epitaphes, où fa mort eft repréfentée comme un exemple qui prouve que les Divinitez ne font pas toutes immortelles.

Quæ fuit exemplum cæleftis nobile formæ,
  In quam tot laudes, tot coïere bona,
Margareta fub hoc tegitur Valefia faxo:
  I nunc, atque mori Numina poffe nega.

Rabelais, à peu près de même, s'adreffant à cette Princeffe depuis qu'elle ne paroît plus fur la terre, la met au rang de ces Efprits bienheureux qui habitent le Ciel & dont l'origine eft célefte.

Efprit abftraict, ravy & extatic,
Qui frequentant les Cieulx, ton origine,

A fi

vifibles de la date. Pour ce qui eft des Ecrivains ignorans ou étourdis, je leur ferois moins févère. Comme on s'apperçoit bien-tôt qu'il ne faut fe fier à eux fur aucun détail, on eft fur fes gardes, leurs fautes font fans conféquence. ——— Je ne fai pas, au refte, pourquoi Mr. Le Duchat [d'accord en ceci avec Mr. Le Motteux] veut que les vers adreffez à L'ESPRIT *de la Royne de Navarre*, foient des vers adreffez aux *Manes* de cette Princeffe? Il eft certain que fi on la fuppofoit vivante, cela lèveroit une grande difficulté. On concevroit alors comment les vers adreffez à fon Efprit peuvent fe trouver, comme ils fe trouvent effectivement, dans une Edition de M. D. XLVII. On ne feroit plus obligé de s'imaginer, par une conjecture violente, que cette Edition porte une date antérieure à la compofition du Livre, comme Mr. Le Duchat a cru devoir le décider par néceffité. Et il n'eft guère moins certain, à ce qu'il me femble, que les vers en queftion s'expliqueroient beaucoup plus naturellement en fuppofant la Princeffe vivante, qu'ils ne peuvent s'expliquer lorfqu'on

la fuppofe morte. Voyez ci-deffous Art. (r).
(*q*) Mr. Le Motteux cite ici l'*Hiftoire de Jean Crefpin*, où je ne trouve rien de relatif à ce qu'on vient de lire. Mais *Bayle* rapporte les mêmes chofes & cite le premier Livre de l'*Hiftoire Eccléfiaftique* de Bèze. Voyez Bayle dans les remarques (F) & (H) de fon premier Article de *Navarre* : & conférez les *Remarques Critiques* de l'Edition de Paris, N°. 8, 10, 17, & 44. Les trois Prédicateurs dont il s'agit font les mêmes que Bayle nomme *Gérard Rouffel*, *Bertault*, & *Courault*. Ces deux derniers étoient Moines Auguftins. Le premier étoit *Docteur de Sorbonne*, felon Bayle; mais *Prêtre & non Docteur*, felon les Remarques critiques de l'Edition de Paris. C'eft le même encore qui dans la Traduction de Henri de Sponde eft appellé, tantôt *Rouffel*, tantôt *Rouffeaux*, tantôt *le Roux*. ——— Notez que dans cet endroit Mr. Le Motteux a eu foin de marquer la date, & que cette date eft de M. D. XXXIV. ——— On peut rapporter à cet Article les Remarques fur le *Livre III. Chap.* XXIV.

[E] 2

As delaiſſé ton hoſte & domeſtic,
Ton corps concors qui tant ſe morigine
A tes Ediɛts, en vie peregrine
Sans ſentement & comme en apathie!

Mais ce *Corps concords* qui demeure ſéparé d'elle; qui eſt encore dans cette *vie pérégrine*; & qui ſe trouve *comme en apathie*, comme inſenſible à tous les attraits du Siècle, en ſe *moriginant* ſi bien ſur les *Edits* de l'Eſprit céleſte qui l'a *délaiſſé*; Ce corps concords, dis-je, que peut-il être dans ces vers ſi ce n'eſt cette moitié d'elle-même que cette Princeſſe a laiſſée ſur la terre en la perſonne de ſon Epoux *Henri d'Albret*, inſenſible deſormais à tout, excepté au ſouvenir de celle qu'il a perdue & des pieux conſeils qu'elle lui avoit donnez? Et par ce *bon Pantagruel* dont Rabelais ſuppoſe que l'Hiſtoire peut intéreſſer Marguerite juſques dans ſon *divin manoir*, qui entendrons-nous, ſi ce n'eſt ce même ANTOINE DE BOURBON qui avoit épouſé la fille unique de cette Princeſſe *(r)*?

Ce

(r) Cette explication ſuppoſe Iₒ. Que le deuxième Livre de Rabelais, où commence l'Hiſtoire *des Faits joyeux du bon Pantagruel*, n'a été compoſé que depuis le mariage par lequel Antoine de Bourbon devint gendre de Marguerite: Suppoſition qui en vertu des Obſervations précédentes doit paroître évidemment fauſſe à ceux qui ſavent d'ailleurs que ce mariage ne ſe fit qu'en mil cinq cens quarante-huit, comme le remarque Mr. Le Motteux lui-même ſur le deuxième Chapitre du Livre deux. ——— Cette Explication ſuppoſe IIₒ. Que le troiſième Livre & les Vers *à l'Eſprit* de la Reine, ſont poſtérieurs à ſa mort. Mais encore que cette ſeconde ſuppoſition ſoit plus probable que la première, elle eſt dans le fond tout auſſi peu ſolide. *Premièrement*: elle eſt démentie par deux Editions datées de M. D. XLVII. & ſur-tout par celle des deux dans laquelle ſe liſent les vers en queſtion. Il eſt vrai que Mr. Le Duchat rejette celle-ci par cette raiſon même que les vers y ſont: Mais au moins n'oſe-t-il pas rejetter l'autre. *Secondement*: Je ne conçois point du tout pourquoi l'on veut d'une manière ſi abſolue que les vers à l'Eſprit de la Reine n'ayent pas pu être compoſez de ſon vivant, dès l'an M. D. XLVII. Tout ce qu'on y gagne, c'eſt qu'alors on explique la ſuſcription des vers aſſez facilement: on dit que l'Eſprit de la Reine ce ſont ſes Manes; Mais pour les vers mêmes, jugez par le Commentaire de Mr. Le Motteux comment il faut s'alembiquer l'imagination & donner la torture aux termes pour leur donner du ſens. Un Eſprit *abſtrait*, *ravy*, *exſtatic*, qui *fréquentant les Cieux d'où il ſent qu'il* a tiré *ſon origine*, a *délaiſſé* par ſes raviſſemens & par ſes extaſes un *Corps* qu'il ne regarde que comme un *bôte* ou comme un *domicile* deſtiné à le loger ſur ſa route vers le Ciel; Voilà des expreſſions fort naturelles, quoique très-énergiques & emphatiques, ſi l'on veut, pour louer une perſonne pieuſe que les ſublimes méditations de la Vie ſpirituelle & contemplative tranſportent en quelqueſorte dans le Ciel, & qui dégagée du commerce des ſens autant qu'on peut l'être ici bas, ne vit plus à la Chair, s'eſt élevée d'avance au rang des Intelligences pures dont le Ciel eſt le ſéjour. Mais tout cela ne convient qu'à une perſonne vivante, & l'on a réſolu qu'il s'agiroit d'une perſonne morte. Que fera-t-on? On fera violence aux termes. Un Eſprit *abſtrait*, accoutumé à des extaſes, ſignifiera un Eſprit parvenu à l'état des Bienheureux après la mort. Un Eſprit qui *fréquente* les Cieux en extaſe, ſignifiera un Eſprit qui a dans les Cieux ſa demeure fixe comme les Anges & les Saints glorifiez. Un Eſprit qui en ſe livrant à ſes extaſes a *délaiſſé* ſon Corps, ſera un Eſprit que ſon Corps a délaiſſé en périſſant par la mort. Dire que le Corps d'une perſonne ſujette aux extaſes eſt *concords* ou s'accorde avec l'*Eſprit* ſur les *Edits* duquel il ne ceſſe point de ſe *moriginer*, c'eſt dire fortement, mais toujours naturellement, que dans les extaſes dont on fait l'éloge, le Corps n'eſt pas tellement abandonné à lui-même que l'Eſprit le perde de vûe, ne lui faſſe la loi, & ne le trouve docile aux plus ſaintes leçons. Mais on veut encore une fois qu'il s'agiſſe d'une Morte. Que fera-t-on encore? Un Corps *concords* qui *en vie* pérégrine *ſe morigine*, peut-il être le Corps enterré d'une Perſonne qui ne vit plus? Il n'y a pas apparence. On vous dira donc que le corps vivant & bien moriginé de cet Eſprit

qui

Ce qu'il y a de certain, & qui forme une preuve fans replique, c'eſt que dans le neuvième Chapitre du Livre deux, après que Panurge a déja parlé en pluſieurs Langues toutes étrangères à Pantagruel; lorſqu'il vient à dire *Agonou dont ouſſys vous dedagnez algarou* &c, Pantagruel répond auſſi-tôt: *J'entends, ce me ſemble: car ou c'eſt languaige de mon Pays d'Utopie, ou bien lui reſſemble quant au ſon.* Or ce langage eſt le même au fond que celui qui ſe parle en Gaſcogne & dans le *Béarn*: Province qui appartenoit au Roi de *Navarre* (*s*).

Ajoutez ce qui eſt dit de GARGANTUA Pere de *Pantagruel*, dans le ſixième Chapitre du premier Livre, que ſes cris quand il fut venu au monde ſe firent entendre *de tout le Pays.. de Bibaroys.* Cela indique manifeſtement quelque Payïs voiſin de celui de ſa naiſſance. Or il ſe pourroit fort bien qu'il y eût dans le nom de *Bibaroys* quelque choſe de plus qu'une alluſion badine au mot de *Bibere* ou de *Boire*. Le Bibaroys feroit, ſelon mon idée, où le Pays de *Bigôre*, qui étoit un des Domaines du Roi de Navarre; ou le *Vivarets*, qu'il feroit permis de conſidérer ici comme voiſin du Comté de Foix, autre Payïs que la Navarre pouvoit compter au nombre de ſes dépendances, ſous un Roi héritier de Catherine de Foix qui étoit ſa Mere. Je veux dire, ſous HENRI D'ALBRET, Prédéceſſeur & Beau-pere d'*Antoine de Bourbon*. Le

qui eſt dans le Ciel, c'eſt le corps d'un Mari qu'il a laiſſé ſur la terre. Parler à une Perſonne que ſes pieux exercices ont miſe bien au deſſus des amuſemens ordinaires du Monde comme ſi l'on parloit à une Intelligence céleſte: s'adreſſer à ſon *Eſprit* comme ſi elle étoit pur Eſprit: & lui demander ſi du haut de ſes ſublimes méditations, ſi du haut de ce Ciel dont elle eſt plus habitante que de la terre, ſi de ce *divin manoir* où elle ſe tranſporte *perpétuellement*, elle voudra bien redeſcendre en quelque ſorte *ici bas* pour quelques momens, & s'abaiſſer juſqu'à jetter les yeux ſur *une tierce partie* d'un badinage dont le commencement l'avoit amuſée autrefois: c'étoit faire tout ce que Rabelais pouvoit inventer de plus naturel & de plus judicieux pour dédier avec bienſéance la Suite d'un Ouvrage auſſi folâtre que les *Faits joyeux du bon Pantagruel*, à une Dame, à une Reine, & à une Reine qui non ſeulement avoit toujours eu beaucoup d'enjoûment, mais qui donnoit même dans la dévotion, & dont la dévotion prenoit un vol aſſez haut. Témoin ſa Deviſe d'une fleur de Souci avec ces mots, *Non inferiora ſecutus*. Témoin tout ce qu'elle a compoſé de Poëſies Chrétiennes. Voyez *Bayle*. Mais ſi l'on veut toujours qu'elle fût morte, où ſera le bon ſens? où ſera la Biénſéance? S'aviſe-t-on d'aller chercher une Sainte du Paradis pour l'inviter à lire des bagatelles? A la bonne heure ſi c'étoit une Sainte dont on voulût ſe moquer. Mais Rabelais ne vouloit certainement pas ſe moquer de la Reine de Navarre, ni morte ni vive. D'ailleurs je crois le connoître aſſez bien pour avancer que

quelques indiſcrétions qu'on puiſſe lui reprocher, il n'étoit point homme à faire le prophane, le libertin, & l'étourdi, à pure perte. Au moins n'étoit-il pas homme à faire un dizain dont la penſée fût auſſi froide que celle qu'on a coutume de lui prêter dans les dix vers dont il s'agit.

(*s*) Dans le Chapitre VI du Livre I, Grandgouſier jure en Gaſcon, *Sang de les Cabres*: Sur quoi Mr. Le Duchat dit: *Cette expreſſion Gaſconne eſt une des raiſons qui font croire à l'Auteur de la Traduction Angloiſe de Rabelais, que c'eſt Jean d'Albret Roi de Navarre, qui eſt déſigné ſous le nom de Grandgouſier.* Si cela doit s'entendre de Mr. Le Motteux, comme je le ſuppoſe, il y a là deux petites inexactitudes. Iº. Mr. Le Motteux ne peut pas être appellé d'une manière abſolue l'Auteur de la Traduction Angloiſe. Il n'a traduit que les deux derniers Livres. IIº. Il ne dit rien nulle part, que je ſache, ſur le juron gaſcon de *Sang de les Cabres*: Et ſi la remarque que Mr. Le Duchat lui prête à ce ſujet doit ſe trouver dans l'Ouvrage que je traduis, ce ne ſera qu'autant qu'elle peut ſe trouver implicitement dans la Remarque plus générale à l'occaſion de laquelle je fais la préſente obſervation. Je ne ſai point au reſte ſi cette même Remarque eſt bien juſte. Je ne connois pas aſſez les Dialectes de la France Méridionale pour prononcer là-deſſus. Je dirai ſeulement que me méfiant de moi-même j'ai conſulté des Gaſcons & des Béarnois, qui m'ont aſſuré qu'ils n'entendoient rien au paſſage en queſtion.

Le Payïs de *Beuſſe* eſt nommé avec celui de Bibarois, & eſt nommé le premier, comme celui des deux où Gargantua étoit né. Or dans le nom de Beuſſe, auſſi-bien que dans celui de Bibarois, je trouve quelque choſe de plus qu'un ſimple badinage, ſur le mot de Boire. On ſait que le langage de ces Contrées, entre pluſieurs autres, eſt remarquable par la ſubſtitution de l'V au B & du B à l'V. Suppoſons la dans le nom dont il s'agit: & au lieu de *Beuſſe* nous aurons *Veuſſe*, que nous pourrons faire venir de *Vaſates*, l'ancien nom du Payïs d'*Albret* (t)

Remarquez encore ce qui eſt dit de GRANDGOUSIER, le Grand-Pere de *Pantagruel*, dans le troiſième Chapitre du premier Livre. Il avoit ordinairement *bonne munition de Jambons de Mayence & de Bayonne:* il avoit *proviſion de ſaulciſſes*: mais c'étoient ſauciſſes *de Bigorre.. & de Rouargue, & non de Bouloingne*, parce qu'*il craignoit li bouconi de Lombard.* Cela ſera fort intelligible ſi nous l'entendons de JEAN D'ALBRET, Prédéceſſeur de *Henri*, & qui peut être cenſé Grand-Pere d'Antoine de Bourbon en vertu du mariage de celui-ci avec ſa Petite-Fille Jeanne d'Albret. On conçoit facilement pourquoi Jean d'Albret devoit craindre *li bouconi de Lombard*, c'eſt-à-dire les poiſons d'Italie, lorſque l'on ſe rappelle combien le Pape étoit ſon Ennemi. On ſait qu'il fut excommunié par *Jules* II: & que ce fut en conſéquence de cette Excommunication qu'il perdit la Haute-Navarre, uſurpée par Ferdinand Roi d'Eſpagne. Auſſi voyons-nous, au huitième Chapitre de ce même Livre, que Grandgouſier n'aimoit point les Eſpagnols: *Il hayſſoit tous ces Indalgos bourrachous marraniſez comme Diables.* Et l'attachement qu'un Roi de Navarre devoit naturellement avoir pour ſon Payïs de Béarn, me paroît indiqué dans le Chapitre treize par ces paroles de Gargantua: *Un buſſart tu auras... de ce bon vin Breton, lequel poinct ne croiſt en Bretaigne. mais en ce bon pays de Verron.* Il me ſemble au moins que le nom de *Verron* ne ſeroit pas mal imaginé pour déſigner énigmatiquement celui de *Béarn.* (u)

Je ne voudrois pourtant pas inſiſter beaucoup ſur ces ſortes de reſſemblances entre les noms. Mais où l'on pourroit inſiſter, ſelon moi, ce ſeroit ſur la ſignification du nom grec d'*Utopie* donné par Rabelais au Royaume de Grandgouſier ou de Gargantua: & ſur le rapport viſible de cette ſignification avec ce que la Navarre étoit actuellement à l'égard de Jean ou de Henri d'Albret. Ce Royaume étoit en quelque ſorte anéanti pour eux, ou n'étoit [pour ainſi dire] qu'un Royaume en l'air: Ils ne le poſſédoient preſque plus que dans leurs titres, depuis que le Roy d'Eſpagne en avoit uſurpé la meilleure partie: Et c'eſt-là juſtement ce qu'exprime d'une manière énergique le nom d'*Utopie.* Perſonne n'ignore que ce mot a été inventé pour dire *un Payïs qui ne ſe trouve nulle part*, un Royaume chimérique.

Nous

(t) De là le nom *Bazadois* & de la Ville de *Bazas*, Ville Epiſcopale dont le Diocèſe embraſſe le Payïs d'*Albret*, & qui eſt ſituée ſur la petite Rivière de BEUVE. Voyez cependant la Note de Mr. Le Duchat ſur *le Pays de Beuſſe*. Livre I. Chap. VI, *Beuſſe* eſt le nom d'un Bourg entre *Loudun* & *Chinon*. Voyez la Carte du Chinonois.

(u) Mr. Le Motteux ne dit pas que le nom de *Verron* ſoit un nom imaginaire, ou fait à plaiſir. Il ſemble ſeulement le ſuppoſer. Quoi qu'il en ſoit, c'eſt le nom d'un Payïs bien réel, mais bien éloigné du Béarn. Voyez la Note de Mr. Le Duchat ſur ces paroles, *Poinct ne croiſt en Bretagne, mais &c.* Liv. I. Ch. XIII.

Nous avons donc déja quatre Acteurs de la Pièce, qui nous font connus: trois Rois de Navarre, & un Evêque de Valence redevable à leur Maifon de fon éducation & de fa fortune: fans compter les Femmes, qui font ici des Perfonnages muets. CATHERINE DE FOIX, femme de *Jean d'Albret*, Mere de *Henri*, & ici cenfée Grand mere d'*Antoine de Bourbon*, voilà GARGAMELLE, femme de *Grandgoufier*, Mere de *Gargantua*, Grand-mere de *Pantagruel*. Voilà par conféquent en MARGUERITE DE VALOIS, femme de Henri d'Albret, & Mere dans un fens d'Antoine de Bourbon, la véritable BADEBEC, dont Gargantua fut le Mari & Pantagruel le Fils.

ARTICLE III.

PICROCHOLE après cela, [ce perfonnage qui fe rend fi odieux à Grandgoufier & à Gargantua] ne fauroit nous demeurer long-tems inconnu. Il faut que ce foit, ou FERDINAND D'ARRAGON, le même qui avoit enlevé la Haute-Navarre à Jean d'Albret: ou plutôt fon fuccefleur Charles d'Autriche, fi fameux dans l'Hiftoire fous le nom de CHARLES-QUINT, à qui le portrait entier de Picrochole paroît reffembler plus parfaitement. [1] Le nom de *Picrochole* annonce à tous ceux qui entendent le Grec, un homme d'une humeur aigre & colérique, plein de fiel & d'amertume: tel enfin que fe montra Charles-Quint, non-feulement dans la guerre cruelle & opiniâtre qu'il fit à François premier, & où Henri d'Albret étoit confidérablement intéreflé, mais même dans fa fameufe retraite & dans fa mort, puifque l'une & l'autre eurent pour caufe, au moins en partie, un débordement de bile auquel il étoit fujet. [2] La Converfation de Picrochole avec le *Duc de Menüail*, le *Comte Spadaffin* & le *Capitaine Merdaille*, dans le Chapitre trente-trois du premier Livre, repréfente fort plaifamment un Prince affez fot & affez vain pour fuivre fes Flatteurs dans les plus ridicules Rodomontades, & pour fe laiffer remplir la tête d'un Projet de Monarchie univerfelle comme d'une chofe très-facile à exécuter. Or perfonne n'ignore que ce fut-là la grande maladie de l'efprit de Charles-Quint: & s'il ne la porta pas jufques dans le Monaftère où il fe retira après fon Abdication, on peut dire au moins qu'il fembla l'avoir donnée avec fes Royaumes à fon Succefleur, Philippe II. Le Duc de Ménuail, le Comte Spadaffin & le Capitaine Merdaille, m'ont tout l'air d'être quelques Grands d'Efpagne, car le Roi leur dit, *Couvrez, couvrez-vous.* [3] Ces Meffieurs, dans l'Hiftoire anticipée de fes Conquêtes, lui difent entr'autres chofes: *Vous pafferez par l'Eftroict de Sibylle, & là erigerez deux Colomnes plus magnificques que celles d'Hercules, à perpetuelle mémoire de votre nom.* C'eft manifeftement une raillerie aux dépens de Charles-Quint, qui avoit pris pour Devife deux Colomnes, avec ces mots, *Plus oûtre.* [4] Les mêmes Braves difent à Picrochole fur le même ton: *Couftoyant à gaufche, dominerez... Genes, Florence, Lucques, & à Dieu feas Rome. Le paovre Monfieur du Pape meurt desja de paour:* Et ils lui avoient dit un peu auparavant qu'il *oppugneroit* les Royaumes de *Tunis* & d'*Argiere.* Il feroit difficile, à ces traits, de méconnoître Charles-Quint. Ses expéditions de Tunis & d'Alger font connues: & l'on fait comment, en mil cinq cens vingt-fept, l'Armée de ce *Roi Catholique* prit Rome,

la

la pilla, y commit une infinité de violences, réduisit le Pape à se cacher dans le Château St. Ange, bloqua le Château, contraignit le St. Père de se rendre, le retint prisonnier, le rançonna, fit en-un-mot toutes ces choses que Sandoval, Auteur Espagnol, appelle une œuvre qui n'étoit pas sainte. *Obra no santa.* [5] Picrochole est dépeint, dans le Chapitre vingt-neuf, comme un Usurpateur obstiné des *Terres héréditaires* de Grandgousier & de Gargantua, *esquelles il étoit hostilement entré, sans cause ny occasion; & pretendoit seulement droict de bienseance* pour y demeurer. Voilà Charles-Quint encore. Au moins fut-il Usurpateur en ce qu'il ne voulut jamais en venir à une restitution de la Haute-Navarre, que son Prédécesseur Ferdinand avoit usurpée: & il est fort possible, au reste, que Rabelais ait eu intention de les produire tous deux sous un seul & même masque (x).

Cela n'est point selon les règles de l'Histoire & de la Chronologie: Mais dans des Ouvrages comme celui de notre Auteur ces sortes de choses sont autorisées par l'usage & par la raison. Lisez la Clef que le célèbre *Patru* nous donne d'une partie de l'*Astrée*, & qu'il tenoit de l'Auteur même de cet agréable Roman. Vous verrez que les compositions de ce genre doivent être un tissu de Vérité & de Fiction: que des actions éloignées & indépendantes les unes des autres dans la réalité, se rapprochent dans le Roman: que quelquefois au contraire une seule avanture se partage en deux avantures différentes, & la même personne paroît sous deux noms différens: qu'un espace de cinquante ans peut se retrécir jusqu'à n'être plus qu'un espace de six mois : que le lieu de la Scène, aussi-bien que l'ordre des tems, se change à dessein ; & que de pareilles libertez ont toujours été admises dans de pareils Ouvrages. Lisez l'*Argenis* de Barclay, où vous avez l'Histoire de France sous Henri IV. Vous verrez que *Polyarque* & *Archombrote* n'y sont au-fond qu'un seul & même Personnage: tout comme *Diane* & *Astrée*, ou *Celadon* & *Sylvandre*, dans le Roman de *D'Urfé*. Celui-ci transforme en mariages les liaisons galantes de ses Amans. Il se pourroit fort bien que par une

(x) Après tout ce que Mr. Le Motteux a dit pour prouver que Picrochole est Charles-Quint, il reste encore deux difficultez à faire contre son Explication. La première, c'est que les Courtisans ou Conseillers de Picrochole mettent l'Espagne même au nombre des Pays qu'il doit conquérir: *Par le corbieu Hespaigne se rendra, car ce ne sont que madourrez.* Comment un tel discours pouvoit-il se tenir à un Roi d'Espagne? C'est la première difficulté. Mais elle n'est point insoluble. Il étoit dans l'ordre que Rabelais dépayïsât un peu ses Lecteurs: & c'étoit véritablement les dépayïser que de leur faire voir l'Espagne parmi les Pays qui n'appartenoient pas à un Roi d'Espagne. ——— La seconde difficulté est de savoir comment Rabelais, qui est censé écrire en M.D.XXVIII, ou en M.D.XXXIII, a pu avoir en vûe une Expédition comme celle d'*Alger*, laquelle Charles-Quint ne fit que vers la fin de M.D.XLI. Mais oûtre que Mr. Le Motteux ne dit pas en termes exprès que Rabelais ait eu en vûe cette malheureuse expédition, il faut profiter ici de la Remarque de Mr. Le Duchat sur ce passage : c'est que le mot d'*Argière* ne se trouve point dans l'Edition de M. D. XXXV, ni même dans celle de Dolet, l'une de celles qui parurent en M. D. XLII, si Mr. Le Duchat en à bien marqué la date dans sa Préface. Observons en passant que si l'on avoit plusieurs exemples d'une pareille variété entre les Editions, on auroit par cela même une assez bonne preuve que les Editions qui passent pour beaucoup plus anciennes que celles de M. D. XLII, en vertu des dates qu'elles portent, sont telles effectivement; & que le soupçon de la supposition de leurs dates, allégué ci-dessus dans l'Article (f), devroit être regardé, par conséquent, comme un soupçon qui porte à faux.

une liberté femblable, quoiqu'oppofée, Rabelais ait transformé en fimple paf-
fion pour le mariage un mariage actuel de fon Panurge : Il pouvoit favoir que l'E-
vêque de Valence, fon Panurge réel, étoit marié, & confiderer en même tems que
ce n'étoit pas une chofe à publier (y). D'Urfé & Barclay font deux perfonnages
d'un feul : Il fe peut que Rabelais en ait fait un de deux ; en forte que Picrochole, comme je le prétends, repréfente à la fois Ferdinand d'Arragon & Charles-
Quint. On a même lieu de croire qu'ils ne font pas les feuls : Car Meffieurs *de
Sainte-Marthe* avoient affûré à Mr. *Ménage*, s'il faut s'en rapporter au *Ménagia-
na*, que leur Grand-pere, Médecin à *Fontevrault*, étoit l'original de Picrochole : & il n'y a nulle apparence, ni que ces Meffieurs l'euffent dit fans fondement, ni que Ménage l'eût redit fur leur parole en cas qu'il n'eût pas eftimé la
chofe vraifemblable. Ce favant homme devoit être au fait de ce qui regarde
Rabelais, fur les Oeuvres duquel il avoit compofé des Obfervations, lefquelles
je fuis fâché de ne connoître que par le Catalogue de fes Ouvrages manufcrits.
Rabelais repréfentoit des Evènemens & des Perfonnages confidérables : c'é-
toient-là fes principaux objets : Mais il avoit affez d'efprit fans doute pour en
faire des Tableaux où l'on pût avoir le plaifir de reconnoître auffi les caractères
& les avantures de quelques Particuliers. Ses Perfonnages peuvent être comparez à ceux des Ballets de *Benferade*. C'eft Jupiter, c'eft un Dieu qui parle, &
il ne dit rien qui ne le caractérife : mais cela eft tourné d'une telle façon que
c'eft en même tems le caractère d'un Dieu & celui d'un homme.

Frere Jean des Entommeures, dont je pourrois parler ici, trouvera fa place dans la fuite, parmi les Remarques particulières que je vais faire fur chaque
Livre (z).

R E-

(y) Pour juger de la folidité de cette conjecture, il faudroit favoir en quel tems Montluc fe maria. La date de fon Contrat de mariage pourroit nous en inftruire : l'âge de fon
Fils pourroit nous en faire juger ; Mais je
ne trouve ni l'un ni l'autre. Je vois feulement dans le Moréri que ce Fils mourut en
mil fix cens trois : qu'il avoit été légitimé en
mil cinq cens foixante-fept : & que *fix ans a-
près*, c'eft-à-dire en foixante & treize, *il fuivit fon Pere qui alloit en Pologne, pour procurer
la Couronne à Henri de France, Duc d'Anjou*. Je
doute que cela foit bien exact. Premièrement
il paroît que l'Evêque de Valence avoit été
envoyé en Pologne dès l'an foixante & douze. Voyez Henri de Sponde fous cette année. En fecond lieu il paroît que Balagni,
Fils du Prélat, étoit allé en Pologne avant

lui, qui n'y alla que pour achever ce que fon
Fils, aidé de fes inftructions, avoit commencé. Voyez *De Thou*. Hiftor. Lib. LIII. pp.
840-842. ———— Je m'apperçois au refte, en
relifant la page 840, que l'Hiftorien y dit quelque chofe de l'âge de *Balagni*. Au moins re-
marque-t-il que c'étoit encore alors, en
M. D. LXXII, un fort jeune homme : *qui tunc
Patavii admodum juvenis degebat*.

(z) Voyez les Remarques fur *Livre* I, *Ch.*
XXVII : & fur *Livre* III, *Ch.* XXVI, & XXVII.
Item fur *Livre* IV. *Ch.* XVIII XXIV J'avertis
au refte que les deux mots qu'on vient de lire fur *Frere Jean des Entommeures*, je les ai a-
joutez au Texte de Mr. Le Motteux, afin de
donner à fon Ouvrage une forme un peu plus
régulière.

REMARQUES
SUR LES
FAITS ET DITS
DE
GARGANTUA
ET DE
PANTAGRUEL.
DEUXIEME PARTIE,
OU
REMARQUES PARTICULIERES
Sur chaque Livre.

REMARQUES
SUR LE LIVRE I.

LE PREMIER CHAPITRE parle *de la généalogie & antiquité de Gargantua,* fans nous donner pourtant la lifte de fes Ancêtres au fujet de laquelle l'Auteur nous renvoye *à la grande Chronicque Pantagrueline,* c'eft-à-dire au premier Chapitre du deuxième Livre, où *vous entendrez plus au long comment les Géants nafquirent en ce Monde: & comment d'iceulx par lignes directes yffit Gargantua Pere de Pantagruel.* On peut regarder ce badinage comme une

agréa-

agréable raillerie aux dépens de tous ceux, qui s'appliquant trop à la vaine étu-de des généalogies les plus anciennes, femblent fe chercher des Ancêtres juf-ques dans l'Hiftoire fabuleufe des Géants, & vouloir fe faire defcendre de quel-que chofe de plus grand que l'Homme: Mais on peut croire auffi que Rabelais avoit perfonnellement en vûe le Prince qu'il repréfente fous le nom de GRAND-GOUSIER, Pere de Gargantua. J'ai tâché de prouver ci-deffus que par Grand-goufier nous devons entendre JEAN D'ALBRET Roi de Navarre. Or quoique ce fût un Prince qui avoit plufieurs qualitez aimables, franc, généreux, magnifi-que, fe plaifant même à la lecture, il ne laiffoit pas d'avoir fes défauts. Indo-lent, aimant trop le plaifir, fe divertiffant fouvent à aller familièrement man-ger chez fes Sujets, abandonnant à fes Miniftres le foin des affaires; mais avec cela grand amateur de tous les moindres détails où l'on puiffe entrer pour con-noître à fond l'Hiftoire généalogique & héraldique des Familles, fon applica-tion la plus forte étoit celle qu'il donnoit à cette même étude dont Rabelais fe moque (a).

Gargantua & fes Prédéceffeurs font repréfentez comme une Race de *Géants*. C'eft qu'ils font Rois: & que les Rois, dans un fens moral, font des Géants.

On pourroit dire enfin que fi Rabelais a fait de Grandgoufier, de Gargantua, de Pantagruel, des Perfonnages exceffivement gigantefques, c'eft par une imita-tion ironique des Romans de fon tems, où la defcription des Géants & de leurs prouffes, auffi-bien que celle des Magiciens & de leurs opérations prodigieu-fes, formoit un merveilleux oûtré incroyable (b).

LE CHAPITRE SECOND contient les *Fanfreluches antidotées trouvées en un Monu-ment anticque*. Ces fanfreluches, avec l'hiftoire de leur découverte dans le Cha-pitre précédent, pourront divertir ceux qui favent combien il s'en faut que tous les anciens Manufcrits foient authentiques.

LES CHAPITRES HUIT, NEUF & DIX, traitent au long de tout ce que Grandgou-fier *ordonna* touchant les habillemens de Gargantua, touchant fa Livrée, touchant fes *Couleurs*: & des raifons qu'il eut d'ordonner qu'elles fuffent *blanc & bleu*. L'at-tention du bon homme Grandgoufier à ces fortes de chofes affortit ce que j'ai in-finué au fujet du goût de JEAN d'ALBRET pour l'Art héraldique & pour toutes les dépendances de cet Art. ——— *Les couleurs de Gargantua feurent blanc & bleu: comme cy-deffus avez peu lire. Et par icelles vouloit fon pere qu'on entendift que ce luy étoit une joye celefte. Car le blanc lui fignifioit joye, plaifir, delices & rejouiffance: & le bleu, chofes celeftes.* Mais comme après-tout le blanc peut fe prendre auffi pour l'emblême de l'*Innocence*, de la *Candeur*, de la *Sincérité*: & le

---

(a) Sur ce qu'obferve Mr. Le Motteux tou-chant la manière de vivre plus agréable qu'hé-roïque de Jean d'Albret, fon Grandgoufier, on peut fe rappeller ici, I°. ce qui eft dit de Grandgoufier dans le Chapitre trois du pre-mier Livre, qu'il étoit *bon raillard, aymant à boire net aultant que homme qui pour lors feuft au monde*, & ayant *ordinairement bonne munition de Jambons* &c. II°. Ce qui eft dit, au Chapitre qua-tre, de fon grand repas avec *tous les Citadins*,

où il *prenoit plaifir bien grand & commandoit que tout allaft, par efcuelles*: III°. Ce que dit de lui Picrochole au Chapitre trente-deux: *le paovre beuveur: ce n'eft fon art aller en guerre, mais ouy bien vuider les flaccons.*

(b) Aux Remarques de Mr. Le Motteux fur ce premier Chapitre du premier Livre, il faut joindre celles qui roulent fur le premier Chapitre du Livre II.

le bleu pour la *Piété*, ou pour l'*amour divin*, pour l'amour des *choses célestes*: j'aurois du panchant à croire que dans le fond, en donnant ces couleurs à Gargantua, qui repréfente HENRI D'ALBRET, Epoux de MARGUERITE DE VALOIS, Rabelais avoit en vûe la *Sincérité* avec laquelle ce Prince & cette Princeffe s'intéreffoient pour la *Piété*, en s'intéreffant pour la réformation de l'Eglife (*c*) --- Peut-être encore qu'il vouloit faire honneur, en paffant, à fon bon Patron GoDEFFROI D'ESTISSAC, Evêque de Maillezais, qui portoit d'*argent* & d'*azur* dans fes Armoiries.

Les CHAPITRES ONZE, DOUZE & TREIZE, nous entretiennent de l'*Adolescence de Gargantua*: Et nous y voyons quelque chofe d'affez femblable à ce que l'Hiftoire nous apprend de la manière dont HENRI D'ALBRET fit élever fon Petit-fils, fi fameux dans la fuite fous le nom de *Henri-Quatre*. Il l'envoya à la Campagne. Il ordonna qu'on le laiffât courir avec les Enfans des Payfans: & fes ordres furent fuivis. Le jeune Prince couroit fouvent parmi ces petits Villageois fans chapeau & fans fouliers. Il étoit nourri comme eux. Il acquit ainfi cette conftitution robufte, cette activité & cette fobriété, qui dans l'âge viril contribuèrent fi bien à lui faire furmonter les efforts de la Ligue & du Duc de Mayenne en qui les mêmes qualitez ne fe trouvoient pas. Or il eft fort probable que HENRI D'ALBRET, qui eft toujours dans mon idée le véritable Gargantua de Rabelais, avoit été lui-même élevé comme il éleva fon Petit-fils: Car ce Prince, tel que l'Hiftoire nous le repréfente, ne fe diftingua pas feulement par fon efprit, par fa capacité, & par une générofité qui alloit jufqu'à la magnificence; il avoit encore les inclinations guerrières & beaucoup de bravoure (*d*).

LE CHAPITRE QUATORZE a pour titre: *Comment Gargantua feuft inftitué par ung Sophifte en Lettres Latines.* Ce Sophifte eft nommé *Maiftre Thubal Holoferne*. Je ne doute pas que ce Perfonnage, & fon fucceffeur *Maiftre Jobelin Bridé* dont il eft parlé dans la fuite, ne fuffent des gens bien connus lorfque

Ra-

(*c*) Mr. Le Motteux fuppofe ici une grande union entre ces deux Epoux en faveur de la Réformation, & il y a une Epitaphe de l'Epoufe dans laquelle on donne à l'Epoux le titre de *Concordiffimus*: A quoi l'on peut rapporter le Commentaire de Mr. Le Motteux fur le *Corps concords* des vers adreffez à l'Efprit de la Reyne de Navarre. Voyez ci-deffus les *Remarques générales.* Mais voyez auffi Bayle, fous l'Article de cette Princeffe, dans la Remarque (K): fans négliger pourtant ce que lui objecte l'Auteur des *Remarques critiques* de l'Edition de Paris: Nº. 50. Mr. *de Sponde* affûre que Henri d'Albret mourut Catholique: mais il avoue en même tems que ce Prince *autrefois avoit ebancelé en fa foi.* Vid. *Spond.* Aº. M.D.LV. § XXII.
(*d*) Touchant ce qui eft dit ici de l'éducation de *Henri-quatre*, Mr. Le M. nous renvoye à l'*Hiftoire* de ce Prince par *Hardouin de Péréfixe*, & nomme en même tems *Mézerai.* [Si „ *Mézeray* en parle, il faut que ce foit dans

„ fa grande Hiftoire: mais il fuffit que cela „ fe trouve dans Péréfixe: pp. 18, 19. Edi„ tion d'Amft: 1664. Pour ce qui eft de la „ conjecture de Mr. Le M., que *Henri II* a„ voit été élevé lui même comme il éleva fon „ Petit-fils, elle n'a aucun fondement, que „ je fache, & elle s'accorde fort mal avec le „ caractère qu'il nous donne de Jean d'Albret „ Pere de Henri II. Voyez fes Remarques fur „ le premier Chapitre du premier Livre.] " Quoi qu'il en foit, il ne fera pas hors de propos de fe rappeller ici les paroles fuivantes du Chapitre XI. *Gargantua depuis les troys jufques à cinq ans, fut nourry & inftitué.. par le commandement de fon Pere, & celluy temps paffa comme les petitz enfans du pays & couroit voulentiers aprés les parpaillons defquelz fon pere tenoit l'Empire.* ' Sur quoi l'on peut obferver que *Parpaillons* reffemble beaucoup à *Parpaillots*, qui eft un des noms que l'on a donnez en France aux Proteftans. Il y a un petit Article fur ce nom dans le Moréri.

Rabelais écrivoit. Mais ſavoir qui ils étoient, c'eſt ce que je n'ai pas encore pu découvrir (e).

Le Chapitre Quinze nous apprend *comment Gargantua feut mis ſoubz aultres Pedagogues*, par le conſeil de *Don Philippes des Marais, Viceroy de Papeligoſſe.* Je conçois que ce Don Philippe des Marais pourroit être *PHILIPPE fils du MARESCHAL de NAVARRE.* Le Don eſt un titre Navarrois auſſi-bien qu'Eſpagnol: & *Marais* approche aſſez de *Maréchal.* ——— Dans ce même Chapitre, la réſolution eſt priſe d'envoyer Gargantua à Paris, *pour congnoiſtre quel eſtoit l'eſtude des Jouvenceaulx de FRANCE pour icelluy temps:* Preuve que Grandgouſier n'étoit pas Roi de France, comme on ſe l'imagine; & que Gargantua, comme je l'ai déja dit, ne doit être cenſé paroître dans ce Royaume qu'en qualité d'Etranger (ƒ).

Les Chapitres Seize & Dix-sept renferment l'hiſtoire de l'*énorme Jument* qui porta Gargantua: l'abbatis qu'elle fit avec ſa queue de l'*ample Foreſt* près d'Orléans: & la ſaiſie des *groſſes Cloches de l'Eccliſe de Noſtre Dame.* Ceux qui prennent Gargantua pour François Premier, expliquent tout cela à leur manière. *Tout le monde ſçait, diſent-ils, que ceſte Jument eſt MADAME D'ESTAMPES maiſtreſſe du Roy, qui eſt la meſme qui fit abbatre les Foreſts de Beauſſe; à laquelle le Roy voulut donner un Collier de perles, & faire quelques levées ſur les Pariſiens, leſquels ne vouloient point payer; en ſorte que le Roy, & Madame d'Eſtampes auſſi, les menaça de vendre les Cloches de Noſtre Dame pour achepter ſon collier.* Telle eſt la remarque de l'*Alphabet de l'Auteur François* ſur ces paroles de Rabelais: *Gargantua pendit les Cloches de Noſtre Dame au col de ſa Jument, &c.* Or quoique Gargantua, ſelon moi, ne ſoit pas François premier, j'avoue que Rabelais auroit bien pu vouloir nous divertir en nous faiſant reconnoître occaſionnellement une pareille avanture, ſi elle étoit véritable. Mais ce qui me fait beaucoup douter qu'il ait eu réellement ce deſſein, c'eſt que François premier s'étant fait lire l'Ouvrage de Rabelais, pour juger des clameurs que ce Livre avoit excitées, il l'approuva: ce qui ne ſeroit apparemment pas arrivé, ſi lui-même y eût été mis en jeu d'une manière ſi viſible. L'hiſtoire du collier & des cloches m'a tout l'air d'une fable, & je ne la trouve atteſtée nulle autre part. Que la Jument qui s'*eſcarmouche* avec ſa queue, ſoit une Maitreſſe de Gargantua: à la bonne heure; Mais Henri d'Albret, qui eſt toujours mon Gargantua, n'avoit-il pas quelque Maîtreſſe, auſſi-bien bien que François premier? Je n'ai au reſte ni tous les Livres, ni tout le tems qu'il me faudroit pour déchiffrer parfaitement cette énigme. Mon Libraire qui me preſſe, m'accorde à peine quinze jours pour faire mes recherches & pour finir ce Diſcours, qu'il faudra encore que j'accompagne d'une Vie de mon Auteur. Si je fais aſſez tôt quelques nouvelles découvertes, je pourrai les publier dans la ſuite avec mes Remarques

ſur

(e) Sur *Thubal Holoferne* & ſur *Jobelin Bridé*, on peut voir Mr. Le Duchat. Rabelais au reſte dit que Thubal Holoferne mourut *l'an mil quatre cens & vingt.*

(ƒ) Mr. Le Motteux fait une autre remar-

que ſemblable ſur un paſſage du Chapitre XLV. Voyez ci-deſſous, immédiatement après le renvoi marqué (z). Mais voyez auſſi l'Article (c) des Obſervations ſur l'*Introduction* de ces Remarques.

fur les deux derniers Livres. Je hazardérai cependant une conjecture fur l'hiſtoire des Cloches. La voici.

LES CHAPITRES DIX-HUIT, DIX-NEUF & VINGT, rapportent,
*comment Janotus de Bragmardo feut envoyé pour recouvrer de Gargantua les groſſes
Cloches:* quelle fut *la Harangue de Maiſtre Janotus pour les recouvrer:* & quel fut le
ſuccès de ſon impertinente éloquence. Quand on compare ces Chapitres avec
celui qui les précède, où l'on voit que Maître JANOTUS étoit député de l'*Univerſité* de Paris, il eſt naturel de penſer que ſa ridicule Harangue a été imaginée pour
ſe moquer des Univerſitez de France, qui dans ce tems-là méritoient bien d'être
un peu turlupinées. Auſſi veux-je bien croire que cette raillerie entroit pour
quelque choſe dans le deſſein de Rabelais; Mais je m'imagine en même tems
qu'il en vouloit plus particulièrement à un Docteur de Sorbonne qui fut depuis
Evêque d'Avranches, & qui eſt connu ſous le nom de CENALIS. Cet homme
écrivit un Livre fort plaiſant ſur les Signes ou caractères diſtinctifs de la vraye
Egliſe & de la fauſſe. Un caractère déciſif, ſelon lui, c'eſt d'avoir des CLO-
CHES ou de n'en avoir pas, & d'être réduit [comme l'étoient alors les Proteſtans de France] à tirer un coup de mouſquet pour ſignal de leurs Aſſemblées.
Les Cloches ſonnent, les Mouſquets tonnent: Les Cloches font une agréable
muſique, les mouſquets un bruit horrible: Les Cloches ouvrent le Ciel, les
Mouſquets l'Enfer: Les Cloches diſſipent le tonnerre & les nuages, les mouſquets élèvent des nuages & imitent le tonnerre. Telle étoit la Logique de *Cenalis.* Il argumentoit ſur les Cloches de l'Egliſe Catholique avec autant de bon-
ſens que *Janotus de Bragmardo* argumente ici ſur les grandes Cloches de l'Egliſe
de Notre Dame (g). ——— Autre conjecture. Comme une Ville qui capitu-
le eſt obligée de racheter ſes Cloches, il ne ſeroit pas impoſſible que l'enlève-
ment des groſſes Cloches de *Paris* repréſentât ici par analogie la ſuppreſſion de
certains Privilèges de l'Univerſité de cette Ville, ou de quelque autre, qui
pourroit n'avoir été déſignée ſous le nom de Paris que pour dépayſer les Lecteurs. La députation & la Harangue de Janotus de Bragmardo pour recouvrer
les Cloches; repréſenteroient alors les démarches de l'Univerſité pour obtenir le
rétabliſſement de ſes Privilèges: Et le *Commandeur jambonier de Sainct Antoine*,
qui étoit venu auparavant [dans le Chapitre XVII.] pour *emporter furtivement* les
Cloches, pourroit fort bien y avoir été introduit, non-ſeulement pour nous faire rire en paſſant du Cochon de St. Antoine, à qui il faut toujours une cloche
au col, mais pour repréſenter quelque Commandeur ou quelque Prieur réel,
qui auroit agi ſous main pour faire tourner à ſon avantage ou à celui de ſes Moines

---

(g) Sur cet article Mr. Le Motteux nous
renvoye à l'Hiſtoire de *Jean Creſpin:* & il n'y
a pourtant pas un mot de *Robert Cenalis* dans
toute cette Hiſtoire. " [Ce que Mr. Le Mot-
„ teux dit du Livre de cet Evêque d'Avran-
„ ches eſt tiré de l'*Hiſtoire Eccléſiaſtique* attri-
„ buée à *Bèze*: Liv. II. p. 124. Ed. d'Anvers,
„ 1580. Au reſte le Livre de Cénalis ne pa-
„ rut qu'en M. D. LVII, ſelon Bèze, & ſe-
„ lon *De Thou*, Lib. XIX. p. 590. B. Ed. de
„ Genève, 1626. Comment donc Rabelais
„ pouvoit-il faire alluſion à ce Livre qui ne
„ fut publié qu'après ſa mort? On peut voir
„ à quelle occaſion il le fut, dans l'*Hiſtoire de
„ la Réformation en Anglois, Tome* I. Liv. I. pp.
„ 91, 92.] „ Cette Hiſtoire de la Réformation eſt la même dont il eſt parlé dans la *Bibliothèque Britannique*, Tome IX. p. 431: & dont
l'Auteur eſt Mr. *Etienne Abel* LAVAL, Miniſtre
parmi les François réfugiez à Londres.

nes jambonniers, la difgrace de l'Univerfité. Notez qu'il y a des Religieux de St. Antoine à Paris, & que Rabelais met à Paris la fcène de cette avanture. Je ne fai pourtant fi Paris ne feroit pas nommé ici pour quelque autre lieu. Le Prologue du quatrième Livre parle, ce femble, de la même avanture, & le fait arriva dans la Gafcogne, dont une partie étoit fous la domination de HENRI D'ALBRET, qu'il convient toujours de regarder comme l'original de Gargantua. *Icy font les Guafcons*, dit ce Prologue, *icy font les Guafcons renians & demandans reftabliffement de leurs Cloches.* Je ne faurois m'affûrer non-plus de la véritable caufe de la difgrace, foit des Parifiens ou des Gafcons: je vois feulement qu'il y eut des Mutins qui *commençarent à renier & jurer, les ungs en colere, les aultres par rys*, & que *par rys* auffi ils furent *baignez*; ce qui eft le commencement de leur difgrace. Mais en quelque endroit que la chofe foit arrivée, & quelles que foient les circonftances du fait, il faut qu'il s'agiffe de quelque événement affez confidérable. Car d'un côté, dans le Chapitre où les Coupables paroiffent être de Paris, l'Auteur les cenfure vivement fur leur facilité à fe mutiner: & de l'autre, dans le Prologue où ils paroiffent être de Gafcogne, ils demandent un RETABLISSEMENT: expreffion que je trouverois trop forte s'il ne s'agiffoit que de ravoir des Cloches (*b*).

LES CHAPITRES XXI-XXIV, nous offrent deux objets à comparer: *L'eftude de Gargantua felon la difcipline de fes Précepteurs fophiftes*, & l'eftude du même Gargantua felon la difcipline de *Ponocrates*. La comparaifon de l'une avec l'autre fait voir en général combien les leçons d'un bon Précepteur font préférables à l'ennuyeufe méthode des Ecoles: & combien l'Education de la Jeuneffe Proteftante, dans ces premiers jours de la Réformation, étoit plus belle que l'Education ordinaire de la Jeuneffe Catholique. Mais cette même comparaifon nous fait voir en particulier combien peu HENRI D'ALBRET eût été un Prince éclairé s'il s'en fût tenu aux lumières que fon éducation catholique pouvoit lui avoir données. Il eft vrai qu'il n'ofa jamais fe déclarer Proteftant: C'eût été pour lui un obftacle de plus au recouvrement de la Navarre, dont tout le Peuple étoit Papifte; Mais il n'en haïffoit pas moins les principes du Papifme. C'étoient ces principes-là qui avoient diété l'Excommunication de fon Pere, & qui avoient encouragé à l'ufurpation de fon Royaume Ferdinand le Catholique. Auffi voyons-nous que dès que ces principes furent ouvertement attaquez par les Réformateurs, fon Epoufe au moins, *Marguerite de Valois*, fe déclara affez hautement en faveur de leurs idées & protégea leur Parti le mieux qu'elle put. Il y a dans ces Chapitres divers traits qui ne permettent pas de douter que Rabelais n'eût en vûe un Prince Catholique qui participoit à la Réformation de l'Eglife, *Quand Ponocrates congnut la vitieufe maniere de vivre de Gargantua, délibera aultrement le inftituer en lettres, mais pour les premiers jours le tolera: confiderant que nature ne endure mutations foubdaines, fans grande violence. Pour doncques mieulx fon œuvre commencer, fupplia un fçavant Medicin de celluy temps, nommé Maiftre* THEODORE:

(*b*) Mr. Le Motteux revient à l'hiftoire des Cloches dans fes Remarques fur le Prologue du quatrième Livre. On les trouvera à leur place, & on jugera s'il avoit raifon de confondre les Cloches des Parifiens avec celles des Gafcons.

DORE: *à ce qu'il confidéraſt ſi poſſible eſtoit remettre Gargantua en meilleure voye. Lequel le purgea canonicquement avecq Elebore de* ANTICYRE, *& par ce médicament lui nettoya toute l'altération & perverſe habitude du cerveau. Par ce moyen auſſi Ponocrates lui feiſt oublier tout ce qu'il avoit apprins ſoubz ſes anticques Precepteurs* .... *Aprés en tel train d'eſtude le miſt qu'il ne perdoit heure quelconcque du jour : ains tout ſon temps conſommoit en lettres, & honneſte ſçavoir. S'eſveilloit doncques Gargantua environ quatre heures du matin. Et cependant qu'on le frottoit* LUY ESTOIT LEUE QUELCQUE PAGINE DE LA DIVINE ESCRIPTURE HAULTEMENT ET CLAIREMENT, &c: *Au lieu que ſous ſes premiers Maîtres, ſi aprés avoir bien à poinct desjeuné, il alloit à l'Ecclife. C'eſtoit avec* UNG GROS BREVIERE EMPANTOUPHLE', *& là oyoit vingt & ſix ou trente* MESSES: *cependant venoit ſon Diſeur d'*HEURES *en place* EMPALETOCQUE' *comme une duppe*....*avecques icelluy* MARMONNOIT *toutes ſes* KYRIELLES...*Puis au partir de l'Ecclife on lui amenoit*.. *ung faratz de* PATENOSTRES.. *& ſe pourmenant par les* CLOISTRES.. *en diſoit plus que ſeize Hermites.* Si l'*Elebore de Anticyre* l'a guéri de tout cela, il n'y aura nulle difficulté à dire qu'il s'agit d'un remède métaphorique. Les argumens des Réformateurs contre les Superſtitions régnantes étoient un vrai remède dans le ſens moral, & un remède puiſſant qu'on auroit même pu nommer d'*Anticyre* par cette raiſon, puiſque le mot Grec *Anticyria*, ſelon le témoignage de *Suidas*, s'explique par un autre mot qui ſignifie *Puiſſance*. Et il faudra, à ce compte, que le Médecin qui guérit les Eſprits avec un tel remède ſoit quelcun de ceux qu'on appelle les Médecins de l'Ame. Le nom de THEODORE que Rabelais lui donne, & qui veut dire *Don de Dieu*, eſt très-bien choiſi pour déſigner un habile Théologien. Peut-être Rabelais vouloit-il déſigner BERTHAUD, Prédicateur de la Reine Marguerite, Epouſe de *Henri d'Albret* (*i*).

LES CHAPITRES XXV, XXVI, & ſuivans, nous racontent: *Comment feut meu entre les Fouaciers de Lerné, & ceux du Pays de Gargantua, le grand debat, dont feurent faictes groſſes guerres: Comment les habitans de Lerné, par le commandement de Picrochole leur Roy, aſſaillirent au depourveu les Bergiers de Gargantua:.. Comment Picrochole print d'aſſault la Roche-Clermauld:* ... *Comment Ulrich Gallet feut envoyé devers Picrochole: La harangue faicte par Gallet à Picrochole:* Le ſuccés de cette Harangue, l'obſtination de Picrochole, les ſièges & les combats qui en furent la ſuite.

(*i*) La Remarque de Mr. Le M. fondée ſur la reſſemblance d'*Anticyre* & d'*Anticyrie*, eſt dans le même goût que celle qu'il fonde dans la ſuite ſur la reſſemblance de *Thelema* & de *Thalamos*, en parlant de l'Abbayïe de Thélême. Voyez quelques pages plus bas. —— Et pour ce qui regarde l'Education louable de Henri d'Albret, ou des jeunes Seigneurs Proteſtans de ſon âge, comparée avec celle de la jeune Nobleſſe Catholique, il y auroit auſſi quelque choſe à obſerver. „ [Henri d'Albret „ nâquit en mil cinq cens *deux*, la quatrième „ année de *Loûïs* XII. ſous le Règne duquel, „ on pouvoit dire que la Cour étoit une Eco„ le de vertu, & que la jeune Nobleſſe étoit „ élevée avec beaucoup de ſoin: ce qui ne „ commença à changer qu'aſſez long-tems „ après que François premier lui eut ſuccé„ dé. D'ailleurs il n'y a point ici de parallèle „ à faire entre la Jeuneſſe Catholique & la „ Jeuneſſe Réformée, puiſque dans les pre„ mières années de Henri d'Albret, il n'étoit „ point encore parlé ni de Réformation ni de „ Réformez en Europe. Luther ne ſe mit „ ſur les rangs qu'en mil cinq cens *dix-* „ *ſept*; & il ne fut queſtion de ſes ſentimens „ en France qu'en mil cinq cens *vingt &* „ *un*. Henri d'Albert avoit alors dix neuf „ ans: Et il n'y avoit certainement pas alors „ des Familles Proteſtantes où l'on pût re„ marquer ſi la Jeuneſſe étoit mieux élevée „ que dans les Familles Catholiques.]"

fuite. Or il y a dans tout cela quantité de traits qui s'appliquent naturellement aux guerres de la Maifon d'ALBRET avec FERDINAND & CHARLES Rois d'Efpagne. —— Les habitans de Lerné font appelez des TRUANDS, c'eft-à-dire des Marauds, remarquables par leur gueuferie & par leur fainéantife. Voilà déja un trait qui ne caractérife pas mal, les ESPAGNOLS (*k*). —— Le nom de LERNE peut avoir été choifi exprès pour défigner L'ESPAGNE, & tout le mal dont elle étoit caufe, foit à l'égard de l'Europe en général par le projet d'une Monarchie univerfelle, foit en particulier à l'égard de la NAVARRE qu'elle avoit injuftement envahie & qu'elle retenoit de même. *Lerné* ne femble être d'abord que le nom d'un petit endroit qui n'eft pas bien loin de Chinon: Mais Rabelais n'ignoroit pas que *Lerne* ou *Lerna* eft auffi le nom de ce Lac fameux où étoit l'Hydre, qui du tems d'Hercule faifoit tant de ravages dans le Territoire d'Argos; & par allufion auquel les Grecs ont dit proverbialement *une Lerne de maux*, pour dire une fource de malheurs. —— *Jean* d'ALBRET à qui Ferdinand d'Arragon enleva la Navarre dans le mois de Juillet M. D. XII, & cela prefque auffi facilement que Picrochole s'empare des Terres de GRANDGOUSIER, où les Troupes de l'Ufurpateur ne rencontrent d'abord *réfiftance quelconque*, non-plus qu'au fiège de *la Roche-Clermauld*: Jean d'Albret, dis-je, afin de détourner le torrent qu'il voyoit prêt à abîmer fon Royaume, envoya DON ALPHONSE CARILLO, Connétable de Navarre, pour porter Ferdinand à la paix: Mais l'Ambaffadeur fut fi mal reçu, qu'il n'eut rien de mieux à faire que de revenir au plus vîte chez fon Maître pour lui apprendre combien la voye de la négociation étoit inutile. Voilà juftement l'Ambaffade d'ULRICH GALLET de la part de Grandgoufier auprès de Picrochole, dans le Chapitre trente-deux: Et notez encore que dans le Chapitre fuivant, Picrochole jure par *Saint Jacques*, qui eft le Saint des Efpagnols. —— Après cela vient la guerre, où Picrochole a le deffous, & où l'Hiftoire nous apprend au moins que Ferdinand & Charles-Quint n'eurent pas toujours le deffus. Car nous voyons que dès le mois de Novembre de cette même année M. D. XII, la France envoya au fecours de JEAN D'ALBRET une Armée qui reprit plufieurs Places, qui affiégea la Capitale, qui peut-être même l'auroit regagnée fi la rigueur de la faifon eût permis d'en continuer le fiège: Et en M. D. XXI, la Navarre fut entièrement reconquife par une autre Armée fous la conduite du Seigneur d'Afperault, qui fans fon imprudence & l'avarice d'un de fes principaux Officiers, auroit remis ce Royaume entre les mains de fon premier Maître (*l*).

On

(*k*) C'eft peut-être ma faute: mais quoi qu'il en foit, j'ai cherché l'endroit où les habitans de Lerné font appelez des *Truands*, & il m'a été impoffible de le trouver.

(*l*) Mr. Le Motteux cite ici, touchant l'Ambaffade de DON ALPHONSE CARILLO, *l'Hiftoire de Navarre par* C. *Secrétaire & Interprète du Roi*: Et pour ce qui eft des deux Expéditions deftinées à reconquérir la Navarre, il nous renvoye aux *Mémoires de* MARTIN DU BELLAY: où il eft effectivement parlé de

l'une & de l'autre Expédition, mais non pas tout-à-fait comme en parle Mr. Le M., au moins par rapport à la première. Les Mémoires ne difent mot, par exemple, ni de la reprife d'aucune Place, ni du Siège de Pampelune. Ils portent fimplement que le Duc d'Angoulême étant à l'Armée que commandoit le Duc de Longueville, *il marcha jufques au Mont Jaloux, où la bataille fut préfentée aux Efpagnols qui eftoient à Sainct Jean de Pied de Porc, laquelle ils refuferent* ... *& qu'enfuite, après avoir fait*

On pourroit pouffer plus loin ce parallèle. Mais après-tout je crois que le grand *debat* des *Fouaciers* de Lerné & des *Bergers* de Gargantua, repréfente ici quelque chofe de plus qu'un combat proprement ainfi nommé. Le terme de DEBAT fignifie plus naturellement une *Difpute* qu'une bataille : On donne aux Miniftres Luthériens ou Proteftans le titre de *Pafteur*, qui eft un fynonyme de BERGER : Et fi l'on confidère que les Hofties tranfubftantiées des Prêtres Catholiques ne font autre chofe pour les Proteftans que des oublies cuites entre deux fers chauds à la manière des *Fouaces* du Poitou, où Rabelais avoit vêcu, on concevra facilement que par les FOUACIERS de Lerné il a pu vouloir défigner les Eccléfiaftiques d'Efpagne & tous les autres *Meffificateurs* (m) : De forte que le grand debat des Fouaciers avec les Bergers pourroit bien être une image dès grandes controverfes des Théologiens Catholiques avec les Proteftans. Les Bergers vouloient acheter des Fouaces pour les manger à leur déjeûné avec les raifins qu'ils gardoient : les Fouaciers les refufent : & delà le grand debat. Cela s'applique de foi-même à la grande controverfe de l'Euchariftie. La fainte Cène eft une efpèce de déjeûné, puifqu'on la prend communément à jeun : Or pour cette efpèce de déjeûné que faut-il aux Proteftans? ce qu'il falloit aux Bergers pour le leur : Du pain & du jus de raifins : *car notez que c'eft viande célefte*, comme le dit mon Auteur, *manger à desjeuner raifins avec fouace fraîche*. Mais ne parlons que du pain. Un Communiant avec des fentimens Proteftans aura beau demander le pain dans la Communion à des Prêtres Catholiques : le pain même lui fera refufé : on ne lui accordera que les *Accidens* du pain. Et tout le monde fait que c'étoit-là, dans le tems de Rabelais, le grand fujet de la difpute entre les Catholiques & les Proteftans. Nous voyons que les Fouaciers, non-contens de refufer aux Bergers ce qu'ils demandoient, les accablerent d'injures, *adjoutans que poinct à eulx n'apartenoit manger de ces belles foüaces : mais qu'ils fe debvoient contenter de gros pain ballé*. Et en effet : il faut bien que les morceaux de la plus dure digeftion foient affez bons pour des gens à qui l'on prétend faire gober une chofe auffi difficile à digérer que le Dogme de la Tranfubftantiation. La réponfe des Bergers fut affez modefte : *ung d'entr'eulx nommé Forgier bien honnefte homme de fa perfonne, & notable bachelier, refpondit doulcement : Depuis quand avez-vous prins cornes, qu'eftes tant rogues devenus? Dea, vous nous en fouliez voulentiers bailler, & maintenant y refufez?* Ce difcours indique clairement la nouveauté de cette

Paffer Roncevaulx au Duc d'Albe .. le Duc d'Angoulefme & ladite Armée furent contremandez du Roy pour retourner tout court. NICOLE GILLES, ou plutôt un de fés Continuateurs, dit en termes plus fimples encore : *le Roy Loys envoya groffe Armée foubz la conduycte de François Seigneur de Dunois, Duc de Longueville . . & fut l'armée jufques à Sainct Jehan Piedeporc, dont il retourna fans grand'gloire.* Voyez les *Chroniques de Nicole Gilles* &c. Second Volume, au revers du feuillet CXXIII. Paris, M. D. LXIX. Et *les Mémoires de Martin du Bellay*, p. 3. Edition de Heidelberg, M. D. LXXI. Il parle de la feconde Expédition aux pages 50 & 51.

(m) Dans l'Anglois *Miffificators*. Je ne fais fi ce mot eft de l'invention de Mr. Le Motteux : Mais il y a long-tems que l'on a dit *meffifier* pour *célébrer la Meffe*. Je le trouve en ce fens dans *L'Eftat de l'Eglife* &c. par *Jean Crépin*: p. 508. de l'Edition de M. D. LXXXII. Et fi l'on a *Sleidan* en François, on pourra voir que parmi les Sommaires qui font en marge, il y en a un, vers la fin de M. D. XXXVIII, qui eft conçu en ces termes : *Preftres malotrus & beliftres* MISSIFIANS. Ce dernier mot, ainfi que ceux de *Meffifier* & de *Meffificateur*, ne fe trouve point dans le Dictionnaire de Trévoux.

cette doctrine qui fouftrait aux Communians la fubftance du Pain. *Adoncq Marquet, grand baftonnier de la Confrairie des Foüaciers, lui dift:.. Vien ça, vien ça... Lors Forgier en toute fimpleffe approcha... & Marquet lui bailla de fon foüet à travers les jambes, fi rudement que les nouds y apparoiffoient: puis voulut gaigner à la fuite, mais Forgier... luy jetta ung gros tribard qu'il portoit fous fon efcelle, & l'attainct par la jointure coronale de la tefte, fur l'artere crotaphicque, du cofté dextre: en telle forte que Marquet tumbit de deffus fa jument, mieulx femblant homme mort que vif.* Ces deux Champions repréfentent fort bien les Controverfiftes des deux Partis. Le Catholique fe donne bien-tôt des airs infultans: il paroît, en quelque forte, le fouet à la main : & encore frape-t-il en traître. La rifpofte du Proteftant démonte fon homme, & le met de bonne guerre hors de combat. Ceux qui voudront chercher quelque chofe de plus remarquable dans le Debat allégorique que je viens d'expliquer, n'auront qu'à s'imaginer que Rabelais avoit particulièrement en vûe, le *Colloque de Ratisbone*, où *Jules* PFLUG, *Jean* ECCIÜS & *Jean* GROPPER, Théologiens Catholiques fe tirèrent de leurs difputes avec MELANCHTON, BUCER & PISTORIUS, à-peu-près auffi-bien que MARQUET de fa bataille avec FORGIER (*n*).

LE CHAPITRE XXVII. eft un de ceux qui méritent ici le plus d'attention. C'eft-là que paroît fur la Scène le brave *Moine de Sevillé* FRERE JEAN DES ENTOMMEURES qui *faulva le Clos de l'Abbaye du fac des Ennemis*, & dont les exploits font bien autre chofe encore que la victoire de Forgier. Tâchons de découvrir qui il eft.

S'IL EN FALLOIT croire la prétendue Clef dont j'ai parlé, *Frere Jean des Entommeures* feroit LE CARDINAL DE LORRAINE, Frere du Duc de Guife. Mais cette conjecture eft certainement très-mal fondée; Car quoique les Princes de la Maifon de Lorraine euffent beaucoup de bravoure, on ne voit pourtant pas que ce Cardinal ait jamais affecté de fe diftinguer par des explois militaires. D'ailleurs, s'il eût combattu pour quelcun, c'eût été pour Picrochole. Il eft plus raifonnable de penfer que Frere Jean eft LE CARDINAL DE CHATILLON, créé Cardinal par Clément VII, lors de l'entrevûe de ce Pape avec François premier à Marfeille, en M. D. XXXIII: Archevêque de Touloufe, Evêque & Comte de Beauvais, Abbé de St. Bénigne de Dijon, de Fleury, de Ferrières & de Vaux-de-Cernay. Il étoit de la Maifon de Coligny: Homme de cœur, qui ne le cédoit en rien à fes Cadets l'Amiral & d'Andelot: Ennemi de l'Efpagne & ami de la Navarre: Proteftant, auffi-bien que fes Freres: De moitié avec eux pour fe rendre utile au Parti: Si peu Papifte enfin, qu'après avoir mérité d'être interdit par le Pape, il fe moqua du Pape & de fon Interdit, fe maria, & paffa depuis en Angleterre, où il mourut en M. D. LXXI. Il eft enterré à Cantorbery, dans la Cathédrale

(*n*) Pour admettre cette explication il faudroit paffer à Mr. Le Motteux que Rabelais n'a écrit que depuis l'an M. D. XLI, car ce fut feulement fur la fin d'Avril de la dite année que le Colloque de Ratisbonne commença à fe tenir. Voyez *Sleidan* à l'entrée du Livre XIV. L'Hiftoire fait mention d'une Affemblée de Ratisbonne qui fe tint en M. D. XXIV, fur les affaires de la Religion: Mais cette Affemblée n'a rien de commun avec ce qu'on nomme un *Colloque* ou une *Conférence*, ni avec la conférence particulière des Théologiens nommez ici par Mr. Le Motteux.

le (*o*). —— J'avoue que fon zèle pour la Caufe des Proteftans n'éclata que dans un tems où Rabelais n'étoit plus: Mais Rabelais le connoiffoit: il avoit en lui le meilleur de fes amis: il devoit favoir quelles étoient fes inclinations. Perfonne ne peut ignorer que ce fut à lui qu'il dédia le quatrième Livre de fon Ouvrage, & que c'eft à lui principalement qu'on eft redevable de ce quatrième Livre, ainfi que du dernier, puifque fans la protection du Roi, que ce Prélat obtint pour l'Auteur, celui-ci n'auroit plus écrit. Il le déclare lui-même dans l'Epître dédicatoire que je viens d'indiquer. —— J'avoue encore que quelques Ecrivains ont fait du Cardinal de Châtillon un de ces hommes qui ne cherchent que l'aife & le repos, ou qui font adonnez à leurs plaifirs: Mais cela même peut fervir à juftifier mon idée. *Fay ce que vouldras*: c'étoit-là la Devife de Frere Jean: c'eft-là l'unique règle de cette Abbayïe des *Thélémites* qu'il avoit fondée *à fon devis*. Voyez les Chapitres LII, & LVII. Le feul nom de cette Abbayïe en bannit toute gêne & toute contrainte: Elle eft appellée *Thélème*, du mot Grec *Thelêma*, & Thélêma veut dire *Volonté*. Il y a un mot Grec qui approche de celui-là: c'eft *Thalamos*, qui fe prend fouvent pour *Chambre nuptiale*. Ne feroitce pas-là un indice que Frere Jean étoit même marié (*p*)? Ce qu'il y a de certain, c'eft que la defcription de fon Abbayïe nous offre le modelle d'une Société religieufe qui feroit exempte du Vœu de Continence & de tous les vœux des autres Sociétez religieufes, mais qui feroit infiniment plus eftimable par la vertu libre de fes Membres: Et c'eft pourquoi l'*Infcription mife fus la grande Porte de Thelème*, au Chapitre LIV, en exclut tous *Capharts empantouflez*, tous *Bigots*, *Cagots*, *Tordcoulx*, *Badaults* & *Hypocrites*; & y invite au contraire tous ceux *qui annoncent le Sainct Evangile en fens agile, quoiqu'on gronde*. —— J'avoue enfin que Rabelais fait beaucoup jurer fon Moine: Mais outre que c'étoit le moyen d'expofer

(*o*) Les Auteurs citez par Mr. Le Motteux, au fujet du Cardinal de Châtillon, font: *De Thou: Sainte Marthe: Ciaconius: Du Bouchet: D'Aubigné: Sponde: Bèze: Petrameller*. Je me contenterai de remarquer que fi HENRI DE SPONDE dit vrai, ou fi l'on doit fe fier à fon Traducteur COPPIN [car je n'ai pas l'Original] Odet de Châtillon *n'avoit pas encore onze ans* lorfqu'il fut fait Cardinal en M. D. XXXIII. De forte que fi Rabelais a écrit en M. D. XXVIII, & fi dès lors il le connoiffoit, il ne pouvoit le connoître que comme un Enfant de cinq ans. Il eft vrai que felon *Brantôme* il en avoit *dix fept* quand il fut fait Cardinal: J'ai lu *feize* quelque part: Et le Moréri dit *dix-huit*, dans l'Article COLIGNI: § XIII. L'exacte vérité eft qu'il entra dans fa dix-huitième année, ou qu'il eût dix-fept ans accomplis, en M. D. XXXIII: car le Moréri, dans un *Article féparé*, dit en termes précis qu'il étoit né le *dix de Juillet* M. D. XV: & la fuite des Articles fait voir que cela eft jufte. Il avoit donc fept ans de plus que ne lui en

donne *Henri de Sponde*: Mais je doute que cela fuffife pour nous faire trouver, dans le jeune Odet, un homme comme Frere Jean. Car étant né vers le milieu de M. D. XV, il ne pouvoit être que dans fa treizième année en M. D. XXVIII, où Rabelais eft cenfé compofer fon Ouvrage. Voyez ci-deffus, l'Article (f) de mes Obfervations fur les *Remarques générales*.

(*p*) Si cette Remarque de M. Le Motteux doit porter fur le Cardinal de Châtillon, elle porte à faux: Car ce Prélat paroît ne s'être marié que très-peu de tems avant que la Sentence de fon Excommunication fût publique & elle ne fut que M. D. LXIII. Il avoit quitté l'habit de Cardinal avant qu'elle fût prononcée contre lui dans un Confiftoire fecret: Il reprit l'habit de Cardinal, & fe maria dans cet habit, pour faire voir qu'il ne s'embarraffoit ni du Pape ni de fon Excommunication: Et ce fut là deffus que le Pape, pour fe vanger, la rendit publique, l'*onzième de Septembre* de l'année que je viens de marquer. Voyez Henri de Sponde fous cette même année, § XLIX.

poser à la cenfure publique un vice qui règnoit alors parmi les gens d'Eglife, c'étoit donner à fon Moine un air foldatefque, auquel je ne reconnois que mieux un Cardinal qui avoit été Soldat (q). LES GENS DE GUERRE étoient fans doute auffi bons Jureurs dans ces tems-là qu'ils le font aujourd'hui : Et puifque l'occafion s'en préfente fi naturellement, je confirmerai ce que je dis par un exemple, qui vient ici d'autant plus à propos, que c'eft l'exemple d'un Perfonnage qui femblable par divers endroits à notre Châtillon, étoit Cardinal, Evêque, Homme de qualité, Abbé, Mari, Soldat, Ami de la Maifon de Navarre, & qui fut même engagé dans les guerres de cette Maifon, à laquelle il étoit allié de fort près par fon mariage : tel enfin qu'il pourroit très-bien, dans l'intention même de Rabelais, avoir fa part au caractère de Frere Jean. Je veux dire CESAR BORGIA, Fils du Pape Alexandre VI. Il avoit réfigné fon Evêché de Pampelune, fa dignité de Cardinal, & divers Bénéfices, pour fe faire homme d'épée : & après plufieurs Expéditions militaires, qui fembloient devoir être terminées par fa Prifon de *Médina del Campo*, ayant néanmoins trouvé l'art de s'évader, & s'étant fauvé chez fon Beau-frere JEAN D'ALBRET, Roi de Navarre, en M. D. V, il affifta ce Prince de fa perfonne dans la guerre qu'il avoit alors avec fon Vaffal Louïs de Beaumont, Comte de Lérins, révolté contre lui : & fut tué au fiège de Viane, comme il pourfuivoit pendant la nuit un convoi que le Rebelle vouloit jetter dans le Château. Or pour juger fi Céfar Borgia favoit parler le langage des Jureurs, il fuffira de lire ce qu'il difoit dans cette occafion même, en cherchant dans l'obfcurité le Comte de Lérins, avec qui il vouloit fe battre : *Où eft, où eft ce Comtereau? Je jure Dieu, qu'aujourd'huy je le feray mourir ou le prendrai prifonnier : Je ne cefferay jufques à ce qu'il foit entierement deftruit, & ne pardonneray ny fauveray la vie à aucun des fiens : Tout paffera par l'épée, jufques aux chiens & aux chats* (r). Il n'eft pas naturel, fans doute, de s'imaginer que cet homme-là proprement foit l'original du Moine de Séville : Mais rien n'empêche de concevoir que Rabelais peut avoir eu deffein de nous faire fonger à un tel homme, en faifant entrer quelques unes de fes qualitez dans le caractère du Moine. La nature de l'Ouvrage demandoit que l'Auteur y mît des Caractères doubles, & qu'il réunît même plufieurs perfonnages en la perfonne d'un feul Acteur, lequel on pût comparer, non pas à quelqun de ces Comédiens qui jouent deux ou trois rôles différens dans la même Pièce; non pas encore

(*q*) Rabelais ne vouloit pas qu'on le foupçonnât d'approuver les juremens de fon Moine; Cela eft inconteftable, puifque fur la fin du Chapitre XXXIX, il les lui fait reprocher : *Comment (dift Ponocrates) vous jurez Frere Jean? Ce n'eft (dift le Moyne) que poar orner mon languaige. Ce font couleurs de Rhétoricque Ciceroniane.* Mais lorfque Mr. Le Motteux fuppofe que le Cardinal de Châtillon *avoit été Soldat* avant la publication ou la compofition de l'Ouvrage de Rabelais, il y a tout lieu de croire qu'il fe trompe extrêmement. *Brantôme,* qui parle de la bravoure de ce Prélat, n'en rapporte qu'un feul exemple bien plus moderne que l'hiftoire de Frere Jean. Voyez les *Vies des Hommes Illuftres, Première Partie,* p. m. 352. ,, [Le Cardinal de Châtillon ne s'eft jamais ,, trouvé à l'Armée qu'en deux occafions : & ,, cela en qualité de Volontaire.] "

(*r*) Mr. Le Motteux, fur ce qui regarde *Céfar Borgia,* renvoye fes Lecteurs à l'*Hiftoire de Navarre* que je ne fuis point à portée de confulter. J'ai ajouté à fon recit, fur la foi du Moréri, la circonftance de la *nuit* ou de l'*obfcurité,* parce qu'elle m'a paru propre à faire comprendre pourquoi Céfar Borgia demandoit : *Ou eft ce Comtereau?*

encore à Scaramouche lorfque fans ceffer d'être Scaramouche il fe charge de plufieurs rôles qui demeurent toujours très-diftincts l'un de l'autre; mais à ce Pantomime de Lucien qui repréfentoit tellement cinq chofes à la fois qu'on difoit de lui : Il a cinq ames dans un feul corps (s). Nous en avons vu ci-deffus un exemple dans l'hiftoire de Picrochole : ce n'eft qu'un feul homme en qui l'on en reconnoît jufqu'à trois. Nous en voyons un autre exemple ici dans l'hiftoire de Frere Jean. Après avoir reconnu en lui le Cardinal de Châtillon, nous y reconnoiffons Céfar Borgia : Et qui fait fi l'on n'auroit pas pu y reconnoître de plus quelque Moine du Couvent de Cordeliers dont Rabelais avoit été?

JE NE FAIS APRÈS TOUT QUE des conjectures, & je les foumets humblement à la critique. Qu'il me foit donc permis de demander encore, fi le Portrait de Frere Jean n'auroit pas été fait en partie fur une ébauche de celui du fameux LUTHER? Tout le monde fait qu'il avoit été Moine, & qu'il n'étoit pas un des plus refrognez. —— Frere Jean fauva le Clos de la Vigne de l'Abbayïe en dépit des troupes de Picrochole. Luther fauva le Calice du vin facré de l'Eglife. Par fon moyen le Calice fut rendu aux Proteftans d'Allemagne, malgré Charles-Quint & fes foldats (t) —— Le Prieur qui traite Frere Jean d'Yvrogne pourroit être le Pape. —— Frere Jean mettant bas fon grand habit de Moine & fe faififfant du bafton de la Croix, a un rapport affez fenfible avec Luther défroqué, & ne cherchant plus les armes du Chrétien que dans la Foi qui embraffe Jéfus-Chrift crucifié. —— La victoire remportée fur ceux qui fans ordre parmy le Clos vandangeoient, c'eft l'avantage avec lequel il difputa contre des Adverfaires, dont les difcours ou les Ecrits fe reffentoient

(s) Il faut que Mr. Le Motteux ait eu en vûe ce que LUCIEN fait conter par Lycinus dans fon Dialogue de la Danfe. Mais il faut, ou que je n'aye pas bien compris la penfée de Mr. Le Motteux ou qu'il n'ait pas bien compris lui-même celle de Lucien. On en peut juger par la Traduction de d'Ablancourt, qui me paroît ici avoir rendu fidellement le fens de l'Original. Voici fes paroles : „ Je te dirai à ,, ce propos le fentiment d'un autre Barba-,, re, qui voyant cinq mafques & cinq ha-,, bits préparez pour un Balet, & ne voyant ,, qu'un danfeur, demanda qui feroit les au-,, tres perfonnages; Et comme il eut appris ,, qu'il les joueroit tous lui feul : Il faut donc, ,, dit-il, que dans un feul corps il y ait plu-,, fieurs ames." Je ne vois point là un homme qui repréfente cinq chofes à la fois. Je n'y vois point cinq perfonnages fondus en un, fi j'ofe ainfi parler pour exprimer ce que Mr. Le Motteux doit avoir voulu dire, s'il eft vrai qu'il ait voulu indiquer une différence fpécifique entre fon Scaramouche & le Pantomime de Lucien, & appliquer l'idée de ce Pantomime à celle du Perfonnage compliqué de Frere Jean.

(t) Je laiffe au Lecteur le foin de juger fi ces termes ont un rapport bien jufte avec ceux que l'Hiftoire pourroit fournir jufqu'à l'an M. D. XXVII, ou M. D. XXVIII, où Rabelais doit être cenfé écrire, felon le calcul de Mr. Le Duchat; & même jufqu'à l'an M. D. XLV, qui eft la date de la compofition de fon Ouvrage felon Mr. Le Motteux. Ou je me trompe fort, ou l'Empereur n'avoit pas entrepris tout de bon dans ce tems-là de réduire les Luthériens par la force des armes : Ce qui foit dit, toutefois, fans conféquence contre l'idée générale d'un parallèle entre Luther & Frere Jean. On pouvoit même très-bien dire dès l'an M. D. XXVIII, que Luther avoit combattu vaillamment & avec fuccès pour le Vin de l'Euchariftie. Mais Charles-Quint ne fit proprement la guerre aux Luthériens que depuis la mort de Luther, arrivée en M. D. XLVI. Encore avoit-il une partie des Luthériens de fon côté. Voyez l'Hiftoire de cette année dans Sleidan. Liv. XVI-XVIII. Et notez de plus que l'Empereur, par le fameux Livre de l'Interim, accordoit aux Luthériens le Calice pour le Peuple, ainfi que le mariage pour les Prêtres. Id. L. XX. A°. M. D. XLVIII.

toient du defordre de leurs idées. ———— Les *Moynetons* qui offrent leurs fervices à Frere Jean, & qui *laiſſans leurs grandes Cappes ſous une treille acheverent ceux qu'avoit desja meurtris;* c'eſt la foule des Moines & des Eccléfiaſtiques qui fuivirent la Réformation de Luther, qui n'étoient en comparaifon de lui que des Réformateurs en petit, mais qui achevèrent cependant de confondre des Adverfaires qu'il avoit déjà en quelque forte terraffez par fes argumens. ———— Il eſt vrai que fous le nom de Frere Jean, dans les Chapitres XLI, & XLII, Rabelais femble avoir eu en vûe quelque homme qui bien loin d'avoir quitté le froc tout de bon, comme Luther, *ne vouloit aultres armes* [défenſives] *que ſon froc devant ſon eſtomac.* Ce fut *contre ſon vouloir qu'il fut armé de pied en cap:* Il *proteſta de trahiſon* lorfque par la faute de fon *heaulme* il demeura *pendant au Noyer:* Il fe défit bien vîte *de tout ſon harnois*, dès qu'il fe retrouva fur fes pieds: & nous voyons après cela qu'il avoit repris fon froc: car dans l'endroit du Chapitre XLIII, où il eſt dit que *Tiravant* armé de fa Lance *en ferut à toute oultrance le Moyne au milieu de la poiĉtrine*, il eſt dit auſſi que *rencontrant le froc horrificque, reboufcha par le fer, comme ſi vous frappiez d'une petite bougie contre ung enclume.* Mais ſi ces circonſtances, ne conviennent point à Luther, elle conviennent au Cardinal de Châtillon, qui fe tenant attaché extérieurement à l'Eglife Romaine par les dignitez dont il y étoit revêtu, trouvoit fa fûreté fous la Robbe facerdotale comme Frere Jean fous le froc: Et cela confirme ce que j'ai avancé, que toute cette guerre de Rabelais repréfente principalement des Difputes de Réligion; & que les caraĉtères de chacun de fes Perfonnages n'eſt pas toujours ſi ſimple qu'il n'en faille chercher l'origine que dans une feule & même perfonne.

C'EST AINSI QUE parmi les traits qui caraĉtérifent *le Cardinal de Châtillon*, il y en a qui femblent avoir été deſtinez à faire reconnoître en même tems le caraĉtère de MONTLUC, EVEQUE DE VALENCE, en attendant qu'il ait fon rôle à part fous le nom de Panurge, comme je l'ai fait voir ci-deſſus. Le Cardinal & l'Evêque me paroiſſent également reconnoiſſables dans le Moine, lorfque je lis, au Chapitre XXXIX, *les beaulx propous qu'il tint en ſouppant*, à la table de Gargantua. Un des Convives exhortant le Moine à ôter fon froc qui lui rompoit les épaules, *Mon amy, diſt le Moyne, laiſſe le moy... je n'en boy que mieulx. Il me fait le corps tout joyeulx. Si je le laiſſe.. je n'auray nul appetit. Mais ſi en ceſt habit je m'aſſis à table, je boiray... & à toy & à ton cheval.* Voilà précifément le cas de Châtillon & de Montluc, & c'eſt encore aujourd'hui le cas de bien d'autres Prélats & Bénéficiers qui ne font Catholiques qu'à l'extérieur. Ils voudroient bien fe dépouiller d'un habit qui leur pèfe & jetter [comme on dit] le froc aux orties, en déclarant ce qu'ils font au fond de l'ame; mais ils fentent qu'après cela ils ne pourront plus boire & manger, faire bonne chère, comme auparavant (*u*). Quelcun dira peut-être que la prière faite au Moine de
fe

(*u*) Quoique j'aye un peu paraphrafé ce paffage, je fuis fûr de n'avoir rendu que la penfée de Mr. Le Motteux: Et on la trouvera jufte au fujet de Montluc ſi l'on admet ce qu'il a dit de ce Prélat ci-deſſus dans fes *Remarques générales*, dans l'endroit auquel fe rapporte l'Article (h) des *Obſervations*. Pour ce qui eſt du Cardinal de Châtillon, on fera peut-être furpris de le voir rangé dans la même catégorie que Montluc: Car je trouve d'un côté, que, [l'Hiſtoire parle de ce Cardinal ,, comme d'un homme fobre, & fort modéré, ,, tant dans fes aĉtions que dans fes paro- ,, les:] " Et d'un autre côté il paroît que ,, quel-

se débarrasser de son froc, n'est qu'un compliment pour l'engager à se mettre à son aise pendant le tems qu'il seroit à table, & non pas une exhortation mystérieuse à quitter le froc absolument. Mais s'il n'y avoit eu qu'un compliment de cette espèce dans l'intention de Rabelais, je ne vois pas pourquoi son Moine auroit été homme à ne pas profiter de la liberté que ce compliment lui accordoit (*x*). Rabelais n'ignoroit apparemment pas qu'on avoit pris de son tems des libertez bien plus grandes. L'Histoire parle d'un

quelque modéré qu'il pût être dans le cours ordinaire de la Vie, sa vivacité sur le chapitre de la Religion fut beaucoup plus grande que celle de l'Evêque de Valence, beaucoup moins subordonnée aux ménagemens d'une politique intéressée ou voluptueuse. Son union déclarée avec ses deux Freres, qui étoient les Chefs du Parti Calviniste: la Sédition qu'il excita contre lui pour avoir célébré la Cène sous les deux espèces dans son Diocèse de Beauvais: son mariage en habit de Cardinal pour faire dépit au Pape qui l'avoit déclaré hérétique & indigne de porter la Pourpre: la Bataille de St. Denys où il paya de sa personne & combattit même *très-vaillamment*, dit Brantôme: La Cour de France où il cessa de paroître, & l'Angleterre où il vint passer le reste de ses jours & ménager les interêts des Huguenots: tout cela doit, ce semble, le mettre hors du pair. Voyez son Article dans les Hommes Illustres de Brantôme: & Henri de Sponde, *An.* M. D. LVIII. §. II. *An.* M. D. LX. §. VII. *An.* M. D. LXI. §. XII. M. D. LXIII. §. XIX, XXI, & XLIX. & *An.* M. D. LXVIII. §. XVI. *Ce fut un grand dommaige*, dit Brantôme, *dequoy il se plongea si fort dans la nouvelle Religion, d'autant qu'il en perdit sa bonne fortune à la Cour &c.* Mais il faut observer aussi, 1°. Que les démarches éclatantes que je viens d'alléguer ne furent faites que long-tems après l'Ouvrage & même la mort de Rabelais: II°. Que Mr. Le Motteux, dans l'endroit où il traite de l'Abbaye de Thelème, parle de quelques Auteurs [sans pourtant les nommer] qui représentent le Cardinal de Châtillon comme un homme qui aimoit fort son repos, ses aises & ses plaisirs: III°. Que même selon Brantôme, son zèle pour *la nouvelle Religion* , & les premiers éclats de ce zèle, ne le rendirent pas tout-à-fait sourd aux conseils de la Politique; & qu'il les écouta au moins pendant quelque tems. Car venant de dire que ce Prélat *n'exerça plus son estat* [depuis qu'il se fut si fort plongé dans la nouvelle Religion] l'Historien remarque néanmoins qu'*après la première guerre il le reprit, non tant pour la dévotion qu'il y portoit que, entrant au conseil & y tenant son rang, il avoit encore grand moyen de faire plaisir à ceux de*

son party. Cette politique dura jusqu'à la seconde guerre. Il ne faut pas, au reste, que ces réflexions fassent oublier ce que j'ai observé ci-dessus dans l'Article (o).

(*x*) Mr. Le Motteux n'a pas senti que la réponse de Frere Jean au compliment de Gymnaste renfermoit une des meilleures plaisanteries de Rabelais aux dépens des Moines de son tems. *La goinfrerie est tellement un attribut de l'état monastique qu'on seroit tenté de la regarder comme un effet physique de quelque vertu inhérente dans le froc, Avez vous perdu l'appetit? Prenez le froc, & ce sera basme de vous voir briber. Etes vous bon beuveur? Prenez le froc: vous n'en boirez que mieux.* Il est évident que c'est-là ce que Rabelais a voulu faire entendre: & que la manière la plus plaisante de l'exprimer, c'étoit de faire dans la bouche même d'un Moine & de le lui faire dire indirectement & comme sans y penser: ce qui est précisément le tour que Rabelais a pris. Je ne m'étonne pourtant pas que cela ait échappé à Mr. Le Motteux. Il faisoit un Système & il vouloit aller vîte. Quand on en est là, on est naturellement sujet à s'aveugler sur toutes les idées qui pourroient déranger l'Ouvrage ou l'arrêter. On diroit que pour fermer à ces idées l'entrée de notre esprit, nous avons alors un certain mouvement aussi naturel que celui du clignement des yeux pour fermer l'entrée à la poussière. Et même indépendemment de l'envie de faire un Système, un homme d'esprit ne voit pas toujours tout, ne sent pas toujours le bon d'un Bon-mot. On aura beau dire [comme il me semble l'avoir lu quelque part] qu'une bonne plaisanterie veut être saisie du premier coup, & qu'elle n'est plus plaisanterie dès qu'elle est commentée. Cela n'est point si vrai que cela n'ait bien des exceptions. Les meilleures plaisanteries peuvent quelquefois avoir besoin de commentaire, & peuvent être commentées heureusement, pourvû que le Commentateur soit habile, & qu'il ait avec cela la patience requise pour bien ajuster tout ce qui doit former son Commentaire. Je ne sçais, au reste, si le mien dans cet endroit aura fait valoir pour quelqun la plaisanterie de Rabelais sur les Moines, où ne l'aura pas plutôt un

d'un Bal où l'on avoit vu des Cardinaux danfer comme les autres en préfence de *Louïs XII.* Et dans un autre Bal que donna *Jean Jaques Trivulce*, divers Princes & Seigneurs avoient danfé en habits de Moines. Auffi paroît il que Frere Jean, à la table de Gargantua, fait fort bien foutenir la converfation fur le ton cavalier. *Je renie ma vie, je meurs de foif. Ce vin n'eft pas des pires. Quel vin beuviez-vous à Paris? Je me donne au Diable, fi je n'y tins plus de fix mois pour ung temps maifon ouverte à tous venants. Congnoiffez-vous Frere Claude des haults Barrois? ... Il ne faict rien qu'eftudier depuis je ne fçay quand. Je n'eftudie poinct de ma part. En noftre Abbaye nous n'eftudions jamais, de paour des auripeaulz. Notre feu Abbé difoit que c'eft chofe monftrueufe veoir un Moyne fçavant. Par Dieu, Monfieur mon amy,* MAGIS MAGNOS CLERICOS NON SUNT MAGIS MAGNOS SAPIENTES. *Vous ne veiftes oncques tant de Lievres comme il y en ha cefte année. Je ne prends poinct de plaifir à la tonnelle, car je m'y morfonds. Si je ne cours, fi je ne tracaffe. je ne fuis poinct à mon aife. Vray eft que faultant les hayes & buiffons, mon froc y laiffe du poil. J'ai recouvert un gentil Levrier. Je donne au Diable fi luy efchappe Lievre. Ung Lacquais le menoit à Monfieur de Maulevrier: je le deftrouffay: feis-je mal?* Vous diriez voir & entendre quelque jeune Abbé de Cour qui fe donne carrière. Je ne fai même fi dans ce plaifant Coq-à-l'âne il n'y auroit pas des traits qui euffent quelque rapport au Cardinal de Châtillon. Il eft probable que ce Prélat, qui ne prétendoit point au titre de Savant, étant de grande qualité, fe donnoit certaines libertez fortables à fa naiffance, & faifoit de la Chaffe un de fes divertiffemens (y). Ce qu'il y a de certain, c'eft que rien ne fauroit mieux lui reffembler que le portrait de Frere Jean, tel qu'il eft tracé par Gargantua dans le Chapitre XL, à la fuite de celui des Moines ordinaires. *Voyre mais (dift Grandgoufier) ils prient Dieu pour nous. Rien moins (refpondit le Moyne) Vray eft qu'ils moleftent tout leur voifinaige à force de trinqueballer leurs Cloches. Voyre (dift Gargantua) une Meffe, unes Matines, unes Vefpres bien fonnées font à demy dictes. Ils marmonnent grand renfort de Legendes & Pfeaulmes nullement par eulx entendus. Ils comptent force patenoftres entrelardées de longs Ave Maria, fans y penfer ny entendre. Et ce je appelle mocque-Dieu, non oraifon. Mais ainfi leur aide Dieu s'ils prient pour nous, & non par paour de perdre leurs miches & fouppes graffes. Tout vrays Chriftians, de touts eftats, en touts lieux, en touts temps prient Dieu, & l'efperit prie & interpelle pour iceulx: & Dieu les prend en grace. Maintenant tel eft noftre bon Frere Jean. Pourtant chafcun le foubhaite en fa compaignie. Il n'eft poinct bigot, il n'eft poinct deffiré, il eft honnefte, joyeulx, deliberé, bon compaignon* &c. (z). Remarquons, au refte,

un peu gâtée. Mais je crois au moins en avoir attrapé le véritable fens. Ce que Frere Jean dit ici de la vertu du Froc pour mettre les gens en appétit, eft précifément dans le même goût, que ce qu'il dit aux Pélerins dans le Chapitre XLV. Il leur prédit qu'ils trouveront infailliblement leurs femmes groffes puisqu'il y a des Moines dans le voifinage : *Car*, ajoute-t-il, *feullement l'ombre du Clochier d'une Abbaye eft feconde.*

(y) Il pourroit y avoir quelque chofe de vrai dans l'idée que Mr. Le Motteux fe fait ici
Tome. III.

du Cardinal de Châtillon. Je n'en fai pourtant rien. Mais cette idée, en tout cas, doit être extrêmement modifiée par celle que nous en donne Brantôme lorfqu'il dit de ce Prélat: *Il avoit un bon fçavoir & aimoit fort ceux qui en avoient, & eftoit le Mecenas de plufieurs.* Voyez encore ce qui en a été dit ci-deffus dans l'Article (u).

(z) Mr. Le Motteux revient à *Frere Jean* dans la fuite. Voyez les Remarques fur Livre III. *Ch.* XXVI & XXVII.

[H]

te, que GRANDGOUSIER lui-même, aufſi-bien que Frere Jean, ne paroît pas avoir été un bigot: & prouvons-le par un paſſage qui fera voir en même tems que c'étoit un Prince qu'il ne faut pas confondre avec un Roi de *France.* J'ai en vûe le Chapitre XLV., où nous voyons *Comment le Moyne amena les Pelerins: & les bonnes parolles que leur diſt Grandgouſier.* Ces Pelerins ſont François: il leur parle de leur Roi, dont il ſe diſtingue par conſéquent: & le diſcours qu'il leur tient renferme une leçon qu'un Bigot ne leur auroit certainement pas faite ſur leur ſuperſtitieuſe crédulité. *O (diſt Grandgouſier) paovres gents, eſtimez vous que la peſte vienne de Sainct Sebaſtian?.. les faulx Prophetes vous annuncent ils tels abus?.... Ainſi preſchoit à Sinays ung Caphart.. Mais je le punis en tel exemple, quoy qu'il m'appellaſt héréticque, que depuis ce temps Caphart quiconcques n'eſt auſé entrer en mes Terres. Et m'asbabis que voſtre Roi les laiſſe preſcher par ſon Royaulme tels ſcandales.... Allez vous en paovres gents au nom de Dieu le Créateur, lequel vous ſoit en guide perpetuelle. Et doreſnavant ne ſoyez faciles à ces otieux & inutiles voyaiges. Entretenez vos familles, travaillez chaſcun en ſa vacation, inſtruez vos enfans, & vivez comme vous enſeigne le bon Apoſtre St. Paul. Ce faiſants vous aurez la garde de Dieu, des Anges & des Sainêts avecq vous: & n'y aura peſte ny mal qui vous porte nuiſance.*

LE LECTEUR peut juger à préſent, ſans aller plus loin, ſi Rabelais avec toute ſa goguenardiſe ne parloit pas ſérieuſement dans le fond lorſqu'il annonçoit à ſes Leêteurs, dans le Prologue de ce premier Livre, qu'ils y trouveroient des *ſacremens* & des *myſteres, tant en ce que concerne noſtre Religion que auſſi l'Eſtat politicq & vie œconomicque.* Je n'ai point oublié que çette déclaration même, il la tourne en raillerie immédiatement après l'avoir faite: Mais c'eſt un trait de prudence: & quiconque examinera bien tout ſon Ouvrage, trouvera qu'il ne s'y diſtingue pas moins par cette vertu que par ſon eſprit, & que c'eſt par-là qu'il a toujours ſçu mettre ſes perſécuteurs en défaut.

LA CONCLUSION du premier Livre eſt un Chef-d'œuvre plus ingénieux encore que l'ingénieuſe défaite du Prologue. C'eſt une ENIGME EN PROPHETIE, qui renferme certainement quelque choſe de myſtérieux. *Gargantua* le ſent. Il en ſoupire, & dit: *Ce n'eſt de maintenant que les gents reduiêts à la creance Evangelicque ſont perſecutez. Mais bien-heureux eſt celluy qui ne ſera ſcandalizé, & qui tousjours tendra au but & au blanc que Dieu par ſon cher Fils nous ha prefix, ſans par ſes affeêtions charnelles eſtre diſtraiêt ny diverti.* Là-deſſus le Moine lui demande ce qu'il croit donc être déſigné par cette Enigme, & Gargantua répond: *le decours & maintien de verité divine.* Voilà qui eſt ſérieux: mais comme cela étoit propre en même tems à rendre l'Autheur ſuſpeêt d'héréſie, voilà Frere Jean qui ſera voir que ce n'eſt qu'un badinage. *Par Sainêt Goderan (diſt le Moyne) telle n'eſt mon expoſition: le ſtyle eſt de Merlin le Prophete: donnez y allegories & intelligence tant graves que vouldrez, & y ravaſſez, vous & tout le monde ainſi que vouldrez. De ma part, je n'y penſe aultre ſens enclos, qu'une deſcription du Jeu de paulmes ſoubz obſcures parolles.* Ici Frere Jean dévelope ſa penſée: Il explique l'Enigme d'une manière auſſi innocente que badine: Et là finit non-ſeulement le Chapitre, mais le Livre: De ſorte que n'ajoutant rien qui contrediſe l'explication du Moine, Rabelais ſemble la donner comme celle qu'il approuve, & inſinuer par-là aux

Lec-

Lecteurs mal intentionnez, que s'il leur donnoit de même celle de son Roman é-
nigmatique tout entier, ils n'y trouveroient de même que des bagatelles fort
indifférentes. Mais ce qu'il y a de meilleur dans tout cela, c'est que les Véritez qui commençoient à se faire jour par l'interprétation de Gargantua, & qui semblent devoir disparoître totalement par la fausse interprétation du Moine, lui é-
chappent cependant en quelque sorte à lui-même, sans qu'on puisse dire qu'il y
pense, & reparoissent ainsi sous de nouvelles images dans un nouveau jour. Ce
sont des lumières qui sortent de par-tout, comme naturellement & sans aucun
artifice: tellement que les Ennemis de la Vérité & de l'Auteur, aveuglez [pour
ainsi dire] par trop de clarté, ne pouvoient plus discerner, ni marquer par
conséquent, en quels endroits de son Livre plutôt que par-tout ailleurs, gisoit
l'artifice dont ils le soupçonnoient, & pour lequel ils n'auroient pas manqué de
le faire brûler tout vif s'il n'avoit eu encore plus d'esprit & de prudence que ces
gens-là n'avoient d'ignorance & de malice.

Je terminerai ici mes Remarques sur le premier Livre. Je veux laisser aux
Lecteurs intelligens le plaisir de déchiffrer eux-mêmes divers endroits sur lesquels j'aurois pu m'étendre: & je passe au Livre suivant.

REMARQUES

SUR LE LIVRE II.

Ce Livre demande encore moins de Remarques que le premier, pourvû
qu'on y rapporte celles que j'ai faites dès le commencement pour prouver
que PANURGE est *Montluc, Evêque de Valence*; & que PANTAGRUEL est *Antoine de Bourbon*, qui devint Roi de Navarre par son mariage avec *Jeanne d'Albret* (a).

§. I.

1. Le premier Chapitre traite *De l'origine & anticquité du grand Pantagruel*,
issu d'une race de *Géants*. Or j'ai déjà dit que les GEANTS de Rabelais sont
des ROIS (b): & ce qui me confirme dans cette pensée, c'est l'observation
d'un savant homme qui prétend que le mot hébreu, rendu par celui de *Géants*
dans les Versions de la Bible, ne signifie proprement que *Prince*.

2. J'ai déja dit aussi que lorsque Rabelais fait de la famille de ses Héros une
race de Géants, & une race dont la généalogie remonte presque à l'origine du
Monde, il semble en avoir voulu, soit personnellement à JEAN D'ALBRET qui
est censé l'Ayeul de son PANTAGRUEL, & qui aimoit un peu trop l'étude des
Nobi-

(a) Voyez ci-dessus, les premières pages
de la Partie que j'ai intitulée *Remarques générales.*

(b) Voyez ci-dessus les Remarques sur le premier Chapitre du premier Livre.

Nobiliaires : foit généralement à tous ceux qui ont la même maladie, ou qui font trop vains de quelques vieux titres incertains & fouvent chimériques. Pantagruel, Gargantua, Grandgoufier, viennent en ligne droite d'un Géant bien plus ancien que Noé : Et ne s'eft il pas trouvé un homme en Bretagne qui avoit pris pour fa Devife ces paroles : *Antequam Abraham effet, ego fum?*

3. L'hiftoire du Géant HURTALI *qui regna au temps du Deluge*, & qui ne pouvant entrer dans l'Arche *eftoit deffus, à cheval, jambe deçà, jambe de là* : cette hiftoire, dis-je, & celle de l'origine des Géants, dont les premiers ne devinrent tels que pour avoir mangé de certaines *groffes Mefles*, font une imitation badine des fables qui fe lifent dans le Thalmud & dans telles autres Légendes des Rabbins (*c*). Notre Auteur dit, en parlant de *l'année des groffes Mefles*, qu'*en icelle les Kalendes feurent trouvées par les Bréviaires des Grecs* : c'eft-à-dire que pour la date de ces hiftoires il nous renvoye *aux Calendes grèques* ; les feules véritablement auxquelles les Rabbins pourroient nous renvoyer fi nous leur demandions la date des faits ridicules dont leurs Livres font remplis. On fait que les Grecs n'avoient point de Calendes ; & que c'eft par cette raifon que les Calendes grèques fignifient un tems imaginaire (*d*).

4. Je me figure cependant qu'il y a ici quelque chofe de plus qu'un fimple badinage à la rabbinefque. Les *groffes Mefles*, felon noftre Auteur, vinrent d'une fertilité furnaturelle de la Terre : & la terre ne fut *fi très-fertile*, que parce qu'elle avoit été nouvellement *embue du fang du jufte* ; du fang d'Abel *occis par fon frere Caïn*. N'y auroit il pas là-dedans quelque allufion aux perfécutions que les Proteftans avoient fouffertes ? Il y a long-tems qu'on l'a dit : Le fang des Martyrs eft la femence de l'Eglife. Le fang des Martyrs Proteftans fertilifa réellement le Champ du Seigneur, groffit leur Parti, multiplia le nombre de ceux qui ofoient fe *mêler* de la réformation de l'Eglife, & à qui l'on faifoit un crime de ce qu'ils s'en *mêloient*, & qui par cette raifon peut-être auront été défignez ici fous l'emblême des *Mêles*, s'il eft vrai que Rabelais ait fongé à eux en parlant de ce fruit. Elles étoient d'une groffeur monftrueufe : *car les trois en faifoient le boiffeau* : & à tous ceux qui s'en nourrirent, *furvint au corps une enfleure très-horrible : mais non à touts en ung mefme lieu : Car aulcuns enfloient par le ventre... Les aultres enfloient par les efpaules...* Ils groffiffoient enfin plus monftrueufement encore que les Mêles, leur nourriture. Or il eft bien vrai que ni les Proteftans, ni ceux qui fe nourriffoient de leurs principes jufqu'à le devenir comme eux, n'étoient point des gens remarquables par quelque monftruofité : Mais il n'eft pas moins vrai qu'on les regardoit comme autant de Monftres (*e*). *Faictes voftre compte*, au refte, *que le monde volontiers mangeoit des dictes*

(*c*) On ne peut douter que Rabelais n'ait voulu rire en paffant aux dépens des Docteurs Juifs, puifqu'il dit en autant de termes : *Je vous allegueray l'authorité des Mafforetz ... beaulx Cornemufeurs hébraïques.*

(*d*) J'ai tranfcrit le paffage de Rabelais comme Mr. Le Motteux paroît l'avoir lu. J'ai mis *En icelle*, au fingulier, le rapportant à *Année* : au lieu de *En icelles* au pluriel, comme je le

trouve dans l'Edition de **Mr. Le Duchat**, d'Amfterdam M. DCC. XI.

(*e*) *Monftrum horrendum, informe, ingens, cui lumen ademptum.* C'eft ainfi qu'un grave Hiftorien Catholique parle de l'Héréfie des Proteftans, après avoir dévotement *invoqué la Majefte divine par l'interceffion de la Sainte Vierge*, pour obtenir *la grace de parler dignement de cette Héréfie*. Voyez *Henri de Sponde*, traduit

dictes Mesles: & que si monstrueuses qu'elles fussent, *elles estoient belles à l'œil & delicieuses au goust.*

§. II.

Le deuxième Chapitre nous instruit *De la nativité du trés-redoubté Pantagruel,* lequel Gargantua engendra *en son eage de quatre-cents quatre-vingts-quarante & quatre ans:* Sur quoi d'abord, selon l'avis de l'Auteur, *vous noterez qu'en icelle année feut seicheresse tant grande . . .* que *c'estoit pitoyable cas de veoir le travail des humains pour se garentir de ceste horrificque altération:* & que ce fut pour cela que Gargantua nomma son Fils PANTAGRUEL, *voulant inferer qu'à l'heure de sa nativité le Monde estoit tout altéré; & voyant en esperit de prophetie qu'il seroit quelcque jour dominateur des alterez.* Or cette grande altération, qui fait tant de bruit dans le Monde, à la naissance de Pantagruel, je puis l'interpréter, ce me semble, par le cri presque universel des Laïques pour le Vin de l'Eucharistie qu'on leur avoit ôté, & dont ils parurent aussi alterez que jamais vers le tems qu'ANTOINE DE BOURBON, *Duc de Vendôme,* épousa l'Héritière du Royaume de Navarre: ce qui arriva en M. D. XLVIII, durant les embarras du Concile de Trente: Car c'est du mariage de ce Prince qu'il faut dater ici sa naissance, puisque ce fut par ce mariage qu'il devint fils de *Henri d'Albret,* qui suivant mon Commentaire est Gargantua Pere de Pantagruel: Et comme sa naissance, prise en ce sens, est la naissance d'un homme fait, & d'un homme à qui ses titres donnent un rang considérable parmi les Grands, on pourroit ajouter que c'est pour cela que l'Auteur observe dans la suite que PANTAGRUEL *naissant au monde estoit aultant grand que l'herbe* qui de son nom fut nommée PANTAGRUE-LION, & dont la tige *communément est de cinq à six pieds.* Sur quoi l'on peut voir les Chapitres XLVII.-XLIX. du troisième Livre (ƒ).

§. III.

duit par Coppin, à la tête du Tome III, de sa *Continuation des Annales Ecclésiastiques.* Pour ce qui est de l'interprétation des *Mesles,* voyez ci-dessous, Article (p).

(ƒ) Mr. Le Duchat dans sa première Note du quarante-septième Chapitre du troisième Livre, observe en passant que ce troisième Livre fut composé en M. D. XLVI: & cela fondé apparemment sur ce qu'il y en a une Edition qui est de l'année immédiatement suivante: Edition sur l'authenticité de laquelle on peut voir ci-dessus l'Article (p) de mes Observations sur les *Remarques générales.* A quoi il faut ajouter, pour plus d'exactitude, que Mr. Le Duchat lui-même citant ailleurs une Edition antérieure d'un an, savoir de M. D. XLV, il auroit dû reculer à proportion la date de la composition de ce troisième Livre, & la

placer en M. D. XLV. Voyez ci-dessous Art. (a) des Observations rélatives au Livre III. Or cela posé, il est impossible que Rabelais ait voulu parler du mariage d'*Antoine de Bourbon,* ou de sa naissance métaphorique en qualité d'Héritier de la Couronne de Navarre, dans les passages du troisième Livre citez ici par Mr. Le Motteux: ce mariage ne s'étant fait, selon sa propre remarque, qu'en M. D. XLVIII. On peut juger par là du fond que l'on doit faire sur ce qu'il dit de la naissance de Pantagruel, telle qu'elle est rapportée dans le Livre deuxième, dont on a une Edition datée de M. D. XXXIV, pour ne pas dire de M. D. XXVIII. J'en ai parlé ailleurs. Voyez les Observations sur l'*Introduction,* Article (b) vers la fin.

§. III.

Le Chapitre trois, du Livre dont il s'agit à préſent, nous entretient *Du deuil que mena Gargantua de la mort de ſa femme Badebec*, qui venoit de mourir en accouchant de Pantagruel. *Ploreray-je ? diſoit il . . . Et ce diſant ploroit comme une Vache, mais tout ſoubdain rioit comme ung Veau quand Pantagruel luy venoit en memoire . . . Ma femme eſt morte, & bien:. . . Elle eſt en paradis pour le moins, ſi mieulx n'eſt: . . . Dieu gard le demourant, il me faut penſer d'en trouver une aultre . . . Allez à l'enterrement d'elle, & cependant je berceray mon Fils.* Peut-être cela fait il alluſion à la naiſſance d'E d o u a r d VI d'Angleterre, qui coûta la vie à ſa Mere J e a n n e S e y m o u r: Car on dit que H e n r i VIII. s'en conſola en diſant qu'il pouvoit trouver une autre femme, mais qu'il n'étoit pas ſûr d'avoir un autre fils (*g*). Mais la principale circonſtance du recit de Rabelais, ſavoir que la mort de la Mere & la naiſſance du Fils arrivèrent preſque en même tems, nous ramène à l'hiſtoire de M a r g u e r i t e d e V a l o i s Reine de Navarre, qui eſt pour moi la véritable B a d e b e c, & à l'hiſtoire de ſon Gendre A n t o i n e d e B o u r b o n qui eſt mon P a n t a g r u e l. On ſait que cette Princeſſe mourut peu de tems après qu'elle fut devenue Mere de ce Prince, dans le ſens que je diſois tout-à-l'heure. (*h*)

§. IV.

Je paſſe au Chapitre ſix, où nous voyons, *Comment Pantugruel rencontra ung Limoſin qui contrefaiſoit le langaige François.* Rabelais s'étoit égayé ſur le compte de bien du monde dans le Chapitre précédent, & avoit fait ſentir quelques abus des Univerſitez de France: Il drappe dans celui-ci, en la perſonne de ſon E s c o l l e r L i m o s i n, tous ces Ecrivains de ſon tems, qui, pour paroître Erudits, farciſſoient leurs Ouvrages de mots Latins, auxquels ils ſe contentoient de donner une terminaiſon Françoiſe. Et comme aucun d'entr'eux n'avoit plus ridi-

---

(*g*) Edouard VI nâquit & ſa Mere mourut en M. D. XXXVII. Voilà encore qui eſt poſtérieur au tems où l'on croit que Rabelais écrivoit. Remarquons au reſte, que ceux qui content l'hiſtoriette qu'on vient de lire, ont coutume de la conter un peu autrement que Mr. Le Motteux. Ils prétendent que l'accouchement étant difficile, le Roi donna ordre d'ouvrir le côté de la Mere, & dit [ſelon les expreſſions élégantes du Pere d'Orléans] *Allez, qu'on ſauve le fruit: il eſt aſſez de femmes au monde; mais on n'a pas, quand on veut, un Fils.* Voyez l'*Abregé Cronologique de l'Hiſtoire d'Angleterre avec des Notes*, par Mr. D e C h e v r i e r e s, imprimé à Amſterdam en M. DCC.XXX. Tome III. p. 155, où il oppoſe à l'hiſtoriette en queſtion le témoignage de divers Auteurs dignes de foi, qui varient [à la vé-

rité] touchant le jour précis de la mort de Jeanne Seymour; mais qui tous s'accordent à placer ſa mort quelques jours après ſon accouchement. *Elle accoucha heureuſement le douze d'Octobre*, & mourut le quatorze ou le quinze, ou ne mourut même réellement que le dix-ſept. Je ne ſai pas quel Auteur Mr. Le Motteux a ſuivi, ni s'il en a ſuivi aucun. Mais en cas que la fable réfutée par Mr. de Chévrières ait, après-tout, quelque fondement dans l'Hiſtoire, il y a apparence que pour la réduire aux termes de la vérité, on pourra s'en tenir à peu près aux termes du recit de Mr. Le Motteux.

(*h*) La Fille de Marguerite épouſa Antoine de Bourbon au mois d'Octobre M. D. XLVIII: & Marguerite mourut le vingt-&-un de Décembre M. D. XLIX.

ridiculement affecté ce pédantefque jargon qu'un certain HELISAINE DE LI-
MOGES, qui *en François parlant Grec & Latin* penſoit avoir bien embelli ſa Langue
maternelle : c'eſt d'un Ecolier de Limoges, par préférence, qu'il fait le jouet
de cette Satire, à laquelle il faut joindre le badinage qu'il a intitulé *Epiſtre du
Limoſin de Pantagruel*, & qui eſt imprimé à la ſuite de la *Pantagrueline Prognoſtication*. Je tranſcrirai ici ce que dit *Etienne Paſquier*, Auteur contemporain,
dans ſon deuxième Livre de Lettres: page cinquante-trois... *Pétrarque acquit la
vogue entre les ſiens pour ne s'eſtre ſeulement arreſté au langage Toſcan, ains avoir emprunté toutes paroles d'eſlite en chaque ſujet de diverſes Contrées de l'Italie ... Le ſemblable devons-nous faire chacun de nous en noſtre endroit pour l'ornement de noſtre Langue,
& nous ayder meſmes du Grec & du Latin, non pour les eſcorcher ineptement : comme
feit ſur noſtre jeune aage* HELISAINE, *dont noſtre gentil Rabelais s'eſt mocqué fort à
propos en la perſonne de l'Eſcolier Limouſin qu'il introduit parlant à Pantagruel en un
langage eſcorche-latin* (i).

§. V.

Le Chapitre ſept, où Rabelais nous donne ſon Catalogue *des beaulx Livres de
la Librairie de Sainct Victor* n'eſt pas ſimplement une raillerie aux dépens de ces
gens-de-Lettres qui rempliſſent leur Cabinet de méchans Livres, ou qui n'en cherchent point d'autres dans les Bibliothèques : C'eſt encore une ſatire qui regarde
quantité d'Ecrivains connus de ſon tems, & diverſes affaires d'importance.
Tout cela mériteroit d'être bien commenté. Mais je n'ai pas le loiſir de feuil-
leter un grand nombre d'Auteurs qu'il faudroit conſulter pour remplir une tâche
de cette nature.

§. VI.

L'hiſtoire de la Cauſe plaidée devant Pantagruel, par les Seigneurs BAI-
SECUL & HUMEVESNE, s'étend depuis le Chapitre X. juſques au XIV.
Tout ce que j'en puis dire, c'eſt que je la regarde comme une Critique du mauvais goût de quelques Orateurs du Bareau, & nommément de deux Avocats
de la première volée, qui dans un fameux Procès du tems de notre Auteur, a-
voient étalé à l'envi l'éloquence la plus ridicule. Les Parties étoient, LOYSE
DE SAVOYE, Mere de François premier ; & CHARLES DE BOURBON,
Connétable de France. Cette Princeſſe, piquée de ce qu'il n'avoit pas voulu
devenir

(i) Mr. Le Motteux fondé, ce ſemble, ſur
l'autorité de Paſquier, fait de l'Ecolier Limouſin un homme : & Mr. Le Duchat, qui ſemble
auſſi ſe fonder ſur la même autorité fait de
ce même Ecolier une femme. Selon le premier
c'eſt un homme de *Limoges* : & ſelon le dernier c'eſt une Demoiſelle *Picarde*. Savoir lequel des deux a raiſon, c'eſt ce qui n'eſt en
aucune manière décidé par le paſſage de Paſquier, que j'ai donné exprès plus complet

que je ne le trouve dans mon Auteur, & qui
fait partie de la Lettre du Livre II, dans laquelle Paſquier examine, *Quelle eſt la vraye naïf-
veté de noſtre Langue*: Tome I. feuil. 102-109.
Edition de Paris, *in octavo*, M. DC. XIX.
Mais comme Mr. Le Duchat cite de plus *Per-
ceforeſt*, & entre dans un certain détail, il y a
bien apparence que l'erreur eſt toute entière
du côté de Mr. Le Motteux.

devenir fon Epoux, avoit réfolu de faire valoir certaines prétentions très-confidérables: il étoit queſtion de deux Duchez, quatre Comtez, deux Vicomtez
pluſieurs Baronnies & Châtellenies, & une infinité d'autres Seigneuries, dit E-
tienne Paſquier dans ſes Recherches de la France. Telle étoit la Cauſe. Les
Avocats étoient GUILLAUME POYET, qui dans la ſuite parvint à la dignité
de Chancelier: & FRANÇOIS DE MONTELON, qui fut depuis Garde des
Seaux: ce dernier plaidant pour le Défendeur, & le premier pour la Demandereſſe, qui ne put pas [malgré la faveur du Roi ſon Fils] dépoſſéder le Connétable; mais qui eut au moins la ſatisfaction de voir les biens litigieux ſéqueſtrez
proviſionnellement entre les mains du Roi. Ce fut-là le ſuccés des Plaidoyez:
Et pour ce qui eſt du bon goût des Orateurs, il faut entendre ce qu'en dit Paſquier. Ils s'armerent d'une Juriſprudence pédanteſque mandiée d'un tas d'Eſcoliers
Italiens que l'on appelle Docteurs en Droict, vrays provigneurs de procés (telle eſtoit
la Rhétorique de ce tems-là.) Et tout ainſi qu'il eſt aiſé de s'égarer dedans un touffe de
bois, auſſi dedans un peſle-meſle d'allégations bigarrées, au lieu d'eſclaircir la cauſe, on
y apporta tant d'obſcuritez & tenebres, qu'enfin par Arreſt... les Parties furent ap-
pointées au Conſeil &c. Sur quoi la voix unanime du Peuple fit convenir le monde que le nom de la Demandereſſe renfermoit le vrai de toute affaire: Loyſe-de-
Savoye, Loy-ſe-deſavoye: la plus heureuſe peut-être qu'on ait jamais vue (k).

§. VII.

Rabelais nous conte dans les Chapitres XVIII, XIX, & XX, Comment
ung grand Clerc d'Angleterre vouloit arguer contre Pantagruel, & feut vaincu par Panurge: Comment Panurge feit quinault l'Anglois qui arguoit par ſignes: Et comment
Thaumaſte [c'eſt le nom de l'Anglois] racompte les vertus & ſçavoir de Panurge,
qui l'avoit fait quinaut. Ce Thaumaſte m'embarraſſe.
   1. S'il eſt vraiſemblable, d'un côté, que le nom de THAUMASTE ne déſigne
pas ſimplement d'une manière vague un homme admirable, ſelon la force du Grec
dont il eſt emprunté, il n'eſt guère probable, de l'autre, que ce même nom
ſoit une alluſion à celui de Thomiſte, pour indiquer quelque fameux partiſan de
la Doctrine de THOMAS D'AQUIN: ni que perſonne ſoit jamais réellement venu d'Angleterre pour conférer avec Antoine de Bourbon des problèmes inſolubles tant
de Magie, Alchymie, de Caballe, de Géomantie, d'Aſtrologie, que de Philoſophie. Il
eſt vrai que THOMAS MORUS fut Ambaſſadeur auprès de François premier:
Il eſt vrai encore qu'ERASME, qui paſſa quelque tems en Angleterre, fut auſſi à Paris: Mais ni l'un ni l'autre, ſelon moi, ne ſauroient ſe prendre pour le
Thaumaſte de Rabelais, qui ne le fait peut-être venir d'Angleterre que pour dé-
payïſer ſes Lecteurs (l).
                                                                    2. J'au-

(k) Ceux qui ne ſavent pas cette hiſtoire
indépendemment de Mr. Le Motteux, & qui
pourroient être tentez d'en faire quelque u-
ſage, ſont avertis de ne s'en pas rapporter
à ſon expoſé pour toutes les circonſtances. Il
cite Paſquier: c'eſt-là qu'il faut les chercher.

On les trouvera dans le Livre VI des Recherches de la France, au Chapitre XI.
   (l) Sans prétendre ici contredire Mr. Le
Motteux, on peut obſerver en paſſant, qu'il
y a au moins cette reſſemblance entre Thaumaſte & Eraſme, que le premier compliment
                                              de

2. J'aurois bien penſé à HENRI CORNEILLE AGRIPPA, qui fut en France & qui même y mourut : Mais on verra qu'il eſt mis ſur les rangs dans le troiſième Livre, ſous un autre nom (*m*).

3. Je m'arrêterois plutôt à JEROME CARDAN de Milan. Il floriſſoit dans
le même tems : & il étoit, auſſi-bien qu'*Agrippa*, un de ces Ecrivains myſtérieux qui ont traité de la Caballe. Si *Agrippa* dans ſa *Philoſophie occulte*, [Lib. I. C. 6.]
parle d'un ſecret magique de communiquer les penſées ſous des eſpèces viſuelles,
& prétend même nous donner des inſtructions là-deſſus dans ſon Diſcours *de la
vanité des Sciences* ; on ſait que de ſemblables ſujets ont été traitez auſſi par *Cardan*, ſoit dans le dix-ſeptième Livre de ſon Ouvrage *De ſubtilitate*, ſoit dans le
Livre douze de celui qui a pour titre *De varietate rerum* (*n*).

4. Le vénérable BEDE a fait un Livre exprès ſur l'Art de parler par les
doigts : *De loquelâ per geſtum digitorum, ſive de indigitatione*. Mais il n'y a pas
apparence que Rabelais ait voulu le tourner en ridicule. Cependant, comme
Bède étoit *Anglois*, & d'ailleurs le plus ancien & le plus célèbre Auteur qui eût
fait un Traité ſur ce ſujet ; peut-être Rabelais penſoit-il à lui en donnant l'Angleterre pour patrie à ſon Thaumaſte, qui ſe pique de parler ſi bien par ſignes (*o*).

5. Je puis rapporter ici ce qu'il me ſouvient d'avoir lu quelque part, d'une
Diſpute publique qu'il y avoit eu à Genève, & qui eſt peu différente de celle de
Thaumaſte avec *Panurge*. D'abord l'Aggreſſeur éleva un bras ; joignit trois de
ſes doigts avec le pouce ; & allongeant horizontalement le doigt qui reſtoit, l'a-
vança dans cette direction vers ſon homme ; qui dans une direction ſemblable
oppo-

de Thaumaſte à Pantagruel commence par un
mot ſententieux qu'Eraſme avoit dit avant lui
dans un de ſes Dialogues. *Thaumaſte parle a-
près Eraſme*, dit Mr. Le Duchat. Mais s'il eſt
vrai que Thaumaſte & Eraſme, comme l'un
& l'autre en avertiſſent, ayent emprunté leur
ſentence de Platon, ce que mille autres auroient pu faire de même ; il faudra avouer
que la conformité de ces deux hommes ſe
réduit à bien peu de choſe. On peut voir ſur
cette citation les Notes ſur le Colloque intitulé *Diluculum.*

(*m*) Mr. Le Motteux ſuppoſe ici que la
même perſonne ne peut pas être miſe en jeu
ſous deux maſques différens. Il a néanmoins
poſé le contraire pour principe dans les Remarques précédentes. La véritable raiſon
pourquoi il ne s'agit point ici d'*Agrippa*, c'eſt
que les Ouvrages où il parle d'un art extraordinaire de ſe faire entendre, & qui ſont citez
quelques lignes plus bas par Mr. Le Motteux
n'étoient point imprimez quand Rabelais é-
crivoit ſon deuxième Livre : ſi toutefois il
faut en juger par l'*Epitome* de la *Bibliothèque* de
Geſner, par laquelle il ne paroît pas que la
Philoſophie occulte ait paru avant l'an M. D.
Tome III.

XXXIII, ni l'Ouvrage *de l'incertitude & de la
vanité des Sciences* avant l'an M. D. XXXI.

(*n*) Les Livres *de Subtilitate*, ſelon l'Epitome de la Bibliothèque de Geſner, furent imprimez pour la première fois, *primum*, à Nuremberg en M. D. L. Et l'ouvrage *de Varietate rerum* n'étoit pas encore publié en M. D.
LIV.

(*o*) Il eſt de fait que Rabelais, à l'occaſion
de ſon Thaumaſte, dans le dix-huitième Chapitre, cite *Le Livre de Beda*, DE NUMERIS
ET SIGNIS. J'ignore ſi c'eſt le même Ouvrage qui par Mr. Le Motteux eſt intitulé, De
loquelâ per geſtum digitorum. Je ne trouve ni l'un
ni l'autre de ces titres dans l'Epitome de Geſner.
Mais j'y trouve un Livre *De computatione per di-
gitos.* Caſmir OUDIN, dans ſes Ecrivains Eccléſiaſtiques, parle d'un Opuſcule de Bede *De loquelâ per digitorum geſtus*, comme ſi le même O-
puſcule avoit auſſi été imprimé ſous le titre de
Beda DE INDIGITATIONE. Je ne ſais ſi le
Livre a réellement paru ſous tous ces titres
différens. Il y a quelque lieu d'en douter.
Ce qu'il y a de certain, c'eſt que le vénérable Bede a fait un Ouvrage ſur le ſujet indiqué
par Mr. Le Motteux.

[I]

oppofa deux doigts à un. L'Aggreffeur, pour répondre à ce figne, préfenta deux doigts & le pouce. Le Soutenant repliqua par une menace du poing. Le premier dupliqua par l'offre d'une pomme. Le dernier là-deffus tirant de fa poche un morceau de pain, le montra d'un air de fupériorité & de mépris à fon Antagonifte, qui fe rendant alors fe confeffa vaincu. On pria le Vainqueur d'expliquer le fens de tous ces Signes, & il le fit. Mon Oppofant, dit-il, a commencé par la menace de me crever un œil: & moi je lui ai fait entendre que je lui creverois les deux yeux. Il m'a menacé de m'arracher les miens & de m'emporter le nez: Et je lui ai montré le poing pour fignifier que je lui cafferois la tête. Il s'eft apperçu que j'étois en colère: il m'a offert une pomme pour m'appaifer comme un enfant: Et moi, en lui montrant du pain, qui eft une nourriture plus convenable à des hommes faits, je lui ai fait comprendre que c'étoit à un homme, & non pas à un Enfant, qu'il auroit affaire.

6. Peut-être enfin que *Montluc*, qui eft mon *Panurge*, fut un des Tenans de quelque Conférence qui avoit du rapport avec une Converfation par *fignes* entant qu'elle rouloit, ou fur les *fignes* caractériftiques de la vraye Eglife; ou fur les Sacremens, qui font des *fignes* proprement ainfi nommez. L'Hiftoire ne dit pourtant rien, que je fache, d'une pareille Conférence (*p*).

§. VIII.

Nous voyons dans le Chapitre XXIII, *Comment Pantagruel partit de Paris, ouyant nouvelles que les Dipfodes envahiffoient le Pays des Amaurotes.*

Par les DIPSODES j'entends ici les FLAMANS & autres fujets de l'Empereur CHARLES-QUINT, qui firent des courfes dans la Picardie & dans les Payïs voifins, dont ANTOINE DE BOURBON étoit Gouverneur, & où il poffédoit même des Terres confidérables. Les AMAUROTES, par conféquent font les habitans de la PICARDIE & ceux de L'ARTOIS.

Les *Flamans* ont été de tout tems bons Biberons. C'eft pour cela qu'ils font appellez *Dipfodes*: Terme grec, qui fignifie ici des gens *alterez* (*q*).

Les *Picards* & les *Artéfiens*, font nommez *Amaurotes*, d'un nom formé du Grec *Amauros*, qui veut dire *obfcur*, *terni*, *éteint*: Et ils font ainfi nommez, foit à caufe de la fituation peu avantageufe de leur Payïs au Nord de la France, foit parce qu'une partie du Payïs étoit actuellement entre les mains de l'Ennemi.

Le terme grec, entant qu'il fignifie *éteint*, *évanoui*, *réduit à rien*, pourroit fort bien, par exemple, s'appliquer aujourd'hui à *Terouenne*, puifque Charles-Quint,

---

(*p*) Et quand l'Hiftoire en parleroit, quel rapport y auroit-il à fuppofer entre une Conférence *fur les fignes facramentels*, & une Converfation *par fignes*? Ce qu'il y a de certain, c'eft que fi cette Remarque eft bonne, celle des *groffes Méles* qui fe mêlent de la Réformation, doit paffer pour excellente. Voyez ci-deffus § I, fur la fin.

(*q*) *Dipfodes*, *qui vault aultant à dire comme gents alterez: car vous ne veiftes oncques gents tant*

alterez ny beuvants plus voluntiers. Ce font les propres paroles de Rabelais lui-même, vers la fin de Chapitre XXVI. Il y a au refte, touchant les *Dipfodes* & les *Amaurotes*, une Remarque hiftorique que Mr. Le Motteux a faite après-coup. On la trouvera ci-deffous parmi celles qui fe rapportent au Livre IV, dans le paragraphe 6 des Remarques fur le Chap. LXVI.

Quint, après l'avoir prife, la détruifit jufqu'aux fondemens. *Sandoval* nous conte que les Efpagnols qui la prirent y voloient par deffus les murailles comme des Oiféaux. Il dit pourtant auffi qu'ils y montèrent par des échelles. C'étoit une affez plaifante manière de voler ? (*r*).

§. IX.

Les Chapitres XXV & XXVII, nous apprennent : *Comment Panurge, Carpalim, Eufthenes & Epiftemon, compaignons de Pantagruel, defconfirent fix cents foixante Chevaliers bien fubtillement. Et comment Pantagruel dreffa ung Trophée en mémoire de leur proeffe* &c. Ou je fuis fort trompé, ou cela eft relatif à ce que firent en M. D. XLIII, quelques années avant la ruïne totale de *Térouenne*, FRANÇOIS DE LORRAINE, Duc d'Aumale, & plufieurs Gentilshommes qui fe trouvoient comme lui dans l'Armée que commandoit alors ANTOINE DE BOURBON, & dont la deftination étoit de procurer ou d'affûrer à cette Ville tous les fecours dont elle avoit befoin. Le Duc d'Aumale, impatient de faire quelque coup de main, pendant que l'Armée campoit à Gournai, étoit parti avec environ cent Chevaux de Gentilshommes volontaires qui l'accompagnoient pour leur plaifir, & étoit allé fe mettre dans Térouenne, d'où il fortoit de tems en tems pour chercher des aventures périlleufes. Mais un jour entr'autres, après avoir été long-tems à l'efcarmouche devant Aire pour attirer les Ennemis au combat, comme la Troupe tâchoit de regagner Térouenne parce qu'il étoit tard, voilà tout à coup un Détachement d'environ quatre-cens chevaux des Ennemis. D'Aumale prend fon parti, &, malgré la fupériorité de leur nombre, les attend de pied ferme à un Pont par où il falloit qu'ils fe retiraffent, fait une charge brufque & furieufe, les pourfuit jufqu'aux portes d'Aire, en laiffe plufieurs fur la place, & amène cent hommes prifonniers à Térouenne (*s*).

§. X.

(*r*) Remarquons d'abord que l'expreffion de Sandoval femble prefque avoir été empruntée de Rabelais même, & cela encore du Chapitre XXIV, dans lequel il s'agit du fecours que Pantagruel vient prêter à la Ville des Amaurotes affiégée par les Dipfodes. *Je (dift Carpalim) y entreray fi les Oifeaulx y entrent : car j'ay le corps tant allaigre que j'auray faulté leurs tranchées, & percé oultre tout leur Camp, devant qu'ils m'ayent apperçu.* ——— Remarquons enfuite, touchant l'entière deftruction de Térouenne, que *les Impériaux exprimèrent la date de cette ruïne par cette Infcription* DeLetI MorInI, *parce que cette Ville étoit depuis longtems la Capitale de ces Peuples qui portent le nom de* Morini *dans les Mémoires de Jules Céfar*. Ce font les paroles de Mr. DURAND dans fon *Hiftoire du feizième Siècle*, Liv: XXII. §. XXVII. Or les Lettres numérales de l'Infcription qu'on vient de lire, nous donnent l'an M. D. LIII. ——— Remarquons après cela, que fi Mr. Le Motteux ne prétend pas que Rabelais ait fongé à un événement de M. D. LIII, il lui attribue au moins le deffein de faire allufion à des chofes qui ne fe font paffées que dix ans plutôt, comme on verra qu'il en convient lui-même dans le paragraphe fuivant. ——— Remarquons enfin, pour dire quelque chofe auffi en fa faveur, que voulant mettre la Scène dans les Pays-Bas, il auroit pu fe prévaloir à fa manière de cet endroit du Chapitre XXIX, où les Compagnons de Loupgarou font appellez *Paillards de plat pays*.

(*s*) Mr. Le Motteux nous renvoye aux *Mémoires de* GUILLAUME *du Bellay*. C'eft une faute. Il a nommé *Guillaume* pour *Martin* qui rapporte les faits dont il s'agit, vers la fin du Livre IX: p. m. 1002 & fuivantes.

§. X.

Il paſſe au Chapitre XXIX, où Rabelais nous raconte, *Comment Pantagruel deffeit les trois cents Géants armez de pierre de taille, & Loupgarou leur Capitaine.* La deffaite de ce LOUPGAROU ſous les yeux de ſes *Geants armez de pierre de taille*, *me ſemble repréſenter la priſe de* LILLERS *entre Bétune & Aire*, par AN-TOINE DE BOURBON, qui ayant été averti que cette Place *faiſoit grand ennuy au Pays du Roy* avoit réſolu de s'en rendre maître. La deffaite de Loupgarou vient ici preſque immédiatement après la deſconfiture des ſix-cents Chevaliers dont nous parlions tout-à-l'heure: Et auſſi voyons-nous que le Secours de Té-rouenne dont nous parlions pour expliquer cette avanture, ne précéda pas de beaucoup la priſe de Lillers. Il eſt certain, & que ce ſont là les deux pre-miers exploits d'Antoine de Bourbon, & qu'il les fit tous deux en très-peu de tems (t).

Pour ce qui eſt des *trois cents Géants armez de pierres de taille*, lesquels Panta-gruel avec le corps mort de Loupgarou, *abbatoit comme ung Maſſon faiſt des couppeaulx*, ou *comme ung Faufcheur qui de ſa faulx abbat l'herbe d'ung Pré*; ce ſeroit tous ces Châteaux aux environs de Térouenne, de Saint-Omer, d'Aire, & de Bétune, lesquels ANTOINE DE BOURBON raſa, après que la Ville de Lil-lers eut été remiſe entre ſes mains.

Il eſt dit dans le Chapitre précédent, que *Carpalim vint au lieu où eſtoit l'Artil-lerie des Ennemis & miſt le feu en leurs munitions, & que le feu feut ſi ſoubdain qu'il cuida embraſer le paovre Carpalim.* Cette circonſtance, antérieure à la défaite de Loupgarou, a quelque rapport avec ce qui étoit arrivé au ſiège de Lillers un peu avant que la Ville ſe rendît. Le feu s'étoit mis aux munitions des Aſſié-geans, & ils avoient eu bien de la peine à retirer leur Artillerie ſans que le feu prît aux affuts. Mais j'aimerois mieux croire, malgré cela, que notre Auteur fait toujours alluſion à la conduite d'Antoine de Bourbon dans la priſe de Lillers, puiſque nous voyons en effet qu'après s'être emparé de cette Place il y mit le feu & la démantela. On ſouhaiteroit peut-être que le Roman, comme l'Hiſ-toire, eût gardé cette circonſtance pour la dernière. Mais Rabelais écrit plus en Poëte qu'en Hiſtorien: & l'on peut bien lui paſſer ce petit Anachroniſme, quand on paſſe à Virgile celui d'Enée & de Didon. Quoi qu'il en ſoit, les principaux évènemens ſe ſuivent ici dans leur ordre naturel.

§. XI.

(t) Voyez *Martin du Bellay* à l'endroit cité dans l'Article précédent: Et notez que com-me lui j'ai placé *Lillers* entre *Bétune & Aire*, quoique Mr. Le Motteux ait dit *Bapaume* au lieu de Bétune: ce qui n'eſt pas le ſeul exem-ple de l'inexaſtitude ou de la négligence avec laquelle il rapporte ce qu'il a lu. J'en pour-rois alléguer quelques exemples ſans ſortir des paſſages de Du Bellay d'où il prétend ti-rer tout ce qu'il rapporte des deux premiers exploits d'Antoine de Bourbon. Mais ce dé-tail ſeroit trop ennuyeux. Si ces fautes étoient munies de la moindre autorité, & ſi avec cela elles lui ſervoient à quelque choſe, ſi elles a-voient la moindre influence ſur ſon Commen-taire, je me croirois obligé de les conſerver dans ma Traduſtion. Mais lorſque d'un coté ſes fautes ſont à pure-perte; & que de l'autre je vois clairement, par la confrontation de ſes Auteurs, ce qu'il a voulu dire, je pen-ſe que le meilleur parti eſt de le dire pour lui. Un Traduſteur, pourvû qu'il en avertiſſe, doit autant de droit de corriger des fau-tes de cette nature, dans un Ouvrage com-me celui-ci, que de n'en pas copier les fautes d'impreſſion, d'orthographe & de grammaire.

§. XI.

Le Chapitre XXXI a pour tître : *Comment Pantagruel entra dans la Ville des Amaurotes*, &c. Nous y lifons comment les habitans de cette Ville le reçurent *en grande pompe triumphale avecqu'une lieſſe divine.* C'eſt la ſuite de l'hiſtoire d'ANTOINE DE BOURBON. La Ville des Amaurotes c'eſt TÉROUENNE, au ſecours de laquelle nous l'avons déja vu venir avec une Armée : & par laquelle il paſſa après l'expédition de Lillers (*u*).

Nous voyons dans ce mêmê Chapitre, quel fut le ſort du Roi ANARCHE, depuis qu'il étoit tombé entre les mains de Pantagruel. Cet *Anarche* pourroit être regardé ici comme un Perſonnage allégorique repréſentant la foule des Payſans vagabonds de l'Artois qui couroient la Campagne pour piller, & pour qui tous les Châteaux dont j'ai parlé étoient autant d'Aſyles avant qu'Antoine de Bourbon les eût démolis. Ces *Anarches* ou Ennemis de la Subordination, réduits deſormais à vendre des herbes, ne ſont pas mal figurez, ce me ſemble, par le Roi Anarche devenu *Crieur de ſaulce verte en pourpoinct de toile.*

§. XII.

ANTOINE DE BOURBON marchant après cela avec ſon Armée par le haut Payïs d'Artois, & paſſant près de BAPAUME, attaqua la Ville & la prit. C'eſt-là ſans doute qu'il faut chercher les ALMYRODES du Chapitre XXXII, qui *voulurent tenir contre* Pantagruel, & qui firent entendre cependant qu'ils *ſe rendroient*, pourvû que ce fût *à bonnes enſeignes.* Cette particularité regarde le Château de Bapaume. Les habitans de la Ville s'étoient tous retirez dans cette petite Place, où ils ne faiſoient réſiſtance que dans la vûe d'obtenir de bonnes conditions.

Ils n'avoient là qu'un ſeul Puits, qui en deux jours fut mis à ſec. Et c'eſt peut-être à cette circonſtance que ſe rapporte ce qui eſt dit ailleurs, dans le Chapitre XXVIII, du *ſel* dont Pantagruel *remplit tout le gouſier* de ſes Ennemis. On ſait que le nom d'*Almyrodes* ſignifie *un Peuple ſalé* (*w*).

Le Château ne ſe prit pourtant pas. Antoine de Bourbon, preſſé par les ordres du Roi d'aller le joindre au *Cateau Cambreſis*, fut obligé de lever le ſiège. Mais auſſi Rabelais ne parle-t-il point de la réduction des Almyrodes. Il repréſente au contraire les Aſſiégeans *ſaiſis d'une groſſe houſée de pluye : A quoi*, dit-il, *commencèrent ſe trefmouſſer & ſe ſerrer l'ung l'aultre.*

Ce fut alors que Pantagruel *tira ſa langue . . . & les en couvrit comme une Gelline faict ſes poullets*, après leur avoir fait dire par les Capitaines, *que ce n'eſtoit rien, mais à toutes fins qu'ils ſe miſſent en ordre.* Or je trouve qu'Antoine de Bourbon, dès avant la priſe de Lillers, avoit dépêché au Roi pour lui faire entendre que
s'il

____

(*u*) *Par laquelle il paſſa après l'expédition de Lillers.*] Cela pourroit être vrai. Mais cela ne paroît pas par les Mémoires de *Martin du Bellay* : dans leſquels il me ſemble même que je trouverois de quoi deviner plutôt le con-traire, ſi je voulois deviner.

(*w*) Le ſel dont Pantagruel remplit le goſier de ſes Ennemis, eſt expliqué d'un autre manière ci-deſſous dans les Remarques ſur *Livre IV. Chapitre LXVI.*

s'il accordoit encore un mois de folde à fes Troupes, il y auroit moyen de conquérir quelque Ville frontière & nommément Bapaume. Le Roi ne lui avoit point envoyé d'argent, & lui avoit au contraire ordonné de fe mettre en marche pour fe rendre auprès de lui. Mais Lillers étoit pris avant que cette réponfe arrivât. Les Soldats donc, à qui il falloit de l'argent & des habits, fe trouvant avec cela d'autant moins fatisfaits que par la faute du Roi ils venoient de manquer le butin du Château de Bapaume, Antoine de Bourbon fe voyoit à la tête d'une Armée qui n'étoit ni contente ni en bon état. Il obtint pourtant à la fin qu'elle feroit payée des arrérages & rhabillée. Mais comme il ne l'obtint que lorfqu'il en eut parlé lui-même au Roi, cela s'appelle dans le langage de Rabelais, *couvrir une Armée de la langue* (x).

La feconde partie de ce Chapitre nous repréfente l'Auteur même des Faits & Dits de Pantagruel montant par fa grande langue jufques au dedans de fon gofier, & contient le recit *de ce que l'Autheur veit dedans fa bouche.* C'eſt une imitation de la Baleine de Lucien, de qui il femble auſſi avoir emprunté l'idée de la Relation des Enfers faite par Epiſtémon dans le Chapitre XXX. Tout ce qu'il dit avoir vu dans la bouche de Pantagruel, n'eſt ici que pour déguifer le refte. Cela me paroît ſi clair, & en général la plûpart des découvertes que je publie me paroiſſent ſi naturelles, que j'ai peine à comprendre comment il ne s'eſt trouvé perfonne depuis plus de cent quarante ans, qui m'ait prévenu au moins ſur quelques-unes de mes Remarques (y).

§. XIII.

La maladie de Pantagruel, au Chapitre XXXIII, c'eſt le chagrin qu'eut An-

(x) Mr. Le Motteux nous renvoye encore aux Mémoires de Guillaume du Bellay : Et je fuppofe encore que c'eſt une faute, parce que je ne connois point d'autres Mémoires de *Guillaume* que ceux que *Martin* a inférez parmi les fiens. Or ni le *Livre* IX, cité cideſſous, ni le *Livre* X, cité à préfent, ne font du nombre de ceux qui portent le nom de *Guillaume.* Mais il y a plus. Je ne trouve ni dans l'un ni dans l'autre le difcours d'Antoine de Bourbon au Roi pour faire payer les arrérages à fon Armée. Et tout ce que je trouve de la réponfe du Roi à la demande faite avant la prife de Lillers, par écrit ou par la bouche d'un Meſſager, c'eſt que le Roi *manda de mettre l'Armée dedans les garnifons & de ne rien licentier, horsmis les Legionnaires ... chofe qui fut executée,* ajoute l'Hiſtorien, qui par ces paroles finit fon neuvième Livre ; & qui dans le dixième, cinq pages plus bas, où l'on voit Antoine de Bourbon marchant avec fon Armée par le Haut Payïs d'Artois, ne dit rien d'où l'on puiſſe conclure que fes Soldats étoient mécontens & ne recevoient point leur

folde. Sa marche fe faifoit par ordre du Roi qui lui avoit commandé de raſſembler fon Armée à Abbeville & de venir à travers les terres des Ennemis le rencontrer au Cateau Cambrefis. Bapaume étoit fur fa route. Notez au refte que le premier ordre de venir rencontrer le Roi eſt joint ici avec celui de raſſembler l'Armée, & non pas avec la Réponfe du Roi à la demande d'un mois de folde, comme Mr. Le Motteux paroît fe l'être imaginé. J'aurois mieux aimé corriger de pareilles fautes que les relever. Mais celles-ci fervant de fondement à l'explication d'un paſſage de Rabelais, je me fuis cru obligé de les conferver dans ma Traduction.

(y) Ne difons rien de l'étonnement de Mr. Le Motteux. Le renvoi au bas de la page ne fera cette fois que pour une citation, Outre l'*Hiſtoire véritable* de Lucien, Mr. Le Motteux indique ici quelque autre pièce du même Auteur. Je crois qu'il veut parler du *Dialogue* intitulé *La Nécromancie,* & peut-être auſſi du difcours qui a pour titre *Du Deuil.*

Antoine de Bourbon d'avoir manqué fon coup à Bapaume : ou bien, fi-l'on veut quelque maladie réelle qui le prit.

Quoi qu'il en foit, nous avons ici, ou plus proprement dans le Chapitre XXXIV, *la conclufion du préfent Livre* II, lequel ne parut que quelque tems après le premier, comme on en peut juger par *l'excufe de l'Autheur* dans ce dernier Chapitre contre *ung grand tas de Sarrabaïtes Cagots, Efcargotz, Hypocrites, Capharts, Fraparts, Botineurs, & aultres telles fectes de gents*, qui s'étoient déja appliquez *à la lecture des Livres Pontagruelicques ; non tant pour paffer temps joyeufement, que pour nuire à quelcqu'ung mefchantement*, c'eft-à-dire pour y trouver matière à procès contre l'Auteur. Auffi voyons-nous qu'il eft un peu plus réfervé fur la Religion dans ce deuxième Livre & dans le troifième qu'il ne le fut enfuite dans les deux derniers.

§. XIV.

Nous avons néanmoins, dans celui-ci même, au Chapitre XXIX, une Prière qui fait voir que Pantagruel étoit pour la Réformation, encore qu'il fût Catholique à l'extérieur : Caractère, au refte, qui répond fort bien à celui d'ANTOINE DE BOURBON. Les Hiftoriens conviennent qu'il eft Calvinifte dans un tems où Rabelais étoit plein de vie : Et fi dans la fuite fon intérêt, bien ou mal entendu, l'attacha au Parti Catholique, au moins reconnut-il fon erreur lorfqu'il vit que la bleffure qu'il avoit reçue depuis peu au fiége de Rouen, lui annonçoit une mort prochaine. Il commanda à un homme qu'il avoit à fon fervice, & qui étoit Proteftant, de lui amener un Miniftre. Mais la chofe ne fe trouvant pas pratiquable dans ce tems de perfécution, il voulut que cet homme lui-même au défaut d'un Miniftre, lui fît la prière à la façon des Calviniftes : Et cela fut exécuté à fa fatisfaction, en préfence de fon frere le Cardinal de Bourbon (z).

REMARQUES

SUR LE LIVRE III. (a)

PANURGE eft le principal Acteur du troifième Acte. Nous l'y voyons extrêmement embaraffé ; flotant entre le defir de fe marier, & la crainte de s'en

(z) Mr. Le Motteux cite ici l'*Hiftoire Eccléfiaftique* de *Bèze*. Il y a des gens cependant qui prétendent qu'Antoine de Bourbon eft mort bon Catholique. Voyez *Henri de Sponde*, An. M. D. LXII. §. XLIII.

(a) Le Lecteur fe reffouviendra que ce troifième Livre doit avoir été écrit pour le plus tard en M. D. XLV, s'il eft vrai qu'il y en ait une Edition de M. D. XLVI, conformément aux Remarques de Mr. Le Duchat fur l'*Ancien Prologue*, entre lesquelles j'en trouve une fur ces paroles du titre, *Calloier des Ifles Hieres*, dans laquelle il cite le *titre du 3 Livre de l'Edition de Toulouse in 16 chez Jacques Fournier 1546*. Voyez ci-deffus, *Rem. fur le Livre* II. *Art.* (f) des Obfervations.

s'en repentir; & confultant fur fes doutes plufieurs perfonnes fameufes par quelque art particulier de tranquilifer les efprits. L'hiftoire de fes confultations eft également admirable & pour l'agréable fécondité de génie qui s'y fait reconnoître, & pour la littérature qui y eft répandue. C'eft à l'occafion de cette hiftoire que notre docte & ingénieux Auteur a été fi bien loué par le favant *Antoine Van Dale* dans fon Ouvrage fur les Oracles: p. 341. *De Oraculis & Sortibus inter alia fcripfit par lufum & jocum doctiffimus & magnus ille Gallus Rabelæfius, cujus nugæ fæpius doctorum feria vincunt, in Vita & geftis Gargantuæ & Pantagruelis, tam docte meo judicio, quam lepidè ac falfè.* Mais avant que d'en venir aux Oracles confultez par Panurge, difons deux mots fur les deux premiers Chapitres.

N°. I.

Maître François nous conte d'abord *comment Pantagruel tranfporta une Colonie de Utopiens en Dipfodie*, & il en donne de fi bonnes raifons qu'on voit bien qu'il s'entendoit en Politique ainfi qu'en toute autre chofe. Mais ce que je voulois principalement remarquer fur ce premier Chapitre, c'eft qu'Antoine de Bourbon, qui eft toujours mon Pantagruel, tira des troupes de Picardie pour les mettre en garnifon dans quelques-unes des Places de l'Artois qui avoient été prifes par les François; & qu'il y établit auffi quelques-uns de fes Vaffaux ou Tenanciers qui fe trouvoient en affez grand nombre dans ces Quartiers-là. Comme il étoit né parmi eux, favoir à *la Fère* [en M. D. XVIII] il avoit pour eux une affection toute particulière (*b*).

N°. 2.

On voit dans le Chapitre fuivant, *Comment Panurge fut faict Chaftelain de Salmigondin en Dipfodie, & mangea fon bled en herbe.* Je ne faurois entendre cela que de quelque Bénéfice donné à Montluc, ou par Antoine de Bourbon, ou par La Reine de Navarre qui fut Belle-Mere de ce Prince dans la fuite (*c*). Ce Bénéfice ne fuffifant pas aux folles dépenfes de Montluc, on lui accorda quelque chofe de plus confidérable: ce qui l'ayant mis à fon aife, lui fit faire des réflexions, & prendre le parti de devenir plus économe, fi bien qu'après cela il penfa au mariage, & étoit vraifemblablement déja marié dans le tems que Rabelais écrivoit.

N°. 3.

Nous pouvons paffer maintenant aux confultations de Panurge, & commencer

---

(*b*) Mr. Le Motteux n'allègue ici aucune autorité.

(*c*) *Dans la fuite.* Mr. Le Motteux femble convenir ici que le mariage d'Antoine de Bourbon avec Jeanne d'Albret, en M. D. XLVIII, eft poftérieur non-feulement au deuxième Livre du Rabelais, mais au troifième. Voyez ci-deffus l'Article (r) des Obfervations fur les *Remarques générales*, & l'Article (f) fur celles qui regardent le Livre II.

(*d*) Touchant le tems du mariage de Montluc on peut voir, fous le *Remarques générales*, l'Article (y) des Obfervations.

cer par la SIBYLLE DE PANZOUST, le premier Oracle qu'il confulte après Pantagruel, comme il paroît par les titres des Chapitres IX, XVI, XVII, & XVIII.

I. La prétendue *Clef* que nous avons, fait de la Sibylle une DAME DE COUR. Mais il femble que celui qui a fabriqué cette Clef, ou n'ait jamais lu fon Rabelais, ou n'y ait jamais rien entendu: au moins fi l'on en juge par les noms qu'il a mis en dépit de la raifon, à l'oppofite de ceux du Roman.

II. L'*Alphabet de l'Auteur François*, entre quatre ou cinq courtes explications hiftoriques d'un pareil nombre de paffages, nous en donne une qui regarde notre Sibylle. *C'eftoit*, dit-il, *une Dame de Panfouft proche Chinon, qui ne fut point mariée & ne vouloit point l'eftre, laquelle neantmoins eftoit conviée de le faire par fes amis pendant qu'elle fut en aage de cela: elle mourut fort aagée.* Mais comme Rabelais dans la fuite choifit fes perfonnages en habile homme, faifant confulter à Panurge des gens qui dans leurs différentes profeffions s'étoient rendus célèbres de fon tems, je ne faurois croire qu'il ait voulu mettre à leur tête une femme entièrement inconnue aux gens de lettres. Tout ce que j'avouerai, c'eft que s'il y avoit réellement à PANZOUST quelque VIEILLE FEMELLE remarquable par fon éloignement pour le mariage, il pourroit avoir fait ufage du nom de *Panzouft* pour doubler le Caractère principal, qui eft toujours une Enigme. J'en ai cherché le mot. J'ai penfé à plufieurs noms affez connus. Mais je n'en vois aucun pour lequel je puiffe bien me déterminer.

III. SAINTE THERESE ne devroit-elle pas entrer pour quelque chofe dans le caractère de la Sibylle? Cette Religieufe Efpagnole a compofé des Livres, & elle étoit déja fameufe du tems de Rabelais. Elle avoit des opinions très-bizarres, & montra peut-être autant de folie que de fainteté. Mais je doute que cela nous fuffife (*e*).

IV. Je trouve une autre Bigote à tête mal timbrée, qui faifoit du bruit alors & qui étoit déja vieille. C'eft cette Dame de Venife que *Guillaume Poftel* fit connoître à toute la terre fous le nom de VIRGO VENETA, qu'il appelloit auffi *Mere Jeanne*, & qu'il prétendoit être venue au monde pour être la Rédemptrice de fon Sexe, fi toutefois il faut prendre ce qu'il en dit au pied de la lettre, & non pour de fimples hyperboles où il fe feroit jetté par un excès de reconnoiffance, comme l'a prétendu *Florimond de Ræmond* (*f*).

V. Mais il y en a une autre fur laquelle je fixerois plutôt mes vûes, & à qui je donnerois même la préférence fans balancer, fi je favois bien certainement que

(*e*) Ste. Thérèfe, Religieufe Carmélite dans le Monaftère d'Avila en Caftille, travailla à la réforme de fon Ordre en M. D. LXVIII. Voyez *Henri de Sponde* & l'Abbé *Fleuri*, fous cette année: le premier §. XXIX. & le fecond, §. XLIV du Livre LXXI. Je ne trouve point que ces Auteurs faffent mention de la Sainte avant ce tems-là. Il faudroit voir fa Vie dans *Baillet* pour juger fi elle étoit fameufe dès l'an M. D. XLV, où Rabelais eft cenfé écrire. ——— Je m'étonne au refte que Mr. Le Motteux n'ait pas fongé à cette efpèce de Sibylle dont Rabelais lui-même nous donne le nom & l'hiftoire dans le Livre IV. Chap. LVIII.

(*f*) Henri de Sponde, de qui l'on diroit que Mr. Le Motteux a emprunté cet Article, parle du Livre de Poftel fur *la Vénitienne* comme d'un Ouvrage qui ne parut qu'en M. D. L. Cette circonftance n'étoit point à négliger. Voyez H. de Sp. fous l'An M. D. LXXXI. §. XVI.

que notre Auteur & elle fuſſent contemporains. Je parle de MAGDELAINE
DE LA CROIX, Religieuſe, qui s'étoit miſe en telle odeur de ſaintété que les
plus grands Princes de l'Europe la conſultoient effectivement comme on eût fait
une Sibylle; & qui fut enfin brûlée comme une Sorcière. *Henri Morus* a fait
mention d'elle, ſi je ne me trompe: & j'ai lu ſa Vie dans un Livre intitulé.
Hiſtoires tragiques: Mais n'ayant pas pu retrouver à propos ces deux Livres,
non plus que bien d'autres, je ſuis réduit à les citer de mémoire (g).

N°. 4.

Dans le Chapitre XXI, *Panurge prend conſeil d'ung viel Poëte François, nommé*
RAMINAGROBIS. C'eſt GUILLAUME CRETIN, qui vécut ſous les Règnes de
Charles VIII, de Louïs XII, & de François I, comme on en peut juger par la
lecture de ſes Ouvrages. Jamais homme ne fut plus honoré par les Écrivains de
ſon tems. Marot même lui dédia ſes Epigrammes & s'amuſa à imiter ſa manière de verſifier, toute ridicule qu'elle étoit. Il y a apparence que comme
Crétin étoit alors *ung viel Poëte*, preſque *en l'article & dernier moment de ſon décès*,
les jeunes Poëtes lui faiſoient la cour par un certain reſpect aſſez naturel. Mais
ils eurent le tems de ſurvivre à leur préjugé en ſa faveur. Jamais homme ne
perdit ſi-tôt après ſa mort la réputation acquiſe pendant ſa vie. Voici un é-
chantillon de ce qu'il ſavoit faire.

> *Par ces vins verds Atropos a trop os*
> *Des corps humains ruez envers en vers,*
> *Dont un quidam aſpre aux pots, à propos*
> *A ſort blaſmé ſes tours pervers par vers.*

Et cela eſt ſuivi de plus de ſix-vingt vers de la même ſorte. Je n'ai jamais vu
tant de rime avec ſi peu de raiſon. Et c'eſt pourquoi Rabelais, *qui avoit plus
de jugement & doctrine* [dit Paſquier] *que tous ceux qui écrivirent en noſtre Langue de
ſon temps*, s'eſt moqué de ce vieux Rimailleur: à telles enſeignes que le Ron-
deau

(g) *Bodin* en parle dans ſa *Démonomanie*, Livre II. Ch. VII. Mais voici tout ce qu'il en
dit. „ Et de fraiſche mémoire l'an M. D. XLV.
„ Magdelaine de la Croix, native de Cor-
„ doue en Eſpagne, Abbeſſe d'un Monaſtè-
„ re, ſe voyant en ſuſpicion des Religieuſes
„ d'être Sorciere & craignant le feu ſi elle eſ-
„ toit accuſée, voulut prevenir pour obte-
„ nir pardon du Pape, & confeſſa que dès
„ l'aage de douze ans un malin Eſprit en for-
„ me d'un More noir la ſolicita de ſon hon-
„ neur, auquel elle conſentit, & continua
„ trente ans & plus, couchant ordinairement
„ avec luy: par le moyen duquel eſtant de-
„ dans l'Egliſe, elle eſtoit eſlevée en haut,
„ & quand les Religieuſes communoient, après

„ la conſécration, l'hoſtie venoit en l'air juſ-
„ ques à elle, au veu des autres Religieuſes
„ qui la tenoyent pour ſainte, & le Preſtre
„ auſſi, qui trouvoit alors faute d'une hoſtie
„ & quelquefois auſſi la muraille s'entrouvroit
„ pour luy faire veoir l'hoſtie. Elle obtint
„ pardon du Pape Paul III. eſtant repentie
„ comme elle diſoit. Mais j'ay opinion qu'el-
„ le eſtoit dédiée à Satan, par les parens,
„ dès le ventre de ſa mere. Car elle confeſ-
„ ſa que dès l'aage de ſix ans Satan luy appa-
„ rut, qui eſt l'aage de connoiſſance aux filles,
„ & la ſollicita à douze, qui eſt l'aage de
„ puberté aux filles, comme nous avons dit
„ &c." p. m. 233, 234.

deau qu'il attribue à fon *Raminagrobis* eft réellement de *Crétin* lui-même (*b*).
Rabelais au refte le fait mourir en bon Proteftant: vu le difcours qu'il lui fait
tenir, à la fin de ce Chapitre, contre les Moines qui ne vouloient pas le laiffer
mourir en paix. Il eft vrai qu'il racommode cela avec affez d'adreffe un moment
en fuite dans le Chapitre XXI, où Panurge s'étant beaucoup récrié fur le difcours hérétique du vieux Raminagrobis, Epiftémon juftifie le bon homme & tâche de montrer qu'il n'a rien dit qu'on ne puiffe charitablement interpréter dans
un fens très-catholique. Mais il n'en eft pas moins vrai que Raminagrobis a
parlé le langage d'un Proteftant. Et pour nous faire fentir d'autant mieux que,
comme je le fuppofe, tout cela regarde Guillaume Crétin, le Chapitre XXIV
commence par ces mots, *Laiffans là* VILLAUMERE: ce qui eft une allufion
manifefte à fon nom de GUILLAUME (*i*).
C'eft ici le lieu de rapporter une Remarque imprimée dans la dernière Edition
Hollandoife du Rabelais (*k*). Elle nous fournit une Explication particulière de
Panurge vers la fin du Chapitre XXIII. *Il eft par la vertu bœuf héréticque. Je dy
héréticque formé, héréticque clavelé, héréticque bruflable: comme la petite horologe de
bois à la Rochelle:* (*l*). Cela eft relatif à la fentence de mort prononcée contre un
des premiers Confeffeurs de la Réformation dans cette Ville. Il étoit Horlo-
ger: & il avoit fait une Horloge de bois que l'on admiroit comme un vrai Chef-
d'œuvre. Mais d'autant que c'étoit un chef-d'œuvre de la façon d'un homme
condamné pour héréfie, les Juges ordonnèrent dans leur fentence que la dite
horloge feroit brûlée par les mains du Bourreau, & en conféquence elle le fut.
A quoi il faut ajouter d'après l'Auteur de la Remarque dont il s'agit, que Rabelais a confervé le nom de l'Ouvrier en difant *héréticque clavelé*. CLAVELE étoit
le nom de ce zélé Proteftant.

N°. 5.

Dans le Chapitre XXIV, Panurge confulte EPISTEMON. Ce pourroit être
GUIL-

(*b*) J'ai un peu racourci cet article, où il
n'y a rien qui n'ait été dit long-tems avant Mr.
Le Motteux, par *Etienne Pafquier* qu'il ne nomme toutefois que comme en paffant. Ceux
qui voudront voir au long le paffage dont il
a copié une partie, le trouveront dans les
Recherches de la France, Livre VII. Chap. XIII.
aux trois dernières pages. Voyez auffi la Remarque de Mr. *Le Duchat* fur le mot *Raminagrobis.*

(*i*) C'eft ici apparemment que Pafquier fi-
foit, ou croyoit fe fouvenir d'avoir lu *Laiffons mourir ce Villaume:* paroles que Mr. Le
Duchat n'a trouvées dans aucune des Editions
qu'il a vues. Et notez 1°. Que le mot *là* n'a
point d'accent dans le Texte de Rabelais: 2°.
Que *la Villaumere* eft un nom de lieu dans le
Chapitre XXI. *Nous avons ici, près la Villaumere, ung homme & vieulx poëte, c'eft* Raminagrobis.

(*k*) *In the laft Dutch Edition.* Mr. OZELL,
dans la dernière Edition du Rabelais en Anglois, cite la même Remarque, & l'attribue
au *Scholiafte Hollandois* ———— *the Dutch Scho-
liaft.* Notez cependant que cette Remarque
fe trouve dans l'*Alphabet de l'Auteur François*,
au mot *Hérétique.*

(*l*) Je donne ici la dernière partie de ce
paffage, telle que Mr. Le Motteux paroît l'a-
voir lu, & conformément à la traduction Angloife du Chevalier *Thomas* URQWART. L'E-
dition de Mr. Le Duchat porte fimplement:
comme une belle petite Horologe. Une variante de
cette nature méritoit d'être obfervée. Le Duchat devoit en avoir vu une partie dans l'Alphabet de l'Auteur François, où on lit: *hérétique bruflable comme une petite horloge de bois.*

GUILLAUME RUFFI, l'un des *Ministres* de la Reine *Marguerite*, & qui avoit été quelque tems en prison pour avoir prêché la Réforme: mais qui ayant sans doute dissimulé, comme beaucoup d'autres, fut ensuite pourvu de l'Evêché d'*Oleron* dans les Etats du Roi de *Navarre*. De sorte que sa descente aux Enfers, dans le Chapitre XXX. du Livre II, pourroit se rapporter à son emprisonnement. J'avoue que mon prétendu Evêque d'Oleron va à la guerre avec Pantagruel: Mais Panurge y va bien, & n'en est pas moins l'Evêque de Valence. C'est ainsi que les Caractères sont déguisez. Et je suis d'autant plus porté à croire Epistémon homme d'Eglise, qu'il entend très-bien l'Hébreu: chose assez rare parmi les Laïques, & qui ne se retrouve ici dans aucun autre personnage que dans Panurge. Aussi l'appelle-t-il son *Compère* & son *Ami*. D'ailleurs le nom seul d'EPISTE'MON nous donne l'idée d'un homme qui pense, qui réfléchit (*m*). Ajoutez que comme Epistémon avoit été Précepteur de *Pantagruel*, de même il y a apparence que l'Evêque d'Oleron avoit instruit ou initié *Antoine de Bourbon* à la Doctrine des Réformateurs (*n*).

ENGUERRANT, qu'Epistémon accuse en passant d'avoir fait, sur le vœu de certain Espagnol, un *tant long, curieux, & fascheux compte, oubliant l'art & maniere d'escripre histoires*; c'est incontestablement ENGUERRANT MONSTRELET, Auteur de la *Chronique* ou des *Annales de France* (*o*).

Dans le même Chapitre Panurge parle des Isles *Ogygies* qui *ne sont loing du Port Sammalo*. Ne seroient-ce point les Isles de *Jersey, Guernesey, Sarck,* & *Alderney*? Qui sait si nos Acteurs n'alloient pas en effet de tems en tems faire un tour de ces côtez-là? Ce que l'on sait au moins, c'est que la Reine de Navarre, avec laquelle ils avoient d'assez grandes liaisons, demeura quelque tems en *Bretagne*, où elle mourut (*p*). Le nom donné aux Iles voisines du séjour du cette Princesse, sera une allusion à l'Ile *Ogygie*, qui étoit le séjour de *Calypso*.

N°. 6.

Pour HER-TRIPPA, consulté par Panurge au Chapitre XXXV, je ne doute point du tout que ce ne soit HENRI CORNEILLE AGRIPPA. Le HER aura été mis pour *Herricus*; ou par allusion à *Herr*, parce qu'il étoit Allemand. Et TRIPPA au lieu d'*Agrippa* fait un jeu de mots avec *Trippe*. Mais il suffit de voir sa *Philosophie occulte*, Livre I, Ch. 7, où nous trouvons tous ces mots de *Pyro-*

(*m*) En Anglois *A thinking, considering Man* ——— 'Επιϛήμων. *Sciens peritus*, dit Henri Etienne, conformément à la signification du Verbe Ἐπίϛαμαι, & à l'usage des Auteurs Grecs: ce qui auroit fourni à Mr. Le Motteux un sens pour le moins aussi convenable que celui qu'il a suivi. Il aura peut-être dérivé *Epistémon* de ίϛημι, qui signifie quelquefois *Appendo, Pondero*: D'où vient ίϛάσις, *Consideratio*: & ίϛίσμος, qui doit un passage d'Hippocrate cité par Henri Etienne se traduit par *Cunctatrix, cogitabunda, hæsitans*.

(*n*) Voyez ci-dessus l'Observation (q) sur les *Remarques générales*. Voyez encore le Dictionnaire de Bayle & les *Remarques Critiques* de l'Edition de Paris, au nombre . . . . . .

(*o*) Ceux qui n'ont pas *Monstrelet* peuvent consulter la Remarque de Mr. Le Duchat sur le mot *Enguerrant*.

(*p*) Elle ne mourut point en *Bretagne*: Voyez ci-dessus *Remarques générales*: Article (p) des Observations: Et ci-dessous, *Remarques sur Livre V, Chapitre XXVI.*

Pyromantie, *Aëromantie*, *Hydromancie* &c, dont fe fert le *Her-Trippa de Rabelais:* fans compter qu'Agrippa fut perfonnellement connu de François I, qui dans Rabelais eft appellé le *grand Roy*, afin qu'on ne le confonde pas avec celui de *Navarre*. *Bien-fçay*, dit Panurge au fujet de Her-trippa, *que luy ung jour parlant au grand Roy* (*q*).

Nº. 7.

Dans les Chapitres XXVI, & XXVII, c'eft FRERE JEAN DES ENTOMMEU-RES qui eft confulté par Panurge: & Frere Jean lui confeille fans façon de fe marier au plus vîte. Or foit que par ce brave Religieux nous entendions LE CAR-DINAL DE CHATILLON ou LUTHER, cela répond toujours au caractère du Perfonnage, puifque tous les deux furent mariez; & que l'un d'eux au moins, je veux dire Luther, n'étoit pas tout-à-fait dépourvu du talent par lequel Frere Jean fe diftingue ici & ailleurs: le talent de bien jurer. On conte même que Luther répondit un jour à des gens qui lui en faifoient des reproches: Paf-fez-moi cela, j'ai été Moine: *Condonate mihi hoc qui fui monachus*.

Notez au refte que la Traduction Angloife a rendu le mot *Entommeures*, comme s'il avoit été employé pour celui d'*Entonnoirs*. C'eft une méprife. En-tommeures eft formé du Grec *Entomee*, venant d'*Entemnein*, qui fignifie cou-per, trancher, enfoncer le couteau. Et voilà encore qui convient parfaitement à Luther; Moine de bon appétit, qui étoit dans fon élément lorfqu'il étoit à table, & qu'il avoit devant lui dequoi bien exercer la fonction d'Ecuyer tran-chant (*r*).

Nº. 8.

Nous voyons dans le Chapitre XXIX, *Comment Pantagruel faict affemblée d'ung Theologien*, *d'ung Medecin*, *d'ung Legifte*, *& d'ung Philofophe*, *pour la perplexité de Panurge*.

HIPPOTHADE'E, qui eft le Théologien, s'explique le premier: Et c'eft le fujet du Chapitre XXX.

Selon

(*q*) Mr. Le Duchat a fait ufage de cette Remarque & y a ajouté quelque chofe. Notez au refte que j'ai écrit *Aëromantie* d'après Mr. Le Motteux & d'après le Chevalier Urqwart. Le texte de Mr. Le Duchat porte *Heromantie*: ce qui pourroit être une faute d'impreffion, & pourroit auffi avoir été mis à deffein.

(*r*) Mr. Le Motteux & l'Auteur de l'*Alpha-bet* cité ci-deffus, pouvoient fe difpenfer de re-monter jufqu'au Grec pour l'explication du mot d'*Entommeures*. Il y a actuellement des Provinciaux qui prononçent *Entommeure* pour *Entamûre*: & Rabelais lui-même a fuivi cette prononciation dans le Prologue du Livre I, où il dit *Etommer* pour *Entamér*. On fait au refte qu'*Entamer* fe dit auffi au figuré. Luther *entama* d'une main hardie l'Ouvrage de la Ré-formation. D'autres l'avoient entamé aupara-vant: mais ils ne l'avoient qu'entamé. Leurs *entamures*, pour ainfi dire, n'alloient pas fort a-vant ou n'y alloient qu'à certains égards. Lu-ther fit les fiennes plus profondes, il coupa jufqu'au vif: & plus nombreufes, il tailla par tous les côtez à la fois, il entra dans le détail de tous les Articles. Il fut le *Frere des Entom-mures* par excellence. Ce jeu de mots ne plai-ra pas à tous les Lecteurs. Mais ils convien-dront au moins que cela n'eft pas mal dans le goût de Mr. Le Motteux.

· Selon la Clef du Rabelais, *Hippothadée* repréfente le *Confeffeur du Roi*. Mais le Confeffeur du Roi, à ce compte, auroit un peu trop bien parlé le langage de la Raifon & de l'Ecriture à la manière des Proteftans: Et quelle apparence d'ailleurs que *Montluc*, Evêque Catholique, eût été confulté fur fon mariage un Confeffeur du Roi? Je croirois donc plus-tôt qu'il s'agit ici de quelque Théologien Proteftant; tel, par exemple, que PHILIPPE MELANCTHON.

N°. 9.

RONDIBILIS eft celui qui donne fon avis dans les Chapitres XXXI, XXXII & XXXIII. C'eft lui qui eft le Médecin. Et après ce qu'en a dit Mr. *De Thou* dans le Livre trente-huitième de fon Hiftoire, on ne peut pas douter que le Médecin *Rondibilis* ne foit le Médecin *Guillaume* RONDELET, de Montpellier. L'Hiftorien ayant fait mention de lui fous l'an M. D. LXVI, qui avoit été l'année de fa mort, il obferve que ce favant homme avoit été traité un peu cavalièrement dans l'Ouvrage folâtre de Rabelais. Il avoue cependant que les Livres de Rondelet ne répondirent pas à fa réputation. Son Traité des Poiffons, le meilleur qu'il ait donné au Public, eft moins de lui que de *Guillaume Péliffier*, Evêque de Montpellier, connu par la perfécution qu'il fouffrit pour caufe de Calvinifme. Quoi qu'il en foit, au moins ne reprochera-t-on pas à Rabelais d'avoir fait de fon Rondibilis un ignorant (*s*).

N°. 10.

TROUILLOGAN fuit. C'eft le Philofophe. Il occupe les Chapitres XXXIV & XXXV. Mais je ne fais pas trop qui il eft. Rabelais lui donne le titre de Philofophe *Epheftique & Pyrrhonien*. Cela pourroit convenir à PIERRE RAMUS ou DE LA RAMÉE: car je trouve qu'il avoit écrit un Ouvrage contre *Ariftote* (*t*). Mais comme dans le Prologue du Livre IV, il eft fait mention de lui fous le nom de *Rameau*, je douterois qu'il fût queftion de lui fous un autre nom dans le Livre III.

Molière au refte a imité la Scène du Philofophe Pyrrhonien & de Panurge. Et c'eft Rabelais encore qui a fourni à *La Fontaine* fon Anneau de Hans Carvel, & fon Diable de Papefiguière.

N°. 11.

Dans le Chapitre XXXVI, *Pantagruel perfuade à Panurge prendre confeil de* quelc-

---

(*s*) L'Article de Rondibilis eft un de ceux que Mr. Le Duchat a le mieux éclaircis. Il faut voir fes remarques fur les Chapitres XXXI --- XXXIII.

(*t*) S'il s'agit ici de fes *Animadverfiones Ariftotelica*, c'eft un Ouvrage qui, par l'Epitome de la Bibliothèque de Gefner, ne paroît a-

voir été imprimé qu'en M. D. XLVIII. On a de Ramus un autre Ouvrage fur Ariftote: *In Ariftotelis pofteriora Analytica Commentaria*: Mais qui ne paroît être que de M. D. LIII. Voyez ci-deffous les Remarques fur le *Prologue du Livre IV*. Il eft vrai cependant que fes principes Anti-Ariftotéliciens avoient fait du

quelcque fol: & il lui indique nommément un certain TRIBOULET, *fol fatal, fol de nature, fol celefte, jovial, mercurial, lunaticque, erratique eccentrique* &c. Or il y eut réellement en France, dans le Siècle de Rabelais, un Fou qui fe nommoit Triboulet. Mais je m'imagine qu'il s'agit ici de quelque Fou plus confidérable quoique moins fameux (*u*).

On pourra foupçonner, fi l'on veut, que notre Auteur penfoit à CLEMENT MAROT. Le nom de *Triboulet* s'employe pour dire un Fou, une Cervelle é-ventée: mais il fignifie auffi un Badin, un Boufon. Marot étoit Triboulet en ce fens, s'il ne l'étoit même encore dans l'autre en qualité de Poète & en vertu du proverbe que tout le monde fait: fans compter le rapport de Marot à *Ma-rotte* (*x*). Je ne faurois pourtant me perfuader que Rabelais ait voulu faire une raillerie auffi fanglante aux dépens d'un homme qui vraifemblablement a-voit été de fes Amis, qui étoit mort depuis peu, qui lui avoit donné place ho-norablement dans fes Ouvrages, qui étoit le meilleur Poète de fon tems, & qui avoit quitté fa Patrie pour caufe de Religion.

C'eft quelque chofe de prodigieux que le nombre d'épithètes entaffées les u-nes fur les autres qu'il donne tout d'une haleine à fon Triboulet : & je ne faurois deviner à quoi cela tend, fi ce n'eft à marquer bien fortement l'excès de la fo-lie de cet Original, qui qu'il foit, ou peut-être encore à faire une charge de certains Ecrivains d'alors, qui mettoient fouvent à la queue d'un Subftantif une foule d'Adjectifs inutiles.

N°. 12.

On voit dans le Chapitre XXXVII, *comment Pantagruel affifte au jugement du Juge Bridoye, lequel fentential les proces au fort des dez*: & enfuite dans le Chapi-tre XLI, *comment Pantagruel excufe Bridoye*, fupplant la *Cour Souveraine du Par-lement de Myrelingues* de lui faire grace.

Ce BRIDOYE reffemble fort au BAILLIF DE MONTMARTRE. Ayant été cité par devant une Cour Supérieure pour quelques plaintes portées contre lui, il avoua bonnement qu'il ne favoit ni lire ni écrire: Mais il foutint qu'il entendoit le Droit. Il demanda qu'on examinât la caufe qu'on prétendoit qu'il avoit mal-jugée. On trouva qu'il avoit rendu la juftice. Sa fentence & fon autorité fu-rent confirmées. Cette Hiftoire, ou l'*hiftoire parallèle* du PREVOST DE MONS-LHERI indiquée par Epiftémon dans le Chapitre XLI, & qui eft peut-être la même dans le fond, feroit-elle l'original de celle de Bridoye? Cela ne feroit pas abfolument impoffible. Mais je crois après tout que fon Bridoye eft un homme de plus grande importance que ni le Baillif de Montmartre, ni le Prevôt de

Mon-

---

du bruit avant l'an M. D. XLV. Voyez *Moréri* & *Bayle*, qui dit même que les deux *premiers* Livres publiez par Ramus furent les *Inftitutio-nes Dialecticæ* & les *Animadverfiones Ariftotelicæ*.

(*u*) Notez cependant que Rabelais défigne cet homme là précifément en termes affez clairs, lorfque parlant de fon Fou dans le Chapitre XLIV, & le nommant toujours Tri-

boulet, il dit: *Et ainfi comme il, voulant au Roy Louïs douziefme demander pour ung fien frere le Con-trerolle du Sel à Bufençay, demanda une Cornemufe.*

(*x*.) Je ne fai fi Mr. Le Motteux a eu en vûe ces paroles du Chapitre même qu'il com-mente: *Puis en majefté préfidentale tenant fa MA-ROTTE au poing* &c.

Monfthéry : Et fi l'on confidère avec quelle affection Pantagruel lui-même plaide pour ce Juge, & quels font les autres Perfonnages de cette Scène, on ne fera peut-être pas éloigné de penfer qu'il s'agit de GUILLAUME POYET, qui par la faveur de *Louïfe de Savoye*, dont il avoit été l'Avocat, devint Chancelier de France, & le fut jufques en M. D. XLV, qu'il perdit font Emploi (y).

N°. 13.

LA CURIEUSE & agréable defcription du *Chanvre* fous le nom de *Pantagrue-lion*, dans les Chapitres XLVII-XLIX, fait la cloture de ce troifième Li-vre (z).

TOUTES CES REMARQUES, au refte, fur les trois Livres traduits par le Chevalier *Thomas Urqwart*, ont été faites pour accompagner une Edition qui é-toit prête à être publiée lorfque je fus prié de mettre la main à l'ouvrage. Sans cela j'aurois pu les diftribuer à la fin de chaque Chapitre, & donner un Com-mentaire plus exact. Je me flate cependant d'en avoir affez dit pour faire voir que généralement parlant, ce qui paroît d'abord trivial & boufon dans Rabelais, fe trouve grave & important lorfqu'on l'a bien examiné. Mais je ne prétens point apres-tout ériger mes conjectures en Véritez inconteftables : Et je les fou-mets avec d'autant plus d'humilité au jugement des Savans, qu'il s'agit d'un Au-teur que perfonne encore n'a entrepris d'expliquer, quoique tout le monde de-puis fi long-tems l'ait lu avec admiration.

REMARQUES
SUR LE LIVRE IV.

REMARQUES SUR LE PROLOGUE (a).

I. LA PRINCIPALE VUE de l'Auteur dans ce Prologue, eft de nous appren-dre à être modérez dans nos fouhaits. Il allègue fur ce fujet diver exemples, fuivis d'un Conte, où après quelques digreffions affez longues, mai extrêmement divertiffantes, nous voyons comment UNG PAOVRE HOMM VILLAGEOIS qui avoit *perdu fa Coignée*, & qui ne fouhaitoit que de la ravoir fu

(y) Voyez ci-deffus, *Remarques fur le Li-vre* II. §. VI.

(z) Mr. Le Motteux dira quelque chofe du *Pantagruelion* dans les Remarques fur le Chapitre LXVI du Livre IV. Paragraphe 6.

(a) C'eft-à-dire fur ce qui dans l'Edition d de Mr. Le Duchat, eft intitulé le *Nouveau Pro logue*. Mr. Le Motteux ne paroît pas avoir con nu l'*Ancien*, qui eft daté de *mil cinq cens que rente & huit*.

fut richement récompenſé de ſa modération : au lieu que d'autres, qui étoient allés perdre les leurs à deſſein pour être enrichis comme lui, eurent *leurs teſtes couppées* par Mercure, & cela avec leurs coignées perdues, *comme eſtoit l'édict de Jupiter.* Il y a des gens qui croyent que cela regarde UN GENTILHOMME DE POITOU qui avoit fait un voyage à Paris avec ſa femme pour quelques affaires. Sa femme étoit belle. François premier la vit & il en fut amoureux. Le Mari reçut des preſens, & revint chez lui aſſez riche pour exciter une certaine émulation parmi ſes voiſins. Ce fut à qui trouveroit ſa femme ou ſa fille aſſez belle pour aller la perdre à Paris. Quelques-uns tentèrent l'avanture : ils ſe mirent en fraix pour paroître : ils ſe ruïnèrent ; & retournèrent chez eux à petit bruit (*b*).

II. Le pauvre Villageois eſt introduit criant à haute voix infatigablement : *Ma coignée, Jupiter, ma coignée, ma coignée : Rien plus ô Jupiter, que ma coignée* &c. Et Jupiter, à l'ouïe de ces cris, ſe plaignant d'abord de toutes les affaires que les Mortels lui donnent, dit entr'autres choſes : *Icy ſont les* GUASCONS *reniants, & demandants reſtabliſſement de leurs* CLOCHES. C'eſt qu'effectivement elles leur avoient été ôtées, comme je le trouve dans *Du Tillet*, dont la narration renferme des circonſtances qui peuvent répandre du jour ſur quelques paſſages des trois premiers Livres (*c*). Il nous apprend donc :

Qu'en M. D. XLVIII, au ſujet de la Gabelle, dont la GUIENNE avoit été exempte juſqu'alors, il s'y fit un ſoulevement qui après avoir commencé à *Angoulême* par trente hommes, bientôt ſuivis d'en grand nombre d'autres, s'accrut du double aux environs de *Bourdeaux* : Qu'on prit des meſures pour étouffer cette Rebellion : Que les Chefs furent punis de mort : Que la Ville de BOURDEAUX, entr'autres, fut privée de tous ſes droits & privilèges, de ſes *Cloches*, Armes & Artillerie : Que la Maiſon de Ville fut raſée : Que toutes les CLOCHES, grandes & petites furent jettées de leurs Clochers par terre, & miſes à part pour faire du Canon (*d*).

Du Tillet, au reſte, remarque dans la ſuite, qu'en M. D. L, au mois de Janvier les droits & privilèges de ceux de Bourdeaux furent rétablis : & que moyennant une certaine ſomme en argent, ils obtinrent la permiſſion de rependre leurs Cloches. Mais tout ce qu'on en peut conclure, c'eſt que Rabelais écrivoit ſon Prologue avant ce tems-là, en M. D. XLVIII ou M. D. XLIX.

Notez encore cette circonſtance : Que ſelon *Du Tillet*, le Roi de Navarre, Gouverneur de Guienne lors de la Sédition, avoit envoyé des troupes contre les Mutins. Or ce Roi de Navarre c'eſt HENRI D'ALBRET, mon GARGANTUA, le même à qui s'adreſſe, dans le Chapitre XIX du Livre I, la plaiſante Harangue de *Janotus de Bragmardo* pour le recouvrement des *groſſes Cloches.* Cette conformité me porteroit facilement à croire que les Cloches du premier Livre & celles

de

(*b*) Cette Remarque ſe trouve dans l'*Alphabet de l'Auteur François,* ſous la lettre C.

(*c*) Mr. Le Motteux en donne un exemple à la fin de cette Remarque. On en trouvera deux autres dans la ſuite parmi les Remarques ſur le Chapitre LXVI, de ce même Livre IV.

(*d*) J'aurois voulu pouvoir tranſcrire les propres paroles de *Du Tillet.* Voyez *Mézerai* Abr. Chron. ſous l'An. M. D. XLIX : & la Remarque de Mr. *Le Duchat* ſur le paſſage en queſtion.

de ce Prologue du quatrième, font les mêmes Cloches dans l'intention de Rabelais (*e*).

III. Après que Jupiter a parlé des Gafcons & de quelques autres importuns: *Mais que ferons nous*, dit-il, *de ce* RAMEAU *& de ce Galland, qui caparaſſonnez de leurs Marmitons, ſuppoẛs & aſtipulateurs, brouillent toute ceſte Académie de Paris? J'en ſuis en grande perplexité*, &c. Il s'agit là de *Pierre* RAMUS & de *Pierre* GALLAND, qui ſont même déſignez, quelques lignes plus bas, par leur nom de PIERRE. C'étoient deux ſavans hommes: l'un, Profeſſeur Royal en Philoſophie & en Rhétorique: l'autre Profeſſeur Royal en Grec (*f*). Les élégantes, mais trop vives, *Animadverſions* du premier ſur la Phyſique & ſur la Métaphyſique d'Ariſtote diviſèrent l'Univerſité de Paris. Divers Auteurs écrivirent contre lui: Et il faut qu'il ait été auſſi attaqué par *Galland*, ſoit par écrit ou de vive voix (*g*).

IV. *Meſſer Priapus*, conſulté par Jupiter ſur leur querelle lui dit entr'autres choſes: *je ſuis d'opinion que pétrifiez ce Chien & Regnard. La metamorphoſe n'eſt incongneüe. Tous deux portent nom de* PIERRE. *Et parce que ſelon le proverbe des Limoſins, à faire la gueule d'ung Four ſont trois pierres neceſſaires, vous les aſſocierez à maiſtre* PIERRE DU COIGNET, *par vous jadis pour meſme cauſe petrifié.* Ce ne peut être que ce PIERRE DE CONGNERES, *Advocat du Roy en la Cour de Parlement de Paris*, dont il eſt parlé dans les *Recherches de la France*, LIV. III. Chap. XXVII. (*h*): homme célèbre, ſous le Règne de Philippe VI de Valois, par ſon zèle hardi contre l'autorité exorbitante des Juriſdictions Eccléſiaſtiques & contre les abus infinis qui ſe commettoient dans l'exercice de cette autorité. Les gens d'Egliſe, pour ſe vanger de lui, *feirent mettre un Marmot* [dit Paſquier] *en un coing de Noſtre-Dame de Paris, que nous appellons, par une rencontre & équivoque de ſurnom, où il eſt mis,* MAISTRE PIERRE DU COIGNET, *n'ayans toutesfois par ce ſobriquet effacé le bien & utilité que ce grand Advocat du Roy pourchaſſa à tous les ſiècles à venir.* On voit par ce paſſage comment il fut *pétrifié*: Et ſi l'on conſidère combien ſon démêlé avec le Clergé fit de bruit, on concevra pourquoi il eſt dit que ſi *Rameau & Galland*, auteurs comme lui d'un grand démêlé, étoient pétrifiez comme lui, ce ſeroit *pour meſme cauſe*,

RE-

(*e*) Pour croire cela, il faudroit croire auſſi que le premier Livre, ainſi que le Prologue du quatrième, a été écrit en M. D. XLVIII ou M. D. XLIX. Il y a des gens pour qui l'hiſtoire des Editions & telles autres particularitez littéraires ſont une choſe indifférente & mépriſable, dont l'étude eſt une pédanterie. Je n'examine pas juſqu'où ils ont tort ou raiſon. Mais ce qu'il y a de bien certain, c'eſt qu'il ſeroit à ſouhaiter pour Mr. Le Motteux & pour ſes Lecteurs, que cette pédanterie eût été un peu ſon défaut. Ou il n'auroit point fait de Commentaire ſur Rabelais, ou il l'auroit fait meilleur.

(*f*) Mr. Le Duchat dit *Pierre* Ramus *ou la Ramée Profeſſeur en Philoſophie & aux Mathématiques dans le Collège Royal, & Pierre Galland, Principal du Collège de Boncourt.* Voyez ci-deſſous,

Remarques ſur le Livre V. Article (*c*) des Obſervations.

(*g*) Voyez les Remarques 27, 29 & 33 de Mr. Le Duchat: & ci-deſſus, Remarques ſur le Livre III. No. 10. Article (*t*) des Obſervations. L'*Epitome de la Bibliothèque de Geſner* parle de la Harangue de *Galland* contre *Ramus*, comme d'une Pièce qui n'auroit été imprimée qu'en M. D. LI.

(*h*) Il faloit dire *Chap.* XXXII & XXXIII. Au reſte j'écris le nom de *Congnieres* comme je le trouve dans Paſquier. Mr. Le Motteux écrit *Coigneres*: & Mr. Le Duchat, *Cugnieres*: mais auſſi n'eſt-ce pas d'après Paſquier qu'il en parle. Au moins ne le cite-t-il pas, & il en cite d'autres. Le même homme eſt nommé Pierre *du Cugnet* dans les Tablettes Chronologiques de *Marcel*.

REMARQUES

SUR LIVRE IV. CHAPITRE I.

Par PANTAGRUEL qui s'embarque avec ses Officiers, Truchemens, &c, pour visiter l'Oracle de la dive Bouteille BACBUC, nous pouvons entendre ANTOINE DE BOURBON, depuis Roi de Navarre, partant du Monde de l'Erreur pour aller à la découverte de la VERITE', que Rabelais met dans la Bouteille, conformèment au Proverbe: *In vino veritas.* Voyez là-dessus le Chapitre XXXVII du Livre V. C'est à quoi aboutissent tous les voyages de Pantagruel. Le dessein de l'Auteur paroît clairement à la fin. Mais à l'imitation des bons Poètes dramatiques, il nous fait entrevoir son dessein dès le commencement. On ne peut pas s'y méprendre lorsque dès le premier Chapitre du Livre IV, où commence la Relation des Voyages, on voit que Pantagruel prêt à mettre à la voile, *feit une briefve & saincte exhortation toute authorisée de propous extraits de la Saincte Escripture: que l'exhortation finie, feut hault & clair faicte priere à Dieu: & qu'après l'oraison feut mélodieusement chanté le Psaulme du Sainct Roy David, lequel commence:* QUAND ISRAEL HORS D'EGYPTE SORTIT. Tout le monde sait quel est le sens mystique du nom d'Egypte.

JAMET BRAYER, *Pilot principal,* & XENOMANES *le grand Voyaigeur & traverseur des voyes perilleuses,* représentent les bons Guides dont on avoit besoin dans la recherche de la Vérité.

L'advis de Brayer & de Xenomanes aussi feut .. ne prendre la routte ordinaire des Portugalois ... ce que leur vint à prouffit incroyable. On peut entendre par ces PORTUGALOIS, les Papistes superstitieux.

BACBUC signifie une BOUTEILLE en Hébreu: & les Navires de Pantagruel ont tous *en pouppe pour enseigne,* quelque utensile de Biberon, qui marque l'inclination de tous les *nobles Voyagiers* pour la Vérité désignée par le *Vin.* Il n'y a qu'un seul Navire dont l'enseigne soit différente: Mais son enseigne est une LANTERNE: ce qui assortit très-bien ce que j'ai déja dit de la nécessité d'avoir des Guides éclairez. Et comme les fictions de notre Auteur ont souvent plus d'un sens, je ne sais si par la *Dive Bacbuc* nous ne devrions pas entendre encore le *sacré Calice,* & même le *Mariage des Prêtres:* deux articles, entr'autres, pour lesquels on avoit nouvellement convoqué le Concile de Trente dans le tems où Rabelais écrivoit.

Aussi voyons-nous dans le Livre V, aux Chapitres XXXII & XXXIII, que nos Voyageurs, pour arriver à l'Oracle de la Bouteille ou de la Vérité, passent par le Payïs de *Lanternois,* où les Lanternes tenoient alors *leur Chapitre Provincial.* Il est évident que les Lanternes font ici l'emblême du Clergé qui se regarde comme la lumière du Monde.

Le *mot* de la Bouteille est *Trincq,* mot Allemand, mais *célèbre & entendu de toutes Nations* & qui *nous signifie, Beuvez.* Livre V. Chap. XLIV, XLV. Dans le Temple de la Bouteille toute la compagnie est admise à boire d'une Eau qui

ren-

rendoit gouft de vin. Livre V. Chap. XLII. Et c'eft du *Vin* qu'ils boivent pour obéïr au mot de la Bouteille dans le chapitre XLV. Voilà pour la reftituton du CALICE aux Laïques.

Voici pour le MARIAGE DES PRETRES. Le deffein de Panurge en confultant la Bouteille quel eft-il? C'eft de favoir s'il fera marié. Il trincque: & à peine a-t-il trincqué qu'il connoît fa deftinée. Il fent que bientôt il fera marié, Livre V. Chap. XLV. Or j'ai fait voir ci-deffus, & que Panurge repréfente Jean de Montluc, qui étoit Prêtre; & que ce même Prêtre étoit tellement pour la liberté de fe marier qu'il fe maria effectivement (*i*).

R E M A R Q U E S,

SUR LIVRE IV. CHAPITRE II.

L'Hiftoire des *Voyages* de Pantagruel étant une efpèce de Satire où l'Auteur fait entrer occafionnellement des gens de toutes fortes d'états & de de toutes fortes de conditions, il ne pouvoit guère mieux commencer que par les *Voyageurs*: Et c'eft ce qu'il fait dans ce Chapitre, où il fe moque d'eux en les contrefaifant, c'eft-à-dire en mentant comme eux.

Tous les Payïs qu'il parcourt font des Iles: & il fe qualifie lui même CALOYER DES ISLES HIERES dans l'Edition de M. D. LIII. *Caloyer* eft un tître affecté aux Prêtres & aux Moines de l'Eglife Grèque. Il eft formé de deux mots Grecs, *Kalos hiereus*, qui fignifient *bon Prêtre*. Le nom d'*Hieres*, appliqué aux Iles dont il fe dit Caloyer, fignifie naturellement, par allufion au mot Grec *hieros*, les Iles *facrées* ou les *grandes Iles*: car *hieros* s'emploie fouvent dans un fens qui revient à celui de *grande*; Et fi l'on me demande à préfent ce qu'il faut entendre par les grandes Iles, je répondrai en un mot que c'eft toute la Terre: puifqu'au fond, ces grandes parties de notre Globe auxquelles on donne le nom de Continent par oppofition aux Iles, n'en diffèrent que par une plus grande étendue de terre-ferme, qui n'en eft pas moins toute environnée des eaux de la Mer. Il y a ici plufieurs grandes Iles: c'eft que chacune à fa manière repréfente la Terre en général, parce qu'en effet il n'y a guère de Payïs où l'on ne retrouve, à quelque différence près, les ridicules par lefquels Rabelais caractérifé chacune de fes Iles (*k*).

MEDAMOTHI eft le nom de la première Ile où nos Voyageurs abordent. On fait que ce nom, qui eft Grec, défigne un Payïs imaginaire, une Ile qui n'eft nulle part; & où perfonne par conféquent n'a jamais été. Voilà le grand goût des Voyageurs. Ce font des Terres inconnues, ce font des découvertes toutes nouvelles qu'il leur faut. Aufli le Journal des Voyages de Pantagruel paffe-

(*i*) Voyez les *Remarques générales*, au commencement: & puis fur la fin de ces mêmes Remarques l'Obfervation (*y*).

(*k*) Voyez l'*Alphabet de l'Auteur François* au mot *Hieres*, ou au mot *Caloyer*: & la dernière Note de Mr. Le Duchat fur le Livre II.

fe-t-il d'abord au quatrième jour, où lui & fes Compagnons apperçurent cette Ile extraordinaire, au lieu que le premier jour & les deux fuivans il *ne leur apparut terre ne aultre chofe nouvelle.*

PHILOPHANES, qui eft le nom du Roi de l'Ile, fignifie un homme qui aime à être vu: & PHILOTHEAMON, qui eft le nom de fon Frere, fignifie un homme qui aime à voir. Le premier eft lui-même en voyage quand Pantagruel arrive: [Il étoit parti *pour le mariaige de fon frere Philotheamon avecques l'Infante du Royaume d'*ENGYS, c'eft-à-dire du Voifinage.] Il profitoit de l'occafion de voir & d'être vu. Voilà encore le caraêtère de bien des Voyageurs.

LES BELLES CHOSES que Pantagruel achera dans l'Ile de Médamothi, ou qu'achetèrent fes compagnons, font auffi chimériques que l'Ile même. Tels font les Tableaux, *en l'un desquels eftoit au vif painêt le vifaige d'ung Appellant: en l'autre eftoit le portraiêt d'un Varlet qui cherche Maiftre, en toutes qualitez requifes, geftes, maintien, minois, alleures, phyfionomie & affeêtions.* Tels font ceux où *eftoient au vif painêtes les Idées de Platon, les Atomes d'Epicurus & Echo felon le naturel réprésentée.* Tel eft *le grand Tableau painêt & tranffumpt de l'oùvraige jadis faiêt à l'aiguille par Philomela.* &c. (*l*).

Rabelais ajoute que Pantagruel fit auffi acheter *trois beaulx & jeunes* UNICORNES: *enfemble ung* TARANDE, Animal qui entr'autres qualitez ici décrites, avoit celle de *changer de couleur felon la variété des lieux esquels il paift & demoure;* à peu près comme font les Caméléons & bien des Courtifans. Le grand Bochart, qui fait tant d'honneur à la Ville de Rouen, fa Patrie & la mienne, a prouvé que l'*Unicorne* n'eft point un Animal fabuleux: Mais la plus-part des Savans du tems de Rabelais le regardoient comme vel, auffi-bien que le Tarande avec fes couleurs changeantes (*m*): De forte que ce qu'il en dit ici eft un nouveau trait de raillerie foit aux dépens de ces Voyageurs à qui le defir de plaire par le merveilleux fait debiter des fables, foit aux dépens de certains Leêteurs qui embaraffant leur efprit & chargeant leur mémoire des merveilles les plus

(*l*) Un autre badinage dans le même goût, occupe le Chapitre XL du Livre V. Je ne fais, au refte fi la peinture des idées de Platon paroîtra à tout le monde auffi ridicule qu'elle l'eft. On dit que les Poètes font Peintres ou doivent l'être. Il y en aura à ce compte dont on pourra dire qu'ils ne peignent que des Idées, des jugemens, des Syllogifmes, de la Logique. Conviendront ils que cela eft ridicule? J'en doute. Ils conviendront peut être plutôt que c'eft Horace qui eft ridicule d'avoir fait croire au monde que la Poéfie eft une Peinture.

(*m*) Si Mr. Le Motteux entend par *Unicorne* tout Animal qui n'a qu'une corne, ce qui eft la fignification grammaticale & étymologique de ce nom, fa citation de Bochart fera affez jufte: & l'on fait au refte, indépendemment de Bochart qu'il y a des Unicornes dans ce fens-là. Mais s'il entend par Unicorne, comme on l'entend communément, & comme l'en-

tendoit fans doute Rabelais, le même Animal que nous appellons ordinairement *Licorne*, il y appparence que Mr. Le Motteux a cité Bochart fur la foi d'autrui, & qu'on ne lui avoit pas bien expofé le fentiment de ce favant homme, ou qu'il n'avoit pas bien compris ce qu'on lui en avoit dit. Voyez la première Partie du *Hierozoïcon*, Lib. III, Cap. XXVI & XXVII. Je laiffe à d'autres le foin de décider s'il eft bien vrai que la plus part des Savans du tems de Rabelais regardaffent comme une chimère, foit l'*Unicorne*, quel qu'il pût être, foit la *Licorne* en particulier, foit le *Tarande* & ce qu'on raconte de fon poil qui prend fucceffivement différentes couleurs. Notez au refte que le *Rhinoceros*, Animal très-réel qui n'a qu'une corne, eft nettement diftingué de l'*Unicorne* par Rabelais lui-même, fi le Livre V eft de lui, comme le prétend Mr. Le Motteux. Voyez Liv. V. Chap. XXX.

[L.] 3

plus étranges pourroient être comparez à ces Femmes qui ne font jamais parfaitement contentes d'un meuble ou d'un ajustement nouveau, fi ce n'eft quelque chofe de bizarre, qui vienne de bien loin & qui ait été payé bien cher.

R E M A R Q U E S
S U R　L I V R E　IV.　C H A P.　V-VIII.

DU *debat* de Panurge *avecques ung Marchant* de Taillebourg nommé DINDE-NAULT, & du malheur de ce même Marchand, que Panurge *faict en mer noyer* avec fes Moutons, aufli-bien que *les aultres Bergiers & Moutonniers*, on peut tirer cette Morale: Que les querelles des Pafteurs entraînent fouvent la ruïne des Troupeaux: *ames moutonnieres*, animaux affez *fots & ineptes pour foy jetter & faulter à la file après le premier, quelcque part qu'il aille*. Mais il fe peut aufli que Rabelais repréfente ici en badinant quelque avanture réelle du vrai Panurge, JEAN DE MONTLUC. Nous avons déja obfervé que cet Evêque de Valence étoit Proteftant, au moins par fes fentimens. Tout le monde le favoit: & fon frere *le Maréchal de Montluc* n'en fait point un fecret dans fes *Commentaires*. Le Prélat fut chagriné plus d'une fois là-deffus, & le fut particulièrement par le Doyen de Valence dont nous avons aufli déja parlé. Mais celui-ci eut affaire à trop forte partie: l'Evêque employa pour fe vanger, toute fon adreffe & tout fon crédit: tellement qu'il auroit fort bien pu dire après cela, comme Panurge à Frere Jean vers la fin du Chapitre VIII: *Frere Jean, efcoute icy. Jamais homme ne me faict plaifir fans recompenfe, ou reconnoiffance pour le moins. Je ne fuis point ingrat & ne le feus, ne feray: Mais aufli: jamais homme ne me faict defplaifir fans repentance, ou en ce monde ou en l'aultre. Je ne fuis point fat jufques là* (n).

Dans le Chapitre VII, *Dindenault* jure par le DIGNE VOEU DE CHAR-ROUX. C'eft ainfi qu'on appelloit une grande Statue de bois que des Moines de *Charroux*, Ville de Poitou, tenoient dans un coin de leur Monaftère, & qu'ils expofoient tous les fept ans à la dévotion du Peuple qui y accouroit alors de toutes parts. On le baifoit. Mais cette faveur étoit refufée aux femmes, qui pour n'y rien perdre guettoient les hommes au retour de cette cérémonie, leur fautoient au collet, & baifoient au moins les bouches heureufes qui avoient baifé le Digne Vœu. Une Dame voulut le baifer lui-même. Il fe fâcha, & fe hauffa de quatre ou cinq pieds. Les Moines le difoient, & le Peuple le croyoit. Cela n'empêcha pourtant pas quelques Gentilshommes Huguenots, en M. D. LXII, de dépouiller la fainte Statue de certaines lames d'argent dont elle étoit revêtue: *lefquels depuis, par les Gaudiffeurs du païs, furent appellez les Valets de chambre du digne Vœu de Charroux* (o).

Nous

(n) Le démêlé de Montluc avec le Doyen de Valence eft poftérieur à la date du quatrième Livre de Rabelais. Voyez ci-deffus *Remar-*　*ques générales*, Article (g) des Obfervations.
(o) J'ai un peu abregé cet Article, qui dans l'Anglois de Mr. Le Motteux, à quelques ex-*pref-*

Nous avons dans le même Chapitre un autre exemple étrange de superstition, lorsque Dindenault dit de ses Moutons: *A propous: Par touts les champs esquels ils pissent, le bled y provient comme si Dieu y eust pissé.* C'est-là réellement une phrase proverbiale en France parmi le petit peuple, qui croit bonnement qu'il y a eu des terres ainsi fertilisées: tout comme il croit que Jésus-Christ [appellé *Dieu* dans cette phrase] fertilisa par sa salive l'endroit sur lequel l'Evangile nous dit qu'il avoit craché pour détremper la terre dont il sembla faire un remède pour rendre la vûe à un Aveugle. *Jean* IX. 6.

Je supprime diverses remarques que le Lecteur fera de lui-même. Si je voulois tout dire, je deviendrois aussi prolixe & aussi volumineux qu'un Commentateur Hollandois.

REMARQUES

SUR LIVRE IV. CHAPITRE IX.

Par la description de *l'Isle* ENNASIN & des *estranges alliances* qui se font dans cette Ile, Rabelais se moque à la fois, & des mariages mal-assortis & des sottes polissonneries de certaines gens. *Ennasin*, c'est proprement, *qui n'a point de nez*, qui est plat. Aussi Rabelais observe-t-il d'abord que *les hommes & femmes* de cette Ile *ressemblent aux Poitevins*, qui ne passent pas pour être fort polis ni fort spirituels. J'avoue que les turlupinades des Compagnons de Pantagruel sur les étranges alliances des habitans, sont autant de gloses qui ne valent pas mieux que le texte: Ce sont de miserables quolibets & de fades Rébus: Mais c'est-là justement ce qu'admirent nos bons Campagnards. Je suis sûr qu'ils liront tout ce Chapitre, ou plutôt l'entendront lire, avec autant de plaisir que j'ai eu de peine à le rendre en Anglois. On conviendra au moins que le dessein de l'Auteur est louable. Rien ne méritoit mieux sa censure que tant de sots mariages qui se font tous les jours. Les sottises de cette espèce ne sont ni moins ridicules, ni moins pitoyables, que celles qu'on nomme de mauvaises plaisanteries.

Nous presens, dit Rabelais, *feut faict ung joyeulx mariaige, d'une poire femme bien guaillarde, comme nous sembloit, toutesfois ceux qui en avoient tasté disoient estre molasse, avecques ung jeune fromaige à poil follet ung peu rougeastre.* Ce mariage est moins contre nature que bien d'autres: Aussi en voit on plus d'un de cette sorte sans aller dans l'Ile d'Ennasin. Otez les noms de Poire & de Fromage qui sont particuliers à cette Ile: Réduisez l'emblême aux termes de la vérité, ou remplacez le par quelque autre emblême qui soit moins du bas comique: Et tout le monde alors sentira, non-seulement que Rabelais a dit vrai, mais que ce qu'il a dit n'est rien moins qu'une platitude *Ennasine* dont on puisse dire, *cela n'a point de nez.*

Ap-

pressions près, ne contient rien qu'on ne puisse voir dans l'*Alphabet de l'Auteur François*, sous la lettre D.

Appliquez cette Remarque. au mariage de la *vieille Botte graſſe* avec un *jeune & ſoupple Brodequin* : Appliquez la à celui du *jeune Eſcafignon* avec une *vieille Pantophle* : Et vous aurez en quelque ſorte la clef de tout ce Chapitre.

REMARQUES

SUR LIVRE IV. CHAPITRES X & XI.

DE l'Ile de cés *mal plaiſans Allianciers avecques leurs nez de as de treuſte*, Pantagruel paſſe dans celle de CHELI, qu'on peut regarder comme l'Antipode de la première à cauſe de la politeſſe des habitans.

L'*Alphabet de l'Auteur François* fait venir CHELI de l'Hébreu SCHALOM, qui veut dire pacifique. J'aimerois mieux le tirer du Grec CHEILLE'E *les lèvres*, parce qu'il paroît que Rabelais a voulu décrire le ſéjour des *belles paroles* ou des *complimens*.

Dans cette Ile, *regnoit le Roy St. Panigon. Lequel accompaigné de ſes Enfans & Princes de ſa Court, s'eſtoit tranſporté juſques prés le Havre pour recepvoir Pantagruel. Et le mena juſques en ſon Chaſteau. Sus l'entrée du Dongeon ſe offrit la Reine accompaignée de ſes Filles & Dames de court. Et Panigon voulut qu'elle & toute ſa ſuitte baiſaſſent Pantagruel & ſes gents.* — Telle eſtoit, dit l'Auteur, *la courtoiſie & couſtume du pays. Panigon*, dit-il encore, *vouloit en toute inſtance pour ceſtui jour & au lendemain retenir Pantagruel. Pantagruel fonda ſon excuſe ſur la ſerenité du temps.* Et ſi Panigon, ſur cette excuſe, *donna congié à ſes Voyageurs, ce ne fut qu'aprés boyre*, voire *vingt & cinq ou trente fois pour homme.* Voilà ſans doute des complimens.

Frere Jean avoit diſparu pendant qu'on en étoit aux embraſſades & aux baiſers. Il étoit allé chercher dans les cuiſines quelque viande moins creuſe, plus propre pour un Moine. Il reparoît à la fin : Mais ce n'eſt que pour ſe moquer des complimens qu'il a évitez. *Corpe de Galline* [dit-il, en parlant des cuiſines,] *j'en ſçay mieulx l'uſaige & cérémonies, que de tant chiabrener avecque des femmes, magny, magna, chiabrena, reverence, double, reprinſe, l'accolade, la freſſurade, baiſe la main de voſtre mercy, de voſtre majeſta, vous ſoyez, Tarabin tarabas… cette brenaſſerie de reverences me faſche plus qu'ung jeuſne Diable. Je voulois dire ung jeuſne double.* Auſſi voyez vous qu'encore que l'Ile ſoit *grande, fertile, riche & populeuſe*, il n'y a que les cuiſines de l'Ile qui attirent ſon attention. Là il admire *le branlement des broches, & l'armonie des contrebaſtiers.* Là il exerce ſa critique ſur *la poſition des lardons*, ſur la *temperature des potaiges*, ſur les *preparatifs du deſſert*, & ſur l'ordre du ſervice du vin.

Le Chapitre XI, tout entier, n'eſt qu'un badinage ſur cette inclination des Moines pour la Cuiſine.

RE

REMARQUES

SUR LIVRE IV. CHAP. XII-XVI.

1. CEs cinq Chapitres regardent le paſſage de Pantagruel par le Payïs appellé PROCURATION,& ſont deſtinez à draper les Sergens & autres Officiers ſubalternes de la Juſtice.

2. *Ung de nos Truchements* [dit Rabelais, vers le commencement du Chapitre
XII.] *Ung de nos Truchements racomptoit à Pantagruel, comment ce Peuple guaignoit ſa
vie en façon bien eſtrange: & en plain diametre contraire aux Rommicoles. A Romme
gents infinis guaignent leur vie à empoiſonner, à battre, & à tuer.* Les CHIQUA-
NOUS *la guaignent à être battus. De mode que ſi par long-temps ils demouroient ſans
eſtre battus, ils mourroient de male-faim, eulx, leurs femmes, & enfans.* Si les Sergens n'avoient aujourd'hui que des baſtonnades pour ſubſiſter, ils ſeroient bien-
tôt morts de faim. Les tems ont changé. Mais ſous les Règnes de François
premier & de Henri deux, cette Canaille n'avoit point de meilleur revenu. Les
Nobles prenoient pour un ſi grand affront d'être aſſignez ou arrêtez par cette
maudite Engeance, que pouſſant trop loin le point d'honneur là-deſſus, ils ſe van-
geoient ſouvent à grands-coups de bâton ſur celui qui leur apportoit une Aſſi-
gnation ou un Exploit. Les Sergens de leur côté ne demandoient pas mieux,
parce que les coups de bâton leur valoient à la fin quelques bons dédommage-
mens. Rabelais ſe moque à la fois, & de la folle vanité de ceux qui battoient:
& de l'infame friponnerie de ceux qui s'expoſoient volontairement à être battus.
Panurge raconte une hiſtoire du Seigneur de BASCHE, qui pour ſe débaraſſer de
ces *maraulx Chiquanous*, trouva moyen de les faire battre à peu de frais, mais
ſi bien que quelques-uns en moururent.

3. C'eſt dans cette hiſtoire qu'eſt enchaſſé le conte de FRANÇOIS VILLON,
où l'on voit comment il attrapa le Frere TAPPECOUE qui n'avoit pas voulu *preſter une chappe & eſtolle* pour une Maſquarade où l'on devoit jouer la *Paſſion*,
comme on la joue encore tous les ans dans quelques endroits d'Italie: Et la fin de
la même hiſtoire, c'eſt que *depuis feut le dict Seigneur en repos, & les nopces de Baſché
en proverbe commun.* A propos de quoi je remarquerai qu'il en fut à-peu-près de
même du nom de ce *François* VILLON dont je viens de parler. C'eſt de ſon
nom qu'eſt venu le Verbe *Villonner*, qui a long-tems été en uſage pour dire un é-
quivalent de *tromper* ou de *friponner*: parce que ce Poëte, fameux par ſes Poëſies
ſous Louïs onze, étoit plus fameux encore par ſes bons tours & par ſes friponneries. J'aurai occaſion d'y revenir (*p*).

4. Vers

(*p*) Voyez ci-deſſous les Remarques ſur le
Chapitre LXVII. Ce que Mr. Le Motteux
dit là & tout ce qu'il dit de *Villon*, eſt tiré
de PASQUIER Liv. VIII. Chap. LX. des
Recherches de la France. Et Paſquier n'eſt pas
le ſeul qui ait fait venir *Villonner* du nom du
Poëte *Villon.* Au moins vois-je que BOREL,
dans ſon Dictionnaire Gaulois aſſigne la même origine & à *Villonnerie* & à *Villon*, entant
qu'il eſt ſynonyme de *Villonnerie.* Ces deux ſavans hommes ne ſe feroient-ils point trompez? Ce qu'il y a de certain, c'eſt que, ſelon

4. Vers la fin du Chapître XVI, les gens de Pantagruel rencontrent *deux vieilles Chiquanourres*, qui leur apprennent que l'*on avoit au gibet baillé le Moyne par le coul aulx deux des plus gents de bien qui feuſſent en tout Chiquanourrois* : & cela pour avoir dérobé *les ferremens de la Meſſe*, & les avoir *muſſez ſoubz le manche de la Parœce*. Il faut que cela porte ſur quelque vol d'Egliſe connu du tems de Rabelais. Nous pouvons obſerver en paſſant quel cas il faiſoit des *Chicanous*, puiſqu'il met au gibet les deux plus gens-de-bien qu'il y eût parmi eux.

Bailler le moyne par le coul, comme il l'explique lui-même, c'eſt *pendre & eſtrangler*.

Voire, voire, vous en parlez comme Sainčt Jean de la Paliſſe, dit Frere Jean ſur cette façon de parler énigmatique. Il eſt clair que *la Paliſſe* eſt là pour *l'Apocalypſe (q)*.

Par le *Manche* de la Paroiſſe, peut-être faut-il entendre le Clocher de l'Egliſe.

REMARQUES

SUR LIVRE IV. CHAPITRE XVII.

APrès avoir quitté le Payïs des Chiquanous, Pantagruel *paſſa les deux Iſles de* Tohu *& de* Bohu. On m'a dit que ces deux noms, qui ſont Hébreux, ſont les mêmes que l'Auteur de la Geneſe a employez pour décrire le Chaos. *La Terre étoit vuide & ſans forme*: Il y a dans l'Original qu'elle étoit *tohu & bohu*. Cela pourroit s'appliquer à quelque Payïs ruïné par la guerre. Il s'agit de deux Iles *eſquelles*, dit Rabelais, *ne trouvaſmes que frire*. Cette idée aſſortit l'autre. La fureur des Soldats, & les exactions de leurs Chefs, ne laiſſent rien derrière eux.

Bringuenarilles le grand Géant eſt celui qui avoit ôté les moyens de *frire*, puiſqu'il avoit *toutes paelles, paellons, chauldrons, coquaſſes, lichefretes & marmites du pays avallé, en faulte de Moulins à vent, deſquelles ordinairement il ſe paiſſoit*. Et par ce Géant nous pouvons entendre en général les Armées, ces Corps gigantéſques qui portent la deſolation dans un Payïs: Nous pouvons entendre après cela en particulier, ces Maraudeurs, ces Coureurs de Parti, bruyans Thraſons, Avaleurs de charettes ferrées, qui à l'ouverture d'une campagne vivent en grands Seigneurs aux dépens du Laboureur: qui lui devorent, en quelque ſorte, juſqu'à la paille ſur laquelle il couche: & qui lui engloutiſſent à leur manière ſes poëlons, ſes chaudrons, ſes lèchefrites: gens plus redoutables

à

Borel lui-même, *Vilennie* pour *Méchanceté* ſe trouve dans un Auteur bien plus ancien que Villon: Et ce qu'il y a de certain encore, c'eſt que s'il en faut croire la Tradition, le nom de Villon ne fut donné à ce Poëte que comme un ſobriquet qui de ſon tems ſignifioit un fripon.

(q) *Saint Jean de la Paliſſe* pour *Saint Jean Auteur de l'Apocalypſe*, eſt une poliſſonnerie qui n'eſt point unique en ſon eſpèce. Les poliſſons de Normandie, pour dire *l'Apocalypſe*, diſent *L'Apocaſtipe*, ou *la pouque à Felippe*, c'eſt-à-dire, *la poche de Philippe*.

à leurs hôtes qu'à l'Ennemi: *hospitibus tantum metuendi*, selon le mot de Tacite.
Rabelais conte que Bringuenarilles mourut ÉTRANGLÉ, *mangeant ung coing de beurre fraix à la gueule d'ung Four, par l'ordonnance des Médicins.* Tel est souvent le fort de ces Rodomons dont je parlois. La guerre finie, ils deviennent souvent Voleurs de grand chemin, ou prennent quelque train de vie équivalent, dont la fin est qu'ils se font pendre & *étrangler*: ce qui leur arrive quelquefois pour des friponneries qui ne leur auront pas plus valu qu'un *coin de beurre:* Ou bien, ils se voyent réduits à mener une vie obscure & languissante, sinon *à la gueule d'un Four*, du moins au coin de leur cheminée, à moitié morts de faim avec leur maigre pitance, usez de débauche & de fatigue, aussi méprisez au reste qu'ils étoient redoutables, lorsque par leurs brigandages ils vivoient dans la dissolution & dans le luxe.

Là d'abundant, continue Rabelais, *nous feut dict que le Roy de Cullan de Bohu avoit deffaict les Satrapes du Roy Mechloth, & mis à sac les Forteresses de Belina.* Cette idée de Sièges & de batailles confirme ce que j'ai dit, que l'Auteur en veut dans ce Chapitre aux gens de guerre.

REMARQUES

SUR LIVRE IV. CHAP XVIII-XXIV.

CEs Chapitres contiennent la description de la terrible tempête qu'eut à essuyer la Flote de Pantagruel, après qu'elle eut rencontré l'*Orque chargée de Moynes, Jacobins, Jesuites, Capussins... Minimes & aultres S. S. Religieux,* lesquels alloient au Concile de CHESIL *pour grabeler les Articles de la foy contre les nouveaux Hérétiques.*

1. Ce CONCILE ne peut être que celui de TRENTE, qui s'étoit déja assemblé dans le tems que Rabelais écrivoit. Le mot Hébreu *Chelis*, qui par une seule transposition de deux lettres fera *Chesil* signifie *Trois* quand il est au singulier, mais *Trente* quand il prend la terminaison du pluriel: Et si vous vous en tenez au nombre de Trois, il entre dans le nom Latin de la Ville de Trente, *Tridentum* (r).——— L'Alphabet de l'Auteur François donne ici une explication différente, suivant laquelle le même Concile aura été appellé de *Chesil*, parce que c'étoit un Concile *de troubles, de tempête & d'inconstance:* Mais cela me paroît tiré d'un peu loin.

2. Quoi qu'il en soit, il est fort vraisemblable que le FORTUNAL ou la tempête dont ces Chapitres contiennent la description, représente la cruelle persécution qui s'éleva en France sous le Règne de Henri II. Elle commença en M. D. XLVIII, par une espèce d'Inquisition qui fut établie pour faire le procès
à

(r) Ceux qui entendent l'Hébreu sentiront d'abord que l'étymologie hébraïque de *Chesil*, telle que Mr. Le Motteux nous la donne, n'est pas exposée bien exactement: mais ils suppléeront sans peine à ce défaut: Et ceux qui n'entendent pas l'Hébreu seroient peut-être embarrassez par une plus grande exactitude.

à ceux qui embraſſoient la Réformation. Voici les paroles de *Du Tillet* là-deſ-fus. *Il fut ordonné qu'une ſéance extraordinaire ſe feroit des Judges à Paris, pour connoiſtre particulierement du faiɛt des Hérétiques : En icelle quelques miſérables furent punis de cruels ſupplices à toute rigueur.*

3. Durant cette tempête, PANTAGRUEL fait voir une grande fermeté & une conſtance héroïque. FRERE JEAN eſt intrépide & extrêmement aɛtif. Tous les Compagnons de Pantagruel font de leur mieux pour ſauver ſon Vaiſ-ſeau. Le ſeul PANURGE marque de la foibleſſe. Il *reſtoit de cul ſus le tillac plourant & lamentant.* Il ſe ſouhaite *dedans la Orque des bons & béats Peres concili-petes* qu'on a rencontrez le matin, *tant devots, tant gras, tant joyeulx, tant douil-lets & de bonne grace.* Un moment après il veut ſe confeſſer : & le voilà dévot à l'excès, comme il arrive ſouvent en pareil cas à ſes Confrères les Déïſtes. Il demande enſuite à faire *ung petit mot de Teſtament ou Codicille pour le moins.* En-fin, rien n'eſt plus extravagant que les vœux, les ſouhaits, & les gémiſſemens de ce *grand Veau plourart,* tant que le danger continue. Mais *la tempeſte finie,* il fait *le bon Compaignon,* il *travaille comme quatre,* & ſe montre auſſi déterminé qu'il venoit d'être poltron.

4. L'Orage commence, dans le Chapitre XVIII, d'abord après la rencon-tre des bons Peres *concilipetes :* il y a des éclairs, des tonnerres, des FOUDRES, & dans le Chapitre XX *ung coup de fouldre* particulier, ſuivi de tonnerres qui font dire à Frere Jean, *Tonnez Diables ... Je croy que touts les millions de Diables tiennent ici leur Chapitre Provincial ...* Il eſt naturel de penſer qu'il s'agit là des FOUDRES DU VATICAN & de tels autres Foudres Eccléſiaſtiques.

5. Dans le Chapitre XXII, lorſque le tems ſe remet au beau, *Nos Diables,* dit Frere Jean, *commencent eſcamper de hinch.* C'eſt toujours la même idée. Je fe-rai voir que par les DIABLES il faut entendre les Moines, les Convertiſſeurs, les PERSÉCUTEURS Papiſtes (*s*).

6. PANURGE paroît bon Catholique dans le fort de la tempête. C'eſt ſon caraɛtère. La perſécution lui fera faire toutes les ſimagrées qu'on voudra, quoi-qu'il ſoit prêt à ſe moquer, après la tempête, de ce même *Sainɛt Nicolas* à qui il adreſſe cette ſupplication pendant le péril, dans le Chapitre XIX : *Sainɛt Ni-colas à ceſte fois, & jamais plus. Je vous fais ici bon vœu ... que ſi ce coup m'eſ-tes aydant, j'entends que me mettez en terre hors ce dangier icy, je vous édifieray une belle grande petite Chapelle ou deux entre Quande & Monſſoreau, & n'y paiſtra Vache ne Veau.* A peine *le Gualland* ſe croit en ſûreté que voici comme il s'explique, vers la fin du Chapitre XXIV, en jouant ſur le mot de CHAPELLE qui ſignifioit quelquefois un Alembic : *Eſcoutez beaulx amis : je proteſte devant la noble compai-gnie, que de la Chapelle vouée à Monſieur St. Nicolas entre Quande & Monſſoreau, j'entens que ſera une Chapelle d'eaue Roſe : en laquelle ne paiſtra Vache ne Veau. Car je la jeɛteray au fond de l'eaüe :* c'eſt-à-dire, ſans-doute, au fond de la Rivière qui coule entre CANDE & MONSSOREAU, & qui occupe tout l'entre-deux.

7. PANTAGRUEL, *preallablement avoir imploré l'ayde du grand Dieu ſervateur,* &

& faicte oraifon publicque en fervente devotion, par l'advis du Pilot tenoit l'arbre fort & ferme. Le but de cette particularité du Chapitre XIX, étoit d'infinuer à la Famille de NAVARRE & particulièrement à ANTOINE DE BOURBON nouvellement entré dans cette Famille, que comme il n'y avoit perfonne qui fût plus en état que lui de protéger les Grands embarqués avec lui dans l'affaire de la Réformation, il devoit s'y employer de tout fon pouvoir. Auffi *Du Tillet* ne parle-t-il que de *quelques miférables* qui ayent eu beaucoup à fouffrir de la *féance extraordinaire des Juges* en M. D. XLVIII.

8, Quelques uns douteront peut-être que Rabelais ait eu dans ces Chapitres les vûes perfonnelles que je lui prête. Mais tout le monde avoûra du moins qu'il a bien repréfenté ce que font la plus-part des hommes dans le danger, & fur-tout en tems de perfécution.

REMARQUES

SUR LIVRE IV. CHAP. XXV-XXVIII.

1. L'Ile des MACREONS, où les Voyageurs de Rabelais abordent après la tempête, fignifie une Ile *dont les habitans vivent long-tems:* & Rabelais donne à leur *Maiftre Efchevin* le nom ou le tître de MACROBE, qui ramène la même idée.

2. Le *bon Macrobe* dit, dans le Chapitre XXVI, que l'Ile eft *fubjecte au Dominateur de* BRETAIGNE. Or l'ANGLETERRE, ainfi défignée, étoit effectivement alors, fous le Règne d'Edouard VI, un Port affûré contre la tempête de la Perfécution, & où l'on pouvoit dire que les hommes vivoient long-tems parce que leur vie n'y étoit pas abregée par les Perfécuteurs.

3. Les VIEULX TEMPLES RUINEZ qui s'y trouvent, dans le Chapitre XXV, marquent la décadence du PAPISME, la ruïne de fes TEMPLES & de fes Idoles.

4. Les HEROES qui ont leur *manoir* ou *habitation* au milieu de ces débris, dans le même Chapitre, ce font les vrais Chrétiens qui avoient fecoué le joug de Rome, & établi la Réformation fur les ruïnes du Papifme.

5. Le bon Macrobe dit, dans le même Chapitre encore, en parlant de ces HEROS: *Au trefpas d'ung chafcun d'iceulx ordinairement oyons nous par la Foreft grandes & pitoyables lamentations ... & en Mer tempefte & fortunal.* Il croit qu'il en eft mort quelcun le jour précédent, *au trefpas duquel,* dit-il, *foit excitée celle horrible tempefte qu'avez pâti.* Cela marque en général de quelle conféquence pouvoit être la mort de certaines perfonnes confidérables, & nommément peut-être quelle perte les Réformez venoient de faire par la mort de MARGUERITE DE VALOIS Reine de Navarre vers la fin de M. D. XLIX, un an après le mariage de Jeanne d'Albret; héritière préfomptive de la Couronne de Navarre, avec Antoine de Bourbon, Duc de Vendôme, le Pantagruel de Rabelais.

[M] 3

RE-

REMARQUES

SUR LIVRÉ IV. CHAP. XXIX-XXXII.

DE l'Ile des *Macréons*, Pantagruel arrive à celle de T A P I N O I S, *en laquelle regnoit* Q U A R E S M E - P R E N A N T, qui eſt mis ici pour le *Carême*, parce qu'il l'eſt effectivement pour une partie de l'Egliſe Romaine : je veux dire pour les Moines & pour le Clergé dont le Jeûne commence plutôt que celui des Laïques, & pour qui le Mardi-gras eſt un jour d'humiliation, le véritable jour des Cendres. Auſſi Rabelais oppoſe-t-il ſon *Quareſme-prenant* au M A R D I - G R A S. ——— Je trouve dans un Livre intitulé L'*Héraclite François*, que le Cardinal de Lorraine ayant donné à trois Eccléſiaſtiques les Evêchez de Metz, de Toul, & de Verdun, mais en ſe réſervant une partie ſi conſidérable du revenu, qu'il ne leur reſtoit preſque que les tîtres ; on les appella *les Evêques de Carême - prenant*, pour dire qu'ils avoient la minè auſſi maigre & auſſi affamée que s'ils euſſent été réduits à un Carême perpétuel. Je ne crois pourtant pas que Rabelais ait penſé à eux. Je croirois plutôt que ſon deſſein eſt ſimplement de tourner en ridicule la Superſtition des Catholiques au ſujet du Carême. De là le portrait groteſque de *Quareſme-prenant* dans les Chapitres XXX, XXXI, & XXXII. Ce qu'il y a de fou dans ce portrait, étoit pour faire prendre le change à ſes Ennemis, & pour pouvoir dire en cas de beſoin que c'étoit un pur badinage ; car il étoit dangereux d'attaquer les Bigots ſur un point de cette importance.

X E N O M A N E S, l'un des plus expérimentez de la Troupe, déconſeille à Pantagruel, dans le Chapitre XXIX, d'aller dans *l'Iſle de Tapinois en laquelle regnoit Quareſme-prenant* : & cela, *tant pour le grand deſtour du chemin* [ils vouloient arriver au ſéjour de la Vérité :] *que pour le maigre paſſe-temps qu'il diſt eſtre en toute l'Iſle & Court du Seigneur. Vous y verrez, diſoit - il, pour tout potaige ung grand Avalleur de pois gris ... Confalonnier des Ichtyophàges ... Fouetteur de petits enfans* [parce qu'en Carême l'on fait pénitence & l'on ſe fuſtige :] *Calcineur de cendres*, [alluſion au Mercredi des cendres :] *foiſonnant en pardons, indulgences & ſtations :* Ce qui fait dire de lui dans le Chapitre XXX, qu'*eſtant marié avec la Myquareſme*, il *engendra ſeulement nombre de Adverbes locaulx*, par leſquels j'entens les Stations, les Egliſes, les Chapelles, les *Lieux* où il faut que le ſot peuple s'arrête pour gagner des Indulgences. ——— Xénomanes dit encore dans le Chapitre XXIX, que *Quareſme-prenant jamais ne ſe trouve aulx nopces.* Mais comme il faut rendre juſtice à tout le monde, fût-ce au Diable, *Vray eſt*, ajoute-t-il, *que c'eſt le plus induſtrieux faiſeur de lardoires & brochettes qui ſoit en quarante Royaulmes.* C'eſt que les Bouchers n'ont alors preſque pas autre choſe à faire. ——— *Il ha guerre ſempiternelle* contre les *Andouilles ſarſelues*, parce qu'en Carême tout ſorte de chair [au moins de chair morte] eſt défendue au peuple.

F R E R E J E A N, qui eſt toujours entreprenant & qui va vite en beſogne, ſe déclare contre le Carême : *Sacmentons ce grand Villain*, dit-il. Mais P A N U R G E,

qui eſt toujours timide & circonſpeʿt, ne penſe pas de même. *Combattre Qua-*
reſme-prenant, dit-il, *de par touts les Diables! Je ne ſuis pas ſi fol & hardy enſemble.*
 L'ingénieux *Apologue* de P H Y S I S & d'A N T I P H Y S I E, ou de *Nature* & de
ſa *Partie adverſe*, vers la fin du Chapitre XXXII, fait voir comment l'Egliſe
Romaine, en ordonnant des choſes contraires à la Nature, contredit les loix
de Dieu même, & prétend encore donner un bon tour à ce qu'elle fait. Auſſi
Rabelais nous dit-il qu'*Antiphyſie* [Mere du Cerême] engendra *les Matagots, Ca-*
gots, & Papelars ... les Briffaulx, Caphars, Chatemites Canibales : & aultres
Monſtres difformes & contrefaits en deſpit de Nature (*t*).
 Si quelcun au-reſte me demande pourquoi l'Ile de *Quareſme-prenant* eſt appellée *l'Iſle de* T A P I N O I S, je répondrai par une obſervation qu'on a faite avant
moi: c'eſt qu'il y a beaucoup de rapport entre *Tapinois* & le mot grec *Tapeinô-*
ſis, qui ſignifie *humilité, humiliation*: d'où je conclurai qu'autant que le Carême
trouve ſon règne dans l'humiliation & dans le Jeûne, autant peut-on dire en
Stile allégorique, par alluſion à *Tapeinoſis*, qu'il règne dans l'Ile de *Tapinois*.
 —— Ajoutez que le Carême étant haut ou bas ſelon le tems des Fêtes mobiles,
on peut dire encore, conformément à l'Alphabet de l'Auteur François, que le
Carême avance & recule, qu'il ſe hauſſe & ſe baiſſe ou ſe *tapit* en quelque ſorte,
comme un homme qui feroit quelque choſe *en tapinois*.

R E M A R Q U E S

SUR LIVRE IV. CHAP. XXXIII & XXXIV.

L E *grand & monſtreux* P H Y S E T E R E [*ſorte de poiſſon*] dont Pantagruel ſe deffait victorieuſement dans ces Chapitres, *près l'Iſle Farouche, en laquelle dominent*
les Andouilles farfelues, ennemies mortelles de Quareſmeprenant, comme on le voit
au Chapitre XXIX: Le grand & monſtrueux Phyſetère, dis-je, déſigne les grandes proviſions de poiſſon ſalé dont on vient à bout pendant le Carême, ou dont
on ſe débaraſſe lorſque le tems revient de manger de la chair. Là finit le règne du *Poiſſon* détruit ou abandonné: Là commence le règne des *Andouilles*: &
leur règne ſuit de ſi près celui du Poiſſon, qu'on les voit quelquefois paroître en
triomphe & toutes chaudes ſur la table, au moment que l'horloge, en ſonnant
minuit annonce la fin du Carême & le premier de Pâques. Auſſi eſt-ce *ſus le*
hault du jour & *près* de l'Ile des Andouilles que le gros Poiſſon de Rabelais ex-
pire. L'avi-

(*t*) Rabelais met ici au nombre des Enfans
d'Antiphyſie, *les Demoniacles Calvins impoſteurs de*
Geneve. Mais ces paroles, comme l'a obſervé
Mr. Le Duchat, ne ſe trouvent pas dans toutes les Editions: Mr. Le Motteux ne paroît
pas les avoir trouvées dans l'Edition ſur laquelle il a traduit & commenté ſon Auteur.
D'ailleurs, s'il les avoit vues, il n'auroit pas

manqué de dire 1. que les Calviniſtes ne ſont
là que pour donner le change à certains Lecteurs: 2. que ſi Calvin y eſt attaqué perſonnellement, c'eſt une ſuite de certaines per-
ſonnalitez aſſez connues: & que par cela même Rabelais pourroit être cenſé attaquer Calvin ſans attaquer le Calviniſme ou la Réformation en général.

L'avidité carnaffière de ceux qui font ici repréfentez par les habitans de l'Ile FAROUCHE, a fouvent quelque chofe qui approche affez de la férocité des Sauvages pour nous faire concevoir comment le nom de fauvage, de féroce ou de *farouche* peut convenir à leur Ile prétendue (*u*).

REMARQUES

SUR LIVRE IV. CHAP. XXXV-XLII.

NOus voyons d'abord ici Pantagruel *defcendre en l'Ifle Farouche, pour feicher & refraifchir aulcuns de fes gents mouillez & fouillez par le villain Phyfetere.* Il n'a- voit point abordé dans l'Ile de *Quarefmeprenant* : il en avoit été *découragé* par Xé- nomanes dans le Chapitre XXIX : Mais il met volontiers pied à terre dans une Ile, *Manoir anticque des Andouilles.*
Là deffoubs belles tentes feurent les cuifines dreffées, fans efpargne de bois. Chafcun mué de veftements à fon plaifir, feuft par Frere Jean la campanelle fonnée. Au fon d'icelle feurent les tables dreffées & promptement fervies. On voit enfin Pantagruel *dipnant avecque fes gents joyeufement.* Tout cela eft une repréfentation de ce qui fe fait après le Carême.
Et nous pouvons en dire autant de ce *combat martial* du Chapitre XLI, où *Riflandouille rifloit Andouilles,* où *Tailleboudin tailloit boudins,* où *Pantagruel rompoit andouilles au genoil,* & où *Frere Jean à coups de bedaines les abbatoit menu comme moufches,* combattant à la tête de fes *preux Cuifiniers,* comme ils font appellez dans le Chapitre XL. Les Andouilles, Boudins, Sauciffons & Cervelats, toutes viandes qui excitent à boire, viennent fort bien dans cette plaifante Allégorie, pour marquer comment les Obfervateurs du Carême s'en donnent à cœur joye dès qu'ils font venus à bout de ces fix femaines de mortification.
Dans le Chapitre XXXVII, le *notable difcours fur les noms propres des lieux & des perfonnes,* eft une raillerie aux dépens de ceux qui ont prétendu ou qui pré- tendent *prognoftiquer par noms.*
Avant que la bataille fe livrât, un des Compagnons de Pantagruel avoit dit aux Andouilles, dans le Chapitre XLI, *Voftres, voftres, voftres fommes treftous; & à commandement. Touts tenons de Mardi-gras voftre anticque Confederé.* Mais il y avoit eu du mal entendu, & de là la bataille. Un éclairciffement à l'amiable changea les chofes. Pantagruel, reconnu pour ce qu'il étoit, dans le Chapitre XLII, reçut les hommages de *la Royne des Andouilles.* Il ne feroit pas impoffible que Rabelais fous cet emblême eût voulu défigner quelque mefintelligence entre les Réforma-

(*u*) Cette dernière Remarque n'eft qu'in- finuée dans l'Original, par deux on trois mots qui femblent prefque n'y entrer qu'en paffant & fans deffein. J'en avertis, afin qu'on n'ait pas à me reprocher que je mêle mes propres explications à celles de mon Auteur. J'ai droit de paraphrafer toutes les fois qu'une paraphrafe convient mieux qu'une fimple tra- duction. J'ai ufé de ce droit plus d'une fois; mais je penfe que c'eft ici l'endroit où je m'en fuis prévalu avec le plus de liberté.

mateurs: car quoiqu'ils fuſſent tous d'accord, auſſi-bien que Pantagruel & les Andouilles, pour ne point aimer le Carême ni ſes Suppôts, on ſait aſſez qu'entre eux, auſſi-bien qu'entre Pantagruel & les Andouilles, il y eut des meſintelligences & des mal-entendus. Les Réformez de *France*, ſi ma conjecture eſt vraye, ſeront ici repréſentez par les gens de Pantagruel: & les Andouilles repréſenteront les *Suiſſes* ou les *Allemands*.

Pantagruel, dans le Chapitre XXXV, parle à Xénomanes de ménager un accommodement entre *Quareſme-prenant* & les *Andouilles*: A quoi Xénomanes répond: *Poſſible n'eſt pour le preſent… Il y a environ quatre ans que paſſant par cy & Tapinois je me meis en debvoir de traicter paix entr'eulx, ou longues treves pour le moins, & ores feuſſent bons amis & voiſins, ſi tant l'ung comme les aultres ſoy feuſſent deſpouillez de leurs affections en ung ſeul article.* Entendez cela de quelques ouvertures pacifiques qui s'étoient faites dans le Concile de Trente. La ſuite prouve que c'eſt de ce Concile qu'il s'agit ici.

Xénomanes continue & dit: *Quareſme-prenant ne vouloit on traicté de paix comprendre les Boudins ſaulvaiges, ne les Saulciſſons montigenes leurs anciens bons comperes & confederez. Les Andouilles requeroient que la Fortereſſe de Cacquec feuſt par leur diſcretion, comme auſſi le Chaſteau de Salloir, regie & gouvernée, & que feuſſent hors chaſſez ne ſçay quels püants villains, aſſaſſineurs & briguans qui la tenoient.* Entendez par-là les Moines ou tels autres Suppots du Carême, leſquels, tant qu'ils ſeront les maîtres du *Salloir*, c'eſt-à-dire du Vaiſſeau à ſaler les viandes, n'y tiendront que du poiſſon pendant qu'on pourroit y mettre de bonnes andouilles ou de bonnes pièces de chair (v).

Tout cela n'eſt point étranger au Concile de Trente: mais ce qui ſuit, y appartient viſiblement. Xénomanes après avoir dit que la demande des Andouilles ne leur put être accordée: que *ſembloient les conditions inicques à l'aultre partie*: qu'*ainſi ne feut entr'eulx l'appoinctement conclud*: que *reſtarent toutesfois moins ſeveres & plus doulx ennemis, que n'eſtoient par le paſſé*: Mais, ajoute-t-il, *depuis la denunciation du* CONCILE NATIONAL DE CHESIL, *par laquelle elles feurent farfouillées, guodelurées & intimées: par laquelle auſſi feut Quareſme-prenant déclairé breneux, hallebrené & ſtocfiſé* EN CAS QUE AVECQUES ELLES IL FEIST ALLIANCE OU APPOINCTEMENT AULCUN, *ſe ſont horrificquement aigris envenimez, indignez, & obſtinez en leurs couraiges: & n'eſt poſſible y remedier: Plutouſt auriez les Chats & Rats, les Chiens & Lievres enſemble reconcilié.*

Les Andouilles, à ce compte, pourroient repréſenter en général ceux qui demandoient une Réformation: Mais je l'ai déja inſinué: je crois qu'il s'agit parti-

---

(v) Non-ſeulement j'ai été obligé de paraphraſer cet endroit pour le rendre intelligible, mais il a fallu encore que je donnaſſe le paſſage de Rabelais autrement que je ne le trouve dans l'Edition de Mr. Le Duchat, & même dans la Traduction de Mr. Le Motteux. Comme il ne le rapporte pas au long, je juge qu'il l'a cité de mémoire ou ſans y regarder de bien près. Quoi qu'il en ſoit, je l'ai donné ici tel que ſa Remarque ſuppoſe qu'il le li-

ſoit ou s'imaginoit l'avoir lu. La principale différence eſt dans ces paroles: *comme auſſi le Chaſteau de Salloir.* Il y a ſelon l'Edition de Mr. Le Duchat: *comme eſt le Chaſteau de Sollouoir*: il trouve même dans *Sollouoir* une alluſion au Château de *Solleure* en SUISSE. Cela auroit du accomoder Mr. Le Motteux qui veut que les Andouilles ſoient les Suiſſes. Il eſt vrai au reſte que dans quelques Editions on lit *Sallouoir.*

particulièrement des Proteſtans d'*Allemagne* & de SUISSE: & que ce ſont les Catholiques de ces deux Nations qui ſont figurez par *Quareſme-prenant*, lequel nous avons vu qui *ne vouloit on Traiƈé de paix comprendre les Boudins ſaulvaiges* : *ce ſeront là les Allemands: ne les Saulciſſons montigenes leurs anciens bons comperes* : ce ſeront là les Suiſſes (*w*).

On ne peut guère douter que Rabelais n'ait eu les Suiſſes en vûe, lorſqu'on lit ces paroles du Chapitre XXXVIII: *Les Souïſſes, peuple maintenant hardy & belliqueux, que ſçavons-nous ſi jadis eſtoient Saulciſſes? Je n'en vouldrois pas mettre le doigt au feu.* Bien des Suiſſes étoient alors & ſont encore aujourd'hui gens *farouches*, comme ſont qualifiez ailleurs les *Guodivaulx* & les *Saulciſſons*, habitans de l'Ile *Farouche* auſſi-bien que les *Andouilles*, qui vont au combat avec un *fier marcher* & avec des *faces aſſeurées*, dans le Chapitre XXXVI.

Ainſi par la ROYNE DES ANDOUILLES j'entendrois la REPUBLIQUE DES SUISSES: & par les Andouilles que la Reíne envoye à Gargantua & que celui-ci envoye *au grand Roy de Paris*, dans le Chapitre XLII, il ſeroit naturel d'entendre les Troupes que la Suiſſe fournit à la France. *Le noble Gargantua*, dit mon Auteur, *en feyt preſent & les envoya au grand Roy de Paris. Mais au changement de l'aer, auſſi par faulte de mouſtarde, (beaulme naturel & reſtaurant d'andouilles) moururent preſque toutes.* La moutarde des Suiſſes c'eſt l'argent. Point d'argent, point de Suiſſes.

Xénomanes, dans le Chapitre XXXVI, dit que les Andouilles ſont Andouilles, *tousjours doubles & traiſtreſſes.* Cela convient aux Suiſſes d'alors, qui ſe rangeoient tantôt du côté de l'Empereur, & tantôt du côté de la France.

Au Chapitre XLI, *Gymnaſte* eſt aſſailli par un *gros Cervelat ſaulvaige & farfelu.* Mais il *ſacque ſon eſpée à deux mains, & trenche le cervelat en deux pieces.* Puis l'Auteur ſe récriant ſur la graiſſe qu'il en vit ſortir: *Il me ſoubvient*, dit-il, *du gros Taureau de Berne, qui feut à Marignan tué à la deffaiƈe des Souïſſes. Croyez qu'il n'avoit guieres moins de quatre doigts de lard ſus le ventre.* Voilà encore les Suiſſes, & même un trait de leur Hiſtoire. *Paul Jove*, dans la Relation qu'il donne de la Bataille de Marignan, fait mention de PONTINER, fameux Capitaine Suiſſe, homme d'une taille gigantesque & extrèmement gras, qui fut tué dans la Bataille; & à qui enſuite quelques Allemands du Parti des François, vinrent enfoncer leurs piques ou leurs lances dans ſa groſſe Bedaine (*x*).

RE-

(*w*) Je dois avertir le Lecteur que c'eſt encore ici un endroit où j'ai beaucoup plus aidé à la lettre que je ne le fais ordinairement. Le fond de cette Remarque eſt une parenthéſe que j'ai détachée de ce qui précède.

(*x*) Voyez Rabelais, Livre II, Chap. I, vers la fin: & la Remarque de Mr. Le Duchat ſur ces paroles: *Et comme le gros Thoreau de Berne...* Il y cite Mr. Le Motteux, & l'endroit de Paul Jove que Mr. Le Motteux avoit en vûe.

REMARQUES

SUR LIVRE IV. CHAP. XLIII & XLIV.

1. L'Ile de R U A C H, où les gens *ne vivent que de vent*, fignifie, felon le fens du mot *Ruach* en Hébreu, l'*Ile du Vent*: c'eft-à-dire ici l'*Ile de la Vanité*: Emblême de la Cour; qui eft en quelque forte un Payïs dont les habitans fe repaiffent & font commerce de vent; ou ce qui revient au même, de complimens, de flateries, de promeffes & d'efpérances creufes. Cette denrée a par-tout affez de debit: mais à la Cour plus qu'ailleurs.

2. Les habitans de l'Ile Ruach *n'ont maifons que de* G Y R O U E T T E S. Il en eft à-peu-près de même des Courtifans. La Cour étant toujours où eft le Prince, on peut dire que leur demeure, qui change avec la fienne, tourne comme une girouette & tourne autour d'un certain centre. D'ailleurs leurs maifons dépendent en quelque forte du *foufle* du Prince, comme la girouette dépend de l'Air auquel elle eft expofée. Tantôt c'eft un Zephir qui la careffe: Tantôt c'eft une bourafque qui tout-à-coup vient la mettre dans une violente agitation.

3. Dans cette Ile du Vent *le peuple commun pour foy alimenter, ufe de efventoirs de plumes, de papier, de toile, felon leur faculté & puiffance*. A la Cour auffi les conditions ne font pas égales: mais dans les moindres conditions on s'alimente avec des *efventoirs*, on fe nourrit de vent.

4. Les *Moulins à vent* dont *les Riches vivent*, font les Rois & les Princes: Efpèce de Machines qui redoublent autour d'elles le bruit & le vent dont les Courtifans fe repaiffent: mais fujettes elles-mêmes, comme de fimples girouettes, à n'aller qu'au gré du vent. Rabelais avoit en quelque forte fous fes yeux des exemples éclatans de l'inconftance de la faveur des Princes: un *Jaques* B E A U-N E, Baron de *Semblançay*: un Amiral C H A B O T: un Grand Connêtable D E B O U R-B O N: lefquels après avoir été chéris de François premier devinrent les objets & les victimes de fa haine.

Le premier fut pendu pour un crime dont *Louïfe de Savoye*, Mere du Roi, étoit prefque feule coupable.

Le fecond condamné fans raifon à perdre la tête, ne fut déclaré innocent que fur l'échafaut: & le chagrin qui lui refta de cet étrange procédé fit à la fin fur lui ce que le Bourreau n'avoit pas fait.

Le troifième, par la jaloufie de fon Maître, perdit le Gouvernement du Milanès, l'Epée de Connêtable, & les grands biens de la Maifon de Bourbon, qui lui appartenoient de droit comme à l'Aîné de cette branche de la Fanille-Royale.

5. Le Vent miraculeux que le Roi de l'Ile *guardoit religieufement, comme ung aultre Sangreal & en guariffoit plufieurs énormes maladies*, eft ici un trait de raillerie qu'il eft inutile d'expliquer à ceux qui favent ce qu'une partie du peuple croit en France & dans un Royaume voifin touchant la guérifon miraculeufe des E-crouelles (*y*).

6. Le

(*y*) Voyez ci-deffous, les *Remarques fur Livre V. Chap. XI, & XX. §. 1. Borel,* au refte, fous

[N] 2

6. Le Sangreal dont Rabelais fe moque en paffant, eft cette partie du fang de Jéfus-Chrift laquelle on dit qui court le monde, qui opère un grand nombre de guérifons miraculeufes, mais qui n'eft vifible qu'à des yeux bien chaftes. Le fondement le plus folide de cette croyance, dit *Cotgrave*, c'eft l'impertinente Hiftoire du Roi *Artus*.

REMARQUES

SUR LIVRE IV. CHAPITRE XLV.

1. PAr les Papefigues j'entends les Réformez, mais particulièrement ceux de France & d'Allemagne.

2. *Jadis eftoient riches & libres, & les nommoit on* Guaillardets: fur-tout les Allemands, parce qu'on les avoit trouvez fort *gaillards* dans certaines occafions, comme lorfque les Lansquenets, qui en général étoient Proteftans, pillèrent la Ville de Rome en M. D. XXVII. Ils promenèrent par les rues plufieurs Evêques & Cardinaux *in pontificalibus*, montez à chevauchons-de-rebours fur des Anes ou fur des Mules: Ils jettèrent hors des Eglifes les Hofties, les Reliques, & les Saints: Ils forcèrent le Pape à capituler pour fortir du Château Saint-Ange où il s'étoit retiré: Ils lui firent payer des promeffes de paix par une promeffe de quatre-cens mille ducats: & pour fûreté de payement le retinrent prifonnier ---- Jouer de pareils tours, voilà ce que Rabelais appelle *faire la figue: qui eft*, dit-il lui-même, *figne de contentement & derifion manifefte* (z).

3. Mais lorfque ces mêmes Proteftans jadis *riches & libres*, eurent affez fouffert en France & en Allemagne pour pouvoir dire qu'ils étoient *paovres, malheureux, & fubjects aux Papimanes*, alors *leur feut impofé nom de* Pape-figues, non-feulement pour avoir fait la figue au Pape, mais parce que le Pape à fon tour leur faifoit la figue. *Touts les ans avoient grefle, tempefte, famine, & tout malheur comme éternelle punition du peché de leurs anceftres & parens.* C'eft une image de la Perfécution.

4. *En cefte Ifle des Papefigues... les* Diables *avoient familiarité grande... & fouvent y alloient paffer le temps.* Ce font les Moines. L'Auteur lui-même l'infinue, à la fin du Chapitre XLVI.

5. Par le Laboureur qui s'eft fauvé dans un Benoistier, & qu'on y voit Vestu d'Estolles, *& tout dedans l'eaüe caché comme ung Canard au* Plonge, crainte de tomber entre les *griffes* du Petit Diable qui lui en vouloit; il faut entendre les Proteftans qui pour fe fouftraire aux perfécutions
des

---

fous le mot *Graal*, parle d'un **Roi** qui avoit le Sangréal *en garde*: & d'une *Conquête du Sain-gréal.*

(z) *Jean* Crefpin, p. 464. de *L'Eftat de l'Eglife* imprimé *chez Jean Bavent* en M. D. LXXXII,

in octavo, ne fait monter la rançon du Pape qu'à quarante mille ducats ... *il fut delivré*, dit-il, *moyennant rançon de 40000 ducats, felon qu'aucuns difent.*

des *Farfadets* Catholiques, fe *plongeoient* dans un culte fuperftitieux, prenoient *l'Eau benite* à pleines mains, & fe revêtoient même de *l'Etole*. Tel étoit extérieurement Prêtre, Evêque ou Cardinal, qui dans le fond de l'ame étoit Proteftant.

Témoin BRISSONET, Evêque de Meaux. Il avoit établi dans fon Diocèfe un *Jaques le Fèvre* d'Eftaples, un *Girard Ruffi*, un *Michel Arande*, un *Martial*, pour prêcher contre les erreurs de l'Eglife Romaine : Mais quand il fut appellé à rendre compte de fa conduite, il chanta la palinodie.

Témoin RUFFI, qui en fit autant, & qui de Prédicateur Luthérien devint Evêque Catholique.

Témoin MARTIAL, qui eut la même politique ; & qui après avoir été en quelque forte Apôtre de *Briffonet*, fut Pénitencier à Paris.

Témoin MONTLUC, Evêque de Valence, & dont j'ai déja affez dévelopé le caractère.

Témoin même le CARDINAL DE CHATILLON, à qui ce quatrième Livre eft dédié. J'ai parlé de lui auffi. Lui & Montluc n'étoient que des Proteftans déguifez.

REMARQUES

SUR LIVRE IV. CHAPITRE XLVI.

ON voit ici, *comment le petit Diable fut trompé par ung Laboureur de Papefiguiere*. On fait le Conte. Le *chaulme* & les *feuilles* de raves font à la fin tout le partage du Diableteau. Le Laboureur garde l'effentiel, les Raves & le Bled. Cela fignifie naturellement que les prétendus Papiftes dont je viens de parler, ne donnoient au Pape que l'extérieur.

La hardieffe de Rabelais dans ce Chapitre, & dans le précédent, eft remarquable. Il fait dire à fon Diableteau, que *Monfieur Lucifer fe paift à touts repas de Farfadets pour entrée de table : Et fe fouloit desjeuner d'Efcholiers. Mais las !* ajoute-t-il, *ne fçay par quel malheur depuis certaines années ils ont avecques leurs efludes adjoinct les Sainctes Bibles. Pour cefte caufe plus n'en povons au diable l'ung tirer. Et croy que fi les Caphars ne nous y aydent, leur houftans par menaces, injures, force, violence, & bruflemens, leur Sainct Paul d'entre les mains, plus à-bas n'en grignoterons.*

Les *Nourriffons* de Lucifer, fes *Vivandiers, Charbonniers* & *Chaircuitiers*, qu'on avoit oultraigé villainement ès *Contrées Boréales*, font auffi-bien que les *Farfadets*, & les *Caphars*, dont il s'agiffoit tout-à-l'heure, les Moines & les Prêtres, qu'on avoit profcrits dans les Payïs Septentrionaux, & particulièrement en Angleterre.

Par les *Efcholiers de Trébizonde* que le Diableteau dit qu'il va *tenter*, Rabelais a pu entendre tous ceux qui étudioient dans les Univerfitez Catholiques ; ou ils étoient effectivement *tentez*, finon par le Diable en perfonne, au moins par leurs Précepteurs, Régens, Profeffeurs, Pêtres & Moines, de s'attacher fortement

[N] 3 à des

à des Principes moyennant lesquels ils pourroient fans fcrupule dans l'occafion, conformément aux vœux du jeune Diable de Rabelais, *laiffer Peres & Meres, renoncer à la Police commune, foi emanciper des Ediĉts de leur Roy, vivre en liberté foufterraine, mefprifer ung chafcun, de touts fe mocquer, & prenants le beau & joyeulx petit beguin, de licenfe poëticque, foy touts rendre Farfadets gentils.* Peut-on mieux décrire la profeffion, la vie, les mœurs, les principes des Moines? Leur *Capuchon* même eft repréfenté, par ce *beguin de licenfe*, quoique fans doute ce foit auffi une allufion au bonnet de *Licentié*. Pour l'épithète de *poëticque*, on voit clairement qu'elle n'eft là que pour déguifer la chofe (&).

REMARQUES
SUR LIVRE IV. CHAPITRE XLVII.

C'eft dans ce Chapitre que Rabelais nous conte, *comment le Diable feut trompé par une Vieille de Papefiguiere.* Ce Diable trompé par une Vieille Proteftante ne peut être pris ici que pour quelcun de ces Prêtres ou de ces Moines dont l'ignorance étoit fi groffière qu'une Femme fuffifoit pour les mettre *à quia.*

REMARQUES
SUR LIVRE IV. CHAP. XLVIII-LIV.

L'Ile des PAPIMANES, c'eft l'Ile de ceux dont le zèle pour le PAPE va jufqu'à la MANIE.

Les quatre Ordres de Papimanes, ou les QUATRE ESTATS *de l'Ifle*, qui dans un *Efquif*, fe préfentent d'abord à nos Voyageurs, fignifient que le Pape a des Miffionnaires de toutes les conditions. *L'ung en Moyne enfrocqué*, repréfente l'Eglife. *L'aultre en Faulconnier avecques ung leurre & guand d'Oyfeau*, repréfente la Nobleffe. *L'aultre en Solliciteur de procés*, repréfente la Robbe. *L'aultre en Vigneron d'Orléans*, repréfente la Roture.

En parlant du Pape ils l'appellent L'UNICQUE, CELLUI QUI EST, & LE DIEU EN TERRE. Tout le monde fait que les Adulateurs du Pape lui ont prodigué de pareils tîtres, & les lui prodiguoient particulièrement du tems de Rabelais. *Optimus, maximus in terris Deus:* ce fut un titre donné à PAUL III: Et c'eft à un Pape que fut adreffé ce Diftique:

Enfe

(&) J'ai mis dans ce paffage *beguin de LICENSE poëticque*, parce que c'eft là la leçon ou la correction de Mr. Le Motteux. Car du refte Mr. Le Duchat qui a lu *Innocence* & non *licenfe*, paroît n'avoir trouvé à cet égard aucune variété entre les différentes Editions qu'il a confultées.

Enfe potens gemino, Mundi moderaris habenas
Et meritò in terris diceris effe Deus.

Le zèle des Papimanes les porte, non-feulement à adorer le Pape, mais à fe profterner devant ceux qui ont eu le bonheur de le voir. Panurge leur difant qu'il en a vu trois, *à la veue defquels* cependant il ajoute qu'il n'a *guieres proufité*, voila auffi-tôt les bons Papimanes qui s'écrient: *O gents trois & quatre fois heureux vous foyez les bien & plus que trés-bien venus!* Adoncques, continue Rabelais, *s'agenoillarent devant nous, & nous vouloient baifer les pieds.* Il paroît même, quelques lignes plus bas, qu'ils étoient prêts à baifer bien autre chofe au *Pere Sainct*. Dès que nos Voyageurs font dans l'Ile, *tout le Peuple* vient à leur rencontre *comme en proceffion, hommes, femmes, petits enfans ... s'agenoillants devant eux, levants les mains joinctes au Ciel, & criants: O gents heureux! O bienheureux!* Et tant grandes feurent leurs exclamations, que H O M E N A S y accourut (*ainfi appellent ils leur Evefque*) *fus une Mule desbridée, caparaffonnée de verd, accompaigné de fes Appoufts* (comme ils difoient) *de fes Suppoufts auffi, portants croix, bannieres, gonfalons, baldachins, torches, benoiftiers. Et nous vouloit,* dit l'Auteur, *pareillement les pieds baifer à toute force.*

Là-deffus on va à l'Eglife, où il n'eft dit mot de Dieu, ni de Jéfus - Chrift, ni de l'Evangile. Mais en revanche on y parle beaucoup des S A C R E S D E C R E-T A L E S qu'on conferve précieufement, *efcriptes de la main d'ung Ange Cherubin.* Après quoi l'Evêque dit une Meffe *baffe & feiche.* Et la Meffe *parachevée*, il conduit fes Etrangers *en beau Cabaret,* où l'on dépenfe à *repaiffaille copieufe & beuvettes numereufes,* l'argent que trois *Manillers de l'Ecclife, chafcun tenant ung grand baffin en main,* ont recueilli *parmy le peuple, difants à haulte voix: N'oubliez les gents heureux qui l'ont vu en face.*

On ne va pourtant pas au Cabaret fans avoir vu *l'Archetype d'ung Pape, Imaige painéte affez mal,* mais où l'on ne laiffoit pas de reconnoître *la reffemblance d'ung Pape, à la tiare, à l'aumuffe, au rochet, à la pantophle:* Cela fournit une réflexion à Panurge. *Il me femble,* dit-il, *que ce pourtraict fault en nos derniers Papes. Car je les ay veu non aumuffé, ainfi armet en tefte porter, tymbré d'une Tiare Perficque. Et tout l'Empire Chriftian eftant en paix & filence, eulx feuls faire guerre felonne & trés-cruelle.* Mais H O M E N A S répond en bon Papimane: *C'eftoit doncques* dit-il, *contre les rebelles, hereticques, Proteftans, defefperez, non obeïffans à la Saincteté de ce bon Dieu en Terre. Cela luy eft non-feullement permis & licite: mais commandé par les fainétes Decretales: & doibt à feu incontinent Empereurs, Roys, Ducs, Princes, Republicques, & à fang mettre, qu'ils tranfgrefferont un iota de fes Mandements: les fpolier de leurs Biens, les depoffeder de leurs Royaulmes, les profcripre, les anathematifer, & non-feullement leurs corps, & de leurs enfans & parens occire, mais auffi leurs ames damner au parfond de la plus ardente Chauldiere qui foit en Enfer.*

Rien n'eft plus beau que le Dîner dont H O M E N A S régale fes hôtes; & leurs *menus devis durant le dipner,* dans le Chapitre LI. On ne ceffa de faire, en l'honneur des *dives Décrétales,* ce que faifoit *Balthazar* en l'honneur de fes Dieux d'or & d'argent: c'eft-à-dire qu'on avala force razades de bon vin. Du refte, *tout le fert & deffert feut porté par les filles pucelles mariables du lieu, belles, je vous affie, faffret-*

faffrettes, blondettes, doucettes, & de bonne grace. Il y en a une fur-tout qui fe fait remarquer: c'eft celle qui fert Homenaz quand il dit, CLERICE, *efclaire icy.* Frere Jean les regardoit *de coufté, comme ung Chien qui emporte ung plumail.* Il aimeroit mieux, dans le Chapitre LIV, *deux ou trois chartées de cés filles* que toutes les *poires de bon chriftian* dont l'Evêque donne grand nombre à fes Convives. Mais malheureufement l'Evêque eft du même goût que Frere Jean. Des poires, tant qu'on voudra:

> *... Hæc Porcis hodie comendenda relinquet.*

Mais pour des filles: *Vray bis, non ferons, car vous leur feriez la folie aux guarçons: je vous congnois à voftre nez, & fi ne vous avois oncques veu. Halas, Halas, que vous eftes bon fils! Vouldriez vous bien damner voftre ame? Nos Decretales le defendent. Je vouldrois que les fceuffez bien.*

En un mot, Rabelais nous offre ici un Tableau où il a peint en grand Maître, la vie voluptueufe & efféminée des vrais Suppôts de la Papimanie: les Superftitions que leur hypocrifie entretient pour fournir à leur luxe & à leur fainéantife: leur fuperftitieux & facrilège mépris pour la religion du Serment qui doit affûrer au Souverain la fidélité du Sujet: leur difpofition prochaine à commettre des Affaffinats & à faire des Maffacres pour l'amour de Rome: leur Culte idolâtre, & la fottife des Nations qui s'appauvriffent pour enrichir une Ville d'Italie, fous prétexte qu'elle prétend être le centre de ce Culte.

S'il faut s'en rapporter au calcul de Rabelais, dans le Chapitre LIII, *l'Or fubtillement tiré de France en Romme, par chafcun an,* montoit à *quatre cents mille ducats & d'advantaige.* Mais ce qu'il en coûtoit à l'Angleterre, avant qu'elle eût fecoué le joug du Pape, alloit bien plus loin encore.

Rabelais étoit au fait de tous ces abus: Auffi faut-il avouer que jamais homme, voulant en faire un Tableau, n'a mieux faifi ni mieux frappé les traits effentiels de fon fujet. Les plus zèlez Proteftans ne l'ont pas égalé. Et l'on ne fait ici ce qu'il faut admirer le plus: ou fa hardieffe à publier un pareil Ouvrage pendant que les Buchers s'allumoient de toutes parts en France pour brûler les Luthériens: ou le bonheur qu'il eut d'échaper à ces mêmes flâmes au milieu defquelles il écrivoit fi hardîment, & auxquelles on condamnoit tous les jours des gens qui devoient paroître moins coupables que lui.

REMARQUES

SUR LIVRE IV. CHAP. LV & LVI.

LES PAROLLES DESGELLÉES qui fe font entendre *en haulte Mer,* lorfque Pantagruel & fes Compagnons font partis de *Papimanie,* fignifient félon moi, qu'ils parlèrent librement alors de l'ignorance, du zèle aveugle, de la vie licentieufe, tieuſe, des principes encore plus condamnables, qui règnoient dans cette Ile; mais contre lesquels il paroît qu'ils n'avoient ôſé s'expliquer bien ouvertement ſur le lieu même, où les *paroles* en quelque ſorte leur *geloient* à la bouche.

Parmi celles qui dégelèrent il s'en trouva de *ſanglantes*, d'*horrificques*, & de *malplaiſantes*. Elles convenoient au ſujet. Il y avoit cependant des *mots de gueule*, c'eſt-à-dire des plaiſanteries: Mais auſſi étoit ce matière à plaiſanter, que le caractère du bon Evêque *Homenaz* avec les Mignonnes qui le ſervoient.

On peut encore, par les *paroles dégelées*, entendre tous les Ecrits que publioient en Payïs de liberté, contre le Papiſme & contre la Perſécution, les Proteſtants qui avoient abandonné leur Patrie comme un Payïs de Papimanes. Les paroles *ſanglantes* n'étoient pas ce qui manquoit dans ces Ecrits: & il faut avouer qu'elles y entroient aſſez naturellement. Les *Mots barbares*, ſuivant cette idée, déſigneront ceux de ces Ecrits qui ne valoient rien, ſoit pour le ſtile, ſoit pour l'eſprit: Et les *Mots de gueule*, les Ouvrages montez ſur le ton de la plaiſanterie, ou certaines petites pièces badines, telles que ſont, par exemple, quelques Epigrammes de Clément Marot.

R E M A R Q U E S

SUR LIVRE IV. CHAP. LVII - LXII.

NOus voyons dans le Chapitre L VII, *comment Pantagruel deſcendit on Manoir de Meſſere Gaſter premier Maiſtre és Arts du monde.* Ce grand Maître és Arts c'eſt le VENTRE, conformément à la *ſentence du Satyricque*, c'eſt-à-dire du Poëte qui a dit: *Magiſter artis, ingenîque largitor, Venter.*

Les GASTROLATRES du Chapitre L VIII, ſont en général ceux qui de leur Ventre font leur Dieu: Et les ENGASTRIMYTHES ou VENTRILOQUES du même Chapitre ne repréſentent pas mal les PARASITES, gens qui tirent en quelque ſorte de leur ventre toutes leurs paroles, puiſqu'on peut dire que c'eſt lui qui les leur dicte: mais je croirois volontiers qu'ils repréſentent encore tous ces HYPOCRITES que l'interêt de leur Ventre fait parler contre les lumières de leur conſcience. On appelle Engaſtrimythes ceux qui ſe ſont fait un art de parler ſans remuer les lèvres, & comme ſi c'étoit du ventre: Et l'on appelle Engaſtrimythes auſſi une ſorte de gens qui étoient cenſez ne parler de la ſorte que par l'opération de quelque mauvais Eſprit qui étoit en eux.

La ridicule Statue appellée MANDUCE, *au Chapitre* LIX, *ayant les œilz plus grands que le ventre, & la teſte plus groſſe que tout le reſte du corps, avecques amples, larges, & horrificques machoüeres bien endentelées*, eſt une imitation du MANDUCUS des Anciens, imaginée pour faire rire aux dépens des Gourmands & des Gloutons. —— La diverſité des mets qu'ils *ſacrifient* à *Meſſere Gaſter, ſoubs la conduite de Manduce*, inſinue que la gloutonnerie & la gourmandiſe règnent parmi toutes ſortes de gens: & ſignifie auſſi que le Ventre s'accommode de tout en cas de beſoin.

Le Chapitre LX nous parle de ce que les Gaftrolâtres offroient à leur Dieu Ventripotent *és jours maigres entrelardez*. Cette diftinction marquée de leurs jours gras ou MAIGRES, ne permet pas de douter que les Gaftrolâtres de Rabelais ne foient tous de bons *Papimanes*.

Je ne fais même fi ce ne feroit pas pour faire encore mieux reconnoître la Papimanie de fes Gaftrolâtres, qu'il a plus d'une fois affecté, dans tous ces Chapitres, de donner à leur Dieu le titre de MESSERE, comme par allufion à la MESSE des Papimanes.

R E M A R Q U E S

SUR LIVRE IV. CHAP. LXIII & LXIV.

Omme le mot Hébreu *Chaneph* veut dire HYPOCRISIE, *l'Ifle de* CHANEPH eft l'Ile des Hypocrites. Auffi Rabelais dit-il, dans le Chapitre LXIV, que ceux qui *hantent en cette belle Ifle de chien... touts Hypocrites, Hydropicques, Patenoftriers, Chattemittes, Santorons, Cagots, Hermites.* Mais ce qu'il ajoute fait voir qu'il en veut particulièrement aux Moines Mendians: *Touts paovres gents*, dit-il, *vivants (comme l'Hermite de Lormont entre Blaye & Bourdeaulx) des aulmofnes que les Voyaigiers leur donnent.* La pauvreté rend ces fortes de Religieux doublement hypocrites, parce qu'elle les force en quelque façon à faire montre de Sainteté pour intéreffer en leur faveur une charité de laquelle feule dépend leur fubfiftance.

Il eft dit, au Chapitre LXIII, qu'en cette Ile *abourder ne peut la Nauf de Pantagruel: parce que le vent... faillit, & feut calme la Mer. Nous ne voguions*, pourfuit l'Auteur, *que par les Valentianes, changeants de tribort en babort, & de babort en tribort; quoyqu'on euft és voiles adjoinct les bonnettes trainereffes.* Il infinue par-là que tous ces Hypocrites fubalternes qu'il a en vûe, arrêtoient le progrès de la Réformation, & de la découverte de la Vérité en général, comme lui-même l'avoit éprouvé de la part des CORDELIERS de FONTENAY-LE-COMTE, parce qu'ils lui voyoient étudier le Grec: Mais il veut infinuer auffi que fi ces gens-là arrêtent le progrès de la Réformation, c'eft tout ce qu'ils peuvent faire: Ils ôtent le vent aux Voyageurs, mais ils ne fauroient exciter la tempête, comme les *gras Concilipetes de Chéfil*, dans le Chapitre XVIII. Auffi ne paroît-il pas que Pantagruel & fes compagnons, arrêtés à la vûe de l'Ile de Chaneph, fuffent fort allarmez, ni même fort inquiets. Rabelais dit bien qu'ils demeuroient *penfifs, matagrabolifez, fefolfiez, & fafchez*: Mais avec tout cela Pantagruel *fommeilloit*, Frere Jean *s'eftoit en cuifine tranfporté*, Panurge *parmy ung tuyau de Pantagruellion faifoit des bulles & gargoulles*, chacun à fa manière s'amufoit affez tranquillement: Et tout enfin alla fort bien après que Pantagruel eut envoyé aux habitans de Chaneph fon *aulmofne*, qui étoit de *foixante & dix-huit mille beaulx petits demy efcuz à la lanterne*. C'eft en donnant qu'on appaife le zèle des Religieux Mendians. Celui des JESUITES, des *Dominicains*, des *Auguftins*, des *Bernardins*, des *Céleftins*, des *Theatins*

tins & des autres *Concilipètes de Chefil*, ne fe ménage pas fi facilement (*&c*). Le Pere *Rapin*, dont on eſtime avec juſtice les vers & la critique, a porté un jugement un peu trop févère fur l'Ouvrage de Rabelais, dans fes *Réflexions fur la Poétique*: Mais le Pere Rapin étoit *Jéfuite*, & fa Société eſt attaquée dans l'Ouvrage qu'il cenfure. Il avoue cependant que c'eſt une Satire très-ingénieufe.

Panurge demande, dans le Chapitre LXIV, fi parmi ces *Hypocrites* de l'Ile de Chaneph, il y a *du feminin genre*, & fi l'on en *tireroit hypocriticquement le petit traict hypocriticque?* A quoi Xénomanes répond: *Ouy dea. Là font belles & joyeuſes* HYPOCRITESSES, *Chatemiteſſes*, *Hermiteſſes*, *femmes de grande religion. Et y ha copie de petits* HYPOCRITILLONS, *Chatemitillons*, *Hermitillons*. Cela eſt vrai en plus d'un fens. Il y a tel lieu qui feroit eſſez mal peuplé fi les Hypocrites dont il s'agit ne s'y multiplioient à la façon du Vulgaire. Mais par les *Hypocritillons* notre Auteur femble avoir fur-tout entendu ces Enfans qui naiſſent dans les Couvens de filles par les fécondes aſſiduitez de quelque Pere Confeſſeur: car ceux de ces Enfans dont on ne prévient pas la naiſſance, ou qui échapent à une mort prématurée, font nourris en qualité de pauvres parens du bon *Pere* ou de la bonne *Sœur*, juſques à ce qu'on les mette en cage avec leur Pere ou Mere pour chanter Vêpres & Matines, & pour augmenter à leur tour cette Engeance d'Hypocrites qui doit croître & multiplier *in fæcula fæculorum*.

REMARQUES

SUR LIVRE IV. CHAPITRE LXVI.

1. L'Iſle de GANABIN emprunte fon nom de l'Hébreu *Ganab*, qui fignifie un VOLEUR. Xénomanes dit que les Habitans de cette Ile font *touts voleurs & larrons*; & il approuve Pantagruel qui ne veut point y defcendre.

2. Frere Jean confeille à Pantagruel de faire tirer le Canon. *Ce fera*, dit-il, *pour faluer les Mufes de ceſtui Mont* ANTI-PARNASSE. Peut-être Rabelais deſtinoit-il ce trait à plufieurs Auteurs de fon tems, qui en qualité de Plagiaires méritoient une place dans l'Ile des Voleurs; & dont le Parnaſſe, s'ils en avoient un, devoit être cenfé l'Antipode du véritable.

3. Il y met toutefois *la plus belle Fontaine du monde*; comme pour infinuer à d'habiles Ecrivains qui tiroient toute leur gloire de la traduction de quelques Romans, qu'il ne tenoit qu'à eux de puifer dans une plus belle fource. Peut-être encore que par cette belle FONTAINE il a voulu défigner *la Langue* FRANÇOISE,

(*&c*) Conférez le Chapitre LXIV avec ce qui a été remarqué fur le Chapitre XVII: Et obfervez que les premiers Concilipètes nommez par Rabelais font les *Jacobins*, ou *Dominicains* comme les appelle Mr. Le Motteux; en quoi il a bien fait, puifqu'il parloit en Anglois & pour l'Angleterre. Mais favoir pourquoi il oppofe les *Dominicains* & les *Auguſtins* aux Ordres *Mendians*, & nommément aux *Cordeliers*, qui dans Rabelais font au nombre des Concilipètes, ainfi que les *Capucins*, les *Carmes* & les *Minimes*, tous Moines Mendians: c'eſt ce qu'il feroit à fouhaiter que Mr. Le Motteux eût expliqué lui-même.

[O] 2

ÇOISE, qu'll éxalte fi fort dans le Prologue du cinquième Livre, & à l'éloge de laquelle il mêle des traits qui font voir qu'il en vouloit en même tems aux Plagiaires. *Je prouveray*, dit-il, *en barbe de je ne fçay quels centonificques Botteleurs de matieres cent & cent fois grabelées, rappetaffeurs de vielles ferrailles Latines, revendeurs de vieulx mots Latins moifis & incertains, que noftre Langue vulgaire n'eft tant vile, tant inepte, tant indigente & à mefprifer qu'ils l'eftiment.* Il excitoit ainfi les François à fuivre fon exemple, à étudier leur Langue, à tirer quelque chofe de leur fonds, à ne pas puifer toujours dans des *Sources* étrangères pendant qu'ils pouvoient puifer dans leurs propres fources: Et au refte, il n'eft pas dit pour cela que Rabelais voulût décrier les Traductions des bons Ouvrages de l'Antiquité, ni l'ufage qu'il faifoit lui-même de la lecture des Anciens.

4. *Autour* de la Fontaine il nous repréfente *une bien grande* FOREST: par où il peut avoir entendu l'amas d'une infinité d'Ecrits barbares, obfcurs, embrouillez, & volumineux.

5. J'ai déja dit pourquoi le HAULT ROCHIER A DEUX CROUPPES eft appellé *Antiparnaffe*; & pourquoi Rabelais met un Parnaffe, & par conféquent des Poètes, dans une Ile de Voleurs. J'ai indiqué les larcins littéraires. Mais indépendemment de ces larcins, les Poètes & les Voleurs peuvent être mis enfemble par une raifon plus générale: c'eft que communément les uns & les autres [pour parler Rabelais] font enfans de *la bonne Dame Penie aultrement dicte Souffreté, Mere des neuf Mufes.* Voyez le Chapitre LVII.

6. Panurge avoit grand' peur qu'on ne mît pied à terre dans l'Ile de Ganabin. Et entr'autres difcours que lui dicte fa poltronnerie: *N'y defcendez pas*, dit-il, *de grace. Mieulx vous feroit en Averne defcendre. Efcoutez. Je y oy par Dieu le tocquefing horrificque, tel que jadis foulôient les Guafcons en Bourdelois faire contre les Guabelles & Commiffaires. Ou bien les aureilles me cornent.* C'eft une allufion manifefte au foulèvement d'Angoulême & de Bourdeaux, dont j'ai parlé dans mes Remarques fur le Prologue de ce quatrième Livre. J'obferverai même en paffant que Rabelais femble avoir décrit une partie de cette affaire dans le Chapitre XXIII du Livre II, lorfqu'il fait partir Pantagruel de Paris pour repouffer les *Dipfodes* qui avoient affiégé la grande Ville des *Amaurotes*: Car quoique j'aye prouvé que ce qui eft dit des Dipfodes fe rapporte raifonnablement à la Guerre de Picardie, il ne faut pas oublier que notre Auteur, comme je l'ai auffi fait voir, décrit quelquefois deux chofes en même tems. Ce foulèvement d'Angoulême & de Bourdeaux eft-à-peu-près de la même date que le mariage d'*Antoine de Bourban* [notre Pantagruel] avec la fille de la Reine de Navarre: & ce mariage eft repréfenté felon mon commentaire, par la naiffance de Pantagruel, dont la Reine de Navarre eft cenfée être Mere fous le nom de *Badebec*, fille du Roi des *Amaurotes*. Or elle étoit réellement fille de Charles d'Orléans Comte d'ANGOULEME: & comme telle, Rabelais pouvoit fort bien la dire fille d'un Prince AMAUROTE, *effacé, évanouï, qui ne paroiffoit plus*, depuis que le titre illuftre de *Comte d'Angoulême* avoit été effacé par le titre de *Roi de France* en la perfonne de François premier, fils de Charles d'Orléans, & frere de Margurite cenfée Mere de Pantagruel. D'ailleurs il y a un rapport fenfible entre le fujet du foulèvement d'Angoulême ou l'Etabliffement des Greniers à Sel, & la *Barque pleine*

pleine de fel que Pantagruel porte à fa ceinture dans le Chapitre XXVIII du Livre II, allant en cet équipage *femer le fel* parmi les Dipfodes, à qui il en *remplit tout le goufier*, *tant que ces paovres haires touffiffoient comme Regnards*. Plufieurs des Mutins furent pendus: Et peut-être le furent-ils par l'avis d'*Antoine de Bourbon*, qui fous le nom de Pantagruel eft repréfenté comme inventeur du *Pantagruélion* ou du Chanvre: *je ne dy pas quant à la plante, mais quant à un certain ufaige, lequel plus abhorré & haï des Larrons: plus leur eft contraire & ennemy, que n'eft la teigne & cufcute au Lin: que le Roufeau à la Fougere: que la Prefle aux Faulcheurs:... que le Nenufa & Nymphea Heraclia aux ribaulx Moynes: que n'eft la Ferule & le Boullas aux Efcholiers de Navarre:.. la femence de faule aux Nonains vicieufes ... la Cigue aux Oifons &c.* Voyez le Chapitre XLIX du Livre III. —— A la vérité je ne faurois prouver qu'Antoine de Bourbon foit venu affifter contre les Mutins, fon Beau-pere le Roi de Navarre, alors Gouverneur de Guienne. Mais comme le Connêtable de Montmorenci, qui tout nouvellement avoit commandé en Picardie avec Antoine de Bourbon, fut envoyé à la tête d'une Armée pour vanger l'Autorité royale de l'infulte des Provinces qui s'étoient foulevées, il eft affez vraifemblable qu'Antoine de Bourbon l'y accompagna. Les Hiftoriens n'en auront rien dit, parce qu'il n'y fut peut-être qu'en qualité de Volontaire, & que le cas n'étoit pas affez important pour éxiger qu'on y eût employé à la fois un Roi de Navarre, un Connêtable de France, & un Prince de la Famille royale. Mais cela même peut avoir déterminé notre Auteur fatirique à parler de cette Expédition pour la tourner en ridicule: Car il n'y avoit certainement aucun honneur pour Antoine de Bourbon à y avoir part, & cela encore fous le commandement d'autrui, fuppofé même qu'il ne s'en fût mêlé que par une complaifance de Nouveau-Marié pour la Princeffe de Navarre & pour les Parens de cette Princeffe qu'il n'avoit époufée que depuis peu.

R E M A R Q U E S

SUR LIVRE IV. CHAPITRE LXVII.

LA peur de PANURGE, accrue par le *tonnoire des Canonnades*, le rend fou pour quelques momens. On le voit paroître *comme ung Boucq eftourdy, en chemife, ayant feullement ung demy bas de chauffes en jambe ... tenant en main ung grand foubelin attaché à l'aultre demy bas de fes chauffes: & égratigné de gryphes par* le célèbre Chat RODILARDUS, lequel il prend pour *ung Diableteau à poil follet qu'il avoit n'aguieres, dit-il, cappiettement happé en Tapinois à belles moufles d'ung bas de chauffes, dedans la grande Hufche d'Enfer.* Le nom de *Rodilardus*, équivalent à celui de *Croquelardon*, pourroit bien défigner quelque Parafite: & peut être que tout ce paffage fait allufion à quelque avanture de MONTLUC, mais qui n'eft plus connue. Le mêlange de poltronnerie & d'impudence qu'on trouve ici dans le caractère de Panurge, femble imaginé exprès pour repréfenter celui de l'Evêque de Valence, dont la hardieffe & la timidité font également remarqua-

bles

bles dans l'histoire que j'ai rapportée, du Sermon qu'il prêcha devant la Reine *Catherine de Médicis*. Il eut assez de courage pour prêcher en manteau & le chapeau sur la tête comme un Ministre de Genève: mais deux mots du Connétable de Montmorenci déconcertèrent si bien le Prédicateur au milieu de son Sermon, qu'il lui fut impossible de l'achever, quoique la Reine le protégeât, & que la présence de cette Princesse le mît à couvert de toute violence (*).

A l'occasion de la peur de Panurge, Rabelais fait un conte que je mets au nombre de ces endroits que j'aurois pu absolument passer sous silence. Mais il y a des gens de lettres qui regardent la suppression du moindre article comme une *mutilation*. Il s'agit du Conte que fait Rabelais d'*Edouard le Quin* Roi d'Angleterre, & de ce fameux Fripon, *François Villon*, dont j'ai déja parlé à l'occasion du Chapitre XV. N'en déplaise à Rabelais, son conte est aussi faux que vilain. On ne conçoit pas comment un homme aussi savant que lui a pu ignorer qu'EDOUARD LE QUIN mourut Enfant, & ne pouvoit pas par conséquent avoir été *constipé sus ses vieulx jours*. Il ne pouvoit pas non plus avoir connu Villon, qui devoit avoir été pendu avant le règne & peut-être même avant la naissance de ce Prince, si nous nous en rapportons à Pasquier (†). —— Je soupçonnerois volontiers qu'il y a ici quelcune de ces fautes d'impression que j'ai trouvées par milliers dans les Editions même les plus correctes de mon Auteur qui me soient tombées entre les mains. Mais quand nous supposerions qu'*Edouard* V se rencontre là pour *Edouard* IV, le Conte n'en seroit guère moins incroyable. Edouard IV n'a jamais été assez âgé pour s'entendre railler sur ses *vieux jours*: & il avoit une réputation de bravoure assez bien établie pour empêcher qui que ce fût

(*) Si l'histoire est véritable, le fait n'arriva que vers l'an M D. LXI. Voyez l'Article (g) des *Observations* sur les *Remarques générales*.

(†) Pasquier ne dit point du tout ce que Mr. Le Motteux lui fait dire. Il insinue même le contraire. Voyez les *Recherches de la France*, Livre VIII. Chapitre LX. Voyez aussi la Remarque de Mr. Le Duchat sur l'endroit en question de Rabelais. Si l'historiette dont il s'agit a quelque fondement, il faut que Rabelais ait voulu parler d'*Edouard quatre*, qui commença à régner la même année qu'on dit que Villon passa en Angleterre: savoir en M. CCCC. LXI. Rabelais pourroit prendre l'un pour l'autre par inadvertence, supposé qu'il eût lu ou qu'il eût ouï dire que la chose étoit arrivée en M. D. LXXXIII. Car quelque savant qu'il fût, il pouvoit fort bien n'avoir pas l'Histoire d'Angleterre assez présente à l'esprit pour se rappeler qui étoit Roi d'Angleterre cette année-là: Et si pour s'en éclaircir il se contenta, comme cela se peut encore, de consulter à la hâte quelque Ouvrage historique ou Chronologique, il ne sera point surprenant qu'il y ait trouvé sous cette même année Edouard V, puisque ce fut effectivement dans le cours de cette année que mourut Edouard IV, son prédécesseur immédiat, qui pouvoit avoir donné lieu à une bouffonnerie de Villon très-peu de tems avant que de mourir. Il se peut aussi que Edouard *le quin* ait été mis pour Edouard *quatre*, par quelque autre Auteur à qui Rabelais se sera fié trop légèrement. Mais cela ne prouve pas que le conte soit faux. Ce que le Conte fait dire à Villon n'est pas exact, je l'avoue: Edouard IV n'étoit ni vieux ni poltron; mais cela même rend le conte croyable. Ce n'est qu'à un Prince encore jeune & reconnu pour vaillant, qu'un bouffon peut parler de sa vieillesse & de sa poltronnerie. Un reproche manifestement faux est un éloge flateur. La circonstance du nom du Médecin peut être fausse, sans que cela tire à conséquence contre le fait principal. Il y a, au reste, dans le Conte de Rabelais, une expression qui est remarquable. Le Roy d'Angleterre dit à Villon *Vos Roys François*. C'est ainsi que les Anglois encore aujourd'hui affectent de s'exprimer. *The French King* Ils n'accordent qu'à leurs propres Rois le titre de *Rois de France*.

fût de lui rien dire qui approchât de ce prétendu difcours de Villon : *fi d'abondant vous aviez icy en painčture la grande Oriflambe de France à la veuë d'icelle vous rendriez les boiaulx* &c. Si ce Prince ne fut pas une des meilleures Têtes, il fut au moins un des plus braves Guerriers de fon tems. On le vit jufques à neuf fois payer de fa perfonne en bataille rangée, & prefque toutes les fois combattre à pied.——Je finirai en remarquant que les Vers de Villon fur la Sentence qui le condamnoit à être pendu, font rapportez autrement par *Pafquier* que par *Rabelais*. Les voici tels que Pafquier les donne.

> *Je fuis François dont ce me poife,*
> *Né de Paris, prés de Pontoife,*
> *Or d'une corde d'une toife*
> *Sçaura mon col que mon cul poife.*

R E M A R Q U E S

S U R L E L I V R E V.

R E M A R Q U E S S U R L E P R O L O G U E (a).

LE prologue du Livre V, commence par cette queftion : *pourquoy eft-ce qu'on dič maintenant en commun proverbe* : *LE MONDE N'EST PLUS FAT?* A quoi l'Auteur ne répond que par certains vers prophétiques, tirez d'un Livre imaginaire qu'il intitule, *La Cornemufe des Prélats* (b). Voici les Vers :

> L'An Jubilé que tout le monde raire,
> Fadas fe feit, eft fupernumeraire
> Au deffus trente. ô peu de reverence !

Fat

(a) Ce Prologne eft précédé d'une Epigramme de quatre vers, au bas de laquelle on lit, comme en guife de fignature, ces deux mots *Nature quitte* : fur lesquels Mr. Le Duchat nous dit : ,, Que ce foit ici l'Anagramme ,, d'*Ant. Tiraqueau*, comme le prétend l'Auteur ,, du Rabelais Anglois, ou celle de *Jean Tur-* ,, *quet* autre contemporain & bon ami de Ra-,, belais, comme il y a bien plus d'apparen-,, ce, toujours refulte-t-il de là que Rabelais ,, doit-être l'Auteur du V. Livre &c ". La conjecture de Mr. Le Motteux citée dans ce paffage, ne fe trouve point parmi fes *Remarques*. Il faut qu'elle ait été tirée de fa *Vie de Rabelais*, p. m. XXIII & XXIV : où, après a-

voir rapporté le vers en queftion, il ajoute : *Thefe lines [fubfcribed Nature quitte] Seem to be a Kind of an, Anagramme, perhaps made by the great Civilian* TIRAQUEAU. Ce que j'ai inféré entre deux crochets a été mis par Mr. Le Motteux au bas de la page en forme de note. Il fait au refte une autre remarque fur les vers mêmes. Cette Epigramme femble prouver, felon lui, que Rabelais étoit mort lorfque fon cinquième Livre fut publié.

(b) Imaginaire ou réel, ce Livre eft un de ceux qui fe trouvent dans le Catalogue de la *Librairie de Sainct Victor*. Voyez Rabelais, Livre II. Chap. VII. & la Remarque 45 de Mr. Le Duchat fur ce Chapitre.

Fat il fembloit: mais en perfeverance
De longs brevets, fat plus ne gloux fera;
Car le doux fruit de l'herbe efgouffera,
Dont tant craignoit là fleur en prime vere.

L'AN JUBILÉ, c'eft l'an M. D. XXV, fameux par le Jubilé qui s'y célébra fous le Pontificat de *Clément VII.* Ce fut alors que *tout le monde*, encore *fadas*, fe laiffa tondre, ou *fe feit raire*, par les Vendeurs de Pardons, d'Indulgences, & de telle autre quinquaille de la Cour de Rome.   Mais ce même Jubilé
EST SUPERNUMERAIRE AU DESSUS TRENTE: C'eft-a-dire que paffé l'an mil cinq cens *trente*, les Jubilez ne feront plus de mife comme auparavant, parce que cette année fera l'Epoque du Rétabliffement des Sciences, Rétabliffement fatal à la Superftition. Ce fut effectivement en M. D. XXX, que François premier commença à mériter le titre qui lui eft refté de *Reftaurateur des Lettres*. Je trouve deux Auteurs, *Belleforeft* & *Lambin*, qui difent que ce Prince établit les douze Profeffeurs Royaux en M. D. XXXI (c): Mais *Du Tillet*, qui rapporte au long ce que ce même Prince avoit fait ou projetté pour le bien des Lettres, m'autorife à marquer l'an M. D. XXX. *Génebrard*, qui fut lui-même dans la fuite un des douze Profeffeurs Royaux, s'accorde avec Du Tillet: *Anno* 1530, *Guilhelmo Budæo & Johanne Bellaïo hortantibus, Regios Linguarum Profeffores inftituit (d).* Et le Pere *Pétau* à fon tour eft pour moi: *Multum huic Principi debent Gallicanæ Litteræ: nam illius liberalitate accitis undique Viris omni artium genere excultis, publicæ Scholæ honeftis ftipendiis Lutetiæ conftitutæ funt, anno* 1530 *&c.* (e). Or on ne fauroit douter que tous ces hommes favans & pieux *litterati & pii*, comme les qualifie le Pere Pétau, n'ayent beaucoup contribué à rendre le monde moins fot ou moins *fadas*, & n'ayent confidérablement avancé les affaires de la Réformation. —— Il fe pourroit, au refte, que l'*Au deffus TRENTE* de Rabelais fignifiât *Depuis le Concile de Trente:* Concile affemblé dans un tems où l'on étoit déja affez bien fondé à dire que le règne de l'Ignorance & de la Superftition tiroit vers fa fin.

O

(c) Je ne faurois juger de ce que difent ces Auteurs: je ne les ai point: Mais comme les Profeffeurs Royaux, ainfi que l'affûre pofitivement *Etienne Pafquier*, ne furent pas tous établis en même tems, on conçoit fans difficulté pourquoi des Hiftoriens qui confidèrent cet établiffement en général, ne s'accordent pas à le placer précifément fous la même année les uns que les autres. *Mézerai* en parle dans fon Abregé Chronologique fous l'An XXXI : & *Henri de Sponde* qui en fait autant, le fait néanmoins de telle manière que fa narration, fi j'ofe ainfi dire, rétrograde vifiblement vers l'année précédente. Les deux Auteurs de Mr. Le Motteux pourroient donc bien être affez excufables fur le choix de l'année: & il me femble voir dans ce qu'il leur fait dire, une inexactitude d'un autre genre

qu'on ne leur pafferoit peut-être pas fi facilement. Ils parlent de *douze* Profeffeurs Royaux établis en M. D. XXXI, par *François premier*. Il en falloit mettre un de moins. Il n'y eut *fous le Regne de François I. qu'onze places deftinées à ce noble & royal exercice*, & *la* 12. *érigée*... *par le Roi Henri Second en faveur de Pierre Ramus, fous le titre de Profeffeur du Roy en l'Oratoire & Philofophie.* Ce font les propres termes d'Etienne Pafquier dans fes *Recherches*, Liv. IX, Ch. XVIII, qui roule tout entier fur l'établiffement des Profeffeurs Royaux.
  (d) Mr. Le Motteux cite, *Genebrard in Clemente VIII.* C'eft peut-être une méprife de VIII pour VII.
  (e) Mr. Le Motteux cite *Petav. Ration. Temp. Part. I. Lib. VI.* Lifez, *Lib.* IX. *Cap.* XI.

Ô PEU DE REVERENCE! FAT IL SEMBLOIT: C'eſt-à-dire, que les Sots qui s'étoient laiſſé tondre parurent bien ſots quand le tems fut venu pour le monde de n'être plus *fadas*: & que malgré la *révérence* qu'on a toujours pour l'Egliſe, on ſe moqua d'eux, ou du moins on les regarda en pitié.

MAIS EN PERSEVERANCE DE LONGS BREVETS, FAT PLUS NE GLOUX SERA. Ces *longs Brevets* pourroient ſignifier la *Bible* par oppoſition aux *Bréviaires* de l'Egliſe Romaine, où ce qui eſt pris des Livres ſacrez a auſſi peu d'étendue que le reſte en a beaucoup. Les longs Brevets peuvent ſignifier au moins les Ouvrages, ſouvent fort longs, que publioient les Savans d'alors, & qui malgré leur longueur ſe faiſoient aſſez lire pour deſabuſer le Peuple, en ſorte que par ſa perſévérance à en faire uſage il apprenoit à penſer, & n'étoit plus *fat*, ni *gloux* de Superſtitions (f).

CAR LE DOUX FRUICT DE L'HERBE ESGOUSSERA DONT TANT CRAINGNOIT LA FLEUR EN PRIME VERE. C'eſt-à-dire que la Vérité qui avoit été ſi long-tems cachée, comme les fèves dans leur coſſe, ſera découverte au monde: & que ſi elle a d'abord été regardée comme un poiſon, on ne s'en repaîtra pas moins comme d'un fruit délicieux, dès qu'une fois on en aura goûté.

Par ce *fruit à eſgouſſer*, nous pouvons auſſi entendre l'Ouvrage même de Rabelais, ou plutôt les Véritez qu'il y a cachées ſous une enveloppe allégorique (g): & fixer ainſi l'époque du rétabliſſement des Sciences à l'an *mil cinq cens cinquante* (h): Car c'eſt-là le tems où ce cinquième Livre fut écrit, quoique pour des raiſons de prudence il n'ait été publié qu'après la mort de l'Auteur: & ce fut alors auſſi que les Sciences rétablies commencèrent à fructifier d'une manière ſenſible. De là l'aſſûrance avec laquelle il prédit l'oubli où vont tomber *ung tas de Livres qui ſembloient floridés, florulens, floris comme beaulx Papillons, mais au vray eſtoient ennuyeux, faſcheux, dangereux, eſpineux & tenebreux.*

Le mot de PAPILLONS eſt là vraiſemblablement par alluſion au *Pape*, qui dans la *Pantagrueline Prognoſtication* eſt appellé *Roy des Papillons* (i).

C'eſt

(f) Par un peuple *gloux* Mr. Le Motteux paroît entendre un peuple *goulu*, qui gobe tout, pour qui tout eſt bon. Et le terme de GLOUX, ou GLOUS, eſt effectivement le même que notre ancien GLOUT, dont on a fait enſuite GOUTON.

Charibdis comme avide & gloute
Les Barges deveure & transgloute.
Ovide MS.

J'emprunte cette remarque du Dictionnaire Gaulois de *Borel*: & je la mets ici en faveur de ceux à qui elle peut être néceſſaire, parce qu'il s'agit d'un mot que Mr. Le Duchat n'a point expliqué & qui n'eſt point dans le Dictionnaire de Trévoux.

(g) Rabelais dit lui-même, en parlant des *febves en gouſſe*, que *ce ſont ces joyeux & fructueux*

Tome. III.

Livres de Pantagrueliſme.

(h) Rabelais lui-même dit encore, que les *meilleurs interpretes de ſes vers prophétiques expoſent l'an Jubilé paſſant le trentieſme, eſtre les années encloſes entre ceſt aage courant l'an mille cinq cens cinquante.* Mais notez au reſte que cela eſt dans le *Prologue* qui ne fut écrit vraiſemblablement qu'après le Livre même, dont la compoſition ſe rapporte plus naturellement à l'an M. D. XLIX. Voyez ci-deſſous, les Obſervations (u) & (x).

(i) Ce badinage m'en rappelle un autre que je me ſouviens très-bien d'avoir lu quelque part, quoique je ne puiſſe pas dire où: C'eſt que le Pape *Jean VIII* paſſa pour Pape juſqu'à ce qu'un jour on vit ſortir du prétendu Pape un Papillon qui fit juger que s'il étoit Pape c'étoit donc un Pape femelle. J'ai dans l'eſprit que c'eſt Etienne Paſquier qui a dit cela,

[P]   ob

C'eſt pour confirmer ce que j'avois dit du deſſein de mon Auteur, que j'ai entrepris d'expliquer ſes vers prophétiques. J'avoue qu'il y paroît d'abord auſſi inintelligible que *Noſtradamus.* Mais il auroit trop riſqué à être plus clair. Il lui ſuffiſoit d'être entendu de ſes bons amis, le Cardinal *du Bellay,* le Cardinal *de Châtillon,* l'Evêque de *Maillezays,* André *Tiraqueau,* & tels autres Ennemis de l'Ignorance. Obſervez comment il ſe jette tout-à-coup ſur les louanges de *Colinet,* de *Marot,* de *Saingelais,* & *aultres Poëtes & Orateurs Galliques,* comme s'il trouvoit lui-même l'entier accompliſſement de ſa Prophétie dans les progrès de la Rhétorique, de la Poéſie, & de la Langue Françoiſe. Ce n'eſt-là manifeſtement qu'une adreſſe pour donner le change à certains Lecteurs. Il ne laiſſe pourtant pas d'inſinuer qu'il prétend, ainſi qu'Eſope, à l'*office d'Apologue:* Auſſi compare-t-il ſon Livre à une *bonne & belle panerée de febves* qu'il faut *eſgouſſer, & devorer.* Il parle encore des *haults myſtères* qui y ſont *compris;* & promet à ceux qui les étudieront ſérieuſement, qu'ils *entreront en poſſeſſion & reputation ſinguliere, comme en cas pareil feit Alexandre le Grand des Livres de la prime Philoſophie compoſez par Ariſtote.* Il s'agit là, ſans-doute, de ces Livres *Acroamatiques* qu'Ariſtote écrivit d'une manière preſque inintelligible, diſant après cela qu'il l'avoit fait exprès. Rabelais en pouvoit dire autant. On en jugera par mes Remarques ſur cette dernière Partie, la plus belle au-reſte de tout l'Ouvrage *(l).*

REMARQUES
SUR LE CHAPITRE I.

L'Iſle Sonnante ne peut être que l'Egliſe Romaine, où tout ſe fait au ſon des Cloches, *groſſes, petites & médiocres,* ſans parler des Clochettes. Et tout ce qui eſt dit de l'Ile ſonnante dans les Chapitres ſuivans ne peut guère s'appliquer qu'au Clergé Catholique *(m).*

On ſe trompe groſſièrement lorſqu'on s'imagine qu'elle repréſente l'Angleterre,

ou quelque choſe d'approchant; mais je ne ſaurois retrouver l'endroit.

(l) C'eſt le ſentiment de Mr. Le Motteux. On pourroit nommer d'habiles gens qui ne penſent pas tout-à-fait de même. Il y a qui doutent beaucoup que le cinquième Livre ſoit de Rabelais. Je ne me charge point de faire valoir leurs raiſons: Mais je ne puis m'empêcher de reconnoître qu'ils ne me paroiſſent jamais plus forts que lorſqu'ils ſoutiennent que le cinquième Livre eſt inférieur aux quatre autres, quoiqu'au reſte il ait bien ſon mérite. Il faudroit entendre là-deſſus l'illuſtre Mr. de Moivre, qui avec ſon *Génie* tranſcendant pour les Mathématiques, a un goût très-vif

pour les grandèz beautez de Corneille, de Molière, de la Fontaine, de Rabelais, & qui eſt bien éloigné de regarder le cinquième Livre comme le plus beau. Mr. Le Duchat lui-même, dans ſa Préface, ſemble accorder quelque choſe ſur cet article: Il ſoutient ſimplement que le génie de Rabelais, qu'il croit retrouver dans le cinquième Livre, s'y découvre *dans un degré où il n'eſt pas naturel qu'autre que Rabelais ait pu atteindre.* Ces expreſſions ménagées ſont d'un homme qui craignoit de dire nettement que le cinquième Livre n'eſt point inférieur aux Livres précédens.

(m) Le *Clergé,* dans toute l'étendue du terme: *Séculier & Régulier.*

TERRE, où la Réformation étoit établie, fous Edouard VI, quand Rabelais é-
crivoit ce Livre. J'avouerai qu'il parle des CHEVALIERS DE LA JARRE-
TIERE dans le Chapitre V : Mais il les y diftingue manifeftement des Naturels
du Payïs, ainfi que des *Chevaliers de Malte*, qui comme les autres *Oyfeaulx gour-*
mandeurs, font placez avec raifon parmi les *Abbegaux & Monagaux*, puifqu'ils
font vœu de Célibat, difent leur Bréviaire, & poffèdent des Bénéfices : Au lieu
que les Chevaliers de la Jarretière font appellez dans le même Chapitre *Oyfeaulx*
de proye terribles, non toutesfois venants au leurre ne recongnoiffants le guant, fonfen-
tendez, *du Fauconnier Romain* (n). D'ailleurs, lorfque dans le Chapitre VI, l'on
demande à *Editue* d'où provient dans l'Ile fonnante une abondance *de tant de biens*
& frians morceaulx ; s'il répond d'abord *De tout l'aultre Monde*, il ajoute incontinent,
Exceptez moy quelcques Contrées de Regions Aquilonaires, lesquelles depuis quelcques
certaines années ont meu la Camarine. Il en eft tout autrement des Payïs Catholiques, & de la France en particulier, repréfentée par la Tourraine dans les paroles fuivantes : *Vrayement, dift Editue, vous ne feuftes onsques de maulvaife Pie cou-*
vez, puifque vous eftes de la benoifte Touraine. De Touraine, tant & tant de biens
annüellement nous viennent, que nous feut dict ung jour par gents du lieu par-cy paffants,
que le Duc de Touraine n'ha en tout fon revenu, dequoy fon faoul de lard manger par
l'exceffifve largeffe que fes predeceffeurs ont faict à ces Sacro-Sainct Oyfeaulx, pour icy
de Phaifans nous faouller, de Perdreaulx, de Gelinotes, Poulles d'Inde, gras Chappons
de Loudunois, venaifon de toutes fortes, & toutes fortes de gibier.
Le petit bon homme nommé BRAGUIBUS qui donna aux gens de Panta-
gruel, dans le Chapitre premier, *pleine inftruction de toute la fonnerie, nous feit*
[dit l'Auteur] *quatre jours conféquents jeufner* affermant qu'en *l'Ifle fonnante* aultrement receus ne ferions parce que lors eftoit le jeûne de quatre-temps. C'eft ainfi qu'on
eft initié ou introduit dans le Clergé de l'Eglife Romaine. Les Ordinations s'y
font aux Quatre-temps, & fe rencontrent par conféquent avec des Jeûnes,
dont Rabelais fait fentir l'abus ; fans en blâmer pourtant l'inftitution, qui peut
être très-louable, mais qui n'empêche pas au refte que plufieurs de ceux qui
s'y foumettent ne foient affez difpofés à dire avec Panurge, *Puifque vous eftes*
tant obftinez & que nous tenez, jeufnons doncques, & bien vifte jeufnons, afin que
desjeufner puiffions (o).

R E-

___

(n) Du *Fauconnier Romain.* Ces paroles font
prifes d'une Remarque de Mr. Le Duchat. Je
les ai inférées ici parce qu'elles expliquent la
penfée de mon Auteur.
(o) *Puifque vous eftes tant obftinez & que nous*
tenez, jeufnons doncques & bien vifte jeufnons, a-
fin que desjeufner puiffions; de par la Famine jeuf-
nons, puifqu'entrez fommes en ces Feries efuriales.
Ces paroles ne font qu'une traduction [que
je fuis obligé de hazarder] de la Traduction

Angloife de Mr. Le Motteux, dans laquelle
il y a un jeu de mots pouffé encore plus loin.
Since you are fo ftedfaft, and have us faft; let us faft
as faft as we can, and then breakfaft in the name of
famine; now we are come to thefe efurial idle days.
Je ne fais s'il y a cela ou quelque chofe d'équivalent dans quelque Edition : Mais dans celle
de Mr. Le Duchat il y a fimplement : *Jeufnons*
de par Dieu, puifqu'entrez fommes ès Feftes efuria-
les.

REMARQUES

SUR LE CHAPITRE II.

LEs jeufnes parachevez, Pantagruel & fes Compagnons, à la recommandation de l'Hermite Braguibus, font très-bien reçus par *Albian Camar, Maiftre Editue de l'Ifle fonnante.*

CAMAR, en Hébreu, eft un nom donné à des Prêtres Idolâtres. St. Jérôme le rend en Latin par *Arufpex*, auffi bien que par *Ædituus* (p). On peut juger par le choix de ce nom, quel cas Rabelais vouloit que nous fiffions des habitans, des facrifices & des myftères de l'Ile fonnante.

Camar dit à fes Etrangers qu'*elle avoit premierement efté habitée par les Siticines*, mais que *par ordre de Nature ... ils eftoient devenus Oifeaulx*. Les SITICINES é-toient, dans le Paganifme, ceux qui avoient coutume de chanter des chants lu-gubres fur les corps morts (q). Et que deviendroient tant de Prêtres de l'Eglife Romaine, fans leurs *Obits*, fans leurs *Trentains*, fans leurs Meffes pour les Tré-paffez?

Ce n'eft pas fans raifon, au-refte, que tous ces *Siticines* font repréfentez com-me autant d'OISEAUX. Cet emblême convient à des gens qui guindez bien haut fur les aîles de la Contemplation & d'une Sainteté fublime, laiffent bien loin au-deffous d'eux [fi on les en croit] ces vanitez terreftres, dans la fange defquelles nous rampons, nous autres gens du monde, comme autant de mi-férables vers de terre. Rabelais infinue ce qui en eft, lorfqu'il dit que ces *beaulx Oyfeaulx... beuvoient & mangeoient comme hommes, efmeutiffoient comme hommes, en-duifoient comme hommes ... dormoient & rouffinoient comme hommes : brief, à les veoir de prime face euffiez diĉt que feuffent hommes, toutesfois ne l'eftoient mie, felon l'inf-truĉtion de Maiftre Edituë: mais proteftant qu'ils n'eftoient ny feculiers ny mondains.*

Leurs CAGES, qui étoient *grandes, riches, fumptueufes, & faiĉtes par merveil-leufe architeĉture*, repréfentent d'autant mieux des EGLISES, que l'on voit des *cloches pendantes au-deffus*, dans le Chapitre III.

Les divers PENNAIGES marquent les divers habillemens qui diftinguent les différens Ordres d'Eccléfiaftiques ou de Religieux. Le pennaige *tout blanc*, défigne l'habit blanc des Bénédiĉtins: Ceux qui l'ont *tout noir*, font les Auguf-tins: Le *gris* appartient aux Francifcains: Le *miparty de blanc & noir*, aux Ber-nardins: Le *rouge* aux Cardinaux: Le *blanc & bleu* à certains Chevaliers & Com-mandeurs. On fait au refte que la plûpart de ces couleurs font pareillement affeĉtées à certaines Religieufes: ce qui fait les *Clergeffes*, les *Monageffes*, les
Abbegef-

(p) Voyez la Remarque de Mr. Le Duchat fur les mots *Albian Camar*: Et notez ce que dit BUXTORFE dans fon grand *Lexicon*, col. 1052 fur le mot *Camar* ou *Coumar*. כֹּמֶר *Sa-crificulus, Sacerdos gentilis & idololatricus, Mona-*

chus, Hierophanta ... Judæi Monachos Chriftiano-rum hodie fic vocant.
   (q) Voyez *l'Alphabet de l'Auteur François*, au mot *Siticines.*

Abbegeſſes, les *femelles* en un mot de tous ces beaux Oiſeaux (*r*).

Il eſt remarquable encore que Rabelais les fait tous des OISEAUX DE PRO-
YE: Ce ſont des *ClerG*AUX, des *Prêtre*GAUX, des MonaGAUX, des Eves-
GAUX, des CardinGAUX, &c. (*s*).

Les CAGOTS à COLS TORS & PATES PELUES, dont *depuis trois cens ans
ne ſçay comment entre ces joyeulx Oyſeaulx eſtoit.. advolé grand nombre*; ces Cagots,
dis-je, ſont les FRANCISCAINS & les DOMINICAINS. Les *Cordeliers* y ſont
compris: ils ſont de l'Ordre de St. François: Et Rabelais avoit été Cordelier,
il parloit de ces Meſſieurs avec connoiſſance de cauſe. Auſſi ne ſouhaite-t-il
pas moins que *quelque ſecond Hercules* pour en *exterminer* la race.

R E M A R Q U E S

S U R L E C H A P I T R E III.

LE PAPEGAUT, unique en ſon eſpèce comme le *Phenix d'Arabie*, eſt inconteſtablement le PAPE.

Vray eſt, dit Rabelais, *qu'il y ha environ deux mille ſept cens ſoixante Lunes, que
feurent en nature deux Papegaux produicts, mais ce feut la plus grande calamité qu'on
veit oncques en ceſte Iſle.* C'eſt ce qui étoit effectivement arrivé, environ dix-
ſept cens ſoixante Lunes, c'eſt-à-dire environ cent quarante ans, avant que
notre Auteur écrivît (*t*): Et ce ſera pour déguiſer la choſe qu'il aura mis *deux
mille Lunes*, au lieu d'en mettre ſimplement *mille*, avec les autres *ſept cens ſoixante*. Peut-être auſſi qu'il y a *deux mille* pour *mille* par une pure faute d'impreſſion. Quoi qu'il en ſoit, je crois qu'il s'agit ici du SCHISME D'AVIGNON,
qui dura quarante ans, & pendant lequel on vit juſqu'à trois Papes à la
fois, ſavoir BENOIT *neuf*, GREGOIRE *douze*, & ALEXANDRE *cinq* (*u*) Ce
Schiſme

(*r*) Un peu de détail ou de préciſion dans
cet Article ne l'auroit pas gâté: mais tel
qu'il eſt il peut paſſer.

(*s*.) Mr. Le Motteux paroît ſuppoſer ici
que le mot de GAUX ſignifie *des Oiſeaux de
proye*. Je doute qu'il ait trouvé cela dans aucun Dictionnaire. Mais je m'imagine qu'il aura cru le trouver dans Rabelais lui-même, qui
au Chapitre V. de ce cinquième Livre s'exprime en ces termes: *le motif de leur venuë icy prés
de vous, eſt pour veoir ſi parmy vous recongnoiſ-
tront une magnifique eſpèce de* GAUX, OYSEAULX
DE PROYE TERRIBLES, &c. Mr. Le Motteux aura pris ces dernières paroles, *Oyſeaulx
de proye terribles*, pour une explication du nom
de *Gaux*; & ce nom même peut-être, pour
un nom réel de quelque eſpèce d'Oiſeaux.

(*t*) Si Mr. Le Motteux a compté *douze* Lunes pour l'année, c'eſt CXLVI Ans, VIII

Lunes: Et s'il a compté à *treize*, ce ne ſera
que CXXXV Ans, V Lunes. On verra tout-à-
l'heure l'uſage de cette petite obſervation.

(*u*) Ce que Mr. Le Motteux a dit du tems
où Rabelais écrivoit, ne nous fixe pas tellement à l'an M. D. L, que nous ne puiſſions
y joindre au moins une partie de l'an M. D.
XLIX. Or ſi de *mil cinq cens quarante-neuf* ans
nous en ôtons, comme il le veut, *cent quarante*, pour les Lunes myſtérieuſes de Rabelais,
le nombre des années qui nous reſteront ſera
mil quatre cens neuf: Et c'eſt effectivement en
M. CCCC. IX que fut élu ALEXANDRE
CINQ, qui mourut au commencement de l'année ſuivante, comme on le peut voir dans
Théodoric de Niem: De Schiſmate Lib. III. Cap.
LI-LIII. Il eſt vrai auſſi qu'il y avoit alors
deux autres Papes ou Anti-Papes, & que l'un
des deux étoit GREGOIRE DOUZE: Mais
Mr.

Schifme fut terminé par le Concile de *Conftance* qui commença en M. CCCC. XIV, & finit en M. CCCC. XIX (*x*).

R E-

Mr. Le Motteux fe trompe lorfqu'il défigne l'autre fous le nom de BENOIT NEUF. Celui dont il vouloit parler eft inconteftablement *Pierre de Luna*, appellé par quelques-uns BE-NOIT XI, par d'autres *Benoît XII*, par d'autres encore *Benoît XIII*, mais par perfonne, que je fache, *Benoît IX*.

(*x*) Le Schifme d'Avignon avoit commencé en mil trois cens LXXVIII, ou LXXIX, c'eft-à-dire environ CLXX ans avant le tems où Rabelais eft cenfé écrire, & non pas CXL, comme Mr. Le Motteux femble l'avoir fuppofé. Mais c'eft qu'il ne confidéroit point le Schifme dans fon origine, quoique les expreffions de Rabelais femblaffent l'exiger: *Il y ha environ deux mille fept cens foixante Lunes que feurent en nature deux Papegaux* PRODUICTS. —— Mr. Le Motteux ne peut pas non plus avoir confidéré le Schifme par rapport au tems où il fut terminé: Car il le fut proprement en M. CCCC. XVI. *Vid: J. Marii Belgæ de Schifmat. & Concil. Pars tertia: Cap. XIII.* Or de mil quatre rens feize à mil cinq cens *quarante-neuf*, où Rabelais écrivoit, il n'y a que C. XXXIII ans: ce qui ne peut certainement pas s'appeller *environ cent quarante*. —— Pendant le double Pontificat de *Benoît XIII* & de *Grégoire XII*, l'élection d'*Aléxandre V* fe fit en M. CCCC. IX: & il femble que ce foit là le point fixe de Mr. Le Motteux: Car d'un côté il nomme Aléxandre V, au Pontificat duquel on ne peut guères affigner d'autre année, que celle là, puifqu'il mourut au commencement de la fuivante: & d'un autre côté, fi vous comptez depuis M. CCCC. IX jufqu'à celle où Rabelais écrivoit, vous trouverez juftement les cent quarante ans de Mr. Le Motteux. Mais quelle apparence que Rabelais, qui ne parle conftamment que de deux Papes, ait voulu défigner le tems de leur Schifme par l'élection d'un troifième dont il ne dit mot, & qui ne commença ni ne finit le Schifme? Quelle apparence même que Mr. Le Motteux l'ait crû? —— Voici, felon moi, en quoi confifte fon erreur, qui eft affez plaifante dans un homme qui devoit favoir chiffrer. Suppofant toujours qu'il s'agiffoit du Schifme d'Avignon, & cherchant dans l'Hiftoire de ce Schifme quelque date remarquable, que Rabelais eût pu avoir en vûe, il aura confidéré entr'autres dates celle du tems où s'affembla le Concile qui termina le Schifme: & deffus il aura exercé fon Arithmétique. Le Con-

cile de Conftance s'affembla en M. CCCC. XIV. Or delà à M. D. XLIX, où fon Auteur écrivoit, il y a juftement les *mille fept cens foixante* Lunes auxquelles il a crû devoir fe borner, comme on l'a vu: Et ce nombre de Lunes combien fait-il? Je l'ai dit c'eft CXXXV ans, & *cinq* mois lunaires, qui peuvent être là pour *l'environ* du Texte énigmatique. Cela eft jufte. Mais comme il arrive quelquefois à ceux qui chiffrent mal, ou qui font diftraits, d'ajouter les fols reftans d'une Divifion aux Livres du Quotient, il aura par mégarde ajouté fes *cinq* Lunes reftantes au Quôtient de *cent trente-cinq*, comme fi elles étoient des années: Et voilà, à ce compte, *cent quarante* ans bien comptez, qui déduits de M. D. XLIX, laiffent M. CCCC. IX. Ce n'eft plus la date de l'Affemblée du Concile: Mais voyons, aura-t-il dit: l'an M. CCCC. IX nous fournira peut-être quelque autre chofe. Il aura feuilleté là-deffus fes Annales de Sponde: & il aura trouvé que cette année eft remarquable par l'élection d'Aléxandre *cinq*. Voilà trois Papes à la fois! Cette idée lui aura plu. Elle renchériffoit fur celle de Rabelais. Il aura mis au plus vite les trois Papegaux fur le papier, & n'aura pas fongé à refaire fa Divifion pour voir s'il n'y avoit pas erreur dans le calcul. —— Que Rabelais, au refte, ait été choifir l'année où s'affembla le Concile de Conftance: & que pour fe cacher encore davantage il ait mis fans néceffité *deux mille* au lieu de *mille* 760, ou que le *deux* ait été ajouté à *mille* par une faute d'impreffion, comme le conjecture Mr. Le Motteux; c'eft ce qui me paroit d'autant moins vraifemblable, qu'il ne feroit peut-être pas impoffible d'expliquer ce paffage de Rabelais plus naturellement. A *douze* Lunes par an, les *deux mille 760* Lunes font exactement *deux cens douze* ans: Et à compter pour un an *treize* Lunes, elles font *deux cens douze* ans & *quatre* Lunes qui ne doivent point ici entrer en ligne de compte. Or en rétrogradant [de l'année où Rabelais écrivoit] felon le premier calcul, on s'arrêtera à l'an *mil trois cens dix-neuf*; & felon le fecond calcul, à l'an *mil trois cens trente-fept*: ce qui fait une différence de *dix-huit* ans. Tout le myftère, à mon avis, confifte à admettre les deux calculs, & à partager la différence. Retranchez *neuf* ans de M. CCC. XXXVII: Ajoutez neuf ans à M. CCC XIX: Et vous tomberez juftement fur l'an *mil trois cens vingt huit* où PIERRE DE COR-

REMARQUES

SUR LE CHAPITRE. IV.

C'Eſt dans ce Chapitre qu'il eſt dit des *Clergaux* habitans de l'Iſle ſonnante, *qu'ils ſont touts Oyſeaulx de paſſaige* & *viennent de l'aultre Monde*, *part d'une Contrée .. laquelle on nomme Jour-ſans-pain* : *part d'une aultre .. laquelle on nomme Trop d'itieulx.*

L'AULTRE MONDE ſignifie les Laïques, les gens du monde, d'entre lesquels ſe prennent les Moines, les Prêtres, tous ceux qui compoſent le Clergé.

Le JOUR-SANS-PAIN, c'eſt la pauvreté. Car que ne fait-on pas plûtôt que de mourir de faim ?

Le nom de TROP-D'ITIEULX, marque la raiſon pourquoi les Parens ont coutume de deſtiner leurs Enfans à l'Egliſe ou au Cloître : c'eſt parce qu'ils ont *trop d'iceux* pour les pouſſer à leur gré dans le monde.

Les Oiſeaux qui RETOURNENT AU MONDE *où ils feurent ponnus*, ce ſont ceux qui après s'être conſacrez à l'Egliſe ou au Cloître, viennent à apoſtaſier, ſoit à la façon de LUTHER, de CALVIN, & de tels autres: ſoit ſeulement à la façon de RABELAIS, qui ſans ſe déclarer hérétique s'étoit rendu coupable d'Apoſtaſie en quittant le Cloître pour rentrer dans le monde. Je dis *Apoſtaſie* parce que c'eſt-là le Stile catholique (*y*).

Leur *pennaige laiſſé parmy* les ORTIES ET ESPINES, fait manifeſtement alluſion à la phraſe: *Il a jetté le froc aux orties.*

Le POT AUX ROSES DESCOUVERT peut déſigner l'Ouvrage de notre Auteur, où les Myſtères des Moines ſont dévoilez par un Moine Apoſtat.

RE-

CORBIERE fut ſolemnellement déclaré & reconnu Pape, ſous le nom de NICOLAS V, comme G·J·EAN XXII eût été mort. Voilà deux Papes à la fois. Voilà comment, 2760 Lunes avant que Rabelais écrivît, *furent deux Papegaux en nature produicts.* Obſervez encore que ſuivant Rabelais lui-même, le Schiſme dont il parle ne fut terminé que par la mort de l'un des Papegaux : ce qui difficilement s'expliqueroit par le Schiſme d'*Avignon*; mais qui s'explique fort bien par celui de *Nicolas* V & de *Jean* XXII. Car quoique l'Antipape *Nicolas*, en M. CCC. XXX, eût renoncé à ſon Pontificat, & eût été reçu à pénitence par le Pape *Jean*, ce dernier ne laiſſa pas de le tenir, juſqu'à ce qu'il y mourût, dans une bonne priſon, où on le traitoit en ami, mais où on le gardoit cependant comme un Ennemi. Voyez *Henri*

de Spondé, ſous l'an M. CCC. XXX. §. VII. ── Mr. Le Duchat, dans ſa Remarque ſur les Lunes de Rabelais, a fait une faute auſſi plaiſante que celle de Mr. Le Motteux. Voulant, par une règle de Souſtraction, déduire 230 ans de 1550, il a trouvé qu'il lui reſtoit 1380. C'eſt-à-dire qu'au lieu de ſouſtraire *trois* de *cinq*, il a ajouté cinq à trois, & a dit: *Qui de cinq ôte trois*, *reſte huit.* Il y a quelques autres petites fautes dans ſa Remarque: mais je les ai déja relevées indirectement. Je n'ai au-reſte que ſon Edition de M. DCC. XI.

(*y*) *Il quitta tout-à-fait l'habit de Religieux*, & *alla étudier en medecine à Montpellier ..... Le Cardinal du Bellai ... lui procura une Bulle d'*ABSOLUTION *de ſon* APOSTASIE. Ce ſont-là les propres termes de *Moréri* dans l'Article de *Rabelais.*

REMARQUES
SUR LE CHAPITRE V.

I. LEs Oiseaux appellez GOURMANDEURS sont en général les COMMAN-DEURS & CHEVALIERS de l'Ordre de Malthe.

Leur *marque au dessoubs de l'aesle gausche*, est la Croix qu'ils portent sur le cœur. Les différentes couleurs de leurs Marques, sont celles de leurs Croix, qui varient selon les Provinces auxquelles ils appartiennent (z).

Ils ne chantent jamais: c'est-à-dire qu'ils ne célèbrent point la Messe, qu'ils n'officient point, comme les Prêtres & les Moines. Ils en sont quittes pour dire leur Bréviaire (aa).

Mais ils repaissent au double: parce qu'ils ont de bons Bénéfices ou de bonnes Commanderies (bb).

Ils n'ont point de *Femelles*, dit Editue: Et en effet, il n'y a point de Femmes dans leur Ordre. Mais ils en trouvent ailleurs: Et la véritable réponse à cette question de Panurge, *Comment donc sont ils ainsi croute-levez, &c?* c'est qu'ils ne vont pas toujours à la guerre sainte. Comme ils font vœu de Célibat, il n'est pas étonnant qu'ils en viennent aux prises avec d'autres Infidelles que les Turcs (cc).

II. J'ai déjà parlé dans mes Remarques sur le Chapitre premier, de cette *magnifique espece de gaux* qui portent *jects aulx jambes bien beaulx & precieux avec inscription aulx vervelles, par laquelle qui mal y pensera est condamné d'être soubdain,* &c. Il n'y a personne qui à cette Devise ne reconnoisse l'Ordre de la Jarretière.

III. Les Oiseaux à qui l'on voit *au devant de leur pennaige porter le trophée d'ung Calom-*

(z) Je ne sai si Mr. Le Motteux entend par les différentes *Provinces* des Chevaliers de Malte, leurs différentes *Nations* ou *Langues.* Cètte différence empêche-t-elle qu'ils ne portent tous la Croix d'étoile *blanche*? Il me semble, sauf meilleur avis, que Mr. Le Motteux auroit mieux fait de dire qu'il s'agit ici en général des Ordres de Chevaliers religieux, & de chercher dans la différence des Ordres la différence des Croix. La Croix verte appartient aux Chevaliers de *St. Lazare.* Mr. Le Duchat l'a remarqué. Leur Ordre n'étoit plus confondu avec celui de St. Jean de Jérusalem quand Rabelais écrivoit. La Croix *rouge* appartient aux Ordres de *St. Jaques de l'Epée*, d'*Alcantara* de *Calatrava*: Et la Croix *bleue* à l'Ordre de *Saint Antoine*....

(aa) L'Ordre de Malte à ses *Prêtres* ou *Chapelains*, qui font toutes les fonctions de la Prêtrise, qui sont de l'Ordre & qui portent la Croix de l'Ordre: ce qui n'est pas même particulier à l'Ordre de Malte. L'exactitude auroit voulu que Mr. Le Motteux le remarquât. Libre à lui après cela de donner un tour à la chose pour l'ajuster à son Commentaire.

(bb) *De bonnes Commanderies.* Dans le stile de Rabelais ce sont de *riches* GOURMANDE-RIES.

(cc) L'exactitude vouloit encore qu'on remarquât qu'il y a des *Chevalières* du même Ordre que les Chevaliers de Malte. Ce sont les Religieuses Hospitalières de l'Ordre de Saint Jean de Jérusalem: & cet Ordre au reste n'est pas le seul Ordre Militaire religieux qui ait ses Chevalières. Témoin l'Ordre de Saint Jaques de l'Epée. Les Chevaliers de cet Ordre ont même la liberté de se marier, & ils l'avoient obtenue long tems avant Rabelais sans cesser pour cela de former un Ordre religieux. Ajoutez que cette liberté n'est point une prérogative particulière à leur Ordre.

Calomniateur, ne peuvent être que les Chevaliers de l'Ordre de St. Michel. Le Diable aux pieds de leur Saint, eſt le Calomniateur dont ils triomphent. Leur Ordre étoit le plus honorable en France du tems de Rabelais: car celui du *Saint Eſprit* fut inſtitué depuis, par Henri III.

IV. Ceux qui portent *une peau de Belier*, font d'abord reconnoître l'Ordre de la *Toiſon d'Or*.

R E M A R Q U E S

S U R   L E   C H A P I T R E   VI.

ON voit ici quelle eſt la vie des Oiſeaux de l'Ile ſonnante. *Ils ne labourent ne cultivent la terre. Toute leur occupation eſt , gaudir , gazouiller & chanter . . . Ils ſont douillets & en bon poinct des rentes qui leur viennent de tout l'aultre Monde. . .* Ce Chapitre eſt une Satire vive & ingénieuſe de la Bigoterie du Peuple [*peuple dis - je , des Grands , ainſi que des Petits*] qui ſe ruïne à entretenir des Hypocrites, francs Oiſeaux du proye, dans une molle & luxurieuſe oiſiveté. Les Oiſeaux *chantent* pour les Duppes qui les nourriſſent : Et puis c'eſt tout.

R E M A R Q U E S

S U R   L E   C H A P I T R E   VII (*dd.*)

CE Chapitre n'eſt pas à ſa place : & je ne ſai, qui pis eſt, quelle autre place lui aſſigner. Où je ſuis bien trompé, ou c'eſt un morceau que l'Auteur avoit préparé pour quelque Livre ſuivant : car le cinquième n'achève pas de remplir l'attente des Lecteurs, à qui le troiſième faiſoit eſpérer une Continuation où l'on verroit comment Panurge, au retour de l'Oracle de la Bouteille, ſeroit à la fin marié, & dès la première nuit de ſes nôces mari cocu. J'entrevois d'ailleurs quelque différence dans le ſtile, & quelque choſe qui cloche dans le ſens. C'eſt une ébauche, qu'on aura trouvée parmi les papiers de Rabelais a-près ſa mort, & que les Editeurs de ſon cinquième Livre auront enchaſſée ici à tout hazard pour la conſerver.

Quoi qu'il en ſoit, la fiction de l'Ile des Apedeftes eſt une Satire de certaines Cours de Juſtice. Tout le monde devine ſans peine ce que ſignifie le *grand Preſ-ſouer* de cette Ile, & ce qu'il faut entendre par les pauvres *Grappes* qui y ſont *preſ-ſurées*.   Le

---

(dd) Ce Chapitre, qui eſt le *ſeptième* dans les Editions ordinaires, eſt placé après le *quin-zième* & fait le *ſeizième* dans l'Edition de Mr. Le Duchat, conformément à celle de l'Iſle ſon-nante publiée ſéparément en M. D. LXII. Je me contenterai d'indiquer dans la ſuite entre deux crochets, la différence qui réſulte de-là pour les Chapitres ſuivans.

Tome. III.   [Q]

Le petit *Preſſouer*, appellé *Pithies*, déſigne clairement les *Beuvettes* où les Conſeillers & les Avocats vont ſe rafraîchir aux dépens de leurs Cliens. *Pithi* en grec veut dire *Boi* (*ee*).

R E M A R Q U E S

SUR LE CHAPITRE VIII. [ou VII.]

IL eſt évident que ce Chapitre devoit ſuivre immédiatement le ſixième. On peut obſerver ici que pluſieurs Religieux ſont obligez de ſe lever à minuit pour vaquer à la prière; & qu'Editue fait lever ſes hôtes *à minuit, pour boire* (*ff*).

Beuvons amis, dit-il, *beuvons treſtous*, *les plus maigres de nos Oyſeaulx chantent maintenant touts à nous, nous boirons à eulx s'il vous plaiſt*. Ces maigres Oiſeaux ſont les Novices, les Idiots qui y vont à la bonne foi, & ces Diminutifs de Moines, ces Miſérables, tels qu'il y en a par-tout, qui ſont faits pour être menez haut la main. Ils ſont ſouvent à chanter Matines pendant que les autres ronflent ou ſont encore à trinquer (*gg*).

L'Apologue du Rouſin & de l'Aſne, conté à Editue par Panurge, qui étoit paſſionné pour le mariage, inſinue aux Prêtres que le mieux pour eux ce ſeroit d'être mariez.

R E M A R Q U E S

SUR LE CHAPITRE IX. [ou VIII.]

ON voit dans ce Chapitre, *comment, à grande difficulté, feut monſtré Papegaut à nos Voyageurs, accroüé dans ſa Cage, & accompaigné de deux petits Cardingaux & de ſix gros Eveſgaux*.

Panurge *curieuſement conſidera ſa forme, ſes geſtes, ſon maintien*. Puis *s'eſcria à haulte voix, diſant: En mal an ſoit la Beſte, il ſemble une* D U P P E: c'eſt-à-dire ici une H U P P E: Oiſeau dont la tête eſt ornée d'une touffe de plumes qui repréſente

---

(*ee*) Voyez l'Alphabet de l'Auteur François au mot *Pithies*. Mr. Le Motteux le copie ici & en bien d'autres endroits. Je me contente quelquefois d'y renvoyer: & j'aurois peut-être du en uſer ainſi plus ſouvent.

(*ff*) C'eſt ainſi à-peu-près que Frere Jean paroît bien plus attentif au ſervice *du vin* qu'au Service *divin*. Liv. IV. Chap. X. ſur la fin.

(*gg*) Mr. Le Duchat entend par *les plus maigres de nos Oyſeaulx*, les Religieux-Mendians,

qui chantent leurs Matines à minuit: Et cette interprétation vaut peut-être bien celle de Mr. Le Motteux. Mais du reſte la diſtinction que fait celui-ci entre Moines qui ſavent être libres, & Moines idiots qui ſont faits pour être menez en eſclaves, me ſemble revenir parfaitement à la diſtinction que fait Rabelais lui-même, dans le Chapitre XI du Livre IV, entre *Moine moinant* & *Moine moiné*.

te affez bien la Tiâre ou la triple Couronne du Saint Pere: Oifeau de plus, qui par fon inclination à fe nicher dans l'ordure, encore mieux que par fa touffe de plumes, reffemble à plufieurs Papes, & nommément à JULES III, que Rabelais pouvoit avoir particulièrement en vûe.

La CHEVESCHE que Panurge apperçoit au deffous de la Cage de *Papegaut* fait peut-être allufion à l'hiftoire ou fable de la PAPESSE JEANNE: peut-être auffi aux MAITRESSES des *Papes*; Mais je croirois plutôt que cette prétendue Chevefche, dont Editue dit à Panurge, *Ce n'eft mie une Chevefche, il eft mafle, c'eft ung noble Chevechier*, défigne LE CARDINAL INNOCENT, qui ne fut favorifé du Chapeau rouge qu'en reconnoiffance des petits fervices qu'il avoit rendus à JULES III, lorfque celui-ci n'étant encore que Légat du Saint Siège à Boulogne, lui faifoit l'amour. Cette reconnoiffance du Pape lui mérita de la part du Cardinal un dévoûment fi marqué que l'on en parloit affez cavalièrement. Mais *Pafquin* fit leur apologie: Il foutint qu'Innocent n'étoit pas affez beau pour être le Ganymède de Jupiter (*bb*).

Les deux PETITS CARDINGAUX femblent repréfenter, ou quelques jeunes Cardinaux créez à même titre que le jeune *Innocent*; ou plutôt quelques BATARDS, foit du même Pape, ou au moins de fon Prédéceffeur, *Paul III.* qui avoit donné le Chapeau rouge à deux jeunes Garçons, Enfans de *Conftance*, fa fille naturelle. Sur quoi l'on peut voir la quinzième des Lettres de notre Auteur à Monfieur de Maillezais: où il appelle ces deux nouveaux Princes de l'Eglife les petits Cardinaux de *Santa Fiore*; & l'un des deux *petit Cardinalicule* (*ii*).

Le

(*bb*) Jean Marie Du Mont, ou De Monti fut couronné Pape & prit le nom de *Jules* III, au mois de Février M. D. L: & fon Mignon fut fait Cardinal environ trois mois après: de forte que Rabelais pouvoit fort bien l'avoir en vûe. Car quoique vraifemblablement fon cinquième Livre eût été commencé, peut-être même achevé, dès l'année précédente, il put y inférer dans la fuite quelques traits nouveaux felon que l'occafion s'en préfentoit, en attendant que fon Manufcrit fût imprimé: ce qui ne fe fit qu'après fa mort, arrivée feulement, dit-on, en M. D. LIII. Touchant les amours de *Jules* III, & la promotion du jeune *Innocent* au Cardinalat, voyez *Fra Paolo*, Livre III. au commencement de l'an M. D. L: & le *Pallavicin* au Livre XI. Les deux Hiftoriens ne diffèrent que par rapport à quelques petites circonftances; & en ce que le dernier paroît avoir peur de dire la vérité. — Remarquons au refte que le fait de la Pafquinade, rapporté par Mr. Le Motteux, eft conté un peu différemment par un Auteur qu'il cite quelquefois; & où je fuis bien fûr qu'il l'avoit lu. Je veux parler de *Jean Crefpin*, dont voici les paroles, p. 487, de *L'Eftât de l'Eglife*, imprimé chez *Jean Bavent* en M. D. LXXXII :

„ Le bruit couroit parmy la Ville de Rome,
„ & mefme cela eftoit divulgué par certains li-
„ belles diffamatoires, que Ganymedes eftoit
„ entretenu par Jupiter, encores qu'il ne fuft
„ pas beau.„ Cela eft copié de *Sleidan*; qui dit prefque mot pour mot la même chofe, vers la fin du Livre XXI. *fol. m.* 285. *verfo.*

(*ii*) Il s'agit d'*Aléxandre Farnefe* & de *Gui-Afcagne Sforce*, que Paul III fit Cardinaux, prefque immédiatement après fon avènement au Pontificat: le premier âgé feulement de quatorze ans, & le fecond de feize; comme on le peut voir dans *Fra Paolo*, Liv. l. à la fin de l'An M. D. XXXIV. Mr. Le Motteux fe trompe en les faifant tous deux fils de la Bâtarde de Paul III. Elle étoit bien mere d'Aléxandre Farneffe, mais l'autre étoit fils de Pierre Louïs, ou *Pietro Ludovico*, autre Bâtard du même Pape. Cela paroît par la Lettre même de Rabelais à laquelle Mr. Le Motteux nous renvoye. Rabelais n'appelle & ne pouvoit appeller que le premier *De Santa Fiore*; & c'eft en parlant du fecond qu'il employe le diminutif *Cardinalicule*. Mais Mr. Le Motteux a eu raifon au refte d'infinuer qu'ils paffoient tous deux pour être les *fils*, au même tems que les *petits-fils*, de leur grand-Pere: je

re-

LE GROS VILLAIN EVESGAUT à tefte verde, qui ronfle *foubs une feuïllade* avec trois *Onocrotales joyeulx*; & qu'une *jolie Abbegeffe*, laquelle *joyeufement chantoit*, ne pouvoit pourtant pas réveiller; c'eft JEAN DE LA CASE, Archevêque de Bénévent, & Nonce à Venife, fameux par fes Poéfies, & qui avoit fait entr'autres Ouvrages un Poême à la louange de la Sodomie (*ll*).

REMARQUES

SUR LE CHAPITRE X. [ou IX.]

LA defcription de l'ISLE DES FERREMENS, n'eft guère moins odieufe que l'hiftoire du *Papegaut* & de *l'Evefgaut*. Je laiffe à ceux qui aiment les faletez, & qui méprifent les bienféances, le foin de s'étendre fur ce Chapitre.

Tout ce que j'en dirai, c'eft qu'il paroît avoir du rapport à un Quatrain qui fe trouve dans le Prologue du Livre IV. (*mm*).

RE-

---

remarquerai feulement qu'il auroit pu ne fe pas contenter de l'infinuer d'une manière fi obfcure. Au moins me femble-t-il que dans la Lettre qu'il cite, Rabelais en parle plus clairement, fi toutefois j'en puis bien juger par la traduction de Mr. Le Motteux, car je n'ai point l'Original des Lettres dont il s'agit. Conférez ce que dit *Sleidan*, vers la fin du Livre XXI, fous l'an M. D. XLIX: dans l'endroit où il donne un Extrait de l'Ouvrage de *Bernardin Ochin*, ou publié fous fon nom, contre Paul III.

(*ll*) Jean de la Cafe paffe conftamment pour un Poëte fort licentieux: mais foit qu'il ait été affez infame pour célébrer la Sodomie, ou qu'on lui ait prêté cette infamie fans aucun fondement, au moins on ne doit en plus l'accufer fans quelque preuve bien authentique d'avoir fait un Ouvrage *De laudibus Sodomiæ*. Voyez l'Article de CASE [*Jean de la*] dans le Dictionnaire de Moréri. Je rapporterai cependant ce paffage de *Jean Crefpin*, qui paroît avoir fourni à Mr. Le Motteux ce qu'il dit ici, & qui peut mériter quelque attention. Du tems de „ ce Pape [*Jules III*] eftoit Jean de la Cafe, „ Florentin, Archevefque de Benevent, & Légat du Siege en toute la Seigneurie de Venife. Ceftuy-cy qui faifoit fi magnifique „ profeffion du Célibat Papiftique, n'a point „ eu de honte de compofer un Livre en rithme Italienne, auquel il loue & exalte ce „ péché horrible & détestable de Sodomie, „ voire mefmes jufques à le nommer œuvre „ divin: & afferme qu'il y prend fort grand „ plaifir, & qu'il ne cognoift point d'autre „ forte de paillardife. Le Livre a efté imprimé à Venife, chez un nommé Troian „ Nauw. „ Voyez *L'Eftat de l'Eglife* &c par Jean Crefpin, imprimé *chez Jean Bavent*. en M. D. LXXXII, in-octavo, p. 488.

(*mm*) Un Auteur récent a trouvé dans la fiction de l'Ile des Ferremens la matière d'une moralité qui n'a aucun rapport à des idées obfcènes. „ Rabelais [dit-il] qui eft fi original „ dans fes comparaifons, dit que la Fortune eft „ un Arbre qui produit toutes fortes de lames „ & d'uftenciles; & que l'efpace de terre qui „ l'environne, pouffe des manches de toutes „ façons. Lorfque les fruits de l'arbre font en „ maturité, ils tombent; & il arrive affez bizarrement que la lame d'une épée rencontre le manche d'une étrille, & que celle-ci „ s'enfile d'elle-même dans la garde d'une épée. Ne voudroit il pas dire par-là qu'il y „ en a beaucoup qui font Palfreniers qui mériteroient d'être grands Seigneurs, & qu'il „ y en a plufieurs parmi ceux ci, qui feroient „ plus propres à manier l'étrille que l'épée. " Telle eft l'explication de *L'Ariftippe moderne*, imprimé à Paris en M. DCC. XXXVIII. (réimprimé la même année à Amfterdam) *page* 144. Notez qu'il fe contente de prendre l'idée de Rabelais en général, & qu'il l'exprime après cela à fa manière.

REMARQUES

SUR LE CHAPITRE XI. [ou X.]

DEs Jeux dont il s'agit dans le Chapitre précédent, Rabelais passe dans celui-ci aux Jeux de hazard : & de ceux-ci à un Jeu d'adresse, qui est celui des RELIQUES, auquel l'Eglise Romaine a su gagner tant d'argent.

Au moins se moque-t-il du SANGREAL, ou Sang prétendu de Jésus-Christ, que l'on montre en Italie jusqu'à ce jour avec beaucoup de cérémonie, à la lumière d'un bon nombre de flambeaux, de torches & de Cierges benits : *Chose divine*, dit-il, *& à peu de gents connue : Panurge feit tant*, ajoute-t-il, *par belles prieres avecques les Syndics du lieu qu'ils le nous monstrarent : mais ce feut avecques plus de ceremonies, & solemnité plus grande trois fois qu'on ne monstre à Florence les Pandettes de Justinian, ne la Veronicque à Romme. Je ne veids oncques tant de sandeaux, tant de flambeaux, de torches, de glimpes & d'agiaux.* Mais il se trouve *finablement* que ce qui fut montré estoit le visaige d'ung Connin rosti *(nn)*.

Là ne veismes poursuit-il, *aultre chose mémorable fors bonne mine femme de mauvais jeu* [ce qui s'applique fort bien à la contenance de ceux qui montrent de fausses Reliques] *& les cocques des deux Oeufs jadis ponnus & esclous par Leda : Relique digne des autres.*

Notez que l'Ile où tout cela se passe, s'appelle *l'Isle de Cassade : & que les* Voyageurs *au départir* achètent *une botte de chappeaulx & bonnets de Cassade à la vente desquels*, dit Rabelais, *je me doubte que peu ferons de profit.* Ou je suis fort trompé, ou cela regarde quelques Prélats qui par de beaux presens avoient marchandé le CHAPPEAU de Cardinal, & à qui peut-être la marchandise fut livrée en espérance ou en promesses, mais qui à la fin s'en trouvèrent mauvais marchands, & y furent pour leur argent. Car *avoir des* CASSADES signifie être duppe. Peut-être aussi a-t-il voulu dire simplement que les gens de Pantagruel avoient fait un marché assez sot en donnant de bon argent pour des *Agnus-Dei* & pour telles autres saintes pretintailles. Quoi qu'il en soit, nous voyons au Chapitre suivant, que malheur en prit de vouloir revendre leurs *chappeaulx de cassade (oo)*.

RE-

(nn) J'ai écrit *sangréal* comme Mr. Le Motteux. Voyez la Remarque de Mr. Le Duchat. Au reste, ce n'est pas ici la première fois que Rabelais, parle du Sanggréal, ni Mr. Le Motteux non plus. Voyez ci-dessus, *Remarques sur Livre IV. Chap. XLIII, XLIV. §. 6.* Il dit là que c'est une partie de sang *qui court le monde & qui n'est visible qu'à des yeux bien chastes.* Ici c'est un sang *que l'on monstre*; que l'on montre dans un certain Pays, *en Italie :* & que l'on montre à la lumière *d'un nombre de flambeaux*, comme si les flambeaux devoient le faire voir malgré lui aux yeux qui ne sont pas assez

chastes pour mériter ce bonheur. Il faudroit bien savoir l'histoire du *Sang réal*, du *Sang gréal*, & du *Sang graal*, pour décider si ces contradictions sont réelles ou simplement apparentes : & malheureusement, je ne sais de cette histoire, après ce qu'on en lit ici, que ce qu'on en peut lire dans *Borel* & dans le Dictionnaire de Trévoux, au mot *Graal.* J'y trouve des choses assez curieuses, mais qui ne ne sont qu'augmenter mon embarras.

(oo) Je ne suis pas bien assuré qu'*avoir des cassades* soit une phrase Françoise. Mais à cela près l'interprétation du mot de Cassade est jus-

te.

REMARQUES

SUR LE CHAPITRE XII. [ou XI.]

PAntagruel paſſe prudemment CONDEMNATION, *qui eſt une aultre Iſle toute deſerte*: Il ne veut pas non plus deſcendre au GUISCHET: Mais quelques-uns de ſes Compagnons ſont moins ſages ou plus malheureux que lui, ils y ſont faits priſonniers, *& arrêtez de faict par le commandement de Grippeminaud Archiduc des Chats fourrez.*

Ce GUISCHET, c'eſt en général L'INQUISITION, & en particulier, la *ſéance extraordinaire des Juges* établie à Paris en M. D. XLVIII, *pour connoiſtre du faict des Hérétiques (pp).* Car les CHATS FOURREZ ſont gens qui portent des Robbes fourrées (qq): & qui ſe couvrent la tête de MORTIERS ou de *Caparaſſons mortifiez:* Alluſion manifeſte à ce qu'on appelle en France les Préſidens à *mortier.*

Notez que ſi vivez... vous voirrez ces Chats-fourrez Seigneurs de tout ---- Parmy eulx regne la ſexte eſſence, moyennant laquelle ils grippent tout, devorent tout... ils bruſlent, eſcartellent, decapitent, meurdriſſent, empriſonnent, ruïnent & minent tout ſans deſcretion de bien & de mal. Car parmy eulx vice eſt vertus appellé: meſchanceté eſt benté ſurnommée: trahiſon ha nom de feaulté: larcin eſt dict liberalité: pillerie eſt leur deviſe, & par eulx faicte eſt trouvée bonne de touts humains, EXCEPTEZ-MOY LES HERETICQUES: *& le tout ſont avecques ſouveraine authorité ...... Et ſi jamais peſte au monde, famine, ou guerre, voraiges, catecl[i]ſmes, conflagrations, malheurs adviennent,... attribuez le tout à la ruïne indicible, incroyable, & ineſtimable meſchanceté, laquelle eſt continuellement forgée & exercée en l'Officine de ces Chats-fourrez &c.*

C'eſt UNG GUEUX, & un GUEUX DE L'HOSTIERE [*Oſtiarius Mendicus*] qui dit tout cela aux gens de Pantagruel. Mais il y a apparence que Rabelais dans cet endroit, comme dans pluſieurs autres, a voulu donner le change à certains Lecteurs: & que par ſon *Gueux de l'hoſtiere,* qu'il appelle NOBLE GUEUX dans la ſuite, il a prétendu déſigner cette NOBLESSE DES PAYIS-BAS à qui le ſobriquet de GUEUX fut affecté, dit-on, parce qu'elle s'étoit oppoſée à l'établiſſement de l'Inquiſition, & cela avant que notre Auteur écrivît; encore que le Sobriquet n'ait été répandu dans le Monde qu'à l'occaſion des troubles arrivez ſous le Gouvernement de la Ducheſſe de Parme.

Quoi qu'il en ſoit, on ne ſauroit nier que Rabelais n'en veuille ici aux Tribunaux perſécuteurs de ſon tems, & principalement à l'Inquiſition; ou du moins
à cette

---

ce. Le Dictionnaire de Trévoux explique *Caſſade* par *Bourde*: & par le mot Latin *Ludificatio.* Puis il ajoute: *On le dit auſſi des bâbleurs qui promettent beaucoup & qui tiennent peu. On les appelle* DONNEURS DE CASSADES.

(pp) Voyez ci deſſus: Remarques ſur Livre IV. Chap. XVIII-XXIV. Nombre 2.

(qq) Au moins Rabelais dit il qu'*ils ont le poil de la peau non au debors ſortant, mais au dans caché.*

à cette Chambre du Parlement qui eſt appellée LA TOURNELLE, & qui juge [comme on fait] les Cauſes criminelles.

Selon le parti qu'on prendra, il faudra faire de GRIPPEMINAUD, ou le Grand INQUISITEUR, ou le PRESIDENT DE LA TOURNELLE, lors de la *Séance extraordinaire* dont j'ai parlé ci-deſſus.

L'Imaige d'une vieille femme placée *à l'endroit du Siège principal*, eſt un Portrait de l'Injuſtice.

REMARQUES

SUR LE CHAPITRE XIII. [ou XII.]

PAnurge étant ſur la *Sellette*, Grippeminaud, d'une voix *furieuſe & enrouée*, lui recite une *Enigme*, & lui ordonne de l'expliquer. Voilà juſtement L'INQUISITION: où il faut que l'Accuſé devine ſon crime & le nom de ſes Accuſateurs, ſans quoi il eſt perdu immanquablement. En vain Panurge dit: *Je n'y eſtois mie, & ſuis .. innocent du faiſt.* Grippeminaud lui répond: *par Styx, puiſqu'aultre choſe ne veulx dire... meilleur te ſeroit eſtre tumbé entre les pattes de Lucifer ..... or ça malautru, nous allegues-tu innocence, or ça, comme choſe digne d'eſchapper à nos tortures?* (rr).

Or ça, ajoute-t-il, *nos Loix ſont comme toiles d'araignes, or ça, les ſimples moucherons & petits papillons y ſont prins, or ça, les gros taons malfaiſans les rompent, or ça, & paſſent à travers, or ça.* Cela ſemble regarder Pantagruel. On a vu au commencement du Chapitre XII, ou XI, qu'il n'avoit pas voulu deſcendre au *Guiſchet:* c'eſt-à-dire qu'il avoit toujours été au-deſſus des atteintes de l'Inquiſition (ſſ).

REMARQUES

SUR LE CHAPITRE XIV. [ou XIII.]

COmme Panurge parle de s'en aller, *Aller?* dit Grippeminaud, *or ça, encore n'advint depuis trois cens ans en ça, or ça, que perſonne eſchappaſt de ceans ſans y laiſſer du poil, or ça, ou de la peau pour le plus ſouvent.* Cela eſt aſſez vrai ſi on l'entend de l'Inquiſition.

Mais

(rr) Ici, & dans la traduction de Mr. Le Motteux, c'eſt *Panurge* qui eſt interrogé & qui répond. Je ne ſais ſi cela eſt ainſi dans quelque Edition de l'Original. Mais cela eſt autrement dans celle de Mr. Le Duchat; où

Grippeminaud paroît ne s'adreſſer à Panurge que dans le Chapitre ſuivant.

ſſ Voyez ci-deſſus *Remarques ſur Livre IV. Chap.* XVIII —— XXIV. Nombre 7.

Mais notez de plus, qu'environ *trois cens ans* avant que Rabelais écrivît, on avoit vu un Tribunal de l'Inquisition érigé à Toulouse par *Louis* IX, surnommé le *Saint*, pour persécuter les ALBIGEOIS.

REMARQUES

SUR LE CHAPITRE XVII.

LE titre porte : *Comment nous paſſaſmes oultre, & comment Panurge y faillit d'eſtre tüé.* Il faut que ces dernières paroles soient là de trop, ou que ce Chapitre soit incomplet : car il n'y est dit mot du danger que courut Panurge.

C'est ici du reste une Charge de ces gros Goinfres qui s'appellent de BONS VIVANS, ou comme dit Rabelais de BONS COMPAIGNONS : & peut-être aussi en même tems une satire de ceux qui pour soutenir ce caractère se jettent dans les excès d'une Prodigalité ruïneuse, qui les fait en quelque sorte *crever* ou par laquelle ils perdent en quelque sorte leurs entrailles en perdant leur bien, leur crédit, leur réputation, leurs Amis. Ce sont-là les CREVAILLES de cet *Hoſte* qui *en ſon temps avoit eſté bon raillard, grand grignoteux, beau mangeur de ſouppes Lionnoiſes, notable compteur d'horloge, éternellement diſnant &c.*

REMARQUES

SUR LE CHAPITRE. XVIII.

COmme dans la recherche de la Vérité il est à propos de prendre une teinture des Sciences même les plus incertaines & les plus frivoles, nous voyons ici que nos Voyageurs, quoiqu'embarquez pour aller à l'Oracle de la Vérité, apperçoivent dans leur route le *Royaume de la* QUINTE, & font voile vers ce Royaume : qui peut être regardé comme le séjour de toutes sortes de Fantaisies, entre lesquelles il faut distinguer celle du Grand œuvre.

Lorsqu'ils approchent de la Quinte, il s'élève *ung furieux tourbillon de vents divers.* Image naturelle de ce qu'éprouvent les gens à fantaisies.

Le Pilote veut qu'on *temporiſe*, assûrant aux Voyageurs qu'ils n'étoient *ny en eſpoir de grand bien, ny en crainĉte de grand mal.* Et en effet : Il n'est pas toujours à propos de s'opposer entièrement à l'inclination de certains Esprits, pas même lorsqu'elle les attache à des études ou les conduit à des entreprises qui semblent n'aboutir à rien. On peut quelquefois *temporiſer*: le tems les guérit mieux que ne feroient des leçons magistrales ou des conseils opiniâtres : & alors ils distinguent d'autant mieux ce qui est utile, qu'ils connoissent par leur propre expérience ce qui ne l'est pas.

Il se

Il se pourroit bien encore que dans l'intention de l'Auteur, le vrai Royaume de la QUINTE fût ce qu'on appelle L'ECOLE, ou la THEOLOGIE SCHOLASTIQUE, avec tous ces points douteux de doctrine à l'éclaircissement desquels on étoit oisivement affairé dans son siècle, comme on ne l'est encore que trop dans le nôtre, où tant de gens, faisant consister la Religion dans les idées plutôt que dans les actions, négligent la pratique pour jaser sur la théorie; & où il s'en faut beaucoup qu'on soit bien revenu de certaines subtilitez, aussi inutiles à l'instruction du Peuple qu'avantageuses à la vanité des Docteurs, à qui l'étalage de leur savante ignorance aquiert toujours une espèce de gloire *(tt)*.

Les *Naufs enquarrées parmy les arenes* après les efforts qu'on a faits pour *rompre le tourbillon susdict* parce qu'il *duroit* trop, sont un emblème de ces Esprits qui, après avoir bien flotté entre leurs diverses pensées, hazardent à la fin quelque nouveauté qui leur donne d'abord une sorte de vogue; mais par laquelle ils se trouvent ensuite si bien *enquarrez* qu'ils ne savent comment se tirer de là. Et le secours que les Naufs enquarrées reçoivent *d'une Navire chargée de tabourins* qui venoit de la *Quinte*, représente fort bien les secours que nous fournit la Scholastique pour nous délivrer de nos doutes. C'est *le son des tabourins*: ou bien encore, c'est un bruit semblable au *doulx murmur du gravier*, qui avec le son des tabourins & le *celeume* ou tintamarre d'une *Chorme*, nous rend harmonie peu moins *que des Astres roctants laquelle dict Platon avoir par quelques nuits ouïe dormant*. Ce secours chimérique ne laisse pourtant pas d'avoir sa réalité pour certaines gens. Ils jouïssent réellement du plaisir d'être tirez d'affaire en imagination: ils passent outre à leur aise: & *obtemperant au Courant* comme nos Voyageurs, ils ne manquent pas de *parvenir* de même *au Royaulme de la Quinte*.

REMARQUES

SUR LE CHAPITRE XIX.

LE Port où ils abordent est appellé MATEOTECHNIE. Ce nom, composé de deux mots grecs, désigne en général l'étude d'un Art chimérique, & convient particulièrement à l'étude du grand Art que cherchent les ALCHYMISTES: gens qui vous promettront des monts d'or pendant qu'ils n'auront pas eux-mêmes quelques misérables pièces de cuivre pour acheter du pain. Le jugement
de

(tt) Tels sont les hommes. Les uns négligent la pratique pour jaser sur la théorie: & les autres négligent la théorie pour jaser sur la pratique. Les uns trouvent une espèce de gloire dans l'étalage d'une savante Ignorance: & les autres trouvent une espèce de gloire aussi dans l'étalage d'une igno ance ignoranté. Sotise des deux côtez. Le vrai Docteur ne jase ni sur la théorie ni sur la pratique; mais il *parle* de l'une & de l'autre. Il n'affecte

point une science plus subtile que solide, plus curieuse qu'utile: mais il ne se donne point non plus des airs d'ignorance & de stupidité. Il ne met point la Religion dans les idées plutôt que dans les actions, ni dans les actions plutôt que dans les idées: Il fait qu'elle ne consiste ni dans les unes ni dans les autres. La Religion est un *sentiment*. Les *Idées* en doivent être le principe: Les *Actions*, la conséquence.

Tome III. [R]

de Rabelais qui étoit favant Médecin, eſt ici de quelque poids. Il place ces gens-là & leurs Partiſans dans un lieu dont le ſeul nom annonce la folie des Habitans. C'eſt manifeſtement par alluſion à la *Quinte-Eſſence* des Alchymiſtes, que la Reine de tout le Payïs eſt nommée *la Dame* QUINTESSENCE.

Mais les Sujets de la Dame lui donnent le fameux nom d'ENTELECHIE, que l'on rend en Latin par *Actus & Perfectio*. Voyez Ariſtote dans ſon ſecond Livre *De Anima.*

Cicéron, dans le premier de ſes Tuſculanes, prétend que ce mot ſignifie un *Mouvement perpétuel (uu).* On a bien perdu du tems depuis Rabelais à chercher la choſe même: On n'en avoit guère moins perdu, avant qu'il écrivît, à diſputer ſur le mot. Il ſemble ſe moquer un peu des ſavans hommes intéreſſez dans cette diſpute.

Ce qu'il en dit peut ſe prendre auſſi pour une leçon faite en paſſant à tous ces Critiques *Grammairiens* qui diſputent avec tant de chaleur ſur des mots pendant qu'ils négligent les choſes.

R E M A R Q U E S

SUR LE CHAPITRE XX.

1. ON voit dans ce Chapitre, *comment la Quinte-Eſſence guariſſoit les malades par chanſons.* C'eſt une ſuite du Chapitre précédent. Cela regarde quantité de CHYMISTES, entêtez de leur Or potable & de leurs merveilleux Spécifiques. Cela regarde tous ces Empiriques & tous ces Charlatans, qui vous parlent de leurs ſecrets infaillibles contre les maux les plus incurables. Cela regarde tous ceux qui cherchent un Remède univerſel: Cela regarde des gens tels que les FRERES DE LA ROSE-CROIX: tels que les Diſciples prétendus d'un MERCURE TRISMEGISTE: tels qu'un RAIMOND LULLE & un ARNOLD DE VILLENEUVE. Rabelais veut dire qu'il en eſt des remèdes de tous ces gens-là comme de ceux de ſa Quinte-Eſſence: Ce ne ſont que des CHANSONS, par leſquelles on guérit les Malades auſſi réellement ou auſſi *fantaſtiquement que quelques Roys les guariſſent d'aulcunes maladies, comme ſcrophule, mal-ſacré, fiebvres quartes, par ſeule appoſition des mains (xx).*

2. LES PAROLES BYSSINES... *ou pour le moins, de taffetas,* qui compoſent le précieux & pédanteſque compliment de la Dame Quinte-Eſſence à Pantagruel

(uu) Cicéron cite Ariſtote, & l'explique. Ceux qui ſavent de quoi il s'agit dans Cicéron & dans Ariſtote, ſuppoſeront [s'ils le veulent bien] que Mr. Le Motteux ne prétend pas parler bien ſérieuſement lorſqu'il ſemble confondre le mouvement perpétuel de la Quinte Eſſence ou cinquième nature d'Ariſtote, nommée Entéléchie, avec le fameux Problême du mouvement perpétuel dont il s'agit dans les Méchaniques.

(xx) C'eſt ici la deuxième fois, s'il en faut croire Mr. Le Motteux, que Rabelais a la hardieſſe d'attaquer la Foi ſur cet Article. Voyez ci-deſſus, *Remarques ſur Livre IV. Chap. XLIII.* Nombre 6.

tagruel & à ses Compagnons de voyage, font une imitation comique du jargon de certaines femmes qui veulent faire les favantes. Auffi voyons nous que Pantagruel & fes compagnons fe reconnoiffent incapables d'y répondre. Heureufement pour eux ils n'en dînèrent pas plus mal. Ils firent *chiere fouveraine* entr'eux pendant que la Dame *à fon difner rien ne mangeoit, fors quelcques Categories, Jecabots, Emnins, Abftractions, Harborins, Chelimins, Dimions, fecondes Intentions, Caradoth, Antithéfes, Metempfychofes, tranfcendentes Prolepfies:* c'eft-à-dire que ce qui la foutient ce font des mots, des idées creufes, des fonges, & telles autres chofes, en Grec & en Hébreu (*yy*).

R E M A R Q U E S

SUR LE CHAPITRE XXI.

*L*E *difner parachevé,* Pantagruel fut admis *en la Salle de la Dame;* il y trouva les *Damoifelles & Princes de fa Court:* & s'apperçut que *revoquants l'Antiquité en ufage,* ils prenoient plufieurs divertiffemens qui ne font plus connus. C'eft un petit coup de dent à ces Savantas qui enfoncez dans l'étude de ce que pratiquoient les Anciens, font fouvent fort ignorans fur les ufages du monde au milieu duquel ils vivent: Efpèce de Vermine qui s'attache aux Livres & qui s'y enfonce: fi fort accoutumez à converfer avec les Morts, qu'ils ne font plus propres pour la fociété des Vivans.

Mais Rabelais en veut auffi aux Moines: il ne les perd guère de vûe: Et de là ce paffage où parlant d'un des Gentilshommes de la Reine Quinte-Effence, *Ung aultre,* dit-il, *guariffoit toutes les trois manières d'héticques, atrophes, tabides, emaciez,*

fans

(*yy*) Dans l'Anglois: *Categories, Abftractions, fecond Intentions, Metempfycofes, Tranfcendant Prolepfies, Expreffions, Deceptions, Dreams* &c. in *Greek* and *Hebrew.* Obfervons au refte que les mots à terminaifon Hébraïque ou Chaldaïque, employez ici par Rabelais, ne paroiffent point être des mots forgez à plaifir. Au moins y en a-t-il quelques-uns que je puis expliquer. Les D I M I O N S font des *Imagination* & *fpecies, phantafia,* dit Buxtorfe, col. 550. Les C H E L I M I N S font des *fonges:* חֲלֹם *fomnium,* Buxt: col. 770. Les C A R A D O T H ou *Chara dot* font des penfées embaraffées & embaraffantes, חֲרָדָה *folicitudo, anxietas.* Id. col 822. Je ne fuis pas fi fûr de ce que font les *Harborins,* les *Jecabots,* & les *Emnins.* Peut-être qu'au lieu de *Harborins* il faudroit lire *Harborins* ou H A R H O U R I N S qui fignifie des penfées, des *méditations.* הַרְהוּר *Cogitatio:* col. 633. Quant aux J E C A B O T S, peut-être que comme *Jeceb* ou *Jekeb,* יֶקֶב fignifie un Preffoir, *Torcular,* col. 974,

J E C A B O T pourroit fignifier d'abord les liqueurs tirées ou abftraites du preffoir: & puis par analogie foit les *Abftractions* phyfiques des *Abftracteurs de Quinteffence.* pour parler Rabelais, foit les *Abftractions* métaphyfiques d'un Efprit alembiqué qui s'évapore enfubtilitez. Peut-être encore que *Jecabot* eft ici par une faute d'impreffion pour *Secalot.* qui de même que le compofé *Mou Secalot* pourroit fignifier les Idées, de la *Métaphyfique.* מֻשְׂכָּלוֹת *Intellectualia . . difcipline intellectuales: notiones intellectus.* רֵאשׁוֹנִית *Notiones prima:* מוֹשׂכָּלוֹת שְׁנִיוֹת *Notiones fecunda.* Col. 2390, 2391 . . . . Je foupçonne enfin que le mot E M N I N S, par une autre faute d'impreffion fort facile à concevoir, a été mis pour celui de *Minins* ou *Menins,* מִינִין terme de Métaphyfique ou de Logique qui fignifie des *Efpèces,* & qu'on pourroit rapporter à celui de *Categorie,* employé en même tems par Rabelais. Voyez Buxtorfe, col. 1199.

fans bains, fans laiſt Tabian, fans dropace, pication, n'aultre medicament : feullement les rendant MOYNES *par trois mois. Et m'affermoit que ſi en l'eſtat monachal ils n'engraiſſoient, ne par art, ne par nature, jamais n'engraiſſeroient.*

Un autre Officier de la Reine, quelques lignes plus haut, *en peu d'heures guariſt neuf bons Gentilshommes du mal Sainſt François les oſtant de toutes debtes, & à chafcun d'eulx mettant une corde au col, à laquelle pendoit une boitte pleine de dix mille efcus au foleil.* Je m'imagine que cette corde au col avec la boëtte qui y tient, repréfente quelque Collier d'Ordre avec une bonne penſion, que quelques Gentilshommes du tems de Rabelais avoient peut-être obtenu fort à propos, ou s'étoient flatté d'obtenir.

REMARQUES

SUR LES CHAPITRES XXII. & XXIII.

EN nous contant, dans le Chapitre XXII, *comment les Officiers de la Quinte diverfement s'exercent,* Rabelais ſe moque en général de ceux qui effayent de faire l'impoffible : & il met ingénieufement en jeu, dans ce badinage, certains Mathématiciens, Dialeſticiens, Naturaliftes & Métaphyficiens.

Après cela vient, dans le Chapitre XXIII, le fouper de la Reine. Il eſt d'aufli facile digeſtion que le dîner. *La Dame ne mangea rien, fors celeſte Ambroifie : rien ne beut que Neſtar divin* (zz).

Elle ne maſchoit rien. Elle avoit des MASSITERES ou Mâcheurs qui mâchoient pour elle : *& quand ils avoient bien à poinſt maſché ſes viandes, ils les luy couloient par ung embut d'or fin jufques dedans l'eſtomach.* Il en eſt à-peu-près de même de toute perfonne à qui cette Reine des Alchymiftes aura en quelque forte communiqué ſes fantaifies & ſes inclinations. Ce font autant de Maffitères pour lui, que tous les Impofteurs qui viennent lui offrir de faire de l'or pourvû qu'il avance les frais de l'Opération. Il avale fans mâcher, ſi j'ofe ainfi dire, il gobe avec une entière confiance tout ce qui fort de leur bouche, toutes leurs propofitions, toutes leurs promeffes, tous leurs raifonnemens. Les Impofteurs cependant font leur office de Maffitères. Ils mâchent d'autant mieux que leur duppe leur a fourni de quoi exercer leurs mâchoires.

Au reſte, quoique la Reine reçût dans l'eftomac ce que ſes Maffitères avoient mâché, il eſt remarqué immédiatement après qu'elle n'alloit jamais ou n'alloit que *par procuration* où l'on affûre que les plus grandes Reines & les plus grands Rois du Monde font obligez d'aller en perfonne & même à pied. Cette circonftance affortit mon interprétation. On n'auroit jamais envie d'aller là ſi l'on pouvoit fe borner à quelque nourriture qui fût affez fubtile pour fe diffiper continuellement

---

(zz) Dans le dernier Paragraphe de ce Chapitre Rabelais dit un mot, de *dents fortes* & de *maſtication,* qui ne femble pas s'accorder tout- à-fait avec cette idée. Mais ce feroit donner dans la minutie que d'infifter là-deffus.

ment en exhalaifons imperceptibles. Et qu'eft-ce que la nourriture d'un homme qui gobe les plus folides difcours d'un Souffleur? Un fouffle, & puis c'eft tout: à moins que vous ne vouliez dire, ce qui eft vrai encore, que tout s'en va en fumée.

Il y a des Officiers de la Reine qui font appellez SPODIZATEURS. Ce nom exprime une idée qui a manifeftement beaucoup de rapport à celle d'un Souffleur. Un Spodizateur eft un homme qui fond du Cuivre pour faire de la fuïe (*aaa*).

Les *Seigneurs & Dames* de la Reine font fervis de viandes *auffi rares, friandes, & précieufes, qu'oncques en fongea Apicius.* Cette idée de fonge entre là affez à propos, s'il s'agit, comme je le fuppofe, de gens qui croyent à l'Alchymie. Le *Pot-pourry* qu'on leur fert après cela peut être cenfé repréfenter les principes confus, les raifonnemens embaraffez, dont ils fe repaiffent. C'eft un vrai Pot-pourri que le Syftême des Alchymiftes ou des Adeptes.

Leurs belles efpérances, & les chimères de tous ceux qui aiment à bâtir des Châteaux en Efpagne, font défignées par le fpectacle amufant qui frappe les yeux de nos Convives lorfqu'ils découvrent le fond du Pot-pourri. Ce ne font que jeux & que magnificences: *force dez, cartes, tarots, luettes, efchets, & tabliers, avecques pleines taffes d'efcus au foleil pour ceulx qui jouer vouldroient.... Nombres de mulles bien phalerées, avecques houffes de velours, haquenées de mefme à ufance d'hommes & femmes, lictieres bien veloutées pareillement ne fçay combien, & quelcques coches à la Ferraroife pour ceulx qui vouldroient aller hors à l'esbat.*

R E M A R Q U E S

SUR LES CHAPITRES XXIV. & XXV.

DAns la vive & ingénieufe defcription que nous avons ici du JEU DES ECHETS, fous l'image d'un BAL JOYEULX EN FORME DE TOURNAY, je remarquerai ce qui eft dit d'une marche trop hardie de la ROYNE AURE'E. Elle *fe mit des premieres en camp avecques ung Archier & ung Chevalier. Elle s'efcarmoucha parmy la trouppe... Vous euffiez dict que ce feuft une aultre Penthafilée Amazone fouldroyante... Mais peu dura ceftui efclandre, car les Argentées.. luy dreffarent occultement en une embufcade ung Archier.. & ung Chevalier errant, par lefquels elle feut prinfe & mife hors le camp. Le refte feut bientoft deffaict. Elle fera une aultre fois mieulx*

(*aaa*) Le Verbe Grec Σποδίζω fignifie proprement, *je cuis fous la cendre.* Rabelais en aura fait en Latin *Spodizo, Spodizare, Spodizator:* & en François *Spodizateur.* Mais pour ramener cela à l'explication de Mr. Le Motteux, il faut fuppofer que Rabelais confidéroit le Verbe grec *Spodizo* comme pouvant fignifier *je fais du Spode* ou du *Spodium.* Les Subftantifs Grecs *Spodos* & *Spodion* fignifient, entr'autres chofes, la fuïe minérale qui fe recueille des Fourneaux où l'on a fondu du cuivre avec de la calamine pour en faire du cuivre jaûne. Une plus grande précifion là-deffus me meneroit trop loin, & ne feroit pas de mon reffort. J'avertis au refte que les Remarques fur le Chapître XXIII. font du nombre de celles qu'il m'a falu traduire avec le plus de liberté.

mieulx adviſée.. & ira, quand aller fauldra, bien aultrement accompaignée. Cet endroit ſemble fait exprès pour rappeller le ſouvenir de FRANÇOIS PREMIER,
& de ſon imprudence, qui le fit prendre priſonnier à la Bataille de Pavie. On
ne ſauroit trop admirer le talent de Rabelais à faire naître d'une bagatelle des réflexions importantes, qui viennent lorſqu'on s'y attend le moins, & qui ne laiſſent pas de venir naturellement (*bbb*).

Il y a ici un autre exemple d'une adreſſe à-peu-près ſemblable : C'eſt l'éloge
ironique qu'il donne au Cardinal CUSAN, en le citant gravement comme Auteur d'une réflexion puérile dans la comparaiſon de la Toupie ou du Sabot (*ccc*).

Je trouve beaucoup d'art encore dans le tour qu'il prend pour tirer d'affaire
les Compagnons de Pantagruel. Il dit d'abord que durant les *dances* qu'il vient
de décrire comme un ſpectacle *plus qu'humain*, la Dame [c'eſt ici la Quinte] *in-
viſiblement ſe diſparut:* Après quoi il embarque ſans délai ſes Voyageurs, *entendant,*
ajoute-t-il, *qu'avions vent en pouppe, lequel ſi nous refuſions ſus l'heure, à peine pourroit eſtre recouvert de trois quartiers briſans.* La moralité ſe préſente d'elle-même.
La *Danſe*, la Muſique, le Jeu, & telles autres récréations, ſont propres à nous
diſtraire de certaines études vaines & extravagantes. La *quinte* qui nous y attache diſparoît alors comme le mauvais Eſprit de Saül par le charme de la Muſique: Mais ſi après cela notre Entendement ne s'aplique pas *ſus l'heure* aux études raiſonnables qui lui conviennent, il riſque d'être occupé de nouveau par des
méditations frivoles & pleines d'incertitude.

Il eſt remarquable enfin que ces deux Chapitres ſont écrits ſi clairement, qu'ils
ſuffiroient preſque pour apprendre le Jeu des Echets. Cette clarté avoit ſon uſage. Elle diſoit en quelque ſorte aux Ennemis de l'Auteur qu'il n'y avoit pas grand
myſtère à chercher dans toutes ſes Allégories.

REMARQUES

SUR LE CHAPITRE XXVI.

L'Ile des ODES ou des CHEMINS qui *cheminent* eſt un badinage fondé ſur ces
façons de parler [auſſi uſitées en Anglois qu'en François] *Où va ce chemin?
ce chemin va en tel endroit*, &c. Ne croyez pourtant pas que ce ſoit purement &
ſimplement un jeu de mots.

Vous y trouvez d'abord un petit trait contre ARISTOTE. *Les Chemins cheminent:* Donc *les Chemins ſont Animaulx, ſi vraye eſt la ſentence d'Ariſtote, diſant argument invincible d'ung Animant, s'il ſe meut ſoy-meſme.*

Après Ariſtote viennent les SCHOLASTIQUES. Parlant du Chemin le plus
long,

(*bbb*) Rabelais avoit déja parlé de la Journée de Pavie dans le premier Livre, au Chapitre XXXIX. Voyez ci-deſſus, vers la fin de
l'*Introduction.*

(*ccc*) Il eſt ici nommé *Cuſan* de ſon ſurnom

Latin *Cuſanus.* C'eſt *Nicolas de Cuſa* Je ne ſai
pas au reſte ſi l'on peut dire bien poſitivement
que Rabelais vouloit ſe moquer de lui. Mais
cela n'eſt pas fort important.

long, Rabelais ne manque pas de dire que c'eft celui de L'ÉCOLE : & il met un homme entre les mains *de la Juftice* pour avoir pris ce chemin-là *injuftement & malgré Pallas.*

Ainfi encore il parle du *grand Chemin de Bourges,* qui marchoit gravement & lentement, ou, comme il dit, *à pas d'Abbé.* Cela regarde les Écoles ou l'Univerfité de BOURGES. Cette Univerfité étoit fameufe pour le Droit Civil.

Je ne fai même s'il n'y auroit pas dans ce Chapitre quelque allufion à certains noms. Marguerite Reine de Navarre mourut dans le Château d'un Village de Bigôre dont le nom eft ODOS : & peut-être y avoit-il là même des gens qui fe nommoient CHEMIN ou DU CHEMIN (*ddd*).

Les CHEMINS au refte font ici appellez des ODES, du mot Grec ODOS : & quoique ce mot fignifie proprement un chemin, il eft bon de remarquer qu'il a de plus diverfes fignifications analogues. Quelquefois il fignifie une certaine manière de vivre, une règle, une méthode. Quelquefois c'eft la voye ou la voiture dont on fe fert pour aller d'un Lieu à un autre (*eee*). Quelquefois même c'eft une embufcade de voleurs fur la route. Or comme il n'y a nulle abfurdité à dire qu'une Voiture ou une Embufcade *chemine,* il n'y en aura point non plus à parler de *Chemins cheminans,* pourvû qu'on donne au mot François de *Chemin* tous les fens du mot Grec que Rabelais lui donne pour fynonyme.

R E M A R Q U E S

SUR LE CHAPITRE XXVII.

LE premier endroit où nos Voyageurs débarquent, après avoir quitté l'Ile des *Odes,* c'eft celle des SANDALES, ou comme l'appelle Rabelais, *l'Ile des* ESCLOTS. *Efclot* dans une partie de la France, & nommément vers Touloufe, fignifie un fabot, une fandale : Mais je m'en tiens à ce dernier mot & je dis *l'Ile des Sandales,* parce que *Sandales* eft le nom ordinaire de la chauffure de plufieurs

---

(*ddd*) Voyez ci-deffus, *Remarques générales, Article* (p) des Obfervations : & *Remarques fur Livre III.* No. 5. Le nom du Lieu où la Reine Marguerite mourut, fe trouve écrit de ces trois différentes manières: *Andos, Audos, Odos* : Et l'Auteur des Remarques fur le Dictionnaire de Bayle de l'Edition de Paris, me paroît affez bien fondé à conjecturer que le vrai nom eft fimplement *Doz.* La queftion eft de favoir comment il eft poffible que de ce nom il s'en foit fait un des trois autres. *Andos* pour *Audos* eft manifeftement une faute d'impreffion : On l'a obfervé. Et *Odos* peut avoir été écrit pour *Audos* par une équivoque de prononciation : cela ne fouffre aucune difficulté.

Mais comment de *Doz* on aura fait *Audos* : c'eft-là le point. Je conjecture que la fyllabe *Au* n'étoit originairement qu'un Article que l'on aura infenfiblement confondu avec le nom. J'ai confulté des gens du Payïs. Mais tout ce que j'en ai pu tirer c'eft qu'ils ont toujours ouï dire *Audos.*

(*eee*) C'eft ainfi que l'on dit en François : la *voye* de la Pofte, la *voye* du Caroffe &c. On dit encore une *Voye* de bois pour dire une Charretée ou une Charrette pleine de bois. Benferade a fait une Pièce en vers fort jolie dans fon genre, fur une *voye de bois* qu'une Dame lui avoit envoyée.

fieurs Ordres Monaſtiques, & qu'il s'agit manifeſtement des MOINES dans ce Chapitre (*ff*)

Cependant, comme on ſe ſervoit autrefois en France du mot d'ESCLOP pour celui d'ESCLAVE, je ſuis perſuadé que Rabelais, en cachant ſa penſée ſous celui d'ESCLOT, a voulu inſinuer que les MOINES ſont autant d'*Eſclops* ou d'*Eſclaves*: car en effet ils le ſont par leur vœu d'obéiſſance (*ggg*).

Les JÉSUITES même [à qui il en veut auſſi dans ce Chapitre, quoiqu'il diſe en termes fort couverts ce qui les regarde particulièrement] ſont des Eſclaves par les Statuts de leur Société. Il faut, ſelon ces Statuts, qu'ils renoncent à leur Raiſon propre: qu'ils ſoient toujours prêts d'obéïr aux ordres de Rome: qu'ils croient, ſi Rome le leur ordonne, que le noir eſt blanc & que le blanc eſt noir: qu'ils reſpectent l'autorité de leur Supérieur comme celle de Dieu même: & qu'ils ſe ſoumettent à ſon gouvernement comme s'ils n'étoient que de pures Machines. Sur quoi l'on peut voir les *Exercices ſpirituels* de leur Fondateur. C'eſt ſur ce pied que le Pape Paul III. confirma leur Inſtitut en M. D. XL, environ dix ans avant que Rabelais écrivît ſon cinquième Livre. Et preuve qu'il les avoit bien en vûe, c'eſt que dès le commencement du Chapitre il indique clairement & un Pape troiſième de ſon nom comme PAUL *trois*, & un nouvel Ordre Religieux qui lui étoit redevable de ſon établiſſement. *Depuis paſſaſmes l'Iſle des Eſclots, leſquels ne vivent que de ſouppes de merlus, feuſmes toutesfois bien recueillis & traitez du Roy de l'Iſle nommé* BENIUS, TIERS DE CE NOM, *lequel après boire, nous mena veoir* UNG MONASTERE NOUVEAU FAICT, *érigé & baſti par ſon invention pour les Freres Fredons, ainſi nommoit-il ſes Religieux.* Ce qui ſuit peut s'appliquer aux Moines ou aux Religieux en général.

Par Statuts & Bulle patente obtenuë de la Quinte, laquelle eſt de touts bons accords, ils eſtoient touts habillez en Bruſleurs de maiſons. Ce ſont des gens qui portent le feu de la diviſion dans les familles, & qui ruïnent les Maiſons comme s'ils y mettoient le feu: Ce ſont des Sociétez qui doivent leur établiſſement à une autorité arbitraire & capricieuſe, à une *Quinte* opiniâtre, à un entêtement d'autant plus bizarre ou à une bizarrerie d'autant plus remarquable, qu'on voit le Pape multiplier les Ordres Religieux comme en dépit des Princes qui auroient voulu les extirper. *En Germanie l'on deſmolit Monaſteres & defroque-on les Moines*, icy on les erige à rebours & à contre-poil.

Leurs *ventres carrelez* marquent le ſoin qu'ils ont de ſe bien *bourrer le ventre*.

Leur *duplicité braguatine*, par laquelle nous voyons quelcques certains & horrificques myſteres eſtre duement repréſentez, peut ſignifier non-ſeulement la double portion de vigueur ou de laſciveté qu'on attribue aux Moines; mais encore quelque choſe de plus odieux & qu'on reproche particulièrement aux Jéſuites.

Ils

(*ff*) Voyez la Remarque de Mr. Le Duchat ſur le titre du Chapitre XXVII: & ſous le même Chapitre la Remarque ſur *Souliers ronds comme baſſins*.

(*ggg*) Mr. Le Motteux ne nous dit point dans quels Auteurs il a lu *Eſclop* pour *Eſclave*: Et je ne le trouve ni dans *Borel*, ni dans le Dictionnaire de Trévoux. Mais le vieux Dictionnaire *François, Latin … corrigé & augmenté par Maiſtre Jean* THIERRY &c. imprimé à Paris chez Jehan Macé en M. D. LXV. m'apprend que l'on a dit *Eſclau* pour *Eſclave*; de ſorte que l'Ile des Eſclaves pourroit au moins s'appeller l'Ile des *Eſclaus*.

Ils portent *fouliers ronds comme baffins*. De quelque côté que l'interêt dirige leurs marches fecrettes, vous ne fauriez reconnoître à la trace leurs allées & leurs venues.

Ils ont *barbe rafe*: c'eſt-à dire que vous ne gagnerez rien avec eux: vous ne leur aurez jamais le poil.

Ils ont *pieds ferrats*. Quand ils ont une fois mis le pied dans un endroit, ils y font ancrez.

Ils fe font *raire & plumer comme Cochons la partie poſterieure de la teſte, depuis le fommet jufques aulx omoplates*: afin que ſi l'on veut les prendre par derrière, il n'y ait point de prife.

A la ceinture Rabelais leur met *ung rafouer trenchant*: foit pour fymbole de leur appétit qui n'a pas befoin d'être éguifé: foit pour dire qu'au moindre obſtacle ils font prêts à vous tailladar, ils vous coupent jufqu'au vif & vous emportent la pièce.

Deffus les pieds chafcun portoient une boulle ronde. Cette Boule c'eſt le Monde, qu'il ne tiendroit pas à eux d'avoir tout entier à leur difpoſition. Et il ne faut pas s'étonner de leur voir la boule *deffus* les pieds, *parce qu'eſt diête Fortune en a-voir une* DESSOUBS *les fiens*: Car, comme le remarque Frere Jean vers la fin du Chapitre, on eſt ici *en terre antiêtone & antipode* où tout doit ſe faire *à rebours*.

Le cahuet de leurs capuchons eſtoit devant attaché, non derrière; en ceſte façon a-voient le vifaige caché, & fe mocquoient en liberté tant de Fortune comme des fortu-nez. C'eſt-à-dire que dans les Monaſtères on rit fous cape de ces gens dont la bonne fortune & la fottife entretiennent l'oiſiveté de la Vie monaſtique.

Ils avoient auſſi tousjours patente la partie poſterieure de la teſte, comme nous avons le vifaige.. & painête rudement; avecques deux yeux & une bouche. On reconnoît à ce mafque les grimaces dont les Moines amufent le fot peuple, à qui ils ne montrent jamais qu'un faux vifage, pendant que le véritable rit aux dépens de leurs duppes.

S'ils alloient de cul, vous euſſiez eſtimé. eſtre leur alleure naturelle: Vous euſſiez jûré qu'en reculant ils avançoient: Et c'eſt ce qui eſt vrai des Moines. En fai-fant profeffion de pauvreté, d'obéïffance & de chaſteté, ils s'enrichiffent, ils gouvernent, & donnent dans la débauche.

S'ils alloient de ventre, vous euſſiez penfé que feuffent gents jouants au Chapifou. Il eſt contre nature chez les Moines, de ſe conduire naturellement & de marcher droit. Tirez les de leurs voyes obliques: ils n'iront plus qu'à tâtons.

Ils fe tenoient bottez, efperonnez & preſts à monter à cheval, quand la trompet-te fonneroit pour le Jugement final. Mais notez qu'ainſi bottez & éperonnez ils *dormoient ou ronfloient pour le moins, & fe compofoient à dormir auſſi-tôt que le Soleil foy couchant* avoit mis fin à la journée.

Midy fonnant.. ils s'efveilloient.. & fe deffeunoient de baifler. Au moins étoit-ce-là leur premier déjeuner. Ce trait, qui porte direêtement ſur la pareffe des Moines, peut tomber par réflexion ſur la manière édifiante dont ils chantent ou beuglent à Matines *(bbb)*.

Cepen-

(bbb) Il faut que Mr. Le Motteux ait fup- poſé ici quelque rapport entre *bâiller* & *brail-*
Tom III.   [S]   *ler*,

Cependant *ils defcendoient aux Cloiftres, & là fe lavoient curieufement, &c.* Il me femble voir les Moines au Benêtier.

Puis s'affeoient fus une longue Selle, & fe curoient les dents jufques à ce que le Prevoft feift figne, fifflant en paulme, lors chafcun ouvroit la gueule tant qu'il pouvoit, & baifloient aucunes fois demie heure, aucunes fois moins, felon que le Prieur jugeoit le desjeuner eftre proportionné à la Fefte du jour. C'eft-ainfi que l'on voit les Moines affis, & ouvrans tant qu'ils peuvent ce que Rabelais appelle leur gueule, lorfqu'ils affiftent & *fredonnent* à l'Office divin.

Après cela faifoient une fort belle Proceffion, fur laquelle Pantagruel feift ung Notable mirificque... Avez-vous veu, dit-il, & noté la fineffe de ces Fredons icy? Pour parfaire leur proceffion, ils font fortis par une porte de l'Eglife, & font entrez par l'aultre... Sus mon bonneur ce font quelcques fines gents... Sus mon bonneur en fçavent bien d'aultres.

Ces Animaux ne font pas bêtes,
Et ne s'enferment pas, Ami, fans favoir où.
Quand par un trou tu les arrêtes,
Toujours, pour s'échaper, ils ont quelque autre trou.

Cogitato mus pufillus quam fit fapiens beftia :
Ætatem qui uni cubili nunquam committit fuam,
Quia fi unum oftium obfideatur, aliud perfugium quærit.
Plaut: in *Muft*. Act. IV.

A la Proceffion *ils portoient deux Bannieres, en l'une defquelles eftoit en belle painc- ture le Pourtraict de Vertus, en l'aultre de Fortune. Ung Fredon premier portoit la Ban- niere de Fortune, après luy marchoit ung aultre portant celle de Vertus, en main tenant ung afperfouoir mouillé.. duquel continuellement il comme fouettoit le precedent Fredon portant Fortune..* Le fens eft: que dans le Syftême des Moines la Fortune mar- che devant la Vertu, & qu'ils ne prodiguent leurs bénédictions ou leur encens qu'aux gens riches.

La proceffion achevée comme promenement & exercitation falubre, ils fe retiroient en leur Refectoir, & deffoubs les tables fe mettoient à genoilz. Le lieu étoit convena- ble pour fignaler leur dévotion par un agenouillement unanime. Le Réfectoire eft le vrai Temple des Moines, leur Paradis, leur Ciel fur la Terre, féjour des Divinitez qu'ils adorent. C'eft-là qu'elles font fur les Plats comme fur autant de Thrônes. Cette explication d'un paffage affez obfcur eft peut-être plus jufte qu'elle ne paroît d'abord. Au-moins femble-t-il que Rabelais, en mettant les Fredons agenouillez *deffous* les tables, ait voulu dire qu'ils étoient *dominez & maî- trifez* par les Mèts qui étoient *deffus*, comme il infinue plus clairement dans un

ler, ou plutôt peut-être entre BAISLER, fi- gnifiant *Ofcuare*, & BESLER fignifiant *Balare*, d'où l'on prétend en effet qu'eft venu le Fran- çois *Bâiller*. Je penfe au refte que fans être Moine, fi l'on étoit obligé de fe lever au fort d'un bon fomme pour aller chanter Matines, on rifqueroit de baifler & de bêler, de bâiller & de brailler tout à la fois.

un autre endroit, qu'un Religieux DESSOUBS la *Treille*, ayant par là le Vin AU DESSUS de la tête, doit paſſer par cela même pour un homme *maiſtriſé & dominé par le Vin.* C'eſt-là à-peu-près ce qu'il dit de *la Pontife de Jupiter*, mais il ne le dit d'elle que pour en faire une application immédiate aux *Pontifes* quels qu'ils ſoient, & à *touts perſonnaiges qui s'addonnent & dédient à contemplation des choſes divines.* Voyez le Chapitre XXXIV, vers la fin.

Pendant que les Fredons ſont à genoux ſous la table, on les voit de plus *s'appuyants la poictrine & eſtomach chaſcun ſus une lanterne:* qui pourroit bien n'être autre choſe que leur Ventre vuide & affamé, après la viande creuſe dont Rabelais a dit qu'ils faiſoient leur déjeuné.

Le *grand Eſclot* qui paroît là tout-à-coup *ayant une fourche en main*, & qui *là les traictoit à la fourche*, c'eſt le Religieux qui vient avec un Livre à la main, & dont les autres, pour leurs péchez, ſont obligez d'eſſuyer la lecture pendant qu'ils repaiſſent *(iii)*

Ils commençoient leur repaſ par fromaige, & l'achevoient par mouſtarde & laictue. Cette bizarerie, entre pluſieurs autres, caractériſe l'affectation avec laquelle les Ordres Religieux cherchent la ſingularité dans leur manière de vivre. Les Moines au reſte n'auront point de peine à trouver un rapport ſenſible entre le *Bénédicité* par où il faut que leurs repas commencent, & le *Fromage* par où commençoient ceux des Fredons. C'eſt une pièce de deſſert, qui ne vaut rien pour un premier plat, & qui eſt naturellement d'aſſez dure digeſtion quand on n'a encore rien dans l'eſtomac. Figûrez-vous un jeune Libertin de grand appétit, invité à dîner chez un bon Presbytérien où on le régale d'une longue oraiſon pendant qu'il voit le dîner ſe refroidir ?

La *Mouſtarde* & la *Laictue* ne convenant guère mieux au deſſert que le *Fromage* à l'entrée, on poura dire que ſi le Fromage répond au *Bénédicité* dont les Moines ne s'accommodent guère, la Moutarde avec la Laitue répond à *Graces* dont ils ne s'accommodent guère mieux. C'eſt une ſeconde cérémonie hors de ſaiſon pour eux lorſqu'il leur tarde de courir à ces récréations dont il eſt parlé au Chapitre ſuivant. Rabelais donne aſſez ſouvent dans les jeux de mots. Peut-être a-t il choiſi la *Moutarde* & la *Laitue*, pour inſinuer que la cérémonie de dire Graces eſt ennuyeuſe au gré des Moines; qu'elle leur paroit beaucoup ſelon eux & en quelque ſorte les aſſomme; qu'elle *moult tarde* & les *tue*.

Le *diſner parachevé*, les Fredons joyeux & ſatisfaits béniſſoient avec tranſport les Divinitez nourricières à qui ils étoient redevables d'une vie ſi douce: car c'eſt ainſi que j'entens ces paroles de mon Auteur, *ils prioient Dieu très-bien:* Et le *reſte du jour, attendants le Jugement final, ils s'exerçoient à œuvre de charité: tantôt ſe pelaudant l'ung l'aultre, tantôt s'entrenazardant, tantôt s'entregratignant: un jour s'entremouchant, & l'autre s'entretirant les vers du nez: Aujourd'hui s'entrechatouil-*
lant,

(iii) Lecture auſſi inutile pour leur correction que la *fourche* d'Horace : *Naturam furcâ expellas. tamen uſque redibit.*

„ Quand la fourche à la main nature oh

„ chaſſeroit.

„ Nature cependant toujours retournerbit,

Voyez le P. *Tarteron* dans ſon *Epître* à la tête des Satires de Perſe & de Juvénal.

lant, & demain *s'entrefouettant.* A quoi l'on peut ajouter les actes de piété indiquez au Chapitre XXVIII.

Le Soleil foy couchant en l'Ocean, ils *bottoient & esperonnoient l'ung l'aultre, & bezicles au nez...* comme pour y mieux voir en cas qu'il vînt quelcun les épier, ou comme fi leur manière de fe botter & de s'éperonner l'un l'autre avoit eu quelque chofe de fcandaleux.

A la minuict l'Efclot entroit, & gents debout, là efmouloient & affiloient leurs rafouoirs: & la proceffion faicte mettoient les tables fus eulx, & repaiffoient comme devant. Ils faifoient à minuit comme en plein jour.

Deffenfe rigoureufe fus peine horrificque leur eftoit faicte, poiffon lors ne toucher ne manger qu'ils feroient fus Mer ou Riviere: ne chair telle qu'elle feuft lorfqu'ils feroient en Terre-ferme. On pourroit dire que les Moines obfervent quelque chofe de femblable, en ce qu'ils ne trouvent à mordre que fur les abfens; pouffant jufqu'à la flaterie le foin qu'ils prennent de vous épargner tant qu'ils font avec vous. Mais ce n'eft pas toujours une règle. Il fera plus fûr de dire que Rabelais nous donne ici une idée de la friandife monachale. Elle dédaigne ce qui eft commun. En pleine Mer, il ne lui faudroit que de la chair fraîche: & dans les lieux les plus éloignez de la Mer ou des Rivières, elle voudroit avoir le poiffon tout vivant.

REMARQUES

SUR LES CHAPITRES XXVIII, & XXIX.

LE Chapitre XXVIII. contient le Dialogue de *Panurge* avec un *Frere Fredon* qui ne lui répond *qu'en monofyllabes*, mais fi clairement néanmoins qu'il feroit fuperflu d'expliquer fes réponfes. Je me contenterai d'obferver que Rabelais, en faifant parler le Frere Fredon fi laconiquement, femble avoir voulu tourner en ridicule la difcrétion affectée & fufpecte de plufieurs Religieux, qui devant le monde ne favent pas [diroit-on] defferrer les dents. Delà la réflexion de Frere Jean fur le Fredon qui eft fi *compendieux* dans fes réponfes: *Corbieu... ainfi ne parle-il avecques fes garfes, il y eft bien polyfyllabe* &c.

On voit dans le Chapitre XXIX, *comment l'inftitution du Carefme defplaift à Epiftemon:* pourquoi les Moines au contraire s'en accommodent: & combien même leur zèle eft vif à cet égard.

REMARQUES

SUR LES CHAPITRES XXX, & XXXI.

L'Ile de FRISE ou le Payïs de SATIN, eft une fiction où Rabelais montre beaucoup d'érudition, d'efprit & de jugement. *Les Beftes & Oyfeaulx eftoient*

toient de Tapifferie.. ne mangeoient rien, & point ne chantoient.. les Arbres & Herbes jamais ne perdoient ne fleur ne feuilles: de forte que c'eft *Pays de* TAPISSERIE auffi-bien que *Pays de Satin.* Le vrai & le faux, l'hiftorique & le fabuleux, les objets de la Nature & les fantômes de l'Imagination, s'y trouvent confondus comme dans les Tapifferies ou dans les Cartons que les Peintres fourniffent aux Tapiffiers. Rabelais femble avoir eu envie de dire fon fentiment fur ces fortes d'Ouvrages. Mais il en vouloit moins aux Peintres qu'à tous ces Ecrivains, foit anciens ou modernes, qui *par ouï dire*, ou fur la foi d'une tradition fufpecte, ont accrédité des chimères par lesquelles on jugeroit prefque qu'ils n'ont étudié l'Hiftoire & la Nature que dans des Tapifferies. Il entre là-deffus dans quelques détails de Critique qui ont du lui faire honneur. Le mérite de ces Ecrivains à d'autres égards, & particulièrement à l'égard du ftile, ne doit point nous en impofer. Leurs Livres fe fiffent-ils parcourir auffi agréablement que fi l'on fe promenoit dans un *Pays de Satin*, leurs menteries ou leurs contes n'en feroient pas moins des menteries ou des contes. C'eft à quoi revient la penfée de Rabelais. ——— Il peut avoir eu deffein encore de ridiculifer des *Romans* pleins de monftres & de contes monftrueux, pour lesquels fon fiècle avoit trop de goût. Les meilleurs Ecrivains François, fous le règne de Henri deux, s'appliquèrent à traduire L'AMADIS DE GAULE afin d'étaler les beautez, la richeffe & les graces de leur Langue.

Le Chapitre XXXI a pour titre: *Comment au Pays de Satin nous veîfmes Ouïdire, tenant efchole de tefmoignerie.* Tout le monde comprend en gros ce que cela veut dire, & ce qu'il faut entendre par le *meftier de tefmoignerie* qui s'apprend à cette Ecole. Mais les Etrangers peuvent ignorer que les PERCHERONS & les MANCEAULX, qu'il met nommément en jeu, font fameux en France par leur habileté dans ce mètier. ——— Il les introduit debitans cette maxime qu'il faut *efpargner vérité* fi l'on veut *parvenir en Court de grands Seigneurs*: Mais à la manière dont il a fuivi leur maxime, on voit bien qu'il n'étoit né, ni dans le *Perche* ni dans le *Maine.*

REMARQUES

SUR LES CHAPITRES XXXII & XXXIII.

LE Payïs de LANTERNOIS ou des LANTERNES, eft le Payïs des Sciences & des Savans. Ariftote *efpiant, confideraut, & tout redigeant par efcript*, dans le Chapitre précédent, eft repréfenté *tenant une Lanterne*, pendant que *derrière lui eftoient comme Records de Sergents plufieurs aultres Philofophes.* La Lanterne eft là le fymbole de la Science ou de l'Etude: Mais dans le Chapitre XXXIII, les Lanternes repréfentent certainement les gens même qui étudient & qui font favans: au moins cela eft-il exactement vrai du paffage où BARTOLE eft appellé *Lanterne de Droict.*

Par la LANTERNE DE LA ROCHELLE, qui donna *bonne clairté* aux Voyageurs.

geurs lorſqu'ils entrèrent *au Port de Lanternois*, il me ſemble qu'il faut entendre GEOFFOY D'ESTISSAC, Evêque de MAILLEZAIS, l'un des meilleurs Patrons de notre Auteur, & qui mérite par cela même de n'être jamais oublié. Dire *la Lanterne de Maillezais*, comme il ſemble d'abord qu'il l'auroit falu, c'eût été ſe rendre trop intelligible, & placer un Fanal trop loin des Côtes. D'ailleurs la Rochelle étoit alors la principale Ville du Diocèſe de Maillezais. Le Siège épiſcopal y a même été transféré dans la ſuite, en M. DC. XLVIII. (*lll*). Rabelais avec raiſon met la Lanterne *ſus une haulte Tour*: Le Prélat qu'elle devoit faire reconnoître, étoit illuſtre par ſa naiſſance, par ſa vertu, par ſon ſavoir: Et les lettres qu'il recevoit de notre Auteur, font bien voir qu'il n'étoit ni Papiſte ni Bigot. Si nous avions celles qu'ils s'écrivirent en chiffre, je ne doute point qu'elles ne nous découvriſſent en lui un Ami auſſi zélé de la Réformation que quelques-uns de la Maiſon de la *Rochefoucault*, héritiers de ſa famille (*mmm*).

Nous entendrons donc ici par la Lanterne de la Rochelle un Prélat connu, que ſon ſavoir & ſon goût pour la Réformation peuvent faire diſtinguer dans la foule: Et par les autres Lanternes propres *à nous eſclairer & conduire par le voyaige.. vers l'Oracle de la Bouteille* ou *de la Vérité*, nous entendrons en général tous les Prélats, tous les Théologiens, tous les Prédicateurs, tous les Eccléſiaſtiques capables de nous bien expliquer le vrai ſens des Oracles ſacrez de la Religion. Au moins eſt-il certain que ces Meſſieurs eux-mêmes s'appliquent ces paroles de l'Evangile: *Vous êtes la Lumière du Monde* (*nnn*).

Rabelais obſerve que ſes Voyageurs étoient arrivez au Payïs de Lanternois *en bonne occaſion & opportunité*, pour *faire choix de Lanternes*, lorſqu'elles tenoient leur CHAPITRE PROVINCIAL. On concevra peut-etre que cela regarde le CONCILE DE TRENTE: Mais je croirois plutôt qu'il s'agit de quelque Aſſemblée du Clergé de FRANCE, ou même de l'Univerſité de PARIS, dont certains Docteurs diſtinguez pourroient être les Guides repréſentez par les *Lanternes inſignes* qui furent données à Pantagruel & à ſa troupe pour les conduire à l'Oracle (*ooo*).

Ce que Rabelais fait dire à une des *Myſtagogues* de Bacbuc, ſur la fin du Chapitre XLVII, prouve inconteſtablement que les Lanternes ſont des Hommes, & des hommes tels que je les ſuppoſe dans toute cette Explication. *Touts Philoſophes & Saiges antiques, à bien ſeurement & plaiſamment parfaire le chemin de la congnoiſſance DIVINE... ont eſtimé deux choſes néceſſaires, guide de Dieu & compaignie d'HOMME... Vous aultres en avez aultant faict, prenant pour guide voſtre illuſtre Dame LANTERNE.*

Par les LYCHNOBIENS, *qui ſont Peuples vivants de lanternes.. gents de bien & ſtudieux*, nous pouvons entendre les LIBRAIRES: *peuples vivants de lanternes,* parce

(*lll*) Le Dictionnaire de Trévoux, au mot *Rochelle*, dit que ce fut en M. DC. XLIX: Et celui de Moreri dit en M. DC. XLVIII. L'un & l'autre peut être vrai.

(*mmm*) Par le Mariage de *François* IV, Comte de la Rochefoucault, en M. D. LXXXVII, avec *Claude*, fille de *Louïs* Baron d'*Eſtiſſac* Voyez le Moreri, ſous l'Article de LA ROCHEFOUCAULT.

(*nnn*) Matt: V. 14.

(*ooo*) Rabelais dit ſeulement, *une Lanterne des plus inſignes.*

parce que ce font les Savans qui leur font gagner leur vie: *Gens de bien*: cela s'entend: *ftudieux*, fans contredit, ne fût-ce que par le foin avec lequel ils étudient les Arts relatifs à leur condition: l'Art d'attraper de bonnes *copies* à bon marché: l'Art de faire valoir un mauvais Livre par quelque titre impofant: &c.

REMARQUES

SUR LE CHAPITRE XXXIV.

NOs Navigateurs arrivez enfin dans *l'Ifle tant defirée, en laquelle eftoit* L'O-RACLE DE LA BOUTEILLE; la noble Lanterne qui les y avoit conduits *en toute joyeufeté*, leur ordonna d'abord de *bien efperer*, & de *n'eftre aulcunement effrayez, quelque chofe qui leur appareuft*. Il faut du courage pour découvrir la Vérité. Cette découverte demande une préfence d'efprit & des tentatives dont un naturel timide nous rend incapables.

Approchant au Temple de la dive Bouteille, on les fait paffer *parmy ung grand Vignoble faict de toutes efpeces de vignes*. Lorfqu'on veut avancer dans la recherche de la Vérité, on s'ouvre un vafte champ.

Le Vignoble avoit été planté *avecques telle benediction, que tout temps il portoit feuille, fleur & fruict*. Parmy les diverfes études où la recherche de la Vérité nous engage, il y en a qui par elles-mêmes ne nous font pas plus utiles que la *feuille*: Il y en a qui font comme la *fleur*, plus agréables qu'utiles: & d'autres qui font comme le *fruit*, plus utiles encore qu'agréables.

La Lanterne cependant réduit ceux qu'elle dirige, à manger *trois raifins par homme*. C'eft que même en fait de *fageffe*, il faut être *fobre* (ppp).

Le *pampre* qu'ils mettent *en leurs fouliers*, c'eft l'érudition fuperflue que les gens raifonnables, qui vont au fait, favent foûler aux pieds.

La *branche verde en leur main gaufche*, marque l'efpérance qu'ils ont de recueillir bien-tôt le fruit de leurs peines.

REMARQUES

SUR LES CHAPITRES. XXXV & XXXVI.

AInfi [continue notre Hiftorien] *defcendifmes foubs terre par ung Arceau incrufté de plaftre painct au dehors rudement d'une dance de femmes & de Satyres, accompaignants le vieil Silenus riant fus fon Afne*. L'on ne trouve point la Vérité tant que l'on s'arrête à la fuperficie des chofes: il faut les approfondir, il faut en quelque for-

(ppp) *Ad fobrietatem fapere*. Rom. Cap. XII. verf. 3.

forte *defcendre foubs terre*. Et fi chemin faifant on parcourt le Livre de Rabelais ce fera paffer, pour ainfi dire, *par ung Arceau incruflé de plaflre painct au dehors rudement:* On n'y verra en apparence qu'une peinture rude & groffière, des images obfcènes & fatiriques, les ébats d'un homme yvre. Qui dit BABELAIS, dit une efpèce de SILENUS *riant* & monftrant les dents à tout le monde.

Il a au-refte ingénieufement amené dans cet endroit un difcours fur l'Antiquité de *Chinon*, lieu de fa naiffance: Et il femble en même tems avoir voulu fe moquer des fables qui ont cours dans plufieurs Villes au fujet de leurs Fondateurs.

Les *degrez tetradiques* du Chapitre XXXVI, répondent à nos progrès dans la recherche de la Vérité. Les premiers progrès font lents: mais les fuivans le font moins: & à mefure qu'on avance, ils deviennent rapides.

REMARQUES

SUR LE CHAPITRE XXXVII,

& fur les fuivans jufqu'à la fin du Livre.

LA defcription du TEMPLE eft un Chef-d'œuvre où Rabelais fait voir que les beautez de l'Architecture ne lui étoient pas moins connues que celles des autres Arts auxquels un homme d'efprit peut s'appliquer; Et fi l'on veut chercher des myftères dans cette defcription, il n'eft pas fans apparence qu'on fera payé de fa peine par les découvertes qu'on pourra faire. Mais je n'ai pas le loifir de m'engager plus avant dans ces fortes de recherches. Je me contenterai de dire deux mots qui donnent une idée générale du deffein de l'Auteur, & c'eft par-là que je finirai.

On fait que BACBUC, le nom de la BOUTEILLE & de la PONTIFE, eft un mot Hébreu équivalent à celui de *Bouteille*. S'il y a du myftère dans ce choix d'un mot Hébreu, peut-être le deffein de Rabelais étoit-il d'infinuer que l'*Hébreu* ou le Texte original de l'Ancien Teftament, eft la première fource de la Vérité, qui de cette fource a paffé dans les Verfions comme le Vin coule de la Bouteille dans les Verres: Et à ce compte l'Auteur aura infinué la même chofe touchant le Texte du Nouveau Teftament, par le choix qu'il a fait du *Grec* pour l'infcription du Temple: ΕΝ ΟΙΝΩ ΑΛΗΘΕΙΑ: c'eft-à-dire *En Vin Vérité*. A propos de quoi l'on peut obferver que les Véritez falutaires qui devoient être révélées & rendues communes par la *Nouvelle Alliance*, font repréfentées dans l'Ecriture fous l'emblême du Vin. *Venez, achetez fans argent du Vin & du lait* (qqq). Les deux Teftamens femblent encore avoir été l'objet de notre myftérieux Architecte, lorfqu'il a donné *deux parties*, ou deux Battans, au *Portail* de fon Temple. Tout le monde ne goûtera peut-être pas de pareilles explications: Mais j'efpère que ma façon d'expliquer le refte ne fera defaprouvée de perfonne.

La

_____

(qqq) Ifaïe, Chap. LV. verf. 1.

La NOBLE LANTERNE qui avoit conduit les Pélerins jufqu'aux portes du Temple, les pria là d'avoir *fon excufc pour legitime*, *fi elle defiftoit plus avant les conduire*... *Car entrer dedans ne luy eftoit permis pour certaines caufes*, *lefquelles taire meilleur eftoit à gents vivants vie mortelle*, *qu'expofer*. Ces *certaines caufes* ne font pas difficiles à deviner. Les gens éclairez, fachant bien que là Vérité n'eft pas aimée dans le monde, ils n'ont pas toujours le courage de montrer qu'ils la connoiffent. Plufieurs fe cachent du commerce qu'ils ont avec elle, crainte de nuire à leur fortune ou d'expofer leur *vie mortelle*. Ils iront avec vous jufqu'au Temple de la Vérité: Ils vous en ouvriront les portes fi vous voulez: Mais n'exigez pas qu'ils y entrent. C'eft au moins ce qu'on pouvoit dire des plus grands hommes qu'il y eût en France, foit parmi les Laïques, foit dans le Clergé, fous les Règnes de François I, & de Henri II.

La *merveilleufe perfpicuité* de la GRANDE LAMPE dont le Temple *eftoit efclairé*: dont *tout le corps fphericque fembloit enflamboyé*: & fur laquelle il *eftoit difficile d'affeoir ferme & conftant regard*, *comme on ne peult au corps du Soleil*: nous fournit une nouvelle raifon pourquoi la Lanterne pouvoit refter hors du Temple. C'eft que, quelque lumineufe qu'elle fût, il y avoit dans le Temple même une Lumière capable d'effacer la fienne (rrr).

L'Auteur ne pouvoit mieux finir que comme il le fait, en affûrant indirectement fes Lecteurs que *quand leur eftude addonneront & labeur à bien rechercher* [la Vérité] *par imploration de Dieu fouverain*, ce Dieu *abfcons ne fera point infenfible* à leurs prières, & leur *eflargira congnoiffance de foy & de fes creatures*.

Fin des Remarques de Mr. Le Motteux fur le Gargantua & le Pantagruel de Rabelais.

(rrr) Ajoutons: Une lumière avec laquelle nous pouvons, s'il le faut, nous paffer de nos Conducteurs; & une lumière à laquelle nous pouvons aller rendre nos hommages dans le *Temple* fans attendre qu'ils nous donnent l'exemple. Ils font nos Pafteurs. Nous fommes leurs Ouailles; leurs *Brebis* fi l'on veut: mais nous ne fommes pas pour cela des *Moutons* ni une Race *moutonnière*.

APPENDIX,

CONTENANT

LES REMARQUES

DE

MR. LE MOTTEUX

SUR LES

OPUSCULES DE RABELAIS

Imprimez à la suite des Faits & Dits de Gargantua & de Pantagruel.

N°. I.

PANTAGRUELINE PROGNOSTICATION.

RAbelais étoit *Aſtronome*. Il ſe divertit ici aux dépens des *Aſtrologues*.
Il eſt Auteur d'un *Almanac* imprimé à Lyon en M. D. LIII. Peut-être ſa
Pantagrueline Prognoſtication fut elle imprimée (*sss*). avec cet Almanac: qui du
reſte ne ſe trouve point aujourd'hui, non plus que ſa *Sciomachie* & quelques-
unes de ſes *Lettres* (*ttt*).

J'ai ouï dire qu'on avoit vu quelque choſe de ſemblable à ſa *Prognoſtication*,
dans l'*Almanac du pauvre Robin* (*uuu*).

Je

(*sss*) La *Pantagrueline Prognoſtication* avoit paru long-tems auparavant. Voyez les Remar-
marques de Mr. Le Duchat, & ſa Préface. Il
y parle de cette Pièce comme d'un Ouvrage
à-peu-près de même date que la première édition
du ſecond Livre.

(*ttt*) Je m'imagine que Mr. Le Motteux veut
parler des mêmes Lettres dont il a dit un mot
ci-deſſus dans ſes Remarques ſur les Chapitres
XXXII & XXXIII.

(*uuu*) En Anglois: *Poor Robin's Almanack*.
C'eſt le titre d'un Almanac fort connu en Angleterre, & qui depuis long-tems a beaucoup

de vogue parmi le peuple à cauſe des plaiſanteries ou bouffonneries dont il eſt farci. On
dit que du tems de Cromwel il y avoit un homme qui ſe voyant réduit à un état de pauvreté, & ne ſachant pas trop bien comment y
pourvoir, s'aviſa de faire imprimer un Almanac, auquel il mit ſon nom, ou pour mieux
dire, le Diminutif de ſon nom de *Robert*, accompagné de l'épithète de *pauvre*, afin d'intéreſſer en ſa faveur la compaſſion du Public.
Voilà l'origine de l'*Almanac du pauvre Robin*. Le
pauvre Robin mourut: mais ſon Almanac, qui
avoit du débit, fut continué, & ſon nom y
reſta

Je n'en fuis point furpris. Ce badinage fatirique de Rabelais eft affez ingénieux pour avoir dû faire naître quelque envie de l'imiter : Et il a bien trouvé un
imitateur dans un des plus favans hommes d'Allemagne : Je veux dire *Joachim
Fortius Ringelbergius.* Une petite Pièce qu'il a compofée dans le même goût,
commence par ces paroles, manifeftement empruntées du troifième Chapitre
de la Prognoftication Pantagruéline : *Proximo anno cæci parum aut nihil videbunt,
furdi malè audient, muti non loquentur. . . . Multi interibunt pifces, boves, oves, porci,
capræ, pulli, & capones: inter fimias, canes & equos mors non tantopere fæviet. Se-
nectus eodem anno erit immedicabilis propter annos qui præcefferunt. Non pauci inopiâ
laborabunt, &c. (xxx).*

L'Auteur de la Prognoftication prend le nom d'ALCOFRIBAS NASIER.
Mais ce nom n'eft qu'une anagramme de celui de FRANÇOIS RABELAIS, qui
eft inconteftablement l'Auteur de cette Production : dans laquelle au refte on peut
remarquer d'un bout à l'autre, une teinture fenfible de Proteftantifme.

No. II.

EPISTRE DU LIMOUSIN.

CEtte Epître eft une imitation ironique de ces Ecrivains qui par une affectation ridicule parloient Latin en François.
Le DIXAIN qui fuit l'*Epître*, eft une déclaration du deffein de l'Auteur (yyy)

No. III.

LA CHRESME PHILOSOPHALE

DES QUESTIONS ENCYCLOPÉDIQUES, &c.

IL y a des bagatelles qui ne fe fauvent de l'oubli qu'à la faveur du nom de celui qui les a faites. La *Chrefme Philofophale* eft de ce nombre. On l'a mife
à la

---

refta. Cela a duré, & dure encore. On de-
bite actuellement, en Décembre M. DCC.
XXXIX, l'Almanac du pauvre Robin pour l'an
M. DCC. XL.

(xxx) Pour juger fi *Ringelbergius* a copié
Rabelais, ou fi ce n'eft pas Rabelais qui a copié Ringelbergius, il faudroit favoir les dates
de leurs Ouvrages refpectifs. Je ne fai point
la date de celui de Ringelbergius. Mais on
peut obferver provifionnellement que ce favant homme mourut vers l'an M. D. XXXVI.

Mr. Le Motteux fe trompe au refte lorfqu'il
le fait Allemand. Il étoit d'Anvers. Voyez
le Dictionnaire de Moreri, à l'Article FOR-
TIUS. Peut-être auffi que Mr. Le Motteux
fous la dénomination générale d'*Allemagne* ou
de *Germanie*, comprenoit les *Païs-Bas.* Mais
fi cela eft, il n'aura pas parlé conformément
à l'ufage.

(yyy) Voyez ci-deffus, *Remarques fur Livre
II. Chapitre VI.*

à la fuite des Oeuvres de Rabelais après fa mort, comme il paroît par le tître du cinquième Livre dans quelques anciennes Editions.

N°. IV.

DEUX EPISTRES

A DEUX VIELLES DE DIFFERENTES MOEURS.

L'Epître *à la première Vielle*, a tout l'air d'une fanglante invective contre l'Eglife Romaine: Et l'Epître *à la feconde Vielle*, pourra fe prendre par cela même pour un éloge de l'Eglife Réformée (zzz).

Fin des Remarques de Mr. Le Motteux fur Rabelais.

(zzz) Si la conjecture de Mr. Le Motteux eft fondée, on pourra dire que Rabelais a fait des deux Eglifes deux *Vielles*, parce qu'elles fe difputent l'une à l'autre le mérite de *l'antiquité*. Un Prédicateur controverfifte difoit:" „ Mais enfin, quelque ancienne que foit l'E-„ glife Romaine : quelque VIELLE, quel-„ que *rance* qu'elle foit, l'Eglife primitive eft „ plus ancienne encore, & l'Eglife primitive „ eft la nôtre. „ Je me fouviens d'avoir vu cela dans un Sermon de Mr. *Daillé*, quoique je ne me fouvienne peut-être pas exactement de toutes fes paroles. J'abandonne au refte fa penfée & toutes les miennes au jugement de mes Lecteurs.

Fin des Obfervations fur les Remarques de Mr. Le Motteux.

L E T T R E *

de M. LA CROZE à M. LE DUCHAT.

M ONSIEUR,

,, Je vais, puifque vous le fouhaitez, mettre par écrit ce que j'ai eu l'hon-
,, neur de vous dire en converfation fur les *Fanfreluches antidotées* de Rabelais.
,, Je ne me vante pas de les entendre dans toutes leurs parties, quoique je ne
,, doute nullement que l'Auteur avoit par devers foi un fens hiftorique, auquel
,, l'obfcurité fervoit d'antidote, à caufe du danger qu'il y auroit eu à parler plus
,, clairement. C'eft apparemment pour cela qu'il a employé le mot de *Fanfre-*
,, *luches*, qui fignifie fouvent un Papillon qui périt par le feu, venant fe brûler
,, foi-même à la chandelle.

,, Il n'y a dans ce petit Poëme qu'une Stance, qui me paroiffe fort intelligi-
,, ble : Sur les autres je n'ai que quelques conjectures, dont je ne fuis gueres
,, content. Cette Stance eft la fixième, qui ne peut être entendue que de *Jean*
,, *Hus*, & du Concile de Conftance.

Pour les matter furvint Q. B. qui clope.

,, Ce Q. B. eft *Jean Hus*, dont le nom écrit par fes lettres initiales I. H. fait
,, en Grec, (car ces deux lettres font également Greques & Latines) le nom-
,, bre de dix-huit. I. eft 10. & H. 8. Q. B. eft le même nombre en Latin.
,, Q. eft la 16. lettre de l'Alphabet & B. la feconde. Or 16. & 2 font 18. ce
,, qui répond aux lettres initiales I. H. lues felon l'Arithmetique Greque. Q.
,, B. qui clope, comme qui diroit, *qui claudicat in fide*, expreffion des Théolo-
,, giens Scholaftiques, pour défigner un homme qui erre dans la foi.

Au faufcohduict des Myftes Sanfonnets.

,, *Jean Hus* vint à Conftance, fous le Sauf-conduit de l'Empereur, & des Myf-
,, tes

---

* J'ai cru devoir ajouter ici cette L E T-
T R E, quoique Mr. Le Duchat parle avec affez de mépris de ceux qui entreprendront
d'expliquer les *Fanfreluches antidotées*, & que
dans fa première Note fur ce petit Poëme,
il déclare décifivement qu'il y aura *buée &*
dérifion éternelle à quiconque fera des Notes Hifto-
riques (fur cette Pièce) *& les ayant faites les*
publiera. Peut-être pourroit on appliquer cette décifion à plufieurs Remarques que lui &
d'autres Commentateurs ont données fur les
autres Oeuvres de Rabelais. Quoi qu'il en
foit, il n'a pu s'empêcher de citer quelques
endroits de cette Lettre. A la vérité c'eft
après avoir traité de *Devineurs* ceux qui adop-
tent les conjectures qu'on y avance.

„ tes ou Prélats, felon la fignification du mot Grec *Myſta. Saiſonnets,* jaſeurs
„ comme font tous les Théologiens Scholaſtiques.

> Le Tamiſeur, Couſin du Grand Cyclope,
> Les maſſacra; chacun mouſche ſon nez.

„ *Polyphème,* le Grand Cyclope, demeuroit au pied du Mont *Etna,* où font
„ felon la Mythologie les forges de Vulcain. Ainſi ce *Tamiſeur* eſt le Feu, à
„ qui les Poëtes donnent le nom de Vulcain. Il n'y a point de *Tamiſeur* plus
„ promt que le feu, qui réduit tout en cendre, & qui effectivement maſſacra
„ *Jean Hus & Jerome de Prague. Chacun mouſche ſon nez,* c'eſt-à-dire, que
„ chacun prenne garde à foi.

> En ce gueret peu de bougrins font nayz
> Qu'on n'ait berné fus le moulin à tan.

„ *En ce gueret,* dans ce lieu, c'eſt-à-dire, dans l'enceinte de l'Egliſe Romai-
„ ne. *Peu de bougrins font nez.* Il a paru peu d'Hérétiques. Vous ſavez que
„ c'eſt ainſi que dans les Siècles XIV & XV. on a appellé ceux qui s'oppo-
„ ſoient aux Dogmes de l'Egliſe Romaine. *Qu'on n'ait berné ſur le moulin à tan,*
„ qu'on n'ait réduits en cendres.

> Retournez y & à l'arme ſonnez,
> Plus y aurez que n'y euſtes antan.

„ Retournez à un Concile que l'on promet; vous y ſerez traitez encore plus
„ rudement qu'à Conſtance.
„ Je ne vous parlerai point ici de mes autres conjectures. Vous les trouve-
„ riez peut-être frivoles, & je ne m'y oppoſerois pas. J'aime mieux vous les
„ dire de bouche, lorſque l'occaſion s'en préſentera. J'ai l'honneur d'être &c.

TABLE

DES

MATIERES,

Et des Mots expliquez dans les Notes fur les Oeuvres de Rabelais.

Le Chiffre Romain dénote le Livre, & l'autre Chiffre marque la Page, excepté pour les Prologues, où l'un & l'autre Chiffre eſt Romain. Pr. Pa. ſignifie Prognoſtication Pantagrueline, & Prol. déſigne Prologue.

A

Am-

TABLE DES MATIERES.

Chap-

Co-

TABLE DES MATIERES.

Doc-

TABLE DES MATIERES.

[V] 3

Facet

TABLE DES MATIERES.

TABLE DES MATIERES.

TABLE DES MATIERES.

Martial

TABLE DES MATIERES.

[X 2]

Piffe.

TABLE DES MATIERES,

CLEF

A.

Amourante.	Metz.
Pays des Andoüilles.	La Touraine.
Apedeftes Gens de longs doigts.	Le Parlement.
Aftopie.	La France.

C.

Couillatrix.	Voyez ci-devant dans l'Alphabet de l'Auteur François au mot Coüillatris.

D.

Decretales.	Décrets de Rome.
Dipfodes.	Lorrains.

F.

Frere Jean des Entommûres.	Le Cardinal de Lorraine.

G.

Gafter.	Le ventre.
Gargantua.	François I.
Grand-Goufier.	Louïs XII.
Grippeminault.	La Tournelle.
Grand' Jument de Gargantua.	Madame d'Eftampes.

H.

Hertripa.	Grand Magicien.
Hipotadée.	Confeffeur du Roy.
Hüac.	L'Alface.
Humgate.	Confeiller d'Eftat.

I.

Ifle de Papefigue.	L'Allemagne.

L.

Lanterions.	Concile de Trente.
Lerne.	La Breffe.
Lennevault.	Chancelier de l'Evefque de Maillezais.
Les gens, les Villes.	Artois.
L'Ifle Sonnante.	L'Angleterre.
Loup-garou.	Amiens.

M.

Madamotin.	La Flandre.
Mirebeau en Mirebalais.	Voyez ci-devant l'Alphabet de l'Auteur François au mot Mirebeau.

O.

Oracle de la Bouteille.	La Vérité.
Oyfeaux de Gourmandife.	Malte.

P.

Panignon.	Paix.
Pantagruel.	Henri II.
Sybille de Panfouft.	Dame de Cour.
Panurge.	Le Cardinal d'Amboife.
Papimane.	L'Inquifition.
Picrocolle.	Le Piedmont.

Q.

Quinte.	La Pierre Philofophale.

CLEF DU RABELAIS

Salmigondin.

Teleme.
Thonátus de Grammundo.

Xenomanes.

S.
Benefices.
T.
Le Protocole du Concile de Trente.
Le Recteur de l'Université.
X.
Le Chancelier.

FIN

TABLE

TABLE

DES MATIERES

Contenues dans les Lettres de Rabelais, dans les Observations sur ces Lettres, & dans le Parallèle d'Homère & de cet Auteur.

Char-

TABLE DES MATIERES.

Cha-

TABLE DES MATIERES.

[Z]

né

TABLE DES MATIERES.

[Z 2]
Mo-

TABLE DES MATIERES.

La

Na-

Tarbe

TABLE DES MATIÈRES.

Fin de la Table des Matières des Lettres de Rabelais, &c.

www.ingramcontent.com/pod-product-compliance
Lightning Source LLC
Chambersburg PA
CBHW050734030726
47505CB00002B/258